梦华录 上

远曦 著

张巍 剧本

北京时代华文书局

图书在版编目（CIP）数据

梦华录（上） / 远曦著；张巍剧本．—北京：北京时代华文书局，2022.8
ISBN 978-7-5699-4686-4

Ⅰ．①梦…　Ⅱ．①远…　②张…　Ⅲ．①长篇小说—中国—当代　Ⅳ．①I247.5

中国版本图书馆 CIP 数据核字（2022）第 126668 号

梦 华 录（上）
MENGHUA LU（SHANG）

著　　者｜远　曦
剧　　本｜张　巍

出 版 人｜陈　涛
策划编辑｜邢　楠
责任编辑｜邢　楠
执行编辑｜洪丹琦　苗馨元
责任校对｜凤宝莲
装帧设计｜孙丽莉　段文辉
责任印制｜訾　敬

出版发行｜北京时代华文书局 http://www.bjsdsj.com.cn
北京市东城区安定门外大街 138 号皇城国际大厦 A 座 8 层
邮编：100011　电话：010-64263661　64261528
印　　刷｜三河市嘉科万达彩色印刷有限公司　电话：0316-3156777
（如发现印装质量问题，请与印刷厂联系调换）
开　　本｜710 mm × 1000 mm　1/16　印　　张｜19　字　　数｜349 千字
版　　次｜2022 年 9 月第 1 版　印　　次｜2022 年 9 月第 1 次印刷
成品尺寸｜165 mm × 240 mm
定　　价｜79.80 元（共二册）

梦华录（上）

目录

楔子

大宋初年，东京。

夜幕降临，汴河两岸却依旧笙歌鼎沸。水面上游船如织、倒影涟漪、各色艳丽，商贩、艺妓叫卖不绝。河岸的街道上人潮涌动、灯火通明，好一番繁华热闹的景象。

这时，一个小儿的哭声成了一片丝竹管乐声中的不和谐，年轻的母亲百般哄劝无果，一急之下大声训斥："再哭，我就让皇城司的'活阎罗'来抓你！"

哭声戛然而止，商贩、艺妓似乎也定在了原地，一时间，这繁华闹市中竟无一丝声响。

天空划过一声夜枭的鸣叫，夜枭飞过繁花似锦的东京夜景，飞过雕车竞驻的天街御路，最终落在某处幽深无匾的建筑前。门外火把明灭，照亮了狮头系马石上的刻字，上面赫然刻着"皇城司"三字。

阴暗的刑房内摆放着一排骇人的刑具，整个房间弥漫着一股挥之不去的血腥味，几名衙役正不断将倒吊着的嫌犯从水桶中拉起又放下，场面恐怖至极。

角落处坐着一名身着箭袖墨衣的男子，那男子眉目清冷，正专心致志地与自己对弈，似乎全然没有被行刑的声音打扰。单看他英俊的外表，人们绝不会相信他就是那位令奸人丧胆、令小儿止啼的皇城司探事司指挥使——"活阎罗"顾千帆。

嫌犯被倒吊着从水桶中拉起，口鼻喷出血水，痛苦万分。

衙役手中扬着写着"太白昼现，女主昌""女主昌，学武王"的纸张，厉声质问："说！这些大逆不道的流言，是谁指使你编的！"

嫌犯无暇答话，大口吐着水，衙役一松吊绳，他又被浸入水中。

顾千帆置若罔闻，继续落子。

嫌犯再次被衙役从水中吊出，终于大喊："我招！招！"

衙役拉住吊绳，嫌犯缓息片刻，虚弱地说道："是……是仁和知县卫英指使的，他说皇后早就失贞，骗了官家几十年……那幅画，就是证据……"

顾千帆捏棋子的手一顿，眼神如鹰隼一般凌厉无比："什么画？在哪里？"

"顾指挥，我要是全招了，也算立了一功，您能不能高抬贵手，放小的一条活路……"

"你若从实招来，明日午时，我自会让你离狱。"顾千帆语气肃穆，极易让人信服。

嫌犯眼中顿时充满希望。

次日午时，一具用草席包裹的尸体被从高处扔到小船上，顾千帆冷漠地看着船夫撑船离开。他身后的手下暗忖，说是午时便是午时，"活阎罗"还真是言出必行。

远处传来报子敲锣的声音。"放榜了！放榜了！官家御笔亲点今科进士五十八名！"

顾千帆看着河道两岸的桃花，眼神晦暗不明。

第一章 活阎罗

波光粼粼、微风徐来，钱塘县的码头两岸杨柳低垂、桃花繁茂，此间虽不似东京繁华热闹，却更显烟雨江南的雅致精巧。远处一名英气勃勃的年轻女子撑着一只小船顺水而来。因为撑船的关系，她白皙的脸颊上泛起了健康的红晕，当真是人比花娇。这位女子正是这一带家喻户晓的赵氏茶铺的掌柜赵盼儿，她眼下无暇享受这春日的暖日晴风，而是满心牵挂着她赴京赶考的情郎欧阳旭。

三年前，她意外救下了落榜后失意落魄的欧阳旭，从此觅得一段良缘。佳人识才子，赵盼儿知道欧阳旭才高八斗，只因心性孤傲、不善钻营才会被人设计落榜，她用茶铺的收入供欧阳旭读了三年的书，是非成败就看今朝。她对欧阳旭的才学自是极有信心，可按说此时早该发榜，她却迄今仍未收到欧阳旭的佳音，她又怎能不替情郎忧心？

手中的船桨搅动了春水中的落花，赵盼儿低头望向自己落在水中的倒影，欧阳旭的身影似乎也浮现在身旁。她忍不住喃喃道："九尽桃花开，欧阳啊欧阳，你怎么还不回来？"

"盼儿！"远处的一声呼唤打断了赵盼儿的思绪。赵盼儿循声望去，只见住在隔壁的行商娘子孙三娘正站在岸边招手，赵盼儿忙将船停至岸边。

孙三娘挽着篮子迎了上来，篮子里装着各色糕点，散发出诱人的香气。孙三娘是屠户出身，为人泼辣，语速也比常人快些，不等赵盼儿歇口气便急急说道："我新做的鹿鸣饼，里面是桂花蜜，讨个蟾宫折桂的口彩。你尝尝，看行不行？"

糕点甜香扑鼻，将赵盼儿的馋虫勾了起来，她笑道："不用尝，但凡是你放在我这儿寄卖的果子，最多半天保证被抢光。那些熟客都说爱喝我点的茶，其实啊，九成九都是冲着你的手艺来的。"这话虽带了几分恭维，但确实出自赵盼儿的真心，孙三娘手艺极好，无论吃多少次她做的糕点也吃不腻。

孙三娘闻言果然欣喜："瞧瞧你这张嘴，比桂花蜜还甜还香。要不是当了你小十年的邻居，我就真信了。"

二人边说边走进茶铺，赵盼儿将精致淡雅的茶具一一摆好，又插上一束刚采的花，点上一支香。孙三娘将点心放在材质不同的盛具中，伴以不同的竹叶、花瓣装饰，有的简洁，有的优雅。一时间，原本有些朴素的茶铺经由两双巧手的装点，虽无山海奇珍，却不失雅人清致。

忙完了手头的活计，赵盼儿又对着《魁星图》拜了一下，嘀咕道："魁星老爷在上，求您多多保佑欧阳，千万别让他又落榜了。"

孙三娘看了她一眼，笑道："他以前落榜，那是触了霉头。自打你救了他的命，什么红裙子绿帕子，又添水又添菜地伺候了他整三年，他的运早就改了。等着瞧吧，我这双眼睛啊，不光看猪准，看人更准！欧阳旭这回一定能中！"

赵盼儿听了脸颊绯红："那叫红袖添香。"

"就是那意思吧。"孙三娘大剌剌地一挥手，又看了看外面的阳光，"时辰差不多了吧，来，咱们比划比划，看看今儿先开张的，到底是我的果子，还是你的茶！"

赵盼儿不甘示弱地说："好！"

两人合力推开用竹篱笆编成的茶铺门，阳光一下子照了进来，照亮了门头上的四字牌匾"赵氏茶铺"，也照出了茶铺的全貌。这是一家仅有四五张桌椅的小店，店中虽然简洁，却不简陋，桌椅洁净，竹壁上悬挂的字画也颇为出尘。

赵盼儿挂出水牌，上面写着"雪泡豆儿水""葡萄浆""顾渚紫笋"等字样，又和孙三娘往茶铺外的空地搬放好桌椅。此时，数名茶客走了过来，眼瞧着都是茶铺的熟客。

"赵娘子早啊！来一壶谢源茶！"

赵盼儿麻利应道："好嘞！您请稍坐，马上就来！"

赵盼儿回到灶房，一边娴熟地准备起茶点，一边和孙三娘相视一笑，顽皮地低声道："我赢了。"

孙三娘故意装出一副自怨自艾的样子，深深地叹了口气："唉，谁敢跟未来的进士娘子欧阳夫人比运气？"

"三娘！"听了这话，赵盼儿忙放下茶盏，低声打断孙三娘的话头。她环顾四周，见茶客们并未听到她们的对话，这才松了一口气。"三娘！说过多少回了，我和他的事不能让外人知道。”孙三娘哪点都好，唯独这张快嘴容易闯祸。

孙三娘猛然意识到自己又说漏了嘴，忙轻轻打了自己一记耳光。

赵盼儿知道这是孙三娘的无心之失，叹道：“没法子，读书人最讲究名声。欧阳自是知我爱我尊重我，可……”她顿了顿，似乎有难言之隐，声音也越来越低：“可钱塘县里，知道我之前事的还真不少。”

原来，这赵盼儿原本出身于官宦之家，可在幼年时就因父罪被充进教坊沦为官伎，虽然她十六岁时就在父亲故友的帮助下赎身归了良籍，可欧阳旭毕竟要走仕途，她担心自己当年那段经历会给他的仕途带来不利的影响。

见赵盼儿神色黯然，孙三娘忙出言安慰：“别想那么多。等他接了你去东京，凤冠霞帔那么一戴，大门不出二门不迈的，谁还能认得出你？”

这话正说到赵盼儿的心坎上，她忍不住狡黠一笑：“我也是这么想的，所以早就在老家买好了地，等到了东京，我就是邓州来的赵娘子啦。”

孙三娘眼看着赵盼儿的神色由阴转晴，打趣道：“哟，都计划得这么妥当了？那刚才在里头瞎担心欧阳官人落榜的，又是谁啊？”

“我只是害怕有什么意外，他的才学，我可从来都是有信心的。”对于自己看人的眼光，赵盼儿极富自信。毕竟这么多人里头，能让她看中的良人，就只有欧阳旭一个。

孙三娘看着赵盼儿提起心上人时甜蜜又自豪的样子，打心眼里替她高兴。她伸手刮了刮盼儿的脸。“没羞！你呀，跟你那个引章妹子的品性，简直是一个水来一个火。不过，听说东京的娘子们都是爽利脾气，你到那边以后肯定如鱼得水。”

听到“东京”二字，赵盼儿眼中生出向往：“我还没去过东京，欧阳说那里晚上都没有宵禁，整个晚上都灯火通明，笙歌不停。”

孙三娘也停下了手中的活计，满脸憧憬地说：“子方他爹去过一回，也说那边的小娘子个个打扮得跟仙女儿似的，铺子里不同颜色的口脂香粉能有几百种，连衣裳都是用金线织的。唉，我就等着子方将来也考个官，给我挣个凤冠霞帔回来了。”

两人一同陷入对东京的神往之中，眼神也跟着迷离起来，似乎已经身处东京的笙歌灯火、罗绮飘香中了。

正在此时，又有两位客人走进茶铺，为首之人正是“活阎罗”顾千帆。眼下他虽然身着便装，可单凭那周身的气度就能看出他有官职在身。跟在顾千帆身后的下属名唤老贾，他的眉间有一道狰狞的疤痕，一看就是个狠辣角色。老贾带着顾千帆在一张靠边的桌子旁坐了下来。顾千帆此番赴杭是有公务在身，根据此前得到的线索，那幅藏有皇后失贞证据的画就在钱塘县。

而刚从对东京的富贵繁华的遐想中回过神儿来的赵盼儿正为客人表演茶百戏，一时无暇招待这两位新来的客人。只见她一手缓缓将热水注入盛放茶粉的茶盏中，一手拿着茶筅快速拨弄，不一刻，茶水表面便现出纹路。客人定睛一看，水面上的纹路如桃花一般盛开在茶水中央，众茶客为此心服口服，纷纷鼓掌。赵盼儿又拿起银壶，漂亮的一个背身，热水便如箭般射入茶客面前的茶盏中。众人再度鼓掌叫好。

听到铺内的掌声，正与老贾密谈公务的顾千帆微皱了一下眉头。

老贾见状忙低声道："指挥可是嫌此处不够清静？之前听说您爱茶，这间赵氏茶铺号称钱塘第一，所以卑职才选了此处。"

顾千帆略带嫌弃地打量着这间朴素的茶铺："这里？钱塘第一？"

老贾赔笑："陈设是简单了些，难得的是茶香果子好，掌柜娘子又是个绝色，样样齐全。"

顾千帆闻言扬眉，老贾自知在聊公务时讨论掌柜娘子的姿色有所不妥，赶紧转移话题，指着邻桌的茶具道："您看，这儿的茶具比别的地方雅致吧？听说连里头挂的字画，都不是凡品。"

正巧赵盼儿送了两人的茶过来，听到老贾对自家茶铺的赞许，心中颇为受用，朝他嫣然一笑："您两位点的青凤髓、越梅蜜煎，请慢用。"将茶点一一摆好后，她又指了指桌上的青瓷小瓶："加一点安姜盐，更香。"

老贾被赵盼儿的笑迷昏了头，痴痴地目送着赵盼儿离开。

顾千帆见老贾犹自伸头看着赵盼儿的背影，又皱了一下眉头："这就是你说的绝色？你眼睛没事吧？"

老贾心下尴尬，轻咳两声，找补道："乡下村姑当然没法跟京城的红粉佳人相提并论。"

顾千帆摇头："办完这回差事，就调你回东京洗洗眼睛。"

偏偏赵盼儿正好回身去捡刚才掉落的手绢，两人的对话悉数传入她的耳中。她对自己的容貌多少还有几分自信，长这么大，被人说丑还是头一回。她心中暗忖，亏得那男子生得眉清目朗，看着颇有学识见地，竟在茶铺对一个陌生女子如此评头论足，真是道貌岸然。

赵盼儿心中不忿，霍地一下站了起来，但最终只是深吸一口气忍下怒意，捏紧了手绢，高昂着头转身进了茶铺。

老贾并没注意到赵盼儿的反应，激动得直拍大腿："多谢多谢！不管外头人怎么说，咱们这帮老人都知道，您最会体恤手下兄弟！"

"行了，说正事。"顾千帆不爱听这些场面话，再开口已是公事公办的语气，"姓卫的不是早就招供说那幅《夜宴图》在两浙路转运判官杨知远手里吗，你怎么一直没拿到？"

老贾也正色道："属下无能。可您吩咐过，事关官中秘辛，得尽量保密。据属下所查，杨知远也是碰巧才收藏了这幅画，似乎并不知道画里的古怪。他官不小，又是个认死理的清流，属下若是直接上门去讨要，多半会把事情闹大，所以才悄悄潜入杨家，想把画偷出来算了。可他把那画藏得太好了……"

老贾口中的这些难处顾千帆并非不知，他正要回答，却被远处的一阵骚乱声打断。只见不远处四个手持兵器的歹徒正在四五名衙役的追赶下一路奔逃。老贾的手本已伸向腰间匕首，却见顾千帆微不可察地摇了摇头。皇城司指挥使来到钱塘之事一经传开必然引来骚乱，他们还是低调行事为妙。

顾千帆本以为那些个衙役很快就能将那几名亡命之徒制服，可惜事与愿违，最终，四名歹人在走投无路之下，竟然闯进了茶铺。众茶客见他们手中刀光雪亮，忙四散奔逃。茶铺内一片混乱，一名茶客不慎跌倒，赵盼儿忙扶他起身。而那名茶客忙于奔命，站都没站稳就甩开赵盼儿独自跑开。

一名歹徒气急败坏地挥着刀，顺手拉住来不及逃走的赵盼儿，对着衙役们叫道："都别过来！再敢靠近一步，老子杀了她！"说着，便用刀往赵盼儿的脖子上一逼。另外三名歹徒也有样学样地用刀指住几位茶客，其中就有顾千帆和老贾。歹徒对上顾千帆冰冷的眼神，竟下意识地打了个寒战。

赵盼儿脑内飞速盘算着逃命的方法，为了减弱歹徒的防备心，她故作娇弱地连连轻喊："好汉饶命！好汉饶命！"

"刀扔地上，不然老子就杀人了！"挟持赵盼儿的歹徒此时双目充血，已做好了鱼死网破的打算。

眼看一名老人听见"杀"字便吓得眼球直翻，几欲晕去，衙役头领无奈，只得冲手下一甩头："都放下刀！"众衙役纷纷将刀丢在脚边。孙三娘挑开灶房的门帘向外张望，马上被屋外的混乱吓了一跳。

此时，歹徒又要求衙役给他们备四匹快马，赵盼儿却突然哭嚷道："别杀我，我给你钱！"

倘若此时不是有歹徒行凶，任谁看了都会觉得赵盼儿哭得梨花带雨、我见犹怜，顾千帆却忍不住蹙眉。好在用刀指住他们的歹徒却因此而分了心，在顾千帆的示意下，老贾悄悄退后，靠近竹篱笆准备封锁出口。

心生贪念的歹徒押着赵盼儿往柜台走去，赵盼儿边走边浑身发抖，仿佛害怕至极，这时她却借机大叫："三娘，大铜盆！"众人闻声一愣，不明所以。早已在帘子后摩拳擦掌的孙三娘用力举起大铜盆，狠狠地摔到地上，发出一声巨响。

歹徒闻声分心，赵盼儿趁机拿起茶壶砸在他的头上，霎时热水飞溅，歹徒捂住眼睛大声哀号。紧接着她又抄起桌上的盐瓶扬手四散，一时间盐末飞扬，众人无不掩鼻咳嗽。

另一名短髯歹徒见兄弟吃亏，忙举刀劈向赵盼儿。突然，一把菜刀从灶房门帘内飞出，刀柄打在他的身上。短髯歹徒吃痛，手中的刀劈歪了。赵盼儿一个闪身，将将躲过。这时孙三娘尖声大喊着，手持两把菜刀从灶房奔出，向两名歹徒疯狂挥刀。

短髯歹徒转而横刀迎击孙三娘，孙三娘用的毕竟是普通菜刀，没砍两下就落了下风。赵盼儿奔上前去，往正与孙三娘鏖战的短髯歹徒裆下狠狠踢了一脚，对方吃痛，钢刀脱手。剩余两名歹徒见兄弟吃亏，忙前来支援。赵盼儿无处闪躲，绝望之际，透过纷飞的盐末，她看到一直稳坐不动的顾千帆飞身跃起，一脚踢开歹徒的钢刀，随即揽住她的腰，将她往后一拉。

钢刀砍进桌子中，歹徒一时拔不出来，顾千帆一脚踢在他的面门上，那名歹徒瞬时倒地。

战斗很快结束，茶铺诸人脱险。赵盼儿惊魂未定地看着顾千帆，顾千帆却面无表情地抽开了此前放在赵盼儿腰间的手，似乎多跟她靠近一刻都会令他感到厌烦。他和老贾若无其事地坐回原位，静静地喝茶。赵盼儿不知道顾千帆有什么毛病，可他毕竟是她的救命恩人，她决定忽视他脸上那副众人都欠他债的表情。

而孙三娘正在对已经被绑在地、连连痛号的歹徒们耀武扬威，她扬着手中的菜刀，大声说："叫什么叫？棒骨没碎，龙骨也是好的，就蹄髈折了，死不了！"

众歹徒满脸惊恐地看着孙三娘，生怕她手起刀落，自己小命不保。

几名歹徒都被押出茶铺后，茶铺终于安静下来。然而衙役们却对身手奇佳、来历不明的顾千帆产生怀疑，盘问道：“欸，看身手你是个练家子，从哪儿来的？报上姓名。”

“休得无礼！”老贾忙将那名衙役拉到一边，耳语了两句。顾千帆则起身欲走。

“客官，请留步！”赵盼儿快步走来，向顾千帆福了一福，举起手中茶盘继续说道，“多谢恩人刚才救命大德，小女子无以为报，只能以清茶一盏相谢。这是钱塘的灵隐佛茶，相传乃天竺传来，每年仅产十两，汤清浅，有异香，还请恩人一品。”

顾千帆没有接赵盼儿的茶，而是审视着她：“你不会武功，刚才为什么要强出头？万一有所死伤，难道不会后悔吗？”

赵盼儿没想到顾千帆会问她这个问题，先是一怔，随后抬首，一脸坚定地看向顾千帆：“不后悔。但凡想清楚了的事，我就会做。无论结果如何，都不后悔。”

顾千帆对她的回答略显意外，但凡想清楚的事，无论结果如何都不后悔？他不欲再为难她，正欲接茶，却听正在盘问老贾的衙役冷笑着说：“皇城司？别吹牛了，就你这模样，还能是皇城司的人？乖乖跟我去衙门走一趟吧。”顾千帆的眸光顿时冷了下来。

老贾看了一眼顾千帆，见顾千帆点头，便露出自己腰间金狮头腰佩。看到皇城司的腰佩，赵盼儿脸上瞬时一白，微微倒退一步。众衙役倒抽一口冷气，忙齐齐跪拜、咚咚磕头：“下官有眼不识泰山，还请恕罪！”

顾千帆面无表情地一挥手，众衙役忙不迭地离开，纷纷为自己从皇城司人手下捡回了一条命而庆幸不已。顾千帆转回身来，伸手欲拿盘中之茶。赵盼儿却突然手一抖，茶盏中的茶顿时一荡，洒出了大半。

赵盼儿故作慌乱地一屈膝：“啊！妾身不是有意的，请官爷恕罪！”

顾千帆的眼中掠过一道寒光，语声却不见波澜：“无妨，再倒一杯就是。”

“此茶名贵，妾身所有的全在这一盏里了。”赵盼儿说得极为诚恳，眼神中带上了恰到好处的慌乱。

“那就随便换一壶，我不挑剔。”顾千帆脸上寒意陡增。站在一旁的老贾为赵盼儿捏了把汗。

赵盼儿眉头一皱，面露难色：“不是妾身有意推拒，只是刚才歹人撞翻了炉子，除了妾身手中这一点，其他的泉水也都洒了……官爷如果实在口渴，前边街口还有一间茶楼。”

顾千帆突然笑了，仿佛赵盼儿说了什么离奇的笑话。他本就生得丰神俊逸，一笑起来更是俊美无俦，可这并不能抵消他身上那股迫人的冷意。“水洒了，去打；炉子熄了，重新生。今儿我还偏要喝你这儿的茶。”顾千帆环视着一片狼藉的铺子，冷冷地说，“要是味道不好，我就帮你把其他地方也砸干净，如此可好？”

赵盼儿脸色一变，老贾和闻声赶来的孙三娘也同时不寒而栗。顾千帆却已径直走入茶铺中，在一张还未翻倒的桌边坐下。

赵盼儿嘴角微颤，但还是强压下心中的不满，转身回到灶房。

孙三娘小心地掩上门，惊魂未定地对正在碾茶的赵盼儿说道：“老天爷，那可是皇城司的煞星！好好的，你干吗招惹他啊？”

赵盼儿低声道：“我就是不愿意他们喝我的茶。”

孙三娘闻言，不解地看着赵盼儿。

“当年半夜闯进我家，抓走我爹的，就是皇城司的人。都已经十四年了，可一看到那狮头佩，我就……”赵盼儿说不下去，往茶碾里撒了一把白色的粉末，恨恨地碾了起来，似乎要把当初抓走爹爹的皇城司的人碾成粉末。

“你加的是什么？不会是鹤顶红吧？”孙三娘吓得几乎跳了起来。

赵盼儿眼中闪过一丝狡黠的光芒，冷笑道：“怎么可能，这是霜糖。要治他，我有的是法子。”

顾千帆在茶铺的角落里漫不经心地等候着，良久，赵盼儿端着茶盘款款而来，替顾千帆倒上一杯后，又奉上一盘三色茶果，恭敬地退到一边。

顾千帆端起茶来闻了闻，又尝了尝，旋即淡淡一笑：“青竹蛇儿口，黄蜂尾上针。”

老贾当即抽出佩刀：“大胆刁妇，你竟敢当众下毒！”

赵盼儿不惊不惧，拔下头上的银簪，朗声道：“官爷何出此言？妾身敢以性命保证，这茶里绝对没毒，不信，这是银的，您自己验验！”

“是吗？”顾千帆轻蔑地笑了一声，依次指着茶盘道，“龙凤茶、梨条桃圈、雕花蜜煎，前两道茶果都是市井寻常之物，可中间这道做得最精妙的，却是碧涧豆儿糕。只要不是没长眼睛，十之八九都会选它来佐茶。而此茶之所以名龙凤，是因为其中加了龙脑香。绿豆性寒凉，龙脑味苦寒，君臣佐使之下，现在喝下去是没事，可两三个时辰之后，只怕就要上吐下泻了吧？”

老贾和孙三娘没想到顾千帆对茶点如此了解，都惊呆了。

赵盼儿并无惧色，冷静地答：“官爷说的这些，妾身都不懂，妾身又不是神仙，怎么知道您一定会选豆儿糕？”

见赵盼儿依旧嘴硬，顾千帆干脆挑明：“你不会武，那刚才躲刀的那一记翻腰，应该是由绿腰舞里的动作所化。如今会跳绿腰舞的，多半不是良家，再加上你刚才倒茶送水时那副卖弄风情的做派——敢问小姐平日在哪处勾栏献艺？”说罢，顾千帆好整以暇地看着赵盼儿，等着她缴械投降。

此事戳中了赵盼儿的软肋，她脸色瞬时一白，强自镇定地说：“不得胡言！我是良民！”

顾千帆挑眉：“哦，难道是脱籍了？那就把你的履历一一报上来。”

赵盼儿浑身一滞。

顾千帆冷笑道：“你既然那么讨厌皇城司，多半也知道我们是做什么的。要是你老实交代，我还可以考虑饶过你。要是还想巧言令色隐瞒，我保证，三天之内，钱塘县的每一个人，都会对你的陈年旧事如数家珍。”言罢，他竟端起茶来，悠然品尝。

赵盼儿脸上青白交加，良久，她一咬牙，清声道：“赵盼儿，二十四岁，邓州人氏。十岁因父罪没为官奴，隶杭州乐营歌舞色为乐伎。十六岁得太守恩令，脱籍归良……”

“够了。”顾千帆听到赵盼儿说自己因父罪没为官奴时微微一怔，打断她后旋即起身，“你不是无知村妇，应该懂得物过刚则易折的道理。好好记着今日的教训吧。”言毕，他眼含深意地看了眼赵盼儿，率手下离开。

见皇城司的人离开，孙三娘忙快步走过来，担心地安抚赵盼儿。

赵盼儿身形有些不稳，但还是坚强地咬牙道：“我没事。”

孙三娘看着赵盼儿苍白的脸色，哪里像没事的样子？这皇城司的人也真可恶，偏往人家心窝子里捅刀子。

“做过乐伎又如何？天命如此，并不是我的错！我在籍时清清白白，从未以色事人；脱籍后卖茶为生，从未自甘堕落。所以我没有什么可羞愧的！”赵盼儿站直了身子，倔强地看着顾千帆离去的方向，眼中似有火焰燃烧。

另一边，顾千帆正立于船头望向前方，看不出脸上有什么情绪。老贾手中划着船，嘴里仍旧念叨个不停：“这死婆娘简直吃了狗胆！指挥，您看卑职要不要以后——”老贾观察着顾千帆的脸色，似乎只要顾千帆一点头，他就准备把茶铺一锅端了。

“绝色、村姑、贱妇、婆娘，你倒是会随机应变。”顾千帆扫了老贾一眼。老贾识趣地闭上了嘴。

顾千帆回想起赵盼儿方才的神色，又补充道：“今日之事到此为止，以后不必再去为难她。你没听到她说自己是因父罪才没入贱籍吗？受此刑罚的人，十之八九都是犯官妻女。她的态度前后又截然不同，当年负责缉拿的多半就是皇城司。”

老贾恍然大悟地说：“难怪她行事做派不像寻常市井女子，原来竟有这等遭遇。”一想到赵盼儿那副姣好的模样，他心中不禁一阵唏嘘。

顾千帆不欲再在此事上纠结：“天下痛恨皇城司的人何止千万，不少她一个，眼前要紧的是我们的正事。现在你就再去一趟杨家，索性跟他挑明了身份要画。他还是不从，我再亲自去会会他！”像赵盼儿方才那般对他恨之入骨的眼神，他这些年见的已数不胜数，然而纵他所行之事无人理解，又有何妨。

残阳夕照，赵盼儿独自坐在茶铺门口出神，怅然凝思，想起过去的艰辛苦痛，平素坚强的她也难免露出一丝脆弱。身后，孙三娘正在茶铺内帮她收拾着一片狼藉。

突然，一只球直冲赵盼儿面门飞来，赵盼儿反应迅速，一个回身，将其踢飞——她虽然不愿回想那段过往，可从教坊学来的本事她可从未荒废。

“赵娘子好本事！”远处几个少年拍手叫好，孙三娘的独子傅子方赫然在列。

孙三娘见状，挽起袖子冲了出来：“傅子方！你又逃学！”傅子方赶紧抱着球爬起来，转身逃跑。孙三娘提起裙子一路追去。

赵盼儿看着孙三娘跑远，微微苦笑一下，转身继续收拾地上的杂物。片刻，身后传来一个细细弱弱的声音：“盼儿姐。”

赵盼儿回过头，却见自己的结拜姐妹宋引章带着她的侍女银瓶从不远处的马车上走下来。初入教坊时，赵盼儿接受不了从官家小姐到教坊乐伎的落差，不肯当众表演，多亏有宋引章的姐姐照顾才少挨了不少板子。可就在赵盼儿脱籍的前一天晚上，宁海军的节度判官点她去侍宴，宋姐姐便主动替她去了。可没想到，那晚宁海军的人喝多了发狂，把宋姐姐从楼梯上推了下来……从那时起，赵盼儿就发誓要代替宋姐姐照顾好宋引章，她既欠宋引章一个姐姐，就得自己成为那个好姐姐。

赵盼儿没想到宋引章会在此时过来，忙起身相迎。她发现宋引章今日打扮得格外精心，那身艳丽的罗裙更衬得她乌发如云、香腮胜雪。赵盼儿不由想到，即便是方才那个挑剔无礼的皇城司的人，恐怕也得承认宋引章是个世间难寻的美人。

宋引章急急走到赵盼儿近前来，身上的首饰将整间茶铺都映衬得明亮了起来。

宋引章拉过赵盼儿左看右看，担心地说：“我听说茶铺来了歹人，就着急赶过来了。你没事吧？”

赵盼儿正欲回答，注意力却被从马车上走下的一名衣着华丽的青年男子吸引，她打量着那名男子，警惕地问：“我没事。这位是？”

宋引章羞涩地看了男子一眼：“周郎怕我着急，这才特意送我过来。”

“周郎？”赵盼儿对两人的关系已经猜出了几分，她这个妹子虽然弹得一手出神入化的琵琶，在人情世故上却始终缺了根弦。这次，她显然又中了纨绔子弟的圈套。

周舍上前一步作了个揖，谄媚地说道：“小可周舍，见过赵娘子。引章每天最少要跟我提十回赵姐姐。今日一见，果然神采飞扬，非同凡响。”

赵盼儿被周舍的油腔滑调恶心得浑身难受，她冷冷地盯着周舍，不为所动。宋引章知道自己最担心的情况已经发生，她有些心虚地低下了头。

赵盼儿虽然对周舍没有好感，可出于礼数，她还是起身去灶房为周舍和宋引章沏茶，银瓶颇为懂事地跟着她去灶房帮忙。赵盼儿简单地问银瓶宋引章与周舍相识的经过，一壶茶沏好，赵盼儿心中已有了计较。

不久，银瓶帮赵盼儿从灶房端出茶来，周舍忙起身相迎，他颇有风度地为赵盼儿和宋引章倒好了茶，还特意亲手奉给宋引章。在此期间，赵盼儿一直不动声色地观察着周舍的举动。

周舍被赵盼儿盯得心里发毛，不自在地打量周围，见满地碎瓷片，忙道：“看这屋里的茶具被歹人碎不了少，我在钱塘认识有名的瓷器商人——”

赵盼儿语气淡漠地打断周舍：“不必了。我这点小生意，不敢有劳周官人大驾。”

宋引章见赵盼儿的样子，显然不会给周舍好脸色看，她担心再这样下去赵盼儿会惹周舍生气，便决定直接切入正题。她看了周舍一眼，低声道：“盼儿姐姐，其实今天我们来瞧你，还有别的事……”

周舍知道自己多少也得表示表示，站起身来，轻咳一声：“引章总说你就如同她亲姐姐一般。周某又对引章一见倾心，情根深种，故此特来提亲。”

赵盼儿倒没想到他二人已经到了谈婚论嫁的地步，心中暗自一惊，面上仍不为所动。

见赵盼儿没有反应，周舍舔了舔因为紧张有些发干的嘴唇，继续说道：“周某家在淮阳，世代为商，家中经营皮货，有商铺数十、下人近百、宅院若干。若能得赵娘子允准，必定待引章如珍似宝，一生一世。”说罢，周舍深情地望向宋引章。

宋引章沦陷在周舍的深情款款中，脸上不由得露出了幸福的笑容。

“不行，你不能嫁他。”赵盼儿打断了两人的深情对望，双手抱于胸前，语气不容置疑。

周舍和宋引章俱是一惊。

赵盼儿决心快刀斩乱麻，深吸了一口气，看向宋引章：“引章，你年纪小，又一心扑在琵琶上面。很多人情世故，我跟你讲过，看来你从没过心。听银瓶说，你和这位周官人相识才不过十五天。你也不想想，一个走南闯北的商人，什么美人妖姬没见过，怎么就能突然对你一见倾心呢？”

周舍不甘心地反驳道：“千里姻缘一线牵，我与引章是因曲生情——”

不等周舍说完，宋引章便连忙附和：“没错，那一日我心中烦闷，在湖边弹了一曲《明妃曲》，他远远在湖上听到了，便奏箫相和，如此我们才相识相知。姐姐，周郎真的是我的知音。”

赵盼儿用那双仿佛能看穿人心的眼睛看着周舍，别有深意地问：“‘一去紫台连朔漠’的下一句是什么？”

周舍一时噎住，那张原本还算周正的脸渐渐憋成了猪肝色。

赵盼儿忍不住冷笑出声，看向宋引章道：“他连杜子美的《明妃曲》都不会背，能和你是个鬼的知音！这些风月场上的常见伎俩，也只能骗骗你这种涉世不深的丫头罢了。”

周舍被当场揭穿，尴尬地端起茶杯，喝也不是，放也不是。

见宋引章仍试图为周舍辩解，赵盼儿继而指出：“你看他端茶用的是中指和拇指，这是赌徒捏骰子的手势。”

周舍闻言连忙放下茶杯。赵盼儿却一把抓住他的袖子，晃了一晃：“他身上有更衣香的味道，这种熏香，只有最贵的几间青楼才用得起。”周舍连忙收回自己的手臂。

赵盼儿不掩嫌弃，拿手绢擦了擦手：“你说他精通箫技，试问哪个做大生意的客商能有如此闲情？分明就是个经常出入欢场的酒色之徒而已！”

周舍颜面大失，又气又怒，却又无从反驳，最终拂袖而去。宋引章急得跺了跺脚，面带愠色地看了盼儿一眼，冲出茶铺去追周舍。

“周郎，你别走！”宋引章气喘吁吁，好不容易追上了周舍，拉住他的衣袖央求，模样端得楚楚可怜。

周舍看着宋引章那张娇艳的小脸，恨不能上手去试试能不能掐出水来，可为了达到目的，他还是狠心甩开了她的手："你不用劝我。我当她是你姐姐，才对她客客气气，可她刚才是怎么对我的？要知道我周舍在外行走，也是个有脸面的人物！"

宋引章欲替赵盼儿解释，却被周舍制止，他以父亲病重需要尽快回家为借口，逼她尽快做出决断。宋引章担心自己就此错失这个脱籍从良的大好机会，咬牙道："我这就进去，再跟她好好说说！"

"如果你赵姐姐还是不许，你能不能什么都别管，就这么跟我回——"周舍说到一半，却生生停住，"算了，你就当没听到好了，我不能这么自私。"说罢，他佯作自嘲地笑了笑。

宋引章没想到周舍竟深情如斯，当即下定决心："你再等等，我一定能说服她的！"周舍看着宋引章急匆匆跑回茶铺的样子，知道自己已经吃定她了，不禁为自己的精湛演技沾沾自喜。

回到茶铺，宋引章替周舍说了半天的好话，赵盼儿却一句也没听进去，她既答应宋姐姐照看引章，就一定会做到，无论如何，她都不会同意这门婚事。

"你要还当我是姐姐，就别再跟他混在一起。"赵盼儿语气坚决。

宋引章自然知道这世间没有比盼儿姐更关心自己的人，可这一回，她心意已决。凡贱籍者，世代相袭，不得与良人为婚，不得自赎，她无论如何都要为自己下半辈子的命争上一争。可她没有盼儿姐那么好命，能遇上和她心心相印的欧阳姐夫。既然嫁不了举人郎君，找个殷实的商人托付下半辈子，就已经是她最好的选择了。

"盼儿姐，你早就身得自由，不知道像我这样仍然身在贱籍的人有多苦。姐姐，我不想应召去官府宴席上陪酒，我不想一辈子不得自由！"说到这里，宋引章已经是眼泛泪光，她之前也真是糊涂，这么多年眼里除了琵琶就只有曲谱，还以为自己是王公太守都敬重的乐工，从来都瞧不起那些以色事人的歌伎倡优。可直到盼儿姐告诉她乐工就是乐伎，她才如梦初醒。

赵盼儿怎能不知宋引章的苦处，见引章落泪，她心中也很是酸涩。她又说道："咱们不是说好了吗，欧阳这次要是能中榜授官，一回来就替你向知州求情，帮你脱籍……"

"可姐夫这一次要是没中呢？"这一顾虑在宋引章心中萦绕良久，这一回终于让她说出了口。见赵盼儿急欲开口，宋引章知道她又要说姐夫一定能中，可她没给赵盼儿说话的机会，继续说道："要是知州不给他这个面子呢？我毕竟不是你的亲妹妹，又号称江南琵琶第一，知州会轻易放我脱籍吗？我真的是一天也不想等了！现下周舍愿意娶我，他又有钱——"

赵盼儿听不下去了，打断道："周舍有钱又如何？难道你的钱还少吗？你又不是不知道，但凡乐籍女子，三十五岁之前不能以钱赎身，只能由州官特批放良。你要是只跟他拜个堂，入不了民籍，实则连个妾都算不上！"

"我自然要做正头娘子！"宋引章急红了脸，音量陡然升高，似乎在试图说服赵盼儿的同时也在说服自己，"周郎说了，只要我嫁了他，他就去求他做应天府通判的姨父，有官府出面，我马上就能脱籍放良！"

"知州不放你，周舍的姨夫就能了？应天府的通判，如何管得到杭州的乐营？这样的大官，又怎么娶我们这种商户出身的女子？"赵盼儿对宋引章的天真又急又气，这一连串的发问噎得宋引章说不出话来。

赵盼儿放柔了语气，继续劝道："引章，你清醒一点好不好，一个样样俱全的郎君，怎么就突然来了钱塘，还突然就非你不娶了呢？身在乐籍的滋味是不好受，我懂。可你领着乐营发下来的差饷，拿着王公贵人的赏赐，穿金戴银，出入自由，还有丫鬟服侍，比起我们当年，已经是神仙日子了。"

"可比起金笼里扣着玉环的鹦鹉，我还是宁愿做野地里自由自在的野鸟！"宋引章此时已经鬼迷心窍，就算天王老子来了也劝不动她。

赵盼儿急得站起身来："可你怎么知道，他想娶你，不是别有用心？"

宋引章一听这话急了起来："他不过就是爱我、怜我，能有什么用心？他自有万贯家财，难道还图我的钱不成？你都成天想着当进士娘子，我为什么不能嫁个员外富商？"

赵盼儿没想到宋引章竟会这样想，她这才意识到宋引章很可能是因为她找到了欧阳旭，出于小女孩的攀比之心，才着急找一位富商。"引章……"赵盼儿一时不知该说什么好。

"算了，我不跟你说了！"宋引章不小心说出了压在内心深处的真实想法，一时觉得没面子，转身欲走。

见宋引章执迷不悟，赵盼儿知道眼下她只能用上没有办法的办法，她深吸了一口气，最终下定了决心，朝宋引章的背影说："你要走就走，想嫁就嫁。不过我帮你打理的那些铺子和银钱，你一分也别想拿走。”

宋引章猛然回身，不可置信地问：“那是我的东西！你凭什么扣着不放？”

“就凭你姐姐临走之前，再三叮嘱我要照顾你。”赵盼儿早料到她会说出这句话来，但见宋引章如此不信任自己，她还是有些受伤，“你说他对你是真心的，好，我可以不再阻拦。但他必须在钱塘三媒六证，风风光光地娶你过门，而且百日之内，待你如一。如果他做到了，我就把你的钱一分不少地还给你，再陪送我早替你准备好的嫁妆。否则，我宁肯把那些钱都扔到西湖里去！”

宋引章惊愕地张了张口，气得说不出话来。

赵盼儿狠心地背过身，不准备将谈话进行下去，心中暗叹：引章啊引章，你怎么这么糊涂，倘若周舍真是正人君子，我怎会碍你的大好前程？罢了，你早晚会知道，我今日的不近人情都是为你好。

“你真的这么说了？”孙三娘正和赵盼儿在河边打水，听到赵盼儿讲述自己与宋引章的争吵内容，她险些丢了手中的水桶。

“不下点猛药，她清醒不了。”赵盼儿帮孙三娘扶稳了水桶。

孙三娘觉得赵盼儿多少有些说重了，可若不这样做，也不能眼看着宋引章往火坑里跳。孙三娘叹道：“你呀，这些年把引章保护得也太好了。她不是糊涂，是不食人间烟火。”

赵盼儿叹了口气：“没法子，这都是当年我欠她姐姐的。”

“那姓周的住在哪儿？对付这种人，哪需要那么多废话，揍一顿就成了。你也真是的，干吗不告诉我这件事？”在孙三娘眼中，能用武力解决的问题都不能算问题。

“你不是忙着教训儿子吗？”赵盼儿将盛满水的木桶提了上来。

这话正戳中了孙三娘的痛处：“别提了，他爹一回家，就死命护着他，他一溜烟就跑了，硬是没让我打成！”

两人提着水桶正要离开，一个石子落入水中溅起水花，将她们吓了一跳。

傅子方笑嘻嘻地出现在两人的视野中：“我是你亲儿子，你要把我打坏了，谁给你挣凤冠霞帔去？”

“嘿，你还敢回来！”孙三娘手中提着水桶一时腾不出手，但已经开始在心中摩拳擦掌。

傅子方依旧是一副嬉皮笑脸的样子：“我不回来，谁给你们报信啊？我刚才在仁安桥上看到宋姨和那个姓周的坐船出城了，还有服侍宋姨的银瓶丫头也跟着。那么多的箱笼，他们该不会是私奔了吧？”

“私奔了？”赵盼儿和孙三娘顿时大惊失色。乐营中人不得私自离开本郡，若宋引章私奔之事被人发现，免不了一顿板子。

“我得把她追回来。”赵盼儿咬牙说道。

天色渐晚，孙三娘还在收拾着凌乱的茶铺。不一刻，一脸疲惫的赵盼儿回来了。孙三娘一看她脸色就知道不容乐观：“没追着？”

赵盼儿丧气地点着头，她划船追了快一个时辰，最后连宋引章的人影都没追到，想来现在她和周舍早就离开钱塘了。

孙三娘给赵盼儿递了杯茶，安慰道：“别急，别急，姓周的不是淮阳人吗，有名有姓的，跑不到哪儿去。”

孙三娘能想到的，赵盼儿何曾想不到。赵盼儿摇了摇头道：“我去皮货行会里问过了，常跑淮阳的人都不认识这么一个人。应天府的历任通判夫人，也压根没有淮阳的。”

“敢情他还真是个骗子！”孙三娘顿时义愤填膺，但她顾及赵盼儿的情绪，又宽慰道：“不过，银瓶是个懂事的，既然跟着引章去了，多半以后会想法子再给我们报信的。”

“但愿吧。”赵盼儿无力地点了点头，“算了，砸成这样，你也别帮我收拾了，反正欧阳早就劝我把店关了，说读书人娶商妇的名声毕竟不好听。我原本还发愁要是跟他进了京，这铺子怎么办呢。看来，这就是天命。”

孙三娘没想到赵盼儿准备关铺子，忙劝道：“别呀！虽说欧阳官人肯定能中的，可是不怕一万，只怕万一，他要是……你俩就还得在钱塘过活啊。你要关了这铺子，以后连个营生都没了……”

赵盼儿留恋地环视着自己一手经营到今天的铺子：“可是现在引章的麻烦事一堆，我哪有工夫管这边。”

“那也别想着关门啊，大不了我帮你看着就是。点茶那些我虽然不会，但做点饮子果子，帮你收收账总是可以的。你先忙引章的事要紧！”

赵盼儿为孙三娘的仗义感动不已，她今日接连受挫，若没有三娘帮忙，她真不知该如何是好，日后有机会，她一定好好地报答三娘。缓过劲儿来后，赵盼儿决定去杨运判府上替引章托个人情，求他帮忙跟乐营将说个好话，免得引章回来挨打。至于杨运判是否愿意帮她，赵盼儿心中其实也没底，毕竟杨运判跟她也不过就是喝过几回茶、买过几幅画的关系，但她眼下已经管不了那么多了。

待她走出茶铺，孙三娘还在后面大喊着叮嘱："这天都黑了，你小心点！"

杨府坐落在城外，距离赵氏茶铺着实有一段距离。赵盼儿紧赶慢赶才在宵禁前赶到杨府，幸而遇上了一名认得她的丫鬟，才得以进了杨府大门。

"赵娘子你别急，我家主人正忙着河工上的事，这两天都没怎么出书房。要不你先回家歇着，明日等主人有空了，我再帮你禀报。"小丫鬟试图劝赵盼儿改日再来。

事出紧急，赵盼儿也顾不上客套："可我这事太急，等不了。"话音未落，就听到屋外传来了仆役的惊呼声："不好了！有强盗闯进府里来了！"

赵盼儿忙快步走到门边向外张望，只见一队服装统一的便装人马竟策马穿过院中，直向正堂的方向急驰。一路上小厮、丫鬟惊吓躲避，一片混乱。赵盼儿眼尖地认出当头的正是她早前见过的那位皇城司官员，她心中暗叫不妙，自己显然牵扯进了一场祸端之中。

杨运判慌乱地从房中奔了出来，大声制止："大胆！本官两浙路转运判官杨知远！何方贼子，竟敢擅闯？"

顾千帆马速不减，竟直冲杨运判而来。在众人惊呼声中，顾千帆勒住缰绳，那马人立起来，最终生生停在了杨运判面前一尺之处。顾千帆勒马，亮出腰间狮头牌，火光之下，那狰狞的狮头分外可怖，上面刻着：探事司指挥使顾千帆。

第二章 夜宴图

“顾千帆？‘活阎罗’？”杨运判下意识地后退一步，“好啊，我不想卖画，你们就敢深夜强抢？以为这天下没王法了吗？”

顾千帆淡淡地答道：“有。我就是王法。”他一挥手，皇城司诸人便制住了包括杨运判在内的杨府诸人，塞口的塞口，绑手的绑手，杨运判顿时胆寒，不敢再出声制止。

顾千帆一扬披风，径直进了正堂。众察子立刻四散，直入内室搜查，有未被制住的仆人还想阻拦，早被推到一边。远处，看到这一切的赵盼儿连忙躲入暗处。

见顾千帆在正堂主位上自顾自地饮茶，杨运判脸色青白交加，他的声音从牙缝里挤了出来：“就算是皇城司办案，也不能如此飞扬跋扈！我，我要上劄子弹劾你！”

老贾笑问：“敢问运判，自我朝立国以来，你听过皇城司中有哪位被弹倒过啊？”

顾千帆不想为难杨运判，只是简短地说：“交出《夜宴图》，我就走。”

“你们为什么一定要那幅画？”杨运判隐约觉得这幅画一定有问题。

顾千帆沾了茶水，在桌上写了“谶言”两字，又道：“这一回顾某下江南，只抓了仁和的卫知县，并不是冲着你来的。可若是杨运判不识抬举——”他故意没有把话说完。

看着桌面上逐渐干涸的字迹，杨运判终现惶急之色，咬牙道：“我给你们就是。”

与此同时，赵盼儿已经悄悄地跑到大门边，见四下无人，疾步欲出。黑暗中却突然蹿出两个皇城司侍卫挡住了她的去路。

赵盼儿连忙解释：“我不是杨府的，只是来送东西的货娘，现在着急回家，还请两位官爷行个方便。”说着她便准备掏钱塞给他们，那两名侍卫却作势抽剑，显然不吃她这一套。

无奈之下，盼儿只得折返，她不想在这是非之地久留，既然不能从大门出去，她便得另寻办法，看着杨府院墙上的狗洞，她很快有了法子。

角落里，赵盼儿低头掏着墙上的狗洞，但没有称手的工具。她四处张望，看到远处的花树旁放着几只箩筐、水桶和几把花铲，便低腰悄悄接近。不料她刚拿起花铲，杨运判的夫人便扶着丫鬟匆匆而来，赵盼儿只得闪身躲在花树后，随手拿起箩筐罩住自己。

杨夫人钗环不整、发髻蓬乱，显然是才被屋外的声响吵醒。她没进正堂，直接在院子扬声发问："里面的顾千帆，可是老礼部侍郎顾审言之孙？"

顾千帆原本正在查看手下送上的画，听此一问，不禁一怔。

杨运判看到门外的妻子，也是大惊："你怎么出来了？"

顾千帆缓缓走入院中，语气竟十分恭敬："正是。夫人有何见教？"

"果然是你……"杨夫人未及把话说完，杨运判便急急赶来劝妻子回后院，但杨夫人拒不相从。她甩开丈夫，手指着顾千帆，朝天喊道："我会怕他？呸！淑娘，你若在天有灵，怎么不睁眼看看你的混账儿子，是怎么欺负你的老姐妹的！别人不知道你的底细，我可是一清二楚。可怜顾家五代诗家名门，风骨铮铮，竟养出了你这个猪狗不如、甘为阉党爪牙的混账！"

杨运判大惊，忙去捂自家夫人的嘴："夫人病了，快送夫人进去！"

赵盼儿在花树后听得分明，她难掩震惊，悄悄探出头来，只见庭中顾千帆脸色竟成苍白之色，与月光几无差别。但饶是如此，他仍然拦住了要扑上去找杨夫人算账的老贾。

杨夫人被拉走时仍不肯罢休，高声嚷着："栽赃陷害、党同伐异，和你爹一样不是个好东西！"

听到"和你爹一样"几字，顾千帆脚下的青砖突生裂纹，他的面上也如寒冰一般，但终究是一句话也没说。

杨夫人被人带走后，杨运判将顾千帆引回书房，语声颤抖："山妻犯了痰症，胡言乱语，还请……"

顾千帆并未理睬他，只是展开画细看，随后眉头一皱："这幅《夜宴图》是赝品，真的在何处？"

"赝品？"杨运判忙上前察看，他自诩识画之人，怎可能犯这种低等错误，"你看错了吧，这里明明有画者王霭大师的手章——"

顾千帆双手一用力，画卷顿时从中间裂为两半，他随手将画置于烛焰上点燃：“没耐心听你敷衍，把真画拿出来。”

花树后的赵盼儿看到这一幕心下震惊，无怪乎别人称他“活阎罗”，这手段也着实狠了些，竟随随便便把别人费尽心血寻来的名画付之一炬，而这幅赝品《夜宴图》，就是她送给杨运判的。可区区一幅画，为什么会引来皇城司的人呢？

杨运判惊怒交加地抢上前去捡起已烧得七七八八的残画，心痛地抚着画作的残片。“荒唐！荒唐！这绝绝对对是真迹！”突然间，杨运判浑身一滞，“啊！我明白了，根本就没有什么谶言的事，你索画是假，故意找碴儿是真！”

老贾拔剑横上杨运判的脖颈：“说！真画在哪里？”

杨运判怒极反笑：“刑不上士大夫，有能耐你就杀了我！”老贾冷笑，一用力，杨运判的脖子上鲜血立刻涌出。

赵盼儿在花树后越看越急，她一咬牙，正准备现身出声。突然，看门的皇城司侍卫喝道：“什么人？”

顾千帆示意老贾前去查看。老贾心领神会地放开杨运判，前往声源处。

此时的杨府已被一队黑衣人包围，数名黑衣人翻墙进入，两名皇城司侍卫和他们交手时失利，中刀倒地。老贾从照壁后转出之时见此情景大惊，立刻以手按唇，发出一声尖锐的啸叫，接着耸身而上，与黑衣人恶斗起来。

顾千帆及诸皇城司察子都听到了啸叫声，顾千帆眼神一冷，比出一个手势，低声叫出暗语：“雨！蛇！”他飞速抓过残画，团成一团塞入杨运判口中，随后迅速奔向大门增援。

其余察子仗剑在手，静默无声地各自寻找隐蔽之处埋伏。其中一人竟看中了赵盼儿藏身的箩筐！眼见那人越来越近，伸手就要抓向箩筐，赵盼儿大急，心中叫苦不迭。就在这紧要关头，有人轻叫：“这边！”

那人回首，见一同伴正在回廊柱后向他招手，便转身前去。箩筐下的赵盼儿长松一口气，尽管夜风寒凉，她的衣衫却已经被汗水浸湿。

黑衣人们出手狠辣，老贾虽然勇猛，但寡不敌众，已然中了一刀。顾千帆及时赶来相助，帮老贾格开一刀，正好看到对手刀上吞口处的花纹：“云纹？禁军？”

领头黑衣人一愣，他没想到自己会被顾千帆识破身份，脸现惶然，转身向门口奔去：“撤！”

顾千帆冷笑一声，与老贾两人联手追击。黑衣人连忙转身丢出几枚烟幕弹。

“小心有毒！”顾千帆掩住口鼻，继续和老贾追击已经奔出大门的黑衣人。这时门外突然出现一排弓箭手，两人一边格挡箭雨，一边冲出大门。

不少烟幕弹落入院内，浓烟四起，引得正准备冲出增援的皇城司察子咳嗽连连，行动渐渐无力。

“有毒！大家屏住呼吸！”皇城司察子们互相提醒着，然而更多的烟幕弹又从墙外扔了进来，纵使经过严格训练的他们意志力强过常人，也渐渐地开始坚持不住。

顾千帆正与黑衣人们近身缠斗，听到院内传来的呼喊之声，他不禁心中一紧。见顾千帆分神，一名黑衣人乘机按动袖弩。正和另一名黑人恶斗的老贾见状大叫一声：“小心！”

老贾飞身而上，替顾千帆挡住一箭。他大喝一声，折断身上之箭，反手将断箭插入射箭人喉中，随后身形一歪，向后倒去。

顾千帆扶住老贾，持剑的手愤怒地握紧。老贾嘴角流血，瞳孔逐渐放大，勉力说道：“他们有备而来，是想灭口，指挥你快走……”话音未落，老贾已气绝身亡。

顾千帆惊怒，他飞身迎击，手起刀落间，将围攻而来的黑衣人一一斩于剑下。看着老贾尚未闭合的双目，顾千帆眼中闪过一丝沉痛，他缓缓抬起沾满鲜血的手阖上那双眼睛，接着不顾自己的伤势咬牙转身，急奔回院内。

然而，刚转过照壁，只见一股浓烟突袭而来，纵使顾千帆有所防备，还是被呛得不住咳嗽。而待他终于能看清眼前，却见一个察子倒在他面前剧烈抽搐，其状可怖。顾千帆探他鼻息，发现气息已然断绝。

月明星稀，烟雾渐散，顾千帆一身血污，看自己的手下尽数倒地，不禁悲痛大喊：“还有人活着吗？”

无人回答。

虽然越来越没力气，但顾千帆仍然一手掩住口鼻，一手提剑走动察看，希望还有手下活着，但没走几步，他终于也倒了下来。

整个院子陷入一片寂静。

这时，花树边的箩筐突然被掀开，用湿手绢掩住口鼻的赵盼儿竟然钻了出来！她见四下无人，忙向后院狂奔准备逃跑。可没走几步，突然一记暗器飞来，正刺中她的肩膀，赵盼儿“啊”的一声捂住伤口，下意识回头。

顾千帆不知何时爬了起来，他双眼血红，虚弱地威胁道："暗器上有毒，救我，不然你也活不了……"

这时，墙外突然传来人声。赵盼儿又急又气，看着顾千帆满脸血污，她一咬牙，奔到顾千帆身边扶起他。"后院有池塘，不想死，就拿出所有力气跟我跑！"她用力支撑起顾千帆的身体，两人快步消失在游廊后。

就在他们离开后数秒，十多名蒙面黑衣人持刀而入。为了毁尸灭迹，黑衣人引燃柴房，要将杨府毁之一炬，杨府瞬时火光冲天。偌大的后院里，好一阵除了燃烧的"哔剥"声，再无其他声响。

躲在水榭下的赵盼儿动了一下，正想说话，顾千帆却突然捂住了她的嘴。

顺着顾千帆的目光望去，只见一名黑衣人正在附近查勘活口。赵盼儿大气都不敢喘一下，平素静若秋水的双眼满是惊惧。寂静中，只听得两人心跳如鼓，眼看那黑衣人一无所获，转身离开，两人这才双双松了口气。

此时，院外响起急促的铜锣声，附近的百姓看到杨府失火纷纷赶来救火，墙外人声嘈杂。几名黑衣人迅速交换了眼神急急散去，仿佛从未有人出现过一般。

不久，水塘边涌来很多手拎水桶帮忙救火的百姓，其中还有几名穿着黑靴的官兵。顾千帆这才松开他紧紧捂住赵盼儿嘴的手，赵盼儿惊魂未定地看着顾千帆："你还好吗？"

顾千帆只是低声道："走。"

杨府的大火终于被控制住了，衙役们将一具具尸体抬出。百姓们站在杨府已经被熏黑的大门外指指点点。"整整一府的人啊，没一个活下来！"

天空响起雷声，雨点开始滴落，仿佛是上天在为这场惨剧恸哭。赵盼儿和顾千帆浑身是水，狼狈不堪，但渐大的雨势成了最好的掩护。终于离开杨府后，赵盼儿抹去脸上的雨珠，却发现顾千帆看着被躲雨的衙役们随意丢在空地上的皇城司诸人的尸体，手紧握成拳。

赵盼儿知道他心中不好受，她尽量不去触怒他，低声道："可以给我解药了吗？"

"为什么只有你没中毒？"顾千帆别过脸去，不再看那些死去的兄弟，红着双眼问赵盼儿。

赵盼儿急于换回解药，试图应付过去，搪塞道："我听见你们的人叫喊，旁边又正好有水桶，就马上用绢子浸了水挡烟。”

顾千帆眼中寒光一闪，突然出手按住她被暗器击中的伤口。一阵剧痛传来，赵盼儿忍不住轻叫了一声。

顾千帆逼视着赵盼儿，眼神极为狠厉：“撒谎。哪有这么巧的事？那毒烟连我闻了都马上四肢无力，你一个女人怎么可能还有力气？”

赵盼儿相信只要自己说谎，顾千帆就会毫不犹豫地杀了她，她忍痛说道：“那烟里有百日醉，青楼里也常用！你知道我是什么出身，以前闻得多了，自然就没什么用！放开我！”

顾千帆一怔，卸了力道，他已经知道了赵盼儿沦为官伎的缘由，不想勾起她的伤心事。

赵盼儿决定索性说个清楚：“我今天是来求人办事的，看见你带着人闯进来，想跑没跑成。你若是不信，我带来的礼物还放在西厢房里——”说到这里，赵盼儿突然想起了什么：“啊，肯定也被烧光了。”

顾千帆慢慢松开了赵盼儿，注视她良久。

赵盼儿抬头，镇定而冷静地看着顾千帆：“随便看，我说的都是真话，不心虚。”目光交错间，赵盼儿与顾千帆进行着无声的博弈。这时，肩上传来剧痛，赵盼儿强打起精神，向顾千帆摊开手：“拿解药来！我救你一命，你也算救了我一命，从此两清！”

“暗器上没毒。”顾千帆移开目光淡淡说道。言毕，他转身离去。

赵盼儿惊怒，呆立半晌才发足狂奔追上去：“等等！那些黑衣人，你会继续追查吗？”

顾千帆脚步不停：“与你无关。”

赵盼儿绕到顾千帆身前，夜色中，她那一双杏眼却格外明亮：“你们皇城司号称天子耳目、监察天下，这样大的命案，应该不会因为官官相护，便就此放过吧？”

顾千帆一滞，拉住她的衣襟，厉声问道：“你知道什么？”

一道闪电劈过，照亮了赵盼儿坚定却又苍白的脸：“从池塘里出来的时候，我看到青石板上有一个脚印，那种靴子，只有官兵才会穿。”

顾千帆的眸子瞬间紧缩。

赵盼儿轻轻挣开顾千帆的束缚：“你也看出那些人的来历不对吧？如果他们想对付的是皇城司，何必特意跑到杨家来动手，更不会多此一举灭了杨家满门。我猜，那些人的真正目标应该是杨运判，你们只不过是因缘际会，才被卷进了这场阴谋。”

顾千帆深深地看了赵盼儿一眼，心中一动，难得开口道：“杨知远官位不低，朝廷不会让他死得不明不白。聪明人往往死得快，你既然猜到此事牵涉颇多，以后最好闭嘴，忘掉自己看到的一切。”

“是，朝廷肯定会给杨运判的亲友一个交代，可杨府里那些下人呢？谁来给他们赔命？”赵盼儿想起杨府里那些无辜的下人，心中悲痛不已。他们都是好人，有人刚刚还帮过她。朝廷里那些腌臜事，为何要牵连无辜的他们？难道他们这些人的命天生就低人一等吗？

顾千帆想起赵盼儿今日在茶铺时的样子，不禁皱眉：“你想替他们出头？”

赵盼儿眸光一暗，看着被烧毁的杨府的方向，终是一叹：“我只是不甘心。只差一点，我就跟他们一样不明不白地成了焦尸。你的属下，也都不在了吧？”

顾千帆闻言，冷静的双眸中掀起一丝波澜，良久后低言：“我会让那些人血债血还。”

赵盼儿松了一口气：“你知道我的茶铺在哪儿，如果需要我作证——”

顾千帆冷言打断赵盼儿：“再说一次，这件事你别管。不要等到死到临头，才后悔自己多事。”

“我也再说一次，我这人天生就不爱后悔。只要是自己做的决定，任何后果，我都甘之如饴。”赵盼儿倔强地抬起头，与顾千帆对视僵持。

顾千帆还从未见过如此大胆又不自量力之人，他逼近赵盼儿：“甘之如饴？那如果我现在就杀了你灭口呢？”

“你不会的。”赵盼儿全无畏惧。

顾千帆抽出匕首：“是吗？”

赵盼儿看了那匕首一眼，依然不为所动：“杀人者动手之前，不会事先提醒。更何况杨夫人那么骂你，你也没对她如何。”

顾千帆眼底一阵晦暗不明，一把抓过赵盼儿，将她按在树上，挥动匕首便向她刺去。而赵盼儿竟然睁大了眼睛，不闪不避。顾千帆冷哼一声，匕首在刺中赵盼儿脖颈前生生一转，浅浅插入赵盼儿的肩头，一个用力，那枚暗器当即被挑出，掉落于地。赵盼儿痛得大叫一声，冷汗淋漓，恰好此时雷声大作，掩盖了她的痛呼声。

顾千帆在她耳边低语：“我真的会动手。”

赵盼儿恨恨看了眼顾千帆，猛地冲他肩膀就是一口。顾千帆一个吃痛将她推开，赵盼儿却吃力地笑了笑："你动手，我就动口。"

顾千帆皱眉看了赵盼儿片刻，终是不再言语。见顾千帆转头大步而去，转瞬没入黑暗，赵盼儿捂住伤口，几乎脱力地顺着树干滑坐于地，放在从前，她绝不会想到"活下来"这件事竟能让她倍感庆幸。

大雨滂沱，赵盼儿按着肩膀，挣扎着走回马车旁，艰难地爬了上去。她撕下一截衣衫，正准备包扎，突然想起顾千帆的警告——倘若被人发现她曾去过杨府，那行凶之人必会杀她灭口。思及此处，她放弃了包扎，此时已近天明，她决定等待天亮后城门一开再回去。

天色由昏黑至鱼肚白，像是谁不断地向浓墨中注水，最终晕染上朱砂，直到旭日东升，朝霞瑰丽。赵盼儿狼狈地单手赶着马车行至城门，乱发糊住了她的面孔，一见守城士兵，她便滚下马车求救，哭诉道："官爷，请问城里哪有大夫？雨太大，奴家的车翻了……"

守城士兵看着赵盼儿血迹斑斑的肩膀果然不疑有他，将她放进城内，为她指了路。脱离守城士兵的视线后，赵盼儿终于长舒了一口气。

赵盼儿强撑着回到自家附近，正要推开院门，突然有一个声音迟疑地在她背后响起："赵娘子？"

"德叔？"赵盼儿认出了这个声音，不可置信地回头，来者果然是欧阳旭的家仆德叔。

德叔有些惊讶地看着浑身狼狈的赵盼儿，他刚才险些没敢认。"老奴拜见娘子，娘子这是怎么了？"

赵盼儿的疲惫瞬间消失，她胡乱整理了一下自己，便激动而兴奋地说："我没事，只是跌了一跤。德叔你什么时候回来的，怎么就你一个人？欧阳呢？"她脸上的神色渐渐变得紧张："他不会出事了吧？还是——他这回又落第了？"

"怎么可能！"德叔的脸上写满了自豪，"老奴回来就是来报喜的，蒙官家集英殿御笔亲点，少爷他如今已经是今科探花了！"

赵盼儿身子一晃，好不容易才扶着马车站稳，脸上的笑容如阳光一样明媚，喃喃道："中了，真的中了……"她见德叔还背着沉重的包袱，忙推开门将他引进院内，嘴里根本停不下来："德叔你快进来，从头到尾好好地把他在东京的事都跟我说一说！哎呀，他也真的是，为什么不写信过来，倒让你来回跑上几千里来接我进京？

不过有你帮忙也好，欧阳的书那么多，我一个人也带不了那么多箱笼。对了，咱们去东京，是走水路好呢，还是走陆路好？”

见赵盼儿如此，德叔不知接下来的话该如何开口，但为了少爷的前程，他必须说出来。

赵盼儿对德叔的尴尬浑然未觉，依然一脸兴奋地边走边说：“我知道他担心什么，不就是觉得我不该再做生意了吗？放心好了，茶铺正好出了点事，我索性关门就是了。对了，这一大早的，你用过饭没有？”

德叔插不上口，只得道：“吃过了。”

赵盼儿点点头：“那你在正房里稍坐，我先去换件衣裳。”

德叔决定还是尽快把事情说清楚：“赵娘子……”

偏偏这时，孙三娘的声音也响了起来：“盼儿！”她匆匆奔进院来，还是那般风风火火。“我担心死了，你怎么一晚上都没回来？刚才我一出院门，看见马车就……”孙三娘被赵盼儿的样子吓了一跳，以为她跌进了泥坑。

赵盼儿却满脸激动：“三娘，欧阳中啦，还是探花！”

孙三娘高兴得差点跳起来：“真的？太好了，太好了，恭喜恭喜！我就说你天生就是个进士娘子的命嘛！那你几时进京，我来帮你收拾行囊！”

见她两人越说越欢喜，德叔急了，大声道：“赵娘子！”

赵盼儿和孙三娘愕然地看向德叔。

德叔期期艾艾，终归还是狠下心来：“孙娘子也不是外人，老奴索性就直说了吧……赵娘子，老奴不是来接你进京的。官人他幸得宫中贤妃赐婚，等过了谷雨，就要和高观察家的千金成亲了。”说到这里，德叔脸上难掩得意，欧阳旭是他从小看到大的孩子，如今少爷金榜题名，又喜得高观察青睐，这眼看就要平步青云，不是一个小小茶铺老板配得上的了。

“赐婚……”赵盼儿眼前的世界一下子就只剩黑白两色，她的耳边嗡嗡直响，只见德叔的嘴唇不断开合，却根本听不懂他在说些什么，接着，她骤然晕倒在地。

恍惚间，她仿佛又回到了她送欧阳旭进京赶考的那天，钱塘难得下雪，那一日的雪景却格外好看。大雪纷飞中，欧阳旭执着她的手郑重发誓：“此番我若能高中，定以三书六礼迎你入门。”

赵盼儿倚门目送他远去，脸上洋溢着幸福的微笑。这时，巷口却突然漫起一层迷雾，赵盼儿奋力挥开：“欧阳、欧阳，你小心些！”等迷雾散去后，前方却露出身着新郎礼服的欧阳旭与另一个女子的背影。

赵盼儿大骇："欧阳！"她猛然直起身来，这才发现自己置身于床榻之上，不知何时已经泪流满面。她依稀听见孙三娘和德叔在帘外的争执。

"你们想逼死盼儿吗？"

"主人说赵娘子聪慧，必能体谅他的不得已……"

"得了吧，我家祖上也是做过官的。就算是宫中贤妃，也没有随便赐婚的道理！难道在那之前，她没有问过欧阳是否有婚约吗？"

"问是问过，可赵娘子和主人之间，一无父母之命，二无媒妁之言……"

孙三娘忍不住破口大骂："狗屁！你，还有引章，还有我们一家三口，都知道欧阳旭和盼儿定亲的事！"

"那不过是口头约定而已，没有三书六证，怎么能叫婚姻？更何况，赵娘子的出身毕竟不好，若是没人注意还混得过去，可要是让贤妃知道官人为了一个贱籍女子拒绝了她的亲侄女……"

听到这些，赵盼儿猛然间颤抖起来，仿佛身处数九寒冬一般，牙关咯咯直响。她抹干眼泪想起床，刚刚站起却双腿一软，跌倒在床前的脚踏上，剧烈的疼痛从眉心扩散到四肢百骸。

孙三娘听到声音奔入房内扶起赵盼儿，一缕鲜血从赵盼儿磕破的眉尖流了下来。

赵盼儿不顾伤势，挣扎着走到帘外，一字一句地说道："就算是官家，也不会纵容外戚夺臣妻室！而且，我早就不是贱籍了，我遇见他的时候，是良家子！"

孙三娘大急，忙找来绢子，替赵盼儿止血。

德叔叹道："赵娘子何必如此？谁不知道士农工商里面，商人排最后，在贵人眼里，只要是做生意的，就算是泼天富贵，都还是不入流。"

"呸！负心薄幸、悔婚不娶，还有脸说得头头是道！咱们这就去告官，县尊郑青田肯定能帮你做主！"孙三娘说着就准备出门上诉。

德叔拦住孙三娘："县老爷本事再大，能比得过高家，比得过官家？赵娘子，这事要是掀出来，伤了贤妃的体面，官人固然要被问罪，那你呢？你想这事闹得天下皆知，你想人人都知道你做过官伎吗？"

孙三娘闻言大怒，正要开口，却被赵盼儿推到一旁。

"什么都别说了！"赵盼儿的身子如风中枯叶一般剧烈颤抖，"你们早就知道我最在意这个，所以才偏要用刀子一刀刀剜我的心！好，我认命就是。"

德叔松了一口气，忙送上包袱："主人自知对不起您，只能用这八十两黄金聊表心意。对了，官人应该还有一块同心佩留在您那里。您看……"

赵盼儿惨然道："当年他落第流落杭州，是我置办田产替他立了主户，让他可以改籍在两浙参试。他辛苦攻读三年，而我不单白天做生意，晚上还要帮他点校文章。他身上的每一件衣衫，都是我一针一线缝出来的。他上京赶考的路费，也是我用一盏一盏的茶换来的。可惜，原来我三年深情，在他眼里就只值区区八十两金。想拿钱买我的真情，可以，但这点钱不够！你告诉欧阳旭，想要同心佩，可以，再拿五百金过来！我赵盼儿对天发誓，只要钱货两讫，我就和他永为陌路、恩断义绝！"

言罢，赵盼儿转身歪歪斜斜地走进珠帘。转身的那一瞬间，她再度泪流满面。阳光透过珠帘斑驳地洒在她的脸上，衬得脸色愈加苍白。赵盼儿用手按着伤口，血泪相和，从指间渗出，但她一声也没有哭出来。

刺目的阳光下，顾千帆一身渔人打扮，头戴斗笠，手拿鱼篓，正远远地跟着运送尸体的衙役车辆。

待几名衙役走开后，顾千帆偷偷潜入殓房，一个个翻查着尸体。最终，他找到了一人，那已经熏得漆黑的面目上，眉间的疤痕仍然清晰可见，那正是老贾的尸身。顾千帆扯下老贾的狮头腰牌，默立片刻，随后用匕首挖开了他中箭的伤口，将那枚折断的箭头起了出来。

这时，门口传来响动，顾千帆迅速躲在门后，趁仵作进门闪身而出。

那名仵作对此一无所知，哼着小曲儿依次察看着尸体。突然，他在一具尸体的大腿内侧看到了象征着皇城司身份的雕青刺字，瞬时大惊失色。

衙门内，一名外表温文尔雅的中年男子焦灼地踱着步，他正是孙三娘口中的钱塘知县郑青田。

"皇城司出动这么多人马来这干什么？难道他们也和杨知远一样，查到市舶司的事了？"郑青田大脑飞速运转，随即又否定道，"不，不会的。他们只是来查皇后谶言的事情，跟杨家扯不上关系。"想到这里，他突然停住脚步，看向站在自己对面的县尉魏为："杨知远的书房都烧干净了？"

"烧干净了，卑职亲手烧的。"魏为脸上有一道新伤，那是他昨晚与顾千帆交手时留下的。

郑青田松了一口气："那就好。反正没留活口，就算是皇城司的人，也是死无对证。还是按照原来的计划，把事情都推到和杨知远有旧怨的宁海军那边！”说到这里，郑青田又想起了什么：“让你留在杨家的宁海军云纹手刀，你没忘吧？”

“您放心，都办好了。就连昨晚那皇城司的人也以为咱们是禁军。”魏为迟疑片刻，继而说道：“只是殓房里有具尸身上的箭头突然不见了。属下只按您的吩咐换过刀，没换过箭头……”

郑青田大怒：“箭头都是各县自铸的，只要仔细核查，必然能查出来源。你不是说所有人都死透了吗？那偷箭的是谁？如果东窗事发，你我都得株连九族！”

魏为回忆起昨日与顾千帆交手的画面，他似乎并未发现那人的尸首：“尸首里头好像少了一个人，我听过有人叫他指挥。”

“皇城司指挥？”郑青田瘫坐下来，他没想到自己如此倒霉，竟动了“活阎罗”的人，为今之计就只有鱼死网破。想到这里，他面露狠色：“去找人画他的像，发海捕文书！传我命令，昨晚有海盗闯入杨家放火劫财，凡县内各关各哨，都要严加盘查！凡有男子非本地口音者，全数扣押，一一审验！敢反抗者，格杀勿论！”

魏为心中一凛，领命退下。

与此同时，相比正在紧锣密鼓地制作海捕文书的衙门，赵盼儿家中此时却安静得可怕。

孙三娘走到赵盼儿身前，她万万没想到盼儿就这么没福气，好不容易要熬出头来，却遇人不淑：“德叔已经走了，他说他回去再劝劝欧阳。”

赵盼儿嘶声道：“三娘，你也回家吧，我没事，待会儿我要雇条船，自己去东京。我和欧阳好了三年，他绝不是那种负心薄幸之人。就算他真的迫不得已要另娶他人，至少也该给我一封书信说清缘由。万一有人故意使坏，买通了德叔，硬要给他栽上一个薄情之名，坏了他的仕途呢？又或许那高家的确看中了欧阳，但欧阳一再拒绝，他们就背着欧阳，威逼利诱德叔，想先从我手里骗走那块同心佩，再骗欧阳说我已经变了心呢？”

孙三娘心疼地摸了摸赵盼儿的额头：“盼儿，你发烧了。”

赵盼儿避开三娘的手：“我说的不是糊涂话！我故意说还要五百两黄金，为的就是稳住德叔。反正茶铺的生意现在也不做了，德叔以为我伤心欲绝闭门不出，多半也不会怀疑。对了，你还得帮我演个戏，每天都装成来看我的样子。等到德叔真的觉得不对，我早就到了东京。德叔不是说他们在谷雨之后才会成亲吗？只要在那之前见到欧阳，一切就能真相大白了！”

孙三娘知道赵盼儿的倔劲儿又上来了，劝道：“那要是真有这回事呢？钱塘离东京上千里，你现在病成这样子，连路都走不稳，能挺得过去吗？”

“就算病死在半路，我也不后悔。”赵盼儿坚定地回答。她不相信自己看男人的眼光竟会差到如此地步，除非见到他本人，否则别人传的话，她一个字也不信！从钱塘县到东京至多花十二三天，她一定要在谷雨前赶到东京。

孙三娘知道自己拗不过赵盼儿，眼下赵盼儿发着烧，她不放心赵盼儿一个人走太远的路，便扶着赵盼儿去了码头。一路上，桃花开得比昨日还要娇艳，可昨日还英气勃勃的赵盼儿如今整个人都形销骨立。心事重重下，赵盼儿竟没有发现如今街头巷尾都贴满了绘有顾千帆画像的海捕文书。

到了码头，两个人问了一圈，还真的问到了一艘去东京的商船，可那船老大非得说商船有规矩，带女人不吉利，愣是不肯让赵盼儿上船。

赵盼儿把自己预备好的钱袋塞给船老大，哄劝道：“这运河上跑船的女人也不少，规矩不规矩，还不是你一句话的事？”

船老大掂量着钱袋，心头有些松动，可他犹豫了一下，还是咬牙把钱袋推了回去：“这回真不行。昨晚出了命案，听说死的是个大官，县太爷刚派人过来贴了告示，所有商队船只都不许夹带外人，被查出来，那是得坐牢的！”

这时，正好有人在船上招呼船老大，船老大忙借着这个由头抽身走开了。

赵盼儿想去追，但一阵眩晕袭来，她险些站不稳，幸而被孙三娘扶住了。可这一扶，就牵扯到了赵盼儿肩上的伤口，她忍不住轻声呼痛。

孙三娘这才发现了赵盼儿衣下的绷带，惊讶地问：“你这里怎么也受伤了？”

赵盼儿担心被人听见，确定身边无人注意，才用极小的声音说：“是在杨府出的事，刚才船老大说死了的大官，就是他。记住，我昨晚去杨府的事，你千万别跟任何一个人提，连子方也不可以。”

孙三娘震惊之余，险些叫了出来，她连忙捂住自己的嘴，郑重地点头道：“那现在怎么办？你这又是伤又是病的，又找不到船，要不就先别去了吧？”

赵盼儿咬了咬牙，倔强地说：“不，我一定要去。让我想想，一定有法子的……”正在此时，她看到正要上船的船老大和一位打扮艳丽的女子在打招呼，突然眼前一亮。

不一时，船老大哼着小曲儿从船上走了下来，见赵盼儿还抱着双臂站在那里，有些尴尬地说："赵娘子？你怎么还没走啊？"

赵盼儿看似纯良无害地笑了笑："陆爷在红香楼认识很多小姐吧？好巧，我也认识不少。我听说啊，两个月前，有人在那儿赌输了两百贯钱。唉，也不知道他家娘子知不知道这件事。"

见船老大一下子变了脸色，赵盼儿知道自己押对了宝，她语气坚决地说："陆爷，我有重要的事，一定要去东京，一定要。若是去不了，我连性命都不想要了，别的事自然也就不会有什么顾忌。"

船老大脸色变幻，片刻间就堆起了笑："赵娘子想搭船，那还不是一句话的事。你要不嫌时间紧，正好有艘船一个时辰过后就出发，我亲自押船。"

第三章 同舟行

顾千帆背着一捆高高的柴火，借着一辆柴车的遮挡低头前行。不远处，几名衙役正牵着猎犬拿着海捕文书到处查问。突然间，猎犬朝顾千帆所在的方向狂吠起来，显然是嗅到了他身上的血腥气。

“站住！不许动！”魏为带人将顾千帆包围。

顾千帆微微抬眸，衡量了一下对方的人数，认为硬碰硬不是最好的办法，佯作乖顺地原地站定。

魏为翻身下马，手持鞭子走向顾千帆：“你是谁？在哪儿沾过血？”

顾千帆一脸惊恐：“啊？小的，小的只是刚帮张屠户扛过猪。对，他刚还给了我一串猪肝呢，不信你看！”他作势放下柴火弯腰取东西，却突然一个闪身，眨眼间绕到魏为背后，并将匕首横在了他颈上。

“都别动！”顾千帆瞬间变脸，气场变得无比强势。

众衙役大惊，魏为回过神来，认出顾千帆后，如见厉鬼。

“所有人都解开裤腰带，把你旁边人的手绑上！”见众人面面相觑，顾千帆将匕首往魏为颈中又是一勒。

魏为眼神中闪过一丝慌乱，大叫起来：“听他的，赶紧解！”

众衙役只得听从，纷纷解起裤腰带，场面竟有几分滑稽。见众人已经绑好了手，顾千帆继续下令：“全部蹲下！”

“哪个衙门的？你们在杨家大开杀戒，究竟为何？”顾千帆眸光阴冷，问向魏为。

脖子上凉意袭来，魏为眼珠子一转，按照原定计划扯起谎来：“小的是，是宁海军的都头。我们楚知军私下同北边的胡商做茶叶生意，被杨运判发现了，杨运判写了劄子要弹劾他，将军就逼小的烧了杨家，不让劄子送上去……”

顾千帆眯起双眼，刀尖收紧。

魏为头冒冷汗："小的所言句句是真，您要是不信，我这儿还有楚知军的亲笔令书！"魏为作势从怀中取信，却突然撒出一把暗器，趁顾千帆吃痛松手，魏为顾不上那群蹲在地上的手下，匆忙纵马逃走。

顾千帆捂着腰侧的伤口，苦笑一声，这人竟用他才用过的伎俩将他摆了一道，倒是他轻敌了。不过他原本也只是想拖延时间，伺机找到脱身机会，倒并未指望真能从对方口中问出什么来。趁众衙役尚未反应过来,他便朝与魏为相反的方向跑去。

众衙役匆忙起身追赶，却被滑在腿间的裤子绊倒，待他们穿好裤子再要追捕时，早不见了顾千帆的踪影。

尽管已经服过退烧药，可赵盼儿还是烧得满脸通红、咳嗽个不停。她推开船舱的窗子，略带寒意的夜风灌满了她的衣袖，可那凉丝丝的感觉却让浑身发热的她感到舒服。

赵盼儿注视水面，明月倒映在夜间的江面上，别添几分凄清。水面上渐渐幻化出她往日与欧阳旭相处的场景，她用力握住了手中的同心佩，喃喃道："欧阳，你说过此生必不负我。请你，别让我失望。"

次日一早，太阳还未完全升起，略显憔悴的赵盼儿走下了甲板，商船要在白沙镇停半个时辰，她要抓紧时间下船采买些干粮果蔬。路过告示栏，只见几人正围着海捕文书议论纷纷，她上前一看，却发现告示上顾千帆的画像上写着"海盗"字样。她强掩震惊，看来官府已经决定釜底抽薪，只希望顾千帆能顺利离开钱塘。

"心里不踏实，就该去月老庙求个签，这男女的事，不就归那管吗？"赵盼儿无意中听到了两个妇人的交谈，看着不远处那座陈旧破败的庙宇，她犹疑了一下，还是走了进去。

躲在角落里的顾千帆闻声惊醒，他警惕地握住了手中的剑，昨晚他为了躲避官兵追捕，不得不躲在这间破庙中过了一夜，眼下他又累又饿，腰间的伤口仅经过了简单的包扎，显然快要发炎了。

"神仙在上，小女子跪求您保佑我尽快顺利赶到东京，保佑我郎君欧阳旭不贪富贵，未变真心。小女子不贪图进士娘子名头，只愿两不相负，白头始终……"

顾千帆轻轻挑起了供桌帷幕的一角，隐约中只见一女子正跪在月老像前祝祷，而那个声音分明是——"赵盼儿？"

赵盼儿被吓得浑身一激灵，却见顾千帆从供桌的帷幕下钻了出来。她惊道："你怎么在这里？"随即，她发现了顾千帆身上已经干涸的血迹："你受伤了？是官兵们干的？"

顾千帆暗中咬牙，恨道："打猎的让鹰给啄了眼而已。"与此同时，他察觉赵盼儿脸色极差，与昨日判若两人，联系起她方才的祝祷，他隐约猜出了事情原委。

几乎是一瞬间，赵盼儿便做好了决定，她把篮子塞给顾千帆："这里头有吃的，你先继续躲着，我去给你买身衣服换上，马上回来！"

"你什么都不问，就要帮我？"顾千帆对赵盼儿的反应很是意外，他此前对她态度如此恶劣，甚至还用暗器伤了她，可她竟然愿意冒险救他。

赵盼儿以为顾千帆又在怀疑她，急急说道："我看到海捕文书了。论私，杨府那些人的冤，我还盼着你来洗；论公，你是朝廷的皇城司指挥使，我干吗不帮你？"说完，也不等他回答，转头就奔出了月老庙。

顾千帆看着手中装满食物的篮子，眼中忽起波澜。他静立了好一会儿，才重新走入黑暗中的角落。

不知过了多久，赵盼儿担着担子匆匆到了月老庙外，却见几个衙役打扮的男子下了马。见那些衙役一时半会并没有离开的意思，她心中自是焦急不已。思索了一阵后，她突然想起来顾千帆在杨府时对手下说的暗语。她径直走到庙门前，放下担子后走了进去。

顾千帆躲在神像后，透过缝隙，他看到有几个女人正在神像前忙着求签，又回头看看后窗透出来的天色，他开始有些着急。

这时，赵盼儿走进庙中，大声道："雨！雨！外头下了好大的雨！"

求签的妇人们看着庙外刺眼的阳光，面露疑惑。

顾千帆却突然意识到什么，不禁一怔。

赵盼儿继续对着月老像高声祝祷："神仙啊神仙，外面的雨太大了。求您保佑我家里的蛇赶紧都钻出来，爬到后头的田里去，我等着，一定一定啊！"她特意在几个字上加重了音，她端端正正地拜了拜神像，便唱着小曲儿出了庙。

在场的妇人们只觉得遇到了疯子，议论纷纷地走出月老庙。顾千帆却只是凝眉思考了一瞬，便趁此机会击碎了已经被白蚁蚀烂了的后窗木框，闪身而出。

行至一片绿油油的田地边，顾千帆果然看见了正挑着担子四处张望的赵盼儿。他躲在暗处，朝赵盼儿身旁扔了颗石头。赵盼儿转头看见他，松了一口气，故作悠闲地走到他的身边，放下担子做休息状，从而挡住行人的视线。她将一顶帽子和一件衣裳递给顾千帆，低声道："换上，我带你离开这个镇子！"

顾千帆匆忙换衣，却听到赵盼儿撕心裂肺地咳嗽。他低声问："你病了？"

赵盼儿略没好气地答："还不是你害的。"顾千帆这才想起来昨夜他把赵盼儿丢在大雨中的场景，知趣地没再继续这一话题。

在赵盼儿的掩护下，顾千帆扮成运货的脚夫混到船上，趁没人注意，他闪身潜入赵盼儿租住的后舱。赵盼儿将房门紧紧插好，又从篮子里找出一串风铃，挂在门框上。

赵盼儿扶着桌子匆匆交代："这商船拿的是仓司发的茶引，盘查的人少。你就暂时躲在这里吧，船上的人不会随意来后舱，有人偷偷闯门，风铃也会响。你想在哪儿下船，随便。"

正在此时，船身一个颠簸，赵盼儿站立不稳，顾千帆眼疾手快地接住了她。赵盼儿发现自己置身于顾千帆怀中，这姿态显然暧昧至极。她忙尴尬起身："多谢。"

顾千帆毫无旖旎之念，只顾盯着从盼儿肩头渗出的血迹："你肩上的伤口也出血了。"

"你还好意思说？"赵盼儿没好气地走到角落，"可能是刚才挑担子压到了伤口。我要上药，转过头去，不许看我！"见顾千帆依言背过身去，赵盼儿拉下衣襟，艰难地为自己止血上药。

顾千帆不小心从铜盆的反光处看到了赵盼儿雪白的肩头，眼神一闪，赶忙移开视线，略显刻意地找了个话题："你怎么知道皇城司的暗语？"

"雨和蛇？"赵盼儿不假思索地答，"我记得那天在杨府，你好像这样跟手下说来着。当时我觉得古怪，所以就记住了。刚才庙外头都是官兵，我一着急，就胡乱试了试。雨就是遇敌，蛇就是藏起来。我猜得没错吧？"

"瞒天过海，乔装逃窜，这一套你倒是挺熟。"顾千帆语气平淡，心中却想，这皇城司暗语竟被赵盼儿轻易识破，看来也该改改了。

赵盼儿上完药，拢好衣襟走到铜盆处洗着沾血的血绢，讽刺道："没错，当歌伎的时候练就的本事，专门帮着躲债的泼皮逃债，顾指挥满意了？"

顾千帆不禁反问："做过歌伎，怎么还敢妄想做进士娘子？哪个士大夫会娶这种出身的女人？"察觉到赵盼儿震惊而受伤的目光，顾千帆意识到自己所言不妥，连忙道歉："对不起，我一时失言。"

赵盼儿见他脸色苍白，将手中的手绢丢回水中："算了，你的伤也不轻，懒得和你计较。"她指了指桌上的药瓶："识字吧？哪些药能用，自己挑。"

见顾千帆面露不快，赵盼儿冷哼道："怎么，只许你明着戳我的肺管子，就不许我暗着损你？我太知道你们这种人了，嘴上说声失言，心里照样还是看不起人。你后悔的，只是觉得不该把心里话说出来而已！我当过歌伎又如何？总比你们皇城司的人名声好些。都是半斤八两，就别老一副高高在上的样子，也不想想，刚才还是我救的你！"

"我又没要你救我！"顾千帆脱口而出。

"那你现在下船啊！"赵盼儿不甘示弱。

顾千帆与赵盼儿四目相对，眼中火花四射。赵盼儿却又咳了起来，不一会儿就上气不接下气。顾千帆将茶递给她，没有说话。良久，赵盼儿才缓了过来。

船舱中陷入一阵尴尬的寂静，顾千帆觉得无趣，主动提议："就此休战，如何？"见赵盼儿不睬自己，他又说道："我至少要过了秀州才能下船。这两天就以桌为界，你左我右，互不相干。"说着他自顾自地解开衣衫，困难地扭着腰上药，却因手臂上有伤，失手将药瓶掉在了地上，那药瓶咕噜噜地滚到了赵盼儿面前。

赵盼儿嗤笑一声："喏，那这药现在滚到我这地界来了，你是不涂了怎么着？"

顾千帆一时语塞，恨恨地盯着那个药瓶，不知道的还以为是药瓶长了腿投了敌。

赵盼儿看到了顾千帆鲜血淋漓的伤口，颇为不忍。她捡起药瓶走了过去，放柔了声音道："什么你左我右，这舱房是我租的，明明整个都是我的。手臂伸直，让我看看。"说着就将头凑了过去。

顾千帆大吃一惊，拽起衣服，连连后缩。

"别动。"赵盼儿强势地拽起他的手，仔细查看他手臂上的伤口。

不知为何，顾千帆没有挣开赵盼儿拉着自己的手。

"里面有脓，得弄出来，匕首给我。"赵盼儿朝顾千帆伸出手。

顾千帆猜出赵盼儿的意图，看了眼赵盼儿带血的伤处，摇头拒绝："不用了，你肩上也有伤，我怕你手不稳。"

赵盼儿却一把将匕首抢了过来，她把匕首在蜡烛上烤了烤，看着那血肉模糊的手臂，赵盼儿深吸了一口气："忍着点儿。"说着，便俯首挑开了他的伤口。

眼见赵盼儿的发丝就在自己身侧拂动，顾千帆却神色未动，只是垂目任由赵盼儿施为，不一会儿已是冷汗如雨。

赵盼儿不禁为他的坚强动容，她撒上药粉，包扎好之后方道："别扮关公了，我又不是华佗，这没别人，不用绷着。"

但顾千帆仍旧一动不动。赵盼儿伸手一推，他竟然应声倒在了床上，原来他竟然早已疼晕了过去！赵盼儿忙伸手探了探顾千帆的鼻息，先是因他身上发烫的程度吃了一惊，接着才为他还喘着气松了一口气。见床单已经被他的汗水弄湿了一大块，赵盼儿无奈地一边咳嗽，一边帮他擦拭起来。

赵盼儿解开顾千帆的衣襟时，一卷薄布从他怀里掉了出来，赵盼儿看到最外面几行写着"运判杨知远"几个字，心头猛地一震，她将薄布原样卷好，放了回去。她撑着病体又忙碌了好一会儿，终于支持不住。然而床铺已经被顾千帆占去，她只能艰难地靠着床沿溜坐到地板上，靠在床边，昏睡了过去。

顾千帆这一觉睡得极不安稳，梦境中，年幼的自己被母亲拉走，他哭着回头，声嘶力竭地喊着："爹！"可那个被他称之为爹的男人依旧毫无留恋地背身离去。画面一转，却是杨夫人指着他的鼻子大骂："栽赃陷害、党同伐异，和你爹一样不是个好东西！"他试图上前解释，杨夫人又幻化成了老贾的样子，老贾嘴角流血，眼睛渐渐失去了神采……在不断快速变化的画面前，顾千帆头晕目眩，不能站立。这时候，有一双坚定的手扶住了自己，顾千帆在迷蒙之中只见一人荑手芊芊、皓齿红唇，还温柔地抹去他额上的汗水。

顾千帆猛然睁眼，第一反应便是确认皇城司狮头金牌还在。他警惕起身，只见赵盼儿趴睡在对面，鬓发散乱，一脸憔悴，在灯下显得楚楚可怜，额头上的花钿也已歪在一边，露出眉间伤口。

顾千帆看了她好一会儿，才伸手一推："哎，上床去睡。"

赵盼儿一个惊醒，下意识地防备起身，见是顾千帆才放松下来，睡眼惺忪地问道："你醒了？"

顾千帆问道："我睡了多久？"

"一天多吧。船家在塘栖又停船几个时辰上过货，你都一直没醒。"赵盼儿站起身来，揉了揉昏昏涨涨的前额，试图让自己清醒过来。

顾千帆看了看自己身上，迟疑道："你帮我擦洗过？"

"怎么，我不该未经允许碰您的贵体？"赵盼儿丝毫不掩饰语气中的讥讽之意。

顾千帆故作随意地耸了耸肩："无所谓，反正我又不会吃亏。"

赵盼儿气结，指了指床头的碗："床头上放的是我熬的粥，你自己喝吧。"

顾千帆发现粥碗上盖着盖子，揭开时还冒着热气，忙捂着伤口凑过去，端起粥碗喝下一口。却听赵盼儿忍不住呛道："我在粥里下了泻药。"

顾千帆手中一顿，眼露深意地看了赵盼儿一眼，兀自喝了起来，温粥下肚，顾千帆顿感周身妥帖，竟也难得调侃："是吗？你果然已经好得差不多了，既不发烧，也不咳嗽，还有力气下药，待会儿记得把我那双靴子也刷了。"

赵盼儿懒得理他，缓缓爬上床，伸直了身子躺在床上，忍不住舒爽一叹。一室静谧中，赵盼儿盯着墙上油灯照出的顾千帆的影子，思考着该如何把话题引到那卷薄布上去。

顾千帆率先打破了房中的宁静，尽量不让自己的语气显得像是在关心她："你眉间的伤是怎么回事？我记得我没伤到你那儿。"

赵盼儿下意识地一摸眉间，意识到伤口露了出来，忙扶好花钿："没什么，我倒是想问你，追杀你的那些官兵，和在杨府里杀人的是一起的吗？"

顾千帆点头："嗯。"

赵盼儿试图不留痕迹地转移话题："你那天为什么一定要找那幅《夜宴图》？你怎么能一眼就断定那幅《夜宴图》是假的？"

顾千帆眸光一冷，猛然抬眼望去，见她仍背朝自己而卧，仿佛真是闲谈，便道："与你无关。要想活命，最好少管。"

赵盼儿再也忍不了顾千帆这阴晴不定的态度了，她负气地转身一口吹熄蜡烛，重新躺下。但顾千帆还是在月光中不紧不慢地喝着粥："味道不错。"

赵盼儿被顾千帆故意弄出的碗勺碰撞的声音扰得心烦，愤愤道："给钱！"

"没钱。"顾千帆喝完了粥，悠然自得地放下碗。

赵盼儿心生唾弃："无赖！"

"吝啬。"顾千帆反唇相讥。

赵盼儿顿了顿，又道："阴险！"

"刻薄！"顾千帆积极应战。

赵盼儿闻言，顿觉一股怒火冲上心头。她坐起身来，冲口而出："你才刻薄，你还恶毒小气、蛮不讲理、心狠手辣！你无行无德、负心薄幸、始乱终弃，你们皇城司的、你们男人，没一个是好东西！"

月光下，赵盼儿的身体微微地颤抖，顾千帆眼中闪现难见的怜惜之情，由着她宣泄情绪，良久后方道："这些都是你想对他说的吧？既然骂出来了，心里有没有好受一点？”

赵盼儿一怔，随即抱住肩膀哭了起来，那哭声先是啜泣，后面却是被刻意压抑成小声的撕心裂肺。顾千帆静静地等她哭完，才默默拿起水盆边上的绢帕递给她。赵盼儿捏着那块绢帕，良久，闷闷地说了声对不起。

“同是天涯受伤人,不必客气。就当是饭钱好了。”顾千帆搬了两张凳子搭成床，径自躺了下去。

赵盼儿一愣：“你居然会说笑话？”

“就算皇城司里都是阎罗恶鬼，也是有七情六欲的。”说这话时，顾千帆的声音听起来依然不带什么情绪，可眼中却闪过一抹自嘲自厌。

赵盼儿趴在床头，乌发散乱，一脸罕见的脆弱。她听到顾千帆这话，却是轻声感叹：“你不是阎罗恶鬼，你是人，而且是个好人。”

顾千帆身子一震，他转头看着月光下赵盼儿清丽的侧影，双手情不自禁地握紧，小心翼翼地问她：“你才见过我几回，就断定我是好人？”

“我就是知道。”赵盼儿轻声回答，目光看向虚无，却是温柔而坚定。

四周俱静，顾千帆却分明听到了自己的心重重一跳。

夜半，赵盼儿被一阵细微的声音惊醒，睁眼后，她发现顾千帆已经坐了起来，双手紧紧地扣着凳沿，浑身大汗地抵御着痛苦。

“痛醒了？”赵盼儿强忍困意坐起身来。

顾千帆不肯承认：“还好。”

赵盼儿起身替他抹汗：“这种时候别强忍。三娘给我的药里没有能止痛的，早知道就该在白沙镇买一些。”

顾千帆忍痛问道：“三娘是谁？”

“我有两个好朋友，跟亲姐妹似的，一个是她，一个是引章。”说到这里，赵盼儿突然想起了什么,好半天终于翻找出一个香袋。赵盼儿把香袋里的东西倒了出来，细细地挑拣：“这个香袋是前阵子引章生辰的时候我配的，和她一人一个。那会儿香料铺子里刚到一批上好的没药和乳香，以前可都是稀罕货，我就买了些放在里头。这两味药都能镇痛，试试看。”

顾千帆接过药闻了闻，赵盼儿的一言一行都如此与众不同，令他生出了几分好奇：“你怎么会懂这些？而且不管见到死人还是伤口，你似乎都很镇定。”

赵盼儿苦笑道："是啊，被没为官奴之前我坐过牢，替很多人换过药，后来到了乐营做官伎，就更没少挨打受伤了，习惯成自然了。"

顾千帆犹豫片刻，还是说出了早前的猜想："当初在茶铺，你一听我是皇城司的，态度立刻就变了，莫非……"

赵盼儿心中一酸，垂下眼帘道："没错，就是因为皇城司的人抓走了我爹，我才变成了你鄙夷、轻视外加嘲笑的贱籍歌伎。"

顾千帆沉默了一会儿方道："那会儿我其实并不是看不起你，我只是对歌伎都……"

赵盼儿早已习惯了别人因她的出身就对她冷眼相待，比顾千帆还过分的人她都见过，若是每次都放在心上，她早就被打垮了。她半开玩笑地问："怎么，以前被哪个花魁骗过？"

顾千帆拿药的手顿了顿："不是我，是我爹。"

赵盼儿闻之一怔，她方才那句本是为了分散顾千帆的疼痛才说出的玩笑之语，这会儿倒颇为尴尬。

顾千帆放下药碗，看向窗外："舱里太闷，我出去透口气。"言毕，他闪身从舱窗里蹿了出去。赵盼儿阻止不及，一咬牙也从舱窗跟着钻了出去。

赵盼儿好不容易找到在船后方静立的顾千帆，压低声音道："你不要命了？要是被船上的人看到了——"

"只有一个在掌舵，其他人都睡了。"顾千帆指指自己的耳朵，"我听得到。"

"太好了，我在舱里也快憋疯了。"赵盼儿面露欣喜，却又突然想起来刚才自己似乎戳中了顾千帆的隐痛，现在露出笑脸有点不近人情。她迟疑地说道："刚才，我不是故意提花魁……"

顾千帆打断她："那你就当没听过好了。"

两人皆静默了一会儿，赵盼儿抬头看着天上的残月："还有八天就能到东京，到谷雨之前，我还有五天时间。"

"你想赶在谷雨之前到东京，是为了你那个叫欧阳旭的情郎？"顾千帆低头看着赵盼儿。

"有心思问这些，看来你也快好了。"赵盼儿模仿着顾千帆刚才损她的句式，顾左右而言他。

顾千帆一怔，活动活动手臂，果然未觉得特别疼痛："好像是。"

赵盼儿眼神一亮："看看，我的药管用吧？以前欧阳总夸我——"意识到自己说了那两个字，她生生咽下了嘴边的话。

"要是实在太难受，你可以再骂出来，或者跟我说说也行。就当是皇城司的人在审问你好了。"顾千帆心生不忍，想给赵盼儿一个发泄的机会。

赵盼儿起初犹豫，最终在顾千帆的鼓励下絮絮地说了起来，不知不觉中天边已经微亮。

顾千帆听完了赵盼儿所讲，细细为她分析："朝中官员，大致分为四派。一派是清流，以柯老相公及御史中丞齐牧为首；一派是以迎合攀附为进位之阶的幸臣，后党首领使相萧钦言是其中领袖；这两派文官在朝中长年明争暗斗，互为死敌。第三派是内侍和皇城司，算是官家亲信；第四派则是外戚勋贵，他们大多是武官出身，大宋向来重文轻武，所以他们多半也只是安心尊荣，鲜少乱惹是非。而高家便是勋戚中的名门，高观察高鹄身居步军副都指挥使，高妃又有贤妃之号，他们姐弟素来行事还算谨慎，只是这些年一心想由武转文，所以才会有心招士子为婿。高鹄只此一女，挑的女婿更是要四角俱全。所以，欧阳旭九成九不是被逼婚，而是变了心，主动隐瞒了自己已有婚约的事实而已。"

"你没见过欧阳，他不是那种人。"赵盼儿忙反驳道。诚然，听闻顾千帆所介绍的朝中形势，她确实对欧阳旭所面临的情况有了更深入的了解，可她不认同顾千帆的结论。

顾千帆没想到自己说了这么多，她却还是执迷不悟，真是白费了他的一番苦心。"你只是不愿意承认自己被抛弃而已。赵盼儿，你为人骄傲自信，虽然不幸落入贱籍，也没有自视轻贱。可男女之间如果发生了无法确定的变故，那么实际情况多半是最坏的那种。"

赵盼儿固执地发问："你成亲了吗？有相好的小娘子吗？"

顾千帆看了赵盼儿半晌，最终摇了摇头。

"既然都没有，那你怎么说得那么头头是道？我相信自己的眼光。"赵盼儿仍然坚持相信欧阳旭，至少，她现在必须这样想，因为只有这样想，她才能支撑下去。

见赵盼儿执迷不悟，顾千帆难免怒其不争："那你昨晚发火的时候，为什么要骂他负心薄幸？在你内心深处，也对他没有信心吧？"

赵盼儿被问住了，咬唇转头看着江面，一时想不出反驳的话。突然，她发现水中漂浮着一名扒着木头的女子。赵盼儿急于救人，却担心自己要是喊人来会暴露顾千帆，忙道：“你先躲起来。”

就在这时，女子抓住的枯木被一波大浪打到离船极近的位置。在初升的朝阳下，赵盼儿赫然发现，那竟是孙三娘。她失声道：“三娘！三娘！”

顾千帆吃了一惊：“你朋友？给你药的那个？”

赵盼儿慌忙点头，正想抱起一块木板扔下水，说时迟那时快，顾千帆已先飞身跃出船外。只见他一手拉住船尾的缆绳，如蜻蜓点水般在河中浮木上借了一下力，又跃向孙三娘。

刹那的惊愕后，赵盼儿迅速跑向前甲板呼救：“船家，停船，有人落水啦！”

船老大慌乱地跑了出来，向水中望了一眼，忙大叫起来：“落帆！停船！”船上顿时一阵混乱。

此时顾千帆已经接近了孙三娘，但他那只手臂有伤，难以拉起孙三娘，便只能换另一只手。偏偏此时船速已减，顾千帆抱着孙三娘，被河水一带，竟然要撞向船身！

“小心！”赵盼儿在船上看得惊心动魄，不由高声提醒。

危急时刻，顾千帆扔掉手中的缆绳，用受伤的手用力在船身上一撑，这才荡开一段距离。船上的人连忙扔下另一根缆绳，顾千帆咬牙抓住，一点一点接近，最终被船工们合力拉上来。

一上船，顾千帆便脱力跪倒，臂上又已是殷红一片。赵盼儿扶住顾千帆，焦急地问：“你怎么样？”顾千帆忍痛摇头，示意无事。赵盼儿连忙又去查看孙三娘，可一探鼻息，却发现孙三娘竟已呼吸断绝，她不禁腿一软，坐倒在地。

第四章 两相知

顾千帆见赵盼儿软倒，下意识地闪身而起，将她扶了起来。此时已有水手继续替孙三娘控水，但孙三娘仍然没有反应。

“让开！”顾千帆推开水手，上前探了探孙三娘的颈侧脉搏，接着便如闪电般迅速向她心区猛击。在众人惊呼声中，昏迷的孙三娘被他打得高高弹起，落地后，她喉间突然轻响了一声，渐渐有了呼吸。

孙三娘慢慢睁开了眼睛，只见赵盼儿写满关心的脸与自己近在咫尺，然而她的神志尚未完全清醒，甚至没认出赵盼儿。又一阵猛烈的睡意袭来，孙三娘再度晕了过去。

水手们将孙三娘抬进后舱，并为她点上了火炉。顾千帆低声对正为自己重新包扎伤口的赵盼儿说道：“船老大在怀疑我。”

赵盼儿抬头望去，果见那个贼眉鼠眼的男人正悄悄地打量他们，两人目光相接后，船老大又连忙移开目光。

“你先去拖住他，我找个离岸近的地方跳船。”说着，顾千帆就准备起身。

刚才顾千帆的伤口又裂开了，赵盼儿担心他伤势加重，忙将他按了回去：“这事交给我，你等着。”

不等顾千帆拒绝，赵盼儿便起身堵住正想躲闪的船老大：“我想来谢你，你干吗躲着我？”

船老大一横心，索性说了实话：“赵娘子，咱们明人不说暗话，您那位同伴是什么来历？官府的告示估计你也看过，这年龄、相貌、口音、武功，都对得上。我们跑船的也不指望着应了悬赏发财，只盼着别来个窝藏的罪名。”

赵盼儿故作神秘地说道：“什么来历你别问，总之他不是什么盗匪。你要是告官，这辈子就别想在这河上再跑生意。”

船老大见她说得有模有样，心中有些发虚，但很快又镇定下来：“赵娘子放句狠话就想吓唬我？须知我陆三也不是个胆子小的！”

见对方转身欲走，赵盼儿流露出无可奈何的样子，挡住了他的去路：“等等！”她环顾四周，确保四下无人后才压低声音，脸上难掩骄傲地说：“既然你硬要问，那我就说。他姓萧名凡，乃是使相萧相公家的大公子，来钱塘游学时与我有了白首之约。只是彭城郡王有个远房侄子看中了我，硬要纳我为妾，我和凡郎才私逃出来，想上东京找萧老夫人做主。要不然我那天干吗那么着急要雇你的船？”

从船老大的神色中，赵盼儿看出他已经有所动摇，暗中松了口气。多亏顾千帆昨晚给她讲了一番朝中形势，不然她一时还真不知该编派哪位大官才能唬住他呢。

船老大仍是将信将疑，脑中飞速盘算着：“只是私奔，犯得着官府出海捕文书？”

“凡郎一时没收住手，断了那人腿。”赵盼儿反应极快，继续跟对方打着心理战。“陆爷，我索性就把话挑明了。如今我肚子里已经有凡郎的骨肉，你要想告官，只管告去！反正他们伤了凡郎，又差点害死了我的丫头三娘，也不差我们娘俩这两条性命！”说到此处，她双手抚摸小腹，神情悲愤，“只希望以后凡郎的父亲、祖母怪罪下来，你挣的那点赏银，能够你全家的棺材钱！”

不知何时，顾千帆已经悄悄绕到了赵盼儿和陆三的身后，听到这席话，他的脸色一下变得古怪至极。

船老大忙拦住了转身欲走的赵盼儿，赔笑道：“赵娘子息怒，息怒！我说那位官人怎么那么一身好本事，原来竟是位衙内。”

赵盼儿轻抚着腹部，冷哼一声。

船老大见状，又赶忙道：“您放心，小人刚才什么都没看见！若有人来问，小人只说后舱里是自家妹子和丫鬟！这船上别的人，也不会多嘴的。”

赵盼儿这才满意地点点头：“多送点清粥小菜过来，凡郎这两天胃口不好。还有笔墨，凡郎要写信让人好好收拾那个混账王八蛋！若是服侍得好，等到了东京，有赏。”

说罢，她便趾高气扬地转身离去，没走几步，却见顾千帆正在转角处紧皱双眉地看着她。赵盼儿忙把他拉到一边，脸颊上飞起一抹不易觉察的红晕：“你耳力那么好，不会都听见了吧？”

顾千帆点头，神情依旧十分古怪。

赵盼儿忙道：“我那么说只是为了吓他，你别在意。”

顾千帆突然一把抓起盼儿的手。

赵盼儿吓了一跳：“你干吗？”

顾千帆搭上了盼儿的脉，沉声道：“别动。伤药里的天风散和天王金创丹你都用过，里面有斑蝥，女子用了极易滑胎，我要看看你脉象如何。”

赵盼儿一怔，当即红了脸挣开手：“你无赖！”她又气又羞，急步奔向舱室，见床上的孙三娘呼吸均匀，这才长出了一口气。

顾千帆跟了进来，一脸郑重地说道：“我不是在消遣你，孕妇确实不能吃那两味药。”

“你闭嘴，我没有！”赵盼儿一时解释不清，窘得满脸通红。

顾千帆心生诧异：“难道你不是因为怀了欧阳旭的孩子，才着急要进京找他？”

赵盼儿这回真急了，却又担心被人听见，只得小声解释道：“少胡说八道，我和欧阳什么都没有。我还是清清白白的女儿身！”

顾千帆脸色瞬时间也红了，虽然他早过了该成家的年纪，却因为职业的特殊性和天生的猜疑心，除了在审问女犯人时或是在官场上的逢场作戏中，很少与异性接触。他转头看向窗外，不自在地说道：“既然你是在室女，怎么能随便说自己怀了别人的孩子？”

赵盼儿没想到顾千帆会在这件事上如此纠结，慌忙悄声解释：“不都跟你说了是在骗船老大吗？事急从权懂不懂？你可是皇城司的人！三娘是我的好朋友，你为了帮我救她才现了行踪，我随便编两句又怎么啦？”她一边替孙三娘掖被子一边随口说着：“再说我又没说是别人的孩子，明明就是你的——”话一出口，她顿时觉得不对，忙急着解释：“我是想说我只跟船老大这么说，不会有别人知道。所以别人也不知道是你的孩子，不，我不是想说这个，总之别人……”

她越说越急，越急越乱，船舱内突然燥热了起来。自相识以来，顾千帆还是第一次见她如此手足无措，不知为何心情竟然大好。他阻止赵盼儿继续说下去，柔声道：“行了，别着急。你说是我的就是我的吧，我认就是。”

赵盼儿见他嘴角微勾，不由得羞愤：“顾千帆，你占我便宜！”

“我莫名其妙就当了爹，难道不是你占我便宜？”顾千帆瞪大双眼，满脸无辜。

赵盼儿避开他灼灼的目光，小声争辩道：“我那是为了救你！”她想不通，这个冷心冷面吵着要杀她的皇城司指挥使怎么一下子像是变了个人。

“难道我不是为了救你的朋友？”眼见赵盼儿结舌，顾千帆唇边的笑意却是越来越浓。这时，孙三娘突然咳嗽起来，赵盼儿忙上前查看，两人之间的交锋告一段落。

孙三娘慢慢睁开了眼睛：“这是哪儿，我怎么在这？”

赵盼儿柔声道：“这是在船上。你落水了，我们把你救了起来。三娘，你怎么会在这儿，又怎么落的水？是失足，还是出了什么我不知道的事？”

孙三娘的眼神从迷茫渐渐转为清醒，突然，她似是完全想了起来，身子一震，泪水涌出：“傅新贵休了我，子方也不要我当他娘。我连夜搭了马车想回德清娘家，可等到了村子里，才发现娘家的房子早就塌了。那一刹那，我觉得自己什么都没了，所以就跳了河。”

孙三娘的话信息量实在太大，赵盼儿过了好一阵才捋清了事情经过。原来，孙三娘丈夫傅新贵的远房堂嫂陶氏刚没了丈夫，傅新贵贪图陶氏的钱财，要把傅子方过继给陶氏。孙三娘自然不从，跑去找陶氏理论时，却将傅新贵捉奸在床，这才明白那傅新贵早就与陶氏有了首尾。孰料那对奸夫淫妇反而联手诬赖三娘造谣，傅新贵还一不做二不休地以她不敬夫主为由写了休书。

孙三娘不服，可族长早被陶氏买通，不仅不为她主持公道，反而逼她在休书上按手印。若只是这样也就罢了，最令她没想到的是，她视若心肝的独子傅子方居然当着全族人说他可以替父亲和陶氏作证清白，还说陶氏温柔善良，待他极好，而孙三娘小肚鸡肠，只知道成天打骂他们父子，逼他读书用功，不是个好娘亲。

孙三娘说清了事情原委，已是涕泪交流：“别人打我骂我，我可以不放在心上。傅新贵变了心，我最多也只是咽不下那口气。可我的亲生儿子，居然宁愿认别人当娘……你说我活着还有什么意思？”

赵盼儿抱着孙三娘，含泪劝道：“怎么会没意思？你大名是孙三娘，又不只是傅子方的娘！你为人仗义和气，做得一手好果子、好菜、好汤水，街坊邻居谁不知道你贤惠善良、乐善好施？再说了，天下就没有不认爹娘的孩子！”

顾千帆原本正面无表情地在桌上写着一封书信，听到此处，手中的笔顿了一下。

赵盼儿知道傅子方顽劣，却没想到他竟能说出这种没心肝的话来，虽然替三娘不值，她还是安慰道：“子方也是我看着长大的，十来岁的孩子，正是最贪玩的时候，八成是被那个陶氏拿什么好玩好吃的哄骗了，才说了那些糊涂话。”

孙三娘绝望地摇摇头：“不，我问过他了，他说那不是一时气话，他是真心恨我！他讨厌我成天都让他学欧阳官人苦读，讨厌我总说等着他给我挣凤冠霞帔，他跟他爹一样，是个没心肝的混账！”

赵盼儿试图安抚，孙三娘却越发激动，甚至开始猛烈抽气：“他娶我的时候连聘礼都给不起，是我天天替人杀猪，一枚又一枚铜钱地攒了两年，才凑够了一贯让他拿着当作生意的本钱。如今他富贵了，就翻脸无情。老天爷，我孙三娘犯了什么大罪，你竟然要这样对我？当初我为什么要嫁他，为什么还给他生了这么一个孽障……”

正在这时，顾千帆走了过来，在孙三娘颈侧一击，孙三娘便软软地倒在赵盼儿怀中。

“她现在很虚弱，不能再这么激动。”顾千帆解释道。

赵盼儿点点头，扶孙三娘躺了下去，泪水不住地点滴落下。顾千帆看着赵盼儿难过的身影，身形微动，最终却什么也没做。

“我出去送封信。”顾千帆见赵盼儿没什么反应，便径自走出了房间。

顾千帆看着船老大把装信的木盒丢到不远处一艘小船的船夫手中，他随手将几粒黄金弹到船老大手中，船老大喜出望外地退了下去。

“这样送信安全吗？”赵盼儿的声音从身后响起，顾千帆回首，见她虽然眼睛通红，但已神色平静。

“信上只有暗语，接头的地方平日里也只是普通的粮店。秀州的驻点辖官是我的好兄弟，整个皇城司里，我最信任的就是他。收到密信后，他一定会安排人接应我。估计最多后天，我就会下船。”放在几日前，顾千帆绝不会相信自己会对一个才认识几天的女子信任到可以透露自己的计划的地步。

赵盼儿一怔，她竟然有些习惯有顾千帆在身旁：“这么快？”

顾千帆看着送信的小船渐渐行远：“夜长梦多，船老大虽然一时被你给唬住了，但其他人未必个个都嘴严。”

赵盼儿点点头：“那你自己一定要小心，千万别再受伤了。”

“我下船之后，你也自己保重。”顾千帆犹豫了一下，看似不经意地说着，“不过你想过没有，孙三娘的丈夫都会见钱财而动心易妻，那个欧阳旭会不会……”

赵盼儿脸色一白，她本能地拒绝这种可能性：“不会的，欧阳不是傅新贵那种人！”

“他关我何事？我问的是你。”顾千帆紧盯着赵盼儿，“回答我，如果他变了心，你会像孙三娘一样悔不当初吗？”

赵盼儿思索片刻，抬眸答道：“不会。遇到欧阳，是我十八岁以后最快活的事。

就算他真的变了心，我也不会后悔曾经和他两情相悦，更不会后悔这一趟去东京。否则，我也不会遇到你，也不会因缘际会救了三娘。万事有因必有果，我不看重或好或坏的果，只求一个清楚明白的因。”

顾千帆低头看着赵盼儿那双亮晶晶的眸子，心中暗叹，遇见他也算得上是一件好事吗？随后他语气平淡地说：“好，希望你到时候能比孙三娘强些，不会一想不开就落了水。”

赵盼儿眉心微蹙：“你为什么一直对欧阳有偏见，觉得他一定会辜负我呢？”

“我和他素不相识，又谈何偏见？只不过我在皇城司的牢狱见过太多人，所以才会觉得，这世间最经不起考验的，就是人性。”顾千帆的双眸如潭水般幽深，似乎要把赵盼儿所有的希望吸去。

赵盼儿不自觉地后退，转身疾步回到房间。她背靠着门，仰着头，强忍着没让已经聚集在眼眶的泪水流下。过了片刻，顾千帆的声音从门外响起：“船老大清了间隔壁的舱房出来，你照顾病人多有不便，今晚我睡那边。”赵盼儿张了张口，最终什么也没说出来。

深夜，正在打坐的顾千帆忽然警觉地按住腰间佩剑，与此同时急促的敲门声响起。

“是我！”门外传来赵盼儿的声音。

顾千帆打开门，赵盼儿匆匆将他拉到隔壁的房间，只见孙三娘了无生气地躺在床上，眼睛直直地望着天，如同一具木雕。

赵盼儿语气焦急：“自从她醒来就一直是这个样子，既不说话也不动弹，碰她推她，都像没有知觉一样，连水都喂不进去了。你会武功，能不能看看她是不是还受了什么暗伤？”

顾千帆仔细探查一番，摇头道：“没有暗伤，这个样子，倒像是大悲大喜之后的失魂之症。得尽快找大夫，一旦拖久了，即使能活下来也难逃痴呆。”

赵盼儿连忙找到船老大，以要为病重的丫鬟寻医为借口，要求他在岸边停靠。船老大哪敢不从，命两名船工抬着孙三娘下了船，还帮她们找好了马车。

“我和你一起去。”顾千帆下了船，走到赵盼儿身旁。见赵盼儿有些意外地看着自己，顾千帆故作随意地解释道：“我救上来的人，总不能看着她出事。而且我们既是一起私奔出来的，让你一个人送丫鬟去看病，成什么样子？”

事实上，赵盼儿对孙三娘的病情极为担心，有他陪同，她心中顿时安定不少。

但那些瞎话虽然是她先编出来的，可经由顾千帆之口说出来，她又觉得脸上臊得慌。最终，她竟避开顾千帆相扶的手，自己上了马车。

顾千帆也意识到自己说的话有歧义，本想解释，但看了看车中刻意扭头不看他的赵盼儿，不知为何却半途又停住了。他跟在赵盼儿身后，默默地上了马车。

医馆内，大夫正给活死人一般的孙三娘施针诊治。赵盼儿走到一直警惕地注意着馆外情况的顾千帆旁边，小声问："你的伤口恢复得如何，要不要也在这里看一看？"

顾千帆摇头，他刚才已经注意到这个小镇的路边也贴有通缉他的告示："这里未必安全，三娘只要能开口喝药，我们就尽快回船。"

两炷香的工夫过后，孙三娘开始有了反应，她此时已能吞咽，但仍然不能睁眼动弹。赵盼儿在一边看着，又是欢喜，又仍是提心吊胆。

大夫抹了抹额间的汗，伸出两根手指："两件事。第一，此方中本来应用犀牛角，但此物太过名贵，我这也没有。若想病人尽快恢复，你们还是要去西街的归元堂买犀牛角为佳。"

"犀牛角？那得多少钱？"赵盼儿一听这话，顿时面露难色。

大夫看出赵盼儿没钱，脸略微拉了下来："七天的话，至少得二十贯。"

顾千帆从袖中摸出几粒金子："第二件呢？"

大夫的态度立刻殷切起来，尽管有意克制，目光还是不住地飘向那些黄金："这病最忌受风移动，所以两位离了此处，最好赶紧寻个客栈住下，至少把这七天的药用完。"

"七天？不行，我们着急赶路。"赵盼儿急急说道。

大夫摇摇头："那这位大嫂是生是死，可就说不好了。"说罢就拿过顾千帆手中的钱回到了里屋，丝毫不给她商量的余地。

赵盼儿如遭雷击，不停地点着手指计算日期，喃喃道："七天……"

顾千帆知道赵盼儿有多在乎欧阳旭，倘若错过了欧阳旭的婚期，恐怕她余生都会后悔。他没有说话，只是静静地将孙三娘抱回马车上，等着赵盼儿自己消化这段情绪。

这时，赵盼儿也已经冷静下来，毅然道："待会儿找个客栈把我们放下来吧，你不用等我了，直接上船，让他们送你去接头的地方。"

顾千帆有些意外："误了行程，你就不能在谷雨前赶到东京。那欧阳旭怎么办？

你舍得放他去当高家女婿？”

赵盼儿紧咬双唇，却是一脸坚定：“舍不得又如何，三娘的命最要紧。她是我的朋友，我不能眼睁睁地看着她死。”

看着她已然发红的眼圈，顾千帆素来平静无波的眼神中多了几丝温柔，他正想告诉她其实还有能更快赶到东京的办法。突然，迎面奔来一群官兵。

“就是他们！”一名船工指认道。

顾千帆心念电转，一手将车夫推下车去，一手将赵盼儿扔上车。“坐稳了！”他挥鞭驾车，向另一条街道急驰。

马车剧烈颠簸，赵盼儿紧紧扶住孙三娘，以免她撞到车厢上。眼见官兵越追越近，赵盼儿急道：“你别管我们，自己骑马赶紧走！”

顾千帆大吼：“一旦被抓，共犯也是死罪！”

与此同时，已经追到射程距离内的官兵们开始弯弓瞄准。

“弯腰！”话音未落，无数利箭已从顾千帆耳边掠过。顾千帆看见前面山道处有一急弯，心念一闪：“我抓着她，数一、二、三，你跟着我跳，然后尖叫！”

官兵们只听一声凄厉的尖叫，接着就看见只在转弯处露出一半车身的马车直飞出悬崖。他们纷纷下马向下望去，百尺山崖下，马车的残骸依稀可见。

对面山道的一处浅坑内，顾千帆等人藏身于草丛中，正紧张地观察着官兵的动向。一名官兵向草丛搜来，拿着刀剑随意扎了几下，眼见剑尖就在自己头顶掠过，顾千帆依旧纹丝不动。不知过了多久，官兵们终于认定他们已经殒命山崖，纷纷纵马离去。

马蹄声渐远，一时只闻风声和草摇动的声音。赵盼儿看向紧搂着自己的顾千帆，用眼神示意，问他安全与否。顾千帆微微地点了点头。

赵盼儿松了口气，刚才过于紧张，并没有意识到她和顾千帆的姿势有何不妥，眼下才发觉他二人此刻正以一个极为暧昧的姿势搂在一起。她被顾千帆身上的男子气息萦绕，心里有些不自在，然而顾千帆似乎并没有起身的意思。

赵盼儿挣扎了一下，有点着急，压低嗓子道：“没事了你就赶紧放开我啊。”

顾千帆动了动，眼中难得地闪过一丝窘意：“不是不放，刚刚用力太猛闪着筋了，这只手又受过伤，我动不了。”

无奈之下，赵盼儿只得自己努力，不一会儿终于从顾千帆的臂弯里钻了出来。她小心地抬起头，果见山路上已无任何官兵的踪影。她回头望去，只见孙三娘正试图起身，显然已有好转。她欣喜地凑上前去:“三娘！你怎么样？”三娘看了她一眼，却仍是眼神迷离。

顾千帆安慰道:“别担心，只要人醒了，以后总有法子。”

赵盼儿见顾千帆仍以一个怪异的姿势趴在青草地上,忙替他活动手臂疏通血脉。待顾千帆终于可以活动自如，却发现赵盼儿正抿着嘴笑。

“你笑什么？”顾千帆以为她在嘲笑自己

“天正蓝,风正清,我们还活着,三娘也能动了,难道不该开心吗？”赵盼儿反问，此时阳光正好，她每一个毛孔都能感受到此间空气的清新。顾千帆闻言一怔，索性仰面朝天躺在草地上，也笑了起来。

赵盼儿垂眼看他:“现在该怎么办？”

“听说过灯下黑吗？”顾千帆眼神中透着自信，心中已经做好了计划。

嘉兴驿旁的街道上，手按佩刀的官兵正在例行巡查。一辆不起眼的马车徐徐驶来，在驿站门口停下。

头戴幞头、一身青衫的顾千帆从马车中走下来，略微宽松的衣袍遮去了他身上的肌肉线条，看着倒也像是一位充满书卷气的年轻书生。不远处，一名官兵正要上前查问，他的同伴忙拦住他:“你傻了？那是官驿。做官的人才能住的，海盗怎么敢进去？”

这些话落到假扮成小厮的赵盼儿耳中，她不由得感慨顾千帆果真料事如神。她扶着仍不太清醒、作老妇打扮的孙三娘走下车，毕恭毕敬地站在顾千帆身后。

顾千帆向驿丞递去一卷能证明他的官员身份的告身:“顾某丁忧届满,回京候选，还劳安排间房舍，供家慈暂休。”驿丞不疑有他，忙引着三人走进后院。

考虑到眼下他们正被人追杀的情况，赵盼儿想当然地认为顾千帆一定用了假告身，然而当她眼尖地看到告身开头写着“敕大理评事顾千帆，可授通判吉州”等字样时，不由得陷入了沉思。

赵盼儿扶孙三娘倚在榻上，待周围没有旁人后，状似无意地说:“那张告身文书做得可真像,皇城司是不是每个人都有好几张随身带着？顾千帆也不是你的真名吧？”

顾千帆将窗户推开一道小缝，警惕地观察周围的环境，故意没直接回答赵盼儿最想问的那个问题。“你怎么知道很像，之前见过别的告身？”

“是啊，我小时候——”赵盼儿忽觉不妥，没有再继续说下去。

“真的。”顾千帆定定地看着赵盼儿，“名字和告身都是真的，我可能会骗别人，但不会骗你。”他关上窗，从包裹中找出针线，随后走到孙三娘身边，对仍在发愣的盼儿说道：“把她绑在椅子上，堵住嘴。”

见赵盼儿面露疑惑，顾千帆解释道：“买犀牛角太打眼了。她既然醒过一回，我想那大夫多半是为了赚钱才夸大病情，所以想试试从指间针刺。如果能就此疏通血脉淤塞，或许她能清醒得再快点。”

“管用吗？”赵盼儿有些犹豫，她从前可没听过这种治法。

顾千帆眼神微动，这其实是他逼供时强行唤醒那些因熬不住酷刑而昏迷的嫌犯的法子：“以前只在审问时用过。”

赵盼儿自然明白顾千帆的弦外之音，一咬牙：“好，你试试吧。”

顾千帆体恤地提议：“你先出去待一会儿吧，我怕你不忍心。”

赵盼儿也不想看顾千帆拿针刺孙三娘的画面，她如释重负地点点头，走出房门。她在房门外的地板上刻了一道痕迹，她紧盯着走廊透入的日影数时间，见日影移过地板的刻痕，立刻转身敲门。

顾千帆开了门，赵盼儿急切入内，见孙三娘歪在了榻上，口中布绢已经取出，只听三娘虚弱地唤了她一声便再度昏睡过去。即便如此，赵盼儿心中仍欢喜万分，见顾千帆额间已见轻汗，她忙奉上一杯清茶：“谢谢，辛苦你了。”初见时，她故意碰洒了原本要谢他救命之恩的那壶名茶，驿站所用之茶粗陋，着实入不了顾千帆的口，但这一次她确是用了真心。

顾千帆失笑：“居然有人为这种事感激我，真是破了天荒。”

赵盼儿捕捉到了顾千帆的笑容，回敬道：“剑可杀人，也可救人。你今天居然笑了两回，也是破了天荒。”

顾千帆假装板起脸，一拍桌子，冷声道：“大胆，竟敢对皇城司指挥使无礼。小心我严刑伺候！”

孙三娘听到这几个字，突然睁开了眼睛，模模糊糊中，她只听到了赵盼儿惊惧的声音：“严刑就严刑，又不是第一回了，难道我还怕了你不成？”

说时迟那时快，孙三娘突然从榻上暴起，抄起一边的花瓶就向背着自己的顾千帆砸去。顾千帆手中的茶还没递到嘴边，便应声倒地。孙三娘虚弱地拉着盼儿奔往门外：“快跑！”

赵盼儿猝不及防被她拉出门外，跑了几步才反应过来，拉住孙三娘：“不行！

我们得回去。”

孙三娘先是一愣，随后反应过来：“对，除恶务尽，我再去砍他一刀。”

赵盼儿忙掩住她的嘴：“别砍，你不能杀他！”

孙三娘不解：“为什么？他是个坏人，官兵在追他，还有通缉他的告示，我回娘家时就看见过，他还拿针扎我，还想对你用刑。”话音未落，她也力不能支，软倒在地上。

赵盼儿忙扶住她，又察看四周，见并无人注意，这才架着孙三娘回了房。

与此同时，顾千帆渐渐恢复了意识，赵盼儿和孙三娘的交谈声伴着一阵阵剧烈的头痛传入他的耳中，他本欲起身，却因她们的对话内容没有行动。

赵盼儿正在劝说一心把顾千帆当作坏人，想要尽快逃跑的孙三娘：“他救过你，我们不能这么走，一旦被官兵发现了，他的后果不堪设想。”

孙三娘依旧不肯退让：“可他是逃犯，万一我们被牵连进去，你还怎么嫁欧阳旭，怎么当进士娘子？”

赵盼儿急得站起身来：“逃犯又如何？现在我只拿他当朋友。他虽然不提，但我心里头清楚，单看这么多官兵连环追捕他，就知道杨府命案背后的真凶一定势力惊人。他既然甘冒风险，应承我一定查出真相。这种时候，我又怎能弃他而去？”

“可他头一回见你就对你那么坏，他的话能信吗？”孙三娘仍是不放心。

顾千帆听到这里，心莫名地揪了起来。然而赵盼儿却毫不犹豫地答道：“我当然信！三娘，我有多信你，就有多信他！”顾千帆眼波微动，心中波涛万千。

最终，孙三娘率先让了步：“好吧，你向来比我聪明，那我就听你的吧。”

赵盼儿将汤药喂到孙三娘嘴边：“既然醒了，你也要慢慢振作起来。你被傅新贵骗了十多年，总胜过被他骗一辈子。有些人就是心面不一，你瞧咱们那位‘郑青天’郑知县，要是没出杨家这件事，我没准也会觉得他是个真青天。可顾千帆呢，以前我恨死他了，可这会儿我才知道他是个胸襟洒落、彘肩斗酒的真英雄！”

赵盼儿突然发现顾千帆已经坐了起来，她尴尬地问：“你，你什么时候醒的？”顾千帆却不发一语，起身径直走出了房间。

顾千帆坐在石阶上，仰头望着天边的日转云移，身为皇城司指挥使，他本以为自己早已习惯了被人误解、被人唾弃，可他也是血肉之躯，怎可能真的无坚不摧。那些曾经刺在他心房的话与赵盼儿的声音交织着：逃犯又如何？现在我只拿他当朋友；他是个胸襟洒落、彘肩斗酒的真英雄……

顾千帆缓缓闭上眼睛又慢慢睁开，原本紧握的拳头也渐渐放开。他转过头，不知何时，赵盼儿已经走到他身后。“对不起，三娘她……”赵盼儿不知该如何替三娘解释。

顾千帆沉声道：“我不会和一个病人计较的。”

赵盼儿松了口气，在顾千帆旁边坐下。

“你什么时候开始怀疑郑青田的？”顾千帆突然问道。

赵盼儿头头是道地分析着：“就在刚才不久。你说伤你的是宁海军的都头，可刚才追杀我们的分明是秀州兵马司属下服色。两边的人马自吴越国时就互相看不顺眼，又怎么会轻易帮忙？所以，我就想到了发海捕文书的钱塘县令，告示上一口咬定你是个海盗，这就有些奇怪了，再加上你又说过灯下黑……”

“一个钱塘县令，手能伸到秀州来吗？”顾千帆望着天色，不知是真的在问赵盼儿，还是在自言自语。

赵盼儿顺着顾千帆的目光望着蔚蓝的天空，幽幽地说：“一个六品运判，说杀就杀，谁知道背后有多大的利益？”

“知道我为什么敢用真名吗？因为我还在怀疑一件事。”顾千帆看向赵盼儿，眼神中似有几丝哀伤，“住进这里的事，我刚才用飞鸽通知了皇城司最近的驻点。你去把东西收拾好，如果我没猜错，他们就快来了。”

赵盼儿很快就跟上了顾千帆的思路，他昨夜刚给皇城司驻点送了信，今日就遭人追杀，他显然是怀疑皇城司内部出了叛徒，而他刚才也并非因听了三娘的话才坐在这里望天发呆，而是在利用天光测算时间。

赵盼儿和孙三娘很快收拾好了行李，和顾千帆一齐躲在角落处。不一会儿，果然有一队官兵闯入驿站大门，顾千帆使了个眼色，赵盼儿扶着孙三娘跟他快步离开。

在顾千帆的带领下，赵盼儿等人躲入热闹的集市，就算有官兵追来，也难以在熙熙攘攘的人群中找出他们。

然而计划总赶不上变化，赵盼儿眼尖地看到一名衙役往这边走来。她灵机一动，将顾千帆拉到卖首饰的摊位旁，顾千帆配合地和她一起在摊子上挑选起了首饰。

摊主见两人男俊女俏，站在一起煞是般配，理所当然地认为他们是一对。见赵盼儿拿起珊瑚钗，摊主忙道：“这位官人，不如给你家娘子买一支吧？”

赵盼儿有些尴尬，正要寻个由头婉拒。顾千帆却付了钱：“好，就这支。”此时，那名衙役已经走远，三人迅速地离开了这个是非之地。顾千帆看着赵盼儿的背影，默默将那珊瑚钗放入袖中。

抵达安全地带后，顾千帆决定就此与赵盼儿分头而行。“现在才耽搁了一天，你要是改走陆路，找个好的镖局护送，依然来得及在谷雨前赶到东京。这些金子，你拿着当盘缠。”

赵盼儿推开他塞来的龙眼核般大小的黄金：“不行，你现在孤掌难鸣，我们要是走了，你一个人怎么办？”

顾千帆将金子强行塞入她的包袱中：“秀州皇城司辖点的驻官万奇是我的好兄弟，他会来接应我。”

赵盼儿下意识抓住了他的手：“可要是你在见到他之前就出了事怎么办？要不我们先送你过去……”

顾千帆为赵盼儿的关心而感动，却依然坚持道：“我一个人走得更快。放心，我不会有事的。我可是‘活阎罗’，我不点头，哪层地狱敢收我？”

孙三娘听着他们的对话，莫名感动。她把头转向一侧抹泪，却正好发现不远处那个正在井边艰难打水的女子有些眼熟。她定睛一看，那女子竟是宋引章的侍女银瓶！

银瓶也看到了孙三娘和赵盼儿，她扔下桶，朝她们飞奔过来，带着哭腔大喊：“赵娘子，你可算来啦！求你快去救救我们家姑娘吧！她被周舍害了，眼看就快活不成了！”

第五章 救风尘

待赵盼儿仔细询问，才得知周舍的为人比她预想的还要无耻。这周舍刚拜完堂时对宋引章还算温柔，可没过几天就原形毕露，又是生病又是生意不顺，总之找尽借口问宋引章要钱。时间久了，宋引章心中生疑，命银瓶四处打听，才知道他根本不是什么淮阳富商。

事情败露后，周舍气急败坏地逼引章从嫁妆里拿五百贯出来支应他，而引章的嫁妆都在盼儿手中，自然拿不出来那么多钱。可出嫁时宋引章碍于面子，让人弄了些石头，罩上锦缎，装了十多个箱笼，因此周舍根本不信她手里没钱。为了逼她交出嫁妆，周舍将宋引章关进柴房，对她连打带骂，还把宋引章重金购入的“孤月”琵琶连带着银瓶一齐卖了换钱。

孙三娘早就听得呆了，饶是一直警觉地观察着周围风吹草动的顾千帆听到这里也微惊了一下。

赵盼儿闭上眼睛，深吸了一口气，问：“他家离这有多远？”

银瓶眼中燃起希望，她就知道赵娘子一定有办法。“不远，就在水路五十里开外的华亭县。”

只在瞬间，赵盼儿便做好了决定。既然周舍是贪慕美色富贵之人，那她就要盯准这一软肋，只要她比宋引章更有钱更貌美，周舍自然会喜新厌旧，即便为了骗她的钱，也会对她言听计从，到时候她有的是办法收拾他。

赵盼儿将顾千帆拉到角落处，低声道：“你走之前，我能不能求你一件事？”

顾千帆已经预料到了赵盼儿的选择，他低头看向赵盼儿，眼下她那秀丽的脸庞上写满了焦急。想到赵盼儿将找到欧阳旭看得有多重要，顾千帆忍不住问：“又想救人？带走已经成了亲的女子，可不是一时半会儿能做到的事，你不想在谷雨前赶到东京了？”

“引章比欧阳旭重要，若是真的来不及，那就是我的命。”赵盼儿强迫自己不去想她赶不到东京的后果，有些为难地说，“再借我一点钱好吗？”

“要多少？”顾千帆简短地问。

“至少十两黄金。”赵盼儿着急救人，一时也顾不上客气，只能实话实说。

顾千帆一怔，坦言道：“我没有这么多钱。”

赵盼儿情急之下直接戳穿他：“你有，你昏过去的时候我在你身上摸到过，两大块。你刚才给我的金子，就是从那上面弄下来的。”

顾千帆这才明白赵盼儿说的金子是什么，只能无奈地说：“不行，那东西对我至关重要，我不能给你。”

赵盼儿以为顾千帆是怕她不还，央求道：“算我求你了！我以后一定还！引章的姐姐因我而死，我不能看着她落入这种境地而不管。我必须要很多钱，才能骗过周舍，救出引章！”

“我不是推脱，是真的不行。”看着赵盼儿着急的样子，顾千帆真的很想帮她，可他的确无法答应这个要求。

赵盼儿一咬牙，她还有一张底牌，她相信顾千帆一定不会再拒绝。“你不是一直在找《夜宴图》吗？真迹在我手上，只要你借我钱，我就把画给你！”

顾千帆心中一震，他一把抓住了赵盼儿的手，不自觉地带上了审讯的语气：“你说什么？”

正和银瓶待在一起的孙三娘听到两人的动静，不由大惊失色，她以为“活阎罗”终于露出了真面目，抄起银瓶挑水的扁担就要去救人。不想赵盼儿却向她摇手示意，让她不用过来，孙三娘惊疑不定地停下脚步。

赵盼儿沉住气，继续说道：“画是王霭所作，五尺绢本设色，装裱用的是紫鸾鹊锦、檀木空轴，画上是西川路转运使薛阙夜宴之景，主人居中，客人居两侧，有歌舞鼓乐，跳的是胡旋舞，吃的是驼峰。”

事实上，那幅画眼下正在欧阳旭手中，赵盼儿也是在机缘巧合下才得了那幅画。当初，那画被一位欠了赌债的客人拿出来变卖，被她认出来后捡了个漏。杨运判来茶铺喝茶时一眼看中了此画，她得罪不起杨运判，又实在舍不得那幅画，只得找画坊相熟的老师傅仿了一张送了过去。杨运判没看出真假，倒觉得她懂事，所以那天晚上，她才敢为了宋引章擅离乐籍之事去杨府找他讨人情。

听了赵盼儿的描述，顾千帆眼神微变，他紧张地问：“这幅画现在何处？”

赵盼儿见事情有了转机，心中庆幸不已，忙道：“我把它放在一个安全的地方，没有带出来。你若不信，我现在就发个毒誓。”

赵盼儿正要发誓，顾千帆却突然摸出怀中的物事，那是两块狮头金牌，其中一块已经缺了大半，上面刻着“探事司指挥使顾千帆”，另一块却完整无缺，刻着“探事司副都头贾江”。

顾千帆低声解释道：“这就是你摸到的金子。我仓促逃离，身上也没带银钱，不得已才用了上面的边角当花费。如果给了你，我就没有凭据证明自己的身份。我不是不信你，只是真的不可以。”

赵盼儿的眼神中闪过一丝错愕，心沉了大半。顾千帆却突然解下腰中软剑，撕下用皮革包住的和田羊脂玉剑首。在赵盼儿错愕的目光中，顾千帆不动声色地说：“但这个你可拿走，这是我爹的东西，至少能当两百贯。”

“谢谢，谢谢你！”赵盼儿沉下去的心一下子又提了起来，她本已不抱希望，如今却是峰回路转，激动之下，她眼中竟泛起泪光。

紧接着，顾千帆的语气变得极为严肃：“赵盼儿，你记住以后绝不要再跟第三人提起《夜宴图》在你手中的事情。它牵涉的麻烦，比杨府几十人的命案都还大得多。”

赵盼儿看着顾千帆的双眼，郑重地点了点头，她的泪水顺着面颊滑落，落在了两人相执的手上。一时间，两人犹如交换了千言万语。良久，顾千帆方道：“保重。”

赵盼儿忍住哽咽，她不敢想就此一别后顾千帆要经历多少腥风血雨，也不敢想他全身而退的概率有多么微茫。她不敢表现得太过悲伤，尽量用随意的语气问：“你也要保重，不然我以后怎么还钱？还有，到了东京，我怎么找你？”

“州桥南桥头，有家王记铁铺，若是挂出了红色旗幡，你就去里面问老板买十根银针，他们自会带你来见我。”顾千帆停顿了片刻，眼底波澜顿起，可他最终只是淡淡地补充道，“若是一直不挂出来，这钱，你就不用还了。”

顾千帆的话使赵盼儿如遭雷击，而顾千帆在一个起落间便消失在院墙深处。良久，赵盼儿仍怅然若失地看着他消失的方向。

孙三娘走到赵盼儿身边，小心地观察着她的脸色：“接下来该如何？”

“去这里最大的青楼。”说着，赵盼儿抹干了眼泪，又恢复了以往笃定自信的模样。

周舍是做生意的识货人，倘若赵盼儿拿不出像样的衣裳头面，他很快就会看出这富贵美人计的破绽。而仓促之间，能找齐这些衣裳头面、箱笼行李，还有嘴严听话的仆婢的地方，也只能是当地有名的烟花之地香云楼了。

同是贱籍中人，本就惺惺相惜，加之赵盼儿又大方地将顾千帆留给她的小金块塞给了鸨母，她很快就顺利地借来了六个健仆、两个丫鬟以及几箱绫罗绸缎。随后，她又用顾千帆的剑首当了满满几箱铜钱，就这样，赵盼儿用一下午的工夫就摇身变成了华亭县最有钱的女子。

现在离谷雨还有十五天，赵盼儿必须在三天之内解决这件事情，才能及时赶到东京。看着窗外西斜的阳光，赵盼儿在心中无声地祝愿：顾千帆，我会努力，也愿你逢凶化吉、遇难成祥。

衙门内，一位名叫陈廉的年轻衙役正向上级汇报搜捕情况，他身后还跟着一位身材高大、头戴革盔的属下。

陈廉的声音听起来年纪就很小，可他却强行摆出大人的姿态，煞有介事地说：“卑职已遵令搜索了两个时辰，仍然没有找到顾贼的下落。卑职有个想法，此处离海不过六十余里，他会不会胆大包天，走海路绕去丹州进京？卑职请命，只带两人轻骑，沿海边搜寻！”

见上级点了头，陈廉如释重负地领命并带着手下快步而出。两人纵马飞奔，很快便远离了城镇。

陈廉放慢了马速，小心翼翼地对身后的手下道：“这边已经没有我们的查验关卡了，您可以放小人走了吗？”

“放你去报信？”那名手下摘下革盔，竟然露出了顾千帆的脸。

原来，早前陈廉在街上巡视的时候，误打误撞地发现了顾千帆的踪迹，他暗中跟了顾千帆几条街，就当他以为自己要立下大功的时候，他一个没留神，反倒被早就察觉有人在跟踪自己的顾千帆给制住了。面对横在自己脖子上的匕首，陈廉只得服软，于是就有了陈廉刚才被挟持着去衙门的一幕。

陈廉打了个寒战，一脸诚恳地发誓：“我保证什么都不会说的！大不了我去买包蒙汗药，您看着我吃下去，我睡上七八个时辰，到时候您老早天高任鸟飞了！”

“不行。”顾千帆答得干脆，他目前还需要陈廉这张挡箭牌。

陈廉苦着一张脸道：“别啊，求您放过小人吧，小人上有八十岁老母，下有四五个嗷嗷待哺的孩子，实在是招惹不起麻烦……”

“你有四五个嗷嗷待哺的孩子？”顾千帆一剑挑落陈廉的革盔，只见他分明还是个稚气未脱的少年。“多大了？”顾千帆问道。

“十七。”陈廉好不容易才抓住革盔，他长了一张娃娃脸，穿上衙役的制服，像是小孩子误穿了大人的衣服。

顾千帆闻言一挑眉：“身体挺棒啊！什么时候成的亲？”

跟赵盼儿朝夕相处几日后，顾千帆已不像从前那样时时散发着可怖的气场，但陈廉出于直觉，认为自己不说实话下场会更惨，讪讪答道：“还没呢。为了让您高抬贵手，才顺嘴那么一说嘛。其实我比那可惨多了，我有两个姐姐，一个老娘，爹死得早，又没兄弟，十四岁就被扔出来从了军，我家就我一根男丁独苗，要是被别人当成您的同伙，啊不，同党，那我家就完了……哎，等等，英雄您别拽啊！”

顾千帆听得不耐烦，径直牵了陈廉的马向前面不远处的客栈走去：“再啰唆，我就一定说你是我的同党。”陈廉立刻闭上了嘴，跟着顾千帆走进客栈。

两人在客栈内安顿下来后，顾千帆像审问犯人一样与陈廉相对而坐：“追杀我的密令是谁发出来的？”

陈廉摇头，他这样的小喽啰是真的不清楚上头的事：“我只看到那道密令外头封的是八百里加急的火漆，可摸不清到底是哪路神仙要对付您。”陈廉察觉顾千帆身上有伤，眼珠子一转，谄媚地说道：“您受伤了？我帮您上药。”

“不用。”顾千帆的语气将陈廉拒于千里之外。他从怀中摸出伤药，却失手带出了一个布袋，捡起后才发现是之前买的红珊瑚钗子，他走得匆忙，倒是忘了将钗子送给赵盼儿。

陈廉见顾千帆陷入沉思，讨好道：“这红珊瑚真是难得，不愧是上等的南洋货！”

顾千帆一怔：“南洋货？”

陈廉不假思索：“对啊，这几年从南洋来的好货可真不少，价钱也比以前便宜。”

顾千帆突然想起赵盼儿先前在船上也曾说过近来没药、乳香两种名贵香料都降了价。本朝规定凡爪哇、真腊、三佛齐诸商，唯许广州市舶；禁闽、浙船只，商贩两浙山东。按说这些南洋货绝不可能降价。思及此处，顾千帆眼神如电般看向陈廉：“附近最大的市舶司所在何处？”

陈廉不太确定地答：“杭州？”

顾千帆又问：“市舶使是谁？”

“不知道，朝廷惯例，不都是由钱塘知县兼任此职的吗？”陈廉依然不知道顾千帆为何突然问起这个。

顾千帆眼神幽深地捏紧那支珊瑚钗，眼神中带上了不易觉察的狠厉："看来明天我们还真得走一趟海边了。"

夜色深沉，赵盼儿和孙三娘、银瓶在夜色的掩盖下匆匆行至周家后门。孙三娘拿了块帕子包住门上的大锁，用力一扭，那锁便断为两截。银瓶挽了个篮子，装作叫卖糕饼的商贩，胆战心惊地在路旁为两人望风。

孙三娘和赵盼儿刚进门，就听到了屋内震天的呼噜声，两人轻步走近，只见窗子大敞，周舍喝得满脸酡红，睡得跟死猪一样。赵盼儿轻轻地关好窗，对孙三娘使了个眼色，孙三娘心领神会地躲在了阴影处。赵盼儿看了看周围，快步走向柴房。

柴房内，宋引章蓬头垢面地躺在柴草堆中，那张艳丽的小脸再无往常的光彩。由于双手被捆，她只能不断蠕动着靠近地上洒落的硬馒头，好不容易叼起一块，却被噎得双眼发直。赵盼儿飞速地扶起引章，替她拍着背，又把随身葫芦里的羊奶喂给她。

宋引章半晌才回过神来，待她看清楚眼前之人，泪水顿时狂涌而出。她口齿不清地低声啜泣道："姐姐我错了，我错了，我不该不听你的话，背着你悄悄跟周舍私奔，一到这里，他就先打了我五十杀威棒，要我把钱交出来。"

赵盼儿将宋引章搂进怀里安慰道："不用说了，我全都知道。我就是来救你的。"

宋引章眼中现出狂喜，挣扎着要站起来。赵盼儿忙将她按住："但我现在没办法带你走。"

"为什么？"宋引章惊呆了，她好不容易才燃起的希望又被泼灭了，"我在这一刻也待不下去了！"

赵盼儿抚着宋引章的背，耐心地解释着："来救你的，只有我、三娘和银瓶。你的脚伤了，就算我们背着你走，也容易被人发现。而且，若是就这样逃了，你甘心吗？你被骗了的钱，就这样算了？你被伤了的腿，就这样认了？"

宋引章的泪水再度决堤，恨恨地说："不能！姐姐，他骗我打我也就罢了，可他把我的'孤月'琵琶也给卖了！还有我的琴谱，也全被他烧了……你一定要让他遭报应，一定要！"

赵盼儿见宋引章燃起了斗志，便替她抹干眼泪，果断地说："那就别哭了，说正事。你之前跟周舍怎么说的我的身份？他知道我们多少事？"

宋引章摇了摇头："我知道你不喜欢他，所以很少在他面前提你，估计就知道你也身在乐籍，是我的姐姐。他应该不怎么认识三娘。"

赵盼儿心中有了计较，点了点头，将那壶羊奶全部喂给宋引章，细细嘱咐道："到了明天早上，你就装作实在受不了的样子告诉他，你确实还有一点私房，寄放在全福客栈的账房那儿，每一回只要报出你的名字和暗号，就能拿到十贯钱。但他若不把你挪回房中好吃好喝，你就算寻死，也不会告诉他暗号是什么。周舍现在被人逼债逼得很紧，尝到甜头，一定会好好对你，盼着你下次再继续掏钱。你呢，务必抓紧机会好好休养，等着我的消息。"

宋引章将赵盼儿的话一字不差地记在心里，但仍然惶恐地问："这样能行吗？"

赵盼儿反问："我哪回对你许下的诺言没有办到过？"

宋引章想了一想，她就没见过有盼儿姐摆不平的事情。心神稍宁后，宋引章突然想起她早前听到的童谣，忙问："对了，我听街上的小孩子唱童谣，说今科探花姓欧阳，他是不是就是姐夫？"

赵盼儿身形一滞，点了点头。

宋引章心中大定，天真无邪地笑了笑："太好了，姐姐当初就慧眼如炬，一眼看中了姐夫必成大器，这一回，也肯定能把我救出来！"

赵盼儿却只能勉强笑了一下，悄无声息地走出了柴房。

次日，周舍喜滋滋地抱着一个小箱子，出了客栈，一边走，一边掀开箱子看那成串的铜钱，丝毫不知道自己已经落入赵盼儿的圈套中。他边走边算计着："先给姓徐的八贯，多半就能先交代过去。剩下两贯当本钱，去赌坊那儿翻个本……"想入非非中，他不留神一下撞到了一名健壮的仆人身上，对方一把拎起他："没长眼睛吗？"

一看那名健仆的衣着打扮，和他身后的几名同伴、两位丫鬟，以及被他们环拥的华丽马车，周舍不由得愣了一下。

马车中响起一个温柔的声音："小四，算了，别和这些粗人一般见识。"接着，车帘掀起了一条缝，露出赵盼儿半张打扮得娇艳欲滴的脸来。

周舍还没认出她，正自惊艳，赵盼儿却惊呼一声："周舍？"她下了车，快步逼近周舍："你怎么在华亭县？宋引章呢？"

周舍半晌才认出眼前这个珠翠满头、服饰华丽的女子就是赵盼儿，支支吾吾道：

“引、引章，她在家里。”

赵盼儿眼带杀气：“你当真和她已经成亲了？”

周舍下意识地点了点头，可还没等他回过神来，两个清脆的耳刮子就打得他晕头转向。

“我打死你这个没良心、没眼力的负心汉！”赵盼儿留下这句莫名其妙的话就转身上了车。两名健仆却早已将他架到一边，往地上重重一扔。

孙三娘上前，狠狠地往他脚上一踩，听着他杀猪般的惨叫，高声道：“活该！我妹子对你一往情深，你却转头跟她闺中密友私奔，不打你打谁！”

孙三娘转头气哼哼地上了车，围观百姓还听到她气愤的声音：“你当初干吗要瞧上他呢？他就是个西贝货，只图着假银光鲜，真金倒看不上眼！”

一行人浩浩荡荡地去了，只留下目瞪口呆的周舍，先是揉着被扇得红肿的脸，继而傻笑道：“她对我一往情深？”

这时，有人发现了刚才赵盼儿掉落的一支金钗，捡起后，大家纷纷议论。

“嗬，瞧瞧这珠子，至少值两贯钱！”

“看那打扮，是刚下船的吧，瞧，瞧，他们进了会仙楼住下了，那儿的房钱可要比全福贵两倍！哪里来的小娘子，这么漂亮又这么有钱？”

听到“有钱”两字，周舍突然一下子反应了过来，他眼疾手快地抢过了金钗，往赵盼儿住的会仙楼走去。

会仙楼二楼客房内，赵盼儿面前摆满了珍酿佳肴，孙三娘心急地往窗外望，似乎正在等待什么人。刚才她对周舍动手用了十成的力气，虽然解不了心头之恨，到了这会儿，一直不见周舍上来，她倒是有些担心刚才打重了。

正在此时，敲门声响起，周舍在门外说道：“赵娘子，小可周舍，刚才捡到了您的金钗，特来归还。”

赵盼儿忙做出一副醉态，示意孙三娘去开门。门一打开，周舍就看到了举杯浇愁的赵盼儿。

孙三娘骂道：“谁叫你来的？我们姑娘正不自在呢，赶紧给我滚！”

孙三娘欲抢金钗，此时赵盼儿却带醉一推酒杯，语带哭腔：“凡郎，你跟周舍一样，都是个狼心狗肺的负心人！”

周舍刚才已经跟楼下一名相熟的人打听到，赵盼儿本是一名花魁，后来靠给人当外室赎了身，不久前两人的关系被人家的正头娘子察觉，正头娘子撒泼闹事，直接把赵盼儿赶出了钱塘，然而那官人极为惧内，连话都没敢吭一声，拿了不少钱才把赵盼儿打发了。想来赵盼儿口中的凡郎就是那个已将她弃若敝屣的郎君了。

赵盼儿酒后的声音娇媚至极，周舍听得骨头都酥了，他一把推开孙三娘，挤进了门："周舍有罪，周舍惹了赵娘子生气，这就任您打骂，随您责罚！"

孙三娘一声惊呼，忙快步赶在周舍之前进了房间，替赵盼儿拿过一张披帛盖上肩头，恨声对周舍道："光天化日还敢闯门，再不走我叫人啦！"

赵盼儿却醉意蒙眬地从孙三娘背后探出身来："周舍？不许他走！我要、我要打死这个没眼力见儿的王八蛋！"

孙三娘忙用力分开她和周舍，冲着门外道："小二，快拿点醒酒汤来！"

"我没醉。"赵盼儿身姿柔软，上身一滑便挣开孙三娘，一手拉着周舍，一手指着自己，"你说，宋引章除了会弹琵琶，哪点比我好？她有我美吗？有我识情趣吗？"

周舍晕乎乎地答道："没有，没有，她连你一个手指甲盖都比不上！"

赵盼儿却并不欢喜，突地起身过去，她的醉步如胡人舞姬般曼妙，冲着周舍喃喃道："你骗我，那凡郎为什么要赶我走，就因为我曾在贱籍，就连服侍他也不配了吗？"说到这里，赵盼儿一把扯住周舍哭了起来："凡郎，你为什么要听那婆娘的话赶我走？你又为什么要背着我跟宋引章那个贱蹄子私奔？"

周舍的眼神却一直紧锁在她发间摇摇欲坠的一支钗子上，那支钗子上面悬着一粒豌豆大的明珠！他一边眼馋，一边敷衍道："赵娘子别哭了，他在意，我不在意！贱籍又怎么了？薛涛、红拂，不都是一等一的传世佳人吗？"

这时，小二送了醒酒汤来，孙三娘急忙接过，强喂给赵盼儿："没错，盼儿你想开些。来，再多喝两口，顾衙内的事就让他过去吧……"

赵盼儿又像舞蹈，又像醉步踉跄，眼看差点歪倒在周舍身上，却又将身子堪堪倒在另一边的三娘身上："少来了，这世道，女人没个丈夫，就没个依凭。纵有家财万贯，明珠一斗，活着也没什么味道！"

周舍扶住赵盼儿，把她从窗边拉走："你说得是，说得是。来，来，别站在窗子边，小心酒后受了风，那可不是闹着玩的。"

赵盼儿横了周舍一眼："呸，你少来献殷勤！当初在钱塘，我听说你周舍是个人物，叫三娘给你送花签，邀你过来喝茶，你连理都不理我。非但不理我，还变本加厉，跟着那小贱人私奔！"

“啊？有这事？”周舍被说傻了。

孙三娘帮腔道：“哟，翻脸不认？你那个叫招财的小厮呢？让他过来跟我对质！”她学起男人说话的嗓音：“我家员外正听宋娘子弹《霓裳羽衣曲》呢，没空喝什么破茶。”

周舍有些拿不准，但觉得顺着赵盼儿的话说总没错，忙道：“啊，啊，那混账不听话，早就被我给卖了！赵娘子，你听我说，这都是误会。其实自打第一回见你起，我就知道你比宋引章好一千倍一万倍！我之所以犯糊涂，匆匆忙忙地和宋引章离了钱塘，也是因为怕自个儿把持不定，毁了跟她的山盟海誓，一心只想拜在你的石榴裙下啊！”

赵盼儿眼睛一亮，坐直身子：“当真？”

周舍竖起手指，张嘴就来：“比真金还真！若有一字虚言，叫我变个小王八，当娘子床腿底下的垫脚石！”

赵盼儿扑哧一下笑了，用手指轻轻点了点周舍的胸膛：“你这个人，还有点意思。”

周舍马上给赵盼儿倒了茶：“以前是我不懂事，得罪了盼儿姐，这就以茶代酒，请盼儿姐恕罪则个！”

赵盼儿笑了笑，端起茶，喝了半口，周身气质由风情万种到端庄无比，看得周舍眼珠子几乎掉了出来。

趁周舍不注意，孙三娘离开了房间，打扮成小厮的银瓶马上跑了过来，孙三娘向她耳语了几句，银瓶便下了楼。孙三娘回首，透过窗子只见周舍正小心殷勤地和赵盼儿说着话。而赵盼儿眼波流转，自有一股风流媚态。

孙三娘学了学她的动作，自己觉得怪异，不禁打了个寒战，喃喃道：“天爷，还好我不是个男的。唉，也不知道那位顾指挥，现在怎么样了？”

房间内，周舍显然已经喝醉了，但还是给赵盼儿夹菜：“再来点……亲亲，我是恨毒了那宋引章，她嫁了我才三天，就和邻家的后生给我戴了绿帽子。盼儿啊，我心里苦啊，我后悔啊，当时为什么要跟她走，而没有留下来和你说说知心话。”

赵盼儿不留痕迹地避开周舍：“真的？你没骗我？”

周舍一把抓住赵盼儿的手：“没骗，若我有一字虚言，叫我不得好死！”可刚说完，他就打了个酒嗝。

赵盼儿厌恶地扇了扇面前的空气。周舍乖觉地站了起来：“我去方便方便，马上回来。”

与此同时，一名中年男子在银瓶的指点下上了楼，迎面正碰上从净房出来的周舍。他二话不说，一把拎住周舍："奶奶的！有钱吃喝嫖赌，没钱还老子？"他几拳下去，打得周舍大叫大喊。食客们纷纷闻声而来看热闹。

"住手！"赵盼儿的声音突然响起，她扶着门框站着，似是还有些薄醉，"你干吗动手打人？"

那人打量着赵盼儿，愈发来了精神："哟，有美人帮他出头啊。他欠老子十五贯，拖了快半个月都不还，你说该不该打？"

周舍急忙摆手："别听他的，我只欠了他十贯酒钱，他硬要涨到十五！"

对方冷哼一声："九出十三归，江湖上就这规矩！你还不还？"说着，作势要打人。

"等等！"赵盼儿抬高声音制止道。一时间，在场众人的目光都聚集到她的身上。她拖长了声音，懒洋洋地说："不就十五贯吗？谁没个手紧的时候？只要我赵盼儿在，就不许别人作践我朋友，三娘，拿我那个汀兰的箱子！"

孙三娘应声出来，"咚"的一声，把一个两尺见方的小箱子扔在了讨债人的面前。

赵盼儿抬起下巴，趾高气扬地说："这里头有十六七贯，都拿去，多了的，就当是姑奶奶赏你这双看人低的狗眼的！"

在场众人瞬时间齐齐张大了嘴。

与此同时的码头上，卸货的挑夫忙碌不停，运货的车辆络绎不绝。顾千帆正在海边凭栏远望，他已经发现此处果真有从番邦来的商船，事情的前因后果也渐渐明晰起来——杨知远是转运判官，一年前才到两浙路上任，他为人机敏，又管着江南财政，很快便发现了郑青田偷开关禁中饱私囊的罪行。郑青田想买通他，无奈杨知远颇有点风骨，油盐不进，坚决要向朝廷上书弹劾。于是郑青田狗急跳墙，动了杀心，派了手下假扮盗匪去杨家灭口，并想栽赃到和杨知远有旧怨的宁海军知军身上。可惜不巧，郑青田手下动手的那一晚，他们皇城司正好也微服到杨府办事，两下里忙中出错就火拼了起来。尔后郑青田又发现了顾千帆的身份，于是就发动买通的江南大小官员，联手对他进行追捕。

陈廉兴致勃勃地凑到顾千帆跟前："市舶税好像是以五成计吧？那这二十多条船里要是有三五条是不走明账的南海番商，管事的人不就赚大发了吗？"

顾千帆瞟他一眼，他还从未见过这么不见外的人质："问这么多，真想当我的同党？"

陈廉贼贼地一笑："想！昨天您把红珊瑚钗子收起来的时候，我看到您那块狮头金牌了。原来您是皇城司的指挥使呢！我也不蠢，您昨天一说，我就琢磨过来了。居然敢违反朝中严令，偷开关禁，这钱塘知县真是胆大包天！”说到这里，他的表情又谄媚起来：“指挥，咱们商量个事呗，反正不打不相识，能不能给人家一个机会，跟您为朝廷效个忠呀？”

顾千帆退开一步，讥讽道：“不怕拖累你家几个女人了？我可是逃犯。”

陈廉知他在讽刺自己，可他天生脸皮厚，打了个哈哈：“逃犯？像您这样的英雄，能是逃犯？明明是有人有眼不识金镶玉！我跟您交个底吧，我其实是东京人，跟着上头被调到了这个破地方，成天吃米吃鱼，都快发疯了！我好想吃我娘做的面条，好想我大姐做的馒头、二姐炖的羊肉！要是能跟您进了皇城司，哪怕只是当个打杂的，那也好啊！”

顾千帆原本正看向远处，闻言不禁再次打量了一下他：“就为了能吃上面食，你愿意跟着我当逃犯？”

陈廉用力一拍胸口：“要我把真心挖给您看吗？”

“不用，我现在就给你个机会。”顾千帆指指码头上正对商人颐指气使的魏为，“想个法子，把他给弄到那边的树林里，不要惊动任何人。”说着就率先朝林中走去。

一盏茶的工夫不到，陈廉便将被绑得像个粽子一样的魏为丢到了顾千帆脚边，随后便是一阵拳打脚踢。而顾千帆只是拿着那支爪哇红珊瑚钗细细地端详。若不是背后传来拳头声和“唔唔”的痛呼声，几乎让人以为他真的只是在鉴赏首饰而已。

不久，挥拳声停止，陈廉喘着气走过来：“禀指挥，打完了，四十九拳，一拳不少。”

顾千帆回过头，只见魏为鼻青脸肿，嘴角已经流出血来。“还认得我吗？还敢冒充自己是宁海军的人吗？”

魏为慌忙点头，又摇头。陈廉拿掉了魏为嘴里塞的布。魏为喘着粗气央求道：“下官是钱塘魏为，所有的事都是我们县令郑青田逼我干的。求指挥您高抬贵手，饶下官一命！”

顾千帆并不理会他的恳求，继续发问：“这样的珊瑚钗子，是不是从私泊在那儿的爪哇商人手里流出来的？”

魏为没想到顾千帆连这个都知道了，事已至此，他为了保命也只能卖了郑青田：“是，这也是郑青田吩咐的，他说一两笃耨香从广州贩来，要卖三四万钱，其中一半都是市舶税，但我们只要悄悄地许了南洋番商在杭州停泊，只问他们收一万，番商们肯定更愿意过来。”

顾千帆早已猜中了这些，他继续问道：“每年你们要从这些生意里发多少财？”

魏为听出了顾千帆语气中的寒意，颤声答：“二十万贯。”

顾千帆闻言眼眸急收：“郑青田买通了哪些官员？他又找了皇城司的谁，才泄露了我的行踪？”

魏为心中一紧，头摇得活像拨浪鼓：“下官也不清楚，只知道是位京里的内官，还下了个格杀勿论的令。”

顾千帆双拳紧握，哑声问道：“郑青田花了多少钱？”

魏为直觉形势不妙，连话都说不顺了：“二、二十万贯吧？钱是折成金银铺的契，飞、飞鸽送到东京的。郑、郑青田说了，要是被您报到御前，我们都是一个死字。只、只有舍得这么多钱，才能留下、下一条生路来。”

顾千帆抓紧了手中的金牌，闭上了眼睛，有能耐杀皇城司指挥使的内官恐怕也只有一个了，而这个人正是他的直系上司——皇城司使雷敬雷司公。

第六章 诉公堂

月黑风高的夜晚，夜枭不祥地低鸣着。顾千帆带着陈廉走到了一间粮店外，这是他此前与皇城司秀州驻点辖官万奇约定好的接头地点。多年前，他与万奇一起从北边的死人堆里爬了出来，有着过命的交情，可以说，在整个皇城司中，万奇是顾千帆最信任的人。

陈廉忍了半晌，还是好意劝阻道："要是魏为说的是真的，那这儿的驻点辖官多半也靠不住，毕竟整个皇城司都得听雷敬的号令。"

顾千帆以为陈廉害怕了，便道："现在所有的人都在追杀我，只有他，才可能把我平安送回东京。你走吧，你是为了进皇城司才跟的我，现在再留下来已经没有意义。你还年轻，别为了一时义气，白送了自己的性命。"说完，便头也不回地走进粮店。

进入屋内后，顾千帆略微意外地发现万奇身旁的桌子上散落着不少酒杯："一个人怎么喝那么多酒？"

万奇的表情有一瞬间的僵硬，但旋即被他掩饰过去，他热情地迎上来，与顾千帆拥抱了一下："我看到司里发来的密令，担心你的安全，心里又苦闷，就借酒浇愁来着。还好你没事，对了，你怎么就得罪了雷司公？"

"说来话长。"顾千帆认为这件事一时解释不清，便直接切入正题，"我来找你，是想看看那密令的真伪。"

万奇将事先准备好的密令拿出来递给顾千帆。顾千帆看着那密令末端鲜红的"提举皇城司雷"印章，脸上浮起一抹微笑："二十万贯，我这条命还真值钱。"

万奇邀顾千帆坐下，转身取过一盏茶给他："先喝口茶吧，放心，这里没有人监视，很安全。"

顾千帆看了一眼茶汤颜色，嘴角不易察觉地动了动，随后便端起茶碗喝了下去。

万奇嘴里依然说个不停，似乎在有意地分散顾千帆的注意力："现在你如何打算？是回京向司公解释，还是索性流亡？我知道有法子去扶桑，钱和包袱我都替你准备好了。"

见顾千帆一滴不剩地喝了茶，万奇略微松了口气："对了，你还没用过饭吧？我去给你拿点饼来。"说罢，便径自走向房间外。而顾千帆看着万奇的背影，满目阴霾中闪过一丝悲哀。

出门后，万奇脸上的笑容瞬间消失，他抹了把脸，深吸一口气，接着向院中埋伏的手下做了个手势，一众手下当即扑入房间。顿时，打斗声、惊呼声不断传出，万奇脸上尽是懊悔难过，但很快他就攥紧了拳头，眼神变得愈发狠厉。

不知过了多久，房间里终于安静了下来。万奇推门进入，却见手下死了一地，而顾千帆满身血污站在角落，周身冷肃。

此时顾千帆看向万奇，眼中满是悲痛与愤恨，随即拔出佩剑。一瞬间，他眼前浮现出杨府中皇城司察子倒下的身影和老贾为他挡箭死去的画面。而万奇迅速迎战、刀刀致命，两人身影纠缠、不分上下。他们本就都是武功高手，此时都用上了搏命的打法，很快两人便伤痕累累。千钧一发之际，顾千帆使出一个险招，直接斩断了万奇的剑身！

万奇看着手中的断剑，眼神中染上惧色："司公严令，我迫不得已！皇城司不少人都知道我俩交好，可我跟你不同，我有家有口，要是帮你逃亡了，全家都得进大牢！千帆，咱们是兄弟，你跟我去见司公吧，我帮你求情减罪好不好！求你了千帆！"

顾千帆满眼尽是被兄弟背叛的痛，却终是放下指着万奇胸口的剑身，背身欲走。然而，万奇却趁这个机会，扬起断剑刺向顾千帆的后心窝。顾千帆闭上眼，立刻转身一招制住万奇，横剑于他的脖颈。

陈廉破门而入时，只见顾千帆利落一刀，万奇颈中鲜血顿时喷涌于地。

顾千帆睁开眼，擦了擦剑身的血，看着万奇的尸身，他眼神凛如寒冰："你不是我兄弟。"

陈廉看着满地的尸体愣了半晌，良久回过神来，跟着顾千帆走到院内，没皮没脸地问："怎么样，我跟顾指您也算是过命的交情了，这下您总相信我了吧？"

顾千帆没有答话，而是纵马朝华亭县的方向疾奔而去，他心里只有一个念头，他一定要见赵盼儿。

“等等我啊！”陈廉被骤然丢下，连忙翻身上马，朝顾千帆消失的方向追去。

会仙楼内，周舍正对赵盼儿作揖不迭，倒茶奉水。赵盼儿仍然佯作半醉，与周舍假意暖昧。赵盼儿晕乎乎地横了周舍一眼：“就你嘴甜，有本事别欠人家钱啊？你呀，当初在我面前倒是把家底吹得天花乱坠的，什么十几间铺子、几大间宅子，结果呢，呵，连区区十五贯都被人家追上门来？一个大男人呢，羞也不羞？”

她似笑似骂，说到最后一句时还用手指戳了周舍一记，周舍被她骂得浑身酥软，忙信口道：“还不是因为娶了你那个好姐妹宋引章？她成天要金要银……”

赵盼儿柳眉一竖：“你三句不离这贱人，要真那么想她，赶紧回去啊，赖在我这儿干吗？”

周舍忙一把抓住她推自己的手打自己：“我错了，我错了，你打我，狠狠地罚我！”

赵盼儿嫌恶地夺回手，随后又掩饰道：“呸！要么滚，要么说实话。”

周舍只得讪讪道：“这做生意嘛，难免有个周转不灵的时候，前阵子我包了一条船上南洋贩货，结果不知怎么的，船过了广州就没消息了，结果有些个眼皮子浅的混账，就趁火打劫来了。”

赵盼儿心知他即将上钩，佯作懵懂状：“哦，那等船到了，你不就有钱了？”

周舍正愁不知怎么把话题引到钱上来，没想到赵盼儿倒主动提起，不由得暗自窃喜：“就是这么个道理！盼儿啊盼儿啊，我的好盼儿，你要是手头松快，能不能借我个百十来贯，容我过了这一关，等船到了，你要什么我都给你！”

赵盼儿用带着水光的杏眼瞟他一眼：“百十来贯？说得轻巧？我是有银子，可这些是我安身立命的本钱，借给你，你是我的谁啊？”

周舍突然搂住她，哄道：“我是你的亲亲好周郎！好盼儿，你就帮我这一遭吧，我知道你心里有我，难道你舍得我再受苦吗？”

赵盼儿被周舍身上的酒气熏得想吐，她的手在他看不见的地方紧紧捏成拳，面上却装得意乱情迷：“你，你放开，放开我！”

周舍贪恋地嗅着她身上的甜香：“不放，就是不放。”

感到周舍的猪嘴在自己身上乱拱，赵盼儿突然一用力，将周舍推在地上：“你走，你当我赵盼儿是傻子吗？一头勾搭着宋引章，一头还想从我这儿弄钱，没门！三娘，送客！”

"盼儿你听我解释……"周舍仍想分辩，然而守在门外的孙三娘应声而入，将他推往门外。

赵盼儿负气道："我今儿就把话放在这里，想用我的钱，除非跟我做正头夫妻！等你有本事休了宋引章，再给我灌这些蜜糖水！"

门"砰"地在周舍面前关上了。

周舍不可置信地晃了晃头，回过神来之后，想敲门却又迟疑，最后索性把耳朵伏在门板上偷听。里面隐约传来赵盼儿的抽泣声："凡郎翻脸无情也就罢了，如今连这个周舍也要来欺弄我！难道我生来就是给人做外室的命吗？"

周舍心中暗忖：难道她真想嫁我？不对，她多半不是真心瞧上我，只不过恨宋引章掉了她的面子，恨被大妇赶了出来，所以才想在我身上争口气！

他喜上眉梢，敲门道："盼儿你开门啊！我愿意娶你！只要你愿意嫁，我就休了宋引章，八抬花轿娶你过门！"

门突然打开，赵盼儿犹带泪痕，一边推开正努力想劝阻她的孙三娘，一边说道："你此话当真？"

"真！比金子还真！"周舍常年混迹花丛，哄骗女人最是在行。

孙三娘拦着赵盼儿："别听他的，他今日能休了宋引章，以后也能对不起你！"

周舍急了，指天发了毒誓："绝对不会！盼儿，我可以去官府立下文书，若有一日负了你，甘愿充军流配！不过你再多给我几天时间，毕竟休妻这事——"

赵盼儿见周舍还要推脱，决定放出大招："不，我就是要你马上休了这个贱人！我一天也不想等！你过来！"说着，她便扯着周舍进了房。

赵盼儿掀开房间里的箱笼，随手将江州的什锦缎、北苑的龙凤团茶、御酒库出的凤泉香扔在地上："姑奶奶我有的是钱，只要你立马休了宋引章，我就敢不要一分彩礼地嫁你，可你要是敢拖我，哼，我马上就离开华亭县！"

周舍看着那箱笼中满满的铜钱、珠宝滚了一地，心里早乐开了花："好，好，我马上就休了她！"

赵盼儿的双眼顿时亮了起来。他们都没有注意到，窗外有一双冷峻的眼睛正安静地注视着这一切。

周舍离开后，孙三娘和银瓶就按照盼儿事先制定好的计划前去帮助宋引章，今晚引章会与周舍彻底撕破脸，而三娘和银瓶则会伺机烧掉周舍的房子，让周舍人财两失，逼周舍不得不休弃没了利用价值的宋引章，改娶"财大气粗"的赵盼儿。

一时间，房间内只剩下赵盼儿一人，她迈过满地的绫罗绸缎，拼命在水盆中搓洗着自己的手，洗好后闻了闻，又厌恶地再拼命搓洗，搓得双手通红。这时，她突见一黑影，她心中一惊，停下了手中的动作。

顾千帆的声音突然响起："再搓下去，手会破的。"

赵盼儿惊喜地回过身，果然看到顾千帆正站在窗外，月光下顾千帆那张英俊的脸看起来略显疲惫。

"你怎么到这儿来了，你的事都办完了吗？"赵盼儿下意识地想奔过去，但奔到月光下的那一刹那，她突然想到自己的浓妆艳抹，忙不迭地又退回了屏风后。

"你别过来，我现在的样子很丑。"她慌乱地想要洗净脸上的脂粉。

顾千帆有些心疼，赶忙阻止道："不用了，我已经看见了。"

赵盼儿的手瞬间滞住，半晌才苦涩地回过身："你看见了？我和周舍喝酒调笑的轻浮样子，你也看见了？"

顾千帆的沉默代表了默认。赵盼儿身子一软，撑着水盆，眼泪骤然滑落。她的语气里全是自嘲和痛苦："淫媚、轻浮、无耻、低贱，是不是？也难怪你讨厌歌伎，连我自己都觉得恶心。虽然我已经开了好几年茶铺，可少年时学的这些东西，早就深深地刻到了我骨头里，就像周舍的酒臭味，粘到我手上，怎么洗也洗不干净。"

突然，顾千帆人影一闪，翻窗而入来到了赵盼儿身边："我帮你。"顾千帆将她的手重新按入水中，轻轻揉搓。

赵盼儿震惊过后，明知两人身形亲密，却不知为何一直没有推开。

"瞧，洗干净了，很漂亮的手，柔荑凝香，红酥青葱，在我眼里，你从来都不脏。"顾千帆的声线低沉而富有磁性，这些赞誉之词从他口中讲出倒比从旁人口中听来更加真挚。

赵盼儿的眼泪一滴滴地落在盆中。这时，她突然注意盆中的清水里有一抹血迹，一阵浓郁的酒气扑入她的鼻腔。赵盼儿赫然一惊："你又受伤了，还喝酒了？快让我看看！"

赵盼儿把顾千帆拉到屏风外，点起了蜡烛。

烛光骤亮，顾千帆下意识躲避，赵盼儿却倒吸了一口冷气，只见顾千帆手上、脸上、身上都是斑驳的血迹，脸上的神情疲倦至极，下巴上新长出的胡茬也未及清理。

"没事，只是手臂上挨了一剑。"顾千帆说这话时的语气，仿佛是在说他只是掉了根头发。

赵盼儿还是固执地卷起他的衣袖，小心地为他检查着伤口：“谁伤的你？”

顾千帆摇头，似乎感觉不到身上的伤痛：“不重要，我来找你，只是想问你一个问题。”

赵盼儿意识到这个问题对他而言一定很重要，她认真地看着他，道：“你说。”

顾千帆沉默片刻，深吸了一口气：“如果宋引章以后再骗了你，你会如何？你说你从不后悔，所以就算宋引章之前背弃过你的信任私奔，你仍然要救她，为此，你宁愿谎称自己是你最讨厌的青楼女子，宁愿和你厌恶的男人虚与委蛇。就算你这样做，是为了还你欠她姐姐的性命。那还清以后呢，如果她再一次背叛你，你会怎么做？”

赵盼儿沉吟片刻，找到了自己的答案：“有恩的还恩，有怨的还怨。不念前后因果，只遵当时本心。”

顾千帆点点头，悲凉地笑了笑：“很好。我也是这么想的，所以刚才，我杀了我最好的兄弟。”他顿了顿，轻轻地说：“我的兄弟，已经死了。”

虽不知道事情的前因后果，赵盼儿却点了点头：“杀得好，他一定该死。”

顾千帆本以为赵盼儿一定会害怕，毕竟他不仅杀了人，杀的还是好兄弟。他看着赵盼儿剔透的眸子，忍不住问出了那个从第一次见到她起，他便一直好奇的问题：“为什么你从来都不怕我？”

赵盼儿看着顾千帆的双眼，认真地答道：“因为从第一回见起，你就救了我。你是个好人，我为什么要怕你？”

顾千帆不可置信地问：“真的？”

“若有一字谎言，你杀了我就是。”赵盼儿眸光清亮，全无惧色。

顾千帆又悲凉地笑了：“我舍不得。现在全天下还相信我不是杨家杀人真凶的，只怕只有你一个了。”

赵盼儿心念电转，迅速地跟上了顾千帆的思路：“难道整个皇城司的人，都被郑青田收买了？”

“猜对了，有赏。”顾千帆的笑声有些苍凉，他走到桌边，给赵盼儿倒了一杯，自己拿起酒壶，仰头一饮而尽。

赵盼儿本想劝他身上有伤不要喝酒，可她看着如此的顾千帆，便陪他一饮而尽：“别难过，天无绝人之路。皇城司再怎么权势滔天，上头还有三省，还有御史台。”

闻言，顾千帆又笑了起来：“皇城司位列三省之外，不受台察管辖。”

赵盼儿这下才有些慌了：“啊，那该怎么办？”

顾千帆拿起酒瓮来，又连喝几口，醉意更浓：“郑青田有他的通天道，我也有一条攀云梯。虽然那条路，非常糟糕。”他站起身来，那双原本清冷的眸子因为酒醉隐约泛起水雾：“可你不是说了吗，不念前后因果，只遵当时本心。大丈夫生而为人，行走世间，又何必拘泥！谢谢你的酒。”

见顾千帆起身要走，赵盼儿情不自禁地拉住他的衣袖，有些着急地说：“那条路既然那么糟糕，那能不能别走了？杨家那些人的冤情可以从长计议，你九泉之下的那些手下，肯定也和我一样，不想你为了给他们报仇而这么为难！”

顾千帆摇了摇头，眼神中第一次流露出了一丝无力：“我做不到。就像我要你放弃救宋引章，赶紧去京城当你的探花娘子，你也做不到。”

赵盼儿眼睛一酸，泪水再度滑落。

顾千帆下意识地伸手想替她抹去，到了半途却生生停住。赵盼儿转头平息自己的情绪，顾千帆此前选的那些不糟糕的路都已经这般危险了，他若踏上那条糟糕的路，定如行走刀尖。她从怀中掏出手绢替顾千帆裹伤：“这一回，我就不跟你告别了，反正我们很快就会见面的，这边的事我要是办砸了，还等着你给我撑腰呢。”

顾千帆知道赵盼儿担心自己，便玩笑道：“不恨我惧内把你赶走了？”

赵盼儿一愣，尴尬地问：“你怎么什么都知道？”

顾千帆故意叹了口气：“华亭县这么小，赵花魁的风光，谁个不知，哪个不晓？”

“再取笑我，我就不还你钱了！”赵盼儿瞬时间涨红了脸。

“不还也没事，以身相许也行啊。”话一出口，顾千帆和赵盼儿都愣住了。

两人目光相交，顾千帆喉头一动，盯着赵盼儿道：“对不起，今晚我喝得有点多，失态了。”

赵盼儿愣了一瞬，随即洒脱一笑：“朋友之间，开个玩笑而已，干吗那么在意？”

“朋友？”顾千帆顿时被这两个字击中了，身为皇城司指挥使，他更习惯于别人怕他恨他，就算是皇城司的同僚也未必能称得上朋友，可赵盼儿竟把他当成朋友！

“怎么，难道我们不是吗？”赵盼儿向顾千帆伸出手，“倾盖如故。”

顾千帆一滞，终于也伸出手：“白头如新。”

烛光摇曳中，两人的手在半空紧紧相握。

迢迢水路，小船徐徐前行。顾千帆独立船首，只见酒楼二层的房间中一灯如豆，赵盼儿倚在窗边，犹自目送着他。

在顾千帆身后撑船的陈廉看着两人遥遥相望的画面，不禁感慨“绝代佳人！我算是懂了，难怪您宁愿骑两个时辰快马，也要从湖州赶到这里，敢情是为了她啊。瞧瞧，这伤口裹得多利落、多贤惠！”

顾千帆看着旖旎灯光下那抹美得惊心动魄的身影，而赵盼儿也直直看向顾千帆的方向。顾千帆忽然心如擂鼓，竟生平第一次不敢直视她，眼神闪烁着淡淡地回应陈廉：“她不是你能开玩笑的人。”

陈廉面不改色地说：“卑职哪敢开玩笑啊？卑职这明明是发自肺腑的赞美！卑职的娘从小就教卑职，做人不能昧着良心说假话，她美，就是美，您就算拿刀架在卑职脖子上，卑职还是这么说！”

顾千帆觑了陈廉一眼，眼神又情不自禁看向佳人，嘴上却回道：“一口一个卑职，你确定还要跟着我？”

陈廉两眼瞪大，像是被顾千帆的话伤到了，他用撒娇的语气说：“人家都跟你一起杀过人了，你干吗老是怀疑人家的真心！”

星夜茫茫，顾千帆仍遥望着楼上的赵盼儿，一心二用地说：“好好说话！当我的手下，可不是件容易的事。”

“不好意思啊，平常跟几个姐姐说话多了，习惯成自然。”陈廉挠了挠头，用手拍着胸脯说，“我不怕！我这人吧，女人堆里长大，也没多大本事，但升官不算慢，就是因为我有一个优点，会跟人！您够狠，那么好的兄弟，说杀就杀，难得的是您心还善，霹雳手段、菩萨心肠，跟着您混，肯定步步高升！”

顾千帆毫不留情地点破道：“你是怕我事败后把你也供出来，所以才只能跟我一条路走到黑吧？”

“那必须绝对不是啊！我们陈家家教可严了，我要是扔下你自个儿走了，我娘会骂我不知恩图报、不义薄云天、不气冲霄汉的！”陈廉说起这些话来一套一套的，极有眼色的他见顾千帆眼神飘向来路，心下了然，一时竟也不再多言，兀自摇桨。

直到船行至拐弯，再见不到会仙楼，陈廉这才问道，“还有咱们现在这是去哪儿啊？”

顾千帆看着波光粼粼的水面，不带感情地说：“平江府，苏州。”

次日清晨，苏州知州府上的一众小厮侍女已经开始日常洒扫，铺在地上的每一颗洁白的鹅卵石都被侍女跪在地上用丝绢小心地擦拭过。这里就是顾千帆此前跟赵盼儿讲述朝中四大派别时提到过的皇后一党首领——使相萧钦言的宅邸。

忽然，萧府管家疾步而来，摇响了手中的小铃铛，侍女小厮们如闻军令，齐刷刷地退到了角落中。不过片刻，一身着紫袍的中年美男子意态闲适地踱了过来。管家迎上拜道："相公今日起得好早，后园的桃花刚开了两枝，您可要一观？"

萧钦言点了点头，穿过庭院，向后园走去。

管家引着萧钦言一路分花拂柳而来，刚转过一道弯径，却赫然一惊——那刚绽开的桃花枝下，竟然站着一个背向他们的陌生男子！

管家不禁怒喝："大胆何人，竟敢私闯相府？"

顾千帆转过身来，毫无惧意地看着萧钦言，不带几分真心地说道："萧相公万安。"尽管从萧钦言弃他和母亲而去起，他就再不承认他还有这个父亲，可眼下能从雷司公手中救下他的，也只有同样权柄滔天的萧钦言了。赵盼儿曾通过谎称他是萧钦言的儿子来震慑船老大，殊不知他有多希望这真的只是赵盼儿的谎言。

萧钦言的眼中闪过一丝光亮。管家正欲再言，萧钦言却沉声道："退下！"

管家忙一躬身，毕恭毕敬地退了下去，只在那匆匆一瞥中，管家便察觉到，那位青年男子眉宇间竟隐有几分酷似萧钦言。

萧钦言走向顾千帆，语声中带着难言的欢喜："你怎么来了？上一回见你，已经是四年之前了吧？"

顾千帆却只是恭敬一礼："无事不登三宝殿。"

萧钦言伸出的手被顾千帆避开，在空中一滞，但马上便笑道："不管有事无事，你肯来见我，便是天大的好事。"

顾千帆摸着手上赵盼儿给他包扎时用的手绢，终是下定了决心。

与此同时，昨天还因家中金屋藏娇、外面美人相许而春风得意的周舍一大早就灰头土脸地跑到会仙楼找赵盼儿求助。他身上的衣服皱皱巴巴，隐约还带着焦味，脸上宋引章昨天发狠挠出的几道爪痕也赫然在目。

赵盼儿假装吃惊地听周舍讲述了昨晚宋引章发疯寻死、家里又莫名其妙地着了火的惨剧，不时还同情地点点头。

最终，周舍期期艾艾地说道："不是我有心推延，是宋引章昨晚闹着要寻死，惊动了里正，我也怕事情做得太急，弄出人命来，到时候你嫁过来，倒害了你的名声。"

赵盼儿却和颜悦色地说道："你说得对，这件事情是不能着急。昨晚我酒醒后想了一夜，觉得自己实在不该在气头上瞎说什么要嫁你。毕竟我和宋引章曾经姐妹相称，这不成夺夫了吗？所以这事，就这么算了吧。"

周舍顿时目瞪口呆。

"我知道对你不起。"赵盼儿又指了指角落的箱子，"这些锦缎、酒、茶饼，还有店外头拴着的那些当彩礼的羊，我留着也没用，就当是赔罪好了。"

周舍此时才注意到在收拾箱笼的侍女，彻底急了："你要走？别呀，我不就是晚了些，干吗这么较真？"

赵盼儿一言不发，孙三娘则用力推开企图拉住赵盼儿的周舍。周舍退出数步，被两名健仆按在地上。

孙三娘替赵盼儿披上披风，气鼓鼓地说："我没说错吧，这男人根本不能信，昨天那些甜言蜜语不过是想稳住你骗钱，你要真信了他会写休书，那才是傻呢！"

周舍心慌意乱地挣扎道："不是的！盼儿我真的想娶你！你看看我脸上的伤，我没骗你！"

然而赵盼儿只是眼神复杂地看了他一眼，便出了门。周舍奋力挣开束缚，从楼梯上连滚带爬追下来："盼儿，等等！"

赵盼儿闻声站定，略带留恋地回首望他。

周舍咬牙道："我现在就带你去当面休了她！我周舍要是今日不休了宋引章，名字就倒过来写！"

不一时，周舍带着赵盼儿赶回周府，周家院内院外挤满了围观的百姓。宋引章指着赵盼儿，满脸悲愤地说："你居然还把相好的带回家，当着她的面要休我？周舍，你欺人太甚！"

赵盼儿昂着头不言，脸上却一副趾高气扬之态。

周舍直着脖子，指着自己的脸："我是另有所爱，那又怎么了？你嫉妒，把我挠成这样就是犯了七出之条，我休你，那是理所应当！"

见宋引章大哭，邻居妇人便劝道："他都这么绝情了，你不舍得也没用。依我看，休就休吧，清清净净地自己过活，总胜过日夜看着他恶心！"

宋引章只顾掩面痛哭着："过活？我拿什么过活？我的嫁妆都被他用光了，身上还都是伤……"

前来协调邻里的里正听了脸色一变："周官人，你这就不对了，要休妻可以，嫁妆得还给人家啊。"

左邻右舍都看着，周舍也不好意思直接说不给，索性敷衍道："我还给她就是，只是现在我手头没有现钱，先写张欠条……"

邻居妇人听了，冷哼一声："哟，那你的休书是不是也先欠着，等钱到了再写？那位花魁娘子啊，你看清楚了吗？他休妻连嫁妆都不想还，这种人，你真的想嫁吗？"

围观百姓纷纷附和，赵盼儿的眉头也皱了起来，周舍见状忙道："你们别挑拨离间，这间宅子好歹也值几十贯，大不了我把地契抵给她，总成了吧？"

周舍虽不情愿，但也只能在休书和地契按下红指印，他正要把休书交给宋引章，却发现宋引章的表情竟带了一丝喜悦。周舍突然心头起疑，他生生缩回手，转头走向赵盼儿："盼儿，当着大伙儿的面，我再问你一声，我休了她之后，你是不是会嫁我？"

赵盼儿扬起下巴，高傲地说："绝无二话。"

周舍仍有些疑虑，便道："那你发个誓来！"

赵盼儿站在屋檐底下，毫不犹豫地竖起三根手指："苍天在上，黄土在下，我赵盼儿必嫁周舍，若违此誓，天打雷劈！"

宋引章此时终于看懂了孙三娘的暗示，忙捂着脸哭了起来。周舍疑心渐去，欲把休书交给宋引章，结果被赵盼儿劈手夺过。

"等等，这休书我得先看，万一你上头没写清楚呢？"赵盼儿拿着休书，来来回回看了又看，脸上终于露出淡淡的笑容。接着，她叠好休书，如同胜利者一般扔在了宋引章脸上："你也有今日！"

宋引章抓着休书和地契，不可置信地干号了起来。

周舍心急地看着赵盼儿："那咱们什么时候成亲？"

赵盼儿推脱道："你急什么，这已经是她的宅子了，总不能在这儿吧？你拿上你的东西，先跟我回会仙楼。"

见赵盼儿和孙三娘走出来，门口围观的众人忙让出一条道来，可等到周舍抓了几件东西跟在后面也欲出门，里长和邻居妇人却一使眼色，围观百姓立刻一哄而上，将周家大门堵得水泄不通。

周舍大声嚷道："让开，你们让开！"突然，他看到了角落里里正和妇人正数着手中的钱，一瞬间，他顿时明白自己被骗，跳了脚："你们合起伙来骗我！"周舍用力推开人群，只见赵盼儿的马车已经驶向了远方。

马车上，宋引章依然惊魂未定，为了跳出火坑，把“孤月”赎回来，她从昨天晚上与周舍周旋到现在可是豁出了命去。赵盼儿抚着她的背安慰道：“好了好了，没事了，休书到手，以后，你再不用受苦了！”可就在这时，马车突然一个急停，宋引章重重地撞在了车上。

赵盼儿向窗外望去，只见周舍带着十多个地痞流氓堵在街口处。看着赵盼儿和宋引章的脸，周舍恨得牙痒痒：“你们居然敢联手骗老子？当真以为我周舍在华亭县白混了这几十年吗？”

他转头对带头的地痞说道：“兄弟，帮我把这伙骗人的婆娘送到县衙里去！事成之后，我那宅子，就归你！”

地痞头子听了顿时喜出望外，一挥手，便率领手下一拥而上和赵盼儿的健仆们扭打在一起。在对面人数占有显著优势的情况下，赵盼儿一方很快就落败。几名流氓将赵盼儿等人绑进马车，朝县衙疾驰而去。

县衙内，听审的百姓们挤满堂外。周舍又装出了一副正人君子的模样，在知县面前痛心疾首地陈情：“草民周舍，求县尊做主！兹有青楼毒妇赵盼儿，居心不良，骗我休妻，抵赖婚姻！”

知县看罢状纸，皱眉道：“赵氏，你可认罪？”

堂下的赵盼儿熟读宋律，她不慌不忙，朗声陈词：“民女乃钱塘良民，并非青楼女子，更不知所犯何罪。”

周舍一时绷不住情绪，大喝一声：“还敢嘴硬！县尊，她刚才明明说要嫁我的，好多人都可以作证！”

赵盼儿厉声反驳道：“笑话，从来婚姻之事，讲的是三媒六证。你说我要嫁你，提亲人是谁？婚书有吗？彩礼在哪里？”

“你别想抵赖，明明有彩礼的！县尊，她许婚时的茶饼、锦缎，还有为婚事准备的羊，都在外头，您一查就知！”周舍急赤白脸，好不容易才想到了这么个证据。

赵盼儿见周舍丑态百出，忍不住冷笑：“你说那些是彩礼？茶饼是你的吗？锦缎是你的吗？连这些羊，都是我让人昨天从市集上买来的，契约文书还在手头！县尊，彩礼从来都是男方送女方，民女可没听说过女方出彩礼的怪事！”

围观众人大哗，纷纷点头称是。

周舍脸色紫涨，他没想到自己竟然栽在了女人身上：“原来你早设了套！可你明明发过毒誓要嫁我！你说过苍天在上黄土在下……”

赵盼儿毫无惧意，昂首道：“那些话我是在房里说的，屋上有顶，哪儿来的天？地下有砖，何来的地？嘴上戏言，岂能当真？难道你当初骗我引章妹子的时候，没许过天荒地老的诺，没发过海枯石烂的誓？”

知县已经大抵听明白了事情经过，他平日里最讨厌厉害的女人，对赵盼儿这种出身贱籍的女子一向很是鄙夷。他一拍惊堂木，怒喝道：“赵氏！举头三尺有神灵，你一介妇人，怎可如此轻慢放肆？你既然承认发过誓，那周舍说你抵赖婚姻，骗他休妻之事，也并非虚言了？”

赵盼儿心中暗自冷笑，面上却冷静又不失恭敬地答道：“县尊恕罪，民女与周舍虚与委蛇，实是逼不得已。因为民女也想状告周舍私掠他州乐籍女子成婚，因其不从，还多次暴虐毒打于她。依我大宋律令，此乃大罪！”

知县一脸疑惑，指着宋引章问：“她是乐籍女子？”

赵盼儿交状纸给衙役：“正是，县尊请看。宋引章乃是钱塘乐工，状纸上有她的详细名籍，您一查便知真假！而周舍私掠之举，也有他亲手写下的休书为证，那上面白纸黑字，清清楚楚地写着他曾娶宋引章为妻！”

众人大哗，周舍更是不可置信。宋引章这才知道自己不能随便离开钱塘，心中恐慌起来。银瓶一推宋引章，宋引章回过神，忙拿出了休书。

周舍顿时急得跳脚：“我没写过，这休书是假的！”

宋引章展开休书高高举起：“胡说，这上面还有你的指印呢！”

周舍等的就是此时，他一个箭步蹿上，夺下宋引章手中休书，撕碎塞进了嘴里。众人猝不及防，待她们上前阻止，休书早被周舍咽了下去。

孙三娘没想到周舍竟然这般无耻，心也跟着沉到了谷底，没了休书，她们之前所做的一切不都白费了吗？

在围观众人的议论声中，赵盼儿却气定神闲地从袖中取出另一张纸来，轻轻拍了拍宋引章的手：“放心，我早就防着他这招了。真休书在此！”

周舍如遇雷击，顿时软倒在地。而赵盼儿却意气风发地呈上休书：“铁证如山，看你如何抵赖！”

正皱眉看着休书的县令，闻言又不快地看了赵盼儿一眼。接着，他脸色一沉，一拍惊堂木：“肃静！周舍干犯律法，私掠官伎，应流两千里、脊杖六十！姑念其初犯，且其情可悯。准折臀杖十五，并以铜八十斤听赎！”

赵盼儿听到前面几句还面露笑容，但到了后面不禁愕然。孙三娘直觉不可思议：“什么？他把引章害成这样，只吃几杖、罚点钱就算完了？”

只有周舍如死里逃生般，不断磕头：“多谢县尊开恩，县尊英明！”

“县尊还请三思，这处罚是否太轻了些？毕竟周舍还伤过人。”赵盼儿拉起宋引章那双伤痕累累的手展示给众人。

知县见赵盼儿公然质疑自己，愈发不快：“公堂之上，是你来判案，还是本堂判案？你一介轻浮女子，懂什么律法？”

赵盼儿愤慨之下，脱口而出：“民女肯定没有县尊深明律法，但民女知道端拱二年太宗皇帝还曾下诏曰‘诸州民犯薄罪，自今后并决杖遣之，不得以赎论！’敢问县尊，这周舍为何能以钱赎罪？”

知县不防被赵盼儿将了一军，脸色铁青，又一拍惊堂木：“大胆！竟敢妄议本堂！古来女子有贞静之德，你虽自称是良民，却动辄信口开河、指骂要挟，想来也不是什么良善之辈！周舍固然有罪，你也难逃律法！将她押在堂上！”还未及赵盼儿反应过来，她已经被几名衙役按在了地上。

“你要讲律法，本官就与你讲律法，你干犯口舌，咆哮公堂，按律应脊杖十记！赵氏，你服也不服？”

“我不服！”赵盼儿狠狠地瞪着知县，她没想到堂堂知县，竟然公然包庇周舍这种十恶不赦的流氓。

知县本以为赵盼儿必定害怕地叩头求饶，孰料她仍说不服。他索性发狠道：“好，那便再加十杖！”

周舍在一旁幸灾乐祸地拱着火：“县尊明镜高悬！打她！使劲儿地打她！”

孙三娘心知形势不对，连忙跪下恳求：“县尊开恩！不能打啊，二十杖，会死人的！”

眼看有衙役已对赵盼儿举起了板子，宋引章不知从哪儿来的勇气，一口咬在正试图控制住她的衙役的手上，趁后者吃痛之际扑在了赵盼儿身上。宋引章梨花带雨地喊道：“打我吧！姐姐是为了救我才得罪了您，我愿意替姐姐挨打！”孙三娘也上前一步：“我也愿意替盼儿挨打！”

知县看这群轻浮女子犹如小丑做戏，他面无表情地抛出令牌：“拉开她们！行刑！”

那令牌在空中画出了一个弧线，可就在令牌即将接触地面的那一瞬间，一把匕首从堂外呼啸而来，将半空中的令牌生生改了方向，钉在了堂前的柱上！

在场众人无不被这突如其来的变化所震惊。赵盼儿更是下意识地挣扎着回望堂外，却见一名未及弱冠的少年和一位身着朱色官服的白须男子走进公堂。她原本充满希望的眼神，突然一暗，有一瞬间，她竟幻想着顾千帆会从天而降来救她于水火，可她明明知道顾千帆眼下根本不在华亭县。

然而知县却大惊失色，连忙起身："州尊万安！您何时来的华亭？"

原来，那位身着朱服的男子便是奉萧钦言之命赶来的秀州知州许永，而许知州身边的少年正是陈廉。

身为官场的老油条，许知州状若随意地答道："正好路过，顺便就来看看。"他转身对衙役厉声道："糊涂！原告是无辜女子，哪经得起你们的重手，还不放开？"

众衙役尚在犹疑，陈廉狠狠瞪了他们一眼。衙役顿感杀气，忙放开赵盼儿。宋引章和赵盼儿紧紧拥抱，希望骤生。

周舍不明白为何形势突转，惊慌地问："怎么回事？为什么不打了？"

陈廉看周舍那没骨气的样子就来气，他快步上前，一出手便卸掉了周舍的下巴。

知县还未见过敢如此藐视公堂之人，气愤地问道："你是何人？"

许知州却如同没看到刚才的一幕一般，和气地说道："没关系，不用管他，你继续判，我们不打扰。"

知县有些不快："现在这个场面，让下官如何再判？"

许知州和蔼地笑了笑，仿佛他此行只是来指点后辈："按律法判啊，公堂上优容妇孺，难道不是古之惯例吗？其他的老夫又不干涉，你放心大胆地去做就是。朝中不是总说地方官员枉法之事颇多吗？这周舍又是华亭富户，我总要在旁边仔细看看，才免得别人参你时，不好替你辩驳。"

知县愕然，他没想到区区几个贱籍女子背后竟有知州撑腰，好汉不吃眼前亏，他深吸一口气走回案前，重新一拍惊堂木，声音却小了许多："周舍干犯律法，私掠官伎，兼虐打妇人，依律应刺配三千里、杖三十。其所告赵氏、宋氏之事，查无实据，两女可自归家，婚嫁无碍，周家房宅以休书为凭合归宋氏！"

宋引章不可置信地拉了拉赵盼儿的手臂："姐姐，我没听错吧？"

"你没听错，是刺配，是刺配！"孙三娘也是无比激动。

赵盼儿笑着替宋引章抹去眼泪，眼神却不自觉地在堂下的人群中搜寻着顾千帆的身影。

“行刑！”知县重新扔下令牌。

令牌落地的那一瞬间，周舍顿时软倒在地，却因口不能言只能不停地摇头，不敢相信摆在眼前的命运。

衙役举起木板朝周舍狠狠砸去，周舍起初还在鬼哭狼嚎，渐渐地连声都发不出来了。整整三十大板过后，周舍已是血肉横飞，宋引章又是不敢看，又是笑泪交加。尽管知县已经宣布退堂，但围观的百姓仍兴奋地不愿离开，赵盼儿一行人奋力地挤出人群。

“让一让，让一让！”赵盼儿不停地四处张望，似是寻找着什么人。这时，陈廉笑着上前，朝着一个方向指了指。赵盼儿心领神会，转头看去，果见远处角落里，有一个英挺的男子站在阴影处，那身形，不是顾千帆是谁？赵盼儿心若擂鼓，不由自主地奔向顾千帆。

跟在她身后的宋引章不解其意，连忙想追上，不料她却因为绊到了人，一跤摔在了地上，痛楚袭来的同时，无数张面孔也围了过来，不停地在她头顶旋转。围观的百姓议论纷纷，宋引章只见那些嘴一张一合，嘈杂的声音顿时灌入她的双耳。

“这就是那个女的？长得也没多漂亮啊？”

“这下惨了，被休了！”

“她本来就不正经，你知道身在乐籍是什么意思吗？就是官伎！”

“啊，原来是个卖身的啊？”

宋引章徒劳地试图解释，然而那些议论声并没有因此停止。孙三娘和银瓶费了九牛二虎之力终于架开众人挤了进来。

宋引章立刻抓住孙三娘的手，有如溺水之人抓住浮木：“你跟他们说，我只是个乐工！我只弹琵琶，不卖身！”

孙三娘试图让宋引章冷静下来，然而宋引章此时已经彻底崩溃，谁的话也听不进去。

赵盼儿气喘吁吁地跑到了顾千帆面前。路上有一处坑洼，她脚一歪，也险些摔倒。好在顾千帆及时伸手接住了她：“小心！”

赵盼儿却毫不在意，笑若灿阳：“我就知道是你！”

顾千帆见赵盼儿无事，心下终于松了口气，却仍嘴硬地说：“差点在公堂上被打死，还不稳重点？”

赵盼儿早知道顾千帆说不出什么好话，但她懂他是在表达关心，眼中粲然：“我的命和你一样硬，就二十板子，死不了的！你又回来了，还有那个许知州，那么帮我们，是不是你已经安全了？”

“嗯。至少一时半会儿死不了。”赵盼儿说得断续纷乱，但顾千帆完全听得懂。

“那就好。”赵盼儿松了口气，这时，她敏锐地发现顾千帆的表情不对，心中一动，“怎么，你那个靠山，又让你不开心了？”

顾千帆见赵盼儿为自己担心，心中有些感动，但是他眼下属实做不出来什么开心的表情：“还好。虽然我不想靠他，但有他帮忙，杨家的事多半能够真相大白。”

赵盼儿不由得喜出望外：“谢谢你！对了，你的伤——”

话音未完，孙三娘便强拉着宋引章走了过来：“顾官人，原来您才是背后的大神仙！”

赵盼儿和顾千帆此时才意识到他们的双手还握在一起，两人几乎同时松开手，神色都有些不自然。幸而神经大条的孙三娘根本没注意到他们这样有何不妥，她满脸喜气地对宋引章道：“快别哭了，赶紧过来谢谢你的救命恩人顾官人，这一回啊，多亏了他！”

宋引章仍然沉浸在悲痛之中，缩在孙三娘身后，扶着银瓶泣不成声。

赵盼儿疑惑地看着孙三娘，孙三娘小声在她耳边说了宋引章刚才的遭遇，赵盼儿脸色顿时一变，同是天涯沦落人，她当然知道这些话会给引章带来怎样的伤害。

顾千帆耳力极好，听到了孙三娘的话，看了眼宋引章便道：“不必多礼。你们先聊，我还要和许知州说几句。”见赵盼儿点头，顾千帆便去跟一旁的许知州聊了起来。

与此同时，一身是血的周舍被几名衙役押了出来，看到不远处的赵盼儿、宋引章，他顿时恨得咬牙切齿。趁衙役忙于驱散围观百姓，周舍用尽全身力气奔向赵盼儿，同时甩动手上的铁链狠命向她身上砸去。

顾千帆正同许知州交代为赵盼儿准备能尽快赶到东京的驿车的事宜，听到身后百姓的惊呼声，他连忙转身。见情况危急，他一把搂住赵盼儿，飞身跃至一旁。

赵盼儿惊魂未定地看着英姿飒爽的顾千帆，若没有他，她刚才必定会遭受重创。然而身后的惊呼声再度响起，赵盼儿发现周舍一击不中，竟又去疯狂追击宋引章。她急忙对顾千帆说道：“快去救引章！”

此时此刻，宋引章正仓皇躲避，然而她一急起来只觉双腿发软，竟不慎跌倒在地。就在这危急时刻，顾千帆如神兵天降，一脚踢飞了周舍。

顾千帆向宋引章伸出手："你没事吧？"

宋引章仰起头，一时间，天地都安静了，她耳中什么都听不到，只看见顾千帆那张英俊而沉着的脸庞和那只稳健的手，仿佛天地间就只剩下他二人。但很快，顾千帆不见了，换上了赵盼儿的面孔，她无声而焦急地向她呼唤。陈廉的面孔也出现了，他一边说着什么，一边操起一杯水，往她脸上一泼。

宋引章瞬间清醒过来，也听到了赵盼儿正焦急地叫着自己的名字。她仍有些发愣，眼神不由自主地寻找着顾千帆，迷迷糊糊地答道："我没事。"

赵盼儿松了一口气，把宋引章交给孙三娘照顾，赶紧跑去看顾千帆有没有受伤。宋引章见赵盼儿正担心地查看顾千帆手臂上的擦伤，忙掠了掠已被汗水浸湿的头发，上前盈盈一礼："引章谢过顾官人！救命之恩，无以为报，只愿……"

陈廉机灵，见顾千帆神色淡漠，不待宋引章说完便抢话道："不用客气，反正我家指挥也就是顺个手。"

宋引章把本来就要说出口的话生生噎了回去，正欲再说些什么，顾千帆却先开口道："对了，把东西给她。"

陈廉一拍脑袋："哎呀，差点忘了。"

不一会儿，陈廉拿回一个长长的布袋，宋引章一眼认出布袋外露着的琵琶头，立刻抢到手中，爱不释手地看了又看："我的'孤月'！"

赵盼儿既诧异又感动，连忙要对顾千帆道谢。顾千帆却不想再听她言谢，这一切都是他心甘情愿为她做的，便率先说道："送佛送到西。"

宋引章检查毕琵琶，感动不已，连声对顾千帆道谢。陈廉见状，委屈地嘟囔道："明明是我去当铺赎回来的啊。"

然而宋引章正满脸崇拜地看着顾千帆，什么周舍王舍李舍早已被她抛在脑后，她这才意识到，原来此前被囚禁被虐待都只是等着被英雄所救的一刻。

处置完周舍后，许知州走到赵盼儿等人身边，微一欠身："两位小娘子受惊了。"

赵盼儿忙一拉宋引章回避："不敢当，多谢州尊！"

"哪里哪里。"许知州看似随意地说道，"对了，听闻赵娘子要着急进京？老夫已经安排了最快的驿车。"见他指向路边早就停好的马车，赵盼儿一怔。

顾千帆淡淡地说道："现在离谷雨还有八日，官府驿车每到一站，都会换马换人，应该可以在七日之内将你送到东京。"他又指指孙三娘、宋引章、银瓶三人，对许知州说："此外，还请再安排一辆马车，送她们回钱塘。"

孙三娘想到自己就算回钱塘也无处可去，脱口而出："我不回去！我也没地方回，我要陪着盼儿进京，万一出了什么事，我还有把子力气。"

宋引章看了看孙三娘，也鼓起勇气细声道："我也不回去！这场官司闹得这么大，没几天肯定全江南都传遍了，我没脸再回钱塘。盼儿姐，你带我一起进京找姐夫好不好？"

赵盼儿没想到宋引章又忘了自己不能私自离开钱塘，忙低声提醒。许知州却捋须说道："这倒不难，老夫虽然管不到杭州的乐营，但可以修书一封，借宋娘子到东京教坊替老夫办个差事，这样三位进京就无碍了。"

宋引章闻言无比惊喜，倘若去了东京，那跟顾指挥相处的机会肯定就多了。

"对了，这周舍赔偿的房舍，想必处置起来也颇有不便，不如老夫帮着先换成可以在京中兑换的飞钱如何？"许知州观察着顾千帆的神情，不动声色地将宋引章、孙三娘带到一旁，"两位还请这边来。"陈廉也极为机灵地拉走银瓶，给赵盼儿和顾千帆制造了单独相处的机会。

此时，这里只余下了顾千帆和赵盼儿两人。顾千帆见赵盼儿脸上并无明显的喜色，宽慰道："赢了官司，又来得及进京，你该高兴才是。"

赵盼儿掩饰住情绪："我没有不高兴，我只是刚才被吓着了，还没回过神。"

"撒谎。"顾千帆平日里用来审视犯人的清冷的双眼，此时落在赵盼儿身上，却丝毫没给她以压迫之感。

"没有。"赵盼儿直视回去，试图证明自己确实不怕。

"嘴硬。"顾千帆自然不会上当。

"不是。"赵盼儿的防守已经有所松懈。

"你怕了。"顾千帆突然觉得此情此景有点熟悉，在船上那晚，他们也是如此。

"顾千帆！"赵盼儿心中无力，只能强自靠音量取胜。

顾千帆双眸深邃，似要看进赵盼儿心里："你确实在害怕，因为今天江知县的所作所为大出你的意料。你主意多、手段强，在民间，你可以长袖善舞、精明能干，甚至能把周舍这样积年的商人也耍得团团转。但一旦对上官场，你就毫无胜算，一个小小的华亭知县就已然差点让你命悬一线，而到了东京，你要面对的是探花，是皇亲国戚。"

顾千帆在意赵盼儿，所以他才必须把她即将面对的一切向她说清楚。在内心深处，顾千帆甚至有些希望赵盼儿知难而退。

赵盼儿看着顾千帆的面庞，半晌才道："你说得不错，可无论遇到什么，我都会自己想办法。"

顾千帆知道赵盼儿心意已决，可他出于私心，却仍忍不住说："东京居，大不易。要真出了什么事，只怕到时候连我也未必能护得住你。"

赵盼儿心绪纷乱，看着如此的顾千帆，竟一时不知该如何是好："你到底想我怎么样？如果你觉得我不该去东京，那干吗还要替我安排驿车？如果你觉得我应该去东京，为什么又要跟我说这些？"

顾千帆看着赵盼儿写满倔强的面庞，沉默了片刻方沉声答道："我怕你后悔。"

赵盼儿声音中带了一丝难过："我不会后悔。无论遇到什么，我都会自己想办法。我也不用你护，你已经帮我太多回了，我怕我还不清。"

顾千帆紧盯着她："我要你还了吗？"

赵盼儿突然感觉到了一种难言的压力，她曾是乐籍之人，若说她到现在还意识不到顾千帆对她有意，那她也太过虚伪。她不敢再看顾千帆，扭头道："你可以不要，但我一定会还。《夜宴图》，还有钱，我都会给你。"

顾千帆的眼神中闪过一丝失落，他知道赵盼儿不想欠他人情是为了跟他保持距离。他并非不识趣之人，忍住心中的翻涌，面上冷淡地点点头："好，记得给利息就是。就此别过，你好自为之。"

"你不去东京吗？"赵盼儿看着顾千帆转身要走，终于还是忍不住出声。

顾千帆大步离开，听到赵盼儿问他，脚下一顿，想了想，他还是摸出仔细放入袖中的那方赵盼儿给他包扎伤口的手绢，转身将其塞到赵盼儿手中："这个还你。"说罢，头也不回地，快步离开。

赵盼儿看着那手绢，不由自主转身看向顾千帆远去的背影，眼圈泛红。赵盼儿深吸一口气，迅速调整状态，走向马车。

顾千帆一路策马飞驰，最终冲上一处高坡，勒马俯瞰驿道，眼看赵盼儿所乘马车滚滚驶过，他轻声说着："我也怕自己后悔。"

事实上，倘若他不主动帮忙，赵盼儿就不能及时与欧阳相会，假以时日，赵盼儿也许会接受他，会愿意像对欧阳旭那般对待他。可顾千帆知道，哪怕他对别人如何诡谲狡诈，可面对赵盼儿，他永远不会使出任何心机手段，就算他日后会后悔，但这一刻，他定要帮她赶到东京，让她得偿所愿。

驿车朝东京一路疾驰，赵盼儿虽然终于能在谷雨前赶到东京，可她脸上的神情依旧闷闷不乐。起初，宋引章因为银瓶选择回钱塘，而不再跟着她的事有些情绪低落，可没过多久，她就把这件事忘在了脑后，彻底沉浸在能去东京的兴奋之中。

宋引章絮絮地说着："那许知州可真帮大忙了。不过，他也是瞧在那个顾官人的面上吧？盼儿姐，他是什么来历？你们怎么认识的？那个陈廉叫他指挥，他是什么指挥？"

孙三娘看出赵盼儿自单独与顾千帆说了话后心情就极为低落，忙打断道："盼儿这几天累着了，你让她休息一会儿。"

宋引章点点头，自责地说："都怨我之前糊涂，上了周舍的当，不听盼儿姐的话……"宋引章的话被车子的剧烈颠簸打断："哎呀，这车跑得好快，对了，我们为什么要在谷雨前赶到东京？是欧阳姐夫那儿出了什么事吗？"

赵盼儿认为宋引章刚刚脱险，不适合再受刺激，便随口说道："因为我着急要见他啊。引章，你睡一会儿好吗？咱们还得在路上整整跑七天呢。"

宋引章听话地倚在窗边，闭上了眼睛。孙三娘安慰地拍了拍赵盼儿的手，赵盼儿勉强向她一笑。车窗外，夕阳正好，赵盼儿的心情却如坠冰窟，丝毫没有即将见到欧阳旭的期待与兴奋。

第七章 迷人眼

伸手不见五指的夜色之下，郑青田神色惶恐地站在一间偏僻的宅院之中，他莫名地被萧钦言召见至此处，他就算是傻子，也知道自己多半是惹上大麻烦了。

“使相驾到！”

萧钦言在一众仆从的簇拥下走进院中。郑青田连忙迎上前去，却被管家挡在一边，眼睁睁地看着萧钦言目不斜视地进了主屋。

郑青田深吸了一口气，跟在众人后面进了房间，他朝萧钦言恭敬地施了大礼：“下官郑青田，参见相公。自上回吏部一见，已多年未曾亲近尊颜，相公贵体万安。”

“你这钱塘知县，当得不错啊。”萧钦言语气平淡，听不出是喜是怒。

郑青田心中发虚，忙道：“使相谬赞，愧不敢当。”

萧钦言冷眼看着这个险些害死了自己儿子的人，冷冷地说道：“正因为你当得不错，所以我特意亲自给你送了三件礼来。”

话音一落，管家端上了一个盘子，盘子上摆着白绫、匕首和一壶酒。

郑青田大惊失色，猛然跪倒：“使相恕罪！不知下官何处得罪了——”

萧钦言冷笑着打断郑青田：“你私开海禁，许南洋番商到杭州市舶，我可以不管。你杀杨知远满门灭口，我也可以不管。但你居然勾结雷敬，想要我儿子的命，我就只好先要你的命了。”

郑青田听到前面两句已然脸如白纸，听到后面反倒有些糊涂了：“使相的公子？没有的事，下官、下官根本不认识……”

不等郑青田说完，萧钦言便将一张海捕文书摔到了他的脸上。

郑青田惊愕地看着那上面画着的顾千帆的脸，半晌才回过神来，磕头如捣蒜：“此事下官全然不知，无意冒犯令公子尊驾，请使相手下开恩，留下官一条狗命！下官全副身家，尚值四十余万贯，愿全数献与相爷！”

“你的命贱，可我儿子的命，再多的钱都买不到。”萧钦言不欲再与郑青田废话，缓缓迈步出门，夜色之下，他的面色有如厉鬼，“哦，对了，从子时算起，你每多拖一个时辰，你郑家就多夷一族。东西留下了，你自便。”

室内一片寂静，郑青田看着盘子上的三样物品，终于身子一晃，软倒在地。

苏州，萧府。

奔波了一夜的萧钦言风尘仆仆地走进院内，即便如此，他身上依旧有着一种闲庭野鹤的气质，丝毫不像是刚刚亲手结果郑青田的样子。

正由大夫服侍换药的顾千帆见萧钦言走来，忙欲起身，却被萧钦言按住。

“坐下，换药要紧。”萧钦言仔细看着顾千帆的伤口，心疼地说，“这些天，你就好好留在我这休养，不许再去其他地方折腾了。”

顾千帆毕恭毕敬地答道：“是。”

萧钦言见顾千帆已经换好了药，便道：“外面风大，咱们进屋去说。”他边走，边拿出一物：“郑青田的请罪遗折抄本，你看看吧。”

顾千帆略微吃惊：“他已经死了？”

萧钦言却不甚在意地答道：“我都亲自去了，他敢不死？放心吧，杭州港那边已经有人去查了，县尉的口供也录了，你身上的脏水，很快就能洗清了。”

顾千帆心情复杂地看完遗折：“有劳您了。”

“你我父子，用得着这么生分？我啊，巴不得你天天如此给我找事做。”萧钦言拍着顾千帆的肩头说道，“这郑青田生前糊涂，死的时候倒还算知趣，知道在折子里把罪过全揽在自己身上，那些收了他钱的人，也一个都没牵连。”

“萧相公出手，自是非凡。”顾千帆避开了萧钦言的手。

“还是不肯叫我一声父亲？”萧钦言心中一涩。

顾千帆垂头不言。

萧钦言知道顾千帆跟他娘一样都是个倔脾气，他原本也没想急于一时，便道：“罢了，我也不勉强，只要以后时常来走动就行，千万别再跟这次一样，明明都到江南办差了，还特意避着我。对了，我马上就要进京拜相，官家肯定还要新赐宅第，到时候我给你留一间园子？”

“不用了，园子也好，富贵也好，还是留给令公子们吧。”顾千帆不习惯与萧钦言这般亲近，本能地推拒起来。

萧钦言几乎想都没想就说：“他们怎么能跟你一样？当年我二十六岁才考中进士，你十八岁就中了，这就叫雏凤清于老凤声！唉，若不是你一意孤行，硬要转去皇城司，现在至少已经是翰林学士之类的清要之职了，何至于落到这一身是伤的境地？”

顾千帆仍旧疏离地答道：“舅父乃武将出身，一直希望有人能承继他的衣钵。”

“那我的衣钵呢？你是我嫡亲的长子，是我最看中的人！”萧钦言言下之意是只要顾千帆愿意，他就会给他安排更好的职位。

“我姓顾，不姓萧。”顾千帆面无表情地与萧钦言划清了界限。

萧钦言一怔，苦笑道：“我知道。可是千帆，你外祖父和舅父对我一直都有偏见。他们顾家，只会讲风骨，从不管实务，无论我做得再怎么好，在他们眼中，我始终都是个寒门出身，喜好弄权、阿谀的奸相！”

顾千帆低头，说出了这些年一直横亘在他心头的恶言：“难道当年的那个歌伎，也是他们亲手送到你榻上去的吗？”

萧钦言一怔，忙解释道：“我从来没有对不起你娘！那样的烟花女子，我怎么可能看得上？那只是一个误会，你如今也做了官，我不相信，你就从来没有应酬交际过！要不然，你是怎么认得那个赵盼儿的？”

顾千帆警觉起来，他一直冷淡的神情有了一丝不易觉察的慌乱：“你查过她？”

毕竟是亲生父子，顾千帆的那丝慌乱被萧钦言尽收眼底，他轻笑了一声：“做老子的为了儿子来回奔波几百里，那是理所当然。可做儿子的，为了一个女人这样，做老子的不去查，那就真成了糊涂蛋了。怎么？你对她有意思？听阿爹一句劝，这种贱籍女子，就算已经从了良，也绝非良配……”

顾千帆不愿意听萧钦言这般诋毁赵盼儿，打断道：“她于我有救命之恩，我送她进京，就是要助她与未婚夫早日团聚。太祖尚能千里送京娘，您就不用多想了。”

萧钦言闻言，高兴得恨不得击掌才好：“原来如此，很好，很好。你年少有为，也只有那些数代簪缨的名门淑女才可相配，我倒是认识几个……”

顾千帆闻言，怒而起身：“萧相公，我是求你救过命，可没求你左右我的婚事！”

萧钦言没想到顾千帆会突然发火，半晌才哈哈大笑：“你这小子，和我当年一模一样，长辈一提起婚事，就觉得自己要被上辔头了，立马就奓毛！”

顾千帆愣了一下，随即恼羞成怒："谁跟你一样了？"说完便快步离去。

萧钦言继续大笑，最后竟笑得捂住了脸。他喃喃道："淑娘，你看见了吗？千帆他冲我发脾气了。这么多年，他见了我，总是客客气气的。现在，他冲我发脾气了，淑娘，我好高兴，好高兴……"几滴泪水从他的指缝里流了出来。

此时，侍女的声音在房外响起："相公，管家求见。"

萧钦言闻言迈出房门，此时的他，又已然是一副八风不动的权相模样："什么事？"

管家带着一个年轻的小厮侍立在院中，见萧钦言出来，便躬下身恭敬地询问道："郑青田留下来的四十七万贯，小的已经清点好了，不知该入哪边的账。"

萧钦言思忖片刻，吩咐道："拨出三万给他的遗族；再拿四万，悄悄地以顾指挥的名义，发给皇城司这回伤亡者的家眷做抚恤；另外再送二十万到东京，交给皇后的哥哥刘太尉；其余二十万，入我的私账。"

"是。"管家连忙应诺。

萧钦言又想起了什么，略带不满地说道："刚才服侍顾指挥的，为什么是个我不认识的大夫？换平常给我请脉的那个来！另外拨八个能干的人手跟着顾指挥，这两天，他要用钱也好，要查案也好，想审人也好，想去安葬同袍也好，你都要听命而行，不可轻忽。记住，他院中的一切供给，比照我的份例。对了，让膳房多做些水晶肴，他最喜欢吃这个。"

管家掩饰着震惊，一一应了下来，躬身送着萧钦言离开。待萧钦言走远，站在管家身后的小厮好奇地问："爹，这顾指挥是什么来历？相公对他如此看重，要不要跟京中的夫人那边知会一声？"

管家转过身就给了儿子一耳光："相公素来以军法治家，你敢向京里乱传一个字，下次我打你的，就不是巴掌了！"

待管家等人离去后，顾千帆从假山高处的亭中现身，他显然已经听到了刚才假山上所有人的对话，表情极为复杂。顾千帆极目望去，只见萧钦言已然走到了另一处院落中。

大风吹落了桃枝上绽开的花朵，满园一地萧瑟。

当晚，风雨交加，电闪雷鸣，赵盼儿的马车仍在艰难前行。赵盼儿焦急地说道："官爷，麻烦你再快点，今晚我们一定得赶到陈留！"

车夫摇头，声音被疾风吹得有些断断续续："快不了……雨太大了，前面的路……都看不清！"

"我来帮你。"赵盼儿不顾引章和三娘的阻止，钻出车外，替车夫掌灯，不一时，赵盼儿的脸就冻得发白。宋引章慌忙找出雨伞，要钻出去替赵盼儿打上。

孙三娘连忙阻止："你的病还没好，就别添乱了！"说着，她抢过伞，探出半个身子替赵盼儿打伞。

此前，孙三娘趁赵盼儿睡着，已经偷偷将真相告诉了宋引章。看着在风雨中坚强地掌着孤灯的赵盼儿，宋引章心痛不已，喃喃道："欧阳旭，盼儿姐这么好看，待你又这么好，你怎么舍得另娶别人？"

清晨，马车还在路上急驰，远处隐隐现出一座巍峨城池，三个女人形容狼狈，在车中横七竖八地睡成一团。

"三位娘子，醒一醒，到东京了！"

一听到车夫的声音，赵盼儿立刻清醒，她慌乱地掀开车帘，城门上的"宣化门"三字清晰可见。

"这就是东京？"赵盼儿一把捉住了也探出窗外的孙三娘，"三娘，今天是初几？"

孙三娘一边好奇地看着巍峨的城门，一边安抚着赵盼儿："别慌，后天才是谷雨，咱们赶得及！"

马车依次穿过护城河和三道城门，向东京城内驶去。孙三娘和宋引章各自伏在一面窗上，惊喜地欣赏着这个陌生的城市。高大的城门、沿河的杨柳、一路的粉墙朱户，已经让她们目不暇接，而内城中宽阔的街道、热闹的集市和往来的仕女，更是深深震撼了她们。

孙三娘的嘴张得老大，半晌合不住。宋引章眼神迷离，轻叹道："真美，像画一样，看得我很想哭。"

下了驿车后，赵盼儿等人辗转来到高观察宅邸附近，赵盼儿欣喜地发现高家外头没有挂红灯笼，就说明还没办喜事。赵盼儿跌跌撞撞地奔到高家门外，可看着那高高的台阶与门前威武的石狮，她却突然有些胆怯了。

深吸了一口气后，赵盼儿掠掠自己的头发，整了整自己的衣衫，迈步走上台阶。可就在她正欲向门房开口时，阶下停下的一辆马车中突然走下一位相貌俊秀的青衫书生，见到赵盼儿，他惊异道："盼儿？"

这熟悉的声音，让赵盼儿的动作猛然凝住了，半晌，她才缓缓转过身，不可置信地开口："欧阳？"

时间仿佛定格了一般，过了好一会儿，一直与赵盼儿隔空对视的欧阳旭才微笑了起来，向她伸出了手。一瞬间，赵盼儿心中如艳阳骤现，她重拾脚步奔到了欧阳旭身边，两人的手在半空中紧紧相握。

"盼儿，你怎么会来东京？"欧阳旭的惊喜中带了几分不易觉察的惊慌。

"我听说你中探花了。"赵盼儿忍着心中的委屈，轻轻地说道。

欧阳旭闻言愈发不解："你收到我的信了？那为什么不在钱塘等我来接你，自己就跑来了？这山长水远的，万一路上出点什么事，岂不是让我担心？"

赵盼儿不禁愕然："你写信说要来接我？那德叔为什么又要跟我说那些话？"

欧阳旭也糊涂了："你怎么会见到德叔？我派他回昭州老家了啊，跟钱塘一东一西，完全是两个方向。"

赵盼儿心头的担子顿时全部卸了下来，她欣喜地说道："我猜对了，德叔果然自作主张在骗我！"

欧阳旭皱起眉："他骗你什么了？"他又突然想起什么，忙道："不能在人家门口说这些。前边有一处不错的茶楼，咱们到那里慢慢谈。"

赵盼儿不疑有他，自然地跟上了欧阳旭。她望向远方，却见孙三娘正笑着向她打着手势，先是冲她挥手，示意她尽管跟欧阳旭去，又指另一个方向远处的客栈招牌，表示自己和宋引章会在那儿等她。

欧阳旭替赵盼儿打起车帘，赵盼儿开心地坐进了马车，但她并没有注意到，刚才欧阳旭虽然和她亲密交谈、双手相握，但对于高家的门房而言，全都是被马车挡住的侧面，她更没有注意到，欧阳旭在她进车之后，轻轻地松了一口气。

赵盼儿对欧阳旭絮絮地说着近来的历险。欧阳旭一直表情温柔，安抚着赵盼儿，又不时为她介绍马车外的街景。赵盼儿看着御河上行走的舟船，虹桥上往来的人流，以及路边初绽的桃花，只觉得阴霾尽去，可欧阳旭只是勉强一笑。

到了清茗坊茶楼，欧阳旭熟门熟路地将赵盼儿领进了茶楼的静室。赵盼儿仔细看了一会儿静室上挂着的"精行俭德"题字，回头见茶博士将细研为末的茶投入滚水中煎煮，不禁愕然："东京怎么还在喝煎茶？"

欧阳旭耐心解释着："南北风俗大有不同，你不妨品一品东京茶的滋味。"

赵盼儿却看不下去了，走到茶博士身边道："不行，不行，这种双井白芽茶最是细嫩，怎么能煮这么久呢？”她将小火炉上铫子正煮着的茶水倒在水盂中，重新倒入瓶中新水：“这种茶，须将滚水放上五息，再倒入茶末之中，才能显其鲜香嫩绿，对了，铫子最好也用银的，铁器会有生涩之味。”

见她一套动作如行云流水，茶博士赞道：“小娘子竟然是行家！”

欧阳旭不想让外人听到他接下来要讲的话，索性道：“下去吧，我们自己来。”

那茶博士原本想多学几招，见欧阳旭这么说，也只能退了下去。

“你很久没有喝我点的茶了吧？”赵盼儿手中动作不停，不一会儿屋内便已经茶香四溢。

“盼儿。”欧阳旭斟酌着词句，不知该如何开口。

赵盼儿太过欣喜，对欧阳旭的反常浑然不觉：“看来东京也有不如钱塘的地方，这茶坊布置得这么漂亮，茶艺却不怎么样——”

“盼儿！我有话对你说。”欧阳旭狠心打断道。

赵盼儿一怔，这句话对她而言有些熟悉，她的心一下便悬了起来。

欧阳旭沉吟了一会儿方才说道：“咱们的婚事，放在年底如何？”

赵盼儿没想到欧阳旭只是为了说这个，松了一口气，笑道：“当然没问题，我又不急这一时。对了，朝廷授了你什么官啊？”

“哪有这么快，琼林宴才开完没多久。进士们还得陛见完官家，才会正式授官呢。”欧阳旭察觉话题要被赵盼儿岔开，心中暗暗着急。

赵盼儿忙着烹茶，没注意到欧阳旭的神色：“反正你脱下布衣换绿袍，就已经是官身啦。”

“新科进士解褐衣绿，只是好看而已，一日不得实职，就一日不能算真正的官身。”欧阳旭借着这个切口，鼓起勇气说了下去，“也正是因为这个，盼儿，我才不得不委屈你——我一定会给你一个最盛大的婚礼。但是，必须等我和高家娘子成婚半年之后。算起来，正好就是在年底。”

“什么？”赵盼儿的手剧烈一晃，茶汤洒了不少出来。

“这样是委屈你了，可你向来贤惠，一定不会在意的吧？”欧阳旭不敢直视盼儿的眼睛，他担心一看到她眼里的泪光，他就不敢继续往下说，“你什么都好，就是在身份上面差了些，毕竟曾隶贱籍，有心人一旦查起来，是怎么也瞒不过去的。盼儿，我也是中了进士才知道，原来士大夫是不能有一点瑕疵的，你也不想成为我的污点对吗？更何况，高观察那边，我实在得罪不起……”

赵盼儿身形一晃，难以置信地说："可你刚才还说德叔骗了我。"

欧阳旭叹了口气，咬牙道："我是怕你太过激动，才没对你说实话。放心，我们在佛前许下的三生三世，我从来没有忘记过！我只是没办法让你做正妻而已。不过，就算我和高氏成了亲，你也不会受任何影响，我绝不会让你在她面前做小伏低，会让你另居别院，不受任何打扰，你的孩子，以后也会记入正室名下……"

"我的孩子，还要认别人当娘？"赵盼儿再也听不下去了，气得连声音都在颤抖。

欧阳旭却变本加厉，继续说道："那只是虚名而已，难道你还担心亲骨肉会不孝顺你吗？盼儿，为了咱们以后的好日子，为了我以后的官声，你就在名分上稍稍退让一步，好不好？"

"不好。"赵盼儿将身子挺得笔直，看着眼前这个面目全非的男人，缓缓地笑了，"想让我做小？欧阳旭，你是高看你自己呢，还是太小看我了？你特意把我带到这儿来，就是怕我在高家门口闹起来，坏了你的好姻缘吧？变心了就请直说，绕那么多弯子，没得叫我恶心。"

赵盼儿的话刺在了欧阳旭的心上，他急道："我没有变心，我可以对天发誓，我唯一钟爱的女子只有你一个！盼儿，我只是不得已。"

赵盼儿冷笑一声，缓缓拿起了茶盏："所以，为了你的不得已，你就可以背信弃义，悔婚另娶？"

欧阳旭下意识闪躲："你冷静些！"

赵盼儿讽刺地笑了笑："我不会泼你。我不远千里赶到这儿，原本也只是存了万一的侥幸，没想到，你还是让我失望了。"

赵盼儿脸上带着凄绝的笑容，缓缓将水倒在地上："东京，果真是富贵迷人眼，深情不堪许。你不配喝我的茶。我赵盼儿，此生永不为妾！"说罢，便将茶盏摔在地上。

茶盏溅起的碎渣划伤了欧阳旭的脸，血水当即渗出。但赵盼儿看也不看，扭头便走出了房间。欧阳旭追了出来："盼儿，你冷静点……"

赵盼儿甩开欧阳旭的手："别跟着我，不然别怪我一嗓子叫破你的大好姻缘！"

欧阳旭当即不敢再动。赵盼儿一声冷笑，疾步而行。她越走越快，强忍多时的泪水也终于坠落。她并没看到，在她身后，欧阳旭摸着自己脸上的血痕，流露出深深的悔恨与无奈。

赵盼儿跌跌撞撞地向前走着，她泪水如泉，却低声喃喃："不许哭，赵盼儿，这样卑劣的男人，不值得你哭。"

可就在她低头抹泪的时候，一名痞里痞气的青年男子追着蹴鞠跑了过来。

“让让，快让让！”那个男子大声呼喊。

赵盼儿下意识地往左一让，却正好和男子撞在了一起。与此同时，那球已然落地。那个男子揉着额头大骂：“混账！死婆娘你聋了吗？”可在看清赵盼儿那犹带泪痕的脸后，他蓦然一呆，显然有些惊艳。

男子的手下何四也跑了过来，拾起球后叫道：“喂，你没长眼睛吗，敢挡我们池蟠池衙内的路！”

赵盼儿本就压抑着对欧阳旭的恨意，偏生被这池衙内等人触了霉头，她冷哼一声，反唇相讥：“大路朝天，各走一边，谁撞的我，谁才是瞎子。”

何四还没遇到敢这般顶撞自己的女人，当即怒道：“嘿，老子今天要好好教训你！”

池衙内从不与漂亮的女人生气，忙阻止道：“滚，平时我是怎么教训你们的？对小娘子，得客气，得以理服人！这位小娘子，咱们讲道理啊，撞上之前，我有没有叫你让开啊？我玩白打都玩到三十二个没落地了，你坏了我的好事，总得有个说法吧？”

赵盼儿忍不住冷笑：“才三十二个没落地？”说着，她手一勾，已然从池衙内同伴的手中夺过球来，只见她连续不断地用膝、肩、脚背、脚尖颠球，一串动作如行云流水，看傻了池衙内一干人等。

赵盼儿突然肩用力一抖，接住球后又按住裙子一个飞踢，脚尖直冲池衙内鼻子而去，池衙内下意识往后一仰，跌坐在地。只见那球已如箭一般，直冲远处空地的筑球网上的“风流眼”，并穿孔而过！

赵盼儿的脸上还带着未干的泪水，她逼近池衙内质问：“技不如人，还有脸找我要说法？”然而，不等池衙内回答，她便转身而去，落寞的身影渐渐消失在巷口深处。

池衙内回味着赵盼儿脸上那交织着悲伤与激愤的表情，良久也没说出话来。在场的一干人被赵盼儿的球技震得心服口服，半晌才回过神来，争相扶起池衙内。

池衙内回过神，甩开他们：“滚！老子的面子，都让你们丢光了！”

这厢，孙三娘和宋引章已经找好了客栈。宋引章半是小心半是好奇地从客栈的窗子伸出头，入迷地看着窗外的景色，看到整洁宽阔的街道上来来往往的人流中甚至还有零星髡发的外邦商人，不由得感慨江南虽好，却根本看不到这些新鲜事。

正在此时，房外传来了一阵脚步声，只听小二说道：“两位女客就住这一间。”

“盼儿来了！”孙三娘兴奋地去开门，她的笑容在看到赵盼儿沾满灰尘的衣衫和通红的眼圈后瞬间凝固在脸上。

宋引章也看出了赵盼儿神情不对，怯生生地问：“盼儿姐，出什么事了？”

赵盼儿勉强一笑，可那表情却看着比哭还痛苦：“没什么事，只是被顾千帆给说中了而已，我没事，见到你们就好了……”话音未落，她身子一晃，往旁边直直栽去。

孙三娘眼疾手快地在赵盼儿摔倒前扶住了她。

宋引章一摸赵盼儿的额头，惊道：“好烫啊！”

孙三娘一把将赵盼儿抱到房中的榻上，对亦步亦趋地跟在自己身后的引章吩咐道：“你快去找个郎中来！”

宋引章初来乍到，对整个东京还比较陌生，她顿时紧张了起来：“郎、郎中？上哪儿找啊？”

孙三娘面露无奈，她倒是忘了这引章妹子脑子里只装了琵琶和曲谱，说道：“算了，我去。你看着她，给她用凉水抹脸，给她喝点水，这总会吧？”

宋引章睁大了眼睛，点了点头。

孙三娘匆匆地出门去找郎中。宋引章忙奔到房间一角的屏风后倒水，结果手忙脚乱打翻了铜盆。好不容易弄湿了手绢，给赵盼儿抹脸时又不知道怎么下手，只能小心翼翼地在她脸上胡乱抹了几下。

宋引章又去倒了水，但她拿着茶壶，也不知道把人要扶起来，竟直接往躺着的赵盼儿嘴里灌。茶水从赵盼儿的嘴角流了出来，宋引章一时间慌乱至极。

见孙三娘带着大夫进了门，宋引章如遇救星：“水，水喂不进去！”

“得把人扶起来啊，你想呛死盼儿吗？”宋引章在生活技能上的欠缺超出了孙三娘的认知，她抚额道，“算了，郎中，这边请。”

郎中把着赵盼儿微弱的脉搏，蹙眉道：“体虚血弱，应是积劳之象。但脉势急速，又似急火攻心，如此高热，难道是受过寒？”

孙三娘连连点头：“她才淋过雨，半个月前还受过外伤。”

郎中摇头，他虽靠治病糊口，可身为医者也不愿看病人这般糟蹋自己。“你们是怎么搞的？再厚的墙，也经不住这样一镐一镐地挖啊。这病势可不轻，需得下猛药，我来开方吧。”

他们交谈的时候，宋引章只能手足无措地站在一边。见孙三娘送走了大夫，又煎好了药，她很想帮忙，却不知道该做些什么，她左看右看，最终决定去换一盆水。

此时，孙三娘正在给昏迷的赵盼儿喝药，刚喂到一半，赵盼儿突然抽搐起来。孙三娘赶紧一手按住赵盼儿，一手将药碗递给宋引章：“快帮我拿着！”

宋引章忙放下铜盆来接，但赵盼儿挣扎得过于厉害，一脚踢中了她，宋引章又失手摔破了药碗。

孙三娘心急之下脱口而出：“你怎么这么没用！”

宋引章怔怔地看着一地碎瓷，垂着头拿来竹篓，红着眼眶拾起瓷片来。从前在教坊，她被人捧着供着叫宋善才、宋大家，她便真以为自己才艺双绝、受人敬重，可自从遇到周舍，她才知道自己丝毫没有自保能力，甚至连个碗也端不好。更令她深受打击的是，盼儿姐明明早就成了良民，可在做官的人眼中，依然是上不得台面的贱籍，那像她这种乐籍中人，人生还有什么指望？她忍不住喃喃道：“盼儿姐，你千万别有事，没了你，我什么都不会……”

孙三娘的手轻轻地搭在了宋引章的肩上：“刚才我着急，说错了话，你别生气。”

宋引章原本只是红了眼眶，孙三娘一来安慰，反而彻底哭了出来：“我没有，我只是觉得自己太笨了。”

孙三娘宽慰道：“那么厚的曲谱，你看一遍就能记得住，这叫笨？是我不好，一着急嘴就没有遮拦，所以傅新贵和子方才会嫌我不温柔，嫌我不和气……”说着，她也抹起了泪。

宋引章拥住孙三娘，喉中哽咽：“盼儿姐的那句话是什么意思？难道欧阳旭他真的变心了？可刚才，他们不是还挺高兴的吗？”

孙三娘小心地看了眼赵盼儿：“我好不容易才把药给盼儿灌下去，她要是醒了，你千万别问她。”

宋引章懵懵懂懂地点点头，又忽然抬头：“三娘姐，为什么会这样？我们明明没做错什么，为什么？”

床上晕迷过去的赵盼儿也在呓语：“为什么？欧阳，为什么？”

梦境中，顾千帆的声音在她耳畔响起：“你真的从不后悔？……这世间最经不起考验的，就是人性。”

两行清泪顺着赵盼儿的眼角流了下来。“顾千帆……”她低声呢喃。

陵园中，十几座簇新的墓碑似乎在无声地诉说着凄哀的过往，顾千帆无言地伫立在昔日兄弟的墓碑前，向他们拈香鞠礼。

萧钦言做事极为周到，给顾千帆那些在杨府罹难的手下用的都是上好的棺木，还替他们申请了礼部的褒忠荣典，并从郑青田的赃款中拨给杨府下人的家眷每人一百二十贯抚恤金，想来他们九泉之下也能瞑目。

平日里嬉皮笑脸的陈廉难得地严肃起来，跟着顾千帆行礼祭拜，然而一张嘴依旧没个正形：“各位大哥安息，我以后会接过你们未尽的遗志，好好地跟着指挥鞍前马后。不过请你们千万别着急接我过去，咱们兄弟过个七八十年团聚也不迟。”

待顾千帆行礼完毕，萧府管家忙趋身上前，陈廉见状，机灵地回避到一旁。管家一边陪顾千帆走出陵园，一边低声说：“相公传信过来，说虽然清明已过，可马上就是谷雨，想让指挥回了苏州后，陪他去祖坟祭扫一回。”

顾千帆有些犹豫，他从不认自己是萧家人，萧家的祖坟他更是从没去过，何况如今事情已了，他已经不想再回萧府了。

管家领了萧钦言的命，他今天无论如何都得劝顾千帆点头：“恕老奴多嘴，这些天相公为了您的事可没少奔走。他也是知天命的人了，亲自钱塘、苏州地来回跑不说，还要为您在皇城司的雷敬那边劳心费力……”

顾千帆不想欠萧钦言人情，便应允下来：“我去就是。”

管家闻言，明显地松了口气。

祭拜过死去的兄弟后，顾千帆又去杨府祭拜了杨夫人。那晚，杨夫人曾说她是他母亲的密友，按辈分来算，他该叫杨夫人一声姨母。杨姨母说他是猪狗不如、甘为阉党爪牙的混账，他无从反驳，可他确实另有苦衷，其实他从不喜欢皇城司舞刀弄剑的生活，但只有在皇城司，他才能快速升迁，只要官至五品，他就能为母亲求得诰命，从而把母亲的遗骨迁入顾家祖坟。等到那时，他会重新转回文官，寻一清要之职，好好整理顾氏百年以来的文集。为了尽快达成那个目标，他甘愿承受骂名。

返回苏州的路上，顾千帆心念突起，绕路途经钱塘，到赵盼儿的茶铺故地重游。夜半无人，这里已经萧瑟许多，院落中的篱笆门上甚至已经爬上了蛛网。赵盼儿这半个月以来与他相处的画面一幕幕浮现在他的眼前——茶铺内，他飞身救了赵盼儿；树林中，赵盼儿狠狠地在他肩头咬了一口；船上、月色下，两人并肩谈心；断崖边的草丛中，赵盼儿在他身边轻笑，他躺在地上，微笑望天；小镇上，赵盼儿抓着他的手落泪；华亭县，他抱着赵盼儿避开周舍；山坡上，他看着赵盼儿的马车远去……

陈廉先是对顾千帆为何停在此处有些不解，待他跟着顾千帆推开了篱笆门，看到“赵氏茶铺”的牌匾，恍然大悟：“这是赵娘子开的？”陈廉环视雅致的布置，发出了由衷的赞叹：“她还真行！算算日子，这会儿她应该已经到东京了吧？您是不是挺挂记她的？”

顾千帆随手拿起地上的一只胡椒瓶看了看，想起了她拿盐瓶袭击匪徒的样子。“她说不定已经是探花娘子了，我为什么要挂记她？”顾千帆转而问道，“你在秀州当武官，那钱塘军中有没有认识的人？”

陈廉点了点头：“有。”

“找两个妥当的人，看着这儿，还有她的宅子。再让他们打听一下孙三娘前夫和儿子的动静。”顾千帆状若随意地吩咐着，尽管他也曾劝说自己放下赵盼儿，可他终究做不到。

陈廉拍着胸口保证道：“放心，卑职一定赴汤蹈火、披荆斩棘，把这事办得妥妥的。”他想了想，复又问道：“不过——让萧相公的管家发话，应该比我更方便吧？”

顾千帆语气平淡地回答：“我和萧相公并不是一路人。虽然这一次我迫不得已请他帮了忙，但以后仍然只会是萍水之交。你若是想通过我攀上他，恐怕会失望。”

见陈廉面露疑惑，顾千帆补充道：“你要是舍不得，我倒是可以把你推荐给他。”

陈廉马上摇头、连连摆手：“不用不用，我哪儿也不去，我就跟着你。我又不傻，这么大好的一座靠山你不靠，那肯定是有问题啊！而且我以前也经常听说，这位萧相公的名声可不太好。老编祥瑞奉承官家大兴土木这种事就不说了，听说他还拍皇后娘娘的马屁，欺上瞒下、排除异己，跟后党联手对付老柯相。这种奸臣，有什么好跟的？”

顾千帆脸色不变，抓着胡椒瓶的手却紧了紧：“走吧，回苏州。”

皇城司外门禁森严，院内即便点着灯，依旧鬼气森森。一处隐秘的房间内，一个长了张蛇脸的内官正拿着一封密信细看，任谁也想不到，这个双手忍不住微微发抖的人，竟是平日里威风凛凛的皇城司使雷敬。

雷敬把信放在院中的火把上点着，忧心忡忡地对手下于中全说：“顾千帆什么时候走了萧钦言的路子？萧钦言这琉璃蛋，平常万事不沾身，这回怎么会突然帮顾千帆出头？”

于中全早就看顾千帆不顺眼，这次雷敬下定决心舍了顾千帆这枚棋子也少不了他的挑唆，只可惜顾千帆命大，竟然活了下来。他恨恨地说：“听说萧相公不近女色，顾千帆长得也算不错，莫非？”

雷敬重重踢了于中全一脚：“明天这事就要送到官家面前去了！你还放不下跟顾千帆的那点小恩怨！郑青田的钱，是你要我收的，那现在怎么办？”

于中全赶忙爬起来，劝道：“司公息怒！郑青田的请罪书里既然没有牵连到您，您又何必担心呢？”

雷敬却仍在烦恼地踱着步：“萧钦言这回分明要借此事肃清江南官场，清除异己，为他回京复任宰相扫清道路，我怎么能不担心？我可是收了郑青田二十万贯的！他都死了，萧钦言会放过我吗？”

正在这时，突然有手下在门外禀告：“司公，苏州萧使相遣人来见。”

“快传！不，等等，我亲自请他到正堂奉茶！”雷敬脸色煞白，整了整衣摆，迅速地走进皇城司正堂，只见那名使者已经在堂内等候了一阵儿了。

雷敬心中惴惴，对使者笑得一脸慈祥：“有失远迎，不知使相有何事要吩咐雷某啊？”

那使者面无表情地说：“使相说，您在江南的事，他都知道了。这件礼物，是使相亲手所选，要小的送给司公您亲启。”

雷敬面色一白，扶住了椅臂才将将站稳。“要、要我亲启？”雷敬浑身发冷，他知道，萧钦言逼死郑青田时也送上了这么一个匣子，若他猜得没错，里面应该是白绫、匕首和毒酒。雷敬大惧，但也只能无可奈何地伸出颤抖的手去接，不料匣子打开后，里面并无那些，只有三颗硕大的明珠。

“匣里还有使相的亲笔信，也请司公一观。”说完，那使者便行了一礼，转身离开了。

雷敬惊疑交加地展开信纸，信上只有寥寥几句：江南之事，萧某已闻。小人作祟，与公无干。千帆庇托公之门下，乃吾之幸也。草草薄礼，聊慰君怀。萧钦言。

雷敬几乎不敢相信自己的眼睛，来回看了好几次，然后狂喜大笑。雷敬的笑声宛若疯癫，在地牢里受审犯人的惨叫声的应和下，一起穿透了皇城司的上空。

第八章 不由己

墓园之内，顾千帆跟在萧钦言身后，朝一座写有“故光禄卿萧颢之墓”字样的气派墓碑磕头。

萧钦言用清水洗着墓碑，神情中竟有了几分沧桑之感：“父亲，儿子带千帆来看您了！您在世之时，总是念叨着我什么时候成亲，如今看见长孙，该宽心了吧？您看看他，多一表人才，和我年轻的时候多像啊。”言罢，他将木勺递给顾千帆：“江南有祭扫洗碑的旧俗，你也为祖父尽尽孝心吧。”

顾千帆没有接那个木勺，淡淡地说：“在朝廷籍册里，我的祖父是礼部侍郎顾审言。”

萧钦言知道儿子的脾气，只能叹了口气：“好，好。我不勉强你，那你总可以陪我去萧家的祖宅看看吧，别说你身上没流着萧家的血。”

顾千帆默不作声地跟上了他，萧钦言指着湖边的点点帆影道：“知道你的名字是怎么来的吗？当初你娘与我同游太湖，看到这样的景色，就说了句过尽千帆皆不是……”

见顾千帆一直沉默，萧钦言道：“怎么？还在担心皇城司的事？我已经派人去见了雷敬，先兵后礼了一回，以后那老货只会对你客客气气的，你以后也不要记恨他下令格杀你的旧事了。”

顾千帆眼神一冷，萧钦言这是要他放过一手酿成杨府惨剧的罪魁祸首雷敬。

萧钦言猜出顾千帆心中不快活，他向顾千帆解释道：“你手中并没有他收受郑青田贿赂的证据。既然不能一杀必死，不如就先留为己用，日后再慢慢寻他的错处不迟。恩威并施，才是为官之道。这样做，我也是为了你好。”

若是旁人，恐怕就真信了萧钦言的话，可顾千帆毕竟跟萧钦言血脉相连，当然知道他本性如何。

顾千帆不带感情地拆穿道：“只怕不单是为了我好吧？你虽然马上就要回京任相，但你毕竟已经离开东京三年，所以也会担心官家对你的信任是否还一如之前。放过雷敬，你就多了一个皇城司的助力，可谓一箭双雕。”

萧钦言毫无愧色地笑了笑，反而显得有些自豪：“不愧是我的儿子，就是聪明。怎么，觉得被我利用了？愤怒，委屈？你以为我当年没有经历过这样的事吗？我当年也曾自负才华当世无双,可就因为出身南方,就被柯政那老儿一句‘南人不可信’，足足在工部员外郎的位置上被压了三年！你以为我喜欢以鬼神之道媚上？我不过是想明白了，如果不以最快的速度得到官家的宠幸，那我满腹的谋略都无处可施，只能在这官场的倾轧中浪费半生。”

说到这里,萧钦言的眼神缓和下来,有些心疼地看着顾千帆尚未愈合的伤口:“你在皇城司出生入死好几年,为什么转头就被雷敬卖了？因为你只是个小小的指挥使，如果你是我萧钦言的儿子，如果你做到了翰林学士，他怎么敢对你下手？”

顾千帆固执地说：“我听不懂你在说什么。”

“你听得懂。千帆，爹不是要强求你听我的安排，但至少你要理解爹当年的不得已。不过你我父子的处境其实也没什么分别，奸相的名声固然不雅，皇城司朝廷鹰犬的名声就好听了吗？”萧钦言试图让顾千帆接受他的好意，只要顾千帆点头，他完全能让顾千帆从此仕途顺畅，接下自己的衣钵。

“我不在乎身外之名。”与其说顾千帆不在乎，不如说他必须不在乎。

“难道我不是吗？自我入中枢掌管财事，国库哪年不是年增一成？”萧钦言拍了拍顾千帆的肩头，“我年少的时候，也像你这样听不进父亲的话，可等到我也做了父亲，才明白他当年的心境……”

顾千帆侧身避开萧钦言的手，既然萧钦言在他最需要父亲的时候义无反顾地离去，那现在他也不需要萧钦言的示好。

萧钦言见顾千帆固执己见，终于面露不快：“千帆，这里只有我们父子二人，你能不能跟爹交回心，告诉我，你这些年一直执意待在皇城司到底是为了什么？我好几次想把你调出那个危险的地方，你都不愿意。可你是正牌进士出身，为什么要和一群阉党武夫为伍？看看你这一身伤，到底是为什么啊？”

顾千帆看着他，心中突然一空：“原来你一直都不明白。”原来，顾千帆的娘亲因背着和离的污点，一直不能入顾氏祖坟，所以他才拼了命要做到五品，为的就是要帮娘亲落叶归根。而萧钦言并不知道，或者说，他根本毫不在意。

萧钦言愕然，明显不知道顾千帆在说什么。

顾千帆自嘲一笑，情不自禁摸向襟下，突觉胸前少了些什么，他眉头一皱，再一探，果然不见了那支红珊瑚钗子。既然萧钦言不明白他心中所想，他也没必要再说下去："算了，我掉了件很重要的东西，得马上去找，失陪。"说罢便恭敬地行了个礼，转身离去。

看着顾千帆远去的背影，萧钦言重重地叹了口气。

顾千帆一路搜寻，终于在路边的草丛中看到了那只灰色的锦囊，他连忙拾了起来，看到那支红珊瑚钗子还在，终于长舒了一口气。这时，他隐约听到有人骂了句"杀千刀的萧钦言！"

顾千帆扭头看去，只见几个人正聚集在他祖父的坟边扔东西，其中还有一位是读书人打扮，而祖父的石碑上已满是菜叶污物。

那名书生边扔鸡蛋，边破口大骂："萧家从头到脚，恶贯满盈！我恩师王狄，就是受那奸相萧钦言所逼，才愤然投江！子债父偿，萧老儿，我愿你九泉之下，不得安宁！"

"没错，养出萧老鬼这种大奸臣的，能是什么好东西？让开，我来给他好好洗洗！"一名妇人拿起一桶泔水泼了过去，旁边的人纷纷掩鼻。妇人哭道："官人，你因为萧老鬼强征民夫修玉清宫，被垮下来的石头砸死在河滩，我没本事替你报仇，只能这么替你出口气了！"

不远处，草丛中的顾千帆听得微微发抖，他紧紧地握住了腰间的剑柄，却怎么也拔不出来。

这时，管家带着一帮仆人赶来："抓住他们！"

在场众人顿时一哄而散、仓皇奔逃，最后只有那跑不快的妇人被抓。

那妇人被抓了依然挣扎着吐着唾沫："萧老鬼不得好死，萧家遗臭千年！有本事你们就杀了我！"

"打烂她的嘴！"管家怒极，那张在人前向来低眉顺目的脸瞬时变得狰狞。

"住手！放她走。"顾千帆疾步现身，一剑拦住了萧家仆人的棍棒。

"顾指挥？"管家没想到顾千帆会在这里。

顾千帆双拳紧握，厉声喝道："我说放她走！"

管家一惊，犹豫之后，只得挥手放人。那妇人爬起来，跌跌撞撞地跑远了。

顾千帆平复了一下情绪，语气平缓地问："这种事经常发生吗？"

管家看出顾千帆其实心中终究还是有萧家，低声道："也不多，也就是每年清明、中元前后。"

顾千帆眸色深沉，半晌方说道："打水来。"

管家命人给顾千帆送来清水，随后便知趣地退了下去，给顾千帆留下足够的空间。

顾千帆细心地为祖父的墓碑清洗，一丝一寸，皆不放过。待祖父的墓碑重新变得整洁如新，他才轻声说道："对不起，可这就是为什么我不能做您的孙子，这就是我一定要待在皇城司的原因。我是顾家养大的，我不能再让顾家百年清名蒙羞了，我想让我娘能有个正经风光的墓葬，我想回报舅舅对我的恩情……爷爷，原谅我，我只想做个好人！"

远处，管家听到顾千帆的话，终于明白了顾千帆的心结所在，不由得为这对父子暗自叹息。

客栈"甲"号房里，一滴清泪从赵盼儿脸颊上滑了下来。床边的宋引章正困得打盹，突然间一个激灵醒了过来，忙轻轻地用手绢替赵盼儿抹去泪水。昨晚赵盼儿的病情最是凶险，她和孙三娘轮流值守，一直保证赵盼儿身边有人照顾。

这时，孙三娘端着药碗走了进来："怎么样了？"

宋引章早就等着孙三娘问，一下精神起来，颇有点邀功的意味："昨晚上我替她换了两次内衫，烧都退了。"

"真的？"孙三娘一探赵盼儿的额头，也松了口气，"那这病就见好了。"

想到害赵盼儿生病的罪魁祸首，宋引章咬牙骂道："欧阳旭这个狼心狗肺的混账，我这就去高家，把这件事捅出来！"

孙三娘连忙按住宋引章："你就别添乱了，听说这门婚事是宫里头娘娘撮合的，你去一闹倒是痛快，可得罪了官家，我们就得吃不了兜着走。你看盼儿回来的时候，不也没哭没闹，强撑着跟我们说没事吗？她就是怕我们担心。"

宋引章瞬间就被"娘娘""官家"这些字眼给镇住了，但仍然有些不甘心："那，那我们该怎么办？就这么认了？"

孙三娘叹息一声，劝道："一切都等盼儿好起来再说吧。你也熬了一夜了，赶紧回房去好好睡一觉，白天有我呢。”

宋引章点点头，起身离去。走进房间，她疲劳地打了一个哈欠，却怎么也睡不着，索性拿起琵琶弹了起来。曲声幽怨，如泣如诉，弹着弹着，她想起她们这些女子的命运，眼圈也渐渐变得通红。

这哀婉的曲声也勾起了孙三娘的伤心事，她孤身一人来到东京，也不知道以后要靠什么过活，想起傅子方，她抹着眼泪，长叹一声。这时，孙三娘突然听到床上有响动。

赵盼儿此前一直被困在无尽的噩梦中，梦中欧阳旭先对她百般温存，可转头又牵着一位貌美的富家娘子的手拜堂成亲，直到宋引章的琵琶声响起，她才意识到自己尚在梦中。

孙三娘疾步上前，将赵盼儿扶了起来：“你醒了？你感觉怎么样？饿不饿？”

赵盼儿环视四周，慢慢地清醒起来，虚弱而沙哑地说道：“我不饿，但是我想吃点东西。”

孙三娘脸上带着喜色，将刚煮好的鱼粥递过去：“我刚借客栈灶房熬了鱼粥，你尝尝！”

赵盼儿在病中也尝不出什么味道，她困难地大口咽着，偶尔呛住，不断咳嗽，但她动作一点不停，有如身后有虎狼相逼一般。孙三娘忙替她顺气：“你喉咙还肿着吧？慢点吞。”

赵盼儿摇头，大口大口地咽着粥：“我不能慢，我得多吃点，这样才能赶紧好起来。我不能让欧阳旭看我的笑话，以为我会为了他要生要死。”

孙三娘听了心疼极了，但不知道该怎么劝她。

“你都知道了吧？我一点也不伤心，真的。”赵盼儿勉强扯出笑容，泪水却不住地滑落。

孙三娘也只能强笑道：“对，那种畜生，哪值得我们难过？你要赶紧好起来，然后咱们再慢慢想对付他的法子，这件事，可不能就这么认了。”

正说话间，门外有人敲门，随后响起了一个陌生男子的声音：“请问钱塘赵娘子可是住在此处？”

孙三娘开了门，门外站着的却是一位眼生的青衫男子，那男子面上微微有须，看着大抵三十上下，长相倒也算是斯斯文文。

孙三娘警惕地打量着他：“你是何人？”

青衫男子拱手，文绉绉地说：“在下杜长风，受好友欧阳旭之托，特来看望赵娘子，还望得赐一见。”

见他穿着青衫、又是欧阳旭的朋友，孙三娘猜出此人应该是欧阳旭的同科进士。她瞬间就后悔自己开了门，翻了个白眼道：“赐你个鬼，赶紧滚，这儿用不着你假好心。”

杜长风被孙三娘粗鄙的用语着实吓到了：“你就是赵盼儿？”他凑上来眯眼一看，又展开手中画卷对比一番，狐疑道：“不太像啊！”

孙三娘还没遇见过上来就把脸贴上来瞧人长相的人，她一把将杜长风推到一旁。杜长风一个踉跄，好不容易站稳，忙从袖中摸出一块水晶片，举在眼前看了一会儿，终于得出了结论：“你不是她！你是谁？”

“你是欧阳旭的什么人，我就是盼儿的什么人！”孙三娘懒得理他，想推开杜长风关门。杜长风却用力抵着门，愤愤道：“你这妇人好生无礼，我要见的是赵娘子，你为何从中阻挠？”

这时，房中传来赵盼儿虚弱的声音：“三娘，让他进来吧。”

赵盼儿都发了话，孙三娘只得没好气地将杜长风放进屋来。杜长风见赵盼儿披衣而下，忙轻咳一声转头回避，他侧着身，伸长了手臂，把手中拎着的礼物放在桌上：“这是东京向阳楼最知名的果子，还请赵娘子品尝。”

赵盼儿生怕被杜长风看出她因被欧阳旭抛弃而深受打击，落人笑柄，强打起精神道：“多谢。请恕我尚在病中，衣冠不整。不知杜官人此来，是要替欧阳旭带什么话？”

杜长风一拱手，仍然扭着头不敢看赵盼儿：“反正我也看不清楚，就暂时不非礼勿视了。赵娘子，其实这一回我并非受欧阳所托，而是实在看不下去，才拿着你这幅小像，一家一家客栈寻来主动劝说的。请恕我直言，欧阳对你一片深情，你却心胸狭窄、倨傲无礼，还竟然口口声声不愿为妾，真是有辱你才情俱佳的令名！”

杜长风话音刚落，孙三娘便大怒：“你放什么狗屁！”

赵盼儿却坐直了身子说：“您继续说，我洗耳恭听。”

杜长风见赵盼儿并非油盐不进，心中大喜：“咳，那我就继续了。欧阳才华机敏，又是新科进士，赵娘子能得他青眼，亦是三生有幸。怎能一言不合，就大打出手呢？欧阳不与你计较，那是看在你们多年相处的情分上，但赵娘子，你自己可得知道分寸啊！”

"什么分寸？"赵盼儿语气平和，倒像是真心讨教一般。

"人贵自知，各安天命的分寸啊！"杜长风越说越来劲儿，他平日里在书院教书，那帮学生可不像赵盼儿这般认真听讲，"你既然明知自己是贱籍出身，就应该恭良淑慎、思过常勉，怎么还能口口声声不甘为妾呢？你应该明白，高氏这样的名门千金，才是欧阳的良配。当然，我知道你自视颇高，可霍小玉乃亲王之女，从良之后不一样都是身居侧室吗？做人呐，可不能太贪心！"

赵盼儿按住已经开始摩拳擦掌的孙三娘，冷笑道："所以，你觉得我能给欧阳旭当妾，是荣幸之至；而若我不愿意给欧阳旭当妾，就是不识抬举？"

杜长风连连点头，暗忖这赵盼儿还真是孺子可教："不错。《女诫》有云：敬顺之道，妇人之大礼也。《诗经》里的《小星》你读过吧？所谓夫人无妒忌之行，惠及贱妾，进御于君，知其命有贵贱……"

杜长风背得正兴起，赵盼儿却已经松开了孙三娘："我耳朵脏了，三娘，能帮我把他弄出去吗？"

"好嘞！"孙三娘早就酝酿多时，猛地将杜长风推出门外。这书呆子絮絮叨叨说了半天文词儿，她一句也没听懂。

杜长风猝不及防，一个没站稳，眼镜从袖中飞出，直坠楼下。他大叫一声："我的吐火罗七宝雪山龙牙琉璃水晶叆叇！"见孙三娘要关门，他连忙一脚卡进门阻止："你还我叆叇！"

孙三娘既没看见眼镜飞出去，也没听明白他在说什么，只是用力推他："艾什么艾，赖什么赖？赶紧出去！"

杜长风一边用力抵门，一边气得发抖："你还想耍赖？简直蛮横无理、粗俗、不知所谓！亏我还想热心相劝，如、如今我算明白了，欧阳不纳赵氏才是好事，哪个男人愿意娶你们这样的泼妇！"

孙三娘被说到痛处："你再说一次？"她放弃关门，一步步逼近杜长风。但杜长风两眼茫然，根本看不清她脸上的怒意，他对即将到来的危险浑然未觉，傻乎乎地问道："哪一句？"

孙三娘一直逼到他脸旁："泼妇那一句。"

杜长风此时才看清孙三娘脸上的山雨欲来，他下意识害怕地瑟缩着身子："你要干吗？"

"叫你见识一下，什么才叫作泼妇！"言毕，孙三娘一把拎起了杜长风，一路拎进了院子，杜长风大叫："放开我，我是进——"未等说完，他已经被孙三娘用晾在院中绳子上的手绢塞住了嘴。孙三娘又扯断晾衣绳，把他绑在一块扔在院子里的废弃门板上。杜长风惊骇无比，他用尽全力挣扎仍不能脱身。

院内众人看着孙三娘拎着一块绑了人的门板轻松走来，无不骇然让开。

"读过几本破书就了不起了？还进士呢，连是非黑白都分不清！你既然那么热心，我就索性让你冷静一下，叫你知道做人第一条就是别嘴贱！"言罢，她一把扯掉杜长风嘴里的手绢，将他凌空扔入河中。因为有门板，杜长风虽然狼狈呛水，但还是浮了起来。

孙三娘朝仍在水里瞎扑腾的杜长风啐了一口："劝人当小妻，天打雷又劈！一个识文断字的大男人，这个道理都不懂，还有脸劝我妹子做妾？有本事就让官府来抓我啊！你不是说读书人最看中的就是名声吗？到时候全天下都知道你被一个女人丢进过河里，看你以后还怎么有脸做人！"说罢，她拍拍手上的灰，扬长而去。原本安静的围观百姓，在听到孙三娘的话后不禁哄然叫好。

杜长风一边随河水漂流，一边狼狈大叫："救命啊，救命啊！"汴河上的船娘拿起船桨打他，桥上的路人也指着他说笑，杜长风又羞又窘，恨不能立刻淹死，但又实在惜命，仍拼尽全力往岸边扑腾。

不远处，双喜楼的画舫水榭上，池衙内无比享受地躺在他的相好花魁张好好的膝头，张好好正拿着根挖耳勺给他掏耳朵。这时，张好好的丫鬟兴奋地喊了句："快看外头，有人掉水里了！"

张好好一下子来了兴头，拔出挖耳勺便往窗口奔。池衙内被猛捅了一下，疼得跳了起来。张好好却看着河里不停扑腾的杜长风乐不可支。

池衙内一脸不快地走到窗边，看到杜长风斯文扫地的狼狈样子，也忍不住乐了起来："哟，这不是书院的杜夫子吗？"

杜长风看见他，连忙呼救："池衙内，快让人救我，我给你钱！"

池衙内不高兴了："老子是东京城十几家行会的总行头，你算老几，敢拿钱砸我？"他转身回了房间，悠然自得地吃起了葡萄。

池衙内的一众跟班见杜长风惹恼了老大，纷纷用竹竿戳他。

杜长风又呛又痛，大骂起来："池蟠你见死不救，算什么英雄？十三少，十三少！令祖母的，你一辈子都只配叫十三少！"

池衙内在听到“十三少”这三个字后，眼光一寒，吩咐道：“把他给我捞起来，好好地招待！”

原来这“十三少”并不是尊称，相反是讽刺他只是东京十二家行会的总行头。他原本是想叫“十三太保”的，这外号听起来就够威风，可不管怎么花钱，酒楼行会的人就是瞧不起他，说什么也不肯推举他当行会的行头，还故意给他起了个“十三少”的外号。

不一会儿，杜长风已经被池衙内的手下捞了起来。杜长风趴在旁边的石头上不停地吐水。池衙内冷笑着走上前来，众手下正想动手，杜长风却虚弱地说：“我可是今科进士，你们想以民犯官？”

池衙内顿时愣住了。

杜长风继续说道：“皇城外头的官榜还没撕呢，要不要去看一下，二甲第二十七名，是不是叫杜长风？”

池衙内气极了，但也只能恨然道：“放开他，走！”

杜长风哈哈大笑，找回了些许尊严：“多谢十三少！”可没笑几声，杜长风又呛咳不已，最后他竟然吐出了一只虾来！看着掌心里还活蹦乱跳的虾，杜长风顿时傻了眼。

杜长风一路捧着那只虾，失魂落魄地叩响了欧阳旭的家门。一见到欧阳旭，杜长风就义愤填膺地把事情的经过给欧阳旭讲了一遍，待他讲完，欧阳旭家的地上已经被杜长风身上的水浸湿了一圈。

欧阳旭看着杜长风掌心那只已经风干了的虾，虽然感动于他的兄弟义气，却又实在忍俊不禁。

杜长风不快地将虾放在一边：“我给你看这个，是为了证明我真的被她们弄得很惨，不是让你来取笑我的。”

欧阳旭忙正色起来，朝杜长风拱手一礼：“对不起，杜兄为我着想操劳，我却连累了杜兄，实在汗颜。”

杜长风颓然坐下，摆了摆手：“算了，你之前再三阻拦过我，是我自己不听劝，才惹了这一身骚。唉，难怪你要借酒浇愁，这两个女人还真不是善茬！你当初怎么会看中那赵盼儿了呢？欧阳啊，看在咱们一见如故的分上，听我一句劝，这种女人别说纳来当妾了，你最好离她远远的，一辈子都别见面才好！”

欧阳旭不想让杜长风这样说赵盼儿，忙道：“盼儿是个好姑娘，我是真心喜欢她。不能给她以正室之礼，是我这辈子最大的遗憾……说点别的吧，杜兄，扔你进河的那个女子是什么模样？”

杜长风回想了一阵那个模糊的身影：“三十来岁吧，说话跟炮仗似的，长什么样我还真没看清楚，只听到赵娘子叫他三娘。”

欧阳旭之前已经大抵猜到那个大力娘子是孙三娘了，她要是也来了东京，那事情就不好办了，孙三娘可不是个好对付的女人。

这时，一名小厮入内通禀：“官人，高娘子来访。”

杜长风打趣道：“哟，未来娘子来看未来官人了啊？”

欧阳旭匆匆整整衣冠，略显紧张地将杜长风推到屏风后：“劳烦杜兄回避一下。”

不一会儿，长相明艳、语声娇纵的高家千金高慧就由丫鬟、奶娘陪侍着走了进来。高慧一边毫不见外地挨个看了看墙壁上的字画，一边说：“今儿入宫的时候，我从姑母那儿得了一块好墨，就赶着给你送来了。瞧瞧，喜欢吗？”

欧阳旭没有接高慧丫鬟递上来的墨，躬身道：“劳烦高娘子了，不过高妃娘娘的墨，应该是天下罕见的珍品吧？给我这样的柴门子弟用，实在是浪费了。”

高慧满不在乎地摆了摆手：“那有什么，不过是块墨而已，等咱们以后……那个了，进宫谢恩的时候，找官家讨几块御墨来，也不是什么难事。还有，说了多少次了，以后别那么见外，叫我阿慧，记住了吗？”

欧阳旭只得接过墨，无奈地说：“我还是叫你慧娘吧。”

“也好。”高慧点了点头，没有多想，“好几天没见了，你有没有想我啊？唉，太子也真是的，早不生病晚不生病，偏偏等到官家要给咱们赐婚的当头就生了病，要不然现在咱们早该成亲了！”

奶娘江氏听了高慧的话，忙轻咳一声以示提醒。

高慧满不在乎地摆了摆手：“好了奶娘，这又没有外人。说说太子又怎么了，他又不是皇后亲生的……”

“姑娘！”江氏怕高慧再说出什么大不敬的话来，连忙打断道，“你还是说正事吧。”

高慧突然想起来自己是来干什么的，她仔细观察着欧阳旭的表情，状若无意地说：“旭郎，我听下人禀报，前些天，你似乎跟一个小娘子在我们家门口说话来着？”

欧阳旭浑身一震，支支吾吾地应道：“哪一个？哦，你是说王嫂子啊？我以前赁住过她家的院子，那日突然在贵府门口碰见了，见她犯了腰痛病，我自然得送她回家了。”

“哦？”高慧笑了笑，不知信也未信，“嫂子也好，小娘子也好，只要是对你好的人，都是我的贵人。之前定亲的时候我没来得及说，我绝对不是那种拈酸吃醋的性子，你要是以前有什么红颜知己，不妨早些接进京来，以后我和她们姐妹相称、和睦相处，一起吟诗作画、研习女红，岂不是美事一件？”

杜长风听到此处，不禁大为赞叹，忍不住清了清嗓子要发表意见。

高慧听到男人的声音，不由一惊。江氏忙护住高慧，朝屏风后望去：“是谁在那里？”

欧阳旭忙挡住屏风的方向，高声道：“不用慌，不是外男，是从小服侍我的管家德叔。这两日他得了麻疹，我就让他在耳房养病。”

“麻疹？”江氏闻言更是嫌恶，拉着高慧退了一步。

“对，不过不严重。”欧阳旭见江氏和高慧都信了这话，继续朝里面大声说道，“德叔，我知道你想说什么，放心好了，我永远都不会忘了我们欧阳氏的家训，此生绝不纳二色！”说完，他又对高慧说：“慧娘贤德，乃我之福，但我之前一心只读圣贤书，并无什么红颜知己，以后也只想和慧娘举案齐眉！”

高慧微微一笑，半信半疑地说：“真的吗？可之前明明有好多小娘子都爱招惹你。”

江氏似乎是怕待久了染上麻疹，突然插口道：“欧阳官人若能说到做到，那是最好。姑娘，咱们该走了吧，咸平郡主府上的宴席，一定不能误了。”

“哦，原来都耽搁这么久了啊。”高慧朝欧阳旭嫣然一笑，“那旭郎，我等你后日接我去清晖园赏桃花。”

“一定。”欧阳旭一直保持着躬身的姿态将高慧等人送出门外，等她们一行人的背影消失，他这才疲劳地坐在了椅上。若非他从前留了个心眼，恐怕还真会被高慧装出的名门大户的风范给骗了。

杜长风皱着眉从屏风后走了出来：“你刚才为什么要打断我？你不是刚才还在发愁不能以正室之礼对赵氏吗？高家娘子既然都这么说了，你干吗不顺势提出让赵氏以平妻身份进门啊？”

欧阳旭苦笑着摇了摇头：“别说笑了，她怎么会让盼儿做平妻？”

杜长风不解地问：“怎么不可能呢？平妻虽然叫得好听，族谱上仍是妾。我瞧高家娘子挺贤惠的，说不定就能同意了呢？”

欧阳旭冷笑道："行了，你还当真以为她不妒不忌？"

紧接着，欧阳旭就把他这段时间以来经历的事情一五一十地讲了出来。欧阳旭从前以为高慧只不过因对他有几分思慕之情才不时犯些傻气，可直到他去杨少卿家赴宴之时，才看清她的真面目。那天，席上三榜苏行远的妹子向他送了枝梅花，在众士子的哄笑声中，他只得回一礼，无奈接过。这一幕正好被高慧看在眼中，高慧当时就面露不快，可即便如此，欧阳旭也未曾想到她能有那么心狠。三天之后，他无意中得知，那苏家娘子出门时突然跌了一跤，左眼从此再也看不到了。一开始，他还以为这只是巧合，可后来在鹿鸣宴上戏言要把小女儿许配给他的校书郎龚老先生家里也出了事。

杜长风不可置信地瞪大了双眼："不会吧？高娘子竟然如此心狠手辣？"

欧阳旭嫉恨交加地攥紧了双拳："因为她父亲是朝中高官，因为她姑姑是官家宠妃，所以她理所当然地会觉得全天下的东西就该由她予取予求！打从定情的那一刻起，我心里头就只有盼儿一个女人。如果不是她，我根本熬不过那些更深夜寒的发奋苦读，也根本没有钱财去请教大儒、上京赶考。这些年，我做梦都想高中金榜后，锣鼓喧天地迎她进门，从此与她弄诗作画，一世白头。只可惜因为高慧，我……"

杜长风惊得说不出来话来，半晌才道："你真的想娶赵氏为妻？你不在意她之前的乐籍身份？"

欧阳旭惨笑一声，坦言道："如果说全然不在意，那是假的，但如果三年前，她没把我从西湖的雪堆里扒出来，如今的我不过只是一抹幽魂，又有什么资格去嫌弃她？盼儿的刚直，我早就领教过，可没想到她的韧性也同样惊人。之前我让德叔回钱塘，故意以重金相激，盼她恼羞成怒主动与我断情，可没想到，她居然能忍下这大辱，奔波千里来了东京。杜兄阴差阳错地帮我走了这一趟，想必能让她更激愤。"

杜长风骤然听到这么多隐情，一时不知该说什么好，他还没来得及从腹中搜刮出一些典籍来宽慰欧阳旭，欧阳旭就率先问道："对了杜兄，你看见盼儿的时候，她的气色如何？有没有太过伤心？"

杜长风不好意思地挠了挠头："我这眼睛，离开三尺远就什么也看不清。不过她肯定是病了，说话都有气无力的，房间里也好大的药味。"

"什么？"一听说赵盼儿病了，欧阳旭不假思索便欲奔往府外。

杜长风忙拦住欧阳旭："不能去！你既然想护着她，现在就得忍住了，万一被高家知道，岂不前功尽弃？再说还有那个三娘在照顾她呢！"

欧阳旭这才渐渐冷静了下来，无奈地走回座位坐下：“你说得对，就算我去了，她应该也不会见我的。”说着，他痛苦地捂住了脸。

这些年，欧阳旭做梦都想高中金榜后，风风光光地迎盼儿进门，从此与她白头到老。只可惜他遇见了高慧，进士的妹子、六品官的女儿她说下手就下手，他一个寒门书生若是敢违背她，会有何结果？她会放过盼儿吗？不，只有高慧不知道盼儿的存在，他才能保她平安。

第九章 断旧情

这些日子里，顾千帆虽然没再回到萧府，可他也并未立刻启程返京，而是仍在苏州做着郑青田案的收尾工作。案桌上，看完的和没看完的卷宗堆成了两座大山。

陈廉抱着另外几册卷宗进来，抱怨道："这卷宗都快堆成山了！我都怀疑，全江南的官都被郑青田这老家伙收买了！"

顾千帆抬眼看了陈廉一眼。陈廉忙改口："当然，下官除外，萧相公也除外。"

顾千帆既然已经收了陈廉这个小弟，便要扳一扳他这张迟早招惹是非的嘴："我们皇城司只管查案，卷宗口供勘验无误，案子就要移交当地有司处置。等忙完这堆事，就该动身进京了。"

陈廉并没有听懂顾千帆的言外之意，一想到终于能回东京顿时喜上眉梢。他兴高采烈地说："太好了！我终于能见着我娘和我两个姐姐了！指挥，这一回我也算立功了吧？能升个什么官？十将还是军头？我要不要先做一身威风的衣服？听说苏州的裁缝是天下一绝……"

在顾千帆冷冷的眼神中，陈廉的声音越来越小。

陈廉尴尬地笑了笑："我只是想一进京，我娘她们就能看见我意气风发的样子。指挥要是不同意，那就算了。"

顾千帆故作随意地问道："京里可有什么消息？"

"没什么特别的，就是雷司公在晨会上，把你大大地夸奖了一通。"陈廉看着顾千帆的眼神，突然明白过来，嬉笑道，"哦，你是想问赵娘子的事吧？还没有，那些探子，一个消息都没传来。"

顾千帆不悦地收回目光："谁问她的事了？你下去吧。"

陈廉吐了吐舌头，赶紧跑开了。

顾千帆摸出怀中的红珊瑚钗子，微皱双眉："依她的性子，居然没有闹得天翻地覆？赵盼儿，你是不是出事了？"

烛光映射下的红珊瑚流光溢彩，折射出的光晕中，赵盼儿的泪颜依稀可见，顾千帆忍不住伸出手想要替她抹去泪水。但他接触到的只是冰冷的钗子，他猛然清醒了过来。

病容未减的赵盼儿并不知道那个远在苏州的人正在挂念着她，她轻咳着展开手中那幅杜长风被三娘推出门外时不慎掉落的小像细看，思绪回到了欧阳旭为她作这幅画的那晚。

绮窗之外风清月皎，欧阳旭和赵盼儿在窗边相对而坐，溶溶月色将赵盼儿本就比常人白皙的皮肤衬得更加剔透，美得像蟾宫姮娥。欧阳旭在熟宣上细细描画，收笔后自得地欣赏了一下："你看看。"

赵盼儿看着小像上那位明眸善睐的女子，感觉欧阳旭一定是情人眼里出西施。她羞涩地笑道："你把我画得太好看啦。"

欧阳旭眉目含情，宠溺地说："瞎说，我笔力不够，还没画出你一半的美来。"

赵盼儿从回忆中收回思绪，她毫不留恋地将那幅画点燃，看着它在盆中一点点化为灰烬，然后在窗边迎风撒落，轻轻吟道："闻君有他心，拉杂摧烧之。摧烧之，当风扬其灰。从今以往，勿复相思，相思与君绝！"

正端药汤进来的孙三娘见到这一幕，难掩伤心，掉转了头去，半晌才调整好情绪，深吸一口气笑道："旧东西烧了，病根就断了。来，喝点药。"

赵盼儿接过药来一饮而尽，她打定主意要尽快好起来，千万不能被欧阳旭看扁，以为她没了他就活不成了。

"以后咱们做何打算？你是想找官府去告欧阳旭，还是……"孙三娘想到她们赶来东京用了将近半个月的时间，可才来没几天就要打道回府便觉得心有不甘，总觉得她们不能这么轻易放过欧阳旭这个负心汉。

赵盼儿苦笑道："平日里我自诩临危不乱，可真出了这档子事，脑子里就跟糨糊一样，什么都想不出来了。"她四处看了看，问道："对了，怎么一直没见引章？"

孙三娘拿过赵盼儿喝完的药碗，随口答道："她昨晚上为了照顾你熬了一整夜，我让她回隔壁休息去了。"

赵盼儿却心生疑窦，有些担心地看向宋引章房间的方向："引章一向浅眠，可刚才我们闹出这么大的动静，她都没听见？”

孙三娘这才觉出不对，一拍脑门道：“我去看看。”

“我和你一起去。”赵盼儿披上衣服跟上了三娘的脚步。待两人走近宋引章的床榻，却见引章睡得正沉，赵盼儿和孙三娘都松了一口气。赵盼儿见宋引章的被子滑在一边，顺手想帮她提一提。不料宋引章被惊动，下意识地就是一声尖叫，她抱着被子缩在床角：“别打我，我没钱了，真的没有了！”

孙三娘忙探身安慰：“别怕，是我们。”

宋引章似乎听不到三娘的话，也认不出眼前的人，仍然疯狂地踢打。

赵盼儿果断在她耳边叫道：“睁开眼睛，不然我打死你！”

宋引章马上从床上弹了起来，瞪着如受惊小鹿般的眼睛可怜兮兮地看着赵盼儿。

赵盼儿放柔声音安抚道：“引章乖，看着我，我是你盼儿姐姐啊，我不会伤害你的。”

“盼儿姐……”宋引章迷离的眼神渐渐清晰，一下扑进赵盼儿怀里，“姐姐，周舍他打我，他骂我是贱人，不给我饭吃，还把我的‘孤月’给卖了……”

赵盼儿搂着引章，轻轻拍着她的后背：“你忘啦？周舍已经被刺配，你的琵琶也回来了。”

孙三娘忙拿了一边的“孤月”过来给引章看。宋引章却抱着琵琶哭了起来：“没有，过不去的，现在全江南的人都知道我的丑事了，欧阳旭背叛了盼儿姐，也没人能帮我赎身脱籍，我这一辈子已经完了……”

孙三娘见宋引章哭得肝肠寸断，好不容易振奋起来的赵盼儿也被这席话说得怔怔的，她果断出手，一掌打在宋引章的后颈处，宋引章顿时软软倒下。

赵盼儿回过神来，替宋引章盖好被子，又把琵琶放在她的身边，喃喃道：“好好睡吧，一切伤心的事情都会过去的。”她这话既是说给宋引章，同时也是说给自己。

赵盼儿和孙三娘小心翼翼地替引章掩上门，彼此对望一眼，都是深深的无奈。孙三娘叹了口气：“她这样的姑娘，就是朵柔柔弱弱的兰花，合该被富贵人家放在暖房子里头娇养着，遭这一场罪，可是彻底把她给打蔫了。”

赵盼儿暗自叹了口气：“先别说了，你也赶紧回房吧，这两天为了我，你也没少辛苦。你之前问我做何打算，刚才我已经有个主意了，所以，咱们务必养精蓄锐，以后要你帮忙的事情还多着呢。”

将孙三娘劝回房后，赵盼儿却没有歇息，而是强打起精神写了一份给欧阳旭的契书。认真检查完毕后，她望向窗外的明月，喃喃自语：“顾千帆，如果你看到这份契书，一定会取笑我前后不一吧。可是，引章是我的责任，就算我不是什么富贵人家、公子王孙，我也一样得为她遮风挡雨。所以，用一份死去的爱情去换引章后半辈子的幸福，我不会后悔。”

她稍微搽了点粉，让自己看起来气色不至于灰败到吓人，便换上外出的衣服独自拿着契书出了门。

欧阳府上，欧阳旭正对着他原本要在过小定时送给赵盼儿做信物的白玉钗睹物思人。正在此时，一名小厮走了进来。欧阳旭将玉钗收好，抬头问道：“有什么事吗？”

小厮禀道：“有一位赵娘子，在外头求见。”

欧阳旭猛地站了起来，他没想到赵盼儿还愿意见自己，他匆匆赶到院中，果然看到那朝思暮想的人儿。欧阳旭没想到赵盼儿能知道他住在哪儿，不禁有些诧异：“盼儿，你是怎么找到——”

赵盼儿听了欧阳旭的声音便觉得心烦，打断道：“我给了高家门外的卖花女十文钱，她就告诉我你住在这里。”

欧阳旭见赵盼儿形容憔悴，又尴尬又难掩关心：“盼儿，几天不见，你怎么清减了这么多？”

“因为我有心肝。”赵盼儿忍下心头的酸涩，淡淡地答。

欧阳旭的心一下子就揪在了一起，但他为了保护她，必须要做那个没心肝的人。他深吸一口气，狠心道：“何必说这些气话呢，盼儿，我知道做妾是委屈了你，可我一定会待你好的。昨天高家小娘子来看我的时候也说了，以后一定会和你和睦相处，妻妾相得，你不信问他。”欧阳旭指了指身后的小厮。

“那就祝你以后多纳美妾、后院风流，只是我就恕不奉陪了。”赵盼儿打心底觉得恶心，她不明白自己此前怎么会认为他是个值得托付终身的良人，冷声道，“欧阳官人，今天我来找你，只是为了跟你做笔交易。”

“交易？”欧阳旭闻言一怔。

“你给德叔的那些钱，买得断我当初救你命的恩，却赎不了你背信悔婚的情。我是绝不会自贬为妾的，你若想和我了断姻缘，干干净净地去做高家的乘龙快婿，那么就请按这份契书去做，否则，我不会让你好过。”赵盼儿不带感情地说着，似乎跟眼前人只是萍水相逢。

欧阳旭惊疑不定地接过契书看着，只见赵盼儿在上面罗列了三点要求：一是要他手写一份退婚书；二是让他兑现帮引章脱籍的承诺；三是归还《夜宴图》。这三点要求其实都不过分，他没有理由拒绝。

赵盼儿一一解释道："你曾在我爹娘灵前以女婿身份发誓，说会护我一生安稳，如今你要悔婚，那也请手写一份退婚书，让我回钱塘后可以烧给我爹娘，也算有个交代。你当初也曾许诺一旦为官，定会帮引章脱籍放良，如今你做了高门贵婿，想必也不难办到。还有我的《夜宴图》，你当初说要带到东京替我请名师装裱，现在请你归还给我。"

见欧阳旭没有立刻答应，赵盼儿继而说道："对于我这样的生意人，契书比发誓更可信。只要你做到这三点，我保证以后和你桥归桥路归路，非黄泉不相逢，宁枉死无相干。你要是做不到，我就会把咱俩当初定下婚约的事闹得天下皆知，到时候，你若青云路断，可别怪我心狠。"

在欧阳旭的心目中，赵盼儿虽然出身差了些，可她温柔贤淑、知书达理，他没想到她也有如此绝情发狠的时候，不由面露惊异。

赵盼儿觉得欧阳旭的反应有些好笑，难道就只许他无情，不许她无义？"这契书你到底同意不同意？现在的我，可没什么耐心。我只数十下，一、二、三……"

欧阳旭脱口而出："我同意。你跟我来书房，我现在马上就给你找画。"倘若被高慧知道他曾有婚约，那他所做的一切就前功尽弃了。

赵盼儿没想到欧阳旭为了攀附高家，答应得这么爽快，脸上扯出一丝惨笑："果然。"

欧阳旭此前一直借住在杜长风府上，最近才搬到这里，收拾了大概十二箱东西，眼下还没完全归置好。他翻出装书画的箱子，展开一幅，发现不是，又展开另一幅，仍然失望，他愈是着急愈找不到，却不想让赵盼儿误会自己在故意拖拉，只能无奈道："我刚搬到这儿来没多久，东西都是德叔收拾的，也不知道他放哪儿了，一时半会儿只怕找不到。要不，我明天找到了，给你送到客栈去？"

赵盼儿冷眼看了欧阳旭半晌，谅他不至于骗自己，便问："引章脱籍的事情，要多久才能办好？"

欧阳旭面露难色，迟疑着说："我现在无官无职，也只能托杜兄先想想办法，杜家是京城大族……"

赵盼儿神情中的鄙夷逐渐加重，几月不见，她竟不知欧阳旭倒变成了干什么都要拖拖拉拉的人。

欧阳旭不想被赵盼儿看轻，咬牙道：“总之，我会想办法，三日之内一定会给你答复。”

赵盼儿对欧阳旭已经失望至极，她冷漠地点点头：“好，我就恭候你三日。欧阳旭，希望这一次，你别再让我失望。”

见赵盼儿转身欲走，欧阳旭担心自己再也送不出那支钗子，不禁脱口而出：“盼儿你等等，我有一支钗……”

赵盼儿却停下脚步打断他：“欧阳官人，你我以后既成陌路，还请称我一声赵娘子。”

说罢，赵盼儿便决绝而去，房间内只留下茫然若失的欧阳旭一人。

转眼三天期限将至，赵盼儿仍没等到欧阳旭的消息。这些天来她的心一直高悬着，她原本以为自己的要求不算过分，欧阳旭不过随手写一份退婚书、还一幅画的事，可没想到他连这等小事都要拖拉，随着时间的推移，她对欧阳旭的信心逐渐消失。

孙三娘也焦急地在房里来回踱步，忍不住对赵盼儿说道：“欧阳旭怎么还没来？他不会又想说了不算吧？”

赵盼儿虽心中不安，却自我安慰道：“脱籍这件事情，的确也不是那么容易办到的。我那天已经故意说重话去刺激他的自尊心了，凭着我对他的了解，他应该能说到做到。”

孙三娘没想到赵盼儿在她和宋引章出事时都极为清醒，可轮到她自己面对旧爱的背叛倒也糊涂起来，她着急地说道：“可人是会变的。”

赵盼儿咬了咬唇，的确，欧阳旭早已不是她从前认识的那个人了，他如今有多无耻还真不好说：“你说得对，他那边多半是有问题了，走，咱们去看看。”

赵盼儿和孙三娘一起赶到欧阳旭家，结果吃了个闭门羹。

赵盼儿试图求小厮给通融一下：“我三天前才来过，你忘了？欧阳旭已经和我约好了，要不，你让我们进去等他？”

小厮拦住她们：“不行，德叔吩咐过了，谁也不让进！”

“德叔？他回东京了？”赵盼儿敏锐地捕捉到了这一关键信息。小厮这才发现失言，顿时后悔不迭。德叔在她上回来那天晚上就回来了，可欧阳官人已经吩咐过不能让赵娘子知道德叔回来的事情。

孙三娘一脸鄙夷地说道："我说得没错吧，他又想要赖了。"

赵盼儿声冷如冰，高声道："你让欧阳旭出来见我，不然，我一定会让他后悔的。"

那名小厮苦着脸说道："我不懂你们在说什么，让开，让开啊，别堵在我们家门口！"

"还敢赶人？"孙三娘冷哼一声，对赵盼儿说道，"盼儿，我要债经验多，这事你听我的！"说罢她就大声冲墙内喊道："咱们退开点，你守前门，我守后门，跟他们耗着，渴了饿了，就叫小贩送东西来吃，累了，就买张椅子坐下来。到了晚上，再叫引章来换班，我就不信，有人能当一辈子缩头乌龟，永远不出门！"

孙三娘的声音传到院内，欧阳旭脸色变得极为阴沉。欧阳旭原本一心想兑现赵盼儿的三个要求，他甚至跑到杜长风府上求他找人帮宋引章脱籍，可杜长风却告诉他，如果此事被哪个言官听到风声参上一本，把他发落到哪个偏远小县，那他一辈子就都完了，而且以高家的狠毒行事，多半会想办法让他也暴病而亡，以保高慧不用跟他去穷乡僻壤吃苦。

至于《夜宴图》，在德叔风尘仆仆地赶回东京后，欧阳旭便从他口中问出了那幅画的下落，原来德叔一直担心欧阳旭不懂交际往来，在给欧阳旭省试的座师柯老相公置办寿礼时，自作主张地将画加进了礼单。老柯相不久前刚被萧钦言斗倒，如今已经罢相外放，过不了多久就要离京。如果他现在去讨画，岂不就成了人走茶凉、落井下石的小人？

而那退婚书他亦是不能写，德叔途经华亭县时听说了赵盼儿假扮花魁，从周舍处骗取休书，又立刻翻脸到官府将周舍告到发配充军的事迹，难保她这回不想故伎重施，骗到退婚书后将婚约坐实，再去告他悔婚另娶。尽管欧阳旭不信盼儿是这样的人，可他也不能冒险，就算不是为了自己的仕途，如果他曾有婚约之事被高家知晓，那高家人岂会放过他与盼儿？

他本想着能躲就躲，却没想到孙三娘这般难缠，如果赵盼儿在华亭县真为宋引章使出了那般手段，那她面对自己，还不知能做到哪一步。

然而赵盼儿和孙三娘的行为正中了德叔的下怀，他在一旁煽风点火道："老奴没说错吧？只要稍不如赵盼儿的意，她就放话要让您后悔，您要真替她做了那三件事，以后还不被她给磋磨死？"

欧阳旭没好气地问："少说那些没用的话，现在怎么办？"

德叔却是一副胸有成竹的样子："放心，老奴猜到孙三娘会使这种泼妇手段，所以早就已经安排好了。”

与此同时，赵盼儿正站在树荫下守着欧阳家的大门，却见几个地痞大步朝她走来，赵盼儿一眼认出打头的正是那个臭球篓子池衙内的狗腿子，不禁惊异他们怎么往这边来。

何四受德叔之托来收拾人，却没想到对方竟然是那个惹恼了池衙内的小娘子。冤家路窄，他一卷袖子，招呼着身后的兄弟：“是你！弟兄们，跟我上！今天咱们一定得好好教训下这个胆敢对咱们衙内不敬的臭婆娘！”

眼见何四气势汹汹扑来，赵盼儿一个猫腰躲过，接着迅速地往他脚趾上一踩，何四立刻痛呼连连。其他跟班见势不妙，忙将赵盼儿团团围住。赵盼儿反手拔下发间的钗子：“谁敢过来？”众人见钗头尖利，都有些害怕。

何四咬牙切齿地抱着脚乱跳：“都给我上啊，一个娘们儿怕什么？”有大胆者扑上来，赵盼儿拿起钗子就往他眼睛捅，那人吓得忙避开。但赵盼儿毕竟寡不敌众，很快被两人制住。

“三娘！救命！”赵盼儿扯破嗓子大声呼救。

转瞬之间，孙三娘如疾风卷云一般冲了过来。只见她一阵横拎竖摔，四五个地痞纷纷倒地不起。何四虽然胆寒，但仍然捡了根木柴冲了过来，没想到赵盼儿斜刺里一踹他的膝盖窝，何四立刻倒地不起。

赵盼儿环顾四周，见不远处放着几个马桶，便和孙三娘耳语了几句，孙三娘随即倒拎起何四。赵盼儿踢开马桶盖，孙三娘一手掩鼻，一手提着何四，作势要往里面放。

何四立刻哇哇乱叫：“饶命！女大王饶命！”

赵盼儿横眉冷对：“说，是不是那宅子里的人让你们来的？”

何四点头如捣蒜：“是是是！一个糟老头子，给了我们两贯钱！”

赵盼儿即便已经对欧阳旭失望至极，可他对她用出如此卑鄙的伎俩，她依旧难掩难过。她无奈地看着孙三娘：“被你说中了，人一旦当官，手段也辣了，心肝也黑了。”说罢，她又转向何四，既然欧阳旭不仁，那也别怪她无义：“你是想进去呢，还是想出来？”

“出来，出来！女大王只管吩咐，我何四愿听号令！”何四两眼惊恐地觑着马桶，眼下让他干什么他都得答应。

赵盼儿对孙三娘使了个眼色，三娘会意，做出点穴的样子使了几招，然后在何四腰眼上一捅。

赵盼儿冷厉地说道："三娘点了你的龙虎穴，以后你就再也不能生孩子了！"

何四顿时大惊失色，他尚未娶妻，要是他以后不能生孩子，老何家不就绝后了吗？

"想解穴，就替我干件事。"赵盼儿煞有介事地指了指远处的欧阳家，"带着你的人，把他的前门后门都堵紧了，只许进不许出。然后每隔半个时辰在墙外头大叫二十声：有借无还，天理难安！"

何四一得自由，立刻慌里慌张地带小弟堵住欧阳家前后大门，开始字正腔圆地喊了起来。赵盼儿和孙三娘在远处看了一会儿，赵盼儿担心宋引章一个人在客栈会应付不来，便决定先回客栈。

孙三娘仍觉得不解气，撸着袖子说："这样就完了？我还想索性踢门闯进去呢！"

赵盼儿摇头制止道："那就真成了女大王了。这儿毕竟是天子脚下，他又是官身。想想华亭县的事吧！真要来硬的，吃亏的只会是咱们。让这几个泼皮闹一闹，叫他知道忌惮就行。我们都还病着，不能天天守在门口干熬，得找个能长久待着的地方换班盯着才方便。"

孙三娘回想刚才的画面，忍不住笑出声来："那些泼皮还真信了我会点穴，本来男人就不会生孩子嘛！你从哪儿学的这唬人的本事？"

赵盼儿脱口而出："当然是从顾千帆那儿，那会儿在钱塘，他……"半晌，她苦笑道："他说得没错，我一直都在自己骗自己，而这个世上最不可相信的，就是人性。"

孙三娘长叹一声，想说什么，又最终没开口，只是温柔地握了握赵盼儿的手。

烈日之下，何四带着一干伤痕累累的手下，在欧阳旭家外不断高呼："有借无还，天理难安！有借无还，天理难安！有借无还，天理难安！"

高呼声传进墙内，欧阳旭烦躁地指责德叔："听听！这就是你的早有安排？再让他们这么叫下去，传到高家那边，我就完了！"

德叔没想到事情会变成这样，他惶然跪下："老奴无能，请官人责罚！"

欧阳旭还要发火，却突然察觉院外的呼喊声不知何时已经止住了，他和德叔一时都面露欣喜。

大门外，池衙内正指着何四的鼻子痛骂："她叫你在这儿当看门狗，你就乖乖听话，那她叫你吃屎，你怎么不去吃啊？"

何四委屈地嘟囔着:"可我差一点就吃了啊。"

池衙内气结，一脚将他踢倒在地:"赶紧起来跟我走，别在这丢人现眼了!"

何四趴在地上，涕泪横流地哀求道:"求衙内饶命!我不能走啊，她们给我点了穴，不解穴我就再也不能生孩子了，我三代单传，要是绝后了，衙内你难道不会伤心吗?"

"伤个鬼心!"池衙内气得冲冠眦裂，"你听多了说书是不是?她一个女人，又不是什么大内高手、江湖能人，能点什么穴?"

"那可不好说，里头住的还是个进士，她都敢对着干，谁知道是什么来历啊?"何四的声音越来越小，"再说人家蹴鞠也比您厉害……"

池衙内更气了，举手欲打:"你有本事再说一次!"

何四挺起了胸，抽泣道:"您要打就打吧!您可以不拿小的当回事，可我还想要儿子啊!啊!还有四次没叫完!"何四忙转头对自己手下吩咐道:"快跟着我一起叫，有借无还，天理难安!"众手下不敢违抗何四的命令，又不敢触怒池衙内，只能小声地跟着他念。

池衙内气得牙根痒痒:"他奶奶的，我收拾不了杜长风，还能收拾不了这两个女人?"他转头对其他手下下令:"去给我查!一炷香之内，我要知道她们住在哪儿!"

高呼声再次传来，欧阳旭的脸色越来越黑，终于，他下定了决心:"不能再让他们继续了。罢了，赵盼儿，是你逼我这样的。"他抓起笔，匆匆地写了几个字，说道:"德叔，你马上从狗洞里爬出去，替我送封信。"德叔无奈，只得接过。

客栈后院桃花树下的石凳上，宋引章双眉含愁，抱着琵琶轻拢慢捻，她全身心地沉浸在曲子中，并未察觉大堂通往后院的门口挤满了人。凄凉的曲声响起，听曲子的人无不一脸享受沉迷，但随即又被气氛所感，表情都黯淡下来。就连客栈掌柜也听得老泪纵横，走到柜台后默默抹眼。

就在此时，池衙内大摇大摆地带着几个手下冲了进来:"喂，是不是有个叫赵盼——"但他随即便被众人齐刷刷地怒目而视，下意识地闭上了嘴。他的手下们也立刻被宋引章的琵琶曲吸引了。

池衙内丝毫不为所动:"呜哩哇啦的，有什么好听的?艳阳高照、日子安泰，听点什么不好，非要听这种倒霉催快断气的?"然而在场之人皆沉浸在嘈嘈切切的曲声中，根本没人搭理他这个有辱斯文的傻大粗。

池衙内动了真火，一挥袖子，一把尖刀便插在了正撑着柜台专心听曲子的掌柜的手指缝中。琵琶曲正好也在此时金石激荡地结束了最后一声。池衙内阴恻恻地问道：“是不是有个叫赵盼儿的，住在你们店里？”

掌柜吓得浑身发软，根本说不出话来，只能颤抖着手臂指向后院。

刚刚弹完一曲的宋引章正轻微地喘着气，忽听背后传来一声池衙内的暴喝：“喂！赵盼儿在哪里？”

宋引章一惊，猛然转过身来，霎时之间，一张含泪带惊的芙蓉面闯入池衙内的眼帘。宋引章被池衙内凶神恶煞的表情吓了一跳，她下意识地往后一退，结果险些跌倒。

说时迟那时快，池衙内飞身而上扶住了宋引章，表情变得无比礼貌温柔：“美人小心！”

宋引章惊魂未定，连忙推开他。

池衙内对付小娘子早就颇有心得，油嘴滑舌地说道：“我刚救了你，你就这样翻脸无情，不太好吧？”

宋引章经历了最近一系列的事情后，对陌生男子终于有了防备之心，她警惕地后退一步，福了福身子道：“多、多谢这位官人援手。”由于心中害怕，宋引章前几个字说得细若蚊鸣。

池衙内立马被她逗笑了：“小娘子不用见外！”他故意把“小”字说得很小声，后面几个字却刻意放大声音，众跟班都哄笑起来。宋引章发现自己被调戏，脸色涨红，夺路欲走。

池衙内拦住宋引章，摆出了个自认为潇洒的姿势：“欸，别走啊，咱们说正事，赵盼儿是你什么人？”

宋引章强忍害怕，尽量大声地答道：“她是我姐姐，你们有什么事吗？”

宋引章越是害怕，池衙内越想逗她，他凶神恶煞地说道：“她连着得罪了我两回，你说我们有什么事？”

宋引章先是一惊，犹豫了一下还是觉得多一事不如少一事，又福了一福：“妾身虽然不知道就里，可我们姐妹初来东京，不懂规矩，若多有得罪，还请您大人大量，千万恕个则个。”

池衙内忙道：“好说好说，老话说得好，不打不相识嘛。其实，小娘子如果愿意陪我找个清净地方坐坐，这事其实也可以就这么算了。”

“不要，我不去！”宋引章不断退后，却被池衙内抓住了琵琶柄。

“小娘子别怕，我是个好人。”池衙内嬉皮笑脸地说道。

这下宋引章彻底急了，她平生最不能忍别人动她的“孤月”，她尖声大叫：“别碰我的琵琶！”

池衙内出手阔绰，秦楼楚馆的姑娘们都喜欢他喜欢得不得了，他还从没见过这么不识抬举的。池衙内略带愠色地说道：“我都没碰你，你叫这么大声干吗？我碰了又怎么样，摸了又怎么样？”

眼看他越逼越近，宋引章慌不择路，索性用琵琶头顶上了池衙内的下巴，池衙内一声惨叫，嘴中瞬间流血。待池衙内的手下如梦初醒地上前追赶，宋引章已然抱着琵琶夺路而逃。慌乱之中她撞入了一个人的怀抱，她吓得放声尖叫起来。

“引章，是我！”孙三娘也被宋引章的样子吓了一跳。

宋引章看清孙三娘，如溺水者看到了浮木：“三娘姐，有坏人在找咱们！”

“谁这么大的狗胆？”孙三娘立刻卷起了袖子。

池衙内捂着嘴气势汹汹地冲了过来，叉腰喊道：“本衙内！”他自以为神气十足，实则因撞破了舌头而口齿不清。他伸出大手又要抓宋引章：“我看你能跑到哪儿去！”

此时，赵盼儿也正好进来，一见这场面，她想也没想，操起客栈门边的一小坛子酒就冲池衙内泼了过去。那酒正好是红曲酒，和池衙内嘴角的血混在一起，霎时间显得极为可怖。

周遭的环境一下子静默了，池衙内接过手下送上来的素绢，抹干净了脸，目光阴鸷地看着赵盼儿：“赵盼儿，又是你！”

赵盼儿昂首挺胸地反问：“是我又如何？”

池衙内痞气地咬着牙，指节捏得“咯咯”响：“新仇旧怨，今儿一起算了！”

赵盼儿心中冷笑，对着跟出来看热闹的客栈客人说道：“好啊，正好这儿人多，我们就请大伙儿做个旁证，看该怎么算？我和你打过三场交道：第一场，你玩白打，撞上我后球落地了反而怨我，结果我踢得比你好，你就怀恨在心；第二场，你手下收了人家钱，当街调戏我们，被我们收拾了，便在那儿看门抵罪；第三场，我没猜错的话，你是想替被我们收拾的手下出头，所以趁着我不在来找我妹子出气。请问大伙儿，这三件事到底是谁对谁错？”

何四听了下意识地把头往里缩了缩。池衙内却死皮赖脸地说：“我手下？哼，我池衙内是东京绸缎、药材、皮毛、米粮、航运十多个行会的总行头，手下的人没有一万也有八千，冒名顶替的更是多得数不清。你说的那些，我全不知情。现在我要跟你算的账，只有一件，你妹子把我的嘴搞成这样，你又把我的衣裳泼成这样，总得有个说法吧？”

宋引章急红了脸，从赵盼儿身后探出头细声细气地喊道：“你轻薄我，还要抢我的琵琶，我才撞你的！”

“胡说！除了你跌跤我扶了你一把之外，其他什么时候我碰过你？轻薄？你问问这儿所有的人，我池衙内虽然风流惆怅，什么时候对女人用过强？遇到哪家的花娘小姐不都是客客气气的？”池衙内颇觉冤枉，他好心相扶反被诬陷，这理上哪儿说去？

宋引章眼圈瞬间红了：“我不是花娘！不是小姐！”

池衙内顿时笑了：“青楼勾栏那就是我第二个家，你这调调，我一看就知道！”

围观众人看宋引章的眼光立刻有些异样，宋引章脸色变得惨白，双唇微微颤抖。

赵盼儿却难掩鄙夷地说道：“是风流倜傥，不是风流惆怅。连字都不识的人，自然只会胡说八道。”

池衙内恼羞成怒，他最恨人揭短，就因为他没读过书，现在连杜长风都能骑在他头上。“嘿，别扯这么多有的没的，把我弄成这样子，难道你们就想这么算了吗？先说好，钱，本衙内可不要。”

“那你想如何？”赵盼儿心中暗忖，他想得倒美，她半枚铜钱都不会给他。

池衙内指着宋引章，恶狠狠地说：“上长庆楼摆顿和头酒，再让她给我弹三支曲子，这事就算结了，否则我能叫你们三个永远在东京不太平，信不信？”

见赵盼儿犹豫，何四小声劝道：“赵娘子，要不就这么着吧？我们衙内真能说到做到。”

池衙内像只骄傲的鹅一样伸长了脖子，对众人趾高气昂地说：“听见了没有？”

赵盼儿想了想，决定以退为进，朗声道：“想喝和头酒，容易，可想听我妹子弹曲子，没那么简单。我妹妹是江南第一琵琶名手，别人想听她弹一曲，必须过我们姐妹的文武三关，你自然也不能例外。”

池衙内想到宋引章刚才弹的呜哩哇啦的曲子，哪有张好好给他唱的情歌好？他的嘴角不禁动了动：“吹牛吧你，她能是江南第一琵琶名手？”

赵盼儿拉过宋引章对众人骄傲地说：“你们都听过宋娘子的琵琶，难道她不配这个称号吗？我妹子是乐工不假，可自前唐起，她家世代都在宫中做琵琶供奉，手中的这把‘孤月’更是唐明皇的遗宝，她不单是钱王太妃府中的座上宾，这回还是受秀州许知州之请进京，她的曲子岂能是随便弹给俗人听的？”

池衙内心里没了底，不满地哼了一声：“我才不上当，谁知道你要出什么故意为难的题目？”

“你怕了？觉得自己肯定过不了这三关？”赵盼儿露出一副心中了然的模样，还用略带同情的眼神关怀地看着池衙内。

池衙内瞬间火大，被小娘子嘲笑胆子小还了得？连忙反驳道：“我胆子小？别说三关，十关我也敢过！不过先说好了，不比蹴鞠，也不比力气！”

孙三娘站了出来：“不比就不比，击掌为誓！”

池衙内和她击掌，却被孙三娘的掌风扇得差点摔倒，他踉跄地站好，咬牙切齿地问：“是得三场全胜呢，还是三打二胜？”

“两胜就算你赢！”赵盼儿已然胸有成竹。

池衙内心中合计一会儿，觉得凭自己十三太保的实力，对付几个初来乍到的乡下女子自然不在话下，点了点头：“行，说吧，第一关是什么？”

赵盼儿微微一笑，拉着宋引章来到一边：“引章，第一关先由你来出个题目。”

宋引章惊慌地指着自己的鼻子：“我？”

赵盼儿这回一定要让宋引章自信起来，鼓励道：“对啊，他肚子里没几两墨水，联诗也好，对对子也好，他欺负了你，你难道不想把他欺负回来？”

“想！”宋引章猛点头，鼓起勇气道，“那我就出个绝对！”

赵盼儿把宋引章带到桌边，对已经坐下的池衙内说：“第一关由我妹子亲自出题，有个对子，请衙内在一炷香的时间里对出。”

宋引章吸了口气，怯生生地说：“你，你听好，上联是‘烟锁池塘柳’！”

池衙内一听就怔住了，这是什么意思？随便说五个字就想考住他？

掌柜在一边解说道：“哟，这可是个绝对啊，上联里有五行金木水火土！”池衙内这才皱起了眉。

“对不出来可以认输。”看着池衙内搜肠刮肚的样子，赵盼儿已经胜券在握了。

池衙内狠狠地看了赵盼儿一眼，旋即笑道：“谁说我对不出来的？你听好了，河堤涮锅盔！河堤长树不？锅用火不？一样也是金木水火土！”

围观众人一时沸腾。

池衙内得意地哈哈大笑起来：“狗屁绝对，你当本衙内混了这么多年青楼是白混的？这种段子，听了不知道有多少回了！”

宋引章大急，但仍道：“我、我还没说完呢，我的上联是：烟锁池塘柳，琵琶琴瑟远魑魅魍魉！我是弹琵琶的！”

池衙内彻底放松下来，游刃有余地说道：“那我也会对：河堤涮锅盔，嫉妒姑娘有波涛汹涌！我是做漕运的！”

见众人哄笑起来，宋引章一咬牙继续说道：“烟锁池塘柳，琵琶琴瑟远魑魅魍魉，独怜芳草萋萋！”

池衙内眼珠一转，再一次灵光乍现，他颇为做作地学书生走了几步，闭目吟道：“河堤涮锅盔，嫉妒姑娘有波涛汹涌，只好玩玻璃球！”

何四听了顿时一脸佩服，他已经对老大的才学佩服得五体投地：“衙内，你可以啊！”池衙内听了也是一脸骄傲。

宋引章慌了，拉着赵盼儿小声道：“姐姐，现在怎么办？”要她给池衙内弹曲子，她还不如死了算了。

赵盼儿眉心微蹙，但还是冷静下来，安抚道：“别慌，刚才是我们小看他了，下面我们来就是。”

池衙内洋洋得意地搓着手，问道：“第一关我赢了，第二关是什么？”

赵盼儿依旧信心满满地迎上池衙内的目光：“第二关武比。我们要比的，是刀法。”

池衙内怀疑赵盼儿得了失心疯：“刀法？哈哈哈，本衙内练了几十年的刀，你要跟本衙内比刀法？”

“噌”的一声，银光出鞘，池衙内抽出长刀，对准了面前的一只长凳。围观群众倒吸一口冷气。池衙内邪魅狷狂地笑了一下，对众人说道：“都给我看好了！”

只见他运刀如风，绕着凳子前后左右一阵飞劈，最后一个漂亮的收刀。那凳子却仍在原地，仿佛从未被碰过一般。池衙内用手指轻轻一弹那凳子，那凳子立刻四分五裂成好几块，众人惊叹之余，纷纷鼓掌。

宋引章紧张极了，脸色煞白地看向孙三娘：“他、他的刀法怎么这么好？三娘姐，你用什么刀？”

在围观百姓好奇的目光下，孙三娘从背后摸出了一把菜刀。

池衙内一愣：“菜刀？”他和手下顿时捧腹大笑。

孙三娘冷笑了一声：“瞧好了！”她面前的菜板上端端正正放着一块豆腐，她拿着那把菜刀，对着豆腐中心切了几下，然后轻轻一拍板子，中心的一小块豆腐应声飞起，孙三娘将它抄在手中，板上余下的豆腐中现出一个梅花状的空洞来。现场却只有赵盼儿和宋引章鼓起了掌。

“这就完了？”池衙内撇着嘴觑着那块豆腐。

“大伙儿请看。”孙三娘重新把手中的那一小块梅花状豆腐放上在了空洞上方，任其慢慢滑落。令人惊异的事情发生了——那一小块豆腐竟然跟原来的空洞完美地嵌合在一起，看不出丝毫痕迹！

孙三娘拔下一根头发，交给掌柜，掌柜敬畏地用发丝去戳两块豆腐结合的地方，竟然无处可寻。孙三娘又按住豆腐边，将整个案板倾倒过来，梅花状的小豆腐也没有滑落！

众人看在眼里，这一回，他们连欢呼都没有，只是齐齐张大了嘴巴。

赵盼儿信心十足地看着围观众人：“大家说，这一回，谁赢？”众人齐刷刷地把手指向了孙三娘。

池衙内狠狠地盯着何四，何四连忙放下了指着孙三娘的手，打了自己一记嘴巴。

眼下双方打平了手，但三局两胜，池衙内认为自己依然有机会翻盘。他眼珠子一转，说：“赵盼儿，和我结怨的是你。第三场，总该你自己下场了吧！对了，为着公平，第三关的题，得我出才行！”

孙三娘直觉不妥：“笑话，天下哪有闯关的人给守关人出题的道理？”

池衙内手指宋引章：“那刚才明明说好对一个对子就算赢，她却连接改了两回，这又算怎么回事？”

赵盼儿拦住又要卷袖子的孙三娘，上前问道：“那你想比什么？”

“来个又文又武的，咱们比骰子！”池衙内可是号称赌场小霸王，扔骰子比吃饭睡觉还精通，这一回他简直胜券在握。

众人团团围住大堂中的一面方桌，桌上放着两只骰盅，池衙内和赵盼儿分居两端。池衙内一拍桌子，六粒骰子腾空而起，他一把抄住，把骰盅玩出了千般花样。

池衙内得意地看着赵盼儿：“桌上谁开出的骰子点数多，就算谁赢！”

“行，不过，我还要加个彩头，如果你赢了，除了和头酒和三支曲子，我再赔十贯钱。可若是我赢了，你的手下，就还得替我干活。”赵盼儿爽快地答应了，心想，这题目是池衙内自己选的，看来连老天爷都不肯帮他。

“行啊！”池衙内没想到赵盼儿还要给他送钱，当即应允。

赵盼儿和池衙内同时开始摇盅，池衙内仍然各种花式玩得不亦乐乎，不时引起众人欢呼，赵盼儿却如一个新手一般，缓慢而笨拙地摇着骰盅。直到池衙内一个漂亮的转身把骰盅扣在了桌上，她才跟着放下。

池衙内轻蔑地看着赵盼儿："谁先开？"

"请。"赵盼儿礼貌地谦让着。

池衙内觉得赢得太容易也没意思，忍不住提醒："一样的点数，先开者为赢。"

赵盼儿却不以为意，点了点头："可以。"

"别说我欺负你啊，是你自己要的。"池衙内微微一笑揭开骰盅，六枚骰子都是六点朝上。池衙内手下一齐欢呼起来。

然而，就在这时赵盼儿也揭开了骰盅，里面除了六个六点的骰子，竟然还多了一粒一点！

何四揉了揉眼睛，仔细一看，才发现有一粒骰子被齐齐地剖成了两半。

宋引章激动得忘了害怕，骄傲地看着何四："六个六，外加一个一，三十七，你们衙内赢不了。赌场小霸王算什么？我们那儿的赌场大霸王，也没见谁骰子玩得比盼儿姐好。"

池衙内眼中寒光一闪："赵娘子，你的戒指可否借我一看？"

赵盼儿脱下戒指，丢给池衙内。

池衙内看着戒指上面那米粒一样大小的宝石："金刚石？"他没想到赵盼儿竟然用戒指把骰子割开了。

池衙内把戒指丢还给她："技不如人，我认输。何四他们，你随便用。"

赵盼儿朝池衙内一福身子，故意问："多谢衙内手下留情。您宽宏大量，想必一点得失不会放在心上吧？"

池衙内颇有气度地一拱手："赵娘子客气了，贵姐妹既有如此才艺，想必以后必能在东京大放异彩。"说罢，便带着众手下离开。一时间，现场欢声雷动，赵盼儿、孙三娘、宋引章相视一笑，脸上都有着自离开钱塘以来少见的意气风发。

池衙内脸上一直带着刚才离开客栈的微笑，带着众手下走在街道上。

池衙内的手下吕五不禁赞叹："咱们衙内的风度，可真是潇洒。"

话音未落，走在吕五前面的池衙内忽然停住，吕五的脸正正地撞在了池衙内的背上。池衙内的目光落在了路边的土地庙匾额上，他大步向土地庙走去。

待众手下跟了过去，只见池衙内抱着土地神像号哭起来："土地爷啊，你怎么不保佑我这个东京地头蛇啊，怎么能让我被三个外地女人削了面子呢！"众手下顿时愕然。池衙内跪在蒲团上祈祷："您上天有灵，一定要保佑那三个女人早日滚出东京，千万千万别再让我碰着，一定一定！"说完，他结结实实地磕了几个头。

第十章 心不甘

这厢，赵盼儿为防欧阳旭赖账，准备搬到欧阳旭家附近的客栈以逸待劳。在收拾行李时，她突然看到了顾千帆在华亭县时还给她的那方手绢。赵盼儿想起顾千帆曾说过，若是她要找他，就去州桥南桥头的王记铁铺，若是挂出了红色旗幡，她就去里面买银针，他们自会带她来见他。思及此处，赵盼儿腾地站了起来，看了看外面的天色和已经打包好的包袱，飞快地奔了出去。

可当她终于找到那家王记铁铺，却见上面高悬着的旗幡是蓝色的。赵盼儿期盼的眼神一下子黯淡了下来，她走到铁铺门口前后左右打量，但铁铺内外全无一点红色。她失望地退到了一边，看着旗幡喃喃道:“你说得对，东京居大不易。别看我今天好像挺威风，可其实我心里一点底也没有，全是在强撑着。顾千帆，你要是现在也在这里就好了，因为你肯定会说很多刺耳，但确实有用的话。”

赵盼儿想起初遇顾千帆时他们互相不对付的样子，不由得轻笑了一下。但她很快又想起了什么，转过身朝欧阳旭的宅子的方向走去。

与此同时，孙三娘正在灶房忙得不可开交，她揭开蒸笼，白雾和香气霎时一同扑了出来。一边的伙计们都伸长了脖子，看她小心翼翼地从蒸笼里端出一盘捏成鲜花形状的小点心来。

孙三娘小心地把糕点装进食盒，准备待会儿就给池衙内送去，今天她们把池衙内得罪狠了，不找补一点怎么行？盼儿原本还说要去街上买四色点心，可她觉得自己也会做果子，不必多花那个冤枉钱，因此便向掌柜借了灶房一用。

孙三娘转身要拿工具，不小心差点撞到了站在灶房中间的宋引章，便有些诧异地问:“引章，你怎么在这儿？”

宋引章捂着被撞疼了的胳膊，懵懵懂懂地说：“盼儿姐让我等你。”

孙三娘一时无奈，能把话完全按照字面意思理解的也只有宋引章了。她觉得宋引章站在这里有些碍事，便道：“那你也别杵——待在灶房里啊，这儿多热啊。”

突然，走廊上传来了一阵急促而沉重的脚步声。一位富态之极的妇人怒气冲冲地疾步而行，她正是这家客栈的掌柜娘子。身边的丫鬟在一旁夸大其词地挑拨着：“奴婢真没说谎，灶房那个地界，掌柜的平常根本不许外人进，今天居然让她用了足足两回！”

掌柜娘子的眼神中迸发出奇异的光芒，一个箭步冲进房中，宋引章以为是池衙内带人杀回来了，顿时面露惊慌。孙三娘反应神速，瞬时间就挡在了宋引章身前。

“你就是孙三娘？”掌柜娘子打量着孙三娘。

孙三娘不惧不畏，也打量着掌柜娘子：“正是，您是？”

掌柜娘子眼中精光一闪：“我是掌柜娘子，刚才的那盘鲜花团子，是不是你做的，是不是你送给我家官人的？”

“是又如何？”孙三娘觉得掌柜娘子明显是来找碴儿的，可是她光明磊落，自然问心无愧。

出乎孙三娘意料的是，掌柜娘子陡然握住了她的手，一脸真诚地赞道：“终于找到正主了！太好了！能不能请你再做一些？那团子实在是太太太太太好吃了！”

孙三娘、宋引章和丫鬟一时都傻了眼。

掌柜娘子一边往嘴里塞了个糕点，一边含混不清地说道：“那个没良心的老死鬼，居然只给我剩了一个，自己悄悄地把其余的全吃光了！”她随即又换上笑脸抚摸着孙三娘的手：“妹子啊，你这双手是怎么长的，怎么就这么巧，做得出这么香、这么软、这么漂亮、这么这么……哎呀，总之求求你了，你一定要再帮我做一盘！”她拉着孙三娘就要走。

孙三娘被掌柜娘子的热情吓到了，好不容易才抽回手来：“能得掌柜娘子喜欢，我自然欢喜，只是有点不巧，我们马上就得搬走了。”

掌柜娘子以为孙三娘是付不起住宿费才要走，忙劝道：“搬什么搬，你们就继续住在这儿好了，只要有团子吃，我不收你们钱！”

孙三娘没想到东京的人这么爱吃她做的糕点，心中极为满足，但她实在不能答应掌柜娘子的要求，只能实话实说：“不是为了钱，我们是真有别的事。”

“我不拦着你办正事，只要能让我再吃一口那团子……不！吃什么都行！”掌柜娘子眼巴巴地看着孙三娘，还咽了咽口水。

若不是孙三娘担心赵盼儿一个人应付不来，她心里早已乐开了花，掌柜娘子如此坚持，她也只得无奈地应了下来："行行行，我做，我做还不行吗？"她又对宋引章说道："引章，我一会儿就好，要不你先去外边转转？"

掌柜娘子立刻热情地说道："往皇城那边走，风景好又热闹，对了，避开点人，你生得这么漂亮，别让闲汉们看见了又惹麻烦。"

宋引章尚在迟疑，孙三娘已经催促起来："去吧去吧。"

宋引章一时无措，半晌才朝院外走去。她失神地走在街上，见有人注视她，她便下意识瑟缩起来。路边风景虽美，她却完全无心欣赏周围的绣户珠帘，她喃喃道："又惹麻烦……我真的就这么没用吗？"

这时，不少人呼喊着跑过，将宋引章撞得一个趔趄。宋引章循声望去，只见那些人有男有女，呼朋引伴。

"快点，再晚就看不到了！那可是官家亲口夸过的金嗓子！"

宋引章好奇心大起，也跟在了那些人的后面，一直跟到了皇城前大街。街道中央，池衙内手下吕五带着数十健仆簇拥着白马之上的一位华贵、美貌的女子迤逦而来，开道的侍女们一路撒着花，为她牵马的还有一位绿衫官员。沿路百姓争先恐后地向前拥挤，大叫："张娘子！金嗓子！张娘子！金嗓子！"

那骑着高头大马的女子正是花魁娘子张好好，她一脸风光得意，冲着百姓们招手。宋引章从未见过这么多的人和如此宏伟的街道，一路被人流裹挟得跌跌撞撞。这时，有人叫道："扔我这儿！给我！"

宋引章抬头，正好看见了万人中央无限荣光的张好好，她从发间摘下一朵丝绢牡丹扔了过来。一时间，无数人争抢。张好好朝众人嫣然一笑，自是颠倒众生。

宋引章入神地看着眼前的这一幕，喃喃地问道："她是谁？这又是在干吗？"

宋引章身边的妇人热情地答："你不知道？张好好啊，教坊班头，咱们东京最有名的花魁娘子！她唱的曲子像仙乐一样，寻常人要想听，得花一贯钱，等半个月！今儿个八大王整寿，教坊奉旨在衙南楼歌舞百戏，张娘子出来唱了一曲《雁声》，官家不单赏了她一身彩衣，还许她巡游御街！瞧瞧，多漂亮啊！那支钗子是寿星八大王赏的！上百贯也置办不下来！"

"教坊？她是个乐籍歌伎？"宋引章几乎不敢相信自己的耳朵。

那妇人顿时有些意外，不太高兴地说："怎么，你还看不起人家啊？瞧瞧那前头给她牵马的是谁？柳九官人！"

宋引章心中大震，天下最擅写曲子词的柳九官人竟肯为张好好牵马？她盯着牵马的那位绿袍男子激动无比。然而张好好却在双喜楼前下了马，风情万种地与众百姓告了别。

宋引章痴痴地看着张好好消失的方向，她还从不知道做行首能受到这么多人的爱戴，她不禁想，这样风光无限的场景，若是能发生在自己身上，那也不枉此生了。

那张好好一进酒楼，就把优美的仪态丢到了一边，她把披帛甩到椅子上，两只绣鞋也两脚踢开，拿起迎接丫鬟捧着的茶水猛灌两口就往绣榻上一瘫："累死我了。"

一众丫鬟一齐矮下身子，齐声道："恭喜小姐蒙赐天恩！"

张好好嘴角上扬，抬头看了看，一挥手道："行啦行啦，同喜，问账房领赏去吧。"

一众丫鬟立刻欢喜地散开。

张好好对着镜子拔下钗子看了看，又摸了摸彩衣，喜滋滋地问侍立在旁的吕五："我美吗？"

吕五连忙拍起马屁："那还用说？小人刚才差点没看呆了。"

张好好一边欣赏镜中的自己一边道："那为什么只有你来接我？你家衙内呢？"

吕五一怔，忙道："那个……我家衙内也是突然有急事，没法子才让小的来接您，等他回来了，准有上好的礼物送给您！"

张好好梳着头发的手突然一顿，狐疑道："什么急事？"

吕五自然不敢让张好好知道衙内跟赵盼儿比试三场的事，半遮半掩地说道："何四！何四被人欺负了，衙内视兄弟如手足，帮他去出气了！这会儿还在土地庙里磕头求神仙保佑呢！"

张好好一听就知道吕五在骗她，故意问："土地庙？他什么时候这么虔诚了？"

眼见吕五支吾难答，张好好一声冷笑。这时，侍立一边的贴身丫鬟上前跟她耳语了两句。张好好越听眉毛拧得越紧，吕五也越来越紧张。最终，张好好腾地坐了起来："姓宋的琵琶女？连舌头都咬坏了？"

小丫鬟极有眼色地替她穿好鞋，张好好气哄哄地说道："开船！我要会会那个宋引章！"

宋引章一边走向客栈，一边仍在回想刚才张好好一呼百应的场面，刚走进房间，就见孙三娘飞也似的奔入，关紧了门。宋引章吓了一跳，问："出什么事了？"

孙三娘神情紧张地摆了摆手，做贼似的说："没事，待会儿再说，咱们赶紧拿着包袱走——咦，你脸怎么这么红，是不是又被风吹着了？"

宋引章一门心思想着张好好的事情，没注意到孙三娘古怪的举止，无比激动地说："没有没有，我只是激动。三娘姐，你不知道刚才我看到了什么，那么多人挤在御街上，就为了见张好好一面。她也只是个歌伎，可官家亲口夸她，八大王赐钗子给她，柳九官人还为她牵马——"宋引章的话还没说完，就被屋外的一声巨响打断了。

掌柜娘子在楼下叫道："三娘，你别躲啊！嫌少的话，一个月五贯！"

孙三娘这才发现她和宋引章站在窗边的身影被院中人看见了，她马上背起一个包袱，把另一个塞在宋引章怀里，拉着她往外跑："赶紧走！怪我，被他们一夸就多做了两样点心，结果他们全抢光了不说，还硬要留我下来当厨娘！"

孙三娘和宋引章奔到院中，掌柜娘子远远地看到她，带着一群人奔过来堵截，孙三娘忙转向另一个方向。

"哎呀，我的琵琶！"宋引章突然想起自己忘了拿"孤月"，转身就往回跑。

孙三娘见状，赶忙喊道："我没法等你了，咱们在外头东边那棵大柳树下头会合！"说着，就朝相反的方向拔足狂奔。

不一会儿，宋引章抱着琵琶匆匆而出，结果迎面和带着丫鬟一脸杀气而来的张好好撞在了一起。

宋引章捂着撞红的鼻子，眼前一片迷糊，却忙着对张好好说："对不起、对不起，你还好吧？"于是她眼中含泪、楚楚可怜的样子，关切又着急的眼神，就这样落入了张好好的眼中。

丫鬟愤然指责道："喂，你是怎么走路——"

张好好伸手捂住了丫鬟的嘴："妹妹怎么称呼？"

宋引章泪眼蒙眬地小声答道："我，我叫宋引章。"

张好好一愣，又看到了宋引章紧抱的琵琶，当下叹息一声，伸手替宋引章抹掉了眼泪："我见犹怜，何况蠢奴！"

宋引章看清了眼前之人，她惊喜无限地拉住对方的手："张好好，你是张好好！"原本还一脸气愤的丫鬟看着两位女子都是一脸激动地执手相看，不禁傻了眼。

张好好邀请宋引章上了双喜楼的画舫。船头上，宋引章弹着琵琶，张好好听得心醉，索性和着她的乐声唱了起来。一时间，歌声清越，曲声铮铮，她们配合得天衣无缝。

河边百姓个个听得心醉神迷。河边大树下，孙三娘恰好被掌柜娘子抓住，二人都被船上传来的优美乐音吸引，一齐欣赏地看向那条船上的两位美人。一曲已罢，张好好和宋引章相视一笑，转为轻声对谈，围观百姓们这才恋恋不舍地散开。

张好好由衷地赞叹道："我素来以为自己的歌喉已是天下一绝，没想到比起妹妹的琵琶，还远远不如。"

宋引章则满脸崇拜地看着张好好："好好姐，你这样说简直折煞我！我不过是江南乡下来的土丫头，哪能及得上你的十分之一？刚才我在御街上瞧见你了，那风光，那气度，简直跟神仙一样！"

"哪里哪里，妹妹才色俱佳，才是生平少见的美人。"张好好被引章夸得有些飘飘然，但还是矜持地称赞起了宋引章，"要是一个土丫头都能把池衙内迷得晕头转向，那我这样的东京娘子，岂不都成了腌咸菜了？"

宋引章立刻就慌了，她可不想跟池衙内沾上关系，连忙否认道："我不是，我没有！你认识池衙内？他怎么那么坏，不过就是蹴鞠输给了我盼儿姐，居然就来找我的麻烦！"

张好好上一句本就带了试探之意，此时见宋引章惧怕惊惶的样子，一时疑心尽去，笑道："我当然认识他了，他是怎么欺负你的，说说吧，没准我还能帮你出口气呢。"

宋引章搂着琵琶，愤愤不平地说："他抢我琵琶！还说，还说我是勾栏里的小姐，不是大家闺秀……"最后几个字，她语声中的羞愧之意溢于言表，声音细不可闻。

张好好不解地说："咱们确实都身在乐籍啊。"

宋引章羞愧地压低了声音："可也不能当着那么多人的面说啊，他那是故意恶心人……"

张好好摇了摇头，毫不在意地说道："你想多了，他成天价地在勾栏里出没，每时每刻跟在我身边讨好，就连自己的亲娘也是从良嫁人的，怎么会用这个恶心你？"

宋引章听了池衙内的身世一时愕然，过了一会儿恍然意识到张好好与池衙内是什么关系："难道姐姐和他——"

张好好闻言甜蜜一笑，池衙内虽然是个混世魔王，但对她一向上心。她大大方方地说："没错。我听说他在外头又闯了祸，才想着过来瞧一瞧，他那个人啊，是有点莽撞，可我敢担保，他绝对没有恶意。”

宋引章神色黯然地叹了口气：“他是没有，可别人有啊。知道我身在乐籍之后，他们看我的眼神都不对了。”

张好好没想到像宋引章这样出色的乐伎竟会以自己的身份为耻，不禁正色道：“当然会不对了。因为他们知道以后再想听到这样的曲子，就势比登天了啊。你有这样的琵琶神技，那就算是东京的达官贵人们想听一曲，至少也要排上好几天的队，花上好几十贯啊。”

宋引章愣住了，不可置信地问：“他们不是瞧不起我？”

张好好伸手扳直了宋引章的腰：“引章妹子，你怎么一提起乐营教坊，就一副抬不起头来的样子？咱们是靠本事吃皇粮的人！挺起腰，直起背，抬起下巴来！”

宋引章不由自主地听她的号令，但还是结结巴巴地说：“可是乐籍毕竟是贱籍啊。”

张好好自豪地站了起来，高声道：“贱籍又怎么了？平日里不愁吃喝，文人墨客们捧着，高官贵爵们敬着，既不需像平常市伎私伎那样卖身媚俗，又不像闺阁千金那样处处拘束，成天价地穿金戴玉，呼奴携婢，又哪里不如那些升斗小民了？你知道东京多少百姓在羡慕我吗？一个状元八品官，每个月的俸禄也不过十五贯，还不抵我半支曲子的钱呢！多少当官的一辈子都没见过官家，我呢，今年才二十三岁，官家和娘娘就亲口夸了我两回，两回！”

宋引章被张好好身上散发出的那种夺目光芒深深震慑住了，她不由惊叹：“难道乐籍中人也能如此自信耀眼吗？”

张好好说得越来越激动：“单论籍册，我们不算良民。可我们贱在哪儿了？被狠心的爹娘卖了，能叫贱？被亲戚牵连没入奴籍了，能叫贱？可那不是我们的错，只是我们命不好！我问你，为了练琵琶，你是不是经常两更睡五更起，是不是别的姐妹们玩的时候，你都在费尽心思琢磨技艺，是不是把琵琶看得比自己的命还重要？”

前面几问，宋引章都摇摇头，后面却频频点头。

见宋引章如此，张好好满意地笑了：“这就对了，和我一样。你记好了，靠着自个儿本事吃饭，咱们活得堂堂正正、正大光明！”

宋引章的眼睛蓦然亮了起来，在张好好的点拨下，似乎一切都不同了。宋引章突然想起来孙三娘还在树下等她，她忙与张好好道了别，匆匆朝约定的地点跑去。

此时，孙三娘也终于和掌柜娘子说清了情况。掌柜娘子热心地帮孙三娘和宋引章找了一辆马车，帮她们尽快赶去支援赵盼儿。

车中，孙三娘神采飞扬地讲着："没想到他们是真喜欢，瞧瞧，掌柜娘子送我的镯子。以前在钱塘，虽然也有人说我做的东西好吃，可远没他们这么捧场。"

见宋引章没有回应，孙三娘以为她又遇到了什么烦心事："你怎么了？自从见过那个张好好，就跟丢了魂似的。"

宋引章回过神来，眼中充满了光亮："我不是丢了魂，而是找着魂了。原来单靠自己的本事，就能得到官家士人的尊重。三娘姐，东京真是个好地方，我喜欢这里！"

孙三娘赞同地点了点头，倘若可以，她简直不想离开东京了："没错，我也觉得这儿好！刚才掌柜娘子还说呢，东京人舍得花钱，又没宵禁，大小商户上万家，百行百业什么都有，只要够勤快，哪怕当个伙计，都能混出个人样来！"

待两人赶到欧阳旭家附近，只见赵盼儿与何四及其手下正坐在树荫下休息，欧阳家的大门依然紧闭，看来欧阳旭是打定主意要做缩头乌龟了。

何四和手下人狼吞虎咽地吃着孙三娘带来的点心，众人都被孙三娘的手艺折服了。孙三娘是怎么也想不到，这些糕点其实在江南比较常见，可在这么富庶的东京城竟然还成了新奇玩意儿。

赵盼儿拿起另一只还没打开的食盒交给何四："这个麻烦带给池衙内，就说今日多有得罪，小小意思，不成敬意。"

何四眼睛都绿了："这么多，全都给他？我们能不能……就一个，每人就一个，反正衙内也吃不了那么多。"一众手下也以期盼的眼光看着赵盼儿。赵盼儿摇着头泼灭了何四等人的幻想。

吃完了糕点，赵盼儿望了望逐渐西沉的太阳："时辰到了没有？到了就继续喊。"

众人忙站成一条直线。何四提议道："赵娘子，我们在这儿都叫了好几个时辰了，里面也没什么动静。依我说，要不来个狠的？比如，去找几个哭丧的堵门口？"

赵盼儿微有犹豫，最终摇摇头道："现在还不行，明天他要是还这样闭门不出再说。"

何四虽然觉得对付这种烂人不能心软，但还是依着赵盼儿的意思带着手下走到欧阳家门口，齐声喊起了"有借无还，天理难安"的口号。

原本远远在一边看着的几个百姓顿时围了过来，饶有兴趣地指点议论。见有人围观，何四等人喊得愈发起劲儿。

孙三娘光看还觉得不出气，冲着紧闭的大门豪爽高呼："欧阳旭，你要是个男人，就别缩在里头！"

宋引章也细声细气地跟着喊："没错！欧阳旭你出来！难道避而不见，你就能问心无愧了吗？"

正在众人喊话喊得热火朝天之时，德叔带着一群官差赶到，他火急火燎地指着赵盼儿道："就是他们，中间那女的是首犯！"

为首的胥吏大手一挥，颐指气使地喝道："把这帮刁民都给我抓起来！"

话音一落，他身后十多个官差立刻如恶狼般扑向猝不及防的赵盼儿、何四等人。

何四、孙三娘还欲反抗，胥吏却大叫了一声："官差办案，闲人回避！"

围观百姓出于恐惧立刻散开，孙三娘以及何四带来的一众手下也不敢再反抗。

赵盼儿被官差重重地压在地上，她忍着身上的疼痛，抬眸问道："您是哪位上官？我们只是来催账的，不知犯了哪条王法？"

胥吏牛气哄哄地用大拇指指着自己的脸："老子是城东厢的厢吏，这片地界上凡是偷窃强盗、逃隐户籍之事，都由我说了算！你说欧阳官人欠了你的钱？可有借据？"

赵盼儿试图据理力争："借据我没带在身上，但我有证人！"

孙三娘忙帮腔道："我俩就是证人！"

"无凭无据，光凭两张嘴？那我还说你们欠了我一百贯呢！"胥吏指了指德叔和自己带来的官差，"他们都是证人！"

赵盼儿看到德叔，一时恍然大悟："原来是你去搬救兵了！"

孙三娘想着再怎么说赵盼儿当年还把欧阳旭从雪地里扒了出来，如今他不仅不报恩，还先找地痞后找官差，简直是狼心狗肺，不禁气愤地大喊："欧阳旭，你好不要脸！"

胥吏一挥手，手下官差娴熟地把赵盼儿和孙三娘的嘴也堵上了，孙三娘剩下的半截话没说完，气得满脸通红。官差拿刀鞘重重地抽在孙三娘的腿上，她疼得闷哼一声，但仍不服气地瞪着官差。

胥吏又看向何四："你们几个，不是跟着池衙内混的吗？怎么跑到这儿来了？骚扰朝廷命官，活得不耐烦了？打几板子，扔回池衙内那边去！"

何四等人虽然不服，但也无法违抗，只能忍气吞声地任几名官差将他们押了回去。

胥吏已经看出了这里谁是好拿捏的软柿子，转头问吓得脸色发白的宋引章：“你们是哪里人？”

宋引章结结巴巴地答道：“钱、钱塘。”

“外地人？”胥吏冷哼一声，“进京几天了？可有钱塘县出具的凭由？”

宋引章根本不知道凭由是什么，慌乱地摇摇头。胥吏脸色一沉：“没有凭由就是流民！知不知道私进东京乃是大罪？”

赵盼儿、孙三娘、宋引章俱是心中一惊，她们此前从未离开过钱塘，哪里会知道这个？

德叔在旁添油加醋地中伤道：“她们都是些青楼卖笑的贱妇，故意来东京讹人的！”

胥吏瞬间就变了脸色，用看待宰牲畜的眼光鄙夷地看着眼前的三个女子：“难怪胆大包天，竟敢无端攀咬官员！把这帮贱妇绑在车上，游街示众，一路押出城去！”

三人听了顿时大惊失色，见官差拿来绳子，俱是拼命挣扎。宋引章吓得高声尖叫，结果也被官差粗暴地用破布堵住了嘴。

赵盼儿好不容易吐出了口中的破布，立刻大喊道：“放开我！我们是良民！”

孙三娘刚动手反抗，胥吏便大叫：“还敢反抗？剥了她们的衣衫！”

“天子脚下，你们竟敢如此无法无天！”赵盼儿惊怒交加，她不顾一切地和胥吏手下厮打，却被一棒子打中背部，重重倒地，额头也磕破流出了鲜血。很快，她的外衫就被官差扯得七零八落，嘴也重新被破布堵好，官差们不怀好意的眼神，让她觉得羞愤欲死。

“住手，不得无礼！”关键时刻，欧阳旭的声音响起，他终于打开了紧闭的大门，走出来对胥吏拱手道，“多谢相助。”

胥吏忙迎上前去，谄媚地说：“探花郎客气了，对付这种刁妇，就得好好地把她们羞辱一番，丢光了脸，她们才知道什么叫尊卑贵贱！”

欧阳旭不由自主地回避了赵盼儿混着愤怒与不齿的眼光：“若是太过为难这些贪财的无知妇人，也有损我的官声。还是给她们留点脸面，赶出城去就算了吧。”

胥吏拱了拱手：“您说得是。”他又一挥手，众官差将绑住的三人丢上另一辆驴车。

欧阳旭这才看到赵盼儿额上的伤，他下意识地伸出手：“盼儿，你怎么——”

赵盼儿愤怒地甩头避开了他的手，欧阳旭只好硬生生地把话咽了回去。他为了掩饰尴尬只得大声道："赵氏，你可知错？不该你得的东西，以后就不要贪心。以后不要再来东京了，否则，这就是下场！"

他将一个黑色布袋放在赵盼儿身边，小声说："里面有两块金铤，我能给你的，也就这么多了。盼儿，对不起。离开东京吧，我也是为了你好。"

赵盼儿虽然被堵上了嘴，仍然拼尽全身力气，向他做了一个"呸"的动作。

欧阳旭一狠心，朝刚从德叔那儿接过另一袋钱的胥吏挥了挥手，胥吏忙招呼手下行动。眼见驴车驶走，德叔长松了一口气："祸害终于走了！"

欧阳旭心痛地看着赵盼儿瘦小的身影，狠狠地骂道："闭嘴！"

德叔被他阴鸷的眼神吓了一跳，再不敢多言。

衣衫不整的赵盼儿三人被丢在露天的驴车上，穿过大街小巷。一路上好奇的百姓纷纷驻足围观，胥吏故意大声说道："看什么看，就是些讹人钱财的刁妇！"

胥吏的这番话使百姓们反而更来了兴趣，有几个少年还追着驴车跑着看，更多的人在不屑地指点议论着。

三个女人羞愤欲死，只能尽可能地低着头，藏住自己的脸。透过纷乱的发丝，赵盼儿看见了趾高气扬的胥吏，也看见了满脸鄙夷的百姓。顾千帆当日曾经说过的话，不禁再度回响在心头："在民间，你可以长袖善舞、精明能干，甚至能把周舍这样积年的商人也耍得团团转。一旦对上官场，你就毫无胜算，一个小小的华亭知县就已然让你命悬一线，而到了东京，你要面对的是探花，是皇亲国戚！"她的眼睛终于忍不住一酸，但她仍用尽全身力气忍住了泪水。

驶出城门后，驴车慢慢停了下来，赵盼儿等人被几名官差粗暴地从车里拉出来，重重扔在了地上。赵盼儿脸上的伤粘到了尘土，脏污、狼狈至极。

"要再敢进东京，打断你们的腿！"胥吏冷哼一声，拂袖而去。

赵盼儿三人在尘土和路人的侧目中挣扎爬起，她们受此大辱，脑子都混混沌沌的，根本不知道接下来该怎么办。

这时，客栈的掌柜娘子从一旁的马车跳下来，将三人扶了起来，拉出了她们嘴里塞着的布条，并帮她们解开绳子。她小心地看着四周，飞快地说："送你们的人还没走远，看见你们出了事，就赶紧回来告诉我了。你们别听那个厢吏胡说，外地人来东京，从来都不需要什么凭由。他只是想恐吓你们。"

赵盼儿捂着脸上的伤口，沙哑地说道："果然如此。"

“咱们上开封府告他们去，我就不信这东京不讲王法！”孙三娘一瘸一拐地往城门走去，似是打算就这么走到开封府。

掌柜娘子见状，忙拦住孙三娘：“别！好民不与官斗，他敢这么做心里自然有底。你们呀，招惹池衙内也就罢了，干吗还要去招惹今科的探花郎！柯老相公可是做过官家夫子的，探花郎既是他的门生，又是高观察家的乘龙快婿。厢吏都要讨好的人，咱们这些平头百姓哪儿得罪得起？”

赵盼儿身子发抖，一瞬间心如死灰、站立不稳，还是孙三娘扶住了她。

掌柜娘子叹了口气：“如今我也不敢留你们，赶紧回钱塘吧。我替你们把包袱捡了过来，还有一吊钱我也放进去了。对了，宋娘子的琵琶。”

掌柜娘子将琵琶递给宋引章，宋引章连忙接过，顿时找回了一魄，她惊喜地向掌柜娘子道了谢。掌柜娘子又塞给赵盼儿她们几个包袱，紧张地看了看周围。“我得走了，要让别人瞧见了，告诉高家，我也免不了挨收拾，你们保重！”说罢，她也顾不上告别，便匆匆地上车走了，只留下她们三人木立当场。

宋引章惶恐地问向赵盼儿：“姐姐，现在我们该怎么办？”

赵盼儿不想让宋引章担心，勉强扬了扬嘴角：“别慌，天无绝人之路，让我想想。”她弯腰想捡起地上掉落的装着金铤的布袋，但霎时间双腿无力，猛然跪在了尘土之中，吐出一口血来。

“盼儿！”三娘想扶起赵盼儿，但也牵动腿伤，跌坐在地。宋引章慌忙前来相助，却因一手抱着琵琶而顾此失彼，她们最后竟然跌成一团。

赵盼儿咳嗽得上气不接下气，却逞强道：“我没事，吐出这口淤血就好……”话没说完，她又剧烈地咳嗽起来。

孙三娘含泪抚着赵盼儿：“你就别要强了！咱们赶紧先出城找个大夫看看再说！”

赵盼儿再也无力反对，她们互相扶持起身，慢慢相携着一步步离开。她们都不约而同地回首看了一眼东京巍峨的城门，那眼神悲凉、不甘至极。她们脚下的道路，正是当初她们进京的大道。那时，她们乘车进入东京的心情有多急切，如今就有多失魂落魄。

此时，一队鲜衣怒马的官员纵马从远处奔来，一路上扬起漫天沙尘。她们忙站到路边避让，宋引章被泛起的尘土呛得直咳嗽，肩上背着的包袱也因此滑落在地。赵盼儿弯腰去捡地上散落一地的包袱，当她拾起一只水晶耳环时，耳环反射出的光斑正好刺中了马队中一匹马的眼睛。

那马猛然受惊，嘶叫人立起来。马上之人立刻压制住马匹，电光石火之间，他已经看到了正惊讶抬头的赵盼儿。两人眼神相触，同时都是一惊——那人一身皇城司官服打扮，竟是多日未见的顾千帆！

顾千帆立刻翻身下马，走向赵盼儿，他的眼神难掩关心，一把拉起形容狼狈的她，用身体替她挡住围观者的目光："你怎么了？"

眼下衣冠楚楚、意气风发的顾千帆，与一身狼狈的赵盼儿形成了鲜明的对比，赵盼儿强行忍下眼睛的酸涩，低下了头。而宋引章看到顾千帆，眼中瞬时写满了惊喜。

跟在顾千帆身后的陈廉见三人狼狈的样子，立刻举手做了个手势，他学习能力强，短短月余便学通了皇城司的手势密语。数十皇城司侍卫立刻整齐划一地跃下马来，按刀面朝道路站成两排，把顾千帆等四人与百姓们完全隔绝开来。

顾千帆伸手要查看赵盼儿头上的伤。赵盼儿却不自觉地偏头避开顾千帆的手。她强装镇定地说："没什么，受了点小伤而已。你回东京了？郑青田的事情都解决了？"

顾千帆皱起了眉："在我面前，你能不能别总是这么硬挺着？告诉我，到底出什么事了？"

一阵委屈突然袭上赵盼儿的心头，无论她方才如何被人凌辱，被人嘲笑，她一滴泪都没流，可此时听到顾千帆的声音，眼睛一涩："你就那么想看到我出丑吗？好，我告诉你就是，只不过被你说中了而已！欧阳旭借着他岳父和座师的势，赶我出东京。"

顾千帆有些意外："你要回钱塘？"

赵盼儿苦笑道："不然还能去哪里？引章，许知州帮你兑的那些飞钱，能先借给我吗？"

宋引章忙摸出来交给盼儿。赵盼儿将飞钱和金铤一起交给顾千帆："这些应该够赎回你父亲的玉剑首了。本来应该我自己去赎的，但你现在已经没事了，让手下去办，肯定比我更快、更妥当。"

顾千帆根本不接，他压抑着心中对欧阳旭的怒火，尽量平静地说："赵盼儿，你的精气神都到哪儿去了？他能赶你出东京，我自然也能送你回东京。"

"你就别蹚这池浑水了，你说过的，东京城的达官贵人太多，一旦出了事，就算是你也护不住我们。只是那时候，我自大狂妄，根本没听进去。"赵盼儿打量着顾千帆身上气派体面的皇城司指挥使服饰，这身衣服衬得他更加长身鹤立了，“你现在这打扮可真威风，以后也要经常这样子，别再像在钱塘那样倒霉了。谢谢你帮我来东京，现在我终于可以认命了。就此别过。”

她看着一身官服的顾千帆，低头福身。顾千帆看着这样的赵盼儿，只觉心疼。

赵盼儿低头起身，心灰意冷地对站在一边的宋引章、孙三娘说道：“走吧。”

“可顾指挥不都来了吗？”宋引章既不解又不舍，她才刚发现东京的好处，怎么能现在就走。宋引章被孙三娘用力一拉，她只得跟上了赵盼儿的脚步。

看着赵盼儿单薄的背影，顾千帆扬声问：“你甘心吗？”

赵盼儿一愣，脚步停滞。

顾千帆继续高声道：“就这样像丧家犬一样离开东京，你甘心吗？你向来不是最心高气傲的吗？成天把绝不后悔、不达目的死不甘心挂在嘴边，可现在不过遇到一点挫折，就心灰意冷了？我真是高看了你！”

赵盼儿霍然回首，紧盯着他：“你不用激我。”

顾千帆用冰冷的眼神掩饰住内心的波动，他真怕赵盼儿就这么认了命：“我可没那个闲心。我只想提醒某人，光还钱就完了？欠我的画呢？连说话算话都做不到，果然和那个欧阳旭天生一对！”

赵盼儿气愤地说：“我和他已经恩断义绝了！”

顾千帆冷笑了一声：“你和他恩断义绝？难道不是他把你像块抹布一样，扔出东京的吗？”

“顾千帆！”赵盼儿攥紧了拳头。

顾千帆向前走了一步，双眸深若幽潭：“我再问你一次，你当真甘心吗？”

赵盼儿浑身不断颤抖，说不出话来。

顾千帆又转头问宋引章和孙三娘：“你们呢？千里迢迢陪她来东京，也甘心这样什么公道都没讨到，就灰溜溜地回钱塘吗？”

“我不甘心！”宋引章似乎被自己突然起来的勇气吓了一跳，她略微平复了一下，继续鼓起勇气说道，“我想留在东京，我想像张好好那样，做个能打马走御街，让柳工部替我填词，让百姓们抢着在我楼下听曲子的东京娘子！”

孙三娘犹豫了一下，也道：“我也不甘心，我都被休了，回钱塘还能干吗？成天看着那对奸夫淫妇恩爱吗？那厢吏既然只是在恐吓我们，咱们留在东京，说不定还有其他法子能对付欧阳旭。”

顾千帆看向赵盼儿，一言不发。赵盼儿难掩震惊，心中天人交战的她，在顾千帆沉静如水的眼神中，终于渐渐平静下来。最终，她扬起了头，一字一句道："我不甘心。"

顾千帆闻言，眸光闪动，心中暗暗松了口气。

医馆内，赵盼儿身上披着顾千帆的外衣，一名大夫正蘸着药酒给她额头的伤口清创，一阵剧痛袭来，赵盼儿轻呼了一声。

"我来。"顾千帆不由分说地接过药酒帮赵盼儿清理起伤口来。

只见顾千帆单膝下跪，温柔地一手轻扶赵盼儿脑后，一手轻轻以药酒擦拭着赵盼儿额上的伤口。见赵盼儿痛得蹙眉，他的动作更加小心，眼神无比认真，眸光似水温柔。

赵盼儿原本还在忍痛，眼见顾千帆如此神态，两颊不由绯红。顾千帆专注于赵盼儿的伤，不解其情，小声问道："怎么了？"

赵盼儿慌张掩饰道："酒味太熏人。"

顾千帆眸光一闪，继续替她清洗伤口。

不一时，顾千帆的一名手下在屋外禀告说那名胥吏已经被他们抓到。此时，赵盼儿已经换好了陈廉寻来的衣服，便跟着顾千帆一起走进院中。

胥吏正大着胆子对陈廉喝道："呸！你是哪路军汉，竟敢——"他突然看到不远处一脸淡漠的顾千帆，双膝下意识地一曲，又连忙站稳，"'活阎罗'？顾、顾指挥？"

顾千帆语声低沉，虽无怒意，却给人以无形的压迫："臆造律规，欺逐良民，是谁借你的胆子？"

胥吏看到旁边的赵盼儿，"扑通"一声跪下了，磕头如捣蒜："求指挥使开恩！小的猪油蒙了心……"

陈廉踢了他一脚："直接回话！"

胥吏绝望之下只能招供："是新科探花欧阳旭！他刚搬到城东坊的时候，给小的送过一份见面礼，这回又让人送了五贯钱过来……"

顾千帆自然知道他受欧阳旭指使，可这并不是他想知道的答案："高观察可曾吩咐过你对付她们？"

胥吏忙摇头。顾千帆对此略微意外，又问道："其他官员呢？"

胥吏忙道："也没有。"

赵盼儿听了这些才知道欧阳旭比她想象中还要可耻，她本以为他是受了高观察的催逼、得了老柯相的帮助才敢对她如此，没想到他单纯是贪慕富贵，自己使出这等无耻手段。

顾千帆转头吩咐陈廉："押去皇城司狱，先关上十天。"

胥吏吓得几乎失禁，苦苦哀求道："指挥使饶命！饶命呀！"

"等等！"赵盼儿突然拦住陈廉，低声阻止顾千帆，"这事你别插手太多。"她走到胥吏身边，冷冷地说："把和欧阳旭勾结的事情写个切结书出来，就放你走。"

胥吏不可置信地看着她，又看看顾千帆，然而顾千帆仍是不动声色。

陈廉见状，踢了胥吏一脚："耳朵聋了吗？"

胥吏如得大赦，连连道："写，我写，我写！"

胥吏哆哆嗦嗦地写着切结书，顾千帆和赵盼儿则远远地等在一边。

"当着我手下的面驳我的令，你好大的威风。"顾千帆挑了挑眉，却全然没有被驳了面子的气恼。

赵盼儿解释道："我只是不想你再为我得罪人。你刚回京城，还没回皇城司交差呢，就又闹出这么大的阵仗。万一真传到高家那边，拖累了你，叫我怎么心安？"

顾千帆眼神一暖，语气却依然很冷："哦，你难道以为单凭这份切结书，就能让欧阳旭认怂？"

令顾千帆意外的是，赵盼儿认真地点了点头："没错，你刚才提醒了我，他既然只能求平常士大夫瞧不起的胥吏捏造罪名赶我出城，说明他害怕我留在东京，更害怕被高家知道我的存在。"

不一会儿，陈廉拿了胥吏按了手印的切结书走过来："赵娘子，你看看？"

赵盼儿扫了一眼，点点头。顾千帆一颔首，原本看管胥吏的侍卫让开，那胥吏抱头鼠窜而去。

"能让人送我去欧阳旭那儿吗？"赵盼儿看向顾千帆。

"不能。"顾千帆的语气不容置疑。

赵盼儿以为他又生气了，无奈道："你又怎么了？不送我去，我自己去就是。"

顾千帆指了指等在外面的宋引章、孙三娘："就你们现在这副五劳七伤的样子，还想去讨公道？就算你能折腾得动，她们行吗？"

赵盼儿一愣，心中满带歉意地说："我都忘了这个了，那送我们去客栈总行了吧？"

陈廉眼珠一转，忙上前道："您就别想着去客栈了，我们这大队人马送你们过去，人家还敢开门做生意吗？"见赵盼儿还想说什么，陈廉快言快语地说："我有个主意，我是东京人，之前在广德坊桂花巷里置办了一处院子，一直闲着没用，本来我想回京后住那儿的，可又嫌那儿离我娘住的大宅太远，我一个人又懒得生火做饭。现在好了，要不你们就替我住那儿吧，顺便还能帮我看看院子！我呢，就可以正大光明地回大宅赖在我娘那儿不走了！哎呀，这事就这么定了！"

陈廉不由分说地推着赵盼儿出了院子，回头向顾千帆露出个邀功的表情。顾千帆虽面上不显，却点了点头。

一下马车，赵盼儿等人就开始四处查看陈廉借给她们的小院，院落里布置清雅，左中右三间厢房，正好一人一间。

宋引章高兴地说道："终于又回东京了，真好！我好喜欢这个小院，我可以坐在那边练琵琶！盼儿姐，顾指挥可真好！你说，要是我再求求他，他能不能顺手把我的乐籍也给销了？"说到这里，宋引章被赵盼儿的眼神给吓了一跳，她下意识地结巴起来："怎、怎么了？我说的哪里不妥当吗？"

孙三娘叹了一口气，拉过宋引章的手道："还是让我来说吧！引章，今天我们得顾指挥相助，已然是非常幸运，可以后于情于理，我们都不能再麻烦他了。"

宋引章瞪大了那双水汪汪的杏眼，不解地问："为什么？他不是盼儿姐的朋友吗？"

孙三娘耐心地解释道："顾指挥肯帮咱们，是因为盼儿之前在他落难时出过手。可人家都帮我们好几回了，人家讲礼数，咱们可不能不知进退。"

赵盼儿起身附和道："不错，人贵自立。我们三个都不甘心离开，可是如果以后事事都只能靠着顾指挥，那又与奴婢有何差别？这个东京，如果不是靠自己的本事留下来，还不如回去呢。"

宋引章涨红了脸，小声分辩着："我不也是什么都想靠别人，只是如今托欧阳旭脱籍只怕是不能了，有些事，对我们来说势比登天，可对顾指挥来说，说不定只是举手之劳。"

赵盼儿叹道："如果脱籍真那么简单，许知州早就帮你办了。欧阳旭事先应承，今天又突然翻脸，多半也是因为难以办到才恼羞成怒。顾千帆是皇城司指挥使不假，可东京遍地皇亲国戚，他一个指挥使哪能轻易就只手通天？你只看到了他今天的风光，却没看到他被人追杀时的凄惨。而且，皇城司这种干脏活的衙门，不知道是多少人的眼中钉、肉中刺。你想想，要是他的仇人知道他帮你脱了籍，会不会来找你的麻烦？”

宋引章顿时一惊，心中已经开始动摇。

赵盼儿又给她看肩上的伤疤：“这伤，就是我和他在一起的时候受的。”

“啊？多久了？怎么还这么吓人？”宋引章惊骇地看了一眼，随后眼神又坚定起来：“我听姐姐的话，不会再把希望寄托在别人身上！对了，盼儿姐，今天我遇到了一个很好的行首姐姐，她告诉我在东京乐籍并不低贱，靠本事过活，一样也能受尊重。我觉得她说得很对，只要足够努力，说不定我们也能像她一样呢！”

赵盼儿和孙三娘闻言都松了口气。

赵盼儿走进三娘分配给自己的房间，感觉到一种久违的释然。她无意识地转过头，却见窗外有一个阴沉的身影，不是顾千帆是谁？赵盼儿走向顾千帆，两人默默对视，一种此前一直被压制住的情绪在两人之间酝酿。

赵盼儿想起什么，忙小声问他：“你不会都听到了吧？”

顾千帆移开目光，冷淡中竟夹杂着一丝傲娇和委屈：“要是你那么害怕我拖累你，最多以后我不来打搅就是。”

赵盼儿偏着脑袋看着他，故意让顾千帆看着自己。

顾千帆干巴巴、不自然问道：“干吗？”

赵盼儿“扑哧”一声笑了出来：“你几岁了，居然还会生这种闲气。”

顾千帆不由一怔。

赵盼儿柔声解释道：“引章是个不懂事的小丫头，我跟她把事情说得严重些，不过是想让她长几个心眼儿，你还较上劲儿了？我要是小孩子，说外头有妖怪吃人，你会不会用妖言惑众的罪名把我抓起来？”

顾千帆冷哼一声，但已经不再生气了：“你这会儿倒有精神了。”

两人静默了好一会儿，正好孙三娘走出房间，看到这一幕，忙潜身偷看。不知过了多久，赵盼儿轻声道：“好啦，别生气了好不好？”

顾千帆突然伸手抓过赵盼儿，扯她肩头的衣服。孙三娘被这一幕震惊了，她不知道自己是否应该冲进去救赵盼儿。

赵盼儿也被吓住，慌乱地躲闪起来：“你干吗？”

顾千帆表情严肃地抓住她的肩膀：“看看你的伤。”

赵盼儿一边挣扎，一边压低声音道：“你放手，不用管，我都好了。”

顾千帆手中动作不停："我必须亲眼看到才放心，刚才宋引章说——"

"你放手！"赵盼儿着实急了，不等顾千帆说完就赶紧打断。与此同时，她的衣衫也已被顾千帆拉开，月光之下，那道顾千帆亲手挑出来的疤虽然有些狰狞，却已经康复，只是那雪白的肌肤，却有一种难以言表的诱惑力。

顾千帆先是凝住，接着便闪电般迅速转头，作若无其事状："果然好了，我刚才就觉得奇怪，我亲自动的手，怎么会不知道轻重。叫那么大声音干吗，大惊小怪。"孙三娘刚想要冲出去，见此，又缩了回去。

赵盼儿又气又羞，穿好衣裳埋怨道："是你唐突了我，还这么理直气壮！"

顾千帆耳根有些发红，慌忙道："你在船上的时候好像也脱过我的衣裳吧？"

躲在门口的孙三娘暗自一愣。

赵盼儿的脸也红到了脖子根，兀自反驳："那不一样，那时候你都已经晕过去了。"

顾千帆想了想，最终提议："我现在也可以把你打晕过去。"

"你！"赵盼儿没想到顾千帆就憋出来这么一句话。

顾千帆满怀歉意地说："我只是没那么多忌讳，拷打犯人的时候，无论男女……"

赵盼儿突觉无力："行了，你这解释还不如不说。"

两人再度相视无言，尴尬的气氛中，又似有什么呼之欲出。这时，敲门声响起。一名皇城司侍卫在外禀告："指挥，人都到了。"

顾千帆松了口气，恢复了平日里的冰山表情："进来。"几个提着食盒的伙计出现在院中。

孙三娘感觉自己再不现身就要露馅了，赶紧走了出来，略显做作地惊叹道："哎呀，这……怎么来了这么多人啊，这都是干吗的呀？"

顾千帆状若随意地说："你们都有伤，一个一个地看大夫，要拖到几时？席面是越州楼，东京的江南风味酒楼里这家还算有名气，你们尝尝。"

赵盼儿没想到顾千帆这般用心，她心中很难不感动，低声道："谢谢你特意安排这些。"

"举手之劳而已。"顾千帆不以为意地说，"明天我要先回司中交割差事，欧阳旭那边的事，这几天我也会查清楚。你们就在这里好好休息。待会儿陈廉还会过来，需要什么，你告诉他就成。"说完，他飞也似的大步离开，在赵盼儿看不见的地方，微微吐了一口气。

第十一章 东京居

宋引章看着一桌热气腾腾的菜肴，还没来得及坐下就直接动了筷子：“太好了，居然有酥黄独！”

孙三娘如今是彻底看出来顾千帆和赵盼儿之间有点什么，意味深长地说：“他可真费了心思。”

赵盼儿还未及回答，宋引章却把刚吃的那口酥黄独吐了出来。宋引章难以置信地看着那块酥黄独：“怎么会是这个味道？”

“不好吃？”孙三娘有些意外，她夹起一块尝了尝，也皱起了眉，“芋头太老，煎得也不酥软，外头的香榧粉一股涩味。东京就是这么做江南菜的？”

“不会吧？”赵盼儿知道顾千帆一定是拣好的买的。她尝了一口，只得承认：“倒不难吃，但也谈不上多好吃。”

孙三娘也尝了尝其他的菜，有些得意地说：“刚才那店小二还说他家越州楼是东京七十二正店之一，不是一般的脚店，没想到居然只有这么点本事，还不如我做得好呢。”

宋引章双眼一亮：“我有个自立的主意了！客栈的人都那么爱吃三娘姐做的点心果子，可其实她做的菜比果子还好吃！要不然咱们索性在东京开个店算了，盼儿姐掌柜，三娘姐掌厨，我呢，弹儿曲子琵琶招揽客人，养活咱们三个肯定没问题。”

孙三娘觉得这回宋引章说得还真有道理，眼睛也一下亮了起来：“这主意好，这两回你在客栈弹琵琶，哪回不是一大堆人听！”

赵盼儿强迫自己从顾千帆看她肩上伤口的画面中抽离出来，故作轻松地说道：“好啦，咱们人生地不熟的，开店哪那么容易？赶紧吃吧，我待会儿还得再去找一回欧阳旭。”

孙三娘、宋引章两人同时惊问："你还要再去？"

赵盼儿却胸有成竹地站起身来，安抚道："放心，我有陈廉陪着。《孙子兵法》上说出其不意，欧阳旭今天赶了我们出京，这会儿多半正高兴着呢，我就要给他来个措手不及。"

皎洁的月光倒映在粼粼的河面，河岸边，赵盼儿口中"多半正高兴着"的欧阳旭正低伏着腰毕恭毕敬地扶着准岳父高鹄下船。他刚跟高鹄赴宴归来，整场宴会上，他都如坐针毡，根本适应不了那些官场老油条之间的吹捧客套，变成了个连句完整的话都说不出来的结巴。

高鹄坐上马车后略带不满地开口："你刚才的腰，太低了。"

虚坐在一旁的欧阳旭心中一震，忙道："请泰山大人指点。"

高鹄一边闭目养神，一边不带感情地解释着："你是今科探花，以后是要奔着馆阁之职去的。凡清要之臣，最重风骨；但凡媚上阿谀之人，都会被人轻视。我今晚特地带你到太常卿府中赴宴，就是为了教你这些人情世故。"

欧阳旭试图解释："小婿不过是一片孝心……"

"我还没说完。"高鹄突然睁开眼。欧阳旭连忙噤了声。

高鹄又轻轻闭上了眼睛，他的语气与其说是交谈，不如说是命令："风既能起于青萍之末，些许小节也能让人蹉跎官场。马上就要回朝为相的萧钦言，虽然深得官家信任，却一直在朝中风评不佳，就是因为当初对柯相公太过卑恭之故。我高家又是外戚，在这方面更要加倍小心。等你陛见授官完毕，宫中娘娘也就该请旨赐婚了。婚期就定在下月十六，吉日，宜嫁娶，令尊令慈都已见背了吧，那就在京中请个同族的长辈代为高堂。对了，按惯例，一甲进士多授大理评事寄禄，通判某州，你想去哪里，不妨跟我直说，我自会去吏部打招呼。"

欧阳旭之前一直连连应诺着，听到这里，他犹豫了一下，最后还是恭谨地说道："小婿年少，自然是全听您的安排。"

高鹄一直闭着眼睛，并没察觉欧阳旭的迟疑，点头道："那就拱州吧，那里离东京近。慧儿自小在东京长大，自然是不能跟你去任上吃苦的。你这些年就辛苦多跑几回，等三年期满回京再转任京官，就可长久团圆了。"

欧阳旭眼中闪过一丝不满，但仍马上应下。

马车在欧阳旭家附近停下，欧阳旭下了车，微微弓身肃立，目送高鹄的马车继续驶远。他身后的德叔不快地说："高观察也太不尊重您了！哪有女方自己就定了婚期的道理？官职的事，也根本不和主人您……"

欧阳旭目光阴鸷地横向德叔，冷冷地问："你嫌我今晚受的气还不够多吗？"

近来欧阳旭的情绪一直阴晴不定，德叔识趣地闭了嘴，默默地跟着欧阳旭走向宅院。这时，赵盼儿突然从阴影中走了出来。德叔下意识挡在了欧阳旭面前。

陈廉一个箭步上前，拎走德叔："狗仗人势的就是你？来来来，把这口狗粪含稳了，跟我去那边乐呵乐呵。"说着，陈廉一把将一团黑色的东西塞进德叔口中，勒住他的脖颈将他拽走。

赵盼儿鄙夷地盯着惊魂未定的欧阳旭，声如冷冰地说："想用威逼恐吓的法子把我赶出东京？你未免也太天真了。你有靠山，我也有。你有狠辣手段，我加倍奉还。我今晚来，只是念在你还有那么一点良心的分上，最后再警告你一回，那幅《夜宴图》和最近江南官场的泼天大案有关。三天之后，你要还是交不出那幅画，欧阳官人，我保证，你这探花很快就会做到头了。"

"什么大案？"欧阳旭被她逼得倒退一步，他明日未时就要入宫面圣授职了，什么差错也出不得。

赵盼儿不屑与欧阳旭废话，转身问向陈廉："好了没有？"

"好了！"陈廉拖着浑身青紫、奄奄一息的德叔走了过来，随手往地上一扔，接着又吹了声口哨，一架华丽的马车立刻从暗处驶出。陈廉咧嘴向欧阳旭一笑，接着恭敬地扶赵盼儿上了车，不等欧阳旭反应过来，马车已经扬长而去。

那辆马车最终在桂花巷小院之外停了下来，陈廉将赵盼儿扶下了车。"我这主意不错吧？那家伙肯定吓破胆了！"陈廉邀功地说道，活像一条摇着尾巴的小狗。

赵盼儿必须承认自己解气极了，可她还是有些担心会给陈廉惹上麻烦："多谢陈军头了。不过真的不会让你惹上麻烦？"

陈廉拍胸口保证道："放心，揍那老家伙的时候用的都是暗劲儿，表皮上一点也看不出来。您叫我陈廉就行，这样我也不跟您见外，叫您一声赵姐姐了？"

赵盼儿不由被陈廉想展现自己的靠谱、偏偏又很孩子气的表现逗笑了。

陈廉眨巴着眼睛，那对比女人还长的睫毛忽闪忽闪的。他满怀希望地说："盼儿姐，你要是觉得今晚我干得还不赖，就帮我多在指挥面前说点好话呗。毕竟我还是个皇城司的新人，顾指挥又是那副脾气，您人又美心又善，千万一定得帮我啊。”

赵盼儿察觉陈廉提到顾千帆时打了个寒战，不由奇道：“可我也没觉得你以前有多怕他啊？”

陈廉的脸瞬时间垮了下来：“那是我强装出来的勇气。我也是这几日问了同僚才知道，要是皇城司是人间阴曹，那顾指挥就是个‘活阎罗’！手上的人命啊，比我的头发还多……”说到这里，他突然发现赵盼儿脸色微僵，忙一把捂住自己的嘴：“我妈是正听说书的时候生的我，所以我嘴巴老不把门，您可别当真！”

赵盼儿想了想，点点头：“要是你帮我把今晚的事瞒着顾千帆，我就帮你。”

陈廉的嘴一下子咧到了耳朵根：“盼儿姐，我还是先走了！”说罢，他一溜烟地跑出了桂花巷。

陈廉走后，赵盼儿独自走进院子，看见整洁的房舍和石桌上放得整整齐齐的食盒，她不禁喃喃道：“你究竟做过什么，才会让别人这么看你呢？”她抚着自己的肩头，突然回想起顾千帆今日为她上药、又查看她伤疤的种种画面，她猛然捂脸，强硬地对自己说道：“停住，别再想这些有的没的了！赵盼儿，想清楚自个儿的身份，你只是一个寄人篱下的流民！找回《夜宴图》，才是眼下最重要的事！”

次日清晨，初升的阳光斜照在皇宫的重楼飞阁、雕梁绣柱之上，身着青服的新科三甲怀着紧张与激动的心情候在大殿之前。欧阳旭心神不安地站在状元、榜眼身后，百级台阶之上便是他们朝思暮想的朝堂，他寒窗苦读多年为的就是陛见授职的这一刻，然而他心中毫无喜悦之情，赵盼儿昨夜的威胁回响在他耳畔，那愤恨的眼神令他胆寒。

“欧阳官人？”一个尖细的声音响起。

欧阳旭回过神来，只见状元、榜眼已经登梯而上，一名内侍正示意他跟上队伍。欧阳旭如梦初醒，忙歉然一笑，快步跟上前去：“有劳中贵人，宫城雄壮巍然，我一时走神了。”

几人正气喘吁吁地爬着台阶，却见身旁一顶青轿行过，轿中一位道士端坐。见三人面露好奇，内侍好心解释道：“这是承天观的通玄仙师，深得官家尊崇，宫中特赐舆轿。”

欧阳旭眼现羡慕，他们这些读书人尚要一步一步地走上来，可那个道士却能在皇宫内乘轿。

待他们终于走到大殿门口后，内侍独自进殿通报。宫门打开的那一瞬间，欧阳旭听到了皇帝的怒声：“朕是不杀士大夫，但绝不会任他们妄为！传朕旨意，凡勾结钱塘知县郑青田者——”

宫门又被急速关上，殿内的声音顿时被阻隔，欧阳旭等三人难掩惊惧，互相对视。赵盼儿昨夜的威胁顿时又回响在欧阳旭耳边，这《夜宴图》他拿不回来，万一被人发现，早晚要查到他的头上，届时他连自己是怎么死的都弄不清。

这时，宫门重开，只听内侍高喊：“宣今科一甲进士沈嘉彦等三人觐见！”

欧阳旭等三人入内，他们各自心怀忐忑，谁也不敢直视九五之尊，一齐躬身对丹陛行礼：“圣上万岁万万岁。”

皇帝的声音中难掩之前对郑青田一案的余怒，不是很有耐心地说：“既然都是饱读诗书的青年俊才，朕也不想考校你们的学问了，各自说说有什么擅长的闲趣吧！”

在状元和榜眼纷纷说着自己的爱好时，欧阳旭却借着这个空当悄悄地打量着殿中的摆设，见案上有一张墨迹未干写着“三清冲霄”四字的御书，四处散落着香炉和道卷，还有符箓等物，欧阳旭不禁心中一动。

“探花郎，朕听高妃提起过你，你平日里都喜好什么？”皇帝的声音在远处响起，传到欧阳旭耳中时，已经显得有些缥缈。

而几乎在顷刻之间，欧阳旭做好了决定，咬牙道：“回官家，微臣平日别无所好，唯喜诵读三千道藏，研习黄老之术。”

欧阳旭的话一出，身旁的状元与榜眼用看死人一般的眼神看着他，仿佛对于他们而言，与这种谄媚之徒同科及第都是一种屈辱。显然，皇帝来了兴趣：“哦？你最喜欢哪些经书，说来听听？”

欧阳旭此时已是箭在弦上，他只得尽量得体地答：“微臣最喜《大洞玉经》与《太上玄都妙本清静身心经》两本。此外，微臣也还记得官家封禅泰山时，王相公所撰之行状：前祀之夕，阴雾风劲，不可以烛，及行事，风顿止，天宇澄霁，烛焰凝然……”

“不错，总算来了个懂得道法妙义的年轻人。”皇帝脸上阴霾尽扫，身子略略前倾，“朕来考考你，朕要为西京新造的紫极宫赐匾，欲召抱一仙师为宫主，但还少一份敕书，该如何拟旨啊？”

欧阳旭深知自己的前程就在此一举，他躬身一礼，破釜沉舟地说：“请官家赐笔墨。”

皇帝闻言兴起，微不可察地点了点头。内侍立刻给欧阳旭拿来笔墨。

欧阳旭深吸了一口气，他怎么也想不到自己悬梁刺股才练就的文笔，最后竟要用来阿谀逢迎。他冥思片刻，拼上毕生才学，大笔一挥，片刻写就，当他重重地勾下了最后一个笔画，他已经知道，自己从这一刻起就再也不是从前那个欧阳旭了。

“仙师栖身岩壑，抗志烟霞，朕奉希夷而为教，思得有道之人，访以无为之理……不错，文采斐然，果不负探花之名！”皇帝读着由内侍呈上来的稿纸，最后竟激动地站了起来，走到了欧阳旭面前问，“你欲往何处为官啊？”

欧阳旭掩饰着身体的颤抖，尽量沉下声音：“昔有容成子追随轩辕黄帝，今臣亦欲效之，凡官家所遣，无有不从。”

皇帝对他的回答极为满意，点头道：“那朕就册你为著作佐郎，紫极宫醮告副使，代朕去西京召请抱一仙师出山。”

欧阳旭长舒一口气，高声叩谢：“臣定不辱命！既忝为天使，愿明日即出京赴任，为官家效犬马之劳！”

从大殿出来后，欧阳旭顺着长阶疾步而下，阳光刺目，如状元、榜眼听他以道法阿谀媚上时震惊而鄙夷的目光般刺得他两眼生疼。

与此同时，两名内侍恭敬地引导着一名劲装官员拾级而上，那男子剑眉星眸，正是顾千帆。欧阳旭虽不认识顾千帆，却不由自主地为他的气势所慑，微微侧过身子让他先行，两人就此错身而过。

大殿内香雾缭绕，阶下臣子甚至无法看清那金漆龙宝座上的龙颜。皇城司使雷敬正滔滔不绝地向皇帝陈述着顾千帆此番立下的大功：“此次顾千帆不畏生死，不仅将编造皇后谶言的狂生妄人一网打尽，还单人独骑侦破江南私船弊案，为我大宋整纷剔蠹，实乃皇城司之能将也。”

顾千帆安静地立于雷敬身后，面色平静，仿佛雷敬口中大力称赞之人并不是他。

皇帝颇为满意地放下奏折，目光向顾千帆看去，问道：“确实做得不错。是哪里人氏，何时入的皇城司？”

顾千帆认真地回禀道：“臣世居京城，祖礼部侍郎顾审言，父洛苑使顾明敬。臣为己酉年二甲第五名进士，初授大理评事、通判吉州，后改入皇城司。”

皇帝没想到竟会有进士出身的文官供职皇城司，不禁奇道：“你是顾审言之孙，还是正牌子科举出身？怎么弃文从武，入了皇城司？”

顾千帆不卑不亢地答：“臣父曾任北面缘边都巡检使，故子随父业。”

雷敬正想在顾千帆面前表现表现，好安安萧钦言那尊大佛的心，忙道："官家有所不知，乙卯年四月那场惊动天下的开封府纵火案，也是顾千帆侦破的，因功方升任为指挥使。"

"大善，大善！"皇帝听闻龙心大悦，赞道，"文武双全，栋梁之材，无怪乎萧相也在奏折中对你多有夸奖！此番你立下大功，有何心愿？"

顾千帆听到"萧相"二字，身子微颤了一下才回道："全赖雷司使指挥得当，臣不敢居功。唯有皇城司亲从官十二人，因忠殉职，若蒙加恩，遗族眷属，必感激涕零。"

皇帝闻言更是欣慰，不住点头："手足之情，袍泽之义。拟旨，赠皇城司此次阵亡之人以大名府军巡判官之职，抚恤从优。"

雷敬、顾千帆同时叩谢道："官家恩德！"

皇城司立下如此大功，仅仅追封殉职从官自然不够，皇帝继续说道："有罪必究，有功必赏。雷敬着晋为密州刺史，入内侍省押班，仍勾当皇城司。顾千帆晋西上閤门使、皇城司副使，许借绯，赐银鱼袋！"

雷敬、顾千帆再度叩首："圣上万岁万万岁！"

待两人回到皇城司地宫内后，雷敬反复欣赏着崭新的圣旨，不禁笑道："某家如今也是五品遥郡了，这回可全亏了你啊！"

换了一身绯袍的顾千帆神情淡漠地站在一旁，没有接雷敬的话，对于不久前要取他性命的人，他只恨不能以牙还牙。

雷敬有些尴尬地轻咳了一声："那些小人挑拨之事，你千万不要放在心上，个中缘由，某家都已亲笔向萧相公解释过了。"

"司公所言之事，下官全不知情。"顾千帆的语气比往日还要疏离。

雷敬一愣，忙笑道："那是自然。总之，你如今已经特旨晋升，既是武臣中最清要的閤职，又是本司副使。既然如此，司中侦缉、探察这一块的事情，就全交与你统管，你看如何？"

顾千帆冷冷地应道："是。"

见顾千帆没给他台阶下，雷敬依然挂着勉强的笑容："你已是一司副使，身份尊贵，像江南这种以身赴险之事，以后千万要少做，不要总让我们这些师长担心。对了，以后南衙就拨出来给你办公。"

“是。”顾千帆不给雷敬再往下说的机会，道，“下官告退。”

雷敬的笑容有点发僵，可看在萧钦言的面子上，也只能任由顾千帆离开。

一到南衙，早就得了消息等在那里的陈廉绕着顾千帆看了又看，不禁伸出手摸起他的官袍来。陈廉喜气洋洋地问：“红色的官服！我是第一回摸！这银鱼袋也真可爱，以后我要也能跟您一样，我娘和两个姐姐还不得高兴死！指挥，不，副使，您估计我多久能穿上？”

顾千帆后退一步，无情地打破陈廉的幻想：“军头无品，不卖命的话，按部就班迁转，也就三四十年吧。”

陈廉转眼变成了霜打的茄子，瘪着嘴说：“那我还是不卖命算了。反正跟着您，也吃不了亏。”

顾千帆星眸一暗，低声道：“之前跟着我的手下，都死光了。”陈廉听后不禁愕然。顾千帆见此嘴角微微一勾。

陈廉见顾千帆笑了，才恍然道：“破天荒了，您居然也会故意吓人？看来您升了官，心情不错啊！”

顾千帆坐到居中的案几后，不以为意地说：“借绯而已，又不是真的五品，我为了这条路，已经走了十年，未来还长着呢。”

陈廉有些意外：“敢情您那么拼命，就是为早日升上五品啊！为什么呢？就为了五品能上朝？能领遥郡？还是能封赠女眷诰命——”说到这里，他突然一拍脑门：“啊，我懂了，难道你是为了盼儿姐……”

“不得胡说。”见陈廉越说越离谱，顾千帆连忙打断，“昨天她们安顿得如何？可有什么事情发生？”

陈廉有些心虚，要是顾千帆知道他昨晚和盼儿姐干了什么大事，不知道他这条小命还能不能保得住。他尽可能地用随意的语气答：“挺好的啊，什么事都没有。大夫的脉案我也都看过了，没什么大事，就是受了惊吓和皮肉伤，得静养。”

顾千帆点点头：“你替我去司计那里代领这两个月的俸禄和津赏，你家院子的租金和她们的开销，以后就一应从我这里支取。”

“可是盼儿姐昨晚上已经硬塞给我了……”陈廉支吾着低下头，偷偷瞄着顾千帆的脸色，“您知道，她连您都不怕，我哪敢说不字啊。”

顾千帆倒是不太意外：“一点情都不愿意欠，果然挺会做生意的。总之你代我领了就是，她们三个都是女子，平日总有些需要钱的地方。这几日我都没空去看她们，你记得盯着察子调查欧阳旭的事。”说着，便拿起手边的公文看了起来。

陈廉心里藏着事儿，不敢在顾千帆面前多待，得着这个机会就连忙应诺着离开了南衙，结果到外面一查，却惊讶地得知欧阳旭竟去做了宫观官。陈廉知道此事必然与昨夜他和赵盼儿威胁过欧阳旭有关，连忙去给赵盼儿报了信。

桂花巷小院里，赵盼儿、宋引章和孙三娘听了陈廉的汇报，开始面面相觑。

“公公官？”孙三娘压下声音，忍着笑神秘兮兮地问，“欧阳旭做了内侍？”

宋引章终于有了表现的机会，颇为神气讲解道：“不是公公官，是宫观官。就是管道观宫祠的官，平日里只写个青词，整理道藏什么的。”

孙三娘不禁奇道：“你怎么知道？”

“钱塘也有啊，钱王太妃府里开宴，我就见过一两个，是最被人瞧不起的那种，只能坐侧席，正席都上不了。”宋引章想到欧阳旭以后就要过上那样的日子，语气都轻快起来。

陈廉一拍大腿：“没错！这欧阳旭的脑子一定是进水了！”

之前一直没有说话的赵盼儿此时幽幽地说道：“他不是糊涂，是实在怕得很了，所以才不得不兵行险着。昨晚他见我再度出现，又惊又惧。既怕我把他悔婚之事抖出去，毁了他的官途和大好姻缘，又因为实在拿不出欠我的那幅《夜宴图》，担心真的会像我威胁的那样，被扯入郑青田的案子。所以，三十六计走为先。”

孙三娘有些吃惊：“他当这个公公官就是为了赖账？”

赵盼儿点头，以她对欧阳旭的了解，他也在赌她不敢把此事闹大，毕竟他们之间既没写借条，也没有正式的婚书。官家崇道，就算她真有什么了不得的靠山，告发了官家新选中的醮告使，也得冒着得罪官家的风险。而她们三个如今虽然凭着一口怨气留在了东京，可毕竟是女人，不太可能再跋涉千里追到西京去。

陈廉终于想明白了欧阳旭为什么要去做宫观官，心有戚戚地说：“他这个宫观官不是地方官，不讲什么两年三年任期的，估计是打定主意觉得你们三个女人，无亲无故的，又没个营生依凭，在东京无法立足。他只要打听到你们离开东京，再找自己丈人跟官家说说好话，不就又调回来继续升官发财了吗？哎哟喂，盼儿姐，这人这么有心机，你怎么当初就猪油蒙了心，瞧上他了呢？”

孙三娘和宋引章都对他怒目而视，意识到自己失言的陈廉忙轻轻给了自己一嘴巴。

“那我们怎么办？”宋引章一时间又没了主意。

赵盼儿想了想，眼神渐渐坚定起来：“对弈之道，在于坚持自己的棋路，不为对手的攻防所扰。欧阳旭不过就是觉得我们身为女子，不可能常居异乡。可要是我们偏偏就不让他如愿呢？”

孙三娘眼睛一亮，拍手道：“好主意！我们索性就留在东京不走了，有本事，他就一辈子别回东京！”

宋引章也兴奋起来：“那不如就按昨晚商量的办吧，盼儿姐掌柜，三娘姐掌厨，我来打杂！我手上还有周舍赔我的钱，可以全部拿出来当酒楼的本钱！”

赵盼儿想了想，摇头道：“那不行，酒楼太大了，你又是个劳累不得的灯笼美人。咱们啊，还是干回老营生吧。”

陈廉一时没跟上她们的思路：“等等，你们到底想干吗？”

赵盼儿眼神中露出了兴奋的光芒：“你不是说女人没有营生依凭，所以难以在东京立足吗？那我们索性就把赵氏茶铺给重开起来！之前我们既然可以在钱塘名噪一时，那以后，没准一样也能在东京风风光光！”

孙三娘早前就想重操旧业，甚至已经有暗中相中的地方，赵盼儿同意留下，一切就都好办了。她兴奋地一拍手：“茶铺找片地方就能开，盼儿管茶水，我管做果子点心。咱们在钱塘都能养活自己，难道来了东京，还能饿死不成？”

宋引章也连连点头：“没错，开茶铺比开酒楼省事，还没有烟熏火燎，这样我端茶送水也轻松些。”

赵盼儿拿过一张纸，开始计算起了开茶铺的费用：“一开始做小点也没关系，也不用租什么亭台楼阁，弄个小摊子，更见野趣，不过是搭个棚子，几张桌椅板凳的事，费不了多少钱。”

孙三娘更是个急性子，直接站了起来：“今天我在附近看过，马行街那一块就不错，离咱们这不算远，街上也没有别的茶铺，来来去去的人也不少。”

陈廉被她们热火朝天的劲头弄懵了，再一次打断道：“等等等等！你们到底想干吗？”

三位女子齐声道：“开茶铺啊。”

陈廉瞬时头大了，无奈地说：“喂，这里可是东京，你们几个女人开茶铺有那么容易吗？”

三人对视一眼，不约而同地转身回了屋里，一会儿又重新聚在这里。

宋引章抱着琵琶坐在一旁，飞快地抡指拨弦，她一双素手晃出了虚影，悠扬的曲调在院中响起，那曲声时如游龙戏水，时如惊鸿穿云，令陈廉如闻仙乐、恍入仙苑。

“这是我做的香饮子。”赵盼儿轻移莲步、款款走来，用舞蹈般的身姿给陈廉倒了一杯茶，正是“遏云歌响清，回雪舞腰轻”。陈廉只觉一阵香风袭来，他的眼睛在茶水入口的那一瞬间睁得老大。

孙三娘端来一盘做得无比精致的点心，她拿起其中一个塞入陈廉的嘴中：“这是我做的果子。”

陈廉的眼睛一时睁得更大。

一曲终了，宋引章问道：“现在你觉得，我们能开这个茶铺吗？”

陈廉终于从恍惚中回过神来，他拼命点头，吞下口中食物后，意犹未尽地看着那盘点心问：“还能再吃一个吗？”

赵盼儿笑道：“只要你肯帮忙就行。毕竟东京我们还不熟，选地方、买茶团、置办家伙事，都得靠你指路呢。”

第十二章 茶文君

择日不如撞日，赵盼儿决定还是得尽早把茶铺筹备起来，因此在列好了采买单子后，就拉着陈廉一起去了集市。待他们将桌椅、杯盏买回来，已然夕阳西下。三人聚在灯下低头算账，陈廉则坐在一边据案大嚼。

赵盼儿放下计簿，心算了一会儿，有些惆怅地说："钱去如流水，还没开张呢，就已经花掉好几十贯了。"

孙三娘突然想到了什么，抬起头问："对了，欧阳旭给你的八十两金子还埋在钱塘你家床底下呢，不会被人偷了吧？"

陈廉想起赵盼儿还不知道顾头儿让他找人看管茶坊，忙道："不会，顾头儿早让我安排好人手了。茶铺、盼儿姐家、引章姐家全都有人看着，一分一厘都跑不了！"

赵盼儿一怔，顾千帆竟然无声无息地为她做了这些。孙三娘不动声色地看了赵盼儿一眼，愈发笃定赵盼儿跟顾千帆之间一定有"问题"。宋引章却没多想，只顾着高兴："真的？太好了！"

赵盼儿想了想道："既然如此，能不能让你那边的人再多帮一个忙？除了床底下的金子之外，我还在灶房南墙根的地底下挖了个暗洞，洞里头有两个箱子，你把大的那个拿出来，里头放着我这些年的积蓄，还有房契、店契。除了字画之外，能不能全数帮我都变卖了，换成飞钱，和字画一起送到东京来？"有这些钱打底，不但还顾千帆的钱够了，她们的本钱也能充裕些。

陈廉细细记下后，忍不住好奇地问："那小的那个箱子呢？"

"那是引章的。"赵盼儿看了眼宋引章，见引章愣了一下，赵盼儿又道，"你的钱都好好的。我那会儿硬拘着不给你，只是不想你被周舍骗。"

宋引章既感动又难过，想起自己当时竟然在周舍的挑唆下怀疑盼儿姐要吞她的嫁妆，她的声音带了哭腔："我明白！那会儿都是我自个儿犯傻。"

赵盼儿知道宋引章当时也只是情急之下昏了头，她握住引章的手柔声安抚道："都过去了。现在你若是觉得放在身边才踏实，也可以请陈廉的朋友一起换了飞钱带回东京。"

宋引章忙点头道："我换！多一份本钱也好。"

"确定啦？一分不剩？不后悔？你们不准备留点在钱塘，当条退路？"陈廉仍然觉得赵盼儿的做法过于冒险。

赵盼儿眼中闪过了坚定的光芒，她斩钉截铁地说："不后悔，买定离手，落子无悔，我在哪儿，我的背后就是退路。"

陈廉看着赵盼儿倔强的眼神，心底生出了由衷的敬佩，深觉盼儿姐有着这般的豪情，不愧是能降住顾头儿的女子。

暮色渐浓，赵盼儿把陈廉送出小院后，非要把陈廉找人帮她去钱塘取钱的使费付给他。陈廉连连推拒着："别别，我可不收你的使费啊，你把我当外人了不是？再说，钱塘那些兄弟们都知道我跟了顾头儿，顾头儿又刚升了官，他们巴结还来不及呢。"

赵盼儿一听顾千帆升迁了，忙关切地问："他升了什么官？"

陈廉挺起胸膛，仿佛顾千帆升官自己也有份，骄傲地说："西上閤门使、副使！皇城司除了雷司公，就属他说了算！还能穿大红衣裳，带小银鱼！"

赵盼儿听后又惊又喜地说："看来官家很看重他啊。你家顾头儿未至而立就五品在望，你真是跟对了人。"

"那当然，我的眼光多好啊，选上司从来就没错过。"陈廉洋洋得意地拍了拍胸脯，随后又瞟了一眼赵盼儿，嘀嘀咕咕地说，"说句讨打的话，至少比盼儿姐你选男人的本事强。"听到陈廉的打趣，赵盼儿的笑容变得有些黯淡："你说得没错，希望我以后运气好些吧。"

陈廉却朝皇城司的方向扬了扬眉毛，意有所指地说："不用以后，眼前就有啊。"不想这番话竟逗乐了赵盼儿，刚刚的阴霾一扫全无，她笑着打量陈廉："你？你才多大点啊，别跟人乱学着油嘴滑舌。"陈廉本来想说的是顾千帆，见赵盼儿误会，红着脸结结巴巴地解释道："不是，我不是……"

这时两人已经走到了院门口，赵盼儿也没把陈廉的话放在心上，便道："好啦，赶紧回去吧。托你的事越快越好，不过茶铺的事，先别告诉你顾头儿。"

陈廉不解地问："为什么？"

赵盼儿眼神中露出一丝狡黠，"因为我总觉得他多半会反对。所以这几天啊，你就跟他说我们这儿一切都好。等木已成舟了，他就管不着啦。"

陈廉吃惊地张了张嘴，似乎觉得这样做有些不妥，可一看赵盼儿的表情，他就知道他肯定说不动她。最终，陈廉只得咬牙点了头，转身走入巷中。

送走陈廉后，赵盼儿疲惫地走回房间，看着发白的月亮渐浮天际，她叹了口气："官场如海，起伏不定。他升了官，欧阳，那你可满意现在的官职？虽然不知道是什么把你变成了现在这般面目全非，不过，我一定会祈求九天神佛保佑你一辈子官运艰难，万事坎坷。直到你肯归还你欠我的东西为止。"

高府正堂之内，高鹄的面目有些狰狞，在烛火的映照下，他双眼发红，似要喷出火来，最终他"啪"的一个耳光狠狠地打在了欧阳旭脸上，他高家的颜面算是被欧阳旭丢尽了。

欧阳旭惶然垂首，用受伤的语气分辩着："岳父息怒！当时官家有意，小婿哪敢二言？向来探花、榜眼授九品大理评事，我这著作佐郎却是正八品，小婿全是为了迎娶之时慧娘的面子……"

"别叫我岳父！"高鹄只觉气血上涌，怒不可遏地说，"我高家可高攀不起你这种借鬼神晋身的能臣！竟然做出这种让天下士人耻笑的事情出来，你和慧儿的婚事，就此作罢！"

正在此时，高慧却突然推门闯入："不！爹，你不能这么做！我一定要嫁欧阳！"她那张娇艳欲滴的脸上此时写满了惊慌，她身后还跟着刚才没来得及拦住她的乳母江氏。

原本已经彻底绝望的欧阳旭见高慧依然对他不离不弃，感动之余，心中一计顿生。

高鹄皱着眉对高慧的乳母江氏吼道："把她拉下去，哪有外男在此，女眷擅入的道理！"

江氏忙招呼丫鬟将高慧拉走。可高慧被拉走前还在不停抗议："爹，我就要嫁他，我也只嫁他！"

大门忽地关上，高慧的叫喊声被彻底隔绝在外，可欧阳旭心中却踏实了不少。

高鹄敏锐地看出了欧阳旭眼中的贼光，怒斥道："别以为迷惑了慧儿，你就能翻天。识相的话，就在三个月之后找个理由，主动让媒人来取消婚约。若是我在外头听到一丁一点有关慧儿的非议——”高鹄冷哼一声，脸色瞬间变得极为阴鸷，“唰”地抽出案上陈列的宝剑指向欧阳旭：“滚！”

欧阳旭知道高鹄会说到做到，只得失魂落魄地离开高府。他本以为宫观官怎么也是个八品官，可他不知那些个清流大臣最恨迎合圣上，最恨修道封禅。在他们眼中，他就是甘与萧钦言那样的后党为伍的佞臣。如今，他的青云路算是毁了。想到这里，欧阳旭不禁惨笑，心说：“赵盼儿，我欠了你三年深情、一纸婚书，可如今我已用大好仕途相抵，这下，就算两不相欠了！”

自从被高鹄撵出来后，高慧一直房中哭闹着，无论江氏怎么劝，高慧都不肯安生。

此时，丫鬟春桃来报：“姑娘，欧阳官人求见。”

高慧一下子直起身子，想也没想就往外奔去。

“姑娘！”江氏忙上前阻拦。

高慧不管不顾地甩开江氏，江氏一个没拉住，已经阻止不及。高慧抹掉眼泪，奔出屋外：“欧阳！”

欧阳旭松了口气，从怀中掏出一个蝴蝶玉佩：“你终于来了，刚才门房不让我进府，还是春桃说情才……慧娘，太晚了，我不方便多打扰。这是当初咱们定亲时你送我的，我得亲手还给你才放心。”

高慧接过那只蝴蝶玉佩，眼圈蓦然红了：“欧阳，我真的不是……”

欧阳旭担心时间久了被高鹄发现，他没让高慧继续往下说，而是佯作深情地说道：“我明白，但是你得体会令尊那一片爱女的拳拳之心。我现在已经是全京城的笑柄了，只是、只是我实在放不下你。你是那么的天真、善良，也从来没有嫌弃过我的贫寒出身……”

高慧从认识欧阳旭那天起，还从未听过他向她表露真情，听了这话，她欣喜地扑到欧阳旭的怀中，娇滴滴地唤道：“旭郎！”

江氏此时终于赶了过来，一把拉开高慧，怒斥道：“欧阳旭，你疯了！”

欧阳旭却大声对高慧说：“欧阳旭此生唯有两件幸事，一是得官家御笔点为探花，第二件，就是遇到了慧娘你。奈何我福轻泽薄，又为贱人所害，此生也只能与你情深缘浅了！这或许是我们今生最后一面。虽然官职轻微，身无长物，但我仍愿以一片真情祷告上天，愿慧娘你早日得嫁贵婿，一生幸福美满！就此别过！”说完，他长揖至地，掉头而去。

高慧心痛万分，飞也似的追上欧阳旭："旭郎，你听好了，我谁也不嫁，我只会在这里等着你！你一年不回来，我等你一年。十年不回来，我等你一辈子！若违此言，有如此玉！"说着，她猛然将玉佩砸在地上，那玉裂为两半。高慧只来得及捡起一半玉佩，就被人高马大的江氏拉到一边。

"以后不要再来了！"江氏牢牢地制住高慧，恶狠狠地对欧阳旭说。

欧阳旭却捡起了另一半玉佩，眼含热泪发誓："慧娘！我会回来的！这一生，我永不负你！"

待高慧一步一回头地被拖回房间，欧阳旭转身便离开了高府，一出府门，他脸上那深情的表情就渐渐消失，最终转为冷冽。

打着夹板的德叔一瘸一拐地走了过来，面露欣慰："主人做得对，只要高娘子忘不了你，这门婚事就还有希望，少爷也能早日回到京城。"

欧阳旭淡漠地说道："我还用你教？我走之后，你记得不时上高家门口站站，务必让她看见你，说一句'老奴只想替主人看看您'就行。"

"老奴一定做好。"德叔暗慨主人经了这一劫，终于有了城府，可他仍觉得就这么放了赵盼儿太过便宜她，便小心地试探道，"那赵盼儿那边呢？她把您害成这样……"

欧阳旭只是阴冷一笑："她既无情，我也不必有义。刚才我已经在话里留了个结子了，有心人自然会记在心上。"

与此同时，江氏正满脸慈爱地拍哄着高慧入睡："睡吧，放心，老奴不会把你那些糊涂话告诉主人的。"突然，欧阳旭刚才说过的一句话从她心头闪过：奈何我福轻泽薄，又为贱人所害，此生也只能与你情深缘浅了！

江氏突然明白了过来，暗暗骂道："贱人！"见高慧已经哭累睡着，江氏走出屋，向屋外的几个下人吩咐道："好好给我查一下那天在府门外头和欧阳旭拉拉扯扯的那个女人。"

在烛光的照射下，南衙始终恍如白昼，蜡油不住地流下，凝固在烛台之上。顾千帆去钱塘的这段日子里，皇城司积压了不少待处理的公务，因此等顾千帆走出南衙正堂时，月已上中天。忽然，他耳动一朵，厉声道："谁？"

一个紫袍长须、举止儒雅的中年官员从暗处现身，他正是朝中清流的代表——

右谏议大夫、御史中丞齐牧。按说朝中清流绝不会和颜悦色地与皇城司中人说话，可齐牧却颇为慈爱地看着顾千帆说：“听说你回京了，老夫索性就趁着夜深人静来瞧瞧你。”

“齐世叔？”顾千帆忙拱手为礼，“怎敢劳您大驾？千帆原本想按约定的日子前去拜见……”

齐牧摆摆手，不让顾千帆再说下去：“老夫向来视你如子侄一般，知道你这回受伤不轻，已经是急得不得了，哪还能等得到三日之后？放心，我让人都探察过了，整个南衙就只有你一人留在这里挑灯夜战。”

看顾千帆较从前有几分清减，齐牧眼神中流露出关切之色，问道：“伤在哪里？好了几分？弄得这么晚，可是为了和大理寺那边交割郑青田的案子？事情是做不完的，身子才最重要，你得自己善加珍摄，别仗着年轻就不当一回事。若是伤了本原，叫我如何对得起故去的顾侍郎？”

“是，您的话，我一定记在心上。”顾千帆明显流露出了在萧钦言面前从未展现的孺慕之情，他突然想起了什么，又说，“对了，这次江南查到的东西，千帆已经整理出来，正好交给您。”

顾千帆带着齐牧走进衙内，他按开一个密格，拿出一个匣子，郑重地递了过去：“雷敬与江南官场勾结的证据都在里面，凭着它们，您定能将雷敬拉下马。”

“不错，朝廷幸有你为臣，老夫幸有你为侄啊！”齐牧看完证据之后，并没有像顾千帆想象中那般欣喜，他话锋一转，“可现在还不是动手的时候。雷敬服侍了官家三十多年，圣眷尚可，情分犹在。此次郑青田的案子，官家已经处置了不少人，应该不想再行扩大了。如果此时把雷敬抖出来，未必能一击即中，所以不如留待他日。”

顾千帆心下一阵失望，但仍然应道：“全听您的安排。”

齐牧知道顾千帆对这一处理不满，劝道：“别灰心，老夫当初就跟你说过，既然选择了隐清为浊这条路，就得耐得住寂寞。你年少英才，难得的是二甲出身，文武双全。当初安排你转武职进皇城司，确是有些委屈了。可我们清流要想对付朝中萧钦言这媚上欺下的五鬼之辈，就不得不往皇城司这个探查侦缉的利器里埋钉子。这些年你也的确没有辜负我当初的期望，雷敬至今也不会想到，他手下的‘活阎罗’就是我们清流布下的暗桩！”

顾千帆在听到“活阎罗”三个字的时候，表情微变。齐牧敏感地察觉出顾千帆的情绪变化，安抚道："这名声是不太好听，可为了朝廷、为了我大宋，些许虚名又算得了什么呢？"

顾千帆闻言忙正色道："千帆从未后悔过。"

齐牧满意地点点头："萧钦言又要回京为相了，雷敬最近很是巴结他，一个鹰犬头子、一个后党奸首，勾结起来之后，不知要搞出多少祸国殃民的事情，你务必要留意探察。"

顾千帆掩下眼中的情绪，应诺下来。

齐牧拍了拍顾千帆的肩："好好干，老夫盼着你真正升上五品。到那时，老夫一定头一个上书为你姑母请封命妇诰命。"说到这里，齐牧也是一阵唏嘘："唉，你爹也是，就这么一个妹子，怎么就能让她随便和离了呢？到最后弄得连顾家的祖坟都进不了，倒要你这个当外甥的费心费力替她延请诰命。"

顾千帆沉声道："在我心里，姑母和亲娘没什么分别。当年我之所以奉您的命令来皇城司，也是因为您说过，太平年月，只有这儿升官最快。"事实上，他名义上的姑母正是他的亲娘，可他为了跟萧钦言撇清关系，连自己的亲生母亲都认不了。

齐牧见顾千帆情绪不高，便鼓励道："如今你已是皇城司副使了，只要再立下几回大功，等到雷敬这阉党败落，何愁正使之位？到那时候，老夫也多半已经宣麻拜相，保举你改任一州之牧，也不是什么难事。"

顾千帆一揖到底："多谢世叔抬爱！"

霞光初升，城门开启。从郊外扫墓归来的顾千帆在城门口处下马入门，守门兵丁见到他的红色官服，急忙让开，惊诧道："这么年轻的五品官？"

旁边的一辆驴车连忙避到一边，车中坐着落魄离京的欧阳旭。听到士兵的话，欧阳旭忙推窗一望，认出了那绯服官员就是昨日和他在宫中擦肩而过的人。顾千帆察觉到欧阳旭的目光，回望过来，两人的眼神下意识地撞在了一起。

那一瞬间，欧阳旭被晨光下那鲜亮的红色官服耀花了眼，他猛然拉好车窗，坐回车中，自己身上那暗淡的青袍，瞬间让他自卑不已。欧阳旭握紧双拳，喃喃道："有朝一日，我必定会像他那样风风光光地回来，必定！"

晨光也照耀着昨日赵盼儿看过的那片老旧店铺，经过了一整天的忙碌，一间与钱塘赵氏茶铺相似的简单店铺已初露雏形。

一边的牛车旁，孙三娘正指挥着卸货的人运下各色桌椅。宋引章则监督着移着花盆的花匠。空地上已经有芦苇种下，在卵石和石灯笼的映衬下，颇有几分禅意。

几个穿着书院制服的少年贪玩地拨弄着芦苇，见宋引章发现了他们便一哄而散。赵盼儿却将他们及时叫住，打开盒子分发起了果子："这是我们茶坊自己做的饴糖，尝尝看。"

少年们一吃，全都惊喜不已，你争我抢地说："真好吃！我也要！"

赵盼儿笑着将点心一一分了出去："别着急，都有！回去多告诉别人，明儿我们茶坊开张，前两日只卖五成价，凭着你们手里的糖纸来，不但下回还有糖吃，价钱还能再减一成，只要一半钱，就能吃到上好的江南果子！"

少年们高兴地欢呼起来。

待到夕阳西下之时，工人已将茶坊搭建完毕。宋引章敲着腰走进茶坊，疲惫地说："监工居然比弹琵琶还累。"

赵盼儿正在桌上铺着字笔，没有抬头："所以你那会儿说要端茶送水，我都没作声。两只盘子四个碗，就有小两斤重。"

宋引章连忙放下捶腰的手，鼓着腮帮子说："我抱得动琵琶，也肯定拿得动茶盘！"

孙三娘凑到赵盼儿跟前，好奇地问："你要写什么？"

"招牌啊，不过不是我写，你来。"说着，赵盼儿给孙三娘腾出地方，示意她过来写招牌。

孙三娘指着自己的鼻子，惊异地说："我？我哪会写字？我认得的字才百来个……"

赵盼儿硬把笔塞给孙三娘："咱们这个东京茶坊走的就是乡间野趣路子，越是像孩子写的招牌，就越是对那些文人墨客的胃口。来，试一试嘛。"

孙三娘战战兢兢地写了几笔，不太好意思地问："这样成吗？"

赵盼儿看着圆圆钝钝的"赵记茶坊"四字，不禁嫣然一笑："天然无琢，大巧不工！咱们的茶坊，就此开张啦！"

次日一早，孙三娘写的那几个字已经被刻在一张天然的木板上，悬上了门头。赵盼儿在门口招呼着客人："新店开张贱卖五成，您进来坐坐，尝尝味道好不好，不好吃不要钱。"孙三娘把写有"不好吃不要钱"的牌子挂在树上，引来了百姓们的围观。不一会儿，茶坊内就坐满了客人。

茶坊中悬着各色水牌，座中人头攒动，赵盼儿拿着银瓶，给诸位客官表演了她的看家本领“银龙入海”，只见她一个优美地背身，银瓶中的沸水如银箭一般射入客人面前的茶碗中，那茶粉立刻上下翻滚。众茶客被她的神技所撼，纷纷鼓掌。到了最后，客人们纷纷发出了“江南的茶坊，茶好喝、果子好吃、人更美，果真和东京不一样”的感慨。

与此同时，南衙却是一片寂静，连滴漏的声音都清晰可闻。正在伏案办公的顾千帆将一份写好的公文递给陈廉：“把这份公文发下去。”

然而此时陈廉却盯着铜壶发呆，嘴里喃喃：“快点快点，放衙放衙。”待顾千帆一敲桌子，陈廉才猛然回过神来：“啊，我在！”

“怎么老是魂不守舍的？”顾千帆眉心微蹙，他适才就察觉陈廉今天状态不对，只是没有多问。

陈廉忙打起精神，干笑着挠了挠后脑勺：“没什么啊！我平常不都这样吗？”

“一定有事。”顾千帆愈发狐疑，审视着陈廉，“我这几日在司里分不开身，叫你查的欧阳旭的事呢？”

“我都写好条陈了的啊！”陈廉眼神飘忽，心虚地指着顾千帆一叠卷册最下面的地方，“喏，就在那里。”

顾千帆抽出那张被藏在最下面的条陈看了看，语气冰冷地问：“宫观官？”

陈廉知道事情瞒不住了，垂死挣扎式地辩解道：“我提醒过你的，是你太忙了，没工夫看。”

顾千帆知道赵盼儿一定背着他做了什么冒险的事，他脸色渐沉：“你写得语焉不详，又故意拖延不让我看到。说，赵盼儿到底做了什么，欧阳旭怎么会突然被吓破了胆，拼着前途不要也要避出京去？”

陈廉脑内飞速盘算着搪塞之语，但顾千帆冰冷的目光射来，他不禁一寒，只能将之前去和赵盼儿吓唬欧阳旭的事和盘托出。

不知过了多久，挨了一顿痛批的陈廉垂头丧气地牵着马走过街角。皇城司副都头孔午看见他，眼前顿时一亮，凑过来邀功道：“陈廉，你要我办的事差不多了。最多三天，飞钱就能从钱塘到东京。”

陈廉拼命向他使眼色，孔午犹自未觉，滔滔不绝地说：“你介绍的那间茶坊，味道真不错，特别是那掌柜的赵娘子，简直是人间绝色！往柜台后头那么一站啊，简直就像话本里说的那个卖酒的卓文，文、文什么来着？”

“卓文君。”刚从南衙走出来的顾千帆神不知鬼不觉地站在了陈廉和孔午的背后。

“没错！”孔午兴奋地回过身，准备与顾千帆击掌，待他看清来者是顾千帆，顿时吓得面无人色，“顾、顾副使？”

“飞钱，茶坊？”顾千帆的目光冷冷地扫向陈廉。

陈廉委屈巴巴地耷拉下了脑袋：“是你让我要对盼儿姐有求必应，她不让我告诉你，我哪敢啊。”

日影西斜，茶坊已经临近关门，茶客们也已经陆续离开，赵盼儿将前来捧场的何四送了出去：“慢走，有空再来，上回的事拖累你了，以后你的兄弟过来，我全都只收九成价。”

一个玉石般清冷的声音从赵盼儿身后响起：“生意不错啊，赵老板。看这样子，待会儿还要开晚市？”

赵盼儿回首看见顾千帆和他身边垂头丧气的陈廉，马上猜到了一切，她淡淡一笑：“今儿就不了。头一天开张，没想到来了这么多人，东西全卖光了，得赶紧打烊补货去。”

顾千帆打量着这间与钱塘赵氏茶铺颇为相像的院落，能在几天之内做成这样，赵盼儿果真有本事。他掩饰住心中的欣赏与赞许，冷冷地问：“你好像还很得意？”

赵盼儿站到顾千帆身边，从他的视角望着夕阳下的茶坊，成就感十足地说：“当然啊。你看这茶坊，多漂亮啊，从我们打定主意做生意，到开张迎客，一共才三天。我自个儿都觉得自个儿挺有本事的。说起来，还要多谢你劝我留在东京，这儿的客人可比钱塘多多了。”

顾千帆低头看着盼儿，逆光下，他连她脸上细小的绒毛都看得清楚，他心中倏然一动，别开目光道：“别跟我绕圈子了。你不是挺聪明的吗？怎么不想想把欧阳旭逼出京城之后，还这么高调地抛头露面，一旦被高家发现了，会对你如何？”

“他们能对我怎么样，难道我不是被欧阳旭悔婚的苦主吗？为什么因为害怕高家，我就要躲一辈子？高家总不能不讲道理吧？”赵盼儿抬眸看着顾千帆，语气倔强地说，“欧阳旭就是笃定我们三个女人在东京待不长，才刻意用这个法子暂避出京，我偏不叫他如愿。”

赵盼儿满不在乎的样子使顾千帆只觉心中郁结，他着急地说："是不是不管我说什么，你都有一百句顶回来。我让你留在东京，不是要你们开店做生意的！"

赵盼儿模仿着顾千帆的句式反问道："是不是我不论怎么解释，你都会认定我们开店是错的？就知道你会这样，所以我才让陈廉瞒着你。不做生意，我们三个怎么养活自己？怎么付赁房的钱？难道坐吃山空吗？"

顾千帆想到赵盼儿把开店的事告诉陈廉，却单单瞒着自己，不禁脱口而出："难道我会让你们没钱花吗？当初在江南，你说要几百贯，我还不是说给就给！"

赵盼儿的心异样地一跳，她深深地凝视着顾千帆："我们住你安排的房子，用你的钱，那别人会怎么看我们？我算是什么人，你的外室？"

顾千帆一怔，耳朵瞬间就红了，忙佯怒掩饰："一派胡言！谁敢这么胡吣，我剥了他的皮！"

赵盼儿伸出手，掌心向上："你自然不会吝啬，可我若问你要钱，手心向上，自然就矮了三分，一次两次，你还肯帮我，那十次、百次、千次呢？"

"就算千次、万次、亿次，我也愿意！"话一出口，顾千帆便觉得有些不对，似乎被自己无意之中表露出来的心意吓了一跳。

赵盼儿张了张嘴，终是没有应答，她怕自己会习惯在危险之时有顾千帆伸以援手，怕自己会再一次沦陷在情感之中，也害怕欧阳旭一事重演，怕自己再次受到伤害。

听到了两人全部对话的陈廉在一边张大了嘴巴，他看看两人，猫着腰悄悄地溜进了茶坊，抖了抖浑身的鸡皮疙瘩。

"陈廉，你怎么才到啊？快过来，特意给你留的。"孙三娘打开藏在柜台里的点心盒子塞给陈廉。

陈廉两眼放光，拿起点心便狼吞虎咽地往嘴里塞，连声说着"好吃"。孙三娘看着陈廉狂吃的样子，突然想起了傅子方，怜爱地说："慢点，别噎着。我家子方也最喜欢吃这个，每回吃的时候，都跟你一样馋。"

陈廉嘴里满是点心，含糊地问道："子方是你儿子？他现在在哪儿？"

孙三娘浑身一滞，勉强笑了笑，假装突然想起有事情没做，到一边忙了起来。

这时，宋引章揉着酸痛的肩膀走了出来，她一眼看到了顾千帆，欣喜得就要往外迎："顾指挥？他也来了！"

陈廉忙一把抓住宋引章，阻拦道："别去，他们正吵架呢。"

宋引章听了这话反而更急了，探着脑袋向外张望："好端端的怎么就吵起来了？"

陈廉耸耸肩，咽完了最后一口糕点："顾头儿不高兴你们在这儿开店。"

宋引章愕然地望向窗外，可她听不清赵盼儿和顾千帆在说些什么。

院中，赵盼儿和顾千帆两人相对而立，在顾千帆说了"千次、万次、亿次也愿意"之后，他们两人之间的气氛似乎有了微妙的变化。半晌，赵盼儿终于低声开了口："我之所以开店，其实只是想留在这儿守株待兔，等着欧阳旭回来，问他要回那幅《夜宴图》。"

顾千帆也放缓了声音："那张画只是公务，要不回来就算了，我只是不想你再出事。如今我的公务比以前多了许多，万一一个错眼没护住你……"

赵盼儿摇头打断顾千帆，坚定地说："我不需要别人护着我，我可以自立。"

"我也是别人？"顾千帆着重强调了"别人"二字。

赵盼儿怕被人听去，往茶坊内看了一眼，小声道："你明明知道我说的这个别人不是那个别人。"

赵盼儿的回答使顾千帆很是受用，他嘴角微不可察地扬了一扬，又继续劝道："一个还没授实职的欧阳旭，就能把你弄得那么惨。你现在生意是好，万一有人看了眼红，要找你麻烦呢？就算高家不出手，找几个地痞够你受的了。"

赵盼儿知道顾千帆在担心她，只是他忘了，她原先靠着自己也好好地过了好多年。她耐心地说："我们认识之前，我在钱塘就已经开了好些年店了。做生意的麻烦我都明白，行头那边我交过钱了，里正那儿我也打点过了。你还没回东京的时候，我们已经自己对付过地痞，而且全赢了。你放心，三娘发起狠来，连你都能打晕呢。"

顾千帆张口欲言，最终颓然道："反正你总有道理。"

赵盼儿叹了口气，虽然她最初决定留在东京的原因有五成都是在城门那里受顾千帆所激，可自打前些天开始筹备茶坊，她就发现，在她拿起算盘、拿起茶壶的那一刻，那些一直萦绕在她心里的委屈和愤怒，突然开始渐渐消散了。

赵盼儿指着繁华宽敞、绿树成荫的街道："东京这么美，这么繁华，既然容得你们，一定也容得下我们。我有预感，赵氏茶铺在东京，一定比在钱塘更上一层楼。"

顾千帆并不认为赵盼儿在钱塘的经验可以直接挪用到东京，他一直劝阻，也只是怕赵盼儿吃亏。"有一句话叫'淮南为橘，淮北为枳。'你以为在钱塘生意做得不错，就也能在东京把茶坊开好？"

赵盼儿颇不服气地指着还未及收拾的桌椅茶盏说："这么多的客人，已经是答案了吧？"

顾千帆知道要想说服赵盼儿，只能用事实说话，他提议道:“不如我们就来打个赌，一个月之后，要是你没亏本，我以后就不会在这件事上多说一个字。可要是亏本了——”

赵盼儿的好胜心被激起，眼中闪着自信的光芒，“就全听你的安排！你说往东，我决不往西！要不派个账房来查账啊？”

“不用，我信你。”顾千帆目光定定地看着赵盼儿。他眼眸深邃，认真地盯着赵盼儿时，险些让她直接陷入那幽黑的眸子之中。

正在此时，宋引章从屋内跑出来挡在了赵盼儿面前，焦急地说:“顾指挥，求你千万别生盼儿姐的气！是我不听她的好言规劝，跟着周舍偷跑，才惹出这么大一桩弥天大祸；是我不懂事，成天闹着脱籍，才连累她得罪了欧阳旭；就连这间店，也是我先闹着要开店的,千错万错,就怪我好了……”说着说着,宋引章就哭了起来。

见宋引章突然哭了，赵盼儿不由尴尬至极，宋引章总是能在莫名其妙的时候冒傻气。

顾千帆看了一眼赵盼儿，他既然喜欢赵盼儿，就得与她的姐妹们搞好关系，他尽量放柔声音安慰宋引章道:“我没有生她的气，你也不用什么都归罪于自己，不要哭了。听你盼儿姐说，你身子一直比旁人柔弱，要想在东京做出一番事业，以后就得多保重，多努力，更坚强一些。想一想，如果下回再遇到欧阳旭那样的事，除了怨自己无能，你还能做什么？”

宋引章先是愣了愣，随后涨红了脸，又用力地点了点头。

顾千帆走后，夜幕已经降临，孙三娘和赵盼儿却仍在忙里忙外，宋引章生疏笨拙地洗着碗，喃喃道:“顾指挥，我也想努力，可是，我能做什么呢？……如果再遇到欧阳旭那样的事，你是想告诉我，高家以后说不定也会报复我们吗？可高家连你也得罪不起……”

电光石火之间，张好好骄傲的面容闪现在她眼前。她突然想起张好好曾说过，她才二十三岁，官家和娘娘就亲口夸了她两回。宋引章心头猛然一震:“官家！天下比高家更厉害的人，就是官家！我只要能像张好好一样……”她的眼神中瞬间燃起了火焰。

第十三章 琵琶色

天蒙蒙亮，赵盼儿和孙三娘就已经挽着装得满满的篮子准备出门了。等了好一会儿，宋引章才姗姗来迟地走出了房间，她摇摇晃晃地扶着门，浑一副弱柳扶风的样子：“对不住，我太累了，今儿实在去不了茶坊……”

赵盼儿无奈地和孙三娘对望了一眼，但她最终只是温柔地说道：“那你就好好歇着，灶上有菜，记得自己热了吃。”

待赵盼儿和孙三娘走远，宋引章却转身回房，不久就抱着琵琶急急地奔了出来，手中还紧紧地抓着一只小匣子。到了大路上，宋引章匆匆拦下一个轿子，往东京教坊一路奔去。

优美悦耳的歌舞丝竹声不断地从教坊中传出，宛若人间仙境。宋引章下了轿子，站在教坊司高大的建筑之外，充满敬畏地仰望着头顶的牌匾，紧张之余，她忍不住抱紧了琵琶，似乎要从“孤月”上汲取力量。

宋引章好不容易才鼓起勇气想寻个人问问这里的主官在哪儿，她踌躇着接近围成一圈的评箫之人，但那些人说得口沫横飞，根本无人理会她。宋引章无奈，最后只能拦住一位盛妆女子，没想到那女子瞟了打扮素净的宋引章一眼，便扬首走了过去。宋引章被她随侍的丫鬟推得一个踉跄，好不容易站稳了，耳边还听得女子不屑之声：“哪儿来的乡下人？”

愤怒突然冲上宋引章的心头，凭着一股也不知从哪里来的勇气，她突然一咬牙，大步走到中庭，她环顾四周，只见左首的石阶边竖立着几块用来修葺地面的青石板。宋引章抱着琵琶坐在了石阶之上，深吸一口气，突然狠狠地把身边的青石板往前一推。

石板倒下的响声吓了众人一跳，他们不约而同地安静下来。就在这一刻，宋引章弹响了琵琶。这支乐曲，与之前她弹过的任何一支都不一样，带着风雷杀伐之音，瞬间吸引了众人的注意。

四散休息的舞姬情不自禁地看向宋引章，搬东西的小厮们停下了脚步，吊嗓子的歌姬快步走到了窗边，刚才盛气凌人的盛妆女子震惊地微张着嘴，谈论王箫的众人为琴声而心醉神迷……在这一片静默之中，只有宋引章一人专注地弹着琵琶，只见她十指翻飞，如行云流水，直至最后金戈铁马的一声收尾，众人才如梦初醒。

不知何时已经走到中庭廊下的青衣官员率先鼓掌，他朗声道："月寒一声深殿磬，骤弹曲破音繁并！好一曲《西凉州》！"

宋引章抬眸，只见说话的是一个眉目俊朗、身形颀长的年轻官员，他与他身后已经微微有须的中年主官都难掩欣赏地看着自己。宋引章放下琵琶，盈盈站起，抚了抚额间的虚汗，鼓起勇气朝那青衣官员身后的中年主官问道："妾身乃钱塘乐营宋引章，受秀州许州尊之托，前来传信。不知元使尊驾现在何处？"

那中年主官略显诧异地答："老夫就是教坊使元长河。"

宋引章忙奉上那只路上一直被她紧紧攥在手心里的装有书信的小匣子，矮身一礼："宋氏参见元使尊。"

教坊使元长河看罢书信，不由感慨："许知州还真是客气，不过是两卷曲谱而已，何劳他亲自修书啊？"他看向站在一边的宋引章，知道她不会光为此事而来，便问："早就听钱王府旧人说过宋娘子运弦出神入化，号称'江南第一琵琶名手'，今日亲耳得闻，果真名不虚传。有劳你奔波送信了，不知宋娘子此番进京，还有什么打算啊？"

宋引章深吸了一口气，她的手心在紧张之下已经布满了汗丝："使尊既然垂问，妾身就斗胆直言了，妾身原属钱塘乐营，但因琵琶一道上并无对手，因此乐技数年来未有寸进，听闻东京高手如林，不知可有机缘改隶教坊？"

元长河闻言大喜过望："再好不过！教坊十三色中，琵琶一色已经荒废多年，老夫刚才还在想如何开口让你留下来呢！"说着，他转头对小厮道："快去拿转籍文书过来！"

听到此处，宋引章悬着的心这才放了下来，连忙拜倒："多谢使尊！"

元长河将宋引章扶了起来："不必多礼，许知州也在信中再三让老夫对你照拂一二呢！宋娘子虽然技艺出众，但毕竟初入东京，不如暂居琵琶色的色长一职如何？等过上几个月，熟了仪制规矩，再入宫献艺，以宋娘子的技艺，必定再有封赏！"

宋引章喜上眉梢："真的吗？我来教坊，就是为了拜见官家……"她突然意识到自己的失言，忙打住话头，从袖中摸出一只小盒恭敬献上："此次进京途中，妾身无意得了一盒龙涎香，不知使尊可否代为品鉴一二？"

元长河大喜，看来这宋娘子也是个懂规矩的，赶忙接了过来，嘴上却客套地说着："宋娘子何必客气！"

元长河本要带着宋引章四处参观，却突然被一名小厮叫走。宋引章走到角落，长出了一口气，她没想到此行竟然这么顺利，若日后她能得到官家的夸奖赏赐，就再也不用怕高家和欧阳旭那些人了，若是遇到危险，她也可以站出来保护盼儿姐和三娘姐，而不是一直拖累别人。

这时，突然有一男声响起："不知沈某可否有幸，为宋娘子继续做个向导？"

宋引章一惊，回首却见刚才率先鼓掌的青年官员正站在她身后。那男子生得唇红齿白，算得上是形貌昳丽，一双深邃有神的眼睛足以令人过目不忘。他被宋引章胆小瑟缩的样子逗得微微一笑："在下著作郎沈如琢，今日来教坊公干，不意得闻仙乐，可谓三生有幸。"

宋引章看着沈如琢不掩赞叹的眼神，眼前却浮现起了从前周舍看自己的眼神。她忍不住打了一个寒战："您、您过奖了。"说完就夺路而逃。

沈如琢未曾想到宋引章竟是这样的反应，不禁也有些愕然，他嘴角微勾，颇感兴趣地跟了上去。只见窗内，宋引章在一名侍女的带领下继续参观着教坊，但仍然有几分羞涩、惶恐。几名琵琶乐工向宋引章行礼，宋引章示意她们起身，自信地说道："乐之道，在于技，而不在于年资，如今我虽是初来乍到，但既然做了你们的色长，就要恪尽职守。"

沈如琢饶有兴致地看着这一幕，他发现这个宋娘子虽然胆小得很，可一拿起琵琶就像换了一个人，不禁对她又生出了几分好奇。

晚些时分，天上下起了雨，宋引章抱着琵琶出了教坊，正想招呼路边的轿夫，沈如琢突然又撑伞出现："宋娘子可是要回去？在下有马车——"

宋引章如惊弓之鸟般退了一步："不、不用了！"随后，她不顾雨滴，逃也似的拦住了一辆刚下人的空轿，跌跌撞撞地钻了进去。

沈如琢一笑，翻身上马，跟在宋引章的轿边问："在下并非登徒子，宋娘子为何那么怕我？"

宋引章在车中抓紧了衣衫，壮着胆子大声说："我、我不是怕你，我只是胆子小，不习惯和陌生人说话。”

沈如琢觉得宋引章害怕的样子怪好玩的，忍不住逗弄道：“骗人，刚才你给乐工训话时，就从容自如得很。”

宋引章没想到沈如琢竟然偷窥她，她脸色一红，结结巴巴地答：“那不一样，我、我只有弹琵琶的时候胆子才大。”

“哦？真的？”沈如琢的语气带了几分玩味之意。

见路人纷纷侧目，宋引章又急又窘，恨不能立刻钻进地缝里去：“我对天发誓，真的没骗你，你别再跟着我了好不好？”

“佳人有令，岂敢不从？不过，我们一定会很快再见面的。”沈如琢哈哈一笑，他勒住马对着宋引章渐渐远去的轿子长声道，“我住在长乐坊左街，宋娘子若想谈琴论茶，沈某扫榻以待！”

宋引章在轿子中掩住耳朵，一路上心惊胆战。回到桂花巷后，宋引章再三确定自己没有被跟踪才下了轿子。宋引章抬头看了眼日头，确定离茶坊打烊的时间还有一阵，才放心地抱着琵琶向院门走去，可还没等她推门，门就从里面打开了，一脸焦急地冲出来的赵盼儿、孙三娘和她来了个脸对脸。

“这么大的雨，你一声不响就跑出去了！我们回来没看见你，都急坏了，还以为你出什么事了！”赵盼儿双手抱于胸前，沉着脸听完宋引章解释她今日的行程。今日下了大雨，茶坊生意不好，她们只能提前关了店，可没想到一到家，却发现称病在家的宋引章不见了踪影。这么大的事，宋引章也没想着跟她们商量一下，若非她和三娘提前回来，还不知道引章准备瞒她到什么时候呢。

见宋引章低头不敢答话，孙三娘忙打起圆场：“好啦，引章想的也不是没有道理，反正我们已经决定留在东京，把乐籍留在钱塘，总归是个麻烦。而且许知州的那封信，本来早就该送了。”

赵盼儿知道孙三娘说得有理，可她实在太害怕了，若是引章出了事，她怎么对得起宋姐姐？赵盼儿顿了顿，又道：“就算如此，她也不该自作主张一个人去！教坊是个陌生地界，龙蛇混杂，她一个人都不认识，又不通人情世故，太容易惹麻烦了！跟教坊使讨人情，是那么容易的事吗？你懂怎么跟人家应对吗？懂怎么打点人情吗？”

“我懂！”宋引章沉默了半天，终于鼓足勇气拿出一张文书，“我买了龙涎香送给教坊使，我离那些不正经的人都远远的，我还弹了一首《西凉州》，把所有的人都惊住了，教坊里没人会对我怎么样，因为我现在已经转好了籍，我是琵琶色的色长了！”

赵盼儿和孙三娘都不敢相信地拿过文书认真验看。

想到自己明明是想为姐姐们分忧反而被训了一顿，宋引章委屈地说：“脱籍的事情，我已经认命了。可其他的事，我不想认命。顾指挥那天的话点醒了我，盼儿姐，不单你想护着我，我也想护着你！只要我进了教坊，只要我能像张好好那样得了官家的夸奖，高家就不敢对咱们怎么样了！”

赵盼儿被宋引章的话震惊了，在她心中引章永远是需要被保护的那一个，谁能想到短短几个月，她竟成长得这么快。

“我、我是只会弹琵琶，可我也不是什么都不知道，我也服侍过钱王太妃，去过官府的宴席，歌姬们是怎么应酬人的，我也知道个七八分。教坊每个月还有俸禄给我，这些钱怎么也该够请两个杂工了吧？我只是不想你们那么累，不想你们总照顾我！”宋引章越说越激动，说到最后，已经眼泛泪花。

赵盼儿百感交集，轻轻地替宋引章抹去泪水：“对不起。这一回是姐姐错了。”

宋引章想到自己白天受的委屈，忍不住扑倒在赵盼儿肩头放声大哭。

孙三娘忙拍着宋引章的背安抚道：“好了好了，引章能想得这么周全，咱们该高兴才是，子方要是也能像她……”话一出口，她也愣了，语中带了哽咽：“如果不是因为傅新贵、傅子方，不是因为欧阳旭和周舍，我们三个，怎么会落到今天的境地？这天底下的男人啊，就没一个好东西！”

想到她们姐妹三人的境遇，赵盼儿的眼圈也红了。好一阵后，赵盼儿替宋引章抹干眼泪，自豪地说：“好啦，不哭啦，你现在是色长娘子，一举一动都得庄重些！”

孙三娘也道：“你去了教坊也好，以后还能多带些弟子同僚过来帮衬生意，今天茶坊生意不好，我们俩都有点犯愁。”

宋引章止住啜泣，讶异地问：“怎么会突然就不好了？昨天人不是还挺多的吗？”

赵盼儿强压下心中的担忧，笑着说：“做生意就是这样，一时人多一时人少，或许是今天学堂休沐和下雨的缘故，或许明天就好了呢？”

宋引章脸上尽是懵懂之色，但她还是觉得赵盼儿说的一定是对的，坚定地点了点头。

夜色宛若无边的浓墨涂满了天际，尽管皇城司院内点着无数照明的火把，可在夜枭的低鸣声下，地牢外依旧鬼气森森。

陈廉天不怕地不怕地缠着顾千帆，非要去审讯刚抓回来的辽国细作。他早就听闻皇城司审讯逼供的手段非常吓人，可来到皇城司这么久，他连地牢里的刑具长什么样都没见过。这一次，好不容易抓回来一个细作，他说什么也要审上一审，不然他在外面都不好意思说自己是皇城司的。

到了刑房门口，顾千帆把陈廉挡在了门外，语气不容置疑："这里不用你帮忙，回去吧。"

陈廉不甘心地踮着脚往地牢里张望，失望地说："可我进司里这么久，还没亲手审过犯人呢。顾头儿啊，您行行好，这辽国细作好歹是我抓回来的……" 在顾千帆警告的目光下，陈廉乖觉地闭上了嘴，知道不可能松口，陈廉只得不甘心地走了。

顾千帆走进刑房，看着那个被绑成了粽子的辽国囚犯，冷冷地问："你潜入大宋，到底刺探了哪些军情？"

那囚犯别开目光，似乎是看都不屑看顾千帆一眼。

顾千帆知道这囚犯不吃点苦头不会开口，便面无表情地坐回主位："好好招待这位硬汉。"

很快耳边传来囚犯的惨叫声，声音尖锐得足以穿透耳膜，顾千帆却如若未闻地拿出一本书看了起来。待他终于把书翻到了最后一页，天色已然大亮，而那囚犯的嗓子也已经喊哑。一声惨叫之后，囚犯终于嘶哑地叫道："我招，我招！"

顾千帆悠然自得地放下书卷，抬眼看着那名囚犯。

那囚犯虚弱地喘着气，艰难地问："我可以招，但我只有一个请求。我说了之后，能不能给我一个痛快？"

顾千帆眸光一闪，微微颔首。

囚犯见顾千帆点头，又似经历了一番内心挣扎，方才决绝地说道："起居舍人石泉。"

在一边做笔录的孔午听到这个名字，手中的笔一抖，险些在纸上画了一道。

顾千帆却嘴角微勾，心中不住冷笑："受了这么久的罪，就为了让我相信你说的这一句？真是辛苦你了。"

在那囚犯震惊的目光下，顾千帆缓缓走到囚犯的面前："石泉虽然官职不高，却是御史中丞齐牧的女婿，他若卖国，齐牧也必定会受牵连。你们多半是知道我这回升官是因为办好了皇后的案子，所以就认定我是后党，会乐于对付齐牧这一派的清流吧？可惜，你早就露了马脚。”他猛地扯下囚犯脖间的一块白石项链，继续说道：“契丹人喜欢金色，只有党项人才尚白，所以，你的真实身份是党项人。你们担心不敌契丹，所以就设下这个连环套从中挑拨，想让大宋和契丹之间再起争端，是也不是？”

“我，我听不懂你在说什么。”尽管囚犯极力掩饰，可他的声音却明显慌乱了。

“弹曲琵琶给他醒醒神。”怕囚犯不解，顾千帆还“好心”解释道，“钢鞭至脊，有如美人轻拢慢捻抹复挑，这就是‘弹琵琶’。”

那囚犯惊恐地看着顾千帆的手下拿出一根一拳粗细的钢鞭，那钢鞭在火光的照射下闪烁着诡异的光芒。数鞭下去，犯人的叫声一声比一声凄厉，鲜血溅在顾千帆的眉眼上，犹如点点桃花。

顾千帆的目光对上了那囚犯愤恨的眼神：“你想要痛快？如实招来，我才会给你痛快。”

犯人喘着气，突然咬舌，顾千帆却出手如电，掰下了他的下巴。顾千帆嫌恶地收回手，冷声吩咐：“敲掉他的牙齿。”

那犯人知道自己多半挨不过皇城司的刑罚，他看着顾千帆离去的背影，一面挣扎、一面咒骂：“顾千帆，你这个心狠手辣的‘活阎罗’！别以为你不会有报应，你和你祖宗八辈都只配烂在地狱里！”

顾千帆身形一滞，他在衣袖下攥紧了双拳，指甲深深地嵌进了掌心的肉里，可最终他只是头都没回地丢下一句“继续拷问，直到招供为止”便拂袖而去。

窗外的阳光顺着皇城司的窗户斜射进来，照亮了原本幽暗的走廊，顾千帆走路带风，飞快地穿行在长廊之中，在光影的变幻下，他俊朗清冷的脸庞也随之忽暗忽明。

他匆匆走进房间，在铜盆中洗手，水面映出他带着血迹的眉眼，水波扭曲，他的面容也随之狰狞变形。他的手微颤了一下，随后猛地举起铜盆，将盆中之水浇于自己的头上，冲掉了眉间已经干涸的血迹。

待顾千帆一身清爽地走到院中时，早已候在外面的陈廉忙迎上来问好。

能在这个时间看到陈廉，顾千帆有些意外：“这么早就来了？难得。”

“我这不是着急知道审得怎么样嘛！”陈廉没看出来顾千帆神色有异，一路兴奋地跟在顾千帆屁股后面，不停地追问犯人到底招没招。未待顾千帆回答，两人迎面碰上了于中全。

于中全有些不情愿地侧身让路，他还是不能接受顾千帆不仅好命地活了下来，而且还升了官的事实。尽管于中全尽量降低了自己的存在感，顾千帆却突然停住脚步问：“你来南衙何事？”

“司公听说抓了个外族的细作，要我过来看看。”于中全嘴上答着话，心里已经暗中将顾千帆咒骂了百遍。

顾千帆眯起双眼，语气不善：“这儿没你的事，回去。”

“是雷司公要我过来看看。”于中全加重了说话的语气，暗中翻了个白眼。

陈廉平生最看不上这种拿着别人的话来压人一头的人，冷笑道：“真是拿着鸡毛当令箭。司公当日说得清清楚楚，以后侦缉探察的这一块全归我们顾头儿管，你一个看门的，操什么闲心？”

于中全不屑与陈廉对话，直接问向顾千帆：“副使，这细作是在我管的拱辰门就擒的，要审，也该由我来审才对吧？”

陈廉还没见过如此不要脸之人，顿时气不打一处来：“来抢功啊，于中全，你要点脸成吗？那人明明是我亲手抓的！”

陈廉的话直击要害，于中全一时无法反驳，恼羞成怒道：“顾千帆，难道你就是这样管教下属的吗？”

顾千帆看了于中全一眼，淡淡地问：“原来你不是我的下属？”

于中全适才险些忘了顾千帆已经升职为副使一事，只能不服气地敷衍一礼：“下官失言，下官不敢。”

“你敢得很。”顾千帆鄙夷地看着这个险些要了自己的命的小人，冷冷地问，“听说你家小妾是郑青田夫人的族妹？”

于中全没想到顾千帆连这事也知道了，顿时惊出了一身冷汗，忙辩白道：“这些都是风传谣言，绝无真凭实据，请副使万勿相信！属下是有一个小妾，不过早就暴病而亡，下官绝没有在江南案上向司公多过一句嘴……”

顾千帆垂下眼帘，深不可测地笑了笑：“哦，我们皇城司抓人，何时需要真凭实据了？”

“活阎罗”一笑，于中全只觉后脊发凉。这时，顾千帆审讯犯人的手下来报：“禀副使，那细作招了。那人筋骨寸断，眼见没多久了，要不要叫大夫？”

“什么？”于中全脸色骤变，似乎是被吓了一跳。而原本兴奋地等着听供词的陈廉也浑身一震。

顾千帆从手下手中接过笔录快速地看了一遍，闲聊一般地对于中全说：“不是抢功，却这么着急，那多半就是同谋了。于都头，你想要进去灭口吗？”

于中全一下被扣上了同谋的大帽子，连忙审时度势地跪了下去，向自己猛击了五六个耳光：“下官妄言贪功，罪该万死！”

顾千帆略带嫌弃地看了眼于中全踩过的地方：“罪该万死倒不至于，去找块布，从这儿开始，直到北衙，把你踩过的每一块地方都好好擦干净。下回，要是再敢随意弄脏我的南衙，用的就不是布，而是你的舌头了。”

顾千帆的语气虽然平和，却令于中全不寒而栗，最终，于中全只能认栽，从牙缝里挤出来一个“是”字。

顾千帆不再理会于中全，径直而去，似是多停留一刻都嫌脏。

陈廉临走前不忘拍了拍于中全的肩膀，一脸郑重地叮嘱道：“别忘了跟司公去告状啊，记得把前因后果说清楚，我可想看司公这回站哪边了。”

待二人走后，于中全捡起角落的布，往地上啐了一口，暗骂道：“呸，真他妈是个杀千刀的‘活阎罗’！”

已经走进正堂的顾千帆显然是听到了这句话，但他只是阴冷地回头看了一眼已经在跪地擦石板的于中全，并未有多的动作。他展开手中的审问笔录看了看，和陈廉吩咐道：“不用叫大夫，画押盖手印之后，就直接送他上路吧。”

陈廉听了，忍不住倒抽一口冷气。

顾千帆洞若观火地看向陈廉：“杀人都不敢，还想审人？”

“我不是胆小，战场上我也杀过人，只是……”陈廉现在才切身体会到审讯犯人和战场杀敌是两码事，可要让他承认自己害怕了，他还是觉得多少有点丢人。

“不用强装，我以前也怕过。”顾千帆非常能理解陈廉眼下的心情，他拿起那张沾满了血的供词道，“衣服沾了血还能洗，白纸弄脏了，就永远也抹不干净了。这就是我不想让你审人的原因。”

陈廉终于明白了顾千帆不许他审讯犯人的用心，顿时感激不已：“顾头儿，你对我真好。要不是我姐姐都嫁了，我真想让你当我姐夫！不过盼儿姐也算是我姐姐……”

“行了，”顾千帆一看陈廉又开始油嘴滑舌，就知道他已经没事了，便问，“茶坊那边的暗哨盯得如何？”

陈廉挠挠头，照实答道：“她们的生意，好像不怎么好……”

顾千帆放下手中的供词，身上的肃杀之气渐渐散去，笼上了一层只有他面对赵盼儿时才会散发的暖意。

正如陈廉所说，茶坊中的客人少得可怜。宋引章翻看着账本，见“今日客数”那一栏上只有三个“正”字，她不禁有些丧气：“今天没下雨啊，人怎么也这么少？”

孙三娘看着没卖出去的果子，也很是犯愁：“难道是我们做得不合他们口味？”

刚给客人添了第二回茶的赵盼儿执壶走了回来，强自镇定地说：“应该不是，开张那天来的客人都挺喜欢的。何四、陈廉他们也用不着跟我们假客气。”

孙三娘头痛极了，心疼地看着漂漂亮亮却卖不出去的果子：“可为什么就没人来了呢？咱们又没涨价。前晚做的果子，到今晚就不能吃了，得全扔掉。这可要折一大笔了。”

这时，一个行商打扮的客人匆匆而入，大声道：“老板，来碗真如茶！”

赵盼儿精神一振，忙迎上前去：“好嘞，你请稍坐，我这就去碾茶！”

那客人听见这话就急了：“碾茶？我马上就要走，哪有那么多工夫等？直接来碗散茶就行！”

“散茶？”赵盼儿明显一愣，在钱塘早就没人喝散茶了，她都没想过要拿出来卖。

客人明显有些不耐烦，狐疑地打量着赵盼儿，已经对她的水平产生了怀疑：“茶饼直接掰一块下来，不用磨粉，热水一冲就行！你这儿没有吗？”

赵盼儿不想失去这个难得的客人，忙道：“有，有！”她奔回柜台，不久后端出一碗漂着茶叶的热茶出来，那客人这才满意，闻了闻后几口饮尽，摸出几个铜钱往桌上一放，就匆匆地走了。赵盼儿看了看茶坊内其他行商打扮的人，若有所悟。她放下手中的银瓶，对孙宋两人说：“我出去一下，一会儿回来。”

赵盼儿奔到街道上，只见这里人流不少，但大多都是牵牛带驴的行商打扮。她来回点数了一遍店面招牌，发现周围都是跌打损伤、铁匠铺、生药铺、布庄、粮店，只有她一家茶坊。

就在这时，顾千帆玉石般的声音从赵盼儿身后响起：“发什么愁呢？”

赵盼儿回身，见便装的顾千帆不知何时出现在她身后，怀疑他一定是早就知道了茶坊生意不好，故意来笑她的。

顾千帆打量了一下安静的茶坊，惋惜地叹了一口气："门可罗雀，刚开张，这势头似乎不太妙啊。"

赵盼儿没好气地回敬道："可不，一大早就被你这个'活阎罗'堵了个当街，运气自然不好啦。"

"生意都差成这样了，你还有心思——"顾千帆意识到赵盼儿说了什么，身形一滞，把后半截话咽了回去。

赵盼儿察觉顾千帆情绪不对，有些担心地看着他问："你怎么了？"

顾千帆沉吟片刻，闷声问道："我是'活阎罗'，你害怕吗？"

"有什么好害怕的，我又不是第一天认识你。"赵盼儿仔细看了看顾千帆，她猜测他今日一定碰上了什么烦心事，想必又有人因为他的皇城司身份对他说了什么不好的话，她转移话题道，"对了，你不是老觉得我跟你太见外吗，那这回，能帮我一个忙吗？"

顾千帆听了赵盼儿的话，心中极为宽慰，却依然嘴硬道："先说好，取消赌约可不行。"

"小气。"赵盼儿撇了撇嘴，心里却并没有不高兴，"我只是想问你几件事而已。第一，东京人是不是不爱喝点茶？第二，为什么这条马行街上没有食店、酒楼？第三，前几天，是不是东京这边的什么节日？"

"拿我当包打听吗？"顾千帆知道赵盼儿为什么要问自己这些，故意眯起那双星辰般的眼眸。

赵盼儿被顾千帆逗笑了，配合着恭维道："皇城司掌管天下的侦缉探察，比包打听可准得多了。"

在顾千帆的指点下，赵盼儿终于得知，东京的街道和钱塘不一样，许多是按行当分的。东京人从小就知道，药局巷里买生药，买马当去马行街找，而要喝茶，就得上茶汤巷。她们开张的时候，正逢佛诞，香客多，生意自然就好。可平日里在这条街上出入的只有马商。点茶要碾、冲、调、抹，太费工夫，除了文人墨客，百姓们愿意喝的人很少。相比起来，散茶又快又便宜，才是他们的最爱。

顾千帆垂眸看着赵盼儿，温和地说："我不赞成你开店，不是不相信你的茶艺，而是觉得你的决定过于匆忙。你太着急了，像是一定要证明什么。"

赵盼儿垂下了头，抚着心口，强撑着不让自己落泪："我可以对别人说没什么，不过是不小心踩到水坑，摔了一跤，爬起来继续走就好。可我骗不了自己，我不甘心，所以必须做点什么来证明自己，可是，这里真的很难受。”

两人正好走到一段有不少水坑的僻静道路，顾千帆听罢赵盼儿的话，一时心痛，下意识想去握住赵盼儿的肩头，但最终又硬生生地停住。他想了想道：“我知道你说的那种滋味，因为我也被我的生死之交背叛过。”

赵盼儿想起他的旧事，低声道：“我记得。”

顾千帆看着水坑中两人无比贴近的倒影，沉声道：“那个时候，你帮了我很多，才让我有力量撑下去。所以现在，我也想回报你一些。你闭上眼睛，跟我走一段。”

赵盼儿一怔，有些迟疑地看着前面路上的水坑，不知道该不该跟着顾千帆做这种一定会湿了鞋的傻事。

“信我，好吗？”

顾千帆的声音极具蛊惑性。赵盼儿依言闭上眼睛。

“现在，迈步。”顾千帆伸出手，隔着袖子扶住赵盼儿的指尖。

赵盼儿感受到顾千帆手心的温度，心头莫名流过一股暖流，她用另一只手提起裙子，迟疑地探出脚步，最终果断落步，正好避开了水坑。

“接着来。右，直行，步二尺；左，正东，步一尺……”顾千帆小心地引导着赵盼儿，两人越说越快、越走越快，默契地将一大片水坑全部抛在身后。

“最后一步，直行，步三尺，跟我一起跳，一、二、三！”顾千帆拉着赵盼儿的手，和她一起跳过水沟，“现在睁开眼睛，回头看吧。”

赵盼儿转身，看着身后一地的水坑映出的灿烂日光，喘着气开心地笑了起来。

顾千帆看着赵盼儿明媚的笑颜一时失神，他有些不舍地松开手，佯装平静地说：“记住，以前的坑坑洼洼，你已经全部跨过去了，你心上伤口，也早就已经好了，只不过偶尔余痛而已。”

“那你现在还痛吗？”赵盼儿被顾千帆的话深深触动，她想到顾千帆无端承受的骂名，心中微痛。她指着顾千帆的心口问：“这里，还会因为你曾经杀了最好的兄弟而难受吗？”

顾千帆被赵盼儿问愣住了，长这么大，从来没有人问过他会不会痛，好像他天生就是刀枪不入的“活阎罗”一般。顾千帆沉默了半晌方道：“在你眼里，我到底是怎么样的一个人？别着急回答，我只想听真话。”

赵盼儿知道这个答案对顾千帆很重要，她认真思忖了良久，最终答道：“在我眼里，你就是个心狠手辣、诡计多端的皇城司副使，但是，你也杀伐决断、恩怨分明。就如同我一样，既仗义，也小气，既聪明，也糊涂。我也常跟引章说，这世上的人，就跟三娘做的一口酥似的，外头看起来都差不多，可里头却有上千层；只有亲自尝过，才知道里头真正的滋味是什么，所以，又何必去管无关人等的看法呢？”

“你是在安慰我吗？”顾千帆不相信真的有人能做到不在意旁人的看法。

赵盼儿摇头，目光坚定地看着顾千帆：“安慰是一种同情，你是英雄，不需要别人同情。”

“英雄？”顾千帆仿佛听到了什么天大的笑话，“我这样的鹰犬爪牙，百姓口里的‘活阎罗’，清流眼里的奸宦走狗，居然还是个英雄？”

“皇城司的名声是不好，可至少到现在为止，我没见你做过任何一件真正的坏事。你杀的人，都是该杀之人；你破的案，也是为国利民。于公，你得了圣上褒奖青目；于私，你帮过我那么多回。只要你没有故设冤狱、无端罗织，在我心里，你就是英雄。鹰犬爪牙又如何？做国之鹰犬，民之爪牙，难道不比只会坐而论道的官更好吗？”赵盼儿的语气无比认真，显然，关于顾千帆的这些事情，她从前就认真地想过，看到顾千帆自我厌弃的样子，她也会心疼。

顾千帆的眼光骤然一亮：“国之鹰犬，民之爪牙？”

赵盼儿颇有侠气地挺起胸：“宁蹈血死，不太平生！”

良久，顾千帆笑了，那笑容难得的舒心畅快：“难为你了，为了讨好我，居然舌绽莲花地编了这么大一段出来。行吧，看在你那么卖力的分上，我可以把赌约延长一些。两个月之内，你要是能回本，我就再也不管你开店的事。”

赵盼儿也顺势昂首道：“谁要你假好心了，我赵盼儿可是在整个江南都鼎鼎大名的卖茶文君！瞧着吧，一个月之内，赵记茶坊的名头肯定能传遍整个东京，到时候，就算你想来喝茶，也得乖乖在外头排队！”

顾千帆一哂，丢下赵盼儿自己走进了茶坊。赵盼儿见他心情好转，终于松了一口气，也跟着他走进了并无客人的茶坊。

宋引章见顾千帆来了，不由有些惊喜。

顾千帆却公事公办地对宋引章说：“沈如琢是议礼局检讨沈铭之子，沈家是京中大族，他平时就喜欢乐舞音律，这两日因为馆阁校勘的差事，才到教坊收集曲乐卷册。他之前也并无劣迹，那天跟着你，应该也没有恶意。”

宋引章万万没想到顾千帆会特意帮她查沈如琢的事，不由心生欢喜：“顾指挥您怎么知道？难道您一直——”

正忙着大口大口往嘴里塞没卖出去的果子的陈廉蹿过来插口道："不是顾指挥，是顾副使，我们头儿早升官了！"

宋引章被挤到了一边，小声喃喃说完："一直都在担心我吗？"

孙三娘没听到宋引章后面的话，只是紧张地拉住她一个劲儿问："有男人跟着你？你之前怎么没跟我们说啊？他对你做过什么？你没被祸害吧？"

宋引章脸涨得通红，她不敢看顾千帆，忙推开孙三娘："我没事。"

孙三娘却大剌剌地说道："干吗不好意思啊，这儿又没有外人，谁都知道你之前被周舍欺负的事。"

宋引章羞窘万分，就算孙三娘说的是事实，也不能当着这么多人的面说她被"祸害""欺负"呀！她急切地打断道："我说了没有就是没有！"

孙三娘仍然有些不信，只好问顾千帆："那男人真的没问题？"说到这里，她突然想起来赌约的事，不由生疑："不对，这两天我们的生意突然变差，该不会是你为了让我们关门，故意安排人干的吧？"

自打顾千帆从周舍手下救出她来，宋引章就视顾千帆为英雄，听孙三娘这么说，宋引章一下急了："你怎么能这么说！顾副使不是这样的人！"

赵盼儿眼看孙三娘和宋引章要吵起来，她连忙将顾千帆和陈廉劝了出去，随后才把刚从顾千帆那儿打听来的东京人的饮茶习惯一一讲给引章和三娘听，洗清了顾千帆的嫌疑。

"原来是这么回事。"孙三娘皱眉想了想道，"引章，明儿你记得把琵琶带到茶坊来，一天弹它个五六回，肯定能招来不少生意。"

"给那些茶客弹琵琶？"宋引章想象了一下那个画面，连连摇头，"我不去。我的曲子，是给知音识律的人听的，不是给那些贩夫走卒听的。"

孙三娘快言快语道："可你以前不也在客栈弹过吗？"

宋引章一时语结，她其实是怕别人因为她随随便便给人弹琵琶，再看轻了她。

赵盼儿怕两人再吵起来，忙打圆场："现在引章的身份和以前不同了，再弹有失身份。"

孙三娘倒是个粗枝大叶的，一拍脑袋道："呦，忘了。你现在是教坊色长，是该稳重点。对了，就算顾千帆说那姓沈的不是坏人，你也得小心些，免得再出周舍那档子事。马行街的人不爱喝点茶，要不，咱们索性改卖散茶？还省事些。"

宋引章听孙三娘提周舍又有点生气，她还没忘了刚才孙三娘当着顾副使的面说她被“祸害”的事呢。她断然道：“我不同意，做散茶不就成了迎合贩夫走卒了吗？我们的茶坊这么雅致，怎么能做这种没格调的事呢？”

孙三娘一时被噎住，有点下不来台。

赵盼儿忙道：“格调当然重要，客人的口味也不能不管，要不散茶点茶各一半吧。”

宋引章却难得地没有听赵盼儿的话，坚持道：“可是就算咱们加了散茶，客人不进店，生意不是一样好不了？依我看，咱们干脆把店搬到顾副使说的茶汤巷去，一劳永逸。”

孙三娘听了这话也不干了，立刻反驳道：“搬店？这才开张几天啊，租屋子的钱都白扔了？茶汤巷里不知道有多少家卖茶的，咱们搬过去就能发财？你呀，平常十指不沾阳春水，不当家哪知道柴米贵。”

宋引章被直接呛着，火气更大了：“我以前是没做过生意，可这回我出的本钱最多！”

赵盼儿试图劝阻，然而孙三娘、宋引章却越吵越凶，最终她一拍桌子大声道：“够了，都给我冷静些！做生意哪能没个起伏？开张才几天，为了一点小事就要争成这样，那以后还要不要继续做？还不如趁着现在折得少，拆伙算了！”

孙三娘、宋引章都有点不服气，仍然互相吹眉瞪眼，可也都不想真的拆伙。

赵盼儿看向孙三娘，语气比平常都要严厉：“你干吗总提引章的伤心事，还什么不当家不知柴米贵，换成我，我也得呛着你说话！”

孙三娘也知道自己有点过分了：“我……唉，你也知道，我就是刀子嘴豆腐心。”

赵盼儿不能让孙三娘再以这个理由推脱：“刀子嘴豆腐心就是嘴坏，对外人也就罢了，对朋友说，只会伤了人家的心！”

孙三娘讪讪地低下头，不再言语了。

宋引章眼圈一红，正要向赵盼儿道谢。赵盼儿却两边各打三板，严厉地对宋引章道：“还有你，话没说两句就掉眼泪，明明没道理也变成有道理了！这回开店的本钱，是你出得最多，可难道三娘就没出力吗？每天那么多的果子，难道不是她一个人做的？如果谁钱多得就得听谁的，那开封府的府尹索性换成池衙内来当好了！三娘当初病得都走不了直路，还要去救你，你全忘了吗？”

起初，宋引章还有些不服，到了后来她也是羞臊不已。最终，宋引章起身向孙三娘一福身：“我错了，我又犯了小性子瞎折腾的老毛病。对不起！”

见宋引章还要跪下，孙三娘忙把她扶住：“别！都怨我嘴上没把门的。”

宋引章却执意跪了下去，眼中泛起了羞愧的泪花："我不起来，我还没正经谢过两位姐姐的救命之恩，我，我就是只白眼狼！"

赵盼儿原本也是想吓吓宋引章，见她这回是真的改过了，忙往起拉她："行啦，有什么话起来再说……哎哟！"赵盼儿一时没站稳，失了平衡，竟带着引章和三娘跌成一团。三人你拉着我的手，我扯着你的袖子，好半天才惊魂稍定。她们互相看着对方都鬓发杂乱、灰尘满身的样子，情不自禁地笑了起来，刚才紧张的气氛一瞬间烟消云散。

一跤跌下来，赵盼儿等人俱是狼狈不已。宋引章一边替孙三娘梳着头发，一边伸脸给赵盼儿，让她用帕子抹去自己脸上的泥点。赵盼儿则正用药油抹着自己手臂上青肿处。这时，她发觉宋引章插在水盂中的一枝桃花颇有禅意，不禁问道："你什么时候学的插花？"

宋引章没当回事地看了一眼，继续给孙三娘梳着头："前年钱王太妃教我的。"

赵盼儿眼前突然一亮："茶坊的事，我有办法了。店，还是不要搬了，不过以后可以改作两处，外面的园子加几把桌椅，卖便宜的散茶，用来吸引客人。但店里头，还是要继续卖点茶，而且比现在卖得还要更贵。"

宋引章、孙三娘都惊掉了下巴，比现在还要贵，那还能卖得出去吗？

赵盼儿却越想越觉得自己的办法肯定能奏效，她兴奋地说道："钱塘那么多卖茶的，为什么大伙儿都愿意上我那儿喝茶？为的就是赵氏茶铺品格好，茶名起得雅致，杯盏用得不俗，墙上有字画，园里有野趣，所谓谈笑有鸿儒，往来无白丁。所以，咱们要想在东京也做好生意，就得扬长避短。引章刚才说她的琵琶不能随便弹，我觉得很对，要是随便哪个茶客都能听到江南第一琵琶名手的琴艺，那还叫什么物以稀为贵？"

听到这里，宋引章已经有点明白过来了，她猛点着头附和道："没错，我就是这个意思！"

赵盼儿看着宋引章，语速飞快地规划着："其实咱们三个里头，现在在东京城里最有名气的是引章，所以茶坊的生意，就得全围绕着她来做文章。首先店名得改，得起个既雅致又有意境的名字。以后倒茶添水的事你不能做了，后头没完工的那间雅室再布置布置，你就待在那里头，每日里最多只能弹三支曲子，没事的时候就多插几枝这样的花，把钱王太妃的名头用起来！我不信那些文人墨客们不会趋之若鹜！"

孙三娘听到这里，也连连点头："对对对，陈廉也说过咱们卖的果子不单味道得好，盒子还得漂亮，我这就去坊市里淘些个什锦盒子，漂漂亮亮地装起来，名字你们来起。”

“等等！”赵盼儿拦住了孙三娘，“别着急干活，为了以后少吵架，咱们还有些话得说明。第一，像今天这样的争执，不能再有了。咱们最好分头管事：灶房采买，三娘说了算；茶坊经营，我说了算；曲艺摆设，引章说了算。其他事务，三个人中只要两人同意，就照此执行。如何？”

孙三娘和宋引章对视一眼，都点了点头。

相比孙三娘，赵盼儿更担心的是宋引章，她的目光看向宋引章：“第二，女人做生意，本来就比男人更不容易，万一这回再亏钱，你们受得了吗？引章，你要做了茶坊的招牌，那么你在乐籍的事肯定会传开……”

宋引章想起顾千帆上回提醒她想在东京立足就不能软弱，咬牙道：“受得了，亏钱也好，有人看轻我也好，都一定要把茶坊开下去！我会大大方方地告诉他们，我是教坊琵琶色的色长！就算有人认出了我，提起我和周舍在华亭县的旧事，我也不在乎！我会告诉他们，被恶狗咬了一口，不能全怪我！生下来就属乐籍，也不是我的错！”

赵盼儿听了宋引章的话，情不自禁地鼓起掌来：“说得好！”

“就是气势弱了点。”孙三娘拍了拍宋引章的背，自己挺起了傲人的胸部，“得把胸挺起来。喏，像这样。”

宋引章挺直了后背，半羞半恼地说：“我挺了。我只是瘦！”

孙三娘围着宋引章绕了一圈，故意狐疑地说：“是吗？我不信。”

赵盼儿憋着笑，也上来戳了戳：“好像是小了点。”

宋引章又痒又羞地打开她们的手：“拿开，你们怎么这么坏！”但她最终还是忍不住笑了起来。

姐妹三人你追我赶，最终幸福地坐在了一起。赵盼儿温柔地替宋引章拢了拢头发：“引章，现在你真的好了不起，我们两个，都为你骄傲。”

宋引章依偎在赵盼儿怀里，喃喃道：“现在这样真好。盼儿姐、三娘姐，咱们索性一辈都这样好不好？永远不嫁人，永远姐妹情深，一直这样相互扶持到老，好不好？”

看着宋引章满怀期待的目光，赵盼儿一怔，她眼前突然浮现出顾千帆英俊的面容，但宋引章的眼神是那么的可怜与祈求，于是，在和孙三娘对视一眼后，她点了点头。见赵盼儿和孙三娘都点头答应，宋引章露出了前所未见的欢快笑容。

第十四章 半遮面

茶坊院内桃花盛开，门上挂着一块蒙了布的新牌匾。附近京华书院的两名学生也逃学赶来凑热闹，其中矮胖调皮的叫孙理，瘦高呆憨的叫胡彦，两人站在一块，从体形到神态都形成了鲜明的对比。见工匠们拆下了茶坊的木门，重新装了一扇蓬草做的破门，胡彦不禁疑惑道："好好的门干吗要拆，她们疯了？"

身后，一身夫子打扮的杜长风叹息道："蠢！'花径不曾缘客扫，蓬门今始为君开'的意境都不懂！"

"哦，原来如此……"孙理若有所思地点点头，转头欲看身后是哪位高人，却见来者是杜长风，顿时惊慌不已，"杜、杜夫子！"

杜长风这才意识到眼前这俩小孩是自己的学生，忙伸长脖子、眯起眼睛，试图看清他们是谁："书院早开门了，你们为什么还在这里？报上名来！"

孙理用胳膊肘捅了正要如实报上姓名的胡彦一记，一脸镇定地随口胡诌了两个名字。杜长风隐约觉得这两个名字听着耳生，但也并未多想，依然一脸威严地说道："回去罚写大字十篇，明天早上交给我！"

"是！"孙理唯恐夜长梦多，赶紧拉着胡彦跑开了。

两人气喘吁吁地在书院门口停下脚步，胡彦困惑地问："你怎么敢瞎编名字？"

孙理胖乎乎的脸上泛起一个机灵的笑容，拍了拍胸脯道："不怕，他今天没带琉璃片子，一尺外的人连脸都看不清！"

胡彦恍然大悟地哈哈大笑起来："他真蠢，难怪考中了进士也没捞到官做，现只能一边守选，一边在书院当夫子！"

孙理也"嘿嘿"地乐了起来，神神秘秘地向胡彦耳语道："听说陛见官家的时候，他太激动了，就御前失仪，放了一团那个五谷轮回之气。"

胡彦一听，顿时与孙理笑成一团。

而这一边，杜长风浑然不知学生们对他的嘲笑，仍是意犹未尽地给旁边生得富贵团圆的文士讲解着：“杜某认真看过，这间茶坊虽小，但一草一木都颇有深意。浊石先生您看，此处有桃花，又挂了美人灯笼，分明就是‘去年今日此门中，人面桃花相映红’。”

不断聚集而来的文士们纷纷点头，大有知音之感。

浊石先生捋须道：“我倒觉得这灯笼用的是元九‘桃花浅深处，似匀深浅妆’之典。”

这时，又有几名文士挤了过来，浊石先生眼尖，一下就认出来了其中那个瘦得仙风道骨的是袁屯田，忙上前寒暄：“袁屯田，你也来了？”

袁屯田看着茶坊的布置，喜气洋洋地说：“你又不是不知我平生最好音律，听樊楼的素素说今天这儿有间新店开张，有好曲子听，所以才来的。呀，快看！”

只见一阵白色的烟雾从门内涌出，一身飘逸衣裙的赵盼儿和孙三娘各自拿着一把团扇挡着脸，款款走到牌匾下端，拉开系着蒙布的绳子，现出牌匾上的“半遮面”三字店名。

聚在蓬门外的一众文士一时看呆了，不知眼前的美景是幻是真。只有杜长风双眼茫然。赵盼儿和孙三娘打开园门的竹栏，盈盈施礼道：“今日敝店重新开张，有薄茶数杯，清音一曲，愿得知音人入内一赏。”

杜长风根本看不清孙三娘的脸，只觉自己隐隐约约看到了一位身姿绰约的美人，待孙三娘走回茶坊，杜长风犹自盯着她的背影，沉醉地摇头吟道：“香风阵阵，如兰似芷，不知是怎样一位绝代佳人！”

赵盼儿和孙三娘一回茶坊，立刻搬走地上的两个铜盆，铜盆里装着还在冒着白烟的满满几大把线香。赵盼儿用事先备好的水将线香浇灭，忙乱之中，还不忘拉了一下廊下的风铃。

雅室内的宋引章听到风铃声，立刻开始拨弦。一曲婉约的琵琶曲霎时流淌而出。此时文人们已经走到园中，听到琵琶声，俱是一愣。袁屯田拍手赞道：“妙啊！难怪叫‘半遮面’！原来竟是琵琶语！”浊石先生也连连叫绝：“果真是人面桃花！”

那琵琶声如有魔力，让文士们情不自禁地沉浸其中，不少人更是顺势坐到了桌边。杜长风一脸向往，正要举步走进茶坊，突然想起自己还要上课，他心中天人交战良久，最终只能狠心决定下次再来。

赵盼儿守在门边，看到蜂拥而来的文士们，掩饰不住心中的喜悦，小声对孙三娘道："成了！"

一曲已罢，袁屯田仍旧意犹未尽："此曲只合天上闻，不知是哪位名手拨弦解音？"

赵盼儿浅浅一笑，优雅而不失自豪地答道："教坊琵琶色的色长，江南第一名手宋娘子。"

众文人闻言面上俱露惊喜之色，皆希望宋引章能再弹一曲。

赵盼儿却略带歉意地笑了笑："当年钱王太妃聘宋娘子为乐官，因爱惜她的琴艺，特地定下规矩，一日之内，宋娘子只奏三场。各位如果还想一听，不妨稍坐，用些我们江南的茶点。"

赵盼儿拿过一方以仕女葬桃花之图为背景的茶牌，上面写着"桃花饮""桃叶茶""玉凤衔桃"等字样。

大腹便便、一看就对吃喝很有讲究的浊石先生看了一眼，不由惊道："一壶桃花饮要八十文！你们不会写错了吧？这都能买一斗米了！"

赵盼儿却浑不在意地嫣然一笑，给浊石先生端来一壶桃花饮："先生说笑了，此境、此情、此乐，难道能以钱计算吗？不过妾身敢打赌，您只要试过这桃花饮的味道，就不会再这么想了。"

浊石先生见那白瓷粉水极是雅致，上面还浮着几瓣桃花，他不禁抽了抽鼻子："真有桃花香？"他拿起盏来，轻品一口，顿时眼睛一亮，他转头对惊讶的众人说："老夫也算是个老饕餮了，这桃花饮，值！"

赵盼儿又顺势取过一只精美的盒子，里面端端正正地放置着四枚点心，一枚作桃花样，一枚桃叶样，另两枚各作桃子及蟠桃样。下面各自标着"桃夭""笑春风""春水生""晚更红"的小签，赵盼儿道："有饮无果，正如有琴无酒，乃是人生憾事。先生不妨再试试敝店的桃花茶果。"

袁屯田眼中难掩惊艳："这是茶果？"

赵盼儿盈盈笑道："敝店的孙娘子，乃是南唐宁国节度使的后人，这些茶果，得自小周后的亲传。"

众文人的眼睛一下子就亮了，浊石先生赶紧拿起一枚大口咬下，瞬间他的表情便如痴如醉。众人不用再问，立刻轰动了。

"给我来一盘！"

"我也要一盒！"

赵盼儿适时报价："一盒三百文。"

众人听了这昂贵的价格，瞬时安静了下来，最后，还是浊石先生咬牙道："三百文我也买！"

赵盼儿又是一笑，朝楼上做了个"请"的姿势："先生果然是知音人，请至雅室清赏宋娘子的琵琶语。"

众人听了这话，争先恐后地要买茶果，都想抢到进雅室听曲的殊荣。

雅室中布置得禅意十足，屋内摆放有桃枝插花和香炉，壁上仅挂着一幅桃花诗条幅。屏风后，宋引章专注弹琵琶，屏风前，十余文人坐在椅上，入神地听着琵琶曲，他们只能从屏风的缝隙中窥见一丝宋引章的美貌。

孙三娘挡住几个想要靠近雅室的文士："宋娘子喜静，每回最多只能有十位雅士入内听曲。明日请早。"

浊石先生有些不服气："赵娘子，你们也太不公平了，我就是长得胖跑慢了一点，凭什么买了这么多，却没份儿听琴！"

物以稀为贵，赵盼儿已经下定决心要严格限制每日听琴的人数，对谁也不能破例。她柔声说道："所谓机缘，不在先后，而在时机。先生不必叹息，让妾身来为你点一盏九九归元茶可好？"

浊石先生兀自不满地坐下，但又好奇地问："九九归元又是什么茶色？"

赵盼儿取过一只锦盒来，盒中共有形制不一的九只茶盏："这九只茶盏，一作秘色，一作粉青，一作梅子青，一作红窑变，一作黑色，一作白色，一作米黄冰裂，一作天青，一作兔毫。明、越、唐、邓、耀、柴、饶、龙泉、定，自唐以来至国朝，宫中所爱之九色名瓷尽在于此，以官家至爱之龙凤团茶所点，岂不是九九归元！请。"

浊石先生等人先是吃了一惊，随后忙小心翼翼地品起茶，众人爱不释手地交换着抚摸茶盏。浊石先生问道："居然能集了如此多宝物，可谓东京一绝。只是赵娘子，这么多名瓷，你是从哪里得来的？难道也是从江南钱王太妃处——"

赵盼儿笑而不语，神秘地做了一个"嘘"的手势。

众人纷纷会意，浊石先生郑重地又品了一口："不愧是贡茶！您这九九归元，该不会也要八十文吧。"

"当然不会。"赵盼儿卖了个关子，她满意地看着众人的反应，微笑着说，"两百五十文。而且和桃花茶果一样，每日只卖十套。"

在场众人纷纷咋舌。

“两百五十文！她们怎么不去抢钱啊！茶汤巷一盏龙凤团，才卖三十文！不过就是盛在不同的茶盏里，就漫天要价！”茶汤巷的各大茶坊中，所有客人都在议论着横空出世的半遮面。

另一桌上打扮成文士的何四却问道：“那半遮面的茶好喝吗？比这里的如何？”

那人一愣，回味了一阵，只能承认：“比这里的味道是要好一点。”

“结账！”何四立刻站起来，似乎一刻也不能等，要去半遮面探个究竟，他又问向那人，“那半遮面在马行街的哪儿？”

对方顿时愣住了：“那么贵你还要去啊？”

何四刻意提高了声音，一脸高深地对周围的茶客说：“宝剑配名士，李太白喝过的酒都比外头卖得贵几倍呢，集齐一套几代官家都爱的御瓷，容易吗？打碎一只就少一只啊！茶汤巷的茶都喝了十几年了，你不厌吗？单为了那一套九只的御瓷，我也得去瞧个热闹啊！而且人家一天只卖十套，摆明了就是皇帝女儿不愁嫁！”说罢便摇了摇头，拔足而去。

茶坊中人如梦初醒，有不少也赶紧留下茶钱，跟着何四扬长而去。经过一个说书摊时，何四朝说书人使了个眼色。说书人心领神会地喝了口水，立刻一拍醒木道：“下一段，小老儿要来说一件新奇事。东京之大，无奇不有，诸位可曾听说过两百五十文一杯的茶？如今在马行街，就有一间叫作‘半遮面’的茶坊，敢卖这么贵的茶汤。据说那里还卖南唐小周后传下来的果子……”

一时间，在场的听众无不瞠目结舌，很快，就有越来越多的人涌向了马行街。

赵盼儿满意地看着人头攒动的茶坊。何四不无得意地在角落里小声道：“怎么样？我按照你教的，把他们全引来了。”

赵盼儿给何四塞了一个重重的钱袋：“今儿多亏你了。明天继续，不过就别在茶汤巷说那些我们比别家强的事了，省得招人家记恨。”

何四掂了掂钱袋，立刻眉开眼笑：“好嘞，跟着赵娘子做事，比跟着我们衙内还爽快！”

赵盼儿狡黠一笑，看透了何四的小心思：“嘴这么甜，是不是想从我这儿骗果子吃？”

何四“嘿嘿”一笑，挠了挠头：“瞒不过您。衙内的大寿快到了，我正想找件拿得出手的礼物。”

“早给你准备好了。”赵盼儿从柜子拿出两盒包装精美的茶点，“一盒给你的。另一盒嘛，听说池衙内有一位红颜知己张好好张娘子？能不能帮我引荐一下，就说我家引章妹子前些日子多得她一语点化，我这个做姐姐的，想当面致谢。”

何四接过茶点，美滋滋地拍了拍胸脯：“您放心！包在我何四身上！”

何四把事办得靠谱，次日晌午，赵盼儿已经被邀请到了双喜楼画舫内。张好好颇为慵懒地坐在桌边，细细地端详着赵盼儿给她带的桃花点心，她不曾好好打扮，却依然风情万种、明艳照人。张好好尝了一口，不禁赞道：“果然美香浓软，和我在大内尝到的果子不相上下。”

赵盼儿知道张好好是见过大世面的，见张好好也真心喜欢三娘的果子，她心中也颇为高兴：“张娘子若喜欢这个味道，以后，我每日让人送你一盒如何？”

张好好将手中的点心放了回去，漫不经心地轻笑道：“无缘无故，这么好的事，怎么会落在我身上？”

赵盼儿也不跟她转弯抹角，直接说道：“引章说张娘子是个爽快人，那我就索性直言了。来张娘子这里赏歌的人，除了非富即贵，还有不少柳九官人、王诗童那样的文人墨客，如果能让他们也尝尝这些果子，岂不既能为你的双喜楼增色，又能为我家茶坊扬名吗？”

张好好嘴角撒娇似的略微撇了撇：“哟，原来是想靠我拉客来着，只是区区三百文就想收买我，是不是太便宜了点？”

赵盼儿却胸有成竹地反问：“张娘子难道缺钱吗？恕我直言，你缺的是如何独一无二。上回你在御前献声，引得万民喝彩，可之后的风光，却一日不如一日。引章告诉我，隶属教坊的歌伎有百余名，眼见这春日各色庆典不断，她们都攒着劲儿准备入宫献艺呢。官家宽厚，若到时候也赐她们彩衣，那你这金嗓子，也就没什么稀奇了。”

张好好起初还散漫倦怠，听到一半已经在专心凝听，最后竟正色坐直了身子，她打量了赵盼儿许久，最终笑道：“不愧是把池衙内都差点逼疯了的人！那你快教教我，这些天我一直在为这件事发愁呢。”

赵盼儿见张好好上道，一鼓作气地说：“我们三姐妹开的这间半遮面，虽然小，但是精。好好姐不妨想想，若是来你这里的客人，发现在外面黑市上十金也难求一盒的果子，于此处却可以轻易尝到呢？”

张好好想了想，渐渐面露喜色。

赵盼儿又趁热打铁地继续说道：“如今引章也入了教坊，做了琵琶色的色长，若是再有献艺的机会，她也只愿和张姐姐合作。”

张好好拍手笑道：“我懂了，这就叫与众不同！以前我只想着怎么把曲子唱到最好，没想到还能有这样的巧宗！盼儿妹妹，以后咱俩一定要时常来往。”

“乐意之至。”赵盼儿也笑了起来，可她突然想起什么，赶紧补充道，“只要池衙内不来找我麻烦就行。”

张好好柳眉一竖，一拍案桌：“他敢！”

赵盼儿和张好好一齐笑了起来，只觉一见如故，于是又细细地谈起了今后的合作，直到日影西斜。

离开画舫时，赵盼儿手中多了一只大盒子，因甲板摇晃，赵盼儿有些站立不稳，幸而有人一手扶住她，一手接过了盒子，赵盼儿才没有跌倒。不用回头，赵盼儿就知道那人定是顾千帆。

顾千帆觉出盒内物件分量不轻，好奇地问：“这是什么？”

东京这么大，赵盼儿知道顾千帆肯定不是偶然出现在这里，她不自觉地笑了笑：“张好好送我的开张礼物，定窑的盘口梅瓶，上面有八大王送她的亲笔题诗，她要我摆到雅室里，这样但凡见到的人，就都知道她和我们的关系匪浅。”

顾千帆不想扰了赵盼儿的兴致，沉吟了片刻才小心地提醒道：“你那里用的茶盏，真的是御瓷？这可是犯忌的。”

“放心好了。”赵盼儿没想到顾千帆连茶坊里发生的事都知道，偷偷抿嘴笑了，“那些本来就是我在钱塘收集的名品，再说我又没说是当今官家御用，只说是历代宫中所爱，茶客们爱乱传，这也怨不着我吧？”

顾千帆一愣，勾唇笑道：“你呀，倒是真有手段，借风就雨的，一会儿御瓷，一会儿又跟张好好搭上了。”

赵盼儿也回敬道：“你也真有闲心，皇城司那么多事不做，老跟着我做什么？”

顾千帆停下脚步，静静地看着赵盼儿，不知为何，他今天觉得赵盼儿格外好看。

赵盼儿被看得脸上臊得慌，娇憨地横了顾千帆一眼：“你看什么？”

顾千帆被赵盼儿眸中的秋水横得心神一漾，他轻笑着移开目光：“我瞧你也不像是庙里的木胎泥塑，怎么就那么喜欢往自己脸上贴金呢？今天察子突然来报，说马行街那边突然有上百文人聚集，扰攘不去，你说我这个皇城司的次官，该不该来查问一下罪魁祸首？”

赵盼儿啐了一声，拔足就走，心中莫名烦闷。

顾千帆抱着箱子追了上去：“恼羞成怒了？”

赵盼儿看也不看顾千帆一眼，口是心非地说：“没有。”

顾千帆敏锐地察觉到赵盼儿走路时的站位比平日里远，而他一点也不喜欢这种变化，他悄悄地缩短了两人之间的距离，好心提醒道：“以后别再搞那么大的阵势，你那园子本来就小，人一多，万一有个踩踏，事情就不好收拾了。”

赵盼儿依旧不看顾千帆，一边快步向前走，一边干巴巴地说：“明白。”

顾千帆没察觉问题的严重性，又不合时宜地补充道：“也少让你的人去茶汤巷当托揽客，那里开店的都是积年的行家，东京的商家都是抱团的，得罪了同行，以后有你受的。”

“知道！”赵盼儿突然提高了声音。

顾千帆愣了愣：“你今天说话怎么都是两个字？”

“乐意。”赵盼儿停下脚步，语气传达出来的分明是与“乐意”完全相反的意思。

顾千帆不明白赵盼儿这是怎么了，他隐约感到不妙，可又不知道该如何应对她这种莫名的情绪，只能笨拙地试图用开玩笑的方式化解眼下的紧张氛围：“不高兴了？为什么？嫌我没有恭祝贵店二次开张大吉？”

赵盼儿终于抬头看向顾千帆：“嫌有人狗嘴里吐不出象牙来，明明是关心，却偏要板着脸说得跟训斥一样，谁受得了？”

顾千帆见她终于说了完整的一句话，稍微放下心来，故意板起脸说：“我要不板着脸，事情可就大了，你听别人说过，宁见阎王怒，莫见阎王笑吗？”

赵盼儿脸上隐隐现出了笑意：“哟，这会儿又敢说了，前两天，是谁听到‘活阎罗’三个字，就眉毛不是眉毛，眼睛不是眼睛的？”

顾千帆闻言也忍不住笑了，两人渐渐走远，丝毫没注意到角落处于中全那双怨毒的眼睛。

顾千帆陪赵盼儿走到了茶坊附近，他头一次希望这段路能再长一点，这样他就能陪赵盼儿一直走下去。一朵桃花飘落，粘在了赵盼儿发间，顾千帆信手替她摘落，宛若他们已经是相处多年的恩爱夫妻。赵盼儿惊愕于顾千帆这一套行云流水般的动作，不禁浑身僵直。

顾千帆以为赵盼儿哪里不舒服，忙问："你怎么了？"

看着在桃花的映衬下，顾千帆那轮廓完美的面容，赵盼儿脱口而出："顾千帆，你是不是……"她猛然意识到自己在说什么，忙打住话头，终归是没有勇气把"是不是喜欢我"问完。

顾千帆笑问："是不是什么？"

"没什么。"赵盼儿本以为顾千帆多少明白，见他这样问，顿时泄了气。

顾千帆面对犯人时能够洞察人心，可对女儿家的心事一窍不通，赵盼儿说"没什么"，他便信以为真。"赶紧进去吧，对了，好歹我也是个债主，记得把那什么桃花果子送一盒到皇城司来。"

赵盼儿突然别扭起来，态度疏远地说："皇城司墙高衙深，我分不开身，也不敢进去。"

顾千帆没听出赵盼儿的言外之意，不解风情地说："那我让陈廉来拿。"

赵盼儿心里更不好受了，使着性子说："今天的已经卖完了。"

"没关系，明天也行。"顾千帆笑了笑，"无非就是个果子，拿那么大架势做什么，我又不喜欢吃这些甜腻腻的东西，只是想当礼物送给一位长辈而已。"

赵盼儿的背儿不可见地僵了一下，她客客气气地说："好，那我明天一定准备好。谢谢你帮我拿东西。"她伸出手，接过顾千帆手中的盒子。

顾千帆再笨，也知道赵盼儿眼下情绪不对，他终于紧张起来："你怎么了？"

赵盼儿勉强笑笑："忙了一天，累的，睡一觉就好了。"

顾千帆看着她挺直背离去的背影，心中突然有些慌乱，他本能地叫住了她："等等！"

赵盼儿回首，脸上还带着那个温婉的笑容："什么事？"

顾千帆不知该说什么，也不知道她到底在别扭什么，只能没话找话地说："欧阳旭已经到了西京，他一路平安，你不用担心。"

"哦，是吗。谢谢你了，他要是出事，那幅画就更难找到了。"赵盼儿笑容不变，心中却突然空落落的，她在想什么呀，她刚才是以为顾千帆真的会对她许诺什么吗？她鼻尖泛起酸意，却依然笑着说："没事了吧，那我走了？"

顾千帆愣了愣，可再也想不出还能说些什么，看着赵盼儿的背影，他心里格外不适，总觉得哪里出了差错，他皱眉许久也没想出个所以然来，只能默默离开。

回到家，赵盼儿便强迫自己忙起来，不去胡思乱想，她在桌边将算盘打得飞快，孙三娘和宋引章左右门神一般站在赵盼儿身后，一个敲打着肩膀，一个揉着腰，期盼地等待着。

赵盼儿脸上仍然带着跟顾千帆告别时的那种勉强的微笑："今天一共收了七千三百四十五文，刨去茶食的本钱、改建费用和给何四他们的使费，净赚四百六十二文。"

"太好啦！"孙三娘、宋引章忍不住击了掌。

赵盼儿笑道："别高兴得太早，这才第一天呢。而且要是加上之前的地租、家具，还是亏的。总之开业这一个月之内，咱们尽量不休息，先把本钱挣回来再说。"

宋引章满脸喜气，立刻站起身来："那我回屋练琵琶。"

"我也得去做果子。"孙三娘本来还觉得有些累，现在也觉得自己浑身是劲儿。

赵盼儿笑着点点头，冲引章和三娘摆了摆手："快去吧。明儿见。"

孙三娘没走几步，突然想起赵盼儿自打从双喜楼回来就一直挂在脸上的勉强笑容，她直觉不对，便支开了宋引章，自己走了回去。

孙三娘仔细地观察着赵盼儿的表情，得出了结论："你不对劲儿。打你从张好好那儿回来，那副笑容就跟长在脸上了一样。"

仍然在算账的赵盼儿没有停笔，她扬了扬眉毛，不置可否地问："是吗？"

孙三娘拿过一面镜子摆在赵盼儿面前："你自己好好看看。"

赵盼儿怔怔地看着镜中宛如戴着假面具一般的自己，但仍道："哦，今天笑了一天，脸都僵了，做生意嘛，这个样子还不是经常的事。"

孙三娘坐在赵盼儿身边，关切地盯着她的脸："瞎说，以前我就从没见过你这个样子，你是不是和顾千帆之间发生什么事了？"

赵盼儿被说中了心事，第一反应却是反驳："没有，我和他不过是——"赵盼儿突然说不下去了，孙三娘又把镜子移到了她的面前，镜中的她虽然仍然在笑，但不知何时，眼圈已经红了。

看着镜中的自己，赵盼儿的笑容一点点地消失，最终，一行泪水流了下来。孙三娘什么也没说，只是把手绢递给她。

赵盼儿擦了擦眼泪，接下来的话对她而言有点难以启齿："我只是……可能有点喜欢他。"

孙三娘倒是并不意外："哦，那也用不着哭啊。"

赵盼儿摇了摇头："我知道这样不对，毕竟我是为了欧阳旭才来的东京。"

孙三娘早就看出来赵盼儿和顾千帆之间有点什么，也早就知道总归会有这么一天，她柔声安慰道："哪儿不对了？欧阳旭跑了，你和他的事也早该翻篇了。顾千帆和你男未婚女未嫁，共过患难又都在东京，不挺好的吗？这些天我冷眼在旁边看着，早觉得你俩不对劲儿了。"

赵盼儿心里不踏实，眼圈又红了："他或许是有些喜欢我，可他也没那么喜欢我。"

"什么意思？"孙三娘被赵盼儿绕晕了，她是个直肠子，根本不懂这些弯弯绕绕。

赵盼儿眼神有些无助："三娘，如果你真心喜欢一件东西，比如胭脂水粉、首饰衣裳，你会怎么办？"

孙三娘不假思索地答："自然是有钱马上就买，没钱就拼命攒钱，买不到就天天守着，哪怕多看一眼也好。"

孙三娘的话证实了赵盼儿的观点，赵盼儿不禁惨然一笑："可他一点也不着急。虚虚实实，忽近忽远的，每一次都会做些让我禁不住乱想的事，把我的心悬起来，然后马上又跟没事人一样，松掉那根弦。他如果真的对我有心，会这样吗？"

孙三娘凝神想了想，肯定地说："他肯定是真心的，不然不至于为咱们做那么多。茶坊的本钱，这屋子，还有引章教坊的事，这不是子方说的爱屋及乌，还能是什么？"

"我刚刚难过也正是为了这一点。毕竟在钱塘的时候，打我主意的男人也不算少。他要是一点真心也没有，我至少还可以不当成一回事。可现在半真半假的……"赵盼儿抹干了眼角的泪，她的自卑与自尊同时涌上心头，"我不停地跟自己说，人得有自知之明。欧阳旭刚中进士，就能嫌弃我是贱籍从良。顾千帆贵为皇城司副使，能不知道我和他之间有如云泥？三娘，我其实很害怕，害怕自己会渐渐习惯他不许我拒绝的照料，害怕自己的心会不断地让他撩拨得忽上忽下。以至于有一天他只要招招手，我就会不由自主地走过去，最后，落得跟乐营里无数个从了良的姐妹一般色衰则爱弛，而他却只是淡淡地来一句，当初我不过是同情你而已……"

孙三娘想劝，可她们三个人谁没被男人伤过，她只能轻声安慰："不会的，他不会的。"

赵盼儿摇了摇头，只感觉心脏疼得要裂开了："欧阳旭的教训还不够深吗？我会不断地跟引章说，女子贵自立，一旦想要依靠别人，就会有了弱点，所以我才会伤心，才会一直坚持要开这个茶坊，要还清他的钱……我，我其实也不知道自己在说些什么。"

孙三娘不知何时眼圈已经红了，她拉住赵盼儿的手，轻声道：“我懂，我懂。”

赵盼儿轻轻伏在孙三娘的肩上，脸颊上仍然挂着一串剔透的泪珠：“让我再靠一会儿，就一会儿。三娘，你以后一定要提醒我，任何时候都得清醒，不能让他瞧不起我，更不能让我瞧不起自己。”

在烛光的映照下，赵盼儿脸上写满了脆弱，可她的眼神中却透着坚强的光。

顾千帆就着昏暗的烛光看着案桌上的军力分布图，自他从半遮面回到南衙，便始终心神不宁。他真的很想知道自己究竟做错了什么，以及怎样才能让赵盼儿重展笑颜。顾千帆朝在一旁奋笔疾书地做着记录的陈廉吩咐道：“今晚的不需记档，这个党项奸细的下线，还需要再钓一钓。要是雷敬问你……”

陈廉胸有成竹地搁下笔：“放心，我这么聪明，肯定会在司公面前把话圆得妥妥的。”

“聪明人死得快。”顾千帆淡淡地说。

陈廉没脸没皮地说：“可是又聪明又招人喜欢的人活得长啊。”

顾千帆若有所思地抬头问：“你招人喜欢？”

陈廉也毫不谦虚，夸口道：“那可不！特别是招女人喜欢。因为我自小就在女人堆里长大，特别了解女人。您没瞧见吗，三娘姐她们都已经拿我当亲弟弟看了。”

顾千帆顿了顿，似乎是犹豫要不要向下属吐露私人问题，最终他用尽量随意的语气说：“哦，那你告诉我，为什么一个女人明明好好的，却会突然不高兴，而且还跟你说她没什么？”

陈廉眼珠一转，八卦地问：“这个女人跟你关系如何？”

顾千帆眼波微动，昧着良心说：“不太熟，只是世交之女。”

陈廉一下没了兴趣，拄着腮帮子懒洋洋地说：“这个就太正常了，女人嘛，每个月总会有几天不舒服。或者就是故意欲扬先抑，故意让你知道她不开心了，想让你去哄哄她。你可千万要把持住，别上了她们的当。”

顾千帆伸手在陈廉的额角弹了重重的一记。

陈廉吃痛，往后缩了缩，又转了转眼：“对了，头儿，盼儿姐那笔飞钱到了，我怕桂花巷小院不安全，就先兑成铜钱放在你宅子里了，你记得交给她啊。”

顾千帆眼波一闪：“好，我还正缺一个由头找她呢。”

东京的萧府比萧钦言在苏州的府邸更加雄伟，只因久无人居住，未经翻修的亭台楼阁少了几分人气，多了几分破败之感。萧钦言的长子萧谓身着华服正在对着下人训话，他虽然与顾千帆是异母兄弟，但两人在外貌上并不相像。

一名被鞭抽得奄奄一息的仆役趴伏在萧谓脚边，萧谓的目光阴狠地扫向肃立在阶下的一众仆役：“我娘和我们几个兄弟是不是太宽纵你们了？这几年不过住在京外别院，你们就敢阳奉阴违？告诉你们，父亲回京为相的旨意，这两天就会颁下了。在他回京之前，整座府邸要是没按我说的翻修好，他就是下场！”

众奴仆不寒而栗，谁都不敢作声。

这时，一小厮匆匆而入，朝萧谓耳语了几句。

萧谓不耐烦地皱眉：“不认识，不见。”可当萧谓看到小厮呈上的皇城司金牌时，不由一怔，他展开那客人的拜帖读了读，脸上的表情变得古怪之极。萧谓又恶狠狠地扫了底下的仆从一眼，拂袖朝待客的房间走去。

于中全早就知道萧谓看了信一定会来见他，他难掩得意地行了一礼：“衙内万安。”

萧谓打量着这个贼眉鼠眼的皇城司的人，仍是有些不敢相信自己的亲生父亲会做出那种事。他不自在地轻咳一声：“废话少说，那人真是我爹的……那个？”

于中全立马正色起来：“下官哪敢胡言？萧相公待那顾千帆如此不同寻常，为着他，可是差点掀翻了整个皇城司呢。下官也是为了衙内和令堂着想……”

萧谓冷笑着打断于中全：“你是想借我的手对付他吧？别说得那么冠冕堂皇。”

于中全有些尴尬：“下官和顾千帆的确早有不和，如今他靠上了萧相公这座大山，连雷司公都不敢对他如何，我在司中就更是举步维艰了。其实下官早有对付他的法子，只是……”

“只是你怕一拍子打不死他，他就又会仗着我爹报复你。”萧谓干脆替于中全说了下去。

于中全满脸奉承地又一拱手：“衙内明鉴。”

萧谓冷哼一声：“我为什么要帮你得罪我爹？”

于中全摆出一副完全是为了萧钦言和萧谓考虑的神情：“萧相公身在局中，一时难免被奸人所惑。可他毕竟是将来的首辅，这种事情千万不能落到清流手中变成把柄啊。不如趁着他老人家还没进京，悄悄地就把顾千帆给解决了，反正皇城司官员吃的是刀口上的饭，就算有个死伤，萧相公也不会起疑。”

见萧谓略有所动，于中全又赶紧说：“此外，下官听说，衙内下头的三个弟弟，好像都不太安分啊。毕竟，您这个嫡长子要是出了事，这相府偌大的家业，可就便宜了别人了。衙内若肯助下官，皇城司以后也愿助您一臂之力。”

萧谓眼中光芒大盛，已然被于中全说动：“你想我做什么？”

于中全见萧谓已经入套，心中大为得意：“下官已经找到了顾千帆的死穴，自会向他动手。只求等他落到我手中之后，您跟我们司公打个招呼，让他以为萧相公也厌烦了顾千帆就好。您也不必担心，我们司公的算盘最是精明，您毕竟是萧相的长公子，他就算以后知道了实情，也不敢得罪您的。”

萧谓沉思片刻，眼中闪过一丝狠厉：“成交！”

于中全与萧谓相视而笑，他心中暗忖，顾千帆啊顾千帆，谁让你有了相好也不知避讳，这一次他势在必得！

半遮面依旧人流如织，赵盼儿刚打开茶坊的蓬门，早就在外排好了队的茶客们就急奔入茶坊内。浊石先生率先挤进了茶坊，气喘吁吁地说：“掌柜娘子，咱们可说好了，今儿一定得让我听上宋娘子的琵琶！先给我来十盒桃花果子！”

赵盼儿早料到文士们为了听引章的曲子，会出现这种多占名额的情况，忙道：“不好意思，小店新规，以后每位客人每天只能买一盒。”

本想着能独自听曲的浊石先生有些懊恼：“怎么能这样呢！”

后面赶到的袁屯田却高兴地说：“就该这样，这样才公平！孙娘子，给我上一盏双井茶！”

就这样，一上午过去，赵盼儿和孙三娘始终忙得脚不点地。孙三娘抽出空，语气极快地对赵盼儿说道：“紫苏不够了，我刚才让人去街上的药铺买了五钱，那边让我们先赊着，说月底一起结账。”

“好！我在账本上记一下。”赵盼儿摸出钥匙，取出锁在柜子里的账本，可她的眉头却突然一皱，接着就突然“呀”了一声。

孙三娘忙凑上前来问：“怎么了？”

赵盼儿懊恼地拎起湿了的账本：“我失手弄翻了一盏茶，这账本全湿透了！”

孙三娘安抚道：“忙中出错而已，不要紧的。”

“怎么会不要紧，字都弄糊了！”赵盼儿满脸焦急地在柜台后忙碌着，似是拿着布小心翼翼地擦拭，接着又拿起来对着光细看，最后才无奈地叹了口气，“也只能这样了。待会儿我再拿到后院屋顶上晾干。”

此时，宋引章的第一场演奏已经结束，赵盼儿走进雅间，只见袁屯田在座位上犹自击节回味。赵盼儿走了过去，落落大方地问道："屯田觉得今日的茶点如何？您是方家，可千万要多多雅正。"

袁屯田从曲声中收回神来，摇头晃脑地说："甚好，甚好！茶好，果子好，曲更好！依老夫看，可谓东京一绝！"

赵盼儿盈盈一笑，心中已有了计较："您过奖了，对了，听闻您除了精通音律之外，也是金石名家，最是博闻强志，妾身还想请教您……"赵盼儿絮絮地问着，袁屯田对金石极感兴趣，他很快就来了兴致，拿起案上的笔跟她写写画画，详细地说了起来。

赵盼儿并没有察觉茶坊之外有一道紧紧锁在她身上的目光，而那冰冷的眼神正来自高慧的乳母江氏。这段时间里，饱受相思之苦的高慧一直茶饭不思，又因犯了时气，肠胃不宁，一连吐了好几天。一来二去地，不堪入耳的流言就在高府下人之中传开了。这事被江氏知道之后，她将那几个传闲话的丫鬟打了个半死，又扔到人牙子那儿去，总算杀鸡儆猴地止住了谣言。江氏担心高慧不好好吃饭，就想着在外头买点别致的点心，她从女儿春桃处得知如今东京城里最好吃的果子就在马行街的半遮面，因此特意过来采买，没想到却被她发现这半遮面的掌柜娘子就是那日在府外与欧阳旭拉拉扯扯的女子。她怨毒地看了赵盼儿好一会儿，最终竟什么都没做，悄无声息地离开了。

天色渐暗，茶坊客人渐渐离去，接着灯火渐亮，终于不再有客人。早就守在街外的于中全一挥手，众手下如风雷般涌进茶坊。赵盼儿被一帮陌生人按住，惊慌挣扎道："你们是什么人？"然而她的嘴立刻就被人堵住。

于中全大马金刀地走到柜台后，拿起那本账本，大声道："皇城司奉命缉拿敌国奸细，这就是证据！带走！"

赵盼儿满脸震惊、不断挣扎，然而还是被拖了出去。

孙三娘远远看见赵盼儿被塞上马车，大惊失色，她一把捂住欲尖叫的宋引章，低声道："他们人多，又都是练家子，就算叫了也没用的！"

等于中全一帮人走远，宋引章才着急地问道："他们是高家的吗？我们现在该怎么办？"

孙三娘急速思考着："我跑得快，我先去皇城司找顾千帆！你，你现在不能回小院，万一那儿也有恶人怎么办？对了，你就去旁边那家酒楼待着，那儿人多，安全！千万别乱走，等我来找你！"言毕，孙三娘便急急去了。

宋引章惊惶无措地向酒楼走了两步，泪水一下子涌了出来："怎么会这样？这可是东京啊！”她的行为引来了路人好奇的目光，她连忙抹去泪水，给自己打气道：“不能哭，他告诉过你不能哭的。我不能去酒楼干等，我得想想，我还能做什么？万一顾副使不在怎么办？万一他也拿高家没办法怎么办？”

就在绝望之际，宋引章突然想起自己还认识一个厉害的人，顾千帆曾说沈家是京中大族，或许沈如琢有能力对抗高家！想到这里，宋引章一咬牙，提起裙子疾奔起来。

宋引章气喘吁吁地跑到地方，猛地叩响沈府的大门。不一时，沈如琢已经换好衣服出来迎她，他虽然告诉过宋引章自己家的住址，可他没想到她竟然这么快就来了。“宋娘子你怎么了？这么晚了，不知有何……”

宋引章焦急地打断沈如琢的寒暄，猛地跪了下去：“我、妾身本不该冒昧打扰，可是、可是我姐姐出了事，我想求你救救她！”

第十五章 问君心

赵盼儿被重重地扔在刑房的地上，蒙住她眼睛的布罩被人扯下。赵盼儿足过了一会儿才适应了刑房内的昏暗，看清了自己身处何处，她环顾着周围可怖的刑具，心脏猛烈地跳动起来。

于中全不怀好意地坐在赵盼儿对面，命手下拿开她口中的布条，他摆出个自认凶狠可怖的表情，厉声质问道："赵氏，你为何胆大包天，私通党项奸细？"

赵盼儿眼带怒气地看着眼前这个长了一脸麻子的中年男子，冷傲地说："我不知道你在说什么！"

于中全觉得赵盼儿那副欠揍的表情简直与顾千帆一模一样，他冷冷一笑，撕开账本，封皮里掉出一张写满异国文字的纸张："铁证如山！说，你和你相好顾千帆串通一气，到底出卖了我朝什么军机！"

赵盼儿的脸上顿时写满震惊，俨然是一副对此毫不知情的样子："你这是成心陷害！"

于中全恍若不闻，给手下使了个眼色。那名手下抓起赵盼儿的手就要强行在已经写好的状纸上按手印。赵盼儿一口咬在他的手上，那人吃痛，一脚将赵盼儿踢翻在地。

赵盼儿眼冒金星，仍然忍痛喝道："想让我在假状纸上按手印陷害顾副使，做梦！"

于中全毫无怜香惜玉之情，猛然上前抓住赵盼儿的手，用力压下。赵盼儿使出全身力气奋力挣扎，可毕竟男女体力有别，力竭之后，她还是被强制按上了手印。

看着于中全小人得志的嘴脸，赵盼儿讥讽一笑："你当真以为今晚的事情做得天衣无缝？我的朋友早就跑出去报信了。"

于中全表情一僵，转身问属下："姓孙的和姓宋的呢？都哪儿去了？"

属下忙道："全搜过了，都不在茶坊里。"

"赶紧去她们的住处搜！"于中全的愤怒中带了几丝慌乱。

赵盼儿听到宋引章和孙三娘都没有被抓，暗自松了一口气，她脑中飞快运转，眼下她必须装作镇定，只有把这里的人都吓住，她才有希望活着走出皇城司。赵盼儿用胜者的姿态倨傲地说："她们不在那儿。我早就跟她们约好了，要是我戌时还没回去，就肯定是出事了。你处心积虑想假造证据陷害我和顾副使，可怎么就没想着查验一下，那张纸上到底写的是什么呢？"

于中全身形一震，疾步走到案边，抄起那张写满外邦字符的纸细看。

赵盼儿笑了起来，将于中全脸上的慌乱尽收眼底："你诬陷我串通党项奸细，可惜，这张纸上写的根本就不是那边的文字，而是契丹文！不认识对吧？我告诉你，那些字的意思是'官家万寿无疆'！请问，我在账本里夹了这个，到底犯了哪条王法？这又算什么私通敌国？"

原来，这些日子里，赵盼儿一直提防着高家会派人对付她，所以早就在各处重要的地方都留了印记。白天的时候，她一看便发现账本里的头发丝被人动过，为防打草惊蛇，她故意打翻了水，又大声跟三娘抱怨。想在账本上做文章，无非篡改、夹带两样，于中全藏在封皮里的东西，只要认真一查，就无所遁形。旁人以为她在忙着弄干账本上的水，其实却飞速地找出了那张纸，她虽然不认识上面的字，却硬是一个个地记在了脑子里，在向袁屯田请教过后，她又悄悄地把它替换了下来。

于中全睚眦俱裂，恼羞成怒地将手中的纸张团成一团："你把我安排的字掉了包，改换成了契丹文的？"

"正是。"赵盼儿转头对于中全的手下说，"听见了没有，他全都认了！是他想陷害顾副使，才假造证据、罗织罪名！各位，你们都是皇城司的武官，吃的是天家饭，可不是他的私兵，又何苦要跟着他蹚这趟浑水呢，涉及外邦，这可是大罪！"

于中全在极怒之下被赵盼儿的话误导了，他以为赵盼儿之所以能发现账本被动了手脚，是有顾千帆背后指点，而她是故意被自己抓住，以便坐实他假造证据的罪名。于中全咬牙切齿地说道："你和顾千帆早串通好了！你刚才那些都是在拖延时间！"

赵盼儿眼中却闪着胜利的光芒："陈廉很快就要带着南衙的人来了，你杀了我，等顾千帆回京，也不会放过你的！"

"老子就算活不了，也要拉着你垫背！"于中全怒极攻心，一把把赵盼儿按入了旁边的水桶中。

赵盼儿猝不及防，不断挣扎，好不容易挣得一丝喘息之机，她拼命向周围犹豫的众皇城司侍卫叫道：“救我！你们就不怕得罪顾副使吗？”

听到要得罪顾副使，皇城司诸人如梦初醒般冲上前去，七手八脚地将于中全拉开。于中全情急之下，抽出腰刀斩伤一个皇城司侍卫，接着就向伏在水桶边不断呛咳的赵盼儿砍去。就在这危急时刻，一剑从空中飞来，正穿过于中全的小腹，将他钉倒在地，于中全顿时昏死过去。

赵盼儿一转头，便看到了宛若天兵降临的顾千帆，她心中紧绷着的那根弦终于得到了释放，她之前说了那么多，其实心里根本没底，她真的怕顾千帆赶不过来，真的怕自己没能实现把茶坊做到东京第一的梦想就一事无成地结束这短暂的一生，也真的怕再也见不到引章、三娘以及顾千帆。

顾千帆面如寒霜，大踏步奔入暗牢，他眼神冰冷地看向众人，刑房因为他的出现都冷冽了几分。陈廉奔到于中全身边，在他的胸口一探，竟摸出了另一张写有文字的纸来，他向周围人展示着证据，大声道：“这才是真正的通敌文书！于中全，你身为皇城司中人，叛国通敌之外，还要诬陷上官，铁证如山！”

“押走！”顾千帆死死地盯着于中全，若目光能够杀人，于中全此刻恐怕早已被千刀万剐。

在于中全被皇城司的人拖走的当儿，陈廉忙走到水桶边扶起赵盼儿：“盼——赵娘子，你还好吗？”

“还好。”赵盼儿仍在狼狈地呛咳着，目光却追寻着站在远处的顾千帆。

顾千帆却仿佛不认识赵盼儿一般，刻意地回避着她的目光，语气冰冷地问向陈廉：“她是谁？”

赵盼儿稳住气息，满脸错愕地看着顾千帆。

陈廉用例行公事的语气答道：“这是半遮面茶坊的掌柜赵娘子，下官不过只是上那儿吃过两回茶，却被于中全误以为有机可乘，硬掳了她来，想要通过她陷害下官，再牵扯到您。她是被无端牵连的。”

顾千帆似是不耐烦地皱了皱眉：“那就赶紧让她走！”

不等赵盼儿开口，陈廉便急急将赵盼儿带了出去。不久后，屋外便传来了用刑的声音与于中全的阵阵惨叫。

一出皇城司，陈廉便将赵盼儿带上了事先准备好的马车。赵盼儿很想将事情问个清楚，可看着平日里嘻嘻哈哈的陈廉眼下这种眉头紧锁的样子，一时间她竟然没有力气开口。很快，马车停在一条寂静的街道上，赵盼儿被陈廉放下马车。陈廉压低声音道："盼儿姐对不住，你自己多保重！"

还未等赵盼儿答话，那马车已经急速驶走。赵盼儿惊魂未定，好不容易扶着树站稳，浑身湿透的她瑟瑟发抖、狼狈不堪。正在她不知所措之时，又有一辆马车驶过，突然，那马车一个急停，从中探出了宋引章不可思议的脸："盼儿姐？"

宋引章匆忙下了车，跌跌撞撞地奔过来，紧紧抱住赵盼儿："你没事吧？"

赵盼儿冻得牙齿打战，只是简单地点了点头。

沈如琢将车赶了过来，掀起车帘说："既然平安无事就好，赶紧上车吧，车里暖和！"

马车上，赵盼儿虽然裹着宋引章围给她的披风，却仍在瑟瑟发抖，即便如此，她依旧礼数周全地向沈如琢道了谢。虽然早前就知道宋引章在教坊与沈著作走得很近，但这还是她头一次见到沈如琢的真人。

沈如琢彬彬有礼地答道："赵娘子客气了，我和宋娘子是朋友，她的姐妹有难，我怎能袖手旁观？"说这话时，他的目光看向了宋引章。

宋引章也不知是有意还是无意，没有接沈如琢的话，而是急急问道："是谁抓走的你，高家吗？你是怎么逃出来的？"

赵盼儿眼前闪过刚才顾千帆对她冷眼相对的情景，她知道顾千帆是在避嫌，便摇头道："不是，是池衙内的人，他有几个手下误以为我和他还有过节，想抓了我去邀功，结果半路被何四他们发现，就放了我。"

宋引章立刻义愤填膺地骂道："池衙内这个混账！"

"原来只是个泼皮头子，所幸赵娘子逢凶化吉。"沈如琢略微松了口气，他也不希望惹上难缠的人。

赵盼儿强笑着道了谢，随后问道："三娘在哪儿？"

"她去找陈廉救你了，还有顾——"宋引章突然感到赵盼儿用力捏了捏自己的手，她领会到盼儿的意图，改口道，"顾、顾不到的地方太多了，我、我也不知道怎么办，才去求了沈著作。对了，我和她约好在茶坊不远的那间酒楼碰面的。"

赵盼儿点点头，又裹紧了披风："那就麻烦沈官人送我们去那里跟三娘会合吧。"

马车一路疾行，很快就驶到了酒楼附近，孙三娘远远地听到了马蹄声，焦急地迎了上来。赵盼儿和宋引章匆匆下了车，与孙三娘紧紧相拥。

孙三娘平日里天不怕地不怕，这时却哭着拍打赵盼儿的背："你干吗把我们支走？你不是说不会出什么大事的吗？”

沈如琢对红着眼圈的宋引章说：“你们几位真情如斯，真是胜似亲姐妹。”

“是啊。”宋引章想起自己还没来得及谢过沈如琢，忙矮身一礼，“今日多谢沈官人！”

沈如琢忙扶起宋引章道：“快快请起，其实我也没有真出什么力，赵娘子是自己脱险的。”

宋引章不无感动地说：“可妾身和你素昧平生，您就肯加以援手……”

沈如琢握住了宋引章的手肘，不许她再这么生分地说下去：“我和你怎么会是素昧平生呢，明明是一见如故。”

宋引章心中微跳，忙抽开手，又惊又羞地退了一步。

沈如琢也不急于一时，只是轻笑道：“其实我也去过半遮面茶坊一回，可还无福得以进入雅室，不知道下一次，引章可否容我走个捷径啊？”

宋引章磕磕巴巴地说：“没、没问题。”

沈如琢对宋引章的回答很是满意，意味深长地说：“上回我就说过，以后我们会经常见面的。”

宋引章耳红心跳地垂下头，朝沈如琢又施了一礼，便逃也似的走到了赵盼儿和孙三娘身后，她暗自庆幸现在是深夜，不然所有人都会看到她发红的脸颊。

与此同时，皇城司正堂外，被五花大绑的于中全蜷缩成一团，他腹部流血，正向着正堂艰难地蠕动着身体，嘴里模糊地发出声音：“司公救我！司公救我！”

适才闻讯赶来的雷敬在窗边看着于中全的样子，难掩尴尬地劝着顾千帆：“他不过是和你有些旧怨，又一时想左了，才出此下策，小顾你要有容人之量啊！”

顾千帆面上一脸恭敬，语气却表露着截然相反的态度：“司公说笑了，这哪里只关下官的私事？勾结敌国细作，乃是干犯国律，所以下官才夤夜请您前来亲自处置。”

雷敬觉得顾千帆没把自己看在眼里，眼神中闪过一丝不快：“你想如何？于中全毕竟跟了我几十年，衙里谁不知道他是我的亲信？”

顾千帆不留情面地反问雷敬：“司公既拿他当亲信看，又早知他和我有旧怨，为何不及早警示下官？难道是因为萧相公回京拜相的诏令，还迟迟未下的缘故？”

雷敬的脸色顿时一僵。

“下官刚履新不久，要是不把威风立起来，不就辜负了司公当初亲手提拔的一片深情了吗？更何况，您当于中全是亲信，可他却未必领情啊。”顾千帆适时地从袖中摸出一叠东西，隐晦地说，“这些地契和飞钱都是从他私宅里搜出来的，这一处大相国寺的宅子，好像是司公以前住过的吧？”

“大相国寺？我怎么不记得——”雷敬突然意识到顾千帆这是要将这处宅子送给自己，随即眉开眼笑，“于中全这厮果然胆大包天，连我的私产他都敢私自侵吞，还改在了他的名下！必须得审，必须得查！就由你们南衙做主吧。”

顾千帆仍不满意，于中全敢动他的人，他非要取了他的性命不可。他似甚是为难地说：“这案子牵涉太多，南衙只怕不好审。”

雷敬不禁愕然：“难道你是想要……”

顾千帆迎上雷敬的目光，一字一顿地说：“司公莫忘了，下官的外号叫作‘活阎罗’。”

雷敬脸色青白交加，可看在飞钱和地契的分上，终于一狠心道：“于中全追捕外邦奸细，受伤太重，好好地给他洗个热水澡吧。”

在场众人闻言心中无不胆寒，所谓洗热水澡就是要让于中全的伤口无法凝结、失血过多而死。顾千帆却恭敬而不失讥讽地回答：“司公英明。”

顾千帆转头对于中全那些心有戚戚的属下道：“司公恩典，对受伤的于副指挥使精心救治，可生死有命，一切就要看阎罗殿收不收他了。今天跟随于副指挥之人，到孔午那儿报上名字，只要往后闭紧嘴巴，我可以网开一面。”

众人死里逃生，不由喜出望外，齐声道：“卑职从此唯副使马首是瞻！”

这边，赵盼儿一行人已经回到了桂花巷小院。宋引章刚一进院就看见了顾千帆，顿时惊喜：“顾副使！你怎么在这儿？”

“我找她有事，今天抓她的人，和皇城司有关。”顾千帆答话时双眼只盯着赵盼儿，他语气冷冽，没有了以往在赵盼儿她们面前展现出的那种平易近人，此刻的他，更符合他那令人闻风丧胆的“活阎罗”的身份。

宋引章有些震惊，正不知该如何开口时，孙三娘见气氛不对，忙拉着引章进了屋。

一时间，院内只剩下赵盼儿和顾千帆两人。赵盼儿身上的衣服已经干了，倒并不觉得怎么冷，可想到顾千帆故意装作不认识她的样子，她反而心生寒意。

赵盼儿语气淡漠地开了口：“你想问我怎么会知道账本被人换过了？因为我早

在上面做了印记。后来之所以把那本账本弄湿再拿去后院晾晒，则是因为我猜想奸人必定会担心那张纸泡水后字迹会模糊掉而去查验。我本来也不认识那些文字，但我把它们拆开问了袁屯田后，发现里面有‘军马’两字，就更觉得不对了，所以还在账本上浸了鸡舌香，这种香人很难闻到，狗却能闻到，以前勾楼里常用它找那些故意逃债的客人。”

顾千帆冷着脸，掩下眼神中的关心：“后来呢？”

赵盼儿也故意用公事公办的语气回答：“后来等我收回晾干的账本，果然发现又被人动过了，于是我就请何四带了狗，闻了鸡舌香后一路去找那奸人。最后竟然一路跟到了萧宰相的府上。我就马上猜到他们多半是冲着你来的，所以就赶紧通知了陈廉。”

顾千帆听到“萧宰相”三字霍然一惊，在袖中握紧双拳。

赵盼儿并未注意到顾千帆的异常，满不在乎地说：“事情就是这样，说完了，我要回去休息了。”

顾千帆一把拉住转身就要进屋的赵盼儿，想到赵盼儿今天险些丧命，他的眼底蕴藏着怒意：“说完了？你想跟我说的就这些？”

赵盼儿奋力挣开顾千帆：“那你还想听什么？”

赵盼儿的态度彻底激怒了顾千帆，他根本控制不住自己的语气：“我想知道你为什么这么胆大包天！要是我晚到一步，你现在已经凉透了。赵盼儿，你当真以为自己是萧何再生孔明第二，连皇城司的亲事官都敢单枪匹马对付！”

赵盼儿也火气上涌：“你够了没有，这场祸事明明就是因你而起！我还没嫌你拖累我呢，你倒怨起我来了！你刚才不还装着不认识我吗？那我是生是死，与你何干？”

“是生是死，与我何干？”顾千帆反复咀嚼着这句话，再也控制不住内心中的冲动，他猛然逼近赵盼儿，眼中似有火焰在燃烧：“赵盼儿，你的良心被于中全吃了吗？”

赵盼儿情不自禁地倒退了一步，却立马被顾千帆紧紧地拥在怀中。

顾千帆的语气中带着前所未有的急切与慌乱：“你的生死与我何干？那我从祥符县足足跑了一个半时辰，换了两匹马才赶到京城，是为了谁？你知道我看见你半个身子都在水桶里的时候有多担心吗？我要不在别人面前装成不认识你，万一那些恨我入骨的人知道你是我的死穴，我怎么办？你怎么办！”

赵盼儿感受着他怀抱中传来的热量，这热量驱散了她的寒冷，令她不愿远离。可不过数息，她就清醒过来，她向后退了一步："顾千帆，你说我是你的死穴？"

"你说呢？"顾千帆不信赵盼儿到现在还不明白他的心意。

赵盼儿双眸低垂，虽然身体已经不冷，可她在激动之下却不住地颤抖："那你我之间，到底是什么关系？你还记不记得，我是贱籍从良，我俩的身份有云泥之别？你现在，又是用什么样的身份，什么样的心态，如此对我？"

顾千帆的身体明显一震，他张了张口，却什么也没有说出来。久久没有等到回答的赵盼儿身体渐渐僵硬，一滴泪珠聚集在眼角。她一咬牙，果断地推开了顾千帆，同时飞快而不着痕迹地抹去了自己的泪水。

赵盼儿自嘲地笑了笑，月色中，那笑容带着三分失望、三分恼怒："还没想清楚，就来招惹我？顾千帆，你拿我赵盼儿当什么了？顾副使，夜深露重，男女有别。恕我不便招待，请回吧。"

顾千帆心知不妙，拉住赵盼儿的手，语气也软了下来："盼儿，我……"

听到这句话，赵盼儿一下子爆发了，她用力地推开顾千帆："别那么叫我！你出去！出去！"

顾千帆被赵盼儿一路推出了小院，接着，小院的大门"砰"地关上了。他下意识地想敲门，却被陈廉拦住。

陈廉摇了摇头："别进去。头儿，信我这一回。要是你还没想清楚以后怎么对盼儿姐，现在就不如不进去。否则，再多的安慰也是白费。"

顾千帆天人交战良久，终是走到门边，低声道："盼儿，我先走了，萧府的事情，需要马上处理。你放心，你刚才问我的问题，我会想明白之后再答复你的。这两天，陈廉会暗中保护你们，你放心做生意。你受了寒，最好泡泡热汤再休息。保重。"

背靠门板一直啜泣着的赵盼儿听到了顾千帆的话，泪水再度滑落。

孙三娘一直听着屋外的声音，这时，她走到赵盼儿身边，轻声问："没事吧？"

赵盼儿坚强地点点头："没事，引章呢？"

孙三娘叹了口气："她又累又怕，我点根静心香，把她哄睡了。你也好好歇歇，明天就别去店里了。店里有我和引章呢。"

赵盼儿抹了抹眼泪，想都没想便说："那可不成，重新开张这才几天啊，我要不去，非天下大乱不可。放心，我已经没事了。"

孙三娘的笑容突然一滞，她有些受伤地问："盼儿，我们就那么不值得你相信吗？”

赵盼儿不禁愕然：“这是哪儿的话？我只不过是——”

孙三娘摆着手，打断了赵盼儿的话头：“盼儿，有些话，我早就想跟你说了。你是我见过最要强的人，什么事都操心，什么事都靠自己，可是你想过没有，这店里，我和引章也有份啊！以前我刚嫁进傅家的时候，也开过食店，你觉得我加上引章，连一天的店都看不住吗？我是不是永远只能做个应声虫？”

赵盼儿怔住了，她没想到孙三娘竟然会这么想：“我不是——”

孙三娘接着赵盼儿的话往下说：“你不是不相信我，你只是个操心命，什么事都想往自己身上揽。可盼儿啊，以前你处处替引章拿主意，她就幸福了吗？还有今天的事，你什么也不告诉我们，就自己去面对一切。可你想过没有，我们也会担心，也会难过啊！”她越说越难过：“你和顾千帆的事，你不想说，我就不问，可茶坊的事，我实在是忍不住了，我知道傅新贵休我，就是因为我说话难听，可是……”

不知何时，赵盼儿已经泪如雨下，刚才积攒的情绪终于在这一刻爆发：“对不起，我真的不是存心的。我，我……我明白了，我常劝引章不要自卑，但其实，我一直也因自己的出身而羞愧，我害怕被人看轻，所以一直拼命上进，一直努力地想把所有事都掌握在自己手里……我……”说到这里，她已经哽咽得说不下去了。

孙三娘听得心痛，她本来也不是真的生赵盼儿的气，忙道：“嘘，别吵醒了引章。行了，咱俩是过命的交情，说清楚就完了……哎呀，行啦！别哭了！谁说你和引章不是亲姐妹？哭起来一样的难哄！既然你愿意改，那就从明天开始试一回，看一看你不去茶坊，天会不会塌了。”

赵盼儿虽然放心不下，但还是点了点头，她也知道孙三娘说得没错，要是茶坊每天都得三个人一个不缺，那宋引章去教坊支应差排的时候怎么办？她必须得学会适当的放手，让三娘和引章感受到她对她们的信任。

从桂花香小院回到南衙后，顾千帆没有时间为感情上受的挫折舔舐伤口，而是马不停蹄地审问起于中全从前的亲信手下蒋攀。惯会审时度势的蒋攀得知于中全已死，很快就把陷害赵盼儿一事与萧谓的关联和盘托出。

看着蒋攀被押走，陈廉冷哼一声：“一开始我就觉得奇怪嘛，萧相公对您那么好，怎么会和于中全联手害你？原来是他儿子搞的鬼。”

顾千帆面色如冰，比往日里看起来还要冷厉：“萧相公平生最擅长的就是笑面阴阳。他倒未必是想害我性命，可除掉盼儿，或是借此事逼我离开皇城司然后为他所用，都是他会做的事。”

想到于中全已死，除了他手下的供词，他们并无实证，陈廉不禁犯起了愁：“那我们现在该怎么办？”

顾千帆望向窗外的星光点点，缓缓说道：“要儆猴，自然得杀鸡。”

朝阳初升，萧府大公子萧谓打着哈欠，看着面前的一只长盘。盘上用布包裹着一块腿状物事，散发着浓郁的血腥之气。萧谓不禁捂着鼻子皱眉道：“这是于中全那个手下送来的？于中全拖拖拉拉的不来见我，一大早送这个来干吗？堂堂相府，会少野味吃吗？”

身后的小厮忙答：“是。蒋攀让小的传话说，这是刚杀的野鹿腿，顾使尊请衙内务必笑纳。”

“顾使尊？”萧谓疑惑地用两根手指拨开布，一阵浓烈的血腥气直冲鼻端，他惊吓地倒退几步，他看着那条血淋淋的鹿腿，恶心地呕吐了起来。好不容易吐出胃中酸水后，萧谓眼露凶光：“备车，我要会会那个顾千帆。”

萧谓身后的四名小厮对视一眼，谁也没动。

萧谓怒上心头：“聋了吗？”

一个小厮鼓起勇气劝道：“大公子，万万不可得罪皇城司啊！”

小厮们立刻挡住了萧谓的去路：“公子三思！”

萧谓试图挣脱众人的阻拦：“都让开！区区一个鸡毛小官，就敢欺负到我头上？别人怕皇城司，我可不怕！”

刚说完，他抬头看到檐下的红灯笼，又恶心地扶着墙吐了起来，众亲随拍背递水，忙乱不堪。就在闹成一团的时候，萧府管家的声音突然响起：“大公子万安！”

萧谓转身看到了风尘仆仆的管家，一时面露惊喜：“忠叔！是我爹派你回来的？我爹怎么样了？”

管家恭敬地答道：“相公一切安好，他听说大公子这些日子在府内主持大小事务很有章法，心中高兴，便特意派了老奴回来打个下手。”

萧谓一听父亲夸赞了他，心中顿时乐开了花，兴奋地摩拳擦掌：“爹真这么说？你是他最心腹的管家，哪里用得着劳动你啊。要不这样，你好好休息，我出去办件事，马上就回来，等你歇好了，咱们再——”

管家却一把抓了他，压低了声音："大公子且慢！"他在萧谓耳边说了几句话，萧谓顿时脸色大变，不可置信地看着忠叔。

管家语气恭敬，却带着一种无形的压迫感："老奴并非有意为难大公子，只是相公亲口吩咐过，这封书信，必须由您跪听。"

萧谓看着那封书信，纵使不甘心，也只能跪了下去。

管家展信读道："不孝竖子谓启，吾离京时，曾再三嘱汝安常守分，勿招惹是非。若汝再有此妄狂之行，当不堪为吾之子！"读完，管家收起信件："大公子可听明白了？"

萧谓听得脸上青白交加，站起身来，咬牙道："听明白了。"

管家满意地点点头："既然如此，相公回京之前，就敬请大公子留在府内多读些圣贤书吧。府里自有老奴替您看着。"

萧谓心中仍是不甘，脸上带着恨意，追问道："父亲为什么会知道这件事？"

管家的目光看向桌上尚未来得及撤走的长盘："因为相公也收到了顾副使八百里飞骑送去的一只鹿腿，还有于中全亲信的供词。"

萧谓没想到顾千帆竟然这么胆大包天，愤恨不已地说："父亲就那么宠爱他？我不过是想整整他，就值得父亲发这么大的火？我要去告诉娘！"

见萧谓拔腿要走，管家连忙阻拦道："大公子，容老奴说句放肆的话，您现在只有荫官，并无实职，这些，可不是夫人的哭闹抱怨就能为您争到的！"

萧谓的身形顿住了，他知道管家说的都是对的，不由得颓然坐了下去。

管家毕竟是看着大公子长大的，他苦口婆心地劝道："听老奴一句劝吧，顾千帆，不是您能得罪的人……而且，他也不是您的敌人。"

萧谓不敢再言，心中却暗暗盘算着这顾千帆究竟是什么人，能让父亲专门把忠叔派回来骂他？萧谓猛然想起于中全的话，心中一惊。

相比萧府的剑拔弩张，双喜楼画舫上却是一派花团锦簇的祥和景象。一清早，张好好就收到了宋引章送来的果子，眼下，一众歌伎正艳羡地围观着半遮面精美的饼盒，七嘴八舌地议论怎么半遮面家的果子每天还会换花色。

张好好坐在榻上抚弄着指甲，尽管心里受用极了，却一脸淡然地说："那是自然，难道你们每天都跟客人唱同一支曲子？吃吧吃吧，别不好意思。"

歌伎们伸出手，各自从盘中拿起一块切成小丁的果子，吃得一脸享受，纷纷吹捧道："真好吃，好好姐，你怎么跟半遮面的关系那么好啊。我让人连着排了三天，结果一盒都没有买到。你倒好，天天都有人送过来。"

张好好得意地摇着扇子，懒懒地说："谁叫我张好好人面广呢，教坊琵琶色的色长宋娘子和掌柜的赵娘子，一口一个姐姐地叫着我，我也不好意思不收啊。"

一声冷哼响起，张好好回头，只见珠帘外池衙内一脸不快地走了进来。众歌伎立刻互相使了个眼色散去了。

张好好漫不经心地问："大清早的，你这是在生谁的气啊？"

"哼，难道你猜不到吗？"池衙内抱着双臂气哼哼地坐在一边，故意扭头不看张好好。

张好好无奈地走到池衙内身边，安抚道："池郎，你是不是闷得慌，你若是闷得慌……"

"我明明是气得慌！"池衙内负气地甩开张好好，指着饼盒说，"我问你，你明知道我和赵盼儿是仇家，为什么还收她的东西！"

张好好被他一甩，也不开心了："我为什么不能收她的东西？我还讨厌张员外呢，你不是还三天两头跟他在长庆楼吃饭喝酒？"

池衙内一时被噎住了，强词夺理道："我那是为了照顾自家的生意，能一样吗？"

张好好翻了个白眼："我也是为了自家的生意。"

池衙内没好气地说："就你这么一个小破地方，也算生意？别闹了，好好跟着衙内我就行了，有我在，还能短了你钱花？"

张好好危险地眯起了眼："池蟠，你有种就再说一次。"

池衙内猛然感到了危机，轻咳一声，立刻改口："那个，能让张娘子花池某的钱，是池某的荣幸。这双喜楼虽小，但也是张娘子您的心血。"

"这还差不多。"张好好勉强接受了池衙内的说法。

池衙内见张好好不生气了，又开始蹬鼻子上脸："我都跟你服软了，求你也给我点面子行不？我跟那赵盼儿仇深似海，现在你跟她合作，那我的面子往哪儿搁啊？"

张好好无情地拆穿道："什么仇啊？是你调戏人家引章妹子的仇，还是蹴鞠和骰子都比不过人家的仇？你既然那么恨她，为什么前儿还打发吕五去排了半天的队啊？"

池衙内挂不住脸，一时气结："我那会儿还不知道那破茶坊是她开的！都怪何四送我那破寿礼，我尝过一口，就……哎呀，好好，我今日把话放在这里，你要是不跟姓赵的一刀两断，我就、我就不跟你好了！”

张好好气得直起了身子：“不好就不好，谁稀罕！你走，你走，你现在就给我走！”张好好不由分说地将池衙内推出上甲板：“池蟠我告诉你，我张好好在教坊混了二十年，最恨人家动不动就威胁我。你光知道给我送衣裳送首饰，可你知道我最在乎什么吗？我最在乎的，是我永远要做东京歌伎的头一名！你以为赵盼儿给我送的仅仅只是一盒饼果子吗？哼，连这点都弄不懂，难怪会被她欺负到只能抱着土地公哭鼻子！”她转身进房，重重地摔上了门。

池衙内被震了一脸的灰，再看看暗处正眼观鼻、鼻观心的几位歌伎，突然间恶向胆边生，转声向吕五喝问道：“是谁把我去土地庙的事告诉她的，谁？谁？”

吕五胆战心惊，迅速地出卖了同伴：“何、何四……”

池衙内的一间当铺里，何四正兴致勃勃地跟手下夸着赵盼儿：“……这赵娘子吧，可真会做人。不单不记仇，还总记着帮我们兄弟，这不，又送果子来了……”突然间，他发现手下的表情不对，一回身，只见池衙内正阴恻恻地站在他身边。

池衙内紧盯着桌上的那只半遮面的果子盒，双眼险些没喷出火来：“她为什么要送你这么一大份礼？”

何四支支吾吾地说：“因、因为我和兄弟们帮了她一点小忙……”

池衙内一拍桌子，气不打一处来：“你帮她的忙？你到底是我的人，还是她的人？”

何四被吓得不轻，委屈地说：“当然是您的人！可是您当初不是在客栈说过，我们这帮人随便她用吗？您的吩咐，小的不敢不听啊！”

池衙内指着自己的鼻子：“我说过？我真的说过？”

众人齐齐点头。何四也一脸悲愤地大喊：“做人不能不守信啊！”

池衙内只觉五内俱焚，他一脚踢翻旁边的坛子，结果那坛子下面，竟然套着的是一根石桩。池衙内惨叫一声，抱着脚跌坐在地上痛呼：“啊！谁他奶奶的这么缺德！”

几个手下忙上前给池衙内揉脚。机不可失，何四趁乱大喊：“我戴罪立功，我去找大夫！”说完便一溜烟地跑了。

池衙内又气又痛，只能狂怒地发狠立誓：“赵盼儿，都怪这个赵盼儿！你等着，在东京城里混，居然敢得罪我池衙内……哎哟！轻点！”一名手下没控制好轻重，疼得池衙内在地上吱哇乱叫。

与此同时的半遮面雅间内，既要做饮子又要弹琵琶的宋引章也呻吟了一声，她已经累到趴在案上形象全无：“累死了，我要是能分成两个就好了。”

沈如琢的声音突然从宋引章身后响起：“不如我来帮你？”

宋引章吓了一跳，猛然从椅子上弹起，却见沈如琢不知何时已站在屏风之内。

宋引章忙向沈如琢行礼，那张芙蓉面上写满了惊慌：“沈、沈官人万安！”

“引章何必如此惊讶，难道不是你下了帖子，邀我来听琴的吗？”沈如琢笑了起来，他今日似乎精心打扮过，看着比平日里更添风流。

宋引章愣了愣，小声分辩着：“可是你没说今天来啊，刚才也没让人提前跟我招呼一声。”

“为什么要提前招呼？引章难道害怕我吗？”沈如琢故意逼近宋引章，调笑道：“那前些日子，你来我家找我帮忙的时候，为什么胆子就那么大呢？”

宋引章本能地想要后退，可又鼓起勇气说：“沈官人那日相助之恩，妾感激不尽，但妾与您并不熟识，还请不要称呼妾的闺名。”

沈如琢心痛地摇着头，从身后拿出一只盒子来：“啧啧，如此无情冷淡，真是令人伤心啊。唉，早知如此，我又何必自作多情，特意前来给你通风报信呢。”

沈如琢揭开盒子，宋引章立刻脸色大变，这盒中放着四只桃花状的果子，唯一不同的是，盒子上却写着“桃花饼”三字，显然有人抄袭了半遮面的招牌果子！

宋引章气愤至极，握紧了粉拳：“他们，他们真不要脸！我得立刻去跟盼儿姐商量！”

这厢，赵盼儿虽是在家休息，可第一天不去半遮面，她是一百个放心不下。好容易等到茶坊关门，却见宋引章一脸怒气地闯入院中。

赵盼儿惊讶地看着孙三娘，又看了看宋引章：“你们吵架了？”

“你看看这个。”宋引章将那盒桃花饼愤怒地放在桌子上，“沈如琢说今天下午茶汤巷至少有四家茶坊都在卖这种假货，不光不限数量，而且只卖一百文一盒！”

赵盼儿打开盒子看了看，状若无意地说道：“沈官人倒是挺热心，还特意来告诉你。”

宋引章脸一红，忙岔开话题：“那些茶坊不光抄咱们的果子，还抄咱们的饮子，店里的各色饮子都被他们学去了。最可气的是，清茗坊居然也请了个叫素娘的琵琶女，坐在楼里成天价地弹！”

赵盼儿端详着那几块与半遮面看起来如出一辙的果子，语气仍是不慌不忙：“茶百戏也被他们学去了？”

宋引章一愣，喃喃道：“那倒没有。”

赵盼儿安慰地拍了拍宋引章的手：“那你着急什么呀？而且你也不能随便说人家卖的是假货，毕竟也没哪条王法说，这桃花果子只能由咱们一家做啊。”

宋引章瞪大了双眼，感觉自己又糊涂了：“盼儿姐，你怎么还帮着别人说话？”

“打从想出这桃花果子的第一天开始，我就知道，这东西迟早都会被别人学了去。不过，这也是好事。”赵盼儿掰开一只桃花饼分给宋引章和孙三娘，“来，先尝尝味道再说。”

宋引章首先皱了眉，将口中的点心吐了出来：“太甜了。”

孙三娘也直摇头，辛辣地点评道：“馅儿太油，皮太硬，一点也不酥脆。”

“这不就结了。外表学得再像，可一入口就分了高低。”赵盼儿微微一笑，显然是早就预料到了这种结果。

宋引章依然不甘心这么算了，想了想又道：“可那些没尝过咱们果子的人不知道这里头的门道啊，沈如琢说茶汤巷里抢着买饼的人可多了。他们卖得多，咱们的生意不就差了吗？”

赵盼儿心中却早有了计较，耐心地问：“那我问你，过年的时候看社戏，是一个人舞刀弄剑好看呢，还是几个人对打厉害？”

宋引章不假思索：“自然是人多点——啊，我懂了！”

赵盼儿莞尔一笑，点头道：“咱们呀，一共就这么三个人，整天拼了命最多也只能做出几十盒饼，招呼不到一百个客人，既然如此，何必跟茶汤巷的同行前辈们争呢？扬长补短，把‘精雅新’三字做好就行，只要总是钱塘潮上头一个，跟着咱们弄潮的人越多，就越是为咱们半遮面显名！至于学你弹琵琶的那些人嘛，我自有办法。”

宋引章和孙三娘疑惑着互相望了一眼，不知道赵盼儿葫芦里到底卖的是什么药。

高观察府上，江氏正在自己的房间里与春桃商议着什么。自打那日得知赵盼儿就是与欧阳旭在府外拉扯之人后，江氏便一直派人调查赵盼儿的来历，不查倒好，这一查，查出来的消息简直令她和春桃大吃一惊。

春桃难以置信地再三确认着：“那赵娘子真的是贱籍从良？”

江氏攥紧双拳，发狠道：“这些天我一直都让人在查，厢吏说她亲口承认的。还能有假？欧阳旭这个混账，居然和这种迎来送往的贱人纠缠不清，还敢欺瞒我家姑娘！”

春桃却只顾着唏嘘：“她要是真和欧阳官人定过亲，那也怪可怜的，未来夫君悔婚攀了高枝……”

江氏一想到赵盼儿就觉得晦气，忍不住啐了一口：“呸，她还可怜？可怜的是我家姑娘！大好良缘没了，还要被别人明里暗里笑话。”

春桃想了想，还是觉得赵盼儿和高慧各有各的可怜之处，她迟疑地问：“那，赵娘子的事，还要跟姑娘说吗？”

江氏眼中凶光乍现，当机立断地说：“当然不能！姑娘要是知道自个儿还被欧阳旭和这贱人骗了，岂不是更伤心？”

春桃被母亲的样子吓了一跳：“娘，你要干吗？”

江氏冷笑了一声，意味深长地说：“凭什么她把姑娘害成这样，还有脸待在东京？只要她不在了，姑娘就永远不会知道这件事了。”

春桃用一种极为陌生的眼神看着江氏，似乎有些惧怕她娘亲现在的样子，可她终究也不敢多说什么。

“长贵！”江氏伸手招来穿一身劲装的强壮男仆，漫不经心地说，“找个人少的时候动手。”

第十六章 赏味人

翌日，茶坊里的人明显比之前少了些，显然，有不少客源已经流失到了便宜实惠的茶汤巷。老远，浊石先生就看到了袁屯田，他上前寒暄道："今天的人可少了不少。你昨儿没来，也是去了茶汤巷？"

袁屯田点了点头："那边的桃花饮划算多了，弹琵琶的那个素娘也不错。就是他们的桃花果子吧，和这儿比还差点意思。"说到这里，袁屯田又发现了一个熟人："哟，小杜，你也来了？"

杜长风仍然没戴眼镜，抻着脖子仔细辨认了一会儿才看清了眼前之人，拱手道："浊石先生早，今日书院休沐，难得这半遮面人又少了些，我便来了。"

这时，赵盼儿走到茶坊正中，轻敲了一下玉磬，众人顿时都安静了下来。赵盼儿朝众人盈盈一礼，大方得体地朝众人说道："小店开张七日，为答谢各位，特于中庭加演一场琵琶乐，还请各位移步。"

在场众人兴奋不已，纷纷往后院拥去，只见后院已经被重新布置过，中间的屏风后隐约可见女子窈窕的身影。赵盼儿又敲击了一下玉磬，旋即，琵琶声起，曲声清越、千回百转，一曲已罢，掌声四起。

"不愧是宋娘子！这一曲《明妃曲》如泣如诉，真乃仙乐也！"浊石先生当即赞不绝口，众人也纷纷附和。

杜长风却微皱双眉，似是不甚满意。旁边的袁屯田也很是疑惑："我怎么觉得比起前几日所闻，倒像是退步了些？"

正在此时，远处又隐约传来琵琶声，曲声虽与刚才相似，但一时如风雪扑面，一时如凄冷入骨。弹到幽怨之处，袁屯田情不自禁地拭起泪来，杜长风则木立当地，宛如被定住了身形一般。突然，琵琶又作风雷之声，听得人心潮澎湃。

这时，屏风后的女子跌跌撞撞地走出，一脸不可置信地痴立在门口。浊石先生认出来了那个女子，不由惊叫道：“清茗坊的素娘？”

而远处的曲声在一阵急奏之后戛然而止，众人仍如痴如醉地沉浸在余韵之中，院内一片寂静。突然之间，素娘“扑通”一声跪在了地上，打破了这片宁静：“房中可是宋娘子？素娘愿纳百金，求宋娘子收我为徒！”

很快房门打开，宋引章用一双素手扶起素娘：“既然都是同道之人，日后互相切磋即可，又何必拘泥于些许名分？请进来说话。”宋引章将素娘拉进房内，随后，那惊鸿一瞥的倩影便消失在房门之后。

如梦初醒的众人兴奋不已地鼓起掌来，在短短的几息之间，他们已经被宋引章惊世绝伦的美貌震撼了无数回：“原来那就是宋娘子，真美啊！”

杜长风忙乱地从口袋中翻找着镜片，可等他找到叆叇，早不见了宋引章的身影。他只能懊恼不已地说：“我没看清！”

浊石先生不如杜长风和袁屯田那般精通音律，可有了刚才那种直观的对比，他不得不承认：“素娘虽然已是高手，但在宋娘子面前，还是逊了一筹。”

袁屯田仍在激动地抹着泪，心潮澎湃地说：“哪是只逊一筹！素娘的《明妃曲》幽怨是到了极点，可明妃为国出塞，岂能只做小女儿情态？宋娘子的《明妃曲》一层是幽怨，二层是风霜，三层思念故土，第四层却是金石之音，激扬清越，写尽了明妃要为大汉永固边塞的高远心志！”

浊石先生将一块桃花茶果直接塞入口中，斩钉截铁道：“东施就是东施，西施就是西施！琵琶如此，美食也是如此，差一厘一毫都是截然不同的！你们爱去茶汤巷便去就是，反正以后我是守着这儿不会动窝了，少几个人，我还能多几回听宋娘子琵琶的机会！”

站在不远处的赵盼儿静静地看着这一幕，终于露出了欣慰的笑容。店内正人头攒动，突然，清茗坊的胡掌柜带着十几人大步而入，他们面色不善，一看就不是来喝茶的，他们被半遮面抢了生意，早就对赵盼儿极为不满，得知她变本加厉地把素娘也拉了去，这不是踩着他们的脸捧自己吗？

赵盼儿认出来他们都是茶汤巷各大茶坊的掌柜后心中一紧，但依然不紧不慢地迎上前去，试图客气地将他们劝走：“贵客来了，有失远迎，只是不巧今儿敝处已经客满了……”

胡掌柜冷笑一声，不掩轻视地打量着这间抢走了他生意的茶坊：“真是奇怪，赵娘子，你都截了素娘的胡，居然还装作不认识我们这些茶汤巷的老板？”

赵盼儿已经知道这些掌柜必定是来找碴儿的，但还是得体地问道：“请问各位前来，有何见教？”

胡掌柜一拱手，阴阳怪气地说：“半遮面这么风光，我们哪敢有什么见教？不过是想到这儿跟各位贵客打个招呼。古来茶之道，讲的就是君子之德、清静怡和，半遮面却任意妄为，不但以高价扰乱市面，还想出乐伎佐茶的下作法子揽客，这副青楼卖笑的做派，实在是茶道之耻！我等羞与为伍，所以敬告各位顾客，从明日起，凡在半遮面消遣的贵客，我们茶汤巷二十七间茶坊恕不招待！”

在场的茶客无不惊讶，他们还从没遇到过这种事情。袁屯田为难地看着茶汤巷的各家掌柜：“这、这，何至于此啊，我们就算来半遮面，不时也会和亲朋好友去茶汤巷的啊！”

浊石先生也想大事化小，好言劝道：“有道是和气生财。”

胡掌柜却根本不为所动，一摆手道：“诸位不必劝了，有道是道不同不相为谋，我们虽然只是生意人，但也不能容忍与这些墙花路柳的低贱女子相提并论！”

孙三娘哪能忍下这口恶气，“啪”的一声把抹布甩到桌面上：“你放——”

赵盼儿连忙制止孙三娘，款款走到胡掌柜面前：“看来各位老板是成心想和我们过不去了，我倒想请教一下，各位既然如此不齿半遮面，为何还要处处抄我们？从鲜花饮，到桃花果子、琵琶乐，一个都没落下？天下做生意的都一物一价，你们嫌我的茶卖得贵，那为何同是桃花扇面，浊石先生的润笔就得五十贯一张，寻常画匠的才五十文？最荒谬的是，你们竟然还血口喷人，说以乐佐茶下作！可二十五年前先帝在金明池赐百官北苑茶，就让琴待诏朱文济在一旁奏《春晓曲》！我家宋娘子乃是常常入宫供奉的教坊琵琶色色长，倒被你们辱为墙花路柳，敢问各位是不是连官家都不放在眼中？”

浊石先生听赵盼儿拿自己举了例子，脸上忍不住带上自得的笑容，立刻带头叫好。众老板一时不防，气势弱了不少。胡掌柜却梗脖道：“我们不和妇道人家耍嘴皮子，总之，从明日起，请各位在茶汤巷和半遮面中任选其一！告辞！”

赵盼儿脸色一沉，朗声道：“站住！我半遮面可不是各位想来就来，想走就走的地方！三娘！”

孙三娘堵住了众老板去路，胡老板想推开她，被孙三娘一挡，险些站不稳。孙三娘随手拿起一只瓷碗，像捏泥娃娃般缓缓捏碎为粉。众老板倒吸一口冷气，不敢再动。

赵盼儿环视四周，继而说道："各位咄咄逼人，无非就是想联手逼半遮面关门而已。可是行有行规，我们开店之前，早就在东京茶行里挂过名缴过钱，今日这事若不能善终，我赵盼儿拼着生意不做，必定要把事情闹到衙门里去，也叫全东京的人看看谁是谁非！大不了不做生意，也要不时雇些个泼皮无赖上茶汤巷找事，来个两败俱伤！"

胡掌柜恼羞成怒之下，忍不住指着赵盼儿破口大骂："你这个女人，怎么如此恶毒？"

胡掌柜的唾沫星子喷到了赵盼儿眼前，赵盼儿却毫不退缩："比起你们刚才的所作所为，只怕要良善不少。"

孙三娘抱着双臂，强忍着打人的冲动冷哼着："敢情你们仗势欺人，上门侮骂之前，没想过我们会报复吗？还是你们觉得我们女人就天生好欺负，只消吓一吓骂一骂就会就此关门？"

胡掌柜心中暗忖，她们三个一进京就能开这么大的茶坊，宋娘子在教坊也识得不少达官贵人，只怕背后真有什么后台，但他觉得眼下不能服软，强硬地说道："那你想怎么样？赵盼儿，别以为你耍横，我们就会怕你。要不，我们索性就在茶道上见真章！"

胡掌柜的提议正中赵盼儿的下怀，她唇角微微上扬："你想斗茶？"

胡掌柜以为她怕了，忙道："不错！各位客人正好做个见证，你们输了，即刻关门改行，我们输了，就立刻斟茶赔礼，以后对半遮面绝不多说一个字！你们敢不敢？"

赵盼儿略一停顿，深吸一口气，与孙三娘、宋引章对视一眼后道："自然奉陪。"

"快来看啊，快来看啊，茶汤巷的掌柜们和半遮面的赵娘子斗茶啦！"街道上的百姓们奔走相告，书院学生孙理也兴奋地混在其中，突然，有人拍了下孙理的肩。孙理转头一看，发现了带着叆叇的杜长风。

杜长风拖着孙理便往外走："老远就听到你的声音了，走，回书院去读书！"

孙理连忙往茶坊里缩："别啊杜夫子，茶汤巷的老板们来半遮面踢馆，这多新鲜啊，错过了就没有了！"

杜长风心中天人交战良久，终于禁不住好奇，嘴上继续絮絮叨叨地数落着孙理，却将他拉回了茶坊。

半遮面后院中，赵盼儿和胡掌柜分据于长桌两端，五位担任评委的客人分列两边。

胡掌柜傲气满满地介绍着："东京斗茶的规矩无非比汤色、水痕、茶味三样，各家用各家的茶饼、泉水，再请五位客人品评，三赢二输，如何？"

"好。"赵盼儿没有异议，点了点头。

胡掌柜向众人展示茶瓶、汤瓶："我的茶用的是北苑先春，常言道，明前茶，贵如金。水，用的乃是天台山的禅泉。"

赵盼儿则落落大方地向众人说道："我们自钱塘来，自然要用钱塘出的雨前径山茶，水，则是寻常雨水。"

胡掌柜听了赵盼儿的话，几乎掩饰不住眼中的轻蔑。

袁屯田倒是有些意外："呀，半遮面只怕弱了一筹。北苑先春是今岁贡茶，径山茶，我却从没听过，而且还只是雨前。"

浊石先生也皱眉道："《陆羽茶经》说，茶水用山水上，既是泉水为最佳，雨水哪比得过天台山的禅泉？"

杜长风和孙理好不容易挤进人群，杜长风的眼镜片却又掉了，他只得拉住孙理问："我的叆叇又丢了，我看不见，你快说说他们在做什么？"

孙理被杜长风捉住不放，只得不太情愿地讲解道："他们现在开始碾茶了，哟，胡掌柜用的是金碾子，真漂亮！"

只见胡掌柜用一只船形金碾碾碎茶叶，边碾边道："这是茶仙卢仝传下来的黄金碾，金为众器之皇，无杂色杂味，碾出的茶细密清香。"评委围观，啧啧称奇。

赵盼儿那边虽然只有两只普通的小石磨，可当她开始碾茶时，却身形优美地旋转起来，不停击打磨柄，运磨如风，身姿竟如舞蹈一般，彩色披帛则有如仙女飘带般泛起弧圈。围观众人看得心旷神怡，齐声叫好。

见底下众人叫好，胡掌柜愤愤地丢了金碾："碾茶就碾茶，妖妖娆娆地跳什么舞，真是青楼做派！"

有人应和道："听说赵娘子之前和宋娘子一样，也做过官伎？"

听着众人的议论，赵盼儿脸色渐渐发白。宋引章惊怒，正要开言，杜长风却长声道："英雄不论出身，石勒不过是奴隶子，仍能做开国之君。斗茶本来就是各展手段，半遮面可没说尊驾用金碾市侩恶俗，胡掌柜口出恶言，却是落了下乘。"

胡掌柜闻言脸色一白，众茶客也纷纷点头，之前议论赵盼儿之人面现羞愧之色。正帮着赵盼儿筛茶粉的孙三娘被杜长风的话深深触动，她向杜长风的方向远远望了一眼，却只能看清他的衣裳。

与此同时，赵盼儿正在给炉子上的水釜扇风，只见她的团扇上下翻飞，如同舞蹈杂技一般，煞是好看，倒像是节会上的扑蝶舞。与此同时，胡掌柜那边已经率先开始点茶，他先用汤瓶中的沸水过一遍茶盏，然后以小勺舀取茶末，在盏中调作膏状，不时以汤瓶冲点，再以茶筅迅速回环搅动，不一时，茶盏就泛出雪白的泡沫来。

袁屯田不禁叫好："点汤如银龙吞吐，击拂轻重自如，不愧是茶汤巷的名手！"

赵盼儿这边才刚刚开始，看了胡掌柜的手势，她心中暗惊，微一凝眉后也执起茶筅击拂，却不是回环搅动，而是如弹琴抡指一般运腕如飞，动作竟陡然成了虚影。袁屯田见众人突然安静，回头一看赵盼儿的英姿，竟然张大了嘴，说不出话来。

杜长风满脸迷茫地左顾右盼："怎么回事，怎么全都不说话了？"

浊石先生惊叹道："赵娘子这手击拂，似是化用琴技中的拂弦？"

一旁的宋引章得意地扬起下巴："正是，姐姐虽然鲜少在外人面前弹奏，却在七弦一道上，下了十余年的功夫，你听。"

浊石先生侧耳倾听，才发现赵盼儿的茶筅击在茶盏上，隐隐有金石之声，他脱口而出："这是《阳关三叠》，赵娘子竟然用茶盏奏出了琴曲！"

胡掌柜仍在搅茶，侧头见赵盼儿的动作，顿时心惊，放下茶盏大声道："我的茶点好了！"

赵盼儿此时汗已湿额，她用力击下最后一筅，也道："我的也好了。诸位可以来品茶了。"

众茶客上前一一查看，所谓汤色、水痕、茶味，即是说斗茶除了斗茶味，更要"斗色""斗浮"，即以茶汤的颜色与冲出来的茶沫咬盏决胜负，简单来说，也就是谁白谁赢，谁的沫子先散谁输。

浊石先生评判道："茶汤皆是纯白色，皆为上品。汤色这一局，平手。接下来就要看咬盏了。"

时间一点点过去，赵盼儿的茶沫已经先开始散了，胡掌柜的脸上露出了自得的笑容，向众老板一拱手："幸不辱命。"

眼看赵盼儿的茶沫越散越快，众茶客同情地看了赵盼儿一眼，袁屯田尴尬地咳了一声："赵娘子，水痕这一局，只怕你输了。"

赵盼儿却志在必得地笑了："各位请仔细看。"

众人凝神一看，只见赵盼儿白色的茶沫虽已散去不少，最终却在黄绿色的茶汤上凝为月窗梅枝图案，然后再不散去。浊石先生惊叹道："这是以茶为画的茶百戏！"

茶汤巷众老板听到，争相过来查看："真的是失传已久的茶百戏！赵娘子，你从哪儿学来的？"

赵盼儿在一片叫好声中看向众评委："诸位，水痕这一局，谁是胜者？"

五位评委对视，异口同声道："自然是赵娘子。"

见胡掌柜面色不佳，跟他同来的一名掌柜安慰说："还有最后一局茶味呢，我们未必输。"

此时五位评委先后举盏品尝，良久，浊石先生道："北苑先春茶汤香醇，香甘重滑，一派王者气度，实乃茶中珍品。"

茶汤巷的一众老板脸现微笑，不管赵盼儿有什么奇门外道，茶味好才是茶坊的根本。

杜长风忙问："那半遮面的呢？"

袁屯田回味片刻道："我是第一次喝这径山茶，也说不出到底好在哪里，但只觉入口无涩，清香悠远，倒似我家中闲坐赏菊一般，有种秋爽洒然之感。"

浊石先生也跟着附和道："对，就是这种感觉，茶一入口，倒来不及去品香品味，只觉身如梦幻，飘然如去他处。"

杜长风虽然看不见，但也心生感慨："人有境界，茶也有境界，并非最好的茶叶与最好的水，就能点出最好的茶，君臣佐辅，方能更上一层楼。"

胡掌柜急赤白脸地看着底下的评委，不满地说："少说这些虚的，喝茶不就喝个好味道吗？到底这一局，谁赢？"

袁屯田和浊石先生想了想，站到了赵盼儿一边，另两位评论则去了胡掌柜处。在众人的注目之下，最后一位评委抱歉地向赵盼儿笑了笑，走向了胡掌柜那边。大局已定，茶汤巷的诸位老板都露出了胜利的笑容。

孙三娘气坏了，觉得这个结果不公平："不可能，盼儿绝不会输的！"

可那最后一位评委茶客还未走到胡掌柜身边，却突然一顿，然后拱手对众茶汤巷老板道："对不住了各位，我想了想，还是觉得胡掌柜的茶虽好，可就算不去茶汤巷，在别的地方也多半喝得到，大不了我请茶博士到家里来冲调即可。但赵娘子的茶，却是独一无二，所以，我还是选半遮面。"说完，他快步走到了赵盼儿这边。

本来已经脸色雪白的赵盼儿猛然笑了，她拱手对满脸不可置信的胡掌柜一礼："承让！"

形势陡转，胡掌柜气得说不出话来，脸涨成了猪肝色。

赵盼儿虽然赢了，面上并无骄傲之色，依旧大方有礼地面向众人道："各位掌柜，所谓茶道者，只要遵其道，便可八仙过海，各展其能。我确实曾因父罪沦为乐伎，但如今早已脱籍，也喜欢在点茶时用上自幼习得的歌舞功夫。但有道是茶如人，人如茶，只要茶汤本身凝香悠远，自能引来赏味之人。既然如此，又何必在意它之前到底是生在御茶园中，还是生在钱塘山畔呢？"

此语一出，举座皆默，众茶客微微点头，宋引章更是听得心潮起伏。不知何时，顾千帆已经出现在重重看客之后，他满眼欣赏地看着浑身散发着自信的光芒的赵盼儿，反复回味着她刚才说的那番话。

胡掌柜也被深深触动，最终他拱手道："多谢赵娘子一言醒我！技不如人，愿赌服输，今后茶汤巷欢迎赵娘子常来常往！"

见茶汤巷的掌柜们转身离去，人群中爆发出更热烈的欢呼声。

孙三娘开心地大声招呼着客人："多谢各位捧场，请去前面正堂，我们有新制的黄中饼、秋菊饮，请大家免费品尝！引章，你也来帮帮忙！"

在场众人兴奋不已，纷纷涌入正堂。杜长风随着众人挤到正堂，突然被涌来的诸人一推，整个人向前扑去。就在他脸即将碰到地上的那一刹那，孙三娘一只脚伸了过来，正好垫在了他的鼻子上。

孙三娘一把拉起杜长风："多谢官人帮我们仗义执言，你没事吧？"

杜长风虽说没跌个狗吃屎，但鼻子也被砸得通红，涕泪交加之中，他如闻天籁："没事。"

孙三娘和抬起头的杜长风对了个正着。孙三娘只觉面前这个头发蓬乱、被帽子遮住半张脸的男子有些熟悉。杜长风只能模糊地看清三娘的一个脸型，他下意识地也觉得对方有些熟悉："咱们可是在哪儿见过？"

袁屯田见状，不禁大笑起来："小杜，你怎么用这么老套孟浪的路子跟人家搭话？"

杜长风闹了个脸通红，连忙摆手否认："误会，我没有，我真没有……"

孙三娘不高兴地皱了皱眉："袁屯田，你取笑我没关系，干吗取笑老实的读书人？小心我不给你果子吃了。"说罢便拿着几个盘子朝后屋走去。

“别呀！”袁屯田急忙朝孙三娘追去。

杜长风整理衣衫，却意外地发现身上掉下来一朵绒花，显然是孙三娘伸脚钩住他的时候，弄掉了鞋尖上的绒花。杜长风赶紧把绒花捡了起来，想还给孙三娘，但他举目望去，尽是模糊的人影，哪儿还见伊人芳踪？杜长风留恋地把绒花紧紧握在手上，喃喃道：“真是一位心善人美手巧的小娘子。”

仍在后院忙碌的赵盼儿看着正堂中热闹的样子开心地笑了，她情不自禁地比了几个舞蹈姿势，接着从树枝上摘下一朵石榴花，边跳边唱了起来：“五月榴花照眼明，枝间时见子初成。可怜此地无车马，颠倒青苔……”她身姿柔软、腰肢婀娜，在红花绿叶的衬托下，一袭素衣的她宛若初堕凡尘的仙子。

突然她身体一僵——不知何时来到了院中的顾千帆，已经将她的动作收于眼底。

赵盼儿张皇地站好：“你什么时候来的？”

石榴花下，赵盼儿明眸皓齿、顾盼生辉，顾千帆毫不掩饰他对她的舞姿的欣赏，目光几乎不能从她身上移开：“早就来了，在你碾茶之前。”

赵盼儿的脸突然变得雪白：“你都看见了？”

顾千帆略有不解：“看见什么？”

赵盼儿难掩自卑地支吾道：“我、我故意以舞姿碾茶，还有用弹琴的手法击拂，听见他们议论我做过乐伎……”

顾千帆敏感地察觉到了什么，缓慢而温柔地向她走来：“盼儿。”

“你别过来，也别那么叫我！”赵盼儿急急倒退一步，“那一天，我要你回去想清楚，到底要以什么样的心态来对我，否则别来见我，你想清楚了吗？”

顾千帆神色极为认真：“想清楚了。”

赵盼儿浑身一震，有些不敢面对这个问题的答案。

顾千帆深吸了一口气：“赵盼儿，你听好了，我想了几天，发现自己是真的喜欢你，所以我想娶你，和你白头到老。”

赵盼儿不可置信地后退了一步：“你疯了！你刚才看清楚我跳舞弹琴的样子了吗？你还记得我在周舍面前也曾浓妆艳抹、媚意勾引过？除了你熟悉的我，那一面，也是我！你是朝廷命官，可我做过乐伎，而且从今天起，只怕全东京城的人都知道……”

顾千帆却一把拥住了她，眼中写满了深情：“那又如何？要娶你的又不是他们，而是我！”

赵盼儿仍在微微挣扎："可是……"

顾千帆不许她挣脱，强势地说道："没什么可是，情爱一道，我向来迟钝，也不会说什么甜言蜜语，但只要认定，我就和你一样，绝不后悔。因为什么良贱之别，什么身份地位，在我这种刀口上舔血的人看来，都是浮云。赵盼儿，还记得你刚才说过什么吗？无论是生在御园还是钱塘山间，只要茶汤凝香悠远，便自能引来赏味之人。我，顾千帆，便是你那个人。"

赵盼儿如遇雷击，贪恋地感受着顾千帆身上的温度。顾千帆放开她，摘下树上的石榴花枝，递向赵盼儿："媒聘尚未齐备，暂且以此为礼，盼儿，你可愿意？"

赵盼儿沉默良久，终于伸出手，颤抖着接过了那枝石榴花。那一瞬间，她只觉得天旋地转，顾千帆竟然开心地将她高高举了起来。

赵盼儿又气又急，拍打着顾千帆的肩："快放我下来！别让客人们看见了！"

顾千帆促狭一笑："叫我名字，我就放你。"

"顾千帆——"赵盼儿急急叫道，然而顾千帆并没有放她下来的意思。赵盼儿突然心领神会，放柔了声音："千帆，放我下来好不好？"

听到赵盼儿唤自己"千帆"，顾千帆满意地笑了起来，那一笑当真是意气风发、看杀卫玠。"好。"他将赵盼儿轻轻放了下来，可依旧未曾松手，眉眼中带着从未有过的欣喜。

一簇簇火红的石榴花之下，赵盼儿罗袖迎风、眉眼如画，她仰头看着顾千帆英俊的面庞，一时，天地间就只剩下他们二人。

另一边，忙得不可开交的宋引章趁着换水的空当到屏风后休息了一下，身边有微风渐起，她以为是孙三娘在替她扇风，回过头却发现原来拿着团扇的人是沈如琢。宋引章结巴起来："啊，怎么是你！你、你怎么又来了？"

沈如琢自如地走到宋引章身边："一回生，二回熟嘛。上上次帮你姐姐忙，你还知道请我来听琴。上次帮你通报敌情之后，你就完全不理我了？真是个狠心的小娘子。"

宋引章一咬牙，推开沈如琢："请你离我远点，我不喜欢和别人这么接近！"

沈如琢冷不防地被推了一个踉跄，诧异地看着宋引章："你怎么有这么大的力气？"

宋引章逃开沈如琢后，勇气渐生："我的琵琶重十六斤，我天天抱着它，当然不会手无缚鸡之力！你一再接近我，到底想要什么？”她看着沈如琢，狠心道：“我嫁过人了。”

沈如琢一顿，惊奇地看着她，果然退开了一步。

宋引章见状心头一寒，冷笑道：“你这么对我，无非是看中了我的颜色，又觉得我不过是个初来东京的官伎，可以随意轻薄。不过刚才盼儿姐的话，彻底点醒了我，就算我身在乐籍，但可自尊自立，绝不是一只你可以任意逗弄的小猫小狗。沈著作，我可不是什么不知世事的小娘子。我嫁过人，还和离过，我的前夫被我亲手送进了大牢！沈官人，你是名门之后，我奉劝你一句，最好别和我这种声名狼藉的女子搅和在一起，否则，恐怕会有损你的官声。”

沈如琢脸上的异色渐渐消退，笑道：“哟，你这是在替我担心吗？可惜，你的事情我早就全知道了。华亭县那案子，还真是挺轰动的。啧啧，刺配三千里，宋娘子还不承认自己狠心？”

宋引章的脸色一下子就白了，她不可置信地看着沈如琢：“你、你全知道了？”

沈如琢眼中含笑地点着头：“自然是全知道了，遇事胆小怯弱，遇琴则沉稳有度；畏我如洪水猛兽，对前夫更能狠心绝情。宋娘子，你到底有几面？”

宋引章瑟瑟发抖，她想说什么，却发不出声音。她想扶住旁边的桌子借力，却扶了一个空，身体顿时失去平衡。

“小心！”沈如琢一把扶住宋引章，见她犹如惊鸟一般，便松手长揖一礼，“对不住，刚才是沈某孟浪了。原本只是开个玩笑，没想到却吓到了宋娘子。”

宋引章惊疑不定地看着沈如琢问：“你究竟想要做什么？”

沈如琢正色道：“沈某真的只是想多了解一点宋娘子而已。刚才你说我看中了你的颜色。错了，沈氏三朝世家，我见过的娇娃妖姬何止百人？我的确对宋娘子有意，但与色相并无关联。如果说最初吸引我的，是你这手出神入化的琵琶技艺；但在了解你的过去之后，我是由怜生爱，由敬生重。宋娘子，有道是物肖主，曲如人。你的琵琶曲中既是一派光风霁月，又何必在意那灵台之上的些许尘埃呢？”

宋引章听得怔怔的，渐渐泪盈于睫。沈如琢从袖中摸出一张绢子，温柔地递给宋引章。

宋引章接过绢子，颤声问道：“你真的不觉得我脏，不觉得我低贱？”

沈如琢极为认真地答道：“不觉得。我只觉得你虽弱质纤纤，却能忍辱复仇，是为智；远赴京城，却能与姐妹们开创出这一片事业，是为勇。沈某也是人啊，面对如此智勇双全，却又百貌千态的小娘子，怎能不心动？宋娘子或许听说过吧，莽撞少年不知道该如何面对他心仪的小娘子时，多半会戏弄她、欺负她……以前，我总以为这不过是戏文里乱编的桥段，可发现自己居然也犯了这样的毛病时，我真是……宋娘子，可否瞧在沈某诚心悔过的分上，别再生我的气，饶了我这一遭？”沈如琢一套话说得行云流水，配合着他真诚的表情，更显动人。言毕，沈如琢再度一揖。

宋引章早就被沈如琢说得落下泪来，此时见他如此，忙起身道：“别这样，我、我不生你的气就是了。”

沈如琢长舒一口气，直起腰来，又向前一步笑道：“既然气消了，那引章是否愿意让沈某做一回你灵台上的拂尘，替你抹去旧时的尘埃呢？”

“不要！”宋引章吓得又退开几步。

就在这时，外面响起了孙三娘的声音：“引章，是你在屏风后头吗？”

宋引章紧张不已，马上道：“是，三娘姐你先别进来，我衣裳脏了，正在清理。”她推着沈如琢，低声道：“你快走。”

见沈如琢一脸幽怨地看着自己，宋引章一咬牙，低声急道：“你不是说喜欢听我弹琵琶吗？你赶紧走，下回，我弹《绿腰》给你听！”

沈如琢满意一笑，一双桃花眼略略弯起：“一言为定，但不能是在这里。顺天门外的金明池你还没去过吧？那是皇家园林，每年只对民众开放数月，眼看就要到闭园之时了。三日之后，我在池边相候。”沈如琢靠近宋引章耳边轻声道：“我要你只弹给我一个人听。”

宋引章只觉沈如琢呼出的热气扑在自己的耳根，她又急又羞却避无可避。

沈如琢一把拿走宋引章发间的钗子：“我看你总戴这支钗子，怕你反悔，留个凭据。”言毕，他闪身消失。

宋引章呆愣愣地看着沈如琢消失的方向，一颗心如雷鸣一般疯狂跳动。过了好久，宋引章终于平复下来，她正要回到正堂，却听见外面传来一阵骚乱，只见不远处来了一群气势汹汹的人，他们手中还拿着短棍，宋引章吃了一惊，连忙往屋内跑去。

此时客人已散去，孙三娘正在麻利地收拾着桌椅。刚与顾千帆分开的赵盼儿红着脸走了进来。

“哟，可算出来一个了，刚才这儿忙成一团乱，结果你和引章连人影子都找不着——”孙三娘手上动作不停，她突然注意到赵盼儿脸色不对，忙问，“呀，你怎么了，脸红成这样？发烧了？刚才太累了？”

赵盼儿控制着自己不住上扬的嘴角，遮遮掩掩地说：“是，有一点，刚才斗茶累着了。”

孙三娘不疑有他，忙将赵盼儿按在了椅子上：“快歇歇。今天可全亏你了，其实刚才你们答应比试的那时候，我还有点心里打鼓，毕竟人家茶汤巷都是积年的行家。”

赵盼儿见孙三娘没起疑心，略微松了一口气：“我刚开始也有点拿不稳，可都被赶鸭子上架了，也只能全力以赴了。”

孙三娘正要再说些什么，却被急急奔入的宋引章打断了话头。宋引章惊慌失措地说：“盼儿姐、三娘，我刚才送位客人出去，觉得外头好像有点不对！”

第十七章 红果饮

马行街外，高家男仆长贵带着七八个手下拿着棍棒气势汹汹地朝茶坊逼近，正对面，池衙内也带着乌泱泱的一帮人走了过来。

“衙内、衙内，你的脚才刚好，要寻那姓赵的晦气，也不用急于这一时吧？”吕五不想惹上麻烦，一路想尽了办法劝阻，可池衙内就是油盐不进。

果然，池衙内又冷哼了一声，摩拳擦掌地说：“怎么不急？好好为了她，到现在还不肯跟我说话，不治治这赵盼儿，本衙内心里憋得慌！别以为我不知道昨儿何四让你也帮她说情！一个、两个都背主求荣，老子收拾完她，再收拾你们！”

吕五只得苦着脸跟在最后，他偷空拉过正在路边玩耍的孙理，塞了几个钱给他，手往前一指：“你赶紧到那儿去报个信，就说有人来找她们麻烦了，不想死就赶紧走。快！”

孙理拿到钱，立即飞奔，不一会儿就超过了池衙内一行人。等孙理奔到茶坊外，他却迎面撞见了高家的男仆长贵和他手持棍棒的手下们。孙理看到这凶神恶煞的一帮人，顿时吓了一跳，他错以为吕五让他传话给这群人，便后退一步，鼓起勇气道：“有人来找你们麻烦了！不想死就赶紧滚！”说完，他转头狂奔。

与此同时，池衙内带着手下也转过街道拐弯，出现在长贵眼前。长贵被孙理莫名其妙的威胁给误导了，以为池衙内这伙人是赵盼儿请来的护院。他的眼中闪过一丝厉色，猛一挥手，率领手下一拥而上。

池衙内一行人刚到半遮面门口，就见长贵带着一帮人冲了过来。池衙内和手下被弄懵了，两边顿时对峙起来！不过，他们虽然互相举棍呼喝不止，但都是雷声大雨点小，半晌都没一个真敢动手的。

透过虚掩的门缝，赵盼儿三人远远地看见两群人正在院外的街上对峙。孙三娘还以为是茶汤巷的掌柜技不如人要搞阴招，她仔细辨认了一番，疑惑地说："不像是茶汤巷那帮人啊。"

赵盼儿也摇摇头："不是他们。这儿是马行街，走南闯北的客商难免有脾气大的。"

宋引章胆战心惊地捂住狂跳的胸口，小声提议："咱们关上门吧，别管他们了。"

赵盼儿点了点头。

茶坊外的对峙仍然异常激烈，双方都叫破了嗓子，却一直没有真打起来。就在此时，突然有人喊了一声"厢吏来了"。池衙内定睛一看，果见一个厢吏带着十多个带刀差役出现在巷尾！

两派人立时都慌了，吕五惊惶欲逃，没想到一脚踩在池衙内之前受伤的脚上。

池衙内惨叫一声："痛！痛死我了！"

手下们见机抬着池衙内狂奔离去。

长贵见势不妙，也只能带着手下迅速撤退。

"无能！"听完了长贵的汇报后，江氏气得重重地一拍桌。

满头是汗的长贵瑟缩了一下，根本不敢抬头："后来衙门的人来，小的实在是怕连累府里，要是被主人知道了……"

江氏眼神闪烁，最终烦闷地一挥手："行了，滚！"

长贵惶然离开。

江氏来回走了几步，心中有了决定："硬的不成，那就来软的吧。"她伸出手，用力捻死了自己衣襟上停着的一只小甲虫。

阵阵惨叫撕破了双喜楼的上空，"轻点，轻点！"池衙内趴在床上，眼歪嘴斜地哀号着，若不是被何四强行按在榻上，池衙内恐怕早就疼得弹起来了。

"忍着！"张好好猛地一用力，给池衙内的脚趾骨正了位。

池衙内顿时发出了一声杀猪般的惨叫，脸上还挂着一串疼出来的眼泪。

张好好戳了戳池衙内的脑门："好了。活该，有本事你别去找赵盼儿的碴儿啊。我上回明明跟你说过，她现在跟我搭着伙，七日后的教坊大演，我还指着宋引章弹琵琶给我衬曲呢。你要真砸了半遮面，我跟你没完！"

池衙内又疼又气，呻吟道："谁说我要砸她店的？老子也是东京茶叶行的行头，她开茶坊，不来给我上礼，我难道上门教她点规矩都不成？"

张好好看着他裹成粽子一样的脚，不无讽刺地说："嗯，现在是挺规矩的。"

池衙内气结，问侍立在旁的吕五："查出来了吗？那帮杂碎到底是谁，哪路货色？”

“没查出来。不过，咱们人从那领头的身上撕下来一块衣裳，居然是棉布，您看！”说着，吕五从怀中掏出一块棉布，递给了池衙内。

张好好蹙起眉来：“棉布可不便宜，我也只见两广的客商穿过，这可不是寻常护院穿得起的。难道赵盼儿身后有人？”说到这里，她眼睛一亮：“说不定就是引章去求了教坊使！”

吕五有些后怕地说：“要是真的和官员有关……”

池衙内再不甘心也不能跟当官的对着干，只能愤愤丢开那块碎布：“那咱们就从长计议。”

与此同时，被禁足在家的萧谓正倚在桌边百无聊赖地观察着烛泪流淌下来的轨迹，他面前摊着一本《论语》，可事实上，从一清早上到现在，他连一页都没有翻过。

“衙内，衙内！大喜！”

萧谓听到外面的报喜声，腾地站起身来。

来者是一名年轻的男仆，他喜气洋洋地传话道：“官家刚才已经颁下旨意，正式召相公他入京了！”

萧谓兴奋地一捶墙：“太好了！只待父亲还朝，首相之位定入囊中！传我的令，全府都加发半月月钱！”

“是！”那男仆满脸雀跃地准备退下。

“等等，”萧谓突然想到了什么，将那个男仆喊回来问，“你是忠叔的儿子？你是叫元禄？”

元禄欠身回道：“是，小的元禄，跟着我爹一起回的京。”

萧谓眼波一闪：“那你之前见过那个顾千帆没有？”

元禄虽然答应了忠叔不会多事，但萧谓都这么问了，他作为仆从也无法不答，短暂的迟疑后，他只得点头。

“他长得什么样？”想到顾千帆和父亲可能是那种关系，萧谓有些难以启齿，“是不是、是不是妖里妖气的？”

元禄怔了片刻才领会了萧谓的意思，忙否认道：“衙内您想哪儿去了！相公待顾副使虽然优厚，却更像是故交子侄。”

萧谓此前的想法被推翻了，他再度思索起来：“故交子侄？可我爹因为他，连我这个亲生儿子也不想认了……难道……”他猛然想到了什么，一下子拉住元禄的衣领："那顾千帆长得跟我爹像吗？"

元禄连忙摇头："不太像。说句不敬的话，要是顾官人真是相公外室所出，他只怕讨好您还来不及呢。要是能被萧家认回来，这荣华……"

萧谓却猛地一伸手，不让元禄的声音影响自己的思考："不对，我还是觉得哪儿不对。你帮我安排，我要出府，我非得见这个顾千帆一面才放心！"

元禄直觉自己说错了话，他怕自己担上责任，忙劝阻道："衙内不行！您现在还在禁足啊！"

萧谓用不容置疑的语气说："我不管你用什么法子帮我避开你爹和府里的人，总之，我一定要出府。得罪你爹和得罪我之间，你随便选一个吧。"

元禄无力地张了张嘴，最后也只能自认倒霉，垂头丧气地应了声"是"。

次日一早，金灿灿的阳光穿透云层，洒向东京的烟柳画桥，赵盼儿和顾千帆相对坐在酒楼的雅间里，凭窗遥望，可见酒楼之下熙来攘往。这是他们自昨日互相表明了心迹之后的第一次见面，赵盼儿特意精心打扮了一番，翠绿色的衣裙与她白皙的肌肤相映，飘飘然如谪仙。

顾千帆看出赵盼儿有些拘谨，不禁奇道："你怎么了？突然就别扭起来，以前又不是没有一起上过酒楼。"

赵盼儿有些不好意思地说："此一时彼一时嘛。"

顾千帆难得见到赵盼儿含羞带怯的模样，忍不住抿起了嘴。

赵盼儿察觉到顾千帆的表情，不禁小声嗔道："你笑什么？"

顾千帆低头啜了一口水，依旧两眼含笑："我笑他家的饮子没你调得好喝。"

赵盼儿情知顾千帆说的是假话，忍不住在桌子底下拧了他一记。

顾千帆躲也不躲，反而笑道："昨天还直催我赶紧离开半遮面，现在就这么不见外了？"

赵盼儿大方回敬道："之前是被你突然那么说吓着了，可是又一想，你既然都想清楚了，愿意和我好，那我又有什么好在乎的。反正你人长得好看，我也不会太吃亏。"

顾千帆见无人注意，在桌下悄悄拉起了她的手，两眼微弯："只是人长得好看？"

赵盼儿轻声笑道："当然啦。陌上谁家年少，足风流。妾拟将身嫁与，一生休。纵被无情弃……"她吟到后面，突觉不吉利，便没有再念下去。

顾千帆用力握住赵盼儿的手，定定地说："我不会做欧阳旭第二，我会一生护你爱你，永不会让你被弃蒙羞。"

赵盼儿心头一暖，点了点头。

顾千帆有些心痛地抚着赵盼儿额上还没好全的伤口："为着我的事，上一次，真是委屈你了。"

赵盼儿用另一只手覆住顾千帆的手背，坚定地说："没关系。毕竟我也没真遭什么罪。我早就想好了，和你在一起，这样的委屈肯定不会少，但这是我选好的路，所以我甘之如饴。"

顾千帆心头一热，将赵盼儿的手反握在掌心："我不会承诺以后让你不受任何委屈，因为那不现实。但我保证，你受的每一份委屈，我都会用双倍的开心来抚慰你。"

不远处，有一双眼睛正透过屏风的缝隙观察着顾千帆。萧谓低声问着身旁的元禄："这个女人是谁？"

元禄小声答道："应该是他的相好，一个叫半遮面的茶坊的女掌柜。"

萧谓当下心生轻蔑："跟个商女混在一起，这个顾千帆，真是不知所谓。"

元禄担心耽搁久了被忠叔发现，小声催促道："衙内，看完了咱们就走吧？小的没骗您吧，顾指挥真的跟相公一点也不像。"

萧谓却仍是紧紧地盯着顾千帆的面容，心里很是纳闷："不对，我总觉得似曾相识……"

另一边，赵盼儿正笑着劝顾千帆吃果子。顾千帆却直皱眉："梅子姜？我从小一吃姜就浑身发痒。"

赵盼儿没想到顾千帆竟然挑食，她觉得好玩极了，又喂给他一块锦荔枝。

顾千帆又皱眉道："这也好苦，怎么也能做果子？"

赵盼儿乐了，她以前可没发现顾千帆还有这么好玩的一面："这也不吃那也不吃，跟个小孩儿似的，要不要我待会儿买个磨喝乐送你呀。"

顾千帆只得先喝了一口水，闭上眼夹了一筷。

萧谓在屏风后震惊地看着这一幕，突然站立不稳，扶着元禄深吸了好几口气。他不愿再看，踉跄着跑出酒楼："我和父亲也从不碰姜，我娘逼我吃东西的时候，我也是先喝水，再闭眼强咽……我三弟也长得不像爹，倒和我娘是一个模子。"他的眼神渐渐清明："他看起来比我还大几岁……如果是真的，那他就是长子！"

元禄有些惊慌地看着萧谓，生怕他做出什么出格的举动。

然而萧谓只是脸色阴冷地吩咐道："我记得父亲把以前的贴身丫鬟一家放了良，那丫鬟虽然死了，她儿子一家还住在固子门外，你现在就去找他！用刀也好用绳子也好，务必问清楚，我爹和我娘成婚以前，到底和哪些女人有过来往！"

不知过了多久，赵盼儿和顾千帆终于有说有笑地下了楼，两人的目光始终黏在对方的身上，一刻也不想挪开。

这时，顾千帆忽然看到楼下坐着一个熟悉的背影，他眼光一闪，对赵盼儿说："你发髻散掉了，去紧紧吧，我等你。"

赵盼儿不觉有他，点头离去。待赵盼儿的身影消失在转角处，顾千帆走到那人身边，微欠身道："此处闲杂人等甚多，司公务必珍摄。"

那人回过身来，正是身着便装的雷敬。雷敬嘴边噙着笑意，意有所指地说道："某家也偶尔要出来松散松散嘛，小顾好艳福啊。上回于中全抓走威胁你的，该不会就是她吧？"

顾千帆听出了雷敬的威胁之意，他面上毫无破绽，冷冷地开口："不是，那女子只是和陈廉相识，被于中全误捕过而已，我之前和她并不认识。"

雷敬并不相信顾千帆的话，颇有深意地笑道："你跟着我也好几年了，我还是头一回见你跟女人在一起。"

顾千帆的语气依然平淡："司公误会了，只是我安排在坊间探听消息之人。"

雷敬却意味深长地摇摇头："你安排她？我怎么瞧见刚才她全在安排你呢。出双入对，把臂同桌，这可不简单啊。"

顾千帆不知道雷敬看到了多少，不敢全盘否认，便只是装作漫不经心地微微一笑："您可别把逢场作戏当作情根深种。"

赵盼儿抚着头发回来，正好听到这段对话，她下意识地将自己藏到暗处，继续偷听顾千帆和他上司的对话。

雷敬觉得自己此行已经起到了震慑的效果，打个哈哈道："还是小顾想得明白，这种倡家从良之女，当个外室也就罢了，真要娶回家，可不就跟那位欧阳探花一样，自断青云路了吗？小顾这样的人才，自然配得上更好的名门贵女。某家也会帮你多留意的。"

顾千帆讪讪一笑，恭敬地略略躬身："那就有劳您了。"

赵盼儿只听到了这段对话，却没有看到顾千帆的表情，一瞬间，剧烈的痛楚击中了心脏，她紧紧地抓住了胸口，深吸了几口气，这才平复下来。

这时，顾千帆拜别雷敬，朝赵盼儿走了过来。顾千帆并不知道赵盼儿听到了他刚才的话，赵盼儿也尽量平静地跟他离开了酒楼。

两人漫步到了河边，顾千帆发现赵盼儿情绪不对，忙问："怎么了？"

"没什么。"赵盼儿本能地想要逃避，可她又认为自己认识的顾千帆并非两面三刀之人，她鼓起勇气问道："顾千帆，咱们能不能开诚布公地谈一回？"

赵盼儿并未等到顾千帆的回答，她抬首，只见萧谓站在不远处的路正中，正眼神复杂地盯着顾千帆。而顾千帆显然认出了萧谓，也显然没有听到她刚才说的话。

赵盼儿感觉来者不善，轻声问道："他是谁？"

顾千帆仍然紧盯着萧谓，他下意识想把赵盼儿挡在身后："一个朋友，我要和他叙叙旧。盼儿，你先去州桥那边等我。"

在他们说话的工夫，萧谓已经走了过来。临近了，萧谓才努力做出一个戏谑的样子："大哥？"

顾千帆一愕。

萧谓又看着赵盼儿问："这位就是嫂子？"

顾千帆皱眉："不是。"

赵盼儿却以为那句话是对她说的，心头一震，转身疾步而去。

萧谓见顾千帆如此，面子有些挂不住："大哥何必如此见外——"

顾千帆冷冷地打断道："当不得萧衙内如此称呼，我姓顾。"

萧谓也是骄纵惯了的，哪忍得了顾千帆的这番怠慢？他冷笑一声，直接切入正题："我已经查到，父亲年轻时曾经在家乡有过一段婚姻，夫人也是姓顾。我外祖家是齐昌伯，萧家的嫡长子永远只能是我，你若是识相，以后就滚得远——"一阵剧痛袭来，萧谓疼得嗷嗷直叫，原来顾千帆不知何时已经扭住他的拇指。

顾千帆冷声道："不识相的是你，连你父亲都不敢威胁皇城司，齐昌伯算个鬼？再说一次，我姓顾，和你们萧家没有任何关联，更不会稀罕什么狗屁嫡长子的位置。好好地做你的相府衙内，离我和我的人都远远的，要不然，下次送给萧相公的，就不只是鹿腿了。"说完，他猛一用力，推开了连连呼痛的萧谓。

等萧谓缓过劲儿来，早已不见顾千帆的踪影，他只能气急败坏地踢了一脚身边的树。

正顺着河道快步急行的顾千帆，忽然听到有人在喊自己的名字，一回首，便从河道中一艘小船上半开的窗户内看到了便装的齐牧。顾千帆虽然急着与赵盼儿会合，却也只能趁着四下无人注意，轻轻发力，跃到了船上。

待顾千帆一进船舱，齐牧便蹙眉道："你怎么跟萧家大儿子动起手来了？"

顾千帆不能让齐牧知晓他的身世，只能随口编道："他指使于中全对小侄不利，我顺手警告他一下而已。"

齐牧摇了摇头，有些失望地说："真是少年心态，要对付他们，何必当街动手呢。萧钦言要回京任相了，他那几个儿子都不是什么好人，以后恃势凌人的事少不了，你应该多多留心，等他们犯了大事，直接捕入皇城司中除之而后快，才算是真正动到了萧钦言的根本。"

顾千帆身形一滞，如果齐牧知道他也是萧钦言的儿子，会不会也认为他不是什么好人。

齐牧见他失神，不禁有些意外："怎么，你不愿意？"

顾千帆忙道："不是，小侄只是在思考该如何做而已。"

"那便好。"齐牧点了点头，顾千帆一向听话，想来也不会不听他的吩咐。

顾千帆突然想起了什么，便又问道："对了，小侄前日送到您那儿的雷敬罪证如何？都是于中全最亲信的手下指认的，上次江南案时您说对付雷敬还不到时候，如今有了这个，应该可以了吧？"

齐牧的眼神突然变得有些冰冷，他审视着顾千帆："你呀，最近心态怎么这么不沉稳？我让你多找萧钦言的麻烦，你就只想着对付雷敬。你那些罪证的确能让雷敬伏法，可他说到底也不过只是一个阉货，我们清流的真正大敌，还是萧钦言。"

顾千帆面色一暗，只得应道："是。"

齐牧了解顾千帆的性格，知道他吃软不吃硬，便又适当地安抚道："雷敬的事，我自会安排，左右不过就是这几个月的事。我知道你着急想除掉雷敬，早日升上五品正使，可朝政错综复杂，我也必须跟其他清流商议妥当了，才能动手。"

顾千帆果然又对齐牧卸下了心防，忙道："小侄没有催促您的意思。"

齐牧担心顾千帆总是想着雷敬的事，语重心长地说："当初我让你去皇城司，绝不仅仅是想让你除掉雷敬，而是希望你能借助皇城司的力量相助清流、匡正朝纲。所以，你切勿本末倒置，明白吗？"

顾千帆浑身一凛，郑重地应道："小侄明白。"

齐牧见顾千帆是真的明白了，方才点点头："好，你走吧。萧钦言的事情，你记得留心。”

待顾千帆下了齐牧的船，街边早已经不见了赵盼儿的身影，他想了想，估摸赵盼儿可能是嫌等他等得太久，已经先回了茶坊，便朝半遮面的方向走去。

茶坊里，赵盼儿正忙得不可交，但眼边颇有红肿。孙三娘找了一个空当，悄声问：“你怎么了，开开心心地跟我说要出去一会儿，怎么回来就这样了？不会跟顾千帆又吵架了吧？”

赵盼儿掩饰地偏过头，不敢让孙三娘看出自己哭过，故作轻松地说：“没有。”

就在这时，角落的一张桌上传来一声巨响，一个客人突然抽搐着倒在了地上。一个赭衣少年急急扶起地上的客人，大声唤道：“大哥！”

茶坊中的客人们的注意力顿时都被这一对兄弟所吸引，交头接耳地议论起来。

孙三娘和赵盼儿都被这个突发情况吓了一跳，连忙上前询问：“怎么回事？”

那清秀的少年悲愤地抬起头：“我怎么知道？大哥明明好好的，刚喝了你们的红果饮，就这样了！”话音未落，那客人嘴角又流出一股乌黑的血来。

少年大惊失色，痛心疾首地呼喊道：“有毒！你家的果子饮里有毒！”

坊中一时哗然。

赵盼儿此前在钱塘也不是没遇到过讹钱的事，她确信这红果饮根本不可能有毒，她镇定下来，试图与少年讲清道理：“红果饮是我亲手做的，不会有毒。”

“还想耍赖？”那少年似是四处寻着了一番，最后从脖子里扯出一只银质长命锁，往桌上还没喝完的红果饮里一浸，那锁头立刻变成了黑色。他将银锁展示给在场客人：“你们看！这不是有毒，那是什么？”

看到银锁变黑，在场众人鸦雀无声，正在饮食的几人更是反射性地丢下了自己手中的果子或茶盏。

孙三娘也急了，惶然地小声问赵盼儿：“咱们买来的红果会不会被熏过硫黄？硫黄遇到银子，也是会变黑的。”

赵盼儿还是摇头，倘若红果真有问题，也不该单单只有这一个人有事。

眼看那中毒之人又呕出了几摊血，茶客们都如躲避瘟神一般越站越远，不少客人干脆心惊胆战地快步离开。不久，那中毒之人剧烈地抽搐了几下，彻底不动了。

那少年见此，立刻愤怒地冲过来抓住赵盼儿的衣襟，大喊道：“赔我大哥命来！各位大叔，谁能帮我报个官？”

离得近了，赵盼儿看清了那少年卷翘的睫毛和颈间细嫩的皮肤，她不禁扬了扬眉毛。此时袁屯田已经迟疑着要迈步报官，赵盼儿眼光一闪，着急地挡住了袁屯田，故作颤声哀求着："别去！对不起，我们肯定是无心的，一定是哪儿出了岔子，能不能先别报官？我有钱，我赔给你，五十贯，不，一百贯，够不够？"

"我不要钱！我只要你赔我大哥性命！"少年抱着大哥的尸体悲愤大哭，"求求你们，帮我报个官！帮我把这些杀人凶手抓进大牢！"

袁屯田看得难过，一咬牙叫来已经挤进来看热闹的小厮："赵娘子，对不住了，出了人命案子，掩不住的。双元，你去报官！"

这时宋引章也听到动静，连忙戴上顶面帷，不管不顾地从后院冲了出来："出什么事了？"

孙三娘怕吓着宋引章，连忙拖住她："没事的，你别管。"

那边，少年依然捶胸顿足地抚尸大哭："大哥！你睁眼啊大哥！"

浊石先生好心地提醒惊慌失措的赵盼儿："别愣着啦，你们赶紧查查是哪里出了纰漏，待会儿官差来了，还能有个分辩，会不会是不小心混进耗子药了？"

这边赵盼儿却似已经没了章法，惊慌不已地双眼一闭，落泪道："完了，报了官就完了……"她似是突然决定了什么，奔到柜台后翻找出一瓶东西。众人都被她怪异的举动惊呆了。

赵盼儿跌跌撞撞地走到少年兄弟面前，凄然道："反正都得赔命，我认了！"接着，她猛然出手，狠狠压住了少年。孙三娘早觉不对，此时一看赵盼儿眼神，立刻心领神会飞身帮赵盼儿控制住了少年。

那少年没想到赵盼儿还有这一手，惊恐地挣扎道："你们想干什么？"

赵盼儿决然地举起手中装着红果饮的瓶子，不由分说把红果饮灌进了那少年嘴中，状若疯癫地说："既然有毒，大伙儿一起死，反正杀一个是死，杀两个还赚一条！"

少年拼命挣扎，好不容易喘过气来，握住脖子，又惊又惧："你给我喂了什么，咳咳，好痛，咳！"

赵盼儿却摸出一把小刀来，走向地上中毒之人："死人的眼睛是不会动的，待我看看这人死透没有。"在众人的惊呼声中，她挥刀就向那人眼中刺去。电光石火之间，本已中毒而死的"大哥"瞬间弹起身就跑。茶坊的客人们这下彻底看呆了，可孙三娘早有防备，火速将其制服在地。

赵盼儿状若惊讶地说："哟，诈尸了！"

这时，宋引章也恍然大悟，看出他们是来讹钱的，她忙找出一捆绳子扔给孙三娘，后者麻利地把中毒之人和少年绑了起来。

赵盼儿拍了拍袖子上的灰，好整以暇地看着兄弟两人："自个儿大哥不动弹了，一不把脉，二不试鼻息，三不着急请大夫，赔钱也不行，只嚷着要报官抓我赔命，还真是兄弟情深。说吧，为什么要这么干？"

少年捂着喉咙仍痛苦地说不出话来，却倔强地仍是摇头。

"大哥"虽然演砸了，但因为收人钱财，也只能就地耍赖，嘴硬道："我不懂你在说什么，我刚醒，刚才我就是喝了你家的饮子，就吐血了！"

"哦，那就再多吐点。"赵盼儿不由分说地把瓶中剩余的红果饮灌入"大哥"嘴中，"刚才我顺手在里头还加了一味蛇草花，死不死人倒不一定，但和红果饮放在一起，就成了哑药，半个时辰之内不服解药，你们这辈子都别想再说话了。"

"大哥"果然觉得喉咙像是被火燎过一般疼痛，他顿时惊恐不已，试图把喝下去的毒药吐出来。

赵盼儿从怀里摸出一个小瓶，在手中颠了颠，似乎随时能把药瓶颠掉："解药只有一份，谁先说我就把解药给谁；可要是谁都不说，我就扔到汴河里去。"

少年和"大哥"同时急道："我说！"

兄弟二人对视一眼，"大哥"抢先说道："我欠了人家的钱，那人逼着我还，我还不起，他就要我来这儿闹事！"

少年则指着"大哥"："你们克扣了他妹子的工钱！"

赵盼儿闻言眯起了双眼，看来这两个临时搭伙的兄弟连词都没对好。

话一出口，那少年也愣住了，他不可置信地看向"大哥"："你骗我？你不是说她们打断了你妹子的腿吗？"

"大哥"被当场拆穿，难掩尴尬地低下了头。

宋引章气愤至极，叉腰问道："是谁指使你们来搞垮我们的铺子的？"

"大哥"张口，想说又不敢。赵盼儿却很清楚，在东京她的仇家无非萧府和高府。她走到"大哥"旁边，低声问："指使你的人姓萧，还是姓高？"

见"大哥"不敢作答，少年却抢先答道："指使他的是码头的八爷，可给八爷钱的是个女的！四十来岁，是个富贵人家的陪房妈妈！"

孙三娘有些不信："你怎么知道她是富贵人家的陪房妈妈？"

少年两眼一转，胸有成竹地说："我看到她的脚了，又肥又宽，鞋面的布料不好，花色又老气。这种鞋子，主人家不会穿。可她又能坐大马车，还能支使人，不是陪房就是乳娘！”

赵盼儿难掩意外地看着那个少年：“挺机灵的啊。会写字吗？我可以给你们解药，不过你们得把这事的首尾都写下来，按上手印。”

赵盼儿拿出纸笔摆在他面前，见少年和“大哥”还在犹豫，赵盼儿望向路边，幽幽地说道：“官差应该快到了吧？”

“我写！”识时务者为俊杰，那个俊秀瘦小的少年赶忙抓起笔。他识字不多，只是歪歪斜斜地写了几个字，又咬破手指，按了个血印。事已至此，“大哥”也只能无奈地写了起来。

赵盼儿拿起那张纸，亮给众茶客：“也请大家帮着做个见证。今天我们完全是被诬陷的，以后要是有人再造谣半遮面的吃食里有毒，还请诸位帮忙分说。小女子铭诸五内！”

孙三娘和宋引章也随着赵盼儿向在场众人福身。

整件事情已经非常明了，在场的茶客们纷纷道：“那是自然！”

只有袁屯田仍有顾虑：“可你不是给他们喂了哑药吗？”

赵盼儿笑了：“闹着玩的，不过是在水里加了些冰片，就刚喝下去那会儿才又苦又辣而已，您看他们刚才都说了多少话了？”

“大哥”和少年猛然醒转，却依然不敢相信，生怕丢了小命。

赵盼儿索性拿起红果饮的瓶子，自己喝了一大口：“现在信了吧？”

浊石先生哈哈大笑，拍手道：“好个临危不乱、智计百出的赵娘子！”

赵盼儿转头对两名“少年”说道：“看你们年纪都不大，就不跟你们计较了，趁着官差还没来，赶紧跑吧！”

“大哥”没想到还有这等好事，忙不迭地爬起来先跑了。而那个慢了一步的少年刚跑开几步，又突然调头，冲赵盼儿深深鞠了一躬：“对不住！”说完便调头要走。

“等等！”赵盼儿叫住那个少年，从袖中摸出几个铜钱塞到他手里，“女孩子手上不能留疤，自己去买点金创药。”

那少年浑身一震，似是没想到自己的女儿身会被看穿，她呆呆地点了点头，深深地看了赵盼儿一眼，又转身跑开了。

众茶客还在热闹地议论赞叹，赵盼儿、袁屯田在茶坊门口和刚刚赶来的官差低声交涉着。得知是一场误会，白跑一趟的官差脸色明显黑了，赵盼儿忙适时地递过一盒平常抢都抢不到的桃花饼，官差这才面色稍佳，带着手下打道回府。

赵盼儿一路赔着笑，将官差们送到街上，直到他们走远，赵盼儿才靠在门边，略微舒了一口气。这时，顾千帆的声音突然在她背后响起："是高慧的乳母江氏做的。她原本一直在外头等着看你的笑话，后来发现不对，就赶紧跑了。"

"果然是高家。"赵盼儿不禁百感交集，看来还真被那个小姑娘给说对了，也不知道那么机敏的孩子怎么会沦落到要靠讹钱来讨生活。

"我早就说过他们不会放过你的。高慧行事狠辣，她的乳母也没少仗着她的威风作威作福。"顾千帆放柔声音，试图拉住赵盼儿的手，"盼儿，不是让你去州桥那边等我吗？怎么又回来了茶坊？"

赵盼儿想起顾千帆与雷敬说的那些话，以及他急急推开她的样子，轻轻抽回了手，没有作答。

顾千帆见赵盼儿不开心了，忙解释道："怎么了？是嫌我路上耽搁了吗？刚才我在路上遇到了一位长辈……"

赵盼儿没想到顾千帆不知道她为什么不高兴，她深吸了一口气，打断道："顾千帆，你说你是真心待我的，对不对？"

顾千帆不假思索地答："自然是。"

赵盼儿点点头，经历了被于中全陷害一事，她也明白官场危险，顾千帆不敢公开与她的关系多半是在保护她，可她毕竟在情路上跌过跟头，纵使她再坚强再理智，亲耳听到那些冰冷的话从顾千帆口中吐出，她的心也会疼。她尽量平静地问："那你可以告诉我在街上拦着你的那个人是谁吗？"

顾千帆闻言一滞，他自己都尚不能面对自己的亲生父亲已经另外有了家庭的创伤，他实在不知该怎么介绍萧谓。可他不想欺骗赵盼儿，半晌才做了艰难的决定，照实答道："那个人……就是萧钦言的儿子萧谓。"

赵盼儿有些不可思议地看着顾千帆："你居然拿萧谓来搪塞我？"

顾千帆愣住了，他没想到赵盼儿会是这样的反应。

赵盼儿轻声道："如果你真心待我，如果那人真是萧谓，他害过你，也害过我，你只会恨他入骨，可你看他的眼神，有一半竟然和看陈廉的差不多！他跟你说话的语气，也绝不是仇敌。我做生意这么多年，不会连这个都分不清楚。"

顾千帆现在真的没办法讲出自己的真实身世，他有些艰难地开口道："我和他……盼儿，你相信我，他真的是萧谓。"

赵盼儿摇了摇头："我其实不关心他是谁，我关心的只是你对我的真心到底有几分？如果你所谓的想娶我，只不过是逢场作戏，对不起，我并不想奉陪。"

顾千帆懵了："你在说些什么，我怎么会……"

"你走吧，高家的事情，不用你管，我也有正事要忙。"说完，赵盼儿就扭头而去。顾千帆正要追上，陈廉却气喘吁吁地赶了过来："头儿，头儿！"

顾千帆一脸暴躁地问："干吗！"

即便是审问犯人，陈廉也从没见过顾千帆生过这么大的气，他吓了一跳，小声道："是雷司公让我来找你回衙的，说有急事。还有，刚才萧相公派人过来传话，说他不日就要进京，想请您去他的别庄小叙。"

顾千帆脸色一沉，他今日只想好好地与赵盼儿叙叙话，偏偏却有这么多人接二连三地找他，他没再说什么，留恋地看了一眼茶坊的门，便纵马朝皇城司的方向奔去。

第十八章 绿罗裙

与顾千帆分开后，赵盼儿思来想去，认为从茶坊开了快一个月高家才来找麻烦这一点上看，高慧未必就真的是坏人。射人先射马，擒贼先擒王，与其等着他们左一个虾兵右一个蟹将地找麻烦，不如直接对上正主。她之前有意无意地从袁屯田、浊石先生那儿打探过高鹄的事情，得知高鹄喜欢附庸风雅，在到处搜寻南唐徐熙的画作，她当时留了个心眼，寻着机会便用自己收藏的几幅画跟一位藏家换来了徐熙的《鹤竹图》以备不时之需。而眼下就是要用到这幅画的时候了，思及此处，赵盼儿从柜中翻出一卷画轴，跟孙三娘和宋引章说了一声，就匆匆离开了茶坊。

集雅斋书坊雅阁内，一身便服的高鹄正在书架边翻阅着书籍。书坊掌柜走进来禀告道："官人，您吩咐要找的徐熙的画作有信了。有个小娘子过来卖他的《鹤竹图》，可要传她进来一见？"

高鹄接过画轴，展开看了看便点头道："嗯。传吧。"

不一会儿，脚步声响起，高鹄知道是卖画的人来了。他头也不回，继续翻着书页："你想卖多少钱？"

赵盼儿恭敬地说道："分文不取。妾身斗胆献画，只想在高观察面前稍加陈情。"

高鹄一怔，转身看着赵盼儿，他没想到她竟然是个容貌姣好的小娘子，眼中难掩惊艳。

赵盼儿福了福身道："钱塘赵盼儿，曾与欧阳旭有婚姻之约，今日得见观察尊颜，不胜荣幸。"

高鹄眼中的惊怒一闪而过："你和欧阳旭定过亲？"

赵盼儿不卑不亢地答道："正是，三年之前，他落榜流落钱塘，是妾身在雪中救了他，供他读书深造，上京重考。他曾许我凤冠霞帔，不想待他功成名就，妾身却被秋扇见捐，而他要做贵府女公子的东床快婿。”

高鹄知道赵盼儿不会在这件事上骗自己，他看着手中的《鹤竹图》，沉声问：“你是如何找到这儿来的？”

赵盼儿也不隐瞒，她来到这儿，就是为了与高鹄相互坦诚：“打从欧阳旭离京的那一天开始，妾身就知道必与您有一面之缘，所以早就做了准备。”

高鹄危险地眯起了眼睛，指节轻轻敲响桌子，语气似有不满：“你胆子倒不小。”

赵盼儿却毫无惧色地回敬道：“妾身行事，无一有违律法，无一不可对人言，自然也无所畏惧。倒是高观察，只怕已是麻烦不小。”

高鹄本以为赵盼儿能找到这儿来，定是有几分聪明的，可她竟然不自量力地以为民能与官斗，他根本不把赵盼儿的威胁放在心上，淡漠地说：“欧阳旭负你，关我何事？他这样的见异思迁之徒，和高氏早无关联。你想告也好，想闹也好，自便。”

赵盼儿心下一惊，高鹄却已往阁外走去。赵盼儿忙道：“若是高家与欧阳旭也已断了婚约，为何令爱的乳母却要下毒手害我？”

高鹄的脚步顿时滞住，眉头也渐渐拧起。

赵盼儿见此话奏效，继续说道：“因嫉生恨，讹诈构陷，交通官衙，欲毁我名誉，卷我入官非。高观察，难道这就是贵府的家风？”

“你到底在说什么？”高鹄慢慢转过身来，似乎要从赵盼儿脸上找到一丝撒谎的痕迹。

赵盼儿向高鹄呈上一纸：“妾身在马行街开有一间茶坊，今日有人上门闹事，被我识破。切结书上的那位背后女主使，就是贵府乳母江氏。”

高鹄匆匆读过，脸色微沉：“一无实据，二无人证，光凭着一份捕风捉影的切结书，就想陷害我高氏？来人啊！”

候命在外的几个侍卫闻言立刻按刀冲向雅阁。

赵盼儿却毫不惊惧，轻声道：“我一未对外宣扬，二无敲诈勒索，谈何陷害？此事是真是假，观察一查便知。我赵盼儿对天发誓，自从知道欧阳旭的真面目，我便与他已无瓜葛，此番前来，更绝无与贵府作对之意！之所以奉上这份切结书，也不过想提醒一下高观察，您的掌上明珠自是大家闺秀，但若是有胆大包天的下人自作主张呢？对您这样有宣麻拜相之志的外戚重臣而言，‘清誉’两字应该重于泰山吧？”

高鹄的眼神中已经带了杀意：“你在威胁我？”他将手中的切结书撕为两半，那神情似乎在暗示，他若是想私下处置了赵盼儿，也跟捻死一只蚂蚁一样容易。

赵盼儿依旧平心静气地说："妾身不敢，妾身斗胆前来求见，只是想请观察高抬贵手，约束下人，放我一条生路而已。对了，您撕掉的切结书只是抄本。正本在开封府衙外的我姐姐手中，如果两个时辰之内我没能平安回去，她便会马上递状鸣冤。"

高鹄脸上的肃杀之色渐渐散去，他重新审视了赵盼儿半晌，挥手让侍卫们退下。他看了看案上的画，问："你用哪两幅画换的这幅《鹤竹图》？"

赵盼儿没想到高鹄会突然转移话题，一怔之后照实答道："黄居寀的《锦鸠图》，还有关仝的《山溪图》。"

高鹄深深地看着赵盼儿，他已经开始对这个牙尖嘴利的赵娘子产生了兴趣："你说自己是做小生意的，那为何会有这些名家画作？"

赵盼儿知道高鹄不会再为难她了，便落落大方地答："汪伦一介村人，尤能慕李太白之诗作。妾身虽事货贾，自然也可有丹青之好。"

高鹄又打量了赵盼儿几眼，轻笑了一声："长得不错，说话行事也颇有些道理。欧阳旭到底是犯了什么糊涂，居然弃你而去？"

赵盼儿眼中闪过一丝酸楚："因为妾身曾身属贱籍。"

高鹄闻言一愣，沉默了一会儿方道："当日我曾问过欧阳旭可有婚约，他的回答是并无。我高氏从不行巧取豪夺之事，自然也不会和你一介弱女子计较。"

赵盼儿第一次从情敌的父亲口中证实了欧阳旭的背叛，心中隐隐一痛，可那疼痛也只是短暂的一瞬，只能代表她人生中的一小段挫折。她深深福下身："多谢观察。妾身多有打扰，告辞。"

高鹄看着她优美的脖颈和背影，眼中突然一闪，快步追上："等等，你说欧阳旭翻脸无情，难道他为难过你？"

赵盼儿有些诧异，但仍道："他曾经买通厢吏，污我勒索，想将我赶出东京。"

高鹄向赵盼儿走近了一步，低头看着赵盼儿的螓首蛾眉，难掩欣赏地问："但你终究还是留了下来，还开了一间茶坊，难道你不怕他以后对你再有为难？"

赵盼儿不解高鹄的意图，却依然答道："妾身也不是没有这个担心。"

高鹄眼神中多了几分深意："既然担心，何不入了我的府中？我可以让欧阳旭一辈子也回不了京城。你这样聪慧的女子，不该在外头抛头露面、贩茶为生，值得金屋藏之。"

赵盼儿大惊，不可置信地后退一步。小院中守卫的侍卫也惊惧回头。

这时，一个如玉石般清冷的声音突然响起：“高观察所言差矣。”赵盼儿眼前一花，顾千帆已经闪身出现，他伸手一拉，将赵盼儿藏在了自己的身后。

高鹄惊怒地握紧了拳：“你是何人？竟敢偷听？”

顾千帆并不回答，只是举出狮头金牌。阳光照射在那狮头之上，炫目至极。

高鹄周身的气焰顿时减了不少，有些惊讶地看着顾千帆：“皇城司？”

顾千帆没有否认：“观察放心，刚才我只是在院内等候，并未听到您的秘辛。只是拙荆不过一无知妇人，如何当得上‘聪慧’两字？”

“拙荆？”高鹄闻言看向赵盼儿，愕然道，“你不是刚和欧阳旭恩断义绝吗？怎么这么快又搭上了另一个？”

赵盼儿也不可置信地看着顾千帆。

顾千帆脸上带着淡淡的讥讽：“比不得观察榜下捉婿的速度快。”

高鹄脸色一沉，正要发怒。顾千帆却拱手道：“皇城司副使顾千帆，见过高观察。”

高鹄浑身一凛，他早就对皇城司的“活阎罗”有所耳闻：“你就是顾千帆？”

“正是。”顾千帆早预料到了高鹄的反应，也习惯了别人得知他的身份后那种复杂的眼神。

顾千帆和高鹄的眼神在激烈地交锋。赵盼儿有些担心，顾千帆却在背后紧紧地握住了她的手。赵盼儿初时还想挣开，后来被他轻轻拍了一记，便不再敢动弹。

高鹄自是不知两人在背后的这场官司，他率先错开了目光，笑了笑：“赵娘子好福气。”

顾千帆也躬身一礼：“多谢观察，以后有什么用得着下官的地方，请尽管吩咐。”

高鹄眸光一闪，如一个知心长辈一般笑言道：“顾副使客气了。等顾副使大婚之日，高某定会来讨杯喜酒喝。”

顾千帆点了点头，皮笑肉不笑地答：“荣幸之至。”

高鹄意味深长地看着赵盼儿道：“江氏再不会找你的麻烦，欧阳旭此生也定难返东京。赵娘子，这份新婚贺仪，你可还满意？”

赵盼儿听出了高鹄的意思，她随即深情地看向顾千帆，柔声道：“我家官人满意，妾身自然就满意。”

高鹄看着眼前这对站在一起格外般配的俊男靓女，气不打一处来，轻哼了一声，转身进了雅阁。顾千帆则顺势拉着赵盼儿离开。

一出书坊，赵盼儿就想扔开顾千帆的手，她还跟顾千帆置着气，若不是刚才迫于形势，她才不会任他做出那些亲昵之举。顾千帆看向一旁的马车，低声提醒：“高家的。”

赵盼儿顿时停下动作，不得不继续与顾千帆假装浓情蜜意。

顾千帆心下满意，面上却没有表露分毫，一直牵着赵盼儿的手拐过了街口。转过弯，赵盼儿立刻就甩开了顾千帆的手。

顾千帆做出一副心痛的表情：“刚才还一口一个官人，现在用完转头就不想理人，你还真会占便宜。”

赵盼儿没想到顾千帆会这样颠倒黑白，不由面露恼意：“你——”

顾千帆赶紧柔声哄道：“跟我放狠话，说什么不用你管。结果呢，要不是我多留了心跟了过来，欧阳旭就差点多了个便宜丈母娘。”

赵盼儿又气又羞，但又确实说不过顾千帆，只能认栽道：“我只是一时失察，才没想到这个，浊石先生他们都说这个姓高的官声正直，谁知道……”

顾千帆的面色有些不善，他刚才看到高鹄用那种眼神看着赵盼儿，他着实是气坏了：“对我们皇城司的人来说，一时失察的结果很可能就是死。一听到女婿做了宫观官就要马上退婚的老匹夫，你还觉得他正直？赵盼儿，每回一跟我闹别扭，你就总会做这些让我提心吊胆的事。就算高鹄没对你起色心，他也可以直接让人把你绑起来丢到汴河里，上次于中全没淹死你，顾赵氏，你就那么想当水鬼？”

赵盼儿脸色终于白了，半晌，她回过味来：“你胡说我什么？”

顾千帆目光灼灼，烙在赵盼儿脸上：“顾赵氏，我说过要娶你，你也答应了，你当然是顾赵氏。”

赵盼儿避开他的目光，干巴巴地说：“我不会嫁为妾室。”

“纳妾需要用到‘娶’字吗？我说要三书六礼，自然是想娶你做我的正头娘子！”顾千帆简直不知道赵盼儿都在胡思乱想什么，他绕到赵盼儿面前，逼着她看着自己，“我一直弄不清楚你为什么突然跟我闹别扭，刚才陈廉提醒之后，才突然想通了，在酒楼那会儿，你是不是听见我跟别人说的话了？”

赵盼儿点头，大方地认下：“是，你说只是和我逢场作戏，还感谢他为你安排名门婚事。”

顾千帆急了，他慌忙解释道：“那是雷敬！我的顶头上司，收了郑青田二十万贯钱就想杀了我灭口的皇城司使！我跟他能说什么真心话？一会儿跟我说什么纵被弃，不能休，一会儿听到什么风吹草动，就开始怀疑，赵盼儿，你的胆子根本就没有你说得那么大！被一个男人伤害过，就一点信任也不肯给别人！就算心里有气，也不敢明白地问我，只会在那儿转弯抹角地生闷气。你呀，一直担心别人小瞧了你，所以努着劲儿地要在东京落地生根，但其实最小瞧你的，就是你自己！”

赵盼儿眉心紧皱，她不觉得这一切都是自己的问题，只是连跟她相恋三年的欧阳旭都接受不了她的出身，顾千帆就一定能吗？

“是，我是自卑，我是不敢相信你。那是因为我要的不是嘴上一时情浓，而是一生一世。你的许诺和求婚，确实让我开心幸福。可是一冷静下来，我就会想到现实。一个皇城司副使，怎么可能会娶一个贱籍从良的女人？就算你一时情动了，以后难道真的不会后悔吗？”

“无论我说什么，你都不信是吧？”顾千帆丢给赵盼儿一个锦囊，“这里头有三张房契、四把钥匙，我为官十年，所有的积蓄都在里头。你一时想不清楚没关系，回去慢慢想，我等得起。”说完，顾千帆转身便走。

手中的锦囊宛有千斤重，赵盼儿震惊之至，喜悦而酸楚的泪水瞬间盈满了她的双眼，她连忙朝顾千帆追去：“哎！你等等！”

顾千帆的脚步却越走越快，赵盼儿眼见追不上，突然“哎哟”一声，装着扭伤脚的样子靠在了路边的大树上。

顾千帆的耳朵微微一动，唇间也勾起一笑，转过身来：“要装也装得真一点。”

赵盼儿站直身子，狡黠地笑道：“真假无所谓，只要对你管用就行。”

顾千帆走到赵盼儿身边，做洗耳恭听状：“继续，终于有点像我以前认识的那个赵盼儿了。”

赵盼儿深吸了一口气，最终鼓起勇气问：“我只问一次，你是真心的？你真的愿意对我明媒正娶？”

“打从你在华亭县陪我喝酒的那一刻起，我就喜欢上了你。在暗牢确定你无事的那一瞬间，我就想娶你为妻。你不是心心念念想当进士娘子吗？当年我也是二甲进士，嫁给我，不吃亏。”顾千帆的眼神无比认真，这些话仿佛早就刻在了他的心里。

赵盼儿仍是不敢相信：“那你的仕途怎么办？你的官声不要了？”

顾千帆反问：“我以前的名声就很好吗？要不然你随便找一个人问问，皇城司的酷吏和教坊里的歌伎，哪个更让人讨厌些？”

他自嘲的神色映入赵盼儿眼中，一时竟让赵盼儿格外心痛，迟疑了一下之后，她缓缓伸出手，主动牵住了顾千帆。

顾千帆的目光紧锁着赵盼儿：“想好了，这一次，是你主动的。”

赵盼儿语气坚定，她与顾千帆经历了这么多，相比世俗的眼光，她更愿意相信顾千帆的话：“若君不负我，我必不负君！我可以不再问萧家的事，但我确实太不了解你了。你可以调动手下，将我的一言一行查得清清楚楚。而我，只能被动地等着你出现。为什么你一个进士，会进了皇城司？顾千帆，除了你的名字和你的武功，我对你几乎一无所知。”

顾千帆沉默半晌，终道：“以前是以前，以后，我自会慢慢讲给你听。”

两人沿着河岸，慢慢行走，顾千帆给赵盼儿讲了母亲和离归家，不得入顾氏祖坟的旧事，又解释了只有他尽快升上五品，替母亲追封诰命，母亲才能享受官祭的旧事，而皇城司作为天子亲兵只要敢拼命就升得快，所以他毅然投身皇城司的原委，唯独隐去了自己的父亲就是萧钦言的事实。

赵盼儿以为顾千帆的父亲已经去世了，她想到他这些年一个人承担着这么沉重的事，不由握紧了顾千帆的手：“过些天，可以带我去拜见她老人家吗？”见顾千帆不答，赵盼儿忐忑问道：“怎么，不方便？”

顾千帆摇头，唇边终于又勾起一抹微笑：“刚才还说跟我不可能，现在就要着急丑媳妇见公婆了？”

一听此句，赵盼儿竖起柳眉：“你说谁丑！”

顾千帆心知不妙，忙求饶：“我错了，我丑，我丑好吧。”

突然听得后面“咳咳”两声。

两人回头，只见陈廉正跟在两人身后，赵盼儿连忙抽出自己的手。

陈廉小心地避开顾千帆杀人的目光，苦着脸道：“我真的不是每回都想来打扰你们的！宫中有旨，官家召顾头儿入宫问话。”

顾千帆又恢复冷面状态，点头道：“知道了，我这就去。”

陈廉“嘿嘿”一乐，往赵盼儿身边凑去：“盼儿姐，我家头儿没生病吧？平常耳力那么好，十丈之内我都不敢悄悄说他的坏话，可现在被我跟了老远都没发觉。”

顾千帆不等陈廉说完，出手便要制住他。陈廉早有准备，迅速往赵盼儿身后一躲：“盼儿姐救命！”

赵盼儿脸色绯红，挡在两人中间：“行啦，别闹了。我该回茶坊了。”

顾千帆拉住赵盼儿的手，仍是恋恋不舍，可碍于陈廉在此，他忍住了想要一亲芳泽的冲动，最终道：“晚上别走，等我送你回家。”

“好。”赵盼儿略微羞涩地抽开手，紧握着那个代表着顾千帆真心与信任的锦囊，转身快步离开。此时的她，翠绿的裙子飞舞了起来，脸上的笑意也越来越浓，轻盈得一如刚从贱籍脱身的十六岁那年。

不远处传来了花贩的叫卖声：“卖花喽！买了这朵石榴花，必定嫁得有情郎！”

赵盼儿握紧了手中那只锦囊，想起了顾千帆。她转身走向花贩，片刻之后，赵盼儿的发间已经多了一朵火红的石榴花。

她不知道的是，此时正回答着皇帝问话的顾千帆也不由自主地走神。他的眼光不由自主地落在石板中的一丛小草上，那小草的颜色，正与赵盼儿离去时身穿的翠绿裙子极为近似——记得绿罗裙，处处怜芳草。

戴着石榴花的赵盼儿在店里忙得不可开交，脸上笑容不断。孙三娘见赵盼儿在一天之内就忽悲忽喜地变了好几次，一看就是刚陷入情网的样子，忍不住故意问道：“这么开心，高家的事解决了？”

“告诉你一个秘密。”赵盼儿点点头，她嘴角抑制不住地上扬。

孙三娘大感兴趣，立刻凑近去听。

赵盼儿悄声道：“我刚刚知道，欧阳旭和高家娘子的婚事也没戏了。”

孙三娘眼睛一亮，大为解气地说：“真的？太好了，真是天理循环，恶有恶报！”

这时，有客人拿起桌上的小铃铛唤人。赵盼儿精神一振，抢在前面说：“我去吧！”

看着赵盼儿轻盈的背影，孙三娘笑得如狐狸般狡黠：“嘿嘿，单为了欧阳旭倒了霉，就能这么高兴？只怕是跟顾千帆又和好了吧！”

与此同时的高府院内，江氏伤痕累累地被绑在树上，已经是奄奄一息。

“没死就继续。”高鹄冷冷地吩咐道。

手持皮鞭的男仆正要再动手，高慧的声音突然从院外响起：“住手！”

高鹄有些惊讶：“慧儿？你不是进宫去了吗？”

高慧却径直奔向江氏：“奶娘！”然而高慧摇了摇江氏，江氏依旧纹丝不动。高慧愤怒地看着高鹄：“爹，奶娘服侍我这么久，没有功劳也有苦劳，她犯了什么错，你要下这么狠的手？”

高鹄一皱眉，看向跟在高慧身后进院的春桃，春桃胆寒地摇头，表示自己什么也没说。高鹄板起脸道："她对我不敬，犯了家规，我身为家主，自然要教训她。慧儿，你最好马上回你的房里去，别碍着爹整理内务。否则，你多求一句情，我就多打她一记板子。"

高慧气红了眼，挡在江氏身前："我不走，我也不求情！你要打就打吧，连我也一起打！"

高鹄就这么一个女儿，平心而论，高慧是他从小娇养大的，可以说是要星星有星星，要月亮有月亮，可如今她为了这样一个不值当的男人，屡次违逆自己。想到这里，高鹄不由得气从心来："高慧！"

高慧昂起了头，破罐子破摔地大喊："你经常不在府里，从小是奶娘一手照顾我长大，你要是把她打死了，我也不想活了！"

高鹄正要发火，醒来的江氏却抓住了高慧的手，虚弱地说："姑娘……你别和主人顶嘴，老奴是贪了府里的钱财，该打……主人，老奴罪有应得，只求您给老奴留个体面，别让姑娘知道赵家的那些破事，污了姑娘的耳朵……"言罢，她再度晕倒。

高鹄闻言一震，他不得不承认，江氏虽然做了不可原谅的丑事，可她对高慧向来是一片真心。

高慧大惊失色地看着江氏身上的血，放声大哭："奶娘！奶娘你别死！"

高鹄眼神复杂地看着江氏，最终摇头道："去找个郎中来。"他看向夕阳血染的天空，长叹了一声。

夕阳下，赵盼儿正神色复杂看着面前鼻青脸肿的"少年"——这"少年"正是上午讹诈茶坊的小姑娘。赵盼儿叹了口气，问："不是让你去买伤药了吗？怎么又弄得一身是伤？你大哥呢？"

那"少年"义愤填膺地说："他不是我大哥，只是我同乡！他骗了我，我就揍了他。"

赵盼儿有些意外地打量着她："你一个小姑娘，力气还挺大。"

孙三娘和宋引章则是一脸惊讶："小姑娘？"

"少年"傲然抬起头，倔强地说："女的就不能打人了？我打断了他一根肋骨呢！"

孙三娘乐了："嗬，跟我小时候挺像嘛。"

"好厉害，那你现在找我们，又想干吗？"赵盼儿也跟孙三娘想到一块去了，想不到这姑娘小小年纪，还颇好打抱不平。

"少年"踮起脚，望向宾客散去后还未来得及收拾的茶坊："你们不是要招跑堂的吗？这活我能干！我不要工钱，只要管饭就行。我葛招娣从小恩怨分明，虽然今天是被人骗了才害了你们，但不管怎么说，我都有责任！可是我没钱，所以只能用这个法子赔你们。我在家乡的镇上当过跑堂，这店里的事，我都会干。”

孙三娘有些意动地看向赵盼儿：“咱们店里，确实需要添些人。”

想到之前的事，宋引章仍有疑虑：“那也不能用她啊，万一哪天她真往哪杯茶里下了毒怎么办？”

葛招娣急忙竖起手指发誓：“我不会的，我可以跟你们签奴契！要是我再起坏心，要打要杀，你们随意！”

宋引章生怕赵盼儿心软，劝阻道：“别上她的当，今儿上午，她演得比现在还好呢！”

“我现在没演，我是真心的！”葛招娣涨红了脸，她要是知道半遮面是无辜的，她也不会来讹钱啊。

赵盼儿却叹了口气道：“你过来，把手伸出来。”赵盼儿看着葛招娣满是伤口的手问：“除了揍人，这些伤是在哪儿受的？”

葛招娣用袖子遮住手，不甚在意地答：“卸货场，我一个人能扛四十斤的货。”

赵盼儿点点头，又问：“你说你叫葛招娣，那你还有个弟弟？”

葛招娣身形一顿，似乎有些排斥这个问题，她眼光一闪，否认道：“没有，我家的人都死光了！”

赵盼儿愣了愣，带了几分同情：“你一个人来的东京？”

葛招娣目光倔强，狠心撒谎道：“没错，家遭了灾，哪儿有活做，我就上哪儿去。东京的工钱高，我就来了。除了自个儿能养活自个儿，我还攒了不少钱呢。”

赵盼儿这一通问下来，已经发现了破绽：“那你既然攒了钱，为什么又没钱赔我们呢？”

葛招娣发现说错了话，猛然间张大了嘴，哑口无言，好半天，才低头小声道：“我本来是还有点钱，可我打了人，得赔药钱，因为这事，码头也不让我干活了……我做事勤快，会打算盘，吃得又少，还有把柄抓在你们手里头，雇我不比别人强？今天的事闹得这么大，把我放在店里，一是能显得你们宽宏大量，二也能让想害你们的那个人有个顾忌，一举两得，不是？”

听到了葛招娣的这些难言之隐，宋引章和孙三娘看向葛招娣的目光变温和了不少。这时，赵盼儿心中已经有了决定，她开口问了最后一个问题：“你这么机灵，那到外头随便找一个活儿肯定也不难，为什么一定要到我们这儿来？”

葛招娣看着赵盼儿，眼神澄澈无比：“因为你给我钱让我买药，你还说姑娘家手上不能留疤。我出来干活，就怕被人欺负，所以一直扮成小子。那些人，有看出来的，有没看出来的，可除了你，没有一个人跟我说要爱惜自个儿。而且你们三位主人家，一个弹琵琶弹得好，生意不愁；一个力气大，泼皮不怕；一个又那么聪明，连我的底细都能识破。跟着你们，肯定能赚钱！哎呀，别啰嗦了，到底雇不雇，给句准话！”

赵盼儿听了有些心酸，跟孙三娘、宋引章交换了眼神后，说道：“成，那就先来试试工。”

葛招娣立刻转身就去收拾茶碗桌椅，风卷残云之间，就将一厚摞的茶碗端到了灶房。

孙三娘看了忍不住夸赞：“麻利！”

宋引章也点头：“有趣！”

赵盼儿托腮道：“划算。”

赵盼儿、孙三娘、宋引章三人对视一眼，都笑了起来。

伤痕累累的江氏趴在床上昏昏沉沉，嘴里还喃喃不休：“是老奴活该……姑娘，别让姑娘知道！”

高慧难过地抹掉眼泪，吩咐道：“好好服侍，一到时辰，马上扶奶娘起来喝药！”说着，她含怒冲出房间。

高慧在走廊里快步疾行。春桃在一边看到，忙追上来“扑通”一声往地上一跪：“姑娘等等，等等！您千万不能再去找老爷了，要是再惹老爷生气，奴婢娘的命就真保不住了！”高慧却停下脚步，怒气冲冲地说：“我不会去找我爹，我找的就是你！说，我爹为什么要打奶娘？别跟我说什么奶娘贪了钱，她管着我房里的银钱十几年，一分一毫都没少过。我爹已经好久没发过这么大的火了，要不是气到极点，他绝对不会随意对家中的老仆用这么重的刑！”

春桃很是为难，若老爷知道她对姑娘说出实情，她恐怕也要落得跟母亲一样的下场。

高慧见春桃不说，硬下心肠威胁道：“你以为只有我爹会抽鞭子？”

“奴婢不敢！”春桃吓坏了，忙低声道，“奴婢的娘，好像去找过一个女人的麻烦……那个人，之前跟欧阳官人定过亲。”

“什么！”高慧如遇雷击，颓然地后退几步，无力地靠在了墙上，“定过亲，欧阳他定过亲？”

茶坊早已打烊，赵盼儿却仍不紧不慢地打着算盘，不时往账本上写一笔，瞄一眼外面已近西斜的日头。

孙三娘向赵盼儿走来，催促道：“你怎么还没盘完账啊，快点，还得去给招娣买衣裳呢，咱们总不能让她穿成这样跑堂吧。”

“快不了，我弄错了一笔账，得重新来。”赵盼儿为了等顾千帆来接她，一直不断拖延时间，她又找借口说，“算了，你俩带她去买吧，我算完这个才能回去。”

宋引章愣了愣，不解地问：“带回去慢慢算不就行了？”

孙三娘也正要说什么，葛招娣却恍然大悟地一拍前额，她一拉孙三娘袖子，使了个眼色：“我饿了。”

孙三娘一怔，再看赵盼儿着急的样子，蓦然间回过味来，忙大声道：“哎呀，小姑娘长个子，就是饿得快。咱们先走吧，我也饿了，让盼儿在这儿慢慢算吧，人少还清净点。”说罢，把宋引章也拉走了。

趁宋引章先上马车，孙三娘悄声问葛招娣：“你刚才拉我走，是不是知道点什么？”

葛招娣小嘴一撇，一脸高深莫测地小声说：“我今天刚来，能知道什么？不过，赵娘子刚才想支走咱们的那个样子，就跟我表姐想偷偷摸摸地去会情郎的时候一模一样。”

孙三娘眼神一亮，一摸葛招娣的头：“机灵鬼，今晚肉管够！”

天色渐暗，赵盼儿正就着油灯的光线执笔在白纸上画着一幅简单的图画。她画得很专心，连顾千帆何时来到自己身边都浑然未觉。顾千帆一挑眉，索性走到她左边，没想到赵盼儿却正好拿起油灯，转身向右，去看墙上一幅画着亭台楼阁的图画。

被忽略的顾千帆有些失落，索性走到赵盼儿身边，在她耳侧问：“在看什么？”

赵盼儿被吓了一跳，手上的油灯失手跌落。只在瞬息之间，顾千帆就一手抓住了油灯，一手揽住了赵盼儿的腰。

赵盼儿的惊讶慢慢退去，她笑了起来："咱们这样子，还挺像在跳绿腰舞。"

顾千帆有些不舍地松开掌心的温香软玉："你倒是遇险不惊。"

"今天我什么大风大浪都见过了，胆子早就吓大了。"赵盼儿伸手替顾千帆整理了一下鬓边的散发。

顾千帆突然握着赵盼儿的下巴吻了上去，这一吻很快，在放开赵盼儿的那一刹那，他又道："刚才在宫里我又想起一些事，只敢亲完了，趁你意乱神迷才敢交代，要不以后被你发现了，又会生我的气。"

赵盼儿抚着涨红的脸问："什么事？"

顾千帆垂下双眸，沉声道："其实我也定过亲。"

赵盼儿惊讶地睁大了眼。

第十九章 珊瑚钗

赵盼儿事先没有心理准备，着实是惊了一下，但仔细想想，顾千帆马上要到而立之年，若是从未定过亲，那才不合常理。

“定过亲，很好，咱们扯平了。”她迅速平复了情绪，将“过”字咬得很重。

顾千帆见赵盼儿平静得反常，慌乱地解释道：“我连那个姑娘长什么样都没见过。婚事是我爷爷定下的，但那家人一听我进了皇城司，就马上托人来退了亲。我在皇城司这么多年，如果说一直和烟花风月无缘，估计你也不会相信。但是在你之前，我的确没有相好的小娘子，也从不曾逢场作戏。说完了，就这些。”

赵盼儿感动又诧异地听着顾千帆的这番话，她想了想，也轻声道：“我很小就被没为贱籍，但我一直记得我娘临终前吩咐的话，她说越出色的官奴婢，命运就越凄惨。所以我一直藏拙，就算原来就会弹琴作画，可一样也不敢露出来，最后被嬷嬷嫌弃舞技太差，索性被安排去学了算账管事。后来我爹的旧部寻了过来，帮我求情脱籍，我这才侥幸脱离了以色事人的命运，凭着以前所学开始自己做生意。我跟欧阳旭，也是发乎情、止乎礼……”

顾千帆有些心疼地打断赵盼儿：“你不用说这些，我不在意。”

“我要说。”赵盼儿坚持道，“因为我不想你我之间有任何的猜疑。”说完，她拉过顾千帆的脖子，踮起脚主动吻了上去。顾千帆眼中闪过一丝惊讶，但他很快化被动为主动，加深了这个吻，而赵盼儿则予他以更热情的回应。这一吻，良久缠绵，足让他们飘忽云端、忘乎所有，直到赵盼儿几乎要喘不过气来，顾千帆才不舍地放开了她。

顾千帆从怀中抽出一支红珊瑚钗，插在了赵盼儿的发间。

赵盼儿立刻认出来这正是两人躲避追兵被认作小夫妻的时候，顾千帆顺手买下的那支。那段日子里，他们忙于逃命，一切都兵荒马乱的，赵盼儿以为那钗子多半早就丢在半路上了，她万万没料到顾千帆竟然一直留着它。

赵盼儿心中欢喜，嘴上却调侃道："这么久了，你还一直带着这支珊瑚钗？哦，原来你那会儿就对我没安好心啊。"

顾千帆取笑道："不满意？去皇城司告我啊。"

赵盼儿乐了："你知不知道自己板着脸说笑话的样子很奇怪？"

顾千帆故意一本正经道："那又如何，反正也只有你一个人能看见，其他的都被我这个'活阎罗'灭口了。"

两人就这样依偎着，时光仿佛停滞了。

赵盼儿静静地感受着这一刻的幸福，她怎么也想不到，当初那个往自己肩头飞了一镖，还威胁说"可能会将她灭口"的皇城司指挥使，竟然成了她最信赖、最亲近的人。

"你刚才在画什么？那么专心。"顾千帆伸手拿起赵盼儿刚才放在一边的图画。

赵盼儿忙抢过画来，搂在怀里："我胡乱描几笔，预备着以后半遮面要扩建，心里头也能有个计较。"

顾千帆不禁奇道："你这茶坊才开业没到一个月，就想着扩建了？"

赵盼儿拍着账本，颇为得意地说："因为我赚钱了啊。跟你打的赌，我一直都记得。看看，就算加上最初的那一笔，现在我也没亏本。"

顾千帆看看账本，又看看赵盼儿，意味深长地点头道："嗯，是赚得不少。"

"喂！"赵盼儿听出顾千帆语带双关，佯怒地轻拍了他一下，然后就抱着画朝茶坊外面走去。

顾千帆倚在门槛，好整以暇地抱起双臂，打趣道："怎么，我说错了吗？"

赵盼儿一边锁着门，一边轻哼了一声："没说错，总行了吧？信不信哪天我把你的钱全都亏光？"

"随意，反正以后都是你的钱，你不心疼就行。"顾千帆满眼含笑地跟着赵盼儿走出茶坊，顺手拿起赵盼儿的画对着月光仔细看，"规模不小啊！亭台楼阁都有。"

赵盼儿点点头，眼中生出几分神往："那天跟茶汤巷的人斗了一回茶，我就有了些新的想法。以前在钱塘，就那么些客人，想开大一些的店都办不到。可东京人又多，又乐意花钱，现在半遮面的名声既然都传出去了，我自然也想走得更远一点看看。以后啊，至少得有一个阁子，引章在里头弹琵琶，才叫清净。还得雇两个灶房里打下手的，让三娘专心琢磨果子。其实她的热菜做得更好，以前我还和她商量要不要一起开酒楼呢，可惜她要照顾子方，欧阳也反对……”赵盼儿意识到自己竟然习惯性地用了从前还跟欧阳旭相好时叫的昵称，她闭了口，没有再说下去。

顾千帆似乎并不在意，只是接着赵盼儿的话问：“他为什么要反对？”

赵盼儿有些尴尬地说：“他说开茶坊毕竟还算是雅事，可开酒楼就……他若是做了官，让别人知道有个商妇娘子，会有损清誉，官途艰难。”说到这里，赵盼儿顿了顿，试探地问：“千帆，如果以后，我们真的成亲了，我还能继续做生意吗？”

顾千帆转过身来看着赵盼儿：“你喜欢吗？”

赵盼儿轻轻点头，她虽然曾经想过要为了欧阳旭的仕途关掉茶坊，可那实际上是要她舍弃一部分真实的自我。客人的认可、账本上日益增长的数字都是她安全感的来源，只有让她做着自己喜欢的事情，做到能够独立养活自己，她才能收获真正的幸福。

顾千帆定定地看着赵盼儿，郑重地说：“那就继续做下去，直到你厌烦为止。还有，我们不是如果会成亲，而是一定会成亲。”

赵盼儿感觉顾千帆那幽如深潭的双眼几乎要把她吸进去，她看得有些失神：“可是你难道不担心……”

顾千帆打断赵盼儿，笃定地说：“大宋律法里没有哪条写着官商不婚。哪个言官又敢没事找皇城司的麻烦？”

赵盼儿终于雀跃了起来：“真的吗？”

“自然是真的。”顾千帆广袖一挥，然后将一捧东西放在赵盼儿手中。他松开手后，有几只萤火虫在赵盼儿手中飞舞，微微的光将赵盼儿的脸庞映衬得无比美丽。

赵盼儿心中大动，不自觉中已经松开了手，流萤从她手中飞走，围绕着她和顾千帆翩跹起舞。她喃喃道：“顾千帆，你对我这么好，什么事都由着我。可我能给你什么呢？钱、权、家世，我都没有……”

“做生意做魔障了吧？相思相守又不是买卖，还要讲什么公平？”顾千帆将赵盼儿的手轻轻拉过来，放在自己的胸口之上，“你在这里，你懂我，就已经是你能给我的最好的东西。”

赵盼儿心中激荡不已，良久方道：“顾千帆，我喜欢你。”

“我知道。”顾千帆将赵盼儿拥在了怀中，在她唇角轻轻一吻。

顾千帆将赵盼儿送到桂花巷小院门口后，两人在小院外站定。顾千帆有些恋恋不舍地说："这几天我都未必有空来瞧你，你自己保重。等忙完了这一段，我就先带你去拜谒我娘，然后再找媒证来提亲。"

赵盼儿知道平日里顾千帆再忙，也一定会抽出时间来看她，她想起了什么，难掩担心地问："你之前进宫，是有大案子？"

顾千帆点了点头，他确实遇到了一个棘手的案子："南边在闹的帽妖案，听说过吧？据说那妖物长得跟会飞的草帽一般，只在夜间出现，能变成巨狼吃人。昨晚，在离东京只有五十里的祥符县也出现了。"

听了顾千帆的描述，赵盼儿只觉脊背发凉，她小心翼翼地问："这世间真有妖物？"

顾千帆眸色深沉，语气不自觉地带了几丝狠厉："人心不足即为魔，是真是假，杀了就知道了。"说完，顾千帆的目光又柔和下来，在难得的二人时光里，他只想让赵盼儿专注于他们的事情。于是，他把话题转了回去："说起提亲，你可还有族中长辈在世？总不能让三娘当你的娘家人吧？"

赵盼儿从对妖魔鬼怪的遐想中收回思绪，脸色微红："应该有，但我爹落难的时候都失散了。只听我娘提过，我家是邓州赵氏。"

顾千帆替赵盼儿推开院门，又在赵盼儿脸颊上轻轻落下一个吻："放心，全天下还没有皇城司查不到的东西。"

赵盼儿眼睛一酸，她没想到顾千帆竟然已经把成亲的事情想得这么周全了，这世上还没有人这样全心全意地对她好过，她不想破坏这个美丽的夜晚，忍下泪意，朝顾千帆嫣然一笑。两人又腻腻歪歪地说了好一会儿话，若不是顾千帆强行把门关上，他们很可能会在那里站上一夜。

赵盼儿带着仍未消退的微笑走入院中，刚关好门，却被不知何时站在她身后的孙三娘吓了一跳。

孙三娘蹲守多时，终于得逞，她兴奋地拍了赵盼儿一记："依依不舍啊？赵盼儿，你还当不当我是朋友？"

"小点声！"赵盼儿忙捂住孙三娘的嘴，往宋引章已经熄了灯的屋里望了望。

孙三娘知道赵盼儿担心被宋引章发现，便道："她早睡了，吃完饭就心神不定地在那儿挑明天要去教坊的衣裳，连换了三套。招娣也睡了，我让她住在耳房里头。说，你跟顾千帆到底是怎么回事？"

赵盼儿耳根微红，抿着嘴含混地说道："就那么回事呗，误会都说清楚了，他想娶，我愿意嫁。就这么简单。”

孙三娘一瞬间泪盈于睫，她抹了抹眼泪，高兴地说：“我就说老天有眼嘛，该是你的凤冠霞帔，就绝对跑不了！欧阳旭那个混账，滚得好！他才一个八品，猪鼻子插葱装大象，跟顾千帆完全没法比……我没事，没事，我就是替你开心。”

赵盼儿没想到孙三娘会激动成这样，忙给她递了块帕子拭泪。待孙三娘终于平复下来，赵盼儿又赶紧嘱咐道：“先别告诉引章。一是千帆说现在为了安全，还得保密；二是，之前我们毕竟约好过以后都不嫁人，要一辈子姐妹相处，引章要是知道了……”

孙三娘闻言，顿时乐不可支：“引章就那么一说，你还当真了啊？她现在不是跟那个沈郎君走得挺近的吗？要说嫁人，没准她比你还快呢！”

赵盼儿早就发现宋引章和沈如琢走得很近，点头道：“千帆也这么说。”

孙三娘伸手点了点赵盼儿的脸：“千帆长千帆短的，你这口还改得真快，什么时候改叫官人啊？”

赵盼儿害羞地跑开了。

孙三娘望着她的背影心潮起伏，她又是替好友欢喜，但想起自己的前尘往事，又没来由地觉得有些酸涩，泪水就这样慢慢地涌上了双眼。

天蒙蒙亮时，宋引章就突然从梦中惊醒，翻来覆去许久，她一直想着刚才那个梦，浮光掠影之中，她只记得梦里的沈如琢时而如深夜驱车带她去皇城司救赵盼儿时那般雄风侠胆，时而如抽走她的发钗时那般风流不羁……她不知道自己为什么会做这样一个奇怪的梦，或许是因为她今日要去赴沈如琢的约，心情太过紧张所致。

想到这里，宋引章的最后一丝睡意也荡然无存。她索性起身梳洗，一会儿换根钗子，一会儿又换件披帛。她怕自己穿得太过隆重，也怕自己打扮得不够亮眼。当她意识到自己竟然这么在意这次见面之后，她心中一惊，赶紧把堆在床上的衣服收了回去，强迫自己不许再在装扮上花更多的时间。

趁别人都还没醒，宋引章抱着琵琶轻手轻脚地出了房间，没承想，却被正在院里洗脸的葛招娣给撞见了。

葛招娣忍不住夸赞道：“引章姐，你今天打扮得可真漂亮。”

“是吗？”宋引章先是吓了一跳，随后便心虚地绕开话题，“你怎么这么早就起来了？”

葛招娣大大咧咧地说道：“你也挺早的呀？你是去教坊吧？要不要我替你雇辆

驴车去？”

宋引章脸色一红，推托道：“不用不用，我自己来。那个，灶房在那边，你自己热点东西吃，别着急叫醒盼儿姐和三娘姐，让她们多睡会儿。”说完便抓过幕篱，逃也似的去了。

葛招娣看着宋引章鬼鬼祟祟地拦住街边的马车的样子，耸了耸肩，喃喃道：“又是一个偷偷摸摸的。”

到了跟沈如琢约定好的地点，宋引章戴着幕篱下了车。这时，一名侍女走上前来，恭敬地说：“宋娘子，这边请。”

宋引章顺着那侍女的目光看过去，只见不远处的湖边停着一座舫。舫中，沈如琢正拂帘含笑看着她。一缕晨光斜照在沈如琢的身上，给他镀上了一层金边。

宋引章脸色微红，随着侍女上船，一坐下便解开琵琶袋：“沈著作想听什么曲子？”

沈如琢却像没听到似的指了指桌上的茶：“不急，先帮我品鉴一下这兰芽茶，今早新运来的甘泉山水。”

宋引章只得放下琵琶，尝了口茶，可她心情紧张，根本尝不出什么味道。“不错，甘洌香浓，好茶。”宋引章随便点评了一句，便又着急地说，“今日天气不错，弹一曲《流云调》如何？”

沈如琢微微一笑，又将一盘枇杷推给她：“不急，再尝尝这枇杷。”

宋引章察觉到沈如琢并不是真的想听她的琵琶，心急地说：“沈著作，我是来弹琵琶的，不是来陪着你游湖的。待会儿我还要去教坊呢。”

沈如琢似有些受伤地放下了枇杷，他语气中带着一丝责备，仿佛做错事的人是宋引章：“我特意邀你上这儿来，就是为了能心无旁骛地欣赏你的琴艺，可是你心未定、气未平，只是着急应付了事。先不论对不对得起我，你对得起你手中这把‘孤月’吗？”

宋引章耳根子素来软，一时间又被沈如琢的歪道理说服了。她深吸一口气，吃了枇杷，又认真品了茶，做完这一套动作之后，她又用小鹿般的眼睛看向沈如琢，觉得这回他总该满意了。

沈如琢舒服地倚在隐囊上，满意地说：“这才对嘛。这些日子你天天拘在茶坊里头，给一帮酸臭文人弹琴，早闷坏了吧？好不容易能松快松快，又何必去什么教坊？”

宋引章下意识地反驳：“我不闷。”

沈如琢促狭地打量着宋引章："哦，那你为什么今天要盛装打扮来赴我的约？"

宋引章心里一慌，又赶紧反驳："我没——"

沈如琢伸出一根手指在宋引章唇上轻轻一比："嘘，你看这春光大好，万物舒展，咱们为什么不少说两句，慢慢赏景论琴呢？"说着，他摸出一管笛子兀自吹奏了起来。

曲声悠扬而起，恰似春光无限，宋引章为他的笛声所感，也信手拨动琴弦，与沈如琢曲声应和。

湖畔，不少人驻足听着这优美的乐曲，河道边的一辆马车中，高慧也在怔怔地听着，不知为何，她觉得这曲子像是专为她和欧阳旭谱就，两人相处的旧时情景在她眼前如走马灯般一一闪过。一曲终了，高慧这才如梦初醒，她抹了抹眼角的泪水，吩咐车夫道："走！"

马车辘辘前行，高慧问坐在她身旁的春桃："昨天让你去查的事，办了没有？父亲将乳母打成那样，我一定不能就这么算了。"

春桃虽然知道这事要是论起来，其实是江氏有错在先，可她也不能忤逆高慧的意思，忙应道："办了，飞鸽最快两天就能到钱塘，一定能把那赵盼儿的底细查个干净！"

高慧捏紧了手中的帕子，斩钉截铁地说："我不信欧阳会骗我，一定是有什么误会，一定是！"

春桃知道高慧这话更像是说给她自己听的，因此她没有应话。在剩下的一段路程中，高慧也没再说什么，车厢内陷入了一阵沉默。

不久，马车在桂花巷巷口停下，高家的马车太宽，驶不进巷子。春桃只能在巷口把高慧扶下了车。

高慧一路不言，快步穿行在她平日里一步也不会踏足的小巷之中，每到一个宅院就示意春桃敲门询问屋主认不认识半遮面的掌柜。

走得久了，高慧渐渐烦躁起来："你问清楚了没有？是在这儿吗？"腹中袭来一阵坠痛，高慧突然脸色一变，痛苦地捂着肚子弯下了腰。

春桃忙上前去扶，惊慌地问："姑娘，你怎么了？"

高慧脸色惨白，紧紧地抓住了春桃的手，痛了好一阵才缓过来。她难掩尴尬地说："没事，我好像，那个来了……赶紧去给我找件斗篷来！"

春桃慌忙往之前一家有女主人在的庭院去。高慧见不远处有一块石头，她想走过去稍坐，但因为肚子疼只能沿着墙根小心地摸过去。

就在这时，赵盼儿挽着篮子出了门，她一眼就看到了高慧正满脸痛苦地捂着肚子坐着。赵盼儿心领神会，上前小声道："外面风大，可要进我家去稍坐坐？"

高慧涉世不深，并没想到赵盼儿可能是坏人，这样坐在石头上对她来讲实在太难受了，因此便随着赵盼儿进了门。

赵盼儿让高慧先在屏风后清理一下弄脏了的裙子，她把装着热水的铜盆递了过去："水我放在这儿了，那儿还有一套旧衣裳，你要不介意，就先换上顶一顶。"

良久，高慧通红着脸出来了，已经换了浅绿色裙子的她小声朝赵盼儿道了谢。

"这有什么啊。"赵盼儿觉得这种事情是举手之劳不足为道。

高慧刚想说什么，又是一阵痛苦袭来，她又弯下腰捂住小腹。

赵盼儿忙扶住高慧问："第几天了？"

"才第一天，最近不知道怎么回事，突然就乱了。"说这话时，高慧的眉毛拧成了一团。

赵盼儿知道前面几天最是难过，安慰道："没事。这东西啊，就跟身上的肉一样，想让它长的时候它不长，不想让它来的时候，它又来了。"

高慧忍不住笑了起来："姐姐你真风趣。"

门外响起了一阵脚步声，赵盼儿到门口接过葛招娣递来的糖水，那糖水是她让孙三娘按她的配方做的，对付痛经颇有奇效。她把那碗糖水摆在高慧的面前道："这可不是一般的红糖水，是我调的当归黄芪枸杞饮，最是调经通脉的。来，尝尝。"

高慧愣愣地看着那碗糖水，半天没有动手。

见高慧犹豫，赵盼儿拿起勺子喝了一口："放心，没有蒙汗药，不会把你弄晕了拿去卖啦。"

"我才不是……哎哟。"高慧才一笑，结果又疼得呻吟了一声，她立刻抢过那一碗红糖水，一饮而尽。

赵盼儿被高慧豪爽的姿态逗笑了，她发现自己还挺喜欢这个小娘子的。

高慧轻轻放下瓷碗，脸上露出怀念的神色："小时候，好像也见我娘喝过，可惜她已经……"

赵盼儿立刻明白过来刚才高慧为什么发愣，她轻声问道："令堂可是江南人？我们那儿的女儿家，不方便的时候，都知道要喝这种当归黄芪枸杞饮。"

"她祖籍明州。"高慧点点头，这时，她感觉自己好了些，满脸欣喜地说，"真有用，不太痛了呢。"高慧怕春桃一会儿找不着自己，起身朝赵盼儿行了一礼："多谢姐姐，我家丫头这会儿多半正在外头找我呢，我得出去瞧瞧，改天再来谢过姐姐的赠衣之恩。”

赵盼儿边送高慧走到院外边说：“不用，别客气了。都是女孩子家，谁没个不方便的时候呢？”

高慧刚出门，就看见春桃正在远处抱着斗篷焦急地四处张望。她向门里的赵盼儿轻轻一礼，就一路小跑了过去。高慧刚跑到春桃身边，却见一个身着皇城司衣装、腰间悬着狮头牌的年纪轻轻的皇城司官差朝这边大步而来。

春桃脸色一变，低声问：“还要接着找吗？”

高慧也压低了声音，摇头道：“找什么找，没看到那是皇城司的人吗？不知道他们在办什么案子，我可不想惹麻烦。”说着，高慧便带着春桃匆匆地离开了，她们并没有注意到那个皇城司的官差走进的正是刚才高慧离开的小院。

陈廉兴冲冲地进了门，扬声道：“三娘姐，盼——”话音未完，一盆温水兜头泼了他一脸，陈廉木立当场，好半天才回过神来抹了一把脸，只见葛招娣正诧异地拿着刚才盛水的铜盆站在台阶上。

“是你！你怎么会在这里！”陈廉愤怒地上前要抓葛招娣算账，没想到葛招娣却身形灵活，一闪却刚好避开。陈廉越发愤怒，索性和她追逐起来，最终仗着自己身有武功，绊倒了葛招娣。

陈廉卡住葛招娣的脖子，得意道：“终于抓到你了！还敢跑！”

没想到葛招娣先是低头咬了他一口，接着又趁他吃痛，重重地提膝在他胯下一顶。

陈廉一声惨呼，放开了葛招娣，捂住胯部滚到了一边。

“住手！”赵盼儿听到外面的惨呼声后就奔了出来，正好看见了葛招娣和陈廉扭打在一起的一幕。

葛招娣和陈廉异口同声地指着对方道：“盼儿姐，他欺负我！”

看着两人各自狼狈的样子，赵盼儿点了点头，问：“看出来了。你们怎么回事，刚一见面就打架？”

陈廉恨恨地看着葛招娣，抢先答：“我认识他，他以前在码头拿石头打我的马，害我差点摔掉了一颗大牙！”

“活该，谁叫你多管闲事！”葛招娣两手叉腰，朝陈廉做了个鬼脸。

陈廉隔着赵盼儿看向葛招娣：“那叫闲事吗？那是你亲娘！亲娘都给你下跪了，你都不理不认，我是皇城司官差，有冤情自然得管！”

葛招娣听了“亲娘”二字立刻奓了毛，跳着高声道：“那是个骗子！我一家都死绝了！我没爹没娘也没弟弟！你这么蠢，还皇城司官差呢？我看你连去开封府要饭都没人理！”

赵盼儿想起葛招娣刚来的时候说自己家人已经死光了的样子，眼神一闪，拦住又要追去的陈廉：“行啦，不许打架！在我这儿，大的不许欺负小的，男的不许欺负女的。”

陈廉震惊地张大了嘴，指着一身男装的葛招娣，不可置信地问：“他是个女的？”

葛招娣一挺胸膛，扬着下巴说：“我就是，怎么着！”

陈廉打了个寒战，喃喃道：“这几天我追的是帽妖，没想到还能见着一个人妖。”

葛招娣闻言大怒，扑上来就对陈廉撕咬，陈廉连忙张皇躲避。赵盼儿头疼不已，赶紧隔开了他们。

湖边，正与宋引章话别的沈如琢将那支抢来的双鸾钗重新插入她的发间。沈如琢微微俯身，以便与宋引章的视线平齐，随后笑问：“完璧归宋。今日幸得引章赐乐，不知何时再能一会？”

宋引章发现沈如琢又开始不避嫌地直呼她的名字了，赶紧推拒道：“别这么叫我，我最近都忙得很。”

沈如琢却自顾自地说：“啊，想起来了，你是每月的九日和二十三日去教坊支应差使吧？那咱们就五天后再见，等引章你忙完教坊的事，我再带你去乐心楼骑马。”

宋引章先欲拒绝，可不知怎的却有些犹豫，最后没有说话。

沈如琢满意地笑了笑，举止风流地一拍扇子：“就这么说定了！”

宋引章脸色一红，只得点了点头。

这一幕，正好被岸边画舫中的张好好收入眼中，不由喃喃道：“呀，沈如琢又瞧上她啦？”

脚伤未好的池衙内原本正懒懒地躺在画舫中，此时一下子来了兴趣：“谁？”他扑到窗边一看，顿时拍手叫好：“这不是那姓宋的琵琶精吗？我说刚才怎么湖上老有声音吵得慌啊，原来是她在弹棉花。呵呵，真是恶人自有天收！嘿嘿，赵盼儿，等到你这引章妹子生不如死，我再来慢慢瞧你的好戏。”

张好好不满地横了池衙内一眼：“好什么好，我得去告诉赵盼儿一声，像沈如琢这样的多情种子，可不是引章这种小娘子能对付得了的。”

池衙内却突然正色起来：“不许去！我警告你啊，别的事我都可以由着你，就这件不行！不许泄密，要不然我就不跟你好了！”

张好好翻了个白眼，只能无奈地随口搪塞：“好好好，随你！”

而刚被沈如琢送上马车的宋引章并没有听到张好好和池衙内的这番议论，在前行的马车中，她悄悄地掀起了车帘，只见沈如琢长身鹤立地站在夕阳之下。一副浊世佳公子模样的沈如琢，似乎猜到了宋引章会回望自己，对她回以温暖一笑。

宋引章霎时觉得自己心如擂鼓，她猛地放下车帘，靠在车壁上，紧紧地捂住了自己的心口。

另一边，调查了一天却一无所获的高慧也失望地回到了家中，她本以为此行至少能从德叔嘴里问出点什么来，可没想到他的嘴那么紧，无论怎么问，他都一个字不说。尽管高慧知道爹爹一定清楚欧阳旭从前到底有没有过婚约，可爹爹一心想拆散她和旭郎，就算旭郎没和别的女人定过亲，只要她开口一问，他多半也会告诉她旭郎真的变了心，所以她也不能去直接问。因此，她如今只能指望她派去江南的人能查清真相了。她发过誓要等欧阳旭一辈子，如果没有确凿的证据，那她一定不会违背自己的诺言。

就在这时，高鹄怒气冲冲地训斥着丫鬟而来：“一大早就出去了，到现在都没回来，你们就是这样服侍姑娘的？”

高慧忙想快步离开，却被高鹄一眼发现。

高鹄大喝道：“站住！你去哪儿了？”

高慧一瞬间心如雷鸣，她轻吸一口气，紧张地扯起谎来：“我去金明湖边的玉佛庙烧香去了，前些天进宫，姑妈吩咐我替她去抄经来着。我还带着她，给奶娘烧了几炷平安香。不信你问车夫去。”

高鹄狐疑地打量了一下女儿，最终摆了摆手：“回房去吧，这几天记得少出门，欧阳旭的退婚书很快就该到了，我可不希望你再闹出什么幺蛾子。”

高慧闻言大惊，一把拉住高鹄，央求道：“不行，爹，我说过的，我不会和欧阳旭退婚的。”

高鹄却一眼看到了高慧斗篷下露出的浅绿色衣裳，可他分明记得那一天赵盼儿在书坊身上穿着的正是这套绿罗裙。一瞬间，高鹄羞怒不已，他一把扯下女儿的斗篷，大声质问：“你今天究竟见过谁？”

高慧没想到高鹄还没打消疑虑，只能心虚地嘴硬道："我就去过金明湖，我谁也没见过。"

高鹄不怒反笑："很好，到了这个时候，你还在跟我撒谎；明明都已知道欧阳旭在骗你，你还在自欺欺人！"说着，他对一旁的丫鬟们吩咐道："把姑娘送回房去！没有我的命令，谁放她出门，我就打断谁的腿！"

"爹，爹！"高慧的呼喊声不断传来。高鹄狠下心不看被拖走的女儿，余怒未消地说："不退婚，就别认我这个爹！"

这时，有一名小厮急奔而来，将一封书信呈给高鹄："主人，刘都巡检使急信！"

高鹄展信一看，只见上面草草写着：戌时封丘门内已现帽妖，死伤数人，望尊兄紧闭门户，通明灯火，珍重再三。弟刘传薪再拜。

高鹄面色凝重地望向被夕阳染上血色的天际，低声道："帽妖？"

夜幕初降，葛招娣犹自怒气冲冲地大步走在集市中，她一天的好心情全被那个讨人厌的陈廉给破坏了。这时，她突然被几个百姓的闲聊声吸引，只见一人边比比画画边说道："听说那个帽妖，有那么大，悄悄地飞过来，一点声息都没有，往你头上一罩，'嗖'的一声，人脑袋就没了。"

葛招娣立刻把生气的事给忘了，颇有兴趣地插嘴道："我怎么听码头那边的人说，是帽子变成狼吃人？"

那人神秘兮兮地摇了摇头："京城外头的是变狼，东京城里的是直接吃！反正我亲眼看见的，封丘门那儿血流成河、鬼哭狼嚎——"正说得眉飞色舞的他突然中断，指着远处的房梁惊惧万分。众人顺着他手指的方向看过去，只见远处屋檐之上，有一个带着亮光的草帽状物体正在舞动。

不知是谁喊了第一声"帽妖来了！"随后街上的众人就开始尖叫着四散奔逃。葛招娣猝不及防，被人流冲倒在地，好不容易爬起来，却见有人捡走了她掉落在地上的松花粉。她大怒冲上，和那人厮打起来，嘴里喊着："还我东西！抓贼啊！"

就在一片混乱之时，一队人马突然出现，当头的正是顾千帆，马上的他不过微一扬手，就有一只袖箭飞出，将那小偷的手掌钉了个对穿。

紧随其后的陈廉也威风凛凛地向众人宣布："皇城司办案，所有人等，少安毋躁！"

与此同时，顾千帆又挽弓射箭，直向那远处的帽妖射去。那帽妖应声坠落，顾千帆忙驰马追去。

陈廉拉起地上的葛招娣，关切地问："你有没有受伤？"

葛招娣惊愕地看着陈廉，刚要说些什么，陈廉就已经转身向众人喝道："都听好了，按律，妖言惑众者，杖二十！乘乱劫掠者，斩！"

他语声铿锵有力，百姓们下意识服从散去。

葛招娣本想赶紧远离这是非之地，可她却莫名地驻足多看了一会儿。

不远处，陈廉仍在有条不紊地指挥着手下："你们去接应顾副使；你，把这几个人移送巡检使；你，把所有和帽妖有接触的人都拘起来细细查问！"

看着与上午判若两人的陈廉，葛招娣忍不住喃喃道："他还真是个皇城司官差啊。"

另一边，顾千帆正带着手下搜寻着帽妖的下落。突然，拐角处有人影一闪，他当即冲了过去，与两名黑衣人战成一团。

酣战中，一名黑衣人突然丢出一枚黑色弹丸，一声巨响过后，闪光与浓烟骤起，顾千帆被巨大的冲击力震倒在地，口唇见血。眼前一片模糊的他看不清前路，只能凭着耳力朝有声音的方向掷出佩剑。浓烟散后，现出顾千帆的身影，而那两名黑衣人早已逃之夭夭。顾千帆捡起钉在墙上的佩剑，发现剑刃上附着丝绢和火药。

这时，陈廉匆匆赶来，低声道："头儿，都巡检使那边想让我们明天派几个人去祥符官驿接萧相公进京，他今晚刚到不久。"

顾千帆一怔，眉头更加紧锁。

这厢，安全到家的葛招娣已经添油加醋地把自己遇到帽妖的奇遇给赵盼儿她们讲了一遍。孙三娘和宋引章都被吓得浑身发毛，只有赵盼儿一言不发，看起来出奇的冷静。

葛招娣连比带画地说："那位顾副使，一下子就飞了过去，然后就是'轰'的一声，墙都塌了一截。"

听到顾千帆的名字，宋引章一时花容失色，抓着葛招娣的胳膊问："啊？那他还活着吗？受伤了没有？"

葛招娣被宋引章突然抓住胳膊，也吓了一跳，忙不迭地摇头道："我不知道，那个陈廉后来也跟过去了，应该没事的吧？……你认识那个顾副使啊？"

孙三娘担心地看了一眼赵盼儿，只见她双手早已不自觉地握紧，但脸上还是一派平静。

赵盼儿强自镇定地解释道："他是我们茶坊背后的东主。放心吧，顾千帆武功高强，我们和他从钱塘一路到东京，不知道遇到过多少危险，后来不都化险为夷了？"

孙三娘也赶紧附和："是啊，皇城司的副使，哪会那么容易就出事？都别想了，赶紧回房去睡吧，明天还要继续做生意呢。"

宋引章仍然放心不下："可是……"

孙三娘担心宋引章还要哪壶不开提哪壶，连忙打岔道："别可是啦，今天你在教坊有没有碰到张好好？上回盼儿就说要请她过来和你共演一场的。"

宋引章立刻被转移了注意力，她轻咳了一声，掩饰道："没有，今天我一直都在专心教手下的人弹琵琶，没和别的人打照面。"

"你累了一天，该早点睡了，走，我送你回房去。"孙三娘也没多想，将宋引章和葛招娣半推着推出了房，临走时还给了赵盼儿一个眼神。

赵盼儿感激地点点头，等她们一走远，她便立刻出了门。此时已近深夜，街道上已经没有什么行人，赵盼儿匆匆走出小巷，却见远处夜雾中，有一个熟悉的人影。"顾千帆！"赵盼儿惊讶地叫道。

烟雾散开，果然现出惊讶而疲惫的顾千帆。两人情不自禁地奔到一起，紧紧握住彼此的手，同时道："你怎么在这儿？"

赵盼儿上下检查着顾千帆的身体，脸上写满了担忧："我怕你出事了，想去集市那里打听消息。"

顾千帆宽慰地捏了捏赵盼儿的手："我没怎么受伤，陈廉说集市出事的时候，跟你们住在一起的小丫头也在，我猜你多半会担心，所以才想过来报个平安。"

赵盼儿原本正检查着顾千帆的伤势，此时眼中一酸，心疼地说："你都伤成这样了，干吗不好好歇着，还特意跑过来瞧我，万一加重了怎么办？"

顾千帆怜惜地抹去赵盼儿眼角的泪水，沉声道："不会加重的，我心里有数。我来，当然是因为牵挂你。对于我这种在刀口上舔血的人来说，有牵挂是坏事，也是好事。无挂碍故无有恐怖，远离颠倒梦想，究竟涅槃。盼儿，你就是我的颠倒梦想。"

赵盼儿闻言只觉心头一热，她未曾想到总是冷面冷言的顾千帆，说起情话来却如此动人。她忍着泪意，声音闷闷地说道："这么久了，你还是第一回这么温柔地叫我盼儿。"

顾千帆抚摸着赵盼儿的手背，语气极尽温柔："那你以后也叫我千帆，或者，叫我的表字沉舟，我都喜欢。"

赵盼儿羞涩地低下了头，轻声说：“你今天晚上真的有点不一样，对我特别的温柔。你是不是遇到了什么事，还是那个帽妖特别难对付？”

顾千帆的眼神儿不可见地闪过一丝焦灼，但他仍故作轻松地掩饰道：“没有，只是有些累，还有点饿。”

赵盼儿惊道：“你不会这么晚都还没吃饭吧？”

“我哪有时间。”赵盼儿不问还好，这么一问，顾千帆倒真觉得饿极了。

赵盼儿想了想，拉住顾千帆的手往茶坊的方向走去：“跟我来。”

烛光亮起，赵盼儿将顾千帆领进了一间小茶寮。她让顾千帆在桌边歇息，自己则忙活了起来。“这么晚了，带你回小院，肯定会惊动引章他们。这儿虽说平常只用来煮茶，但我们中午偶尔也在这儿对付一顿，倒还有些佐料和吃食。你稍坐一下，我这边很快就来。”

一盏烛火之中，顾千帆在空无一人的茶坊中静坐，四周安静无比，只有赵盼儿在远处忙碌的身影，以及菜刀与案板撞击的轻微声响。一时之间，他只觉得无比舒适安全，眼帘也慢慢合了起来。

梦境中，他似乎又回到了童年时光，母亲将他抱在车上，流着泪温柔地说：“爹去很远的地方做大官了，等你长大了，他就会回来的。”

视角一转，成年的他身着皇城司官服，正目送着那辆马车远去。陈廉躬身向他汇报道：“头儿，都巡检使那边想让我们明天派几个人去祥符官驿接萧相公进京，他今晚刚到不久。”

顾千帆刚震惊回身，直起腰来的陈廉却幻化成义正词严的齐牧。“我等清流的真正大敌，乃是萧钦言！只要铲除了他，老夫一定为立下首功的你请官，你故去姑母的诰命，自然也唾手可得！”

母亲在远去的马车上叫着他：“千帆，千帆！”

顾千帆推开萧钦言：“你不是我爹！”

一声响动将顾千帆惊醒，赵盼儿正把一碗胡辣汤放在他面前。她温柔地问：“睡着了？梦见什么了？”

“一些旧事而已。”顾千帆将自己的思绪拉回到现实之中，看着眼下那碗陌生的东西，不由问道，“这是什么？”

赵盼儿递给顾千帆一个勺子，介绍道：“胡辣汤。这儿东西不多，只有些面粉和剩下的羊汤，我就加了些醋和胡椒，浓浓地给你熬了一碗。”

顾千帆试探地喝了一口，立刻食指大动，狼吞虎咽地吃了个净。

赵盼儿开心地看着顾千帆吃东西的样子，这个时候，他不像是杀人如麻的皇城司副使，倒像是个会撒娇的小孩子：“以前我爹出关巡查，回家的时候，我娘也总做这个。”

顾千帆回味着胡辣汤的味道，心满意足地说：“胡椒真多，好香。”

赵盼儿闻言一笑：“这东西贵着呢，要央求广州的海商带来。要不是为了你，我才舍不得加这么多呢。味道怎么样，不许说不好吃啊。”

顾千帆舔了舔唇，不吝赞美地说：“好喝，全身一下子就暖和了。”

赵盼儿夺回勺子，佯作不满地撇嘴道：“夸人都没夸到点子上，现在都五月了，能有多冷？”

顾千帆微微一笑，赵盼儿不明白这份温暖对他而言有多么难能可贵。他坚持地说：“就是暖和，就是好喝，以后你要常给我做。”

赵盼儿一笑：“我做饭可没有三娘好吃。”

顾千帆却笑着摇了摇头：“没关系，反正我舌头不灵，也分不出好坏。”

赵盼儿闻言一时气结，伸出手作势要打顾千帆。

顾千帆捉住赵盼儿的手，温柔地说：“我孤单了太久，能喝到这样一碗特意为我做的胡辣汤，就已经是这世上最幸福的事了。”

赵盼儿和顾千帆四目相对，俱是情动，两个人的影子渐渐越靠越近。就在他们即将吻上的那一刻，一个黑色的影子飘了过来。

赵盼儿一个激灵向后弹开，她低叫道：“帽妖！”

顾千帆错失香吻，又好气又好笑地说：“明明是只蛾子，哪有什么帽妖？”

赵盼儿突然想起了什么，小心翼翼地问：“刚才你和那个帽妖照面了？真的是妖怪？”

顾千帆从袖中拿出了他刚才缴获的证物给赵盼儿看：“如果真是妖，怎么会有这个？你看，这是从我的剑尖上取下来的。”

赵盼儿仔细辨认着，发现那其实是丝绢和火药。

顾千帆继续说道：“有人用丝绢做了帽子形状的风筝，然后又在上面涂了火药。每回放它出来的时候，要杀伤不少人，于是百姓惧怕，一传十，十传百，就成了帽妖了。”

“如此心狠手辣，难道……又和政事有关？”在顾千帆的引导下，赵盼儿对于政局已经有了几分敏感，因此她立刻就反应了过来。

顾千帆没想到赵盼儿这么快就推测出来了，他点头道：“之前我就跟你提过，朝中官员分为好几派。如今官家多病，官家唯一的皇子升王如今才十二岁，还未被立为太子，不能监国，皇后便常替官家披阅奏章。大臣中不满此者颇多，前阵子太白昼现，便传出‘女主昌’的谶言，当初我去钱塘，除了《夜宴图》，还有一个目的就是追缉编造谶言者。”

赵盼儿一时恍然大悟：“我明白了。古书中常说：妖异频出即是国主失德、上天警示。官家又笃信道术，刻意接连安排谶言、帽妖，其实意在皇后，怕她重演则天武后之事！”

顾千帆又点了点头，心事沉沉地说：“不错，皇后势重，萧钦言又即将拜为首辅。所以在我看来，这帽妖想吃的不是平民百姓，而是后党。”

第二十章 帽妖现

赵盼儿的目光落到墙上挂的画上，突然不寒而栗："难道《夜宴图》，也是和此事有关？"

顾千帆一时不知该如何回答，凝视赵盼儿良久，方道："我来给你讲一个故事吧。几百年前，不知哪朝哪代的一座小城里，有一个小娘子出落得天生丽质，能歌善舞，因为家里穷，她早早地就开始以鼓乐为生，不时去各处献艺。后来因缘际会，她遇到了偶然到小城来狩猎的一位郡王。郡王对她一见钟情，不但将她纳入府中，还为她安排了一个无可挑剔的良家出身。二十年后，那位郡王的正妻去世，她更因为深受宠爱，被立为了正妻。"

这个故事听起来有些熟悉，赵盼儿吃惊地问："你那天跟我说卑贱出身的女子，连皇……连王妃都做得，难道就是……"

"听我讲完。"顾千帆不置可否，继续说道，"王妃一朝飞上枝头，本来应该很开心，可当年的事情毕竟并没有完全做到天衣无缝。所以，王府里头有些不喜欢她的老人，就开始清查她的底细。这时候，有人看到了一幅名家的画作，画的是当年镇守小城的那位节度使的春宴。宴席上，节度使让他几位心爱的女乐出来献艺，其中有一人，眉梢眼角分明就是那位王妃年轻时候的样子。这位名家的画作举世闻名，这就做实了这位王妃当初入府时很可能是贱籍女子，这样的人怎么能做王府的主母？"

赵盼儿回想着那幅画上的人物，仍觉得不可置信："天下相像之人多了。单凭一幅画像，怎么能笃定就是那位王妃？"

顾千帆微不可察地摇了摇头："因为那位名家有一个爱打哑谜的小习惯，他把每个宾客的名字都画成了衣纹的样式，嵌进了画里。"

赵盼儿终于意识到了事情的严重性，不禁喃喃道："难怪！以前临摹的时候，我就觉得那些衣纹有些古怪。”

顾千帆按住了她的口，温柔地提醒道：“我什么也没说，只是给你讲了一个故事。那幅画只要不在你的手中，你就是安全的。欧阳旭想扣着它，也随他去。”

“我明白。”赵盼儿这才知道杨家大案背后竟如此复杂，她不禁后怕起来，郑重地点了点头。

吃完晚饭，已是三更时分，顾千帆执意把赵盼儿送回了小院。

两人在小院门口站定，赵盼儿将顾千帆披在她身上的披风还给他，不舍地说：“那我进去了，以后你别总自个儿跑，三五天想法子报一次平安就行。”

顾千帆想了想，指着墙上的蔓藤道：“不如这样，如果我平安，就让人在这儿放一朵红色的花，如果我想见你，就放一朵黄色的花，咱们在茶坊碰面。”

赵盼儿正眼前一亮，却发现顾千帆的脸色不对，她下意识地回头，只见院中的石桌边，正坐着愕然的宋引章！

平日里，到了这个时辰，宋引章早该睡了。可今晚，宋引章的心却怎么也静不下来，一闭上眼，沈如琢摇着扇子的样子就在她脑海中挥之不去，可当她走近，沈如琢却又变成了长着獠牙的帽妖，朝她张开了血盆大口。

惊出了一身冷汗的宋引章，索性到院中散散汗，恰在此时，门外却传来了一阵声响。她以为真是帽妖来了，吓得一声也不敢吱，可当那扇门终于被打开，她竟然看到了赵盼儿和顾千帆正举止亲近地站在一起！

宋引章瞪大了那双小鹿般的眼睛，吃惊地问：“你们……为什么这么晚会在一起？”

顾千帆担心宋引章在教坊接触的人鱼龙混杂，她年纪小、耳根软，一不小心就可能会把他与赵盼儿的关系泄露给雷敬的人。他迅速反应过来，沉着地说道：“葛招娣事涉帽妖案，赵盼儿是雇主，当然得到皇城司应讯。”

宋引章不疑有他，忙紧张地问：“啊？那盼儿姐不会有事吧？”

顾千帆故作严肃地说：“现在没有，以后不好说。此案涉及重大，又和郑青田案息息相关，她既是重要证人，那就得随时预备着被传唤到案。”

说着，他还没忘给赵盼儿使个眼色。

赵盼儿听到顾千帆这样编排自己，又好气又好笑。

“原来如此……”宋引章惊魂未定地点了点头，可她还是隐约觉得哪里不对，又问，“那帽妖案既然这么重大，您怎么还有空送盼儿姐回来？”

赵盼儿以为他们两人的关系要瞒不住了，然而当她看向顾千帆的时候，却发现他依旧面色沉着。

“我到这儿来，不是为了她，而是为了你。”顾千帆从袖里摸出一卷薄薄的丝绢，递给宋引章，“看看吧。”

宋引章展开丝绢，只见上面是一张明显有了年头的工尺谱，她大惊之下往后退了一步，颤抖着声音说：“《凉州大遍》！这是失传已久的《凉州大遍》！”

顾千帆云淡风轻地答道：“没有失传，而是密藏在宫中，上次我入宫面圣，正遇到一位太妃去世之后，宫人向官家还缴此曲，我便向官家求得此物。有道是曲赠有缘人。赵盼儿既然说你最近苦心磨炼琴艺，我就想把这张曲谱交给你，盼你能让这支古曲重现光辉。”

宋引章没注意到顾千帆说话时始终不自觉地瞄着赵盼儿，她双手颤抖不已地捧着那曲谱朝顾千帆深深一拜：“多谢顾副使相赠之恩，引章铭记五内！”

顾千帆却只是淡淡说道：“不必多礼。”

赵盼儿也难掩震惊，不知道顾千帆怎么会随身带着曲谱，她一面帮着扶起宋引章，一面用口型询问着顾千帆。

顾千帆眼底含笑，朝赵盼儿的房间方向使了个眼色，又板起脸客客气气地对二人道：“告辞。”

目送着顾千帆离去的背影，宋引章心潮起伏，紧紧地抓着那张琴谱，喃喃道：“盼儿姐，我做梦都想听一回的曲谱，他居然特地来送给了我……盼儿姐，我太高兴了！”

赵盼儿替宋引章抹着眼泪，温柔地说：“高兴归高兴，别哭啊，不然该把三娘她们也闹醒了。走走走，赶紧回屋休息吧。”说着，她把宋引章拉回了房中。

宋引章想赶紧研读曲谱，心急之下，她几乎没注意到赵盼儿与她说了什么，又是什么时候离开的。

另一边，赵盼儿回到自己的房间，关上门，脱力地长松了一口气，然后马上奔到窗边。她推开窗子，果然见到顾千帆正在窗外。

赵盼儿压低声音问：“你怎么会正好带着那张曲谱？”

“还没正式定亲，我又不知道你有没有把我们的事告诉别人，皇城司办事自然要万全准备。不单是曲谱，还有这个。”顾千帆从袖里摸出另外一张丝绢，“南唐御厨的宫宴食单，原本想着万一撞破咱们的是孙三娘，就给她这个，可看起来她已经知道了。”

赵盼儿笑了：“知道了也得送。”

“哦，遵令，明儿就找个机会送给她。”顾千帆收回菜谱，又有点得意地问，“如何，刚才我的应对是不是天衣无缝？”

见顾千帆是一副等待夸奖的乖巧模样，赵盼儿不禁扑哧一笑：“我没听错吧，顾副使，您这是在向我邀功？”

顾千帆满脸委屈，一字一顿地重复着赵盼儿的话：“顾副使？”

赵盼儿只得无奈地改口：“千帆、沉舟，这总行了吧。”

顾千帆这才满意地笑了。

赵盼儿向外推着顾千帆道：“赶紧走吧，不然一会儿又被别人瞧见了。”

顾千帆招了招手，示意赵盼儿靠近自己：“还有一件事，我必须要警告你，最近一段时间，如果有萧钦言萧相公的手下来找你，你最好……”

赵盼儿下意识地凑上前去，紧张地问：“什么？”

顾千帆突然飞快地亲吻了一下赵盼儿的朱唇，然后又正色道：“最好不要理会他们，一切交给我来处理。”

赵盼儿一怔，顾千帆却心满意足地带笑离开。赵盼儿关了窗，幸福地拿着那支珊瑚钗细细把玩。

隔壁的宋引章同样也躺在床上，她爱不释手地抚摸着那张珍贵的琴谱喃喃道：“曲赠有缘人，有缘人……”但她的眼前，又迅速闪过沈如琢的面容。她霍然从床上坐起，捂着脸道：“不要再想了！你当你是谁？”

宋引章似乎在等待着这个问题的答案，然而夜色之中一片沉静，连一声鸟叫也没有。

次日清晨，茶坊还没开门，外面已经排着长长的队伍。杜长风这一次将眼镜配了绳子挂在胸前，手中攥紧了那只从孙三娘绣鞋上掉下来的绒花，打定主意这一次定要与佳人相认。

早已站在队伍中的袁屯田眼尖地看到了杜长风，热情地招呼道：“哟，小杜，今天终于又见着你了。新配了叆叇？”

杜长风拿起了挂在胸前的眼镜道：“是啊，这一次我专门配了根绳，可不会再丢了，这一回无论如何要吃到她家的桃花果子！”

袁屯田却捋着长须，挤眉弄眼地说：“难道不是无论如何也要见到你的救命恩人吗？”

队伍中的茶客们顿时哄笑起来，杜长风只得尴尬地打着哈哈，偏偏袁屯田还拍着他的肩说："记住了，人家的芳名叫三娘！"

这时，葛招娣从屋内走了出来，向各位客人道了声"早"。

前排的浊石先生认出正打开竹栏的葛招娣，不由诧异："咦，这不是那天那个来讹钱的……"可排在他身后的客人早就一拥而入，浊石先生也顾不得葛招娣，连忙跟了上去。

浊石先生与袁屯田坐下后，一边警惕地打量着葛招娣，一边道："他要临江玉津，我要方山露芽，他要五果饮，再加一碟黄中饼，一碟梨肉好郎君，配酸梅粉。这么多，记得下来吗？"

葛招娣拿着一张涂了朱漆的细木板，用笔刷刷地写着："放心，错了一个，算我请客。"她转身把细木板放在柜台上。不一会儿，孙三娘端着托盘走了过去，把精致的茶点一一摆在浊石先生桌前："您请好了，临江玉津、方山露芽、五果饮、黄中饼、梨肉好郎君配酸梅粉。"

浊石先生验看了一眼，称奇道："嘿，还真是一个不差。三娘啊，你们怎么敢请这个冤家当跑堂啊？"

"冤冤相报何时了，以德化善才是真嘛。怎么，你怕她在茶里头下毒？一个大男人，胆子那么小，还跟一个小娘子计较。你不喝，我可就拿走了。"孙三娘说着便假装要去夺浊石先生手里的杯子。

浊石先生忙抱着杯子躲闪道："别别别，我就是开个玩笑。"

隔壁桌的杜长风早就看到了孙三娘的倩影，他深吸了好几口气，终于鼓起勇气招呼道："店家，给我来一壶建茶。"

"好嘞——"孙三娘转头和杜长风正面相向，这一回，杜长风脸上的摔伤红肿早已退去，孙三娘一下子认出了他，脸色顿时一黑，"是你！"

杜长风觉得不对，从胸前拿起眼镜戴上，马上也认出了孙三娘。

"是你！"杜长风腾地一下站了起来，不可置信地指着孙三娘。片刻，他又僵硬地转头，在发现赵盼儿也刚从柜台后走出时，他更是如遇雷击："这间茶坊，是你们开的？"

浊石先生诧异地看着杜长风和孙三娘，在旁起哄道："哟，这回书说到，他乡遇故知，见面不相识……"

孙三娘向周围赔了个笑，一把扣住杜长风的手腕，将他往外拖行："跟我出去！"

杜长风只觉一阵剧痛传来，身不由己地被孙三娘拉了出去。走到竹门边，孙三娘一把甩开杜长风，她没好气地说："你给我听好了！我们这儿以后不欢迎你来，更不想见到你这张臭脸！"

杜长风这时也回过神来，愤愤道："你便是求我我也不来！谁想来你们这种没良心的女人开的铺子喝茶啊？欧阳多好一个人，明明是前途无限的探花，硬生生被你们逼得远走西京，如今还在玉皇山上和道士一起受寒受冻，连顿肉都吃不着！"

孙三娘大笑几声，连连拍手："真的？哈哈哈，活该！这就叫恶有恶报！"

杜长风气坏了，但又不能口出恶言，毕竟他也是学富五车的杜夫子，只能小声威胁道："你！你等着，我这就把你扔我进水的事告诉别人，看以后还有多少人敢上你们这儿喝茶！"

而孙三娘却只是冷哼一声，满不在乎地说："你以为我不敢让你说啊，要是让里头的各位先生知道欧阳旭和你做的那些糟心事，会是怎么一个表情？负心薄情、停妻再娶、富贵易妻、狼狈为奸，还有什么来着？"

不知何时跟出来的葛招娣接口道："同流合污、狐朋狗友、臭味相投！"

"说得好！"孙三娘操起放在一边的扫帚就朝杜长风抡去，"滚！再赖着不走，我就再把你往水里扔一回！"

杜长风不停闪避，嘴中不停地念叨着："泼妇，泼妇！"

"先别打！"不知从何处冒出头来的葛招娣拦在孙三娘面前。

杜长风刚松了口气，却见转身过来的葛招娣手中拿着一把小刀，正直冲自己划来。杜长风惊吓不已，没想到葛招娣只是割破了他的袖子，撕掉了一根布条。

葛招娣朝他摆了摆手："行了，走吧。"

孙三娘不解地问："你这是干吗？"

葛招娣甩着手中的布条"嘿嘿"一笑："盼儿姐不是说陈廉会送几只看门狗过来吗？我先存着这个，到时候让它们闻闻，只要他胆敢靠近这里，嘿嘿……"

杜长风呆若木鸡地站在原地，半晌才回过神来。他突然摸出袖中那朵珍藏了许久的绒花，愤恨地扔在地上，一阵乱踩后拂袖离去。

京华书院外，几个逃学的少年正聚在一起逗蛐蛐。余怒未消的杜长风走了进来，一看见他们更是气不打一处来。"孙理、胡彦！不好好读书，在这里玩物丧志！”

少年们四散逃走，杜长风拿起扫帚追打他们，最后只抓到了跑慢了的孙理和胡彦。

孙理屁股上挨了一记，当即愤愤不已："杜夫子，平常我们也对你客客气气的，你凭什么又打我！"

杜长风怒道："就凭我是你们的夫子，我是新科进士！"

胡彦也是满脸的不服气，压根没把杜长风看在眼里："我爷爷是开国县公，我身上还有着从七品云骑尉的荫勋呢，你一个连实职都没有的空头进士，凭什么在我面前耍威风？你再敢打我，我就去衙门告你以下犯上！"

杜长风气得站都站不稳了。众少年忙欲拉走胡彦，可胡彦仍然不依不饶地说："本来就是嘛，几十个进士里头就他最没用，见了官家连屁都放不出来，不对，是只敢放屁，最后连个管道士的官都没捞着，只能跑到咱们书院来守选！"

杜长风突然无力地坐了下去，羞愤之下，连双手都震颤不已，配合着那被割破的袖子使他看起来愈发落魄。一位年长的夫子奔了过来，见这番情景，也只能长叹一声，安慰地拍了拍杜长风的肩，便迅速朝着学生们奔去。

日头照在杜长风身上，拉出长长的身影，他只觉得自己的人生无比挫败。

不知过了多久，杜长风还在院中枯坐，身边陆续有刚放学的书院学生和同僚们经过，他都浑然不觉。突然之间，他似乎感觉到了什么危险，猛地扭过头。只见一个劲装打扮、脸上带着刀疤的男子，不知何时已经出现在他身旁。

杜长风惊慌站起，那刀疤男向他做了个"请"的动作，杜长风只得战战兢兢地跟着刀疤男走进了已经空无一人的书院。

茶坊内，客人们已经散去。葛招娣拿着一根猴子糖人进来，插在了柜台前，又哼着小曲儿，蹦蹦跳跳地走进了灶房。正忙着收拾碗碟的孙三娘抬头看见糖人，眼角不由有些发红。

赵盼儿见了，过去拍了孙三娘一下，柔声问："怎么了，想你家子方了？"

孙三娘苦涩地笑了笑，点点头："他从小一看见糖人就走不动路。咱们到东京都这么久了，也不知道这小冤家现在跟着他爹过得好不好？他个子长得那么快，他那'比亲娘还亲'的婶娘，有没有给他做新衣裳？"

赵盼儿知道孙三娘虽然平日里闭口不提过去的事，可其实一闲下来就会想念傅子方。她轻声安慰道："上回换飞钱的人不是说子方他一切都好吗？子方人小，难免会犯糊涂，等他再长大点，醒事了，自然就会知错。等咱们把生意做大了，把他接到东京来好好读书，你那套太夫人的凤冠霞帔，肯定少不了！"

孙三娘如今早已不敢奢望这些，只能勉强一笑："借你吉言，可是每回一想起那会儿他闹着不认我当娘的嘴脸，我的心就堵得厉害。"

恰在此时，外头忽然传来一阵激烈的狗吠声。赵盼儿怔了片刻，才想起来这是她们家的狗在叫，她眉心微蹙："才牵来没一会儿，这么快就抓住贼了？"

赵盼儿和孙三娘赶紧朝门外走去，却见茶坊院内，杜长风被两只恶犬追逐得险象环生，口中大声嚷着"救命！"

赵盼儿吹响口哨喝住两只皮毛油光锃亮的大黄狗，和跑在前面的葛招娣一人拉开一条狗。大黄狗一来就抓住了坏人，正兴奋得尾巴狂摇。

孙三娘大步上前，捞起跌在地上的杜长风，怒道："你怎么又来了！"

一脸狼狈的杜长风却顾不得许多，忍痛叫道："你们快跑！再晚就来不及了！高家的人马上就要来找你们的麻烦了！"

此时，在二楼听到了声响的宋引章也跑了出来，她一面躲着总想往她身上蹭的狗，一面探头向外张望着。

赵盼儿一面将狗交给葛招娣牵着，一面稳住孙三娘和宋引章，对杜长风说："你先别急，到底是怎么回事？"

杜长风心急如焚，推着她们就往外走："高观察的手下刚才来书院了，堵着我问欧阳和你定亲的事！我没说你们在这儿做生意，可高家手眼通天，万一查到……你们就相信我吧！快走，快走！"

孙三娘、宋引章闻言大惊，赵盼儿反倒放下心来，有些意外地说："原来你是为了报信才这么着急啊。多谢啦，我曾见过高观察，他也知道我在这儿开店的事。那会儿他都没把我怎么样，现在他的手下自然也不会对我如何。"

杜长风一愣之后，又马上道："那也得小心！就算高观察不管，可高慧呢！她那么心狠手辣，凡是接近过欧阳的女人都被她弄得生不如死，你们还是赶紧躲一躲吧！"

待杜长风将欧阳旭向他讲述的事情一桩桩、一件件地讲了出来后，赵盼儿等人都陷入了沉默。最终，赵盼儿怀着复杂的心情，谢过了杜长风后，将他送了出去。

茶坊已经打烊，赵盼儿等人索性回到了桂花巷小院。一路上，宋引章和孙三娘一直满面愁容，下了马车，宋引章却发现赵盼儿似乎在走神。

宋引章推了推赵盼儿道："盼儿姐！都这会儿了，你还在发什么呆啊？"

赵盼儿这才回过神来，沉吟道："我是在想，欧阳旭当初那么坚决地要跟我悔婚，到底是因为想攀高枝呢，还是因为……他害怕高慧？"

孙三娘闻言一怔，恨铁不成钢地说："你怎么还在替欧阳旭说话啊？你该不会还想原谅他吧？"

"当然不是。"赵盼儿赶紧否认道，"我只是在为自己找个答案。毕竟这么久以来，我都一直对自己识人有误的事耿耿于怀。现在这个心结也算是解了，哪怕高慧的原因只占三分，欧阳旭也不算是全无心肝。"

尚在惊恐之中的宋引章实在忍不住了，她着急地打断了赵盼儿道："咱们能不能先别说这些旧事。"

然而赵盼儿却只是轻轻拍了拍宋引章的手，轻声安抚道："放心，就算是高慧，也闹不出多大的事情，上回指使招娣假装中毒的人就是她的奶娘，咱们不也都解决了吗？"

孙三娘猛然想起什么，又觉得心里轻松了几分："哟，我真是急坏了，怎么忘了还有顾千帆这尊大神！有他在，咱们怕啥啊！"

话音未完，葛招娣的声音便在门外响起："盼儿姐，外头有人找你，说是给她家姑娘送谢礼来的。"

赵盼儿知道对方定是那日借走她裙子的小娘子，走到院外，却见来者是一个大户人家丫鬟打扮的女孩。

春桃满脸笑意地将一个礼盒递给葛招娣："我家姑娘本想亲自过来道谢，只是近来有些不方便，所以只能打发奴婢过来。这是上回借您的衣裳，已经洗熨过了，另外还有些薄礼。"

"贵府实在客气了。"赵盼儿从葛招娣手中接过礼单，只扫了一眼便被吓了一跳，赶紧婉拒道，"这也太贵重了些！烦请回复那位小娘子，不过是举手之劳，这样的大礼，实在愧不敢受……"

春桃见状，不由抿嘴一笑："您就收着吧，这点礼别人或许觉得贵重，可对咱们高家来说，还真算不上什么。"

赵盼儿愣了愣，迟疑地问："贵府该不会就是高观察府上吧？"

这回轮到春桃意外了，她讶异地问："小娘子是怎么猜到的？"

赵盼儿对满脸惊恐的孙三娘和宋引章使了个眼色，朝春桃莞尔一笑："整个东京城里，能有如此气派的高姓人家，哪还有第二个？"

听了赵盼儿的恭维话，春桃心底不由有些有意，她笑着福了福身："今后您有什么事，尽管到咱们府上来。"

赵盼儿神情复杂地看着春桃登车而去，这一次她终于看得真切，那马车上果然挑着写着"高"字的灯笼。

看着马车渐渐驶远，孙三娘仍然有些不可置信地说："原来那就是高慧啊，可那天她说话还挺客气的，一点也不像是个会对情敌下毒手的狠角色啊！"

而赵盼儿却只是若有所思地说："人都有两面，杜长风替欧阳旭当说客的时候固然让人生厌。可今天他冒险来通知咱们，却也堪称仁义之举。"

宋引章跟不上她们的谈话，也不知道高慧此前什么时候来过，急急地问："这到底是怎么回事？"

可赵盼儿的目光却紧紧地锁在了墙外蔓藤上的黄色小花上，她的思绪已经彻底飘远。赵盼儿朝孙三娘使了个眼色，匆匆说道："让三娘跟你慢慢讲吧，我现在得去一趟茶坊，我忘了明天要交税，得赶紧把账目清出来。"

宋引章看了看窗外的月色，有些不放心地说："都这么晚了，你自己去安全吗？"

"招娣陪她去，不会有事的。"早就会意的孙三娘推着宋引章进了院门，又冲赵盼儿使了个鼓励的手势。

一时间，桂花巷小院内只剩下孙三娘和宋引章两人。宋引章想抓紧时间研习顾千帆送的曲谱，便径自回到了房中；而孙三娘则想在盛夏来临前，给茶坊添上清凉下火的新汤水，于是便去灶房自己琢磨了起来。

不知过了多久，孙三娘端了碗刚做出来的莲子豆沙走到了宋引章的窗边，只见宋引章正坐在房中全神贯注地看着曲谱，手指还不时在空中虚弹。

孙三娘走进屋内，放下瓷碗，将曲谱轻轻从宋引章手中移开："你呀，别这么拼命，顾千帆把曲谱都送给你了，你还怕他要回去不成？慢慢琢磨呗，休息休息。"

宋引章刚尝了一口莲子豆沙，只觉口中甘甜，甚是舒爽。听了孙三娘的话，她连连摇头，她马上就要在新回京的萧相公的寿宴上献艺，到时候，她除了要为张好好伴奏，自己也得上去单独弹一曲，而这回的寿宴，是官家和皇后娘娘亲自下旨要办的，如果能练好这支曲子，她定然能在寿宴上大放异彩。

宋引章嘴里含着豆沙，含混不清地说："那可不行，这《凉州大遍》千金难寻。我要不能早早研习透了，就对不住顾副使的一片心意。哎，就是这一处的运指，实在是太古怪了，我怎么想都想不通。"

孙三娘眼珠一转，若有所指地说："想不通，就问问人家呗，那谁谁不是挺懂音律的吗？"

宋引章依然陷在倘若练不好《凉州大遍》会辜负顾千帆的一片心意的思路里，听了孙三娘的话，直觉她说的是顾千帆，可顾千帆又不符合"挺通音律"的描述，以至于她一时没反应过来，不解地问："谁？"

孙三娘大大咧咧地拍了拍宋引章的肩，不假思索道："沈如琢啊！你不一直跟他挺好的吗？两个人商量着来，总比一个人瞎琢磨强。"

宋引章急红了脸，作势要拿勺子敲孙三娘的手背："你别乱说！"

孙三娘笑着躲闪开了："我乱说？前儿你去张好好那儿合乐，谁送的你？"

宋引章一时语塞，又气又羞地放下勺子，心虚地辩解着："我没有，我和他只是碰巧……"

孙三娘想起赵盼儿还在顾忌着与宋引章那个"今生再不嫁人"的约定，便转弯抹角地劝道："好好好，你没有，我想多了，总行了吧？总之啊，盼儿和欧阳旭的事都翻篇了，你也别老想着过去的事。东京大好儿郎这么多，咱跌了一跤狠的，难道还不能重新找一个？"

宋引章心中又如何不想遇到一个能帮她脱籍、真心待她的如意郎君？她垂下眼，双睫微颤："可我已经不再是个清白女儿家了……"

孙三娘鼓励道："我连孩子都生过呢！按你这么说，咱们大宋的寡妇难不成都得守一辈子寡？你呀，光想着别人会嫌弃，可万一人家偏偏就喜欢怜惜你这种历尽磨难的小娘子呢？"

宋引章听出了孙三娘的弦外之音，不由震惊抬眸："难道你也想……"

"当然了，这有什么不好意思的。隔壁赵婶子四十岁都能带着孩子二嫁，我才三十出头呢！"孙三娘说到这里，突然想起来自己得给杜长风做点果子当作谢礼，一拍前额道，"哎呀，不说了，我得赶紧再做果子去，指不定哪天就能在茶客里遇见一个合眼缘的。"

宋引章不解地问："果子今天打烊的时候不还剩下不少吗？"

孙三娘边走边道："给客人吃的，当然得做新鲜的好的。剩下的那些我准备明天放进盒子里当谢礼，送给那个姓杜的，不想欠他的人情。你赶紧练你的琵琶去吧。”

孙三娘的背影消失后，宋引章对着琴谱弹着琵琶，有些神思涣散。她的眼前闪过沈如琢那言笑晏晏的面容，但随即顾千帆那俊朗冷清的样子也接着浮现。“沈如琢都对我心生怜惜……顾副使他会不会也……”宋引章一把捧起了那张琴谱，眷恋地轻轻贴在了自己的脸颊边，眼神早已不知飘向了何方。

另一边，赵盼儿已经和葛招娣走到了茶坊之外，她远远就看见顾千帆正立在茶坊小院的阴影之中。

葛招娣轻咳了一声，马上指着远处道：“听说那边的张记一口酥很多人都在抢着买，我先去看看啊！”

赵盼儿被葛招娣机灵的样子逗笑了，她冲葛招娣丢了一个小钱袋：“好好排队，多排一会儿！”

葛招娣一掂钱袋，满意地拍拍胸脯，保证道：“今晚和以后，我都什么也没看见！”说完，葛招娣便吐吐舌头，飞快地跑远了。

赵盼儿独自走进了半遮面茶坊，她本想轻手轻脚地走进去，吓顾千帆一下。可顾千帆听见声音，早就回过身来，眼中满是柔情。“我还以为你今天不会来了呢。”说着，顾千帆递给赵盼儿了一个油纸包。

“怎么会，墙外头的黄花，我一眼就瞧见了。”赵盼儿接过油纸包，一股香味扑鼻而来，她不由诧异地问，“这是张记一口酥？”

顾千帆点头，从纸包中取出一块，喂给赵盼儿：“上次喝了你的胡辣汤，自然要投桃报李。”

赵盼儿就着顾千帆的手咬了一口，顿时意外地笑了：“你怎么知道我爱吃豆沙馅儿的？”

顾千帆一笑：“在船上的时候，你带的干粮果子一大半都是这个味道。”

赵盼儿闻言不禁瞪大了双眼，不可置信地说：“你偷吃过？好啊，皇城司侦缉暗察的本事，原来都被你用在这些偷鸡摸狗的事上面了啊。”

顾千帆一本正经地答道：“是啊，毕竟先有了偷鸡摸狗，后来才能有嫁鸡随鸡、嫁狗随狗。”

赵盼儿笑着把自己咬过一半的一口酥堵在了顾千帆的嘴上：“快吃，吃完了我有事找你商量。”

顾千帆眼中也流露出了笑意，他慢慢咀嚼咽下：“什么事？”

赵盼儿絮絮地说起了杜长风今日来示警的事情，讲完后，她突然察觉顾千帆仍笑意盈盈地看着她。赵盼儿突然怀疑顾千帆刚才一个字都没听进去，轻拍了拍他的胳膊一下问：“我刚才说的你听没听见？”

顾千帆笑道：“听见了，我只是高兴，你这回终于改了性子，愿意来找我商量了。”

赵盼儿嗔怪地看了顾千帆一眼：“要不是怕你又唠叨我自作主张，我早就直接去找高慧了。”

顾千帆不解道：“你找她干什么？”

赵盼儿回想着上次与高慧见面的情形，蹙眉分析道：“找杜长风的人八成是高鹄的属下，他为官多年自然谨慎。就算相信我那日所言，也一定会派人再去找旁人查证，说不定还派了人去钱塘。可如果是高慧的人……我总觉得，与其藏着掖着，不如爽爽快快地跟她谈一回比较好。她是不是心狠手辣，我不知道，从她借衣还衣的行事来看，至少是个明理的人。”

顾千帆故意装作不懂，背着手问：“你都想好了，那还来找我做什么？”

赵盼儿已经摸清了顾千帆的脾性，故意示起弱来：“找你压阵啊。万一她真要派人杀我，我总得有个保镖啊。”

顾千帆听到了想听的话，却仍假装不解风情地说：“那我让陈廉跟你去就好了。”

赵盼儿忙摆手道：“那不行，还得让她亲眼看到你，知道你比欧阳旭俊俏一百倍、能耐一千倍，她才会相信我现在真的对她那未来郎君一丝兴趣也没有了。”

顾千帆眼中含笑，轻轻刮了刮赵盼儿的鼻尖：“这还差不多。你准备何时去？”

赵盼儿想了想，问：“明天晚上如何？”

“后天吧。明天我要去赴另一个约。”顾千帆眸光一暗，想到明日要与萧钦言见面，他的脸色又沉了下来。

赵盼儿见顾千帆表情严肃，故意打趣道：“佳人有约？”

顾千帆果然放松下来，摇头笑说：“不是佳人，只是故人。”

月色穿帘，照在两人的面庞之上，赵盼儿与顾千帆相视一笑，只愿此时此刻、此情此景长久停驻。

张记一口酥的摊子前排着长长的队伍，葛招娣站在队伍后端，眼巴巴地看着店主一个个地给顾客装着一口酥，眼看着案板上的一口酥越来越少，她也越来越焦急，生怕轮不到自己。好容易排到她时，一口酥还剩下两个，葛招娣刚松了一口气，一个身影便突然插到她面前，大声喊道："那两个都给我包起来吧！"

"喂，不许插队！"葛招娣大为恼火，一拍插队之人的肩膀。那人一回头，竟然是便装的陈廉。

两人同时说道："又是你！"

陈廉平白被诬陷，气不打一处来，他抱着双臂不满道："谁插队了？刚才我就在这儿买来着，那一炉刚好少了两个，老板就让我过会儿来拿，不信你问老板！"

见老板点头，葛招娣顿时吃了一瘪，只能埋怨老板道："那你怎么不早说，早知道有人订了，我也不用排这么久啊！"无奈之下，葛招娣想了想，对陈廉抬了抬下巴："要不这样吧，咱们一人一个？"

陈廉扭头不理葛招娣，若是换成别人，他也就让了，可唯独这个讨人厌的葛招娣绝对不行。

葛招娣忍着气，又退让道："我付你双份钱，买一个，总成了吧？"

陈廉却把头扬得更高了，把嘴撅得老高，冷哼道："你这是求人的态度吗？放尊敬点，小爷我还是你的救命恩人呢。"

葛招娣打量着陈廉稚气的脸，再也压不住心中的怒火："救命恩人？你拿朝廷的俸禄，我给朝廷纳赋税，你捉帽妖不过是干自己该干的活，怎么就脸这么大，变成了我的恩人？"

陈廉指着自己脸上早已看不出来的抓痕，不依不饶地说："那，那上回在小院那边你挠我的呢？还有，你扔石头让我差点摔断腿的账，怎么算？"

葛招娣卷起袖子，佯装威胁："你想怎么算？"

陈廉震惊地看着葛招娣，也在暗中摩拳擦掌："哟嗬，还想动手？上回要不是瞧在盼儿姐的分上，我早把你跟帽妖一样收拾了。"

葛招娣根本不惧陈廉的嘴上威风，反而把耳朵送了过去："要怎么收拾？说给我听听啊。信不信我立马去告诉你家顾副使！"

陈廉略微心虚，但依然不肯输了气势，嘴硬道："你去啊！刚才我就是替顾头儿排的队！今天这两只一口酥，小爷我是要定了！"

葛招娣奋力拨开陈廉，对老板大喊："别给他，给我，我付三倍的价！"

陈廉一边拦她，一边喊："别理她！赶紧包，要不然我跟你没完！"

老板无奈，只好包好一口酥递给陈廉，葛招娣急了，一口咬在陈廉的胳膊上，趁着他失声痛呼之际，一把夺过一口酥就跑。

陈廉一阵狂奔，终于抢了一条近道，拦在了葛招娣面前。没想到葛招娣竟然是边跑边吃，这会儿已经把最后一小块一口酥塞进了嘴。

“你还我一口酥！”情急之中，陈廉伸手去抢，差点一把抓到了葛招娣的胸部。

葛招娣震惊地看着陈廉僵在半空的手，暴怒大吼：“你无耻！”

陈廉这才回过神来，可这时怒极的葛招娣瞬间爆发，不单一脚踢在陈廉腿弯处，抓散了他的发髻，还顺手拿过路边民居外晾着的一顶帽子扣在他头上，放声大叫：“帽妖出来啦，抓帽妖啊！”

陈廉冷不防受袭，又被她扣上了那顶帽子，慌忙扯下后，却发现身边早有数个青壮百姓一脸警惕地看着他，有一个人手中还抄着棍子。

陈廉连忙大喊：“喂喂！我不是帽妖！”

可在众人眼中，披头散发又拿着帽子的他，显然可疑至极。持棍百姓猛然挥棍，陈廉连忙闪身跃开。

葛招娣仍嫌事情不够大，大肆渲染道：“看，他还会飞！不是帽妖是什么啊！大伙儿赶紧上啊！十贯赏钱呢！”

受到鼓舞的众百姓一拥而上，陈廉只得狼狈逃窜，一路上他还连连喊冤：“我不是帽妖！我是皇城司官差！”

见陈廉狼狈的身影越跑越远，葛招娣这才悻悻地整理了一下衣襟，跺着脚走开了。

（上册完。）

梦华录 下

远曦 著
张巍 剧本

北京时代华文书局

图书在版编目（CIP）数据

梦华录（下） / 远曦著；张巍剧本 . —北京：北京时代华文书局，2022. 8
ISBN 978-7-5699-4686-4

Ⅰ. ①梦…　Ⅱ. ①远…　②张…　Ⅲ. ①长篇小说－中国－当代　Ⅳ. ① I247. 5

中国版本图书馆 CIP 数据核字（2022）第 126669 号

梦 华 录（ 下 ）

MENGHUA LU (XIA)

著　　者 | 远　曦
剧　　本 | 张　巍

出 版 人 | 陈　涛
策划编辑 | 邢　楠
责任编辑 | 邢　楠
执行编辑 | 洪丹琦　苗馨元
责任校对 | 凤宝莲
装帧设计 | 孙丽莉　段文辉
责任印制 | 訾　敬

出版发行 | 北京时代华文书局 http://www.bjsdsj.com.cn
北京市东城区安定门外大街 138 号皇城国际大厦 A 座 8 层
邮编：100011　电话：010-64263661　64261528
印　　刷 | 三河市嘉科万达彩色印刷有限公司　　电话：0316-3156777
（如发现印装质量问题，请与印刷厂联系调换）
开　　本 | 710 mm × 1000 mm　1/16　印　张 | 21　字　数 | 385 千字
版　　次 | 2022 年 9 月第 1 版　印　次 | 2022 年 9 月第 1 次印刷
成品尺寸 | 165 mm × 240 mm
定　　价 | 79. 80 元（共二册）

梦华录（下）

目录

第二十一章 花下吻

钱塘郊外的一家食店里，蓬头垢面的傅子方正对着一大碗肉大快朵颐，相比几个月前，傅子方瘦了不少，衣服袖子也明显短了一截，单看他现在的样子，说他是街上讨饭的乞儿，也会有人信。

傅子方旁边坐着被高慧派来调查赵盼儿的两位家仆——高福、高禄。他们不耐烦地盯着傅子方，若不是赵氏茶铺已经封了，傅新贵店里的伙计又一问三不知，他们才不会任这个满脸泥巴、自称是孙三娘的儿子的小屁孩使唤。

傅子方将三大块肉同时塞进嘴里，他一边奋力咀嚼，一边含含糊糊地说："别急，我吃完了就肯定从头到尾地告诉你们！饿死我了。放心吧，我真是孙三娘的儿子，盼姨和欧阳旭的事，我全知道！你们是高家的人吧？"

高福警惕地问："你怎么知道？"

傅子方好不容易把嘴里的食物咽了下去，一指高福袖上小小的"高"字绣花："我娘跟我说过欧阳旭要到东京一个姓高的大官家当女婿，这才不要盼姨的。你俩又是京城口音，衣服上还有这个，我当然一猜就准！"

高禄这次略微放下了戒备，用自以为慈爱的语气问："欧阳旭真和赵氏定过亲？"

傅子方仍忙着吃肉，抽不出空来，只是敷衍地点了点头。

高禄耐着性子，又问："那为什么我们问过好些街坊，都说欧阳旭只是赵盼儿的租客？"

傅子方继续猛吃，含糊不清地说："因为盼姨一直都在做生意啊！欧阳旭以后当了官，有个商妇娘子，传出去名声多不好听啊。所以他们才悄悄地好，等欧阳旭高中了再接盼姨去东京成亲，这就神不知鬼不觉了！"

高福和高禄交换了一个眼神，这些消息已经够他们回去复命了。

这时，傅子方已经风卷残云地把桌上所有的食物吃空了盘，他摸了摸自己圆鼓鼓的小肚子，向高家仆人摊开了手：“给我一贯钱吧。”

高禄不可置信地问：“给了你吃的还不够，还想要钱？”

傅子方的两颗眼珠子骨碌一转，又咂了咂嘴道：“你们要找到他俩定亲的真凭实据，才能向东家交差吧？”

高福、高禄俱是一愣，他们又挤眉弄眼地用眼神交流了一番，最终只能不情愿地丢给傅子方一个钱袋。傅子方掂量着钱袋的重量，面上终于露出了满意的笑容。

东京，双喜楼画舫上，张好好伸手在心不在焉地抱着琵琶的宋引章眼前晃了晃。为了与宋引章练习合乐，张好好难得地起了个大早，结果从早上到现在，宋引章已经发了三回呆。

宋引章猛然拉回思绪，这才发现自己再一次走了神，她赶忙拨弦弹了几个音。

张好好作势正要唱，却发现宋引章弹错了曲子，无奈地打断道：“错了，是《清平乐》，不是《蝶恋花》。”宋引章不好意思地道了歉，匆匆改换曲调。

张好好觉得宋引章的曲子弹得不在状态，她索性凑到近前观察宋引章的脸，狐疑道：“一大早就走神，眼圈也是黑的，怎么，昨晚想情郎了，没睡好？”

宋引章忙摇头：“没有，没有，别人送了我一套古曲谱，昨晚我一直在练新曲子来着，所以才睡晚了。”

然而张好好挑起眉毛，戳穿了她：“骗人。你这样的高手，什么新曲子，还值当你挑灯点烛地练？”

见张好好不信，宋引章着急地说：“是真的。别人送了我一套古曲谱，我就想好好练练。毕竟寿宴献艺的时候，除了给好好姐你伴奏，我也得上去单独弹一曲。”

张好好不置可否：“那是得好好练，这回的寿宴啊，是官家和皇后娘娘亲自下旨为新回京的萧相公办的，咱们奉旨献艺，可得用点心。”张好好顿了顿，眼珠一转，试探道：“是谁对你那么好，还送你古曲谱啊？是不是沈如琢？”

宋引章霎时红了脸，又摇了摇头。

张好好看着宋引章娇羞的模样，反而更笃定了几分：“哟，还不好意思了。这姓沈的三天两头地往教坊跑，又最喜欢收集曲乐卷册，不是他，能是谁？”

“真的不是他，是别人。”宋引章的手不由自主地攥紧了琵琶。

想到池衙内之前的威胁，张好好犹豫了一下，隐晦地提点道：“别怪我这做姐姐的没提醒你，这东京的男人就没一个是简单的。你可别为一点小殷勤、小甜头就动了心，要不然，以后有你哭的。”

宋引章眼前浮现出顾千帆那张冷峻坚毅的脸，她坚定地摇摇头：“他不是那种人。”

张好好看到宋引章撞破南墙也不回头的样子，只得道：“算了，由得你吧。反正啊，你们这些小娘子，不跌个跟头是听不进良言的。还好有你盼儿姐在，你也吃不了什么大亏。继续吧。”

宋引章强迫自己打起精神，又与张好好合起乐来，优美的乐声在河面上荡漾，直到日影西斜。

画舫靠在了岸边，宋引章与张好好道过别后，就抱着琵琶出了船舱，半路上和正好走上画舫的池衙内碰了个对脸。看着宋引章一脸害怕的样子，池衙内故意做了个恶狠狠的鬼脸，吓得宋引章落荒而逃。看着宋引章跌跌撞撞奔上甲板，还险些跌到水中的样子，池衙内不由哈哈大笑。他走到张好好身边，得意无比地说：“我狠狠地吓唬了宋引章一把，哈哈哈，一想到她以后会更惨，我就更开心啦！”

张好好忍不住白了池衙内一眼。

池衙门却似毫无察觉似的，喜气洋洋地挨着张好好坐下：“你没提醒她小心沈如琢吧？”

“没有，你满意了吧？”张好好抱起双臂，语气强硬地说，“不过我跟你说啊，你想报复赵盼儿，直接找她就是，干吗拿着宋引章作筏子啊。她就是个可怜的小丫头，刚来东京，什么都不懂。我可不忍心看着羊落虎口。”

池衙内难掩惊讶地问：“哟，心痛啦？”

张好好撅起了嘴：“她既然叫我声姐姐，又那么卖力地帮我配曲子，我当然得对人家好点。哎，你刚才在楼下都听到了，我的嗓子配上她的琵琶，是不是很好听？”

池衙内喝了口茶，随口夸赞道：“有如仙乐！”

张好好心中得意，又追问：“那你说，是她的琵琶弹得好呢，还是我的歌更胜一筹？”

池衙内一边拿起一颗葡萄往嘴里丢，一边懒洋洋地说：“硬要比的话呢，还是她的琵琶好一点。毕竟你的歌我成天都在听，耳朵都起茧子了。依我说，你要不也换个新鲜的调子……怎么样？”他只顾说得高兴，完全没有注意到背后张好好一点点沉下来的脸色。

张好好腾地站起来，猛地往他头上一敲："不怎么样！"话音未落，她就负气地大步出了房间。而池衙内却被刚吃到一半的葡萄卡住了嗓子，他翻着白眼又抠又跳折腾了好一阵，这才缓了过来。池衙内愤怒地喊道："这日子没法过了！"

月亮的清辉同样洒在萧府花园之内，萧钦言与顾千帆相对坐在被萧谓修缮一新的凉亭中，两人之间的桌子上摆着数不清的珍奇菜肴。

"上次你我父子相聚，也是月圆如旦。今日京城再会，更是清辉万里。"看着数月未见的儿子，萧钦言心中只觉感慨万千。他将几块大肉夹进顾千帆的碗里，仿佛他不是位高权重、万人嫉恨的权相，只是一位慈爱的父亲："来，多吃点这张嫂做的牛筋。我记得你小的时候最馋这一口，怎么样，好吃吗？"

顾千帆食不知味地尝了一口，沉默地点了点头。

萧钦言欣慰不已地笑了笑："那以后就常来，爹特意把以前咱们家的厨子请了回来。你爱吃的虾兜子、富贵如意饼，她都还记得。"

顾千帆淡淡推却道："不必了，几年前我受过一次重伤，每到阴雨天伤口就会疼痛，大夫嘱咐我少吃虾蟹。"

萧钦言惯居高位，少有人这样拂他面子，但他没有放弃与顾千帆拉近关系的机会，在脸色短暂的一僵之后，马上说道："那就换别的做，烧臆子、炙鸭……"

顾千帆放下箸筷，语气疏离："也不必了，我知道您今晚找我来是什么意思。萧相公，恭喜您重回东京，再得圣眷，复掌相位。但这些荣华富贵，与我这个小小的皇城司副使委实无关。"

萧钦言对顾千帆拒人于千里之外的态度略有不快："怎么没有关系？常言道上阵父子兵，如今我重掌相职，自然会为你安排更好的前途。"

顾千帆依然冷淡地答道："我的前途我自己挣，您有别的儿子，他们才是您的亲兵。"

萧钦言觉得顾千帆这话有一丝置气的意思，他先是一愣，旋即笑道："你还在为谓儿的事情生气？那是他年纪小不懂事，我已经狠狠处罚过了。你这个做大哥的，就别跟弟弟们一般见识了。"

萧钦言此言一出，顾千帆的面色又沉了几分，他给萧钦言倒上一杯酒，恭敬却疏远地说："朝廷告身上我姓顾，他们姓萧。您不会是想让我欺君吧？您的关怀，我心领。但其他的，请恕千帆无能为力。谨以此杯，贺您福寿双至，一路青云。"

萧钦言执杯不动："可万一是一路荆棘呢？你想过没有，朝中我的政敌何止百十？柯政、齐牧他们，哪一个不想除我而后快？你那几个孽障弟弟，不过是混了几个有职无权的荫官，真到了腥风血雨的时候，谁能帮得上我的忙？"

顾千帆脑海中闪过了齐牧屡次催他设法扳倒萧钦言的画面，沉默良久方道："您深得官家、圣人信任……"

"可官家已然病重，太子未立，皇后若是立足不稳——哪回朝代更替之时，不死几个宰相？"萧钦言抚上了顾千帆的肩，"千帆，爹真的需要你的助力，皇城司是一支奇兵……"顾千帆没有说话，只是侧身，让萧钦言的手落了空。

萧钦言终于面露不快："既然如此不屑，你当初又何必来苏州求我救命？"

顾千帆淡淡回敬道："郑青田那几十万贯私财又花落谁家了呢？我捡回一条性命，你得了一注横财，两不相欠。"

萧钦言盯着顾千帆看了半晌，最终怒极反笑："很好，很好，我把你养这么大，你倒学会跟我算账了！"

"养大我的是我娘。"顾千帆丝毫不让。

一时间，父子两人对视的眼光几乎要碰撞出火花。最终，顾千帆率先开口道："我今天来赴约，只是想通知你一件事，我很快就要成亲了。我未来的娘子，就是和我一起从钱塘进京的赵盼儿。"

萧钦言闻言愕然，想都没想便道："是她？你不是说和她并无男女之情吗？不行！我记得她不过是一个脱籍的歌伎，怎么能配得上——"

顾千帆打断萧钦言，讽刺却无比认真地说："配得上，奸臣之子与脱籍歌伎，正是天造地设。"

萧钦言霎时间有如万箭穿心："千帆！"

顾千帆坚决地说道："放心，我不是一时意乱情迷，更不是要借这桩婚姻故意和你置气。或许在你眼中，她只是一介低贱商女，可在我心里，她是举世无双的珍宝，是我这十几年暗无天日的生活里唯一看到的光明。所以我希望您高抬贵手，不要试图用任何的明招暗计来破坏我们。否则，我指着我娘的在天之灵发誓，你必定会后悔莫及。"

萧钦言没想到顾千帆竟要用淑娘发誓，一时如遇雷击，良久方道："好，好，都由你，一切都由你。"

顾千帆看着他瞬间苍老佝偻了的身体，终道："我不会助你，但也不会害你。

若是清流那边真要伤你的性命，我也不会袖手旁观。东京最近在闹的帽妖案，我疑心是冲着你来的。谣言说：‘国将乱，妖孽出。’而你刚进京准备接任首相，世人自然就会疑心到你身上，官家又素来最信鬼神之说，万一……”

萧钦言惊喜地抬起头，眼中亮光闪现：“你在关心我？”

顾千帆避开萧钦言那满怀期待的目光：“希望你能祝福我和盼儿，也许有朝一日，我会带我们的孩子来探望他们的祖父。告辞。”说罢，他拱手而去。

萧钦言目送着他的背影，急切地叫道：“那过些天我的五十寿宴，你能去坐坐吗？一会儿，就一会儿……”

顾千帆身形一顿，良久，点了点头。

萧钦言猛然老泪纵横，等顾千帆消失不见，他才坐了下来，自斟自饮道：“淑娘，咱们就快有孙子啦，也不知道这回能不能多像我一点……”

庭院深深，回答他的只有习习的夜风。

次日傍晚，赵盼儿在高家附近的路口等着顾千帆，准备与他一同去见高慧。不一时，换了一身便服的顾千帆向盼儿走了过来。尽管顾千帆着装低调，但她认识他这么久，当然看得出来顾千帆今日的头冠、玉佩都是精心搭配过的，腰间还悬着象征官身的鱼符袋。赵盼儿忍着笑打量着顾千帆，佯装恼怒道：“去见高娘子，用得着打扮得这般用心？”

顾千帆含笑答道：“不是你说，我要比欧阳旭俊俏一百倍、能耐一千倍，她才会信服？”

赵盼儿认真地点点头：“也是，那让我检查一下。”赵盼儿凑近顾千帆，仔细地看着他的俊眉修目。

顾千帆任她打量：“如何？”

赵盼儿满意点头：“有匪君子，如圭如璧。”

顾千帆眼中含笑，牵起赵盼儿的手，向高府大门走去。

赵盼儿在高家院外与春桃交谈了几句，托春桃将她和欧阳旭从前的信带给高慧。春桃拿着信走进后院，将赵盼儿想要求见之事禀告给高慧。

高慧疑惑地拆开了信封，首先掉落的却是一张书签，上面画着红豆图，写着“愿君多采撷”几字，落款为“欧阳旭戏笔”。高慧霍然站起，匆匆扫过信上的内容后，她又禁不住软坐在椅上，半晌才道：“请他们去后院，别让我爹知道！”

一滴泪水从她的脸庞滑落，在她紧紧握住的信纸上，隐约可见“白头之约”“赵盼儿”等字样。

赵盼儿和顾千帆在春桃的指引下来到后院。赵盼儿将三年前她救下欧阳旭、供他读书、与他定下口头婚约、再到欧阳旭高中探花后将她抛弃，还买通胥吏赶她出京的过往一一讲给高慧听。

高慧听到最后，踉跄地后退一步，摇着头否认道：“你骗人，旭郎他不是这样的人！”

赵盼儿有些同情地看着高慧：“这么说，那天派人去找杜长风的，也和你无关了？”

高慧两眼茫然：“杜长风是谁？”

赵盼儿和顾千帆对视一眼，又道：“欧阳旭的朋友，也是和他同榜的进士。高娘子，刚才我说的话或许有些残忍，但绝无一字虚言。你父亲想必也早就派人到各处验证，这些真凭实据，比我对天发誓要更灵验管用。”

这时，顾千帆突然微一侧头，赵盼儿警觉地顺着他的目光望去，远远地看见了高鹄匆匆赶来的身影。高慧心中悲痛不已，身体抑制不住地颤抖着，丝毫没有察觉高鹄就在不远处：“难道我爹早就知道欧阳旭和你的事，所以才会逼着我退婚？”

赵盼儿犹豫了一下，终道：“不错，这世上最疼你的莫过于父母，他们只会爱你不会害你。”

躲在拐角处的高鹄听到了赵盼儿的话，长松了一口气。

高慧蓄在眼眶里的泪水瞬间滑落：“我不信，我不信，他为什么要骗我，他是个探花郎啊，他明明说过，在遇见我之前，心里从来就没有过别的女人！”

一直未曾开口的顾千帆此时突然道：“‘在天愿做比翼鸟，在地愿为连理枝。’‘君王掩面救不得，回看血泪相和流。’连唐明皇的话都不可信，何况一介读书人。”

高慧闻言，心中巨震，虽然仍在摇头，但内心的防线已然被击破。

赵盼儿看了顾千帆一眼，又对高慧轻柔地说：“高姑娘，虽然我只与你见过一面，但也知道你是个人美心善的小娘子。欧阳旭是自己心里有鬼，这才避到了西京。你听你父亲的话，和他这样无情无义的人断绝婚约，只有好处，没有坏处。你这样的好姑娘，就像我一样，值得一个更好的良人。”说到这里，她与顾千帆的手心有灵犀地轻轻交握。

看着赵盼儿和顾千帆幸福的样子，高慧终于掩面放声大哭起来。高鹄心酸不已，走了过来，轻轻抚上女儿的肩头："好了，没事了，一切有爹在。"在安慰女儿的同时，高鹄还复杂地看了顾千帆和赵盼儿两人一眼。

顾千帆向前一步，挡住了高鹄的目光："今日擅访贵府之事，还请高观察不要见怪。"

高鹄客气地道："顾副使客气了，老夫应该多谢你们才对。他日两位成礼，还要叨扰一杯喜酒。"

"荣幸之至。"顾千帆与赵盼儿朝高鹄双双一礼，便翩然离去。高鹄的眼神停留在赵盼儿的背影良久，终于轻叹一声，继续回身安抚着女儿。

走出高府后，赵盼儿仍在感慨："真没想到，杜长风口中杀人不眨眼的高慧，原来是这样一个不知世事的小娘子。"

顾千帆担心赵盼儿把别人想得太好会吃亏，便道："知人知面不知心，你总共也只跟她见过两面，怎么就知道她背地里不是那种心狠手辣之人？"

赵盼儿却是一副胸有成竹的样子："直觉，而且我身边不是还有个断案如神、审案无数的'活阎罗'吗？她要真的那么有心机，你早就会拦着我，不让我说那么多吧。"

顾千帆停住脚步，低头看着赵盼儿："该夸你聪明呢，还是该说你有恃无恐呢？"

赵盼儿抬眸迎上他的目光，笑得无比明媚："随你便，都行。"

顾千帆一笑，替她扶正了歪掉的红珊瑚钗："就算你聪明吧，毕竟高鹄进来那会儿，你还知道躲在我后头。呵，那个老匹夫，手上搂着女儿，眼珠子倒是一转不转地盯着你。"

赵盼儿听出了他暗含的醋意，讪然一笑，但想起高观察看自己的眼神，也是暗暗担心。顾千帆握紧了她的手："放心，他既然说了要来喝我们喜酒的话，就不会对你再动邪念了。"

赵盼儿松了一口气："那我就放心了，不过啊，不管这人行事多混账，他倒真的是个好父亲。"

顾千帆的身子微微一震，赵盼儿察觉顾千帆神色有异，忙问："怎么了？"

顾千帆继续向前走着，掩饰住心中的思绪："没事，只是等到下次休沐，我也该带你去墓园那边见见我娘了。"

赵盼儿的注意力果然被彻底吸引了过去，两人越走越远，谈话声犹自传来。

与此同时，为帽妖案已经奔走了一天的陈廉独自坐在已经打了烊的茶坊的角落里埋头吃果子。正吃着，他一眼看到走进门的葛招娣，便下意识地跳起来摆了个防备的招式。正提着一个装满东西的篮子的葛招娣，同样摆出了一个防备的姿势。

陈廉脸上一阵红一阵白："你、你怎么还有脸敢出现在我面前！"

葛招娣听他语气中有些怯意，眼珠一转："你说什么，我怎么都听不明白啊。"

陈廉震惊地张大了嘴："你还敢不认账！那天你诬赖我是帽妖，害我被人追着打了半条街……"

葛招娣皱眉思索了半晌，做出了个疑惑不解的表情："有吗？我年纪大了，最近忘性也大，不太记得了啊，到底哪一天啊？"

陈廉向来能言善道，可碰上葛招娣，他竟然败下阵来。嘴上说不过，陈廉便作势要抽佩刀，虚张声势地恐吓道："那我就帮你记起来！"

正在一旁收拾桌子的孙三娘眼看不妙，大吼一声："行啦，闹什么闹！当我是个死人啊！你俩的过节，我听盼儿说过，可不管怎么样，都不许在茶坊里闹！不然弄坏了东西算谁的？"说罢，她双拳紧握，发出"咯啦咯啦"的声响。

葛招娣和陈廉顿时老老实实地闭上了嘴。

孙三娘对葛招娣训斥道："咱们能在这儿开茶坊，多亏了陈廉帮忙。他既是恩人，又是官身，你得对他尊敬点，知道吗？一边干活去。"

见葛招娣无奈地点头退到一边，陈廉高兴极了："还是三娘姐对我最好！"

孙三娘将事先准备好的食盒从柜台里拿了出来："既然我对你好，那能不能帮我个忙，替我去书院给杜长风送点果子去？"

陈廉震惊地接过果子，探究地看着孙三娘："啊？送他？这么多果子，这么大一份人情，全送给他？"

"是啊，就是因为不想欠他情，才送礼。我呀，一见他那酸秀才假道学的样子，就——"说着，孙三娘做了个呕吐的姿势。

陈廉被孙三娘逗得哈哈大笑："我这就去送！"话音未落，他就拎着盒子一溜烟跑了。

陈廉走后，孙三娘走到正在低头扫地的葛招娣身边道："行啦。你刚跑了一趟，先歇歇吧，这些我来。"葛招娣却似没听见一般，仍然使劲儿扫着原本已经很干净的地面。

见葛招娣还是固执不停，孙三娘笑道："哟，嫌我刚才帮他不帮你啊？你是我们茶坊的人，他是客人、外人，能一样吗？你以前跑堂的时候，和客人吵起来，掌柜会向着谁说话？”

“哦。”葛招娣这才自在了些，但还是没有放下扫帚。

孙三娘继续说道：“陈廉他性子皮了点，脑袋僵了点，嘴上也不饶人，可当真是个难得的好孩子，比我家那个冤孽强上十倍。咱们住的小院，就是向他借的。你房间里那些新的家具被子，也是他悄默声地帮着置办的——这还是在他被你泼了一身水之后。既然承了人家的情，就别跟他针尖对麦芒的好不好？他是跟着顾千帆的人，要是你每回跟他都这么闹，以后叫盼儿怎么办？”

葛招娣想了想，深吸了一口气：“好吧，反正以后我把他当个瘟神，敬着点、远着点就是。”

孙三娘啼笑皆非地拍了拍葛招娣的头：“你呀，怎么这么不懂人情世故？”

葛招娣下意识地小声嘟囔道：“可三娘姐就算那么懂人情世故，你儿子还是不认你啊……”

听到葛招娣的话，孙三娘瞬时脸色大变。

葛招娣猛然意识到自己在说什么，忙正色道：“对不起！我不该瞎说的！”

孙三娘只觉一阵眩晕，她努力平复心情，尽量平和地问：“我的事，是谁告诉你的？”

葛招娣犹豫了一会儿，小声承认：“是引章姐……”

孙三娘的脸色一阵变幻，半晌才道：“好吧，那我也索性告诉你，这些人情世故，以前我也是不懂的，后来吃够了亏，伤透了心，才慢慢明白过来。招娣，你虽然已经很聪明能干了，但毕竟还小。我们走过的弯路，希望你不用再走一次。有时候，多忍一口气，多换一种眼神去看人看事，对自己、对别人都好。”

葛招娣若有所思地点点头：“谢谢三娘姐，以前从来没有人教过我这些！今天的工钱就不用算了，就当是我感谢你的一点心意！”言毕，她又去利落地干活了。

看着葛招娣的背影，孙三娘心里一暖，她越来越觉得这个小姑娘真的很像小时候的自己。

京华书院离茶坊不远，没过多久，陈廉就回来复命了。一进门，陈廉就给孙三娘模仿起杜长风在书院被学生欺负的惨状——最开始，杜长风一听是孙三娘送的果子，竟然认为果子有毒。陈廉听了肯定不乐意，就吓唬杜长风，说他这是诬陷良民，要治他的罪，结果却被杜长风点出他只是武官，没法给文臣治罪。就在这尴尬之际，孙理、胡彦却劈手抢过杜长风手里的盒子，带着一众学生把果子分食了。陈廉一问才知道，原来书院的学生仗着杜长风眼神不好，认不出是谁捣乱，成日里不把他这个夫子放在眼里。

孙三娘听了觉得既好笑又可怜："杜长风都是个进士了，为什么还窝在书院里教书啊？"

陈廉神神秘秘地说："这就说来话长了，哎呀好渴，有没有茶喝？"

葛招娣不声不响地将一杯茶放在陈廉面前，然后扭头就走。

陈廉防备地推开茶碗："水里不会有毒吧？"

葛招娣离去的背影顿时一僵，她紧紧地攥紧了双拳，强咽下了这口气。

孙三娘忙打圆场道："放一百个心，招娣以后改了，一定会对你客客气气的。快说快说。"

陈廉这才放了心，将茶水一饮而尽："其实道理挺简单的，这做官吧，就像种菜，一个萝卜一个坑。萝卜是官，职位是坑。可现在不打仗没军功了，每三年就一回科举，萝卜多了，坑不够，怎么办呢？大家就得轮流来。漂亮的萝卜先进坑有实职，皱皱巴巴的就得在一边等着。吏部选萝卜，这就叫诠选。"

孙三娘恍然道："所以，那杜长风就是颗烂萝卜？"

葛招娣听他们说得热闹，也走近了一点，支起了耳朵细听。

"没错。本来新科的进士基本第一年都有实职做。可杜长风呢，本来就只是个吊榜末尾的同进士，又偏偏在觐见官家的时候因为这个——"陈廉模仿杜长风眯眼看不清东西的模样，"失了仪，居然什么都没捞到！"

葛招娣被陈廉滑稽的动作逗乐了，但一见陈廉看向自己，马上又正色做打扫状。陈廉陡见她少女明媚的笑颜，一时竟有点失神，半晌才轻咳一声："总之，杜长风因此成了大笑话，没官做，就只能留在书院里头继续当夫子喽。几个闹事的小子都是官宦子弟，怎么还会把他放在眼里？"

孙三娘听了有些心软："原来如此。唉，他虽然挺讨厌的，可也真倒霉。毕竟是个真进士，居然被一帮孩子这么欺负……"说到这里，她又突然想到了杜长风之前做的事，刚软下来的心瞬间硬了回去："老天爷还挺公平，肯定早就算好了他会跟欧阳旭狼狈为奸，才会让他天生就是个睁眼瞎！"

陈廉"嘶"了一声："好像也不是天生的，听那几个小子说，前几年都还好，后来就越来越看不清了，特别是天一黑，嘿嘿，我亲眼看见他一头就撞到树上去了。"

“天黑？”孙三娘轻声重复了一遍。

陈廉不解地眨巴着眼睛：“有什么不对吗？”

孙三娘若有所思地摇摇头：“没什么，天不早了，你赶紧回去吧，我给你做了包子，记得帮我带给你娘和你姐姐。”

陈廉大喜过望地接过尚且还温热的一大兜包子：“好嘞，明儿见！”

一走出房间，陈廉就和抱着洗衣盆的葛招娣碰个正着。葛招娣面无表情地给陈廉让开道。

“那个，谢了啊。”陈廉有些不习惯地挠了挠头。

葛招娣大模大样地说：“您是官，我是民，您用不着那么客气。”

陈廉想了想，做了个手势：“那天，呃，反正，那个，我真的不是故意的。”

葛招娣瞬间暴怒，但强忍了下来：“不是故意的，那就忘了它！就当从来没发生过！”

“哦，好，好——”平素嘴皮子最溜的陈廉突然说不出话来，他摸出一个包子递过去，“这个赔你，也是豆沙的，和一口酥一个味。”见葛招娣盯着自己，陈廉忙把整兜都递过去：“这些也是，全都给你。”

葛招娣翻个白眼，不肯接：“你全给我了，那你娘、你姐怎么办？包子是三娘姐做的，难道还能短了我的不成？”

陈廉又挠了挠头，尴尬道：“哦，也是啊。嘿嘿。”

葛招娣看着横亘在两人之间的小路，终于忍不住问：“这条道你到底走不走啊？”

“你先，你先。”陈廉赶忙让开路，让葛招娣走过去。

葛招娣觉得陈廉举止怪异，但她也没追究，抱着篮子走到井边，开始洗衣服。

可陈廉却不由自主地跟了过去，没话找话地问：“你不是跑堂的吗，怎么还帮盼儿姐她们洗衣服啊？”

葛招娣手中不停，继续搓洗着衣服：“我以前跑堂，只能睡灶房。现在能睡这么好的地方，穿这么好的衣裳，怎么就不能帮她们一把手啦？你不一样也帮你家顾副使买一口酥吗？”

陈廉闻言倒是有些意外：“你还挺知恩图报的啊，那、那天在码头，干吗对你娘那样啊？”

葛招娣脸色一板，把衣服摔到一边：“我再说一次，我家死绝了，就我一个！你要再敢瞎说，我就，我就——”葛招娣随手捏起地上的蚯蚓：“把这个塞进你脖子里！”

陈廉平生最怕这类软绵绵的虫子，他大惊失色地跳起来往后退了几步：“别别别，我错了，我再也不说了！哎呀，我先告辞！”话音未落，陈廉便一溜烟地跑了。

葛招娣没料到他会如此反应，笑得开心至极：“胆子这么小，还是个皇城司官差呢。”

陈廉逃到角落边后，却悄悄地探头回看，当葛招娣含笑洗衣的样子落入他的眼中时，他的脸腾地就红了。

珠宝铺里，琳琅满目的宝石反射着午后耀眼的阳光，举目望去，铺子里的客人大多是结伴而来的小夫妻，沈如琢和宋引章也在其中。

沈如琢拿起盘中的一支钗子问：“好看吗？”

宋引章看着窗外的天光，心中已然焦虑不已，敷衍道：“好看。可我真的得回去了，再拖下去，会被盼儿姐她们发现的。”

沈如琢却不慌不忙地拿起钗子在她头发上比了比：“她们只是你朋友，又不是你亲姐姐，你还真对她们言听计从啊。我倒觉得素淡了点。”他转头问向掌柜：“有红宝石的没有？”

掌柜忙拿了一件出来。

沈如琢正要给宋引章戴上，宋引章却退后了一小步：“不行，我真得走了。你扔石头砸我窗子，我还真以为你有什么重要的事呢，结果就是把我拉到这儿来！”

沈如琢换上一副受了委屈的表情：“哎呀，我对你日思夜想，好不容易休沐，一大早就着急来找你，又想着你成天练曲子辛苦，特意带你到这儿来散心，你倒好，一言不合，就给我冷脸看。唉……”

宋引章小心地看向四周，见周围无人看到这一幕，才无奈道：“你别老这么说，行行行，我不走好了吧。”

沈如琢这才满意了，拿起钗子插在宋引章发间：“这根不错。掌柜的，装起来吧。”

掌柜顿时喜上眉梢：“好嘞，盛惠十贯。”

宋引章一惊，连忙要把钗子拔下来：“这么贵？不要了。”

沈如琢按住她拔钗子的手，眼中满是威压：“十贯钱一根钗子算什么，我沈如琢心仪的人，便是百贯、千贯，也值得的。”

宋引章看着沈如琢那强势的眼神，心轻轻一跳。

沈如琢引着宋引章出了门："走，咱们再去彩明楼尝新鱼脍去。这两天到处闹帽妖闹得厉害，再不去的话，那儿就要关门歇业了。"

宋引章着急地看着回家的方向，立时就要拒绝。

见宋引章又要说话，沈如琢忙道："别老想着回去练琵琶了，以你的技艺，在寿宴上随便弹弹，也能技惊四座。"

宋引章连连摇头："不可以敷衍的。这回我还要跟好好姐合作呢，上回一起练习的时候，她唱得就比我弹得好。我也想像她那样，有朝一日去御前献艺。"

沈如琢却嗤之以鼻道："张好好岂能和你相提并论？教坊娘子们技艺再高，不也得图个后半生安稳？她跟着的池衙内，不过是一介商贾。可我们沈家……单凭着我和教坊使的关系，别说御前献艺了，就连脱籍也不是什么难事。"

宋引章听到"脱籍"二字，身形剧烈一震，眼中闪过一丝惊喜。

沈如琢察觉到宋引章的异样，明知故问："怎么了？"

宋引章忙避开目光，掩饰道："没，没什么。彩明楼在哪儿？咱们赶紧走吧。"

"这边。"沈如琢带着宋引章朝北边走去。

宋引章忙闷着头跟上了沈如琢的脚步，沈如琢的脸上则泛起了志在必得的笑容。

不远处，赵盼儿和顾千帆正泛舟河上，他们正要一同去祭拜顾千帆的母亲。

赵盼儿无意看到了岸边的沈如琢和宋引章，突然轻轻地"欸"了一声："可能是我眼花了，这会儿引章应该待在家里练你送给她的琵琶谱才对啊。"

顾千帆顺着赵盼儿的目光望向岸边，沉声道："你没眼花，那就是沈如琢。"

赵盼儿一怔，随即笑了："他俩真好上了？三娘之前就跟我说过，这妮子还死不承认呢，没想到今儿被我抓个正着！上回于中全抓我走的时候，那位沈官人和我素不相识，就愿意应引章所请过来救我，可见是位品性难得的君子。后来他上茶坊喝茶，见了面也是客客气气的……"

赵盼儿越说越开心，可顾千帆却越听越不开心，他好不容易能有机会与赵盼儿独处，可总感觉自己好像又被她忽略了："我不喜欢听你夸别的男人。"

赵盼儿没想到顾千帆醋劲儿还挺浓，她忍着嗔笑道："你不也说他不错吗？引章要是能和他在一起，倒也是件好事。毕竟当初错嫁周舍那件事，对她的伤害实在是太大了。"

顾千帆想了想道："说不定她和沈如琢好，就是因为觉得沈如琢仗义，这就叫救姊之情，以身相许。"

“你还从周舍手上救过引章呢，怎么不见她喜欢你呀？”赵盼儿突然想到了什么，感叹道，“说起来，引章还真挺崇敬你的，以前就顾使尊长、顾使尊短的，打你送了她那本曲谱，她更差点没把你供起来了。”

顾千帆打了个寒战：“无福消受，我还是喜欢脾气比较大一点的。”

赵盼儿送给顾千帆一个白眼：“再说我不理你了啊。我今天带的苏式果子好看吧？是三娘知道我要和你去拜祭伯母，特意教我做的呢。”

顾千帆灼灼的目光只顾在赵盼儿的面庞上流连：“你好看。”

赵盼儿一扬下颌：“我知道。”她顿了顿，礼尚往来道：“你也好看。”

顾千帆嘴角微微上扬：“我也知道。”

两人相视而笑，手也紧紧扣在了一起。

小船渐渐驶到郊外，顾千帆和赵盼儿下船后，走到一处不起眼的孤坟前站定。若非墓碑上刻着“故礼部侍郎女顾氏之墓”，没人会把这座荒野孤坟的主人与五代诗家名门的顾家联系起来。

简单地洒扫过后，顾千帆带着赵盼儿跪下，又将他和赵盼儿的庚帖供在坟前，道：“娘，我带盼儿来看您了。她对我很好，既能干，又聪明。您不用担心，以后我不会再孤单了。”

自入皇城司起，顾千帆便以为自己从此不配拥有家庭，他从未敢幻想自己有一天也能遇到一个真正懂他、信他、爱他的人，直到现在，他偶尔依旧会恍惚地觉得这份幸福甚至有些不真实。只有他站在赵盼儿身边、握住她的手的时候，他才敢确信命运真的也会眷顾自己。

赵盼儿听得心酸，赶紧对着墓碑说：“您放心，我以后一定会好好照顾千帆的，再累再苦，都心甘情愿。”

顾千帆纠正道：“做我顾千帆的娘子，不许你苦，也不许你累，只许快快活活、随心所欲。娘，我和盼儿以前各自都走过很多的坎坷，但以后，我们不求大富大贵，只会互相扶持努力，把日子过得有滋有味。”

赵盼儿眼中一涩，她掩饰住内心的波澜起伏，用开玩笑的口吻说：“别那么不上进，等你升上了五品，再为伯母追封诰命，可不就是大贵了？”

顾千帆笑着握住赵盼儿的手：“好，那日进斗金的重要任务，应当要交给咱们家的赵掌柜了。”赵盼儿眼角一弯，用力地点了点头。

返程时，两人依旧乘船而行。不知为何，赵盼儿在祭拜过顾千帆的娘亲之后，隐隐觉得她与顾千帆的关系更加贴近了。

赵盼儿毫不扭捏，主动问道："既然都见过伯母了，那咱们什么时候正式定亲？三娘直嚷着她要当媒人呢。"

顾千帆知她心意，款款道："放心，该有的三书六礼，一步都不能缺。你已经随我见过娘了，可我还没拜见过令尊令堂呢。虽然你说他们都葬在钱塘，但我想至少得择吉日办一场水陆法会，然后我才能在灵前正式向二老求娶于你。三娘想当媒人，自然是好，不过我更愿意她当你的娘家送嫁人。朝中清流领袖，最有令名的御史中丞齐牧，一早就应承过，愿意做我成亲时的大媒……"

顾千帆突然发现赵盼儿侧过了头，他心中一慌，以为自己说错了什么话："怎么了？"

赵盼儿扬起脸，不让眼泪下滑："没事，我只是……开心。"

顾千帆握住了她的手："盼儿，以后你可以对我更坦诚一些的。夫妻之间，不用那么识大体，那么小心翼翼。其实聪明如你，早就猜到我只带你去见我娘，而一句都没有提过我爹，个中必有蹊跷吧？但你从来没有问过我，更一句也没有提过拜祭令尊令堂的事。你难道真的以为，我会让你悄无声息地嫁给我吗？"

赵盼儿被说中了心事，眼圈又红了。

顾千帆郑重地说："对不起，我有很多秘密，因为太复杂，暂时没法全部告诉你，但是请你相信，我既然说过会好好待你，就绝对不会是一句空言。"

没想到顾千帆心里是这么尊敬自己，这种强烈的感觉击中了赵盼儿，她眸光坚定地说："我有耐心，我可以慢慢等。"

此时，小船经过拱桥，桥上有叫卖声传来："卖花了，卖花了！"

顾千帆看到了陈廉，会意一笑，信手弹出银子。早就在桥上安排好的陈廉立刻示意捧着花篮的一众百姓往下洒花。

漫天花雨顿时从空中倾泻而下。

赵盼儿惊愕地看着纷飞的花瓣，她的心剧烈地跳动着，这是她有生之年见过的最美的场景。赵盼儿伸出手，一片花瓣正落在她的掌心之上，一阵微风袭来，鼓起了她的衣裙。飞花之中，她宛若司花仙子，凌波河上。

顾千帆入神地看着赵盼儿，眼前的美景似真似幻，他多希望时间能永远停在这一刻，让漫天花雨只因她的这一笑，便倒流回天际。

这时，小船穿过桥洞，夕阳照在河面上反射出金灿灿的光，迷幻的光影在他们身边跃动着，就在这无人注意的一瞬间，顾千帆吻上了赵盼儿。漫天飞花中，赵盼儿和顾千帆缠绵地吻在一起。唇齿相接之时，顾千帆只觉平生再无如此畅意之事。

船驶离桥洞，赵盼儿微微从兴奋中清醒了过来，桥上陈廉欢喜的脸庞映入她的眼帘。那一刹那，她突然明白了，原来这一切浪漫都不是巧合，而是顾千帆刻意准备的！强烈的酸涩感蓦然涌上了赵盼儿的心头，她再也控制不住自己的眼泪，走入了船舱——纵使撒花的百姓都是陌生人，但这也是她第一次感受到被人祝福、被人承认的恋情的温暖。三年以来，一直只能与欧阳旭互称“房东房客”的她，原以为那些隐瞒和委屈都是应该的，但这一刻，那些心底不为人所知的心酸委屈，却在此刻全部被顾千帆无言的温柔抹平了！

顾千帆何尝不知道此时赵盼儿心中的万千起伏，他什么也没说，只是含笑静静地看着她。赵盼儿含泪回望，恋人那温暖而坚定的眼神慢慢感染了她，渐渐地，她也笑了起来。这一次，她的笑容不再心酸，而全部是稳稳的幸福。两人目光相锁，天地之大，只剩下船舱中间相视相守的彼此，而周遭的一切喧哗，似乎都已远离。

河岸边，池衙内正兴致十足地对着蛐蛐笼哼着小曲儿。突然，一瓣飘落的花瓣飞来，糊在池衙内的鼻子上，他猛地打了个响亮的喷嚏，手中的蛐蛐笼应声跌落，笼中的蛐蛐也趁机逃走了。

“别跑！别跑！”池衙内大惊失色地扑在地上四处摸找，朝身边的众手下吩咐道，“快帮我找！那是我为了哄好好特意买的玉头陀！”

正找蛐蛐的池衙内一头撞上了刚从小码头上岸的赵盼儿，他怒道：“赵盼儿，怎么一见你就倒霉！”赵盼儿莫名其妙地绕过他：“你怎么在这儿？”

池衙内刚想回答，迎头又撞上了顾千帆的腿，他抬眼一看，脱口而出：“顾千帆，你怎么也在这儿！”

顾千帆不理他，也欲绕开：“我为什么不能在这儿？”

赵盼儿愕然回首：“你们认识？”

顾千帆语气淡漠：“不认识。”

池衙内气急败坏地拦住顾千帆，又指了指自己：“你不认识我？萧——顾千帆，老子连你穿开裆裤的样子都见过，你敢说不认识我？”

池衙内又看到了顾千帆和赵盼儿相扣的双手，恍然怒道：“好哇，我说怎么今天出门就倒霉，原来老子最大的两个仇人居然不声不响地早就勾结在一起了！你们，你们狼狈为奸！勾勾搭搭！沆瀣一气！同流合污！”

顾千帆冷脸道：“真不容易，一口气能说出这么多成语，恭喜你，认识的字终于过百了吧？”

池衙内怒极，挥拳就上。顾千帆伸手格挡，没想到却挡了一个空。

池衙内顿时得意无比，炫了炫自己并不存在的肌肉：“哈，从小你就爱这么出拳，我早就记住了！”话音未落，他就被顾千帆一个反手摔倒在地。

第一回看见顾千帆和别人这么孩子气地打闹，赵盼儿吃惊之余，又觉得很是好笑。

“这次我就让你记清楚！”顾千帆冷冷地俯视着趴在地上的池衙内，说完他拉着赵盼儿就走。

池衙内耍赖皮地一把抱住顾千帆的脚腕：“不许走，咱们继续打！”

赵盼儿由愕转气，忙上前帮忙，一边用脚踢开池衙内，一边喊着：“放开，放开！”

池衙内咬住顾千帆就不肯放手，哀号着：“就不放！”

何四大惊，带人上前从赵盼儿脚下抢出池衙内，然而池衙内使出了吃奶的力气，反而抱着赵盼儿的脚不放。两厢拉扯起来，顾千帆没想到自己跟池衙内的拉扯，主角竟突然换成了赵盼儿，一时有点懵了，回过神来后赶紧帮忙，往相反的方向拉赵盼儿。两相拉扯下，赵盼儿倒是和池衙内分开了，可赵盼儿的鞋却被池衙内拽掉了。

池衙内一开始还没反应过来，转瞬之间，却像打赢了什么大仗似的抱着鞋得意地大笑起来。

赵盼儿怒了，把手中的花往身后一扔，卷起袖子就往前冲：“把鞋还我！”

顾千帆在钱塘时就见识过赵盼儿打起架来便不管不顾的劲头，一瞬间也不知是该担心赵盼儿还是池衙内，忙使劲儿地拉住她。

何四觉得自家衙内的表现只能用丢人现眼来形容，他尴尬地劝赵盼儿道：“赵娘子，你看，大家都是熟人，要不就算了吧？”

赵盼儿气红了脸，叉着腰就要去抢鞋：“谁跟他是熟人！把鞋还给我！”

池衙内得意扬扬地把赵盼儿的鞋掷到河中：“就不还！哈哈哈，哈哈哈！”

一时间，在场众人都露出了不可置信的表情。

正在此时，何四拿着蛐蛐打岔：“衙内！您别闹了，您那值五贯钱的蛐蛐，我找回来了！”

池衙内顿时忘了顾千帆和赵盼儿，心痛地一把接过，小心地吹了吹：“我的玉头陀！怎么掉了一根须？”

气坏了的赵盼儿瞟了一眼：“呵，玉头陀要红麻头、青项、金翅、金银丝额，你看看你手里这玩意儿，什么都没有，还玉头陀？屎壳郎吧？”

见池衙内愕然，顾千帆立刻配合补刀：“跟他说那么多干吗？全东京人谁不知道池衙内是个最称职的冤大头，还五贯钱呢，呵，五十钱都不值！”

池衙内大受打击地看着手里的蛐蛐，不可置信地看着赵盼儿：“你骗我！”

赵盼儿轻蔑一笑，不顾只有一只鞋，拉着顾千帆便要离开。顾千帆却一把将她抱起，大步流星地离开。

赵盼儿涨红了脸，不敢看路人：“放我下来，快点，我能走！”

顾千帆一直走到鞋摊，才放下了她，替她挑选起鞋子来。

可惜，他的眼光实在不怎么样，最后还是在赵盼儿又好气又好笑的眼神暗示中，挑到了她满意的那一双。顾千帆如释重负，觉得当年殿试时都没如此紧张过，忙弯腰替赵盼儿穿上：“合适吗？”

赵盼儿含笑点头，连忙付钱给摊主，拉着顾千帆离开。但她一边走，一边忍不住偷乐。顾千帆不禁问道：“笑什么？”

赵盼儿再也憋不住，“扑哧”一声笑了出来：“我在想，你穿开裆裤跟人打架的样子，肯定也挺威风。”

顾千帆一板脸，不再理赵盼儿，大步向前。

赵盼儿追上顾千帆，忍着笑问：“别生气啊！他咬你的地方疼不疼？欸，他怎么还叫你小顾千帆？怪亲热的。”

见顾千帆不答，赵盼儿也不恼，就在他身边一边走着，一边玩着手中的花枝。

顾千帆只得尴尬地解释：“他是我小时候的邻居。这人是东京城出了名的泼皮无赖，你怎么会跟他打交道？”

赵盼儿嗅了嗅花枝：“他蹴鞠踢不过我，骰子也玩不过我，就恼羞成怒了呗。”

顾千帆有些意外：“除了蛐蛐，你还会蹴鞠、骰子？”

赵盼儿扭过头看着顾千帆，有恃无恐地说：“咱们还没成亲，现在后悔还来得及。”

顾千帆忙讨好道：“哪里，其实我也挺喜欢这些，以后，咱们可以多切磋。”

赵盼儿轻哼了一声：“不愧和池衙内是打小的交情，果然臭味相投。”这一次，轮到她甩开顾千帆先走。

顾千帆追上赵盼儿，拉住了她的手，阳光将两个人的身影拖得很长很长。

第二十二章 凉州曲

西京玉皇山上，寒风呼啸、一片萧瑟，尚未长出枝叶的树上挂满了寒霜。胡子拉碴的欧阳旭，跟刚中探花时春风得意的样子判若两人，眼下他正顶着狂风，艰难地随着一个小道童跋涉在山路上——这是他赴任西京后，当地官员随意拨给他指路的一个下手。

凛冽的寒风打在脸上，犹如刀割般刺痛，欧阳旭嗓音沙哑地问："还有多久？"

小道童的声音被狂风吹得支离破碎："快了，翻过这座山……再走上一个时辰，就到……清风观了……"

欧阳旭抬眼看着一眼望不尽的山路："抱一仙师肯定在观中吗？"

"师傅是这么说的，多半是——小心！"小道士突然看到欧阳旭一步脚滑，险些滚落山崖。

危急时刻，欧阳旭奋力抓住了崖边的枯枝，这才死里逃生。小道士手脚并用，花了好些功夫，才把他拉回山阶。

欧阳旭头上手上都是泥血，狼狈至极。他喘着粗气，良久才崩溃大喊："这是什么鬼地方！为什么都五月了，还在下雪！抱一仙师又是什么鬼东西，为什么不好好待在一个地方，偏偏爱到这种鬼地方云游！"

小道士被他吓了一跳，小声道："山上的春天，本来就很冷……"

欧阳旭却似中邪一般起身指天痛骂："混账！混账！混账！"

小道士吓坏了，小心翼翼地问："您没事吧？你小心点，千万别再掉下去了！"

欧阳旭发泄完了，终于慢慢冷静下来："放心，我没疯，我是官家亲封的紫极宫醮告副使，在没有遵旨请到抱一仙师下山之前，我是绝对不会出事的。"

说完，他便继续艰难地朝山上爬去，嘴里念念有词："我不会有事，我会风风光光地回京，我会把这些天所受的苦，全部双倍地赚回来。只要慧娘能赶到西京来，只要我能和她成亲，我就能回京，我就能当上翰林，重沐天恩！”

一个时辰过后，终于登上山顶赶到清风观的欧阳旭却扑了个空，原来，就在不久前，抱一仙师已经下山了，正好与欧阳旭错过。

寒风中，欧阳旭感觉自己浑身的血液都冻住了。

道童瑟缩地说：“都怨我，要是没走错路，就能赶得及在抱一仙师下山之前……”

欧阳旭阻止他继续说下去，只是无力而失望地慢慢颓然坐下，良久方道：“我饿得站不住了。”

为了弥补心中的愧疚，道童马上道：“我去弄点吃的！”说着就飞奔而去。与清风观的道士们交涉了几句后，他又惭愧地折返回来：“师兄们都在辟谷……”

欧阳旭眼前一黑，险些坐不稳。

道童赶紧从怀中掏出一个山药，补充道：“不过我弄了些山药过来。那儿可以烤。”他指着不远处露天的香炉。

欧阳旭一把从道童手中抢过山药，奔到香炉边，塞了进去。可刚放进去不久，他又后悔地飞快掏了一个出来，在衣襟上抹了抹，就不顾形象地开始狂啃。

“欧阳副使……”道童惊讶地看着欧阳旭手中那全生的山药。

欧阳旭把山药掰成两截，分给了道童：“你也吃！吃完了咱们赶紧睡！明早天一亮就下山找抱一仙师！刘皇叔都要三顾茅庐才能请得动诸葛卧龙，我是官家亲封的使者，这点苦又算得了什么？你说对不对？对不对？”

他一拍道童的肩，眼底已经带上了不正常的激动与疯狂：“这一回，你也辛苦了，等我熬过这一关，你就跟着我当亲随，再也不用做这孤贫困苦的小道童！”

小道童被他吓怕了，只得一个劲儿地点头。

远处的墙根阴影里，清风观的道士看着欧阳旭狼狈的样子，小声交谈着：“要不还是送点粥过去吧，毕竟是个官呢。”

刚刚与道童说过话的道士却不满地说：“要去你去。这种连亲随都没一个的空杆子芝麻官，一看就是贬出京来的，理他干吗？呵，一点眼色都没有，刚才不但不给香火钱，还给我摆官架子……”此语一出，众道士都觉得颇有道理，他们纷纷回到道观内，再不管欧阳旭是饥是寒。

东京桂花巷小院中，宋引章坐在后院里的石凳上，心不在焉地拨弄着琴弦。瑰丽的晚霞之下，天姿国色的美人低眉续弹的样子好似一幅优美的仕女图，只可惜那琴音中丝毫不带情感。宋引章仅靠指尖的机械动作弹出了《凉州大遍》的曲调，沈如琢那句“就连脱籍，也不是什么难事”反复在她耳边回响，曲谱上的每一个音符最终都化成了“脱籍”二字。

正在一旁晾衣裳的孙三娘见宋引章坐在那里，便叫她过来帮忙，可一连叫了几遍，宋引章才回过神来。

宋引章放下琵琶，走到孙三娘身边，却见绳上晾着几件明显是给男孩穿的衣裳。她有些意外地问：“这是？”

孙三娘没有追究宋引章把她的私事告诉了葛招娣的事，只是叹了口气道：“今天趁着有空，把给子方那冤孽做的夏衣洗洗晾晾，这样穿起来才够软。唉，也不知道他爹给他置办这些了没有。”

宋引章不知道怎么能让孙三娘高兴一点，只能轻声安慰道：“等子方以后懂事了，自然会找你来认错的。”

“但愿吧。”孙三娘又叹了口气，她不想再提傅子方，转而问，“对了，从实招来，上午你跑哪儿去了，刚才又在发什么呆？”

宋引章红了脸，本想不答，却突生冲动，脱口而出道：“三娘姐，我问你件事。要是有人说他能请动教坊使帮忙脱籍，你觉得，他会是在骗人吗？”

孙三娘一怔：“那个姓沈的？”

宋引章马上摇头，心虚得有点结巴：“不，不是他。”

孙三娘情知不对，她审视着宋引章，语气也严厉了起来：“你可别又犯糊涂，轻易就信了男人的话，忘了盼儿上回怎么跟你说的？女人贵在自立，脱籍哪是那么简单的事？老指望达官贵人帮你，那人肯定有其他用心！”

宋引章涨红了脸，却又突然灵机一动：“我说的不是我，是张好好！前儿我去她那合乐，她说池衙内在想法子帮她脱籍呢。”

孙三娘这才放了心，随口说道：“哦，这倒是有可能。池衙内喜欢张好好，又那么有钱，或许找找关系，教坊使就同意了呢。前儿我听街坊们也在说，前头苏员外家的娘子，以前也是教坊的歌伎，是他帮着赎的身呢。不过呀，别人是别人，咱们是咱们，你千万别心急，有顾千帆在，你迟早能恢复自由身的。”

宋引章心中大震，她不可置信地看着孙三娘：“顾、顾副使？他愿意帮我脱籍？”

孙三娘不以为意地继续挂着衣服：“当然啦！盼儿说他亲口说的。你呀，就耐心多等一阵吧。”

正在这时，一阵大风突然吹来，把孙三娘刚晾上的手绢吹走了。

宋引章心里有些飘飘然的，说了句“我去捡！”就兴奋地追了出去。

门外，顾千帆和赵盼儿仍在絮絮地说着话，谁都不想率先提出告别。

最终，还是赵盼儿先说道：“回去吧，今晚是不是又要接着查帽妖的事啦？”

顾千帆不舍地点点头：“嗯，这两天就该收网了。这事其实就是一群和萧钦言政见相左的人做的。萧钦言原本在寿宴之后就会正式拜相。那些人就想借帽妖之名闹事，再配上些‘国有难，妖孽出’的流言，这样他的首相之位，只怕就悬了。”

赵盼儿听了，难掩担心地提醒道：“你只管追捕帽妖，别的事千万别插手，这些政局倾轧，沾上就不易脱身。”

顾千帆笑道：“多谢娘子教我为官之道。”

赵盼儿挥手正欲打他，院门却突然被人从里推开，赵盼儿连忙收回了手。

推门的正是宋引章，她一面低头找着那个帕子，一面朝院中的孙三娘喊道：“可能是飞到外面来了，我再找找——”一抬眼，却见顾千帆和赵盼儿就站在门外。想到能帮自己脱籍的人就在眼前，宋引章惊喜地迎上前去，朝顾千帆盈盈一礼：“您又来了？”

顾千帆早就收起了调笑的样子，恢复了平常的冷淡神情：“是啊，我和她——”顾千帆见赵盼儿羞色未消，转念道：“刚好碰到，就顺道送她回来。哦，对了，那首《凉州大遍》，你练得如何了？”

宋引章殷勤而激动地说：“已经有七八分了！要不您请进，我这就弹给您听！”

赵盼儿夹在其中有些尴尬，替顾千帆解围道：“顾副使还有事呢，不如改天再说。”

宋引章却一脸期盼地看着顾千帆：“可我后天就要在萧相公的寿宴上献艺了，我想让顾副使先听到这首曲子！很快的，我只弹一段！”

顾千帆在赵盼儿的暗示下，只得随之前去。

宋引章的脸上露出了惊喜的笑容，她丝毫没注意到两人略不自在的表情，还把孙三娘也拉来做听众。

铮铮的曲声从宋引章手中流泻而出，那曲声洋洋洒洒、一派绚烂。宋引章在动情弹奏之时，她与顾千帆相处的情景如走马灯一般在她眼前闪过，脸上红霞暗生的她手指上下翻飞，在一串急促的连音后，结束了这一曲。

不懂音乐、只是听个热闹的孙三娘抢先鼓起了掌。赵盼儿眉头微蹙，迟疑了一下，也鼓起掌来。

宋引章满怀希望地看着顾千帆，紧张地说："还请顾副使品评。"

一直闭目细听的顾千帆睁开了眼，看了一眼赵盼儿道："要我说实话吗？"

宋引章脸色一白，原本欢喜的笑容慢慢褪去："请您直言。"

赵盼儿猜到了顾千帆要说什么，连连给顾千帆使眼色，可顾千帆却似没看到似的，只听他沉声道："你弹得很不好。琵琶为心声，下者论技，上者论意。《凉州大遍》本是塞外之曲，写的是壮士征前盛宴，开怀痛醉，如瘦梅有筋骨，大漠孤烟直。正如元稹所言'凉州大遍最豪嘈'，可你呢，硬生生把金戈铁马、酣畅淋漓，弹成了柔弱婉转、欢喜跳跃的小儿女情态。此乃大误也。萧相公是琵琶名手，若你还想在他的寿宴上献艺，我奉劝你最好不要选这支曲子，否则只会贻笑大方。"

宋引章素来是被夸惯了的，这还是头一回有人将她的曲子贬得一文不值，她大受打击，险些坐不稳。赵盼儿忙扶住她，用眼神示意顾千帆别再说了。

但顾千帆知道赵盼儿拿宋引章当亲妹妹，他想起早些时候宋引章与沈如琢于湖边漫步的样子，又忍不住多说了一句："琴艺如武道，逆水行舟，不进则退。教坊里更是藏龙卧虎，处处有高人。这些日子，恐怕你过得太闲适了些，才会弹出这样大失水准的乐曲。"

琵琶是宋引章的命，她决不能接受自己弹不好任何一支曲子，她咬牙深深一福，强忍着泪意说："引章知道错了，引章一定会痛改前非，好好苦练！"

顾千帆淡漠："但愿吧，总之盼你好自为之，不要辜负琵琶色色长之位，更不要让我失望，辜负了我相赠古谱，不忍让其埋没的深意。"

宋引章身子巨震，孙三娘眼见不对，连忙扶起宋引章："哎呀，这练琴嘛，就是一回生二回熟的事！天色不早了，顾副使你既然有事，就赶紧去忙吧。盼儿，赶紧去送送！"

赵盼儿连忙将顾千帆拉到院外，边走边埋怨："你呀，我都那样跟你使眼色了……"

顾千帆不解地说："难道我说得不对？我不信你听不出来。"

赵盼儿一时噎住，又改口说："就算对，你也不能那么说啊，引章她打小心思就重。"

顾千帆叹气："又来了，你哪是认了个妹妹，分明是养了个女儿。我刚才那么说，也是在尽做姐夫的职责。我今晚警醒她几句，来日萧府寿宴上，她想必也能稳重大方许多，不至于在诸多贵人面前失仪。”

“行行行，反正你都有理。”赵盼儿顺手替他理了理衣裳，无奈地说，“自己小心些，回去记得看看你腿上被池衙内咬伤了没有。”

顾千帆对她做了一个无声的“汪”的口型，冷着脸走了。

赵盼儿一愣，尔后笑了起来，随后，她想起房中的宋引章，又急急赶回了宋引章的房间。

“引章，引章？”孙三娘轻轻推着宋引章。可宋引章抱着琵琶，一动不动，如同失了魂的木偶。

见赵盼儿进来，孙三娘忙道：“你快来看看，她好像被说得魔怔了。”

赵盼儿忙上前查看宋引章的神色，她试图一点点掰开宋引章紧紧扣着琵琶的手指，可宋引章仍然僵直得像石头一样。

“啊！”一声尖叫响起，赵盼儿和宋引章都吓了一跳。

提着篮子的葛招娣突然从她们身后冒了出来：“别怕，这叫吓回魂，看，引章姐已经好了。”

果然，被吓了一跳的宋引章已经下意识地松开了手指，她看着赵盼儿，眼睛渐红，喃喃道：“盼儿姐……”

孙三娘松了一口气，她知道引章与盼儿最亲，这时候肯定只有盼儿能开解得了她，忙拉着葛招娣走出了房间。

房间内，宋引章的表情如同受惊的小鹿，她可怜兮兮地问赵盼儿：“我这回，真的弹得那么不好吗？”

可赵盼儿只是温柔地看着她说：“你自己心里有数。”

宋引章的泪水又猛然滑落。

赵盼儿用手绢给宋引章拭着泪，鼓励道：“越真实的话，往往越伤人。可我们女人，不就是在一次次受伤之后，才慢慢变得越来越坚强的吗？别灰心，你的琵琶技艺在我眼中仍然是天下第一。顾千帆劝你换一支曲子在萧相寿宴上献艺，咱们偏不听他的。好好练上几日，到那天我相信你一定能技惊四座，那时候咱们再逼他收回前言，向你赔不是，好不好？”

赵盼儿的话如四月里和煦的春风，抚平了宋引章受伤的心灵。渐渐地，宋引章眼中燃起了斗志昂扬的火焰。

“好！”宋引章重新抱起琵琶，专心致志地弹了起来。这一回，她的曲声一改之前腻腻歪歪的小儿女情态，当真有了几分顾千帆所说的那种金戈铁马的意境。

赵盼儿看着宋引章忘我弹琴的样子，终于松了一口气。她深知，像引章那么骄傲的人，这心里的不甘心只有通过这种法子才能释放出来。

另一边，已经走到了院中的孙三娘正与葛招娣聊着天。“你上哪儿去了，怎么刚才一直没见你人影？”孙三娘挺长时间没见葛招娣的人影，早就想问了。

葛招娣给孙三娘看了看自己篮子里的鱼：“我去淘塘了，还捉了一条鱼呢！今晚咱们有鱼吃了！”

“真贪玩。”孙三娘伸出一根手指，轻轻点了点葛招娣的脑门。

“我不是贪玩，我是去挣钱啦，塘里淤泥深了鱼就不肥，所以得定时清理，一天能有五百钱呢。活是陈廉介绍的，工头也不敢昧我的钱。”想到自己马上就要赚大钱了，葛招娣喜滋滋地说，“以后茶坊休息的时候，我都去，比在码头搬货还清闲！”

孙三娘敏锐地捕捉到一个关键信息，不由奇道：“陈廉？你们和好了？你干吗那么拼命啊？我们给你的工钱，可不少啊。”

葛招娣不假思索地说：“是不少，可钱怎么会嫌多啊。我这是在存嫁妆呢。”

孙三娘没想到葛招娣个头不大，已经想着嫁人了，她忍不住笑问：“嫁妆？你才多大点，就这么着急啦？”

葛招娣摆出了一副老成的样子：“当然得着急啦。咱们大宋女人想要过得好，嫁妆就得多。我娘——”话音未落，她赶紧改口道：“我梁州的朋友跟我说，当年她就是因为只有十贯钱的嫁妆，一直被婆家欺侮，还起了诨名，叫十贯娘子！我算了算，在你们这干足五年，就能攒七十贯钱，我再挣点外快，怎么也能攒上一百贯，这样就能在夫家挺得起腰了！”

孙三娘惊笑道：“你想得还挺远。”

“那当然，盼儿姐不是说了吗，人无远虑，必有近忧。万事还是早做打算好！我虽然不知道以后会嫁谁，但先靠自己的手脚攒足嫁妆总是没错的！”葛招娣觉得这是一个挺显而易见的道理。

孙三娘欣赏地摸了摸葛招娣的头：“嘿，你这小脑袋比引章灵光。她呀，就是总想着嫁个好郎君脱籍，这才闹了那么大一档子事出来。女人要过得好，就得靠自己，哪能把希望都放到男人身上呢。”

葛招娣听了，嘿嘿一乐。

孙三娘扬了扬眉毛：“你笑什么？”

葛招娣赶紧收了笑脸，正色道：“我说了你别生气啊，我在想，你也老说以前逼着子方读书，就是想让他也当进士好做官，这样你就能当上凤冠霞帔的太夫人。可是，靠儿子，不一样也是靠男人吗？”

孙三娘顿时一愣，陷入了沉思之中。铮铮的琵琶声不断传来，每一声都打在了孙三娘的心上。

东京城在宋引章的琵琶声中迎来了夜晚。一处地形复杂的街道中，顾千帆正带着手下借着夜色的掩盖追捕一位黑衣人。纵使黑衣人身手矫捷，但皇城司人多势众，眼看他就要被人捉住，就在这危急关头，黑衣人突然掷出一物，很快街道中就有一阵呛人的迷雾弥散开来。

皇城司众人被迫停下，几名来不及掩住口鼻的手下被呛得连连咳嗽，待大雾散开，早已不见了黑衣人的踪影。

顾千帆怒喝道：“分开追！”

皇城司众人各自散开，朝各个方向的小路上追去，顾千帆也独自向前追去。不久，顾千帆突然眼尖地看到了黑衣人的踪迹，他一剑击落了黑衣人的帽妖道具，与对方缠斗起来。

黑衣人走投无路下拿出了搏命的架势，却被顾千帆利落地击落了手中的刀。

顾千帆横剑于黑衣人脖颈之上，黑衣人正要服毒，顾千帆抢先一步，卡住了他的喉咙。

南衙正堂内，地牢中的审讯声隐约可闻。

这时，陈廉匆匆而入，对顾千帆耳语，说是殿前司的崔指挥要来提取犯人。顾千帆眉头瞬间皱起，这犯人是帽妖案中他们抓到的第一个活口，对于案件的侦破极为重要，殿前司崔指挥显然是受不想让萧钦言拜相之人指使才会掺和进来阻碍办案，可对方既然来了，他也不能不见。

顾千帆面无表情地说：“让他进来。”

不一会儿，崔指挥已经拿着提取犯人的公文站到了顾千帆面前。

顾千帆接过公文大致看了一遍，便冷冷地对崔指挥说：“对不起，此犯事关重大，不能移交给你们殿前司。”

崔指挥面上明显不悦：“顾副使，您这就过了些吧。我们殿前司杨都虞候的亲笔信，都调不动区区一个招摇撞骗的犯人？”

顾千帆意有所指地问：“顾某记得，殿前司狱管的可是三司诸寺犯徒以上重罪者，如果只是区区一个招摇撞骗的犯人，何劳崔指挥你的大驾？”

崔指挥脸色登时一变：“顾副使，你这是什么意思？”

陈廉见状，立刻不干了：“我们劳累了小半个月，前脚刚逮人进门，后脚你就来调人，我还想问你是什么意思呢？”

顾千帆心里舒畅，嘴上却呵斥道：“闭嘴，你先下去。”

崔指挥自然知道陈廉的话就是顾千帆的意思，顾千帆所谓的训斥实则是演给自己看的，冷哼道：“顾副使，这个人犯，今晚我是一定要带走的，你别敬酒不吃吃罚酒！”

顾千帆站起身来，也不再掩饰自己对他的敌意：“顾某在皇城司待了这么多年，还真不知道罚酒是什么滋味。”

两人正在对峙之时，雷敬匆匆赶到，一进正堂便赶紧打起圆场：“好了好了，既然都是同朝为官，大家都客气些。”

顾千帆和崔指挥同时向雷敬行礼道：“雷司公。”

“免礼！”雷敬摆摆手，轻咳一声，“小顾啊，殿前司那边也跟我打过招呼了，人犯你就让他们带走吧。出了事，自有他们担待。”

顾千帆克制住冷笑的冲动，平静地说：“居然劳动到了您的大驾？那这人更不能让他带走了。”

崔指挥本已放下心来，此时终于大怒：“雷司公，贵司就是这样行事的？”

雷敬都快被人指着鼻子骂了，他面色一沉：“顾千帆，你跟我出来！”

顾千帆一副满不在乎的样子，冷冷地看了崔指挥一眼，便转头跟着雷敬走出正堂。

一至院中，大失面子的雷敬便脸色阴沉地说：“你不要太狂妄！我放任你执掌南衙，倒把你……”

顾千帆打断雷敬道：“司公，派人来跟您打招呼的是殿前司的什么人？”

雷敬一怔，虽不解其意，但仍然答道：“郭都指挥使。”

顾千帆略一躬身，循循善诱道：“下官已经查到，帽妖案的背后主使多半与构陷萧相公之人有所牵连。殿前司又是天子亲兵，郭都指挥使官居二品，此时本应安枕高卧，为何却要夤夜向您讨人情，调走一名小小的犯人？”

雷敬心下一惊，却见顾千帆保持着躬身的姿势，无比恭敬地说：“下官不知道郭指挥为了这事送了您多少好处，但下官只是不想让您平白涉入无端是非而已。”

雷敬明显踌躇起来，他以内官之身，做到如此高位，显然是人精中的人精，顾千帆说到这一步，他已经知晓其中利害。

独自留在正堂内的崔指挥并不知道形势已经发生突转，因此当他看到顾千帆独自一人返回正堂时，几乎难以掩饰脸上的惊讶。

顾千帆将崔指挥的惊讶看在眼里，冷冷地说："不必等了，雷司公已经走了。请回吧。"

崔指挥不知道顾千帆用了何种手段劝走了雷司公，但他知道顾千帆是个极难对付的人，因此，他最终只是拱手一拜："顾使尊，刚才多有得罪。下官身受严令，务必要将此犯带走，还请行个方便。"

顾千帆却置若罔闻地坐下看起了公文。

崔指挥一咬牙，上前低声道："顾使尊，咱们都是暗中奉齐牧齐中丞之命行事的人，何必那么见外？"

顾千帆眼中精光暴涨，他是齐牧最隐秘的棋子，为何崔指挥会知道他的身份。尽管如此，顾千帆依旧低着头，故作不解地问："你说什么？"

崔指挥以手沾了茶水，在桌上画出一个花押："这是齐中丞的秘事花押，你肯定见过。"

顾千帆闻言心中一惊，心里闪过无数念头，却依然平静地答："我知道了，你走吧。"

崔指挥大急："顾副使，此事涉及重大——"

顾千帆直接打断崔指挥的话，冷冷地问："齐中丞如果想要这个人犯，自然会直接交代于我，为什么要通过你？"

崔指挥见他不信，忙欲解释。

顾千帆再一次打断道："好了，你上禀齐中丞，就说人犯我会亲自看管，不会让他多说出一个不该说的字，也不会让他掉一根毫毛。其他的，等我见到他再说吧。送客！"

说完，他已经做出了起身送客的姿势，在站起的那一瞬间，他的心跳声已如雷动。

崔指挥虽然无奈，但也只能拂袖而去。

崔指挥走后，顾千帆面无表情地呆立在原地。周遭的一切变得不真实了起来，皇城司内的拷打声、犯人的哭闹声，还有雷敬那阴恻恻的笑声都不停地回绕在他脑海中。世界仿佛在旋转，原本他信受奉行的一切，突然那么的陌生、那么的迷幻，一时间他犹如身处重重迷雾，竟不知自己在何处。

良久，等到他清醒过来之时，已然孤立于汹涌的东京人潮之中，他不知道自己是如何走出皇城司的。这时，一个小贩打扮的男子和他擦身而过，将一张纸条塞到他手里。

顾千帆展开字条，只见上面写着：明日萧府寿宴，择机而见。字条的末尾赫然绘有崔指挥刚才画的花押。

顾千帆的心跳声瞬间变得沉重无比，他身后是东京的万家灯火，身前是汴河上的燕舞笙歌，可在这繁华极胜处，他分明感到了一丝被利用的凄凉。

次日，萧府内外已是张灯结彩，前来祝寿的宾客往来如织。萧府后院的屏风后，一众精心打扮的歌舞伎们正在整理妆容。宋引章紧张地独自坐在角落，她感觉自己的心仿佛要蹦出来，身体也在抑制不住地颤抖，只能紧紧抱住"孤月"，试图从中汲取几分勇气。

这时，萧府管家念贺礼的声音从屋外传来："安定郡王，以白玉弥勒一具，贺萧相公眉寿！"

教坊众女纷纷惊呼艳羡，探出头向外望去。

张好好一派大姐风范，不满地训斥道："都庄重些！万万不可惊扰贵客！"

众女吐吐舌头，纷纷走开，屋内一时安静下来。

张好好走到宋引章身边："紧张了？"

宋引章忙摇头，可她额前的汗珠早已出卖了她。

张好好拍了拍她的肩，安慰道："没关系，一回生二回熟嘛，待会儿我会提点你的。"

宋引章抱紧琵琶连连点头："多谢好好姐。"

这时，屋外传来管家激动的声音："宫中圣旨到！请诸位接旨！"

宋引章和教坊众女听了，一起涌到门边探头，她们和面过圣的张好好不一样，能见到官家派来的天使就已经激动万分了。

可饶是见过世面的张好好也不由小声惊叹："圣上亲派天使贺寿，萧相公好大的面子！"她指着弯腰接旨的那帮官员，一一低声介绍着："瞧，那就是萧相公，那个是齐中丞，右边那位是老柯相公，萧相公的死对头，这回罢了相，要出京当地方官啦。唉，这帮做官的人啊，私底下都斗得快你死我活了，明面上却还得客客气气、欢欢喜喜的。也不知道那些寿礼里头有没有被下毒的啊？"

宋引章被满目金紫冠袍炫花了眼，只能机械地点头。她紧张地咽着唾液，只觉耳边嗡嗡作响，渐渐听不清张好好在说什么。

突然，张好好用力推了推她，才把宋引章唤醒：“走，该咱们啦！”

宋引章慌乱地跟在张好好身后，随引导的婢女走过正堂外的走廊。走廊上，侍女突然停住，宋引章险些撞在她身上。张好好一拉宋引章，两人随着婢女一起侧身回避。

不远处，萧钦言正引着一众接完旨的官员走回正堂。雷敬、齐牧、高鹄皆在宾客队列中，萧钦言左首是服色华贵的安国公，右首则是白发清瘦的前同平章事柯政，而萧谓则在侧陪侍。

萧谓手中原本捧着圣旨，此时见管家忠叔的儿子在旁，便单手交给了他。

萧钦言见此，眉头微微一皱。此时柯政正颇为费力地登上台阶，萧钦言伸手欲扶，柯政却淡漠地以袖隔开拒绝，当场给了萧钦言一个没脸。

见柯政如此，众人都大为尴尬，萧谓更是脸现不忿，冷哼了一声。萧钦言却神色分毫未变，笑吟吟改为延请左侧的安国公上阶。

步入正堂后，萧钦言请众人入座，柯政又是居于上座。

萧钦言一拍手，舞乐声立时响起。他环顾堂上的宾客，却不见顾千帆的身影，他脸上闪过一丝失望的神色，向众人拱手道：“容老夫先去更衣。”

一进厢房，萧钦言便立刻换下了那副程式化的笑容，问管家忠叔道：“圣旨收藏好了？”

忠叔忙一躬身：“相公放心。”

萧钦言目光望向窗外，有些担忧地问：“千帆是不是还没有到？”

忠叔观察着萧钦言的脸色，谨慎地应道：“是，老奴已经吩咐过门房，一见到顾副使来府，就立刻——”

萧钦言不耐烦地打断忠叔：“行了，他倒是爱惜羽毛得很，为了跟我这奸相不扯上关系，居然连份寿礼都不送来？”

忠叔垂首，不敢多言。

萧钦言叹了口气，终道：“不管他来不来，柱子旁边的那个清净的位置还是要给他留好，垫子多放几个，他爱吃的南果，先准备好。”

厢房外，正在窗下偷听的萧谓脸上闪过一丝妒意，弄出了点响动。

萧钦言脸色一沉，眸光警觉地扫向窗外：“谁在那里？”

萧谓忙现身步入屋内：“爹，是我，我也想来更个衣。”

萧钦言脸色立刻沉了下来：“我不在，你也放着一屋子宾客不管，你是成心想让百官笑话我萧家的待客之道吗？”

萧谓心中大震，低眉顺目地答道：“儿子不敢！”

萧钦言忍耐萧谓多时，终于忍不住冷笑一声：“你敢得很！官家的圣旨，我前头刚恭恭敬敬地接过来交给你保管，你转头就在众目睽睽下单手交给忠叔的儿子，还敢对着柯相甩脸色，不知道的，还以为今日过寿的是你呢！”

萧谓这才意识到自己犯了多大的错，他慌忙跪下，面现惶恐：“儿子有错，儿子再不敢了！可儿子只是替父亲您不值，您刚刚拜相，可那柯老儿不过是只失了圣宠的败军之犬，都被发落去当知州了，居然还敢当众对您无礼……”在萧钦言阴冷目光的瞪视下，萧谓吓得不敢说下去。

萧钦言慢慢靠近萧谓，居高临下地俯视着他：“就算他这一回败在我手上，可他还是柯政！知道我为什么能斗倒他当上宰相吗？因为我能忍。那帮清流明明恨我入骨，可今日为什么还得过来贺我这个政敌的寿？因为他们也要脸！他们越是霜重风严，我就越春风得意，这样，才能让他们如鲠在喉。”

说到这里，萧钦言的眼睛中淡淡地浮起了一层杀气：“只有让他们生气、愤怒、失去方寸，我才有机会斩草除根，懂吗？”

萧谓被吓住了，半晌才道：“懂、懂了。”

萧钦言缓了颜色，若无其事地说：“赶紧去灶房看看驼峰好了没有，要是再出岔子……我并不是只有你一个儿子。”

萧谓不寒而栗，跌跌撞撞地走开了。

萧钦言看着萧谓的背影，怅然道：“若他能及千帆十一，我又何苦……”他最终没有说下去。

尚未走远的萧谓却听见了他的话，不禁浑身一震，但他迅速加快了脚步，逃离了这个恐怖的地方。

此时，宋引章仍抱着琵琶和张好好等在正堂外的空地上。张好好回身告诉宋引章：“里头不知道为什么耽搁了，还得等一会儿才能轮到咱们。”

琵琶沉重，宋引章渐渐力有不支：“可都小半个时辰了，我快抱不动了。”

张好好见周围没有客人，便小声道：“放地上吧。”

宋引章刚将琵琶放在自己脚尖上，一旁的萧府婢女便颐指气使地训斥道：“拿起来，不得失仪！”

宋引章只得尴尬地重新抱起琵琶。婢女轻蔑地看了她一眼后，又远远地看见隔壁院落中萧谓的身影，便堆笑小步跑开。

宋引章早已无力，她咬牙抱着琵琶，感觉自己随时可能晕倒：“好好姐，我实在是没力气了。”

张好好此时也没有了平日的嚣张：“忍忍吧，宰相门房七品官，小鬼最难缠。贵人们平日里对咱们再客气，可说到底咱们还是贱籍，得知道自己的身份。”

宋引章一震，似是受了严重打击，喃喃地重复着那句“得知道自己的身份”。

一瞬间，许多面孔在她面前闪现，周舍、华亭县的知县、池衙内，都或嘲笑或鄙视地重复“贱籍”二字，他们的面孔在宋引章眼前飞速地旋转，宋引章摇摇欲坠。就在她站立不稳的一瞬间，忽然有人扶住了她——顾千帆竟不知何时出现在她身边！

宋引章惊喜不已：“顾副使！”

顾千帆松了手，低声道：“站稳了。这会儿就顶不住，待会儿还怎么在诸公面前献艺？不想忍下这口气，就用你的琵琶当剑，狠狠地刺回去。”

宋引章闻言一凛，重重地点了点头。

忠叔这时匆匆迎出：“顾副使——”

顾千帆指了指宋引章额间的汗，声音虽不带太多情绪，眼神却足以让忠叔感到威压：“你打算就这么让她们给萧相公献艺？”

“小的疏忽！”忠叔忙招呼身后的婢女，“还不快引两位娘子去整理妆容？下去领十鞭子！”

婢女们忙接过宋引章手中的琵琶，扶走了宋引章和张好好。直走到转角处，宋引章仍在频频回望顾千帆的身影。

忠叔满脸堆笑地引着顾千帆进了正堂：“您可算来了，相公一直在等您呢。”

顾千帆并未答话，只是安静地坐在了柱边留给他的位置上。

萧钦言见顾千帆来了，眼中顿时一亮，唇边不自觉地勾起了微笑。

顾千帆端起酒杯，遥敬了萧钦言一杯，萧钦言心情大好地举杯喝完。顾千帆又举杯遥敬自己的上司雷敬，却不动声色地冲着柯相身边的齐牧一礼，他今日赴宴，既是因为之前答应了萧钦言，也是因为齐牧的那张字条，然而他的内心仍在激烈地交战着。

萧谓在一旁嫉恨交加地看着这一幕，却也只能在桌子底下握紧双拳。

第二十三章 风骨名

萧钦言见众宾客已经到齐，便拍了拍手道："官家亲自夸奖过的张娘子妙音，诸位可要一听？"

在场官员多多少少都听过张好好歌喉的盛名，萧钦言这么一问，更是没人不敢不捧场，只有柯政、齐牧等清流一派没有作声。

在一片叫好声中，宋引章和张好好双双走入堂中。宋引章在钱塘时虽然也时常出入类似的场合，但就连钱王太妃的寿宴的排场都不及此间万一，在众人的注目之下，宋引章腿脚发软、胃液翻滚、不知所措，她开始下意识地在席间客人中搜寻着唯一的熟人。

顾千帆察觉到宋引章的视线，向她回以一个鼓励的表情。

一股勇气突然从宋引章胸中涌起，哪怕是为了证明顾副使上回对她琴艺的评价是错的，她今天也一定要曲惊四座。她挺起了胸膛，随着张好好行礼后坐下，便开始拨弦奏曲。张好好扬声唱了起来："翠萼凌晨绽，清香逐处飘……"

雷敬刚听了一句，就笑着对身边人道："这是御诗。"

官员们连忙鼓掌叫好，柯相却眉头一凝。

宋引章则拨弦开始了间奏，本来正闭目枯坐的柯相突然睁眼，身体前倾，侧耳细听。

这时，张好好又接着唱道："霏霏含宿雾，灼灼艳朝阳……"

萧谓无心欣赏歌曲，忙着盯着婢女们上菜，他为了向父亲展示自己，犹豫了一下，亲自捧了一盘到柯政面前，躬身道："柯相公，这是家父好不容易从西域弄来的驼峰。"

萧谓的声音与张好好的歌声混杂在一起，被打扰了的柯政不快地看了萧谓一眼，意兴阑珊地点了点头，挥手让萧谓退下。

萧谓心有不甘地问："您不尝一口？"

柯政不悦地提高声音："老夫平生不食民之脂膏，请衙内不要扰了老夫听曲。"

一时间，周围的宾客都看向了萧谓这边。在萧钦言冰冷的目光下，萧谓羞窘至极，只能飞速退开。

在张好好唱完一曲后，萧钦言浑若无事地问柯政："柯公尚觉此曲入耳？"

柯政的目光落在了宋引章身上："唱得不过尔尔，琵琶更好些。"

张好好顿时尴尬至极，脸上的笑容一下就挂不住了。宋引章却眼前一亮，有些不可置信地抬起了头。

齐牧捋须对宋引章笑道："柯公书法闻名世间，早年更是音律大家，能得您一赞，委实不易。"

宋引章强忍激动，站起身来，盈盈拜道："谢柯公谬赞。"

这时，忠叔凑在萧钦言耳边悄语了几句。

萧钦言眉眼一挑，看了一眼正不动声色地坐在席下的顾千帆，笑道："既如此，就请宋娘子再来一曲。"

张好好用尽了全部理智，才做到退到一边，将场地让给了宋引章。

宋引章正欲应声，却被萧谓拦住了。

想到自己为寿宴忙得两天两夜没合眼，到头来却被父亲一通骂，可顾千帆什么都没做，却能得到父亲慈爱的目光，萧谓妒恨不已地扬声道："光听琵琶多闷啊，还得有个助兴的才行！皇城司顾副使，听说你剑法高明，何不与这位宋娘子效法前朝的公孙大娘和雷海青，为家父舞剑贺寿，如此也是一段佳话。"

萧谓话音既落，一时举座皆惊，众人虽不知道萧谓与顾千帆到底有什么过节，可不管怎么说，当着半个朝廷的官员的面将堂堂皇城司副使比作乐人，实在是奇耻大辱。

萧钦言难掩怒意，正要发作，不料一旁早就气得身子发颤的宋引章却抢先开了口："不妥！"

她的眼中燃烧着愤怒，抱起琵琶侃侃而言："孟子有云，不以规矩不能成方圆。顾使尊昔日乃二甲进士，今时得官家亲赐服绯，若与我等伶人并论，岂不有辱斯文？况且前朝公孙大娘与雷海青，仅为唐明皇同场献艺贺寿，纵然萧相公福泽深厚，也还请萧衙内慎言！"

宋引章不过弱质女伶，却敢在大庭广众之下公然指责寿星的长子，萧钦言和众官脸色都是一变，柯政看着宋引章的眼神却颇有赞赏。

萧谓见状大急，他恼羞成怒地指着宋引章道："一派胡言！"

宋引章却犯起倔来，不管不顾地说："士大夫风骨，重逾千金。衙内出语不妥在先，妾身不过指出事实，何谓胡言？"

齐牧拊掌点头，脸现笑意。萧谓梗着脖子还要回击，萧钦言却带着怒意重重把酒杯往桌上一拍，厅内立时陷入一片寂静之中。

顾千帆见势不妙，起身护在宋引章之前，淡淡道："多谢宋娘子。顾某的确不善舞乐。不过说起剑术，倒还确知一二。"随后，顾千帆问忠叔："不知今日可备有黄河鲤？"

忠叔忙不迭地应道："有，有！"

顾千帆向萧钦言躬身一礼："昔日太祖曾以金齑玉脍赐赵普赵相公，顾某不才，愿以此贺萧相公眉寿！"

萧谓先是一愣，在他看来，顾千帆这是变相地向他屈服了，他脸上的表情瞬间变得畅意至极："好！"

鱼被置于顾千帆面前的长案上，在姜水中净过手的顾千帆运剑如飞，一片剑影飞过，瞬时间，大片鱼肉就已被他剔下。顾千帆左掌往案上一拍，被切得薄如蝉翼的鱼脍便弹入案上早已铺好绿色香草叶的盘中。还没等众人回过神来，他又一剑挑起案上的金橘，凌空串于剑上，金黄的橘汁滴于玉碗之中，雅致至极。

这一串行云流水的动作做完，顾千帆退到一边，看花了眼的忠叔忙端着鱼脍和橘汁碗，送到萧钦言面前。

萧钦言强掩情绪，取筷拈了一片，蘸橙汁而食，良久方道："切破金橙佐脍齑，紫花碧叶荐芳樽！好，好，好！"

管家忠叔又依次将鱼脍送于安国公、柯政等贵客。高鹄虽然之前与顾千帆的几次见面都不算愉快，可他也忍不住大赞"鱼剑双绝"。

齐牧和雷敬都颇有深意地观察着顾千帆。在一片叫好声中，顾千帆表情平静地回了座位，根本不看面如土色的萧谓，仿佛一切都没有发生过。

柯政取过一片鱼脍细品后，微微点了点头，随即扬声道："果如高观察所言。宋娘子，老夫还等着听你的第二曲呢。"

宋引章立刻抱琵琶走到堂中央："谢相公青目，妾身此曲，名为《凉州》。"

她看了一眼座上的顾千帆，见对方轻轻颔首，更是信心倍增。只见她信手一划，一串乐声便如珠落玉盘般响了起来，饶是萧钦言，也不禁凝神细听。

曲声清越激昂，先如幽泉乍迸，后如铁骑刀枪，凝神弹奏的宋引章似是用尽了全部的心力，越弹越是专注。宋引章的眼前浮现起她被周舍殴打的痛苦、跪在华亭县衙以及刚才在烈日下站立的无奈，她渐渐地完全沉浸在了乐曲之中，她要像顾千帆所说的那样，用琵琶当剑，狠狠地刺回去！

曲声有如金石，连闭目细听的顾千帆，也不禁回想起了自己在皇城司出生入死的金戈铁马，在这一瞬间，曾经让他深深为耻的鹰犬身份，似乎突然消散了。当初，他也曾以“十步杀一人，千里不留行。事了拂衣去，深藏身与名”的游侠自况，这些早已在不断的血腥与利用中被磨钝了的英雄气概，今夜又激荡起来了！

在接连奏出几个华彩曲段后，宋引章以一轮如急雨般的拨弦结束了整支乐曲，尔后轻轻喘气。

整个正堂陷入了死一般的安静，过了许久，柯政率先鼓掌。随即，掌声如雷。

宋引章陷入狂喜，对着众人深深一福。她环顾四周，只见宾客纷纷起立，角落里的张好好，更是掩住了嘴，眼中又是含泪又是有所不甘。

柯政激动地站起身来：“宋娘子弱质盈盈，曲中却有金戈风雷之意，一手琵琶绝技，果然能与前朝雷海青齐名！”他离座走到宋引章面前，抚摸着琵琶惊叹道：“莫非是雷击木？”

宋引章福身道：“正是，此琵琶名为‘孤月’。”

“好！”柯政吩咐侍立在旁的小厮，“拿笔来！老夫不才，愿以两字以谢宋娘子此曲！”

柯政已至少有十年没给人题过字了，在场之人都激动万分地看着柯政挥墨在宋引章的琵琶上写下“风骨”两字狂草。

柯政放下笔，意味深长地说：“适才宋娘子有一言，老夫深有同感。士大夫风骨，重逾千金，宋娘子器识，亦与此同！”

一时间，宋引章惊喜得难以自持，她抱着琵琶的手微微颤抖，张好好说她们到底还是贱籍，可柯相公当着这么多人的面夸她具有同士大夫一样的风骨，原来琵琶真的可以成为一把刺破别人的轻视的剑。

柯相的眼睛紧紧锁住萧钦言：“柯某忝为首相十余载，明日便要出京他任，国朝的千斤重担，如今就要托付给各位了！愿列位臣工牢记这‘风骨’二字，不谄，不媚，不骄，不奢。忽以奢迷幸佞为善，当以清贞直谏为法！”

众人一时静默，都不敢出声，良久，还是刚才眼神已略微阴冷的萧钦言微笑着起身道：“柯公此言大善，各位，请随萧某一起，以水酒一盏，折柳相送柯公！”

众人忙纷纷举杯，现场的气氛为之一缓，“风骨”一事就算暂时翻了篇。忠叔忙拍了拍手，几个杂耍艺人应声奔入，耍起了绝活。

宋引章见此，忙退到一侧，随着婢女与早在厅侧等候的张好好会合。

一见宋引章入内，教坊众人立刻涌了上去。

“宋姐姐回来了！”

“宋姐姐，你这可算一战成名了！”

面对教坊众女七嘴八舌的夸赞，宋引章有些害羞地摆摆手：“过奖了，我哪有那么厉害！”

为首的女孩立刻说道：“你就别谦虚了，夸你有风骨的可是柯相啊！”

宋引章懵懵懂懂地问：“柯相又怎么了？今天座上，不是有好几位相公吗？”

那女孩明显惊呆了：“你居然不知道柯相？哎呀，怪我，居然忘了宋姐姐刚从江南来。宋姐姐你有所不知，柯相为相三十载，当年还力主官家亲征漠北，是满朝的文武肱骨！就算现在老了要外放荣养，他也还是朝里清流的砥柱、士大夫的领袖。平常啊，那些个进士翰林，能得他老人家多看一眼，都要高兴得睡不着觉，没想到，他老人家今天居然给你题字了！你就等着吧，以后啊，不知道多少人得求着捧着听你的曲子！”

另外一名女孩接过话茬：“没错！那些当官的都常说，得官家一赞容易，得柯相公一语难！”这时，她突然感觉有人在拉她的袖子，众人这才注意到角落边一直对镜整理妆容的张好好，屋内一下子安静下来。

张好好似乎毫不在意地说：“继续啊，怎么不说了？”

宋引章怕张好好不高兴，忙走到她面前道：“好好姐，今天还好有你替我镇着场子……”

张好好打断她，强行挤出来一个看起来过于灿烂的笑容：“咱们姐妹两个，还说这些客气的话干吗？以后，我还盼着跟你继续合作呢。”

宋引章松了一口气，连忙点头应下，但她并没注意到，张好好低低垂下的手早已被她自己掐出了血痕。

半遮面窗外蝉声四起，尽管太阳已经西斜，茶坊里依然闷热得很。孙三娘上完茶点回来，拿起搭在一旁的手绢抹起了汗：“这天气怎么热得这么快？”

葛招娣虽然也在忙里忙外，可她显然已经适应了东京的温度，见怪不怪地说：“中原就是样的，一过了四月，就艳阳高照。”

“难怪这两天酸梅饮卖得还行。”说到这里，孙三娘突然想起了什么，便问赵盼儿，“对了盼儿，咱们是不是该买些冰来了？”

赵盼儿从一摞账本中抬起头来，天气转热以后，茶坊生意比之前差了些，她虽知眼下是淡季，可心里依然隐隐着急。“已经订好了，后日就能送来。不单是茶饮里得加冰，雅室里也得放两座冰山，要不然，听琵琶的人挤一屋子，哪还有心思品茗赏雅？”她有些担心地望窗外，“也不知道今儿引章在相府献艺，可还顺利？”

孙三娘大剌剌地安慰道：“你就别担心了，顾千帆不是说他会替你看着吗？相府又不是龙潭虎穴，还能吃了她不成？”

正说着，陈廉飞也似的跑了进来。

“盼儿姐，盼儿姐！”只见他气喘吁吁地扑在柜台上，上气不接下气地说，“头儿让我来传个话，你赶快去接引章姐，要不然，她只怕就回不来了！”

赵盼儿吓得脸色一白：“出什么事了？”

陈廉大喘了一口气，满脸喜色地说：“天大的好事！引章姐琵琶弹得好，被柯相夸了，还亲笔给她题了字。这会儿萧府门口都挤了好几百听到消息赶来的读书人了，等待会儿寿宴散了，那还了得！”

孙三娘和葛招娣闻言顿时喜上眉梢，赵盼儿更是倏地站了起来：“三娘，你们看着店，我马上就去看看！”说完便提裙奔出了门，登上了陈廉早已叫好的马车。

“我也去接头儿，咱们分头走！”说着，陈廉也翻身上马。他正欲离开，葛招娣却追了出来。

“等等！”葛招娣将一个葫芦扔给陈廉，“冰镇酸梅饮，拿着路上边走边喝！”

葛招娣见陈廉扬起眉毛，又略显刻意地补充道：“是三娘姐要我拿给你的。”

陈廉接过葫芦，咧嘴道：“我知道！谢啦！”说完，就摇了摇葫芦，拍马而去。

阳光下，少年的笑容分外灿烂，葛招娣愣了愣，目送着陈廉离去。

大路上，疾驰中的马车突然向右一歪，赵盼儿好不容易扶稳，探出头问：“怎么回事？”

车夫跳下车检查，却发现马车硌到石子，车轴已经断了。

赵盼儿正在焦急之时,忽有一辆路过的马车停了下来。高慧掀开车窗的帘子问:“赵娘子是不是有什么急事?我送你。”

事出紧急,赵盼儿虽然觉得两人的关系尴尬,但还是道了谢,登上了高慧的马车。

高慧在车中向赵盼儿行了半个福礼:“乳娘的事,我还没向你道歉呢,对不住啊。”

赵盼儿忙拉住高慧:“不必,那些不都是她私下做的吗……”

高慧却斩钉截铁地说:“可她也是仗着我的名义!我必须得向你道歉!如果上一回不是你来找我,我都不知道原来她一直背着我做了那么多的恶事,她还说都是为了我,为了我!可我最恨别人骗我,她难道不知道吗?”

见高慧情绪激动,赵盼儿下意识地握住了她的手轻轻安抚。

“不光是她,还有欧阳旭,你瞧!”高慧一边继续说着,一边从袖中抽出一封书信塞给赵盼儿,“这是他写给我的书信,字里行间都说着山盟海誓,说他在西京怎么凄苦悲凉,难道他当真以为我是傻子,想骗我一辈子吗?”

赵盼儿匆匆一看,眼睛不禁一酸:“这样的信,他当初上京赶考途中也给我写过一些。”

高慧冷笑了几声:“爹说得对,他就是因为害怕你告发他的丑事,这才弄巧成拙,被赶去西京做了个道士官,现在又想着哄骗我悄悄跑去西京与他私奔,弄个木已成舟,逼我爹不得不捏着鼻子认了这门亲事,再调他回京!你和我当初都瞎了眼,怎么会喜欢上这么一条毒蛇?”

赵盼儿虽然早与欧阳旭恩断义绝,却总觉得自己当初认识的欧阳并不是现在的样子,她不由唏嘘道:“或许他以前并不是,只是被这东京的繁华迷花了眼,阴差阳错,这才变成如今这种面目可憎的样子。”

“管他什么原因,我知道,胆敢欺瞒我的人,就得付出代价!”高慧银牙咬碎,夺过书信,将其撕成粉碎,撒在窗外。

不一会儿,高家的马车就行到了萧府附近,然而萧府后门外人头攒动,全是慕名而来的文士。赵盼儿所乘的马车被挤在人群之外,根本驶不进去。

赵盼儿与高慧道别后,急急下了马车,却难以分开紧堵着后门的人群,只得踮起脚朝门缝里张望。不久,萧府大门打开一条缝,守在府外的文士们隐约看到一个身形绰约的女子走出来,纷纷激动地喊道:“宋娘子出来了!”然而,站在前面的文士定睛一看,却见走出来的原来是张好好,他顿时失望至极,甚至毫不掩饰地抱怨:“怎么是她!”

张好好面色一沉，不快地走下台阶，分开堵在门口的众人。

人群中，有人没眼力地问："张娘子，宋娘子什么时候出来？"

张好好没好气地大声答道："不知道！"说罢，便快步登上了来接自己的马车。

不一会儿，又有几个女子从后门走出，众文人涌动争先，把赵盼儿又挤在了外面。

门内，几个歌伎拥着宋引章挤在门缝边，透着那一道小小的缝隙看着外面激动的文人们。

宋引章看着一眼望不到尽头的人群，心中惊慌不已："这么多人，我怎么回得去啊？"

"跟我来。"顾千帆的声音从身后响起。

"顾副使！"宋引章惊喜回首，果然看到了顾千帆。

宋引章忙跟着顾千帆走到了一个不常用的小门旁。

顾千帆停下脚步道："这里是西侧门，从这边出去，人会少些。我已经让人通知你姐姐，马车会在外面等着你。"

宋引章见顾千帆要走，鼓起勇气道："顾副使！刚才，谢谢你。"

顾千帆闻言，也客客气气地答谢了一句："我也要谢你在众人面前维护我。只是以后，不管是为了谁，那种得罪人的话，都一定不要再说了。"

"嗯！"宋引章又是感动又是羞怯地点了点头。

顾千帆催促道："赶紧回去吧，过一阵子，我再去茶坊看你们。"

宋引章心中洋溢起了难以言喻的幸福，她轻轻地"嗯"了一声，听话地从忠叔打开的小门走了出去。

顾千帆转而问向忠叔："宴席什么时候会散？"

忠叔躬身答道："大约就这小半个时辰了。"

顾千帆看了看日渐西沉的天色，语气淡淡地说："请转告萧相公，就说我先告辞了。"

忠叔深知倘若顾千帆此时离开，必会扫了萧相公的兴，他急忙阻止道："顾副使，请留步！我家相公刚才特意吩咐，说适才寿宴上多亏你从中转圜，旋切鱼脍免了尴尬，待会儿散席，还想请你留下小酌呢。"

顾千帆却只是讥讽一笑："不必了，还是请先忙着教训儿子的正事吧。"

忠叔面露尴尬，不敢再拦阻。

顾千帆想到什么，又补充道："对了，刚才那位宋引章，只是盼儿的闺中密友，我不过是受盼儿所托，才对她关照一二。所以，请萧相公省省功夫，不必再派人去探查她的底细了。”

忠叔没想到顾千帆连这件事都料中了，只得应了下来，任由顾千帆毫不留恋地大步离开。

早先离开的张好好很快就回到了双喜楼，一下马车，就怒气冲冲地朝画舫的方向走去。

张好好的侍女掐好时间，站在甲板上等候，见张好好上船，连忙迎上：“好好姐回来了？今天怎么样，想必又是满堂彩了吧？”

“闭嘴！”张好好没好气地甩开侍女进了船舱，却见池衙内正一边哼着小曲儿，一边拿着小木棍逗鸟。

张好好掩着耳朵走进来，不耐烦地说：“行了，唱什么唱，真难听！”

池衙内虽然早习惯了张好好的骄纵，但她今日的脾气显然又上了一层楼。他惊讶地问：“哟，这是怎么了，今天受了什么气，怎么冲着我来发火了？”

张好好负气坐在榻上，不肯说话。

池衙内想了想，试探地问道：“今儿在萧家演砸了？”

张好好气得一拍榻沿：“你才演砸了呢！我张好好什么时候演砸过！”

“没演砸，那你冲我发什么火啊？”池衙内绞尽脑汁，又想了想道，“路上又遇到哪个不长眼的小痞子了？跟我说，我去教训他！”

张好好张嘴欲言，半晌却泄了气：“得了吧，你得罪得起吗？”

池衙内听了只觉不快，终究是忍了下来，好言哄劝道：“得罪不起，咱们就想点快活的事呗。来，看看这只鹩哥，我花了三十贯才买的，唱起曲子来，和你一样好听。”

张好好一下子火从心头起，瞪大了眼：“你拿我当鹩哥？”她劈手夺下池衙内手中的鸟笼，转身就往窗外扔去。

一见张好好扔鸟，池衙内急了：“你疯了吧？”

池衙内怒瞪着张好好，可张好好却肆无忌惮地瞪了回去。池衙内差点气得背过气去，他跑到甲板上，纵身一跳。画舫上的一众婢女小厮瞠目结舌地奔到栏杆前，向水中望去。

池衙内在河中奋力地游着，捞起落水的鸟笼，好在鸟没事，依然扑棱着翅膀，他大松了一口气，捧着鸟游了回去。几名手下忙将池衙内拉了上来。

池衙内衣衫尽湿，不开心地看着张好好：“你冲我发什么脾气？这可是我好不容易才买到的玉嘴，三十贯钱呢！”

张好好气得浑身发抖，不可置信地问：“你就为了三十贯钱吼我？”

池衙内感觉自己和那玉嘴在张好好心中都是一样的地位，他心寒地说：“除了钱，那还是条命！我为了哄你开心好不容易买来的，你就这么不珍惜？”

张好好素来是被池衙内供着的，她怎会想到池衙内非但不哄她，还来质问她。她立刻拉下脸道：“谁稀罕一只破鸟了？我明明跟你说只想要对蛐蛐，你就拿这个来糊弄我，还有脸说？”

池衙内脸色一下变了：“蛐蛐跑了，我弄只更好更贵的鸟，怎么叫糊弄你？你有没有良心？”

张好好不甘示弱地跺了跺脚：“没良心的是你！萧府外头那么多人，苏十三娘、周小小她们都有人来接，你呢，有空在这儿逗鸟玩，就没想着来接我！”

池衙内无端受了这些指责，顿时觉得又好气又好笑：“你别胡搅蛮缠啊，明明是以前你嫌弃我是个生意人，说听你唱曲儿的都是什么些鬼文人雅客，才不许我接，只让我派手下去的！”

张好好不知该如何反驳，但还是红着脸嘴硬道：“我不管，反正，你今天就是没接我，就是让我丢了脸！哼，还什么蛐蛐跑了，别以为我不知道你是被人家当了冤大头，臊得厉害才没敢拿给我！”

池衙内被触到痛处，也恼了起来：“谁冤大头了？谁臊了？你今儿没吃错药吧！自个儿演砸了，冲我发邪火！”

张好好又一拍榻沿：“老娘没演砸！”

池衙内怒不择言地说道：“你也知道自个儿老了啊！没演砸，啊，我懂了，那就是使尽浑身解数，结果还是被别人比下去了呗！欸，不会就是宋引章吧？被我说中了吧！哈！我早就跟你说过别跟那三个丧门星来往，你偏不听！”

张好好被池衙内直接击中命门，险些流出泪来，可她愣是咬唇强行把泪忍了回去。

见张好好咬唇难以反驳，池衙内越发得了意：“你也是蠢，前阵子人家都捧着你，你就真当自己是仙女下凡，黄莺转世啦？三两天才练一回嗓子，那姓宋的傻丫头天分比你高，长得又比你好看，还比你用功……”

张好好瞬间爆发了，她拿起手边的东西向池衙内砸去：“有本事你再说一次！”

池衙内积压已久的憋屈，都在此刻发泄了出来：“说了又怎么的！论才论貌、论年纪，你都比不过那个宋引章！”

张好好一个耳光打了过去：“早知道你今天这样对我，当初我就不该听你的甜言蜜语跟了你！”

“你再说一次。”池衙内的语气冷静得可怕。

张好好有些害怕，但仍然梗着脖子说：“说就说，难道我怕你不成！我，张好好，后悔跟了你！听清楚了吗？”

池衙内点点头，表情似笑似哭：“行，原本跟你好就图个你情我愿。你现在厌了，那我走就是。”

“马上给老子靠岸！”池衙内对手下大吼，看也不看张好好一眼，扭头就走。

张好好素来把池衙内当成打不还手、骂不还口的出气筒，没想到他这次竟然真的敢走，她一时没反应过来愣在原地，半晌气恼地往他的背影砸了一个杯子。

临上岸前，池衙内回头看了画舫最后一眼，见张好好根本没有在窗边挽留的迹象，便就此拂袖而去。

另一边，宋引章正抱着琵琶焦急地向巷口张望，突然，一帮文人远远出现，齐齐喊着她的名字，潮水般地向她涌来。

宋引章害怕得转头就跑。这时，码头边一艘小船上的船夫朝她招了招手。宋引章不疑有他，想当然地认为这一定是赵盼儿来接她的船，连忙提起裙子逃也似的上了船。追赶不及的文士们只能遗憾地看着小船驶离岸边。

船上，宋引章坐下好一会儿后仍心有余悸地抚着胸口。

沈如琢背着手悄声走到宋引章身后，附身在她耳边道：“喝口茶，定定神？”

宋引章被吓了一跳，慌乱地问：“怎么是你？盼儿姐呢？”

沈如琢站直身子，笑吟吟地说：“我是收到教坊使报信，才赶着来英雄救美的，哪知道赵娘子在何处？”

宋引章掀帘往外看去，只见岸上赵盼儿正四处张望，她急急跑出舱外，朝船夫大喊：“快停船，放我下去！”

沈如琢拦住宋引章，将她按回椅子上，自己则坐在她对面。他蹙眉看着宋引章说：“你确信要现在下去？我保证，你只要落到那帮文士手里，三个时辰之内肯定回不了家。到时候弄得狼狈不堪，就不怕堕了柯相赠给你的‘风骨’两字美名？”

宋引章明显犹豫了，将怀中紧抱着的琵琶放了下去。

"我好心送你回家,你倒嫌弃我。"沈如琢拉过宋引章的手,抚上自己的心口,"你摸摸，我的心好痛。"

宋引章忙甩开他的手，羞愤地说："你庄重些。"

沈如琢面色微沉，往船壁上一倚："哟，前天还跟着我把酒共饮，今儿一朝成名，就要我庄重了？宋娘子真是无情。"

宋引章忙摇头："我、我不是那个意思，我只是刚才被吓怕了。"

沈如琢又重新靠近宋引章，猫捉耗子似的戏弄道："那你并不是想疏远我？"

宋引章一下被沈如琢身上的气息包裹，她有些瑟缩，连忙点头："当然。"

沈如琢的嘴角带上了势在必得的笑容："那好，不过你伤了我的心，得赔罪。"

宋引章愣了愣："你想怎么赔？要不我也给你弹支曲子吧？就是刚才柯相夸的那一首。"

沈如琢伸手按住了宋引章要去拿琵琶的手。

宋引章有些意外："你不想听？"

沈如琢的神情突然变得极为认真，他灼灼地凝视着宋引章的双眼："不，我想听，但我想以后长长久久、随时随地地听。"

宋引章固然迟钝，但也听出了沈如琢的言外之意，不由得心下愕然。

沈如琢反手握紧宋引章的手，佯作深情地说："引章，有句话，我藏在心里很久了。我从来没有见过你这般楚楚可怜、才华横溢的小娘子。你是珍珠玉璧，不该堕于泥淖市井之中，往后让我来照顾你、呵护你，好不好？"

宋引章震惊地看着沈如琢，原来她之前觉得沈如琢待她好并不是自作多情，她不确定自己对沈如琢是什么样的态度，可沈如琢此前那句"就连脱籍，也不是什么难事"又实在对她有着致命的吸引力，但顾副使也多次施救于她，难道他也对她有意？

沈如琢见宋引章不语，表情有些受伤："怎么，你不愿意？"

宋引章慢慢地抽出手，点头又摇头，她深吸了一口气道："不，不是。我现在脑子乱得很，能容我想一想，过些日子回答你吗？"

而沈如琢非但不气馁，反而信心十足地说："当然。我都等了你这么久了，又何必急于一时？不过我相信，你终究还是会答应我的。"

宋引章不知道沈如琢为何敢如此笃定，一脸迷茫地问："为什么？"

沈如琢的表情突然变得有些古怪，仿佛宋引章问了什么愚蠢的问题："因为你已经名扬东京了啊！柯相亲口夸过的有士大风风骨的宋娘子，怎么能为了几百文茶钱，在茶坊里对着一帮酸腐文人卖唱？”

宋引章想到那样的画面，不禁浑身一震。

沈如琢用那双天生含情的桃花目定定地凝视着宋引章：“而吾，愿造玉楼，将卿藏之。”

宋引章的心猛烈地跳动起来，为了掩饰自己的慌乱，她连忙垂眸，却发觉两人的手虽然分开，但指尖仍然挨得极近，她连忙把目光移向别处。

宴席散后，萧钦言正在大门外与一众宾客道别。众人言笑晏晏，虽然说出口的每一句话都无比虚伪，但经过多年的官场浸淫，在这样的场合下，大家反而觉得更加得心应手。

萧钦言笑着对柯政拱了拱手：“柯公，请恕萧某不远送了，此后山长水远，您可要务必珍重。毕竟是上了年纪的人了，千万别一不小心着了风寒，让官家和我们担心啊。”

柯政连基本的客套都不屑，冷傲地说：“放心，老夫生平未做亏心事，上不惧鬼神，下不惧病疾。等到官家清醒过来，不再为奸臣所媚，早日远妖后、立太子，老夫自然还要回京效力。”

萧钦言脸上笑容不变：“哦，如此，那就恭候了。”

柯政冷哼一声，转身上了马车。

跟随在柯政身后的齐牧也朝萧钦言一拱手：“明早朝会过后，萧相公就要正位首相，到时还请多多指教。”

萧钦言忙摆手道：“不敢。柯公走后，齐公就是朝中清流领袖。萧某只盼着您少找些麻烦，就感激不尽了。要不然，大家同朝为臣，我睡不好，齐公也肯定夜夜难眠，你说呢？”

齐牧一怔，随即放声干笑。萧钦言附和地笑了起来。两人笑完，各自皮笑肉不笑地一拱手分开。

齐牧一进车厢，发现顾千帆竟然坐在车内。他先是一愣，旋即笑道：“我说刚才怎么找不到你，原来你竟在此处。”

顾千帆朝齐牧躬身一礼：“越显眼的地方就越安全，萧府人多眼杂，自然是这里最好。现在您可以跟我说说那帽妖人犯的事了吗？您为何要授意殿前司的人将他带走？”

齐牧早知道顾千帆会问，只是平静地答道：“因为他身后的主使，是安国公。”

顾千帆面色瞬间一凝，当初太祖驾崩，民间谣传太祖本欲传位于亲子楚王，而非皇弟太宗，而这安国公便是楚王之孙。

齐牧见顾千帆表情凝重，便知道他理解了自己的意思。他语重心长地说道：“你也相信坊间那些物议，觉得帽妖是冲着萧钦言去的？错，那是安国公的一石二鸟之计，官家这一年御体欠安，又迟迟未立太子，难免就有人起了他心。得位不正，妖孽作乱，便是现成的理由。我不让你继续审那人犯，并非想让殿前司的人抢功，是为了保护你。毕竟古来夺嫡之事，牵涉进去的官员有几个能善了？”

顾千帆眸光一闪，但依旧恭敬回道：“多谢您回护之意。”

见顾千帆如此，齐牧终于面露欣慰：“回头我再派人来一次，至于那个人犯——”

顾千帆识趣地在齐牧拉长尾音的同时接道：“我会对外说他熬刑不过，已经咬舌自尽。”

齐牧满意地点点头：“很好。总之帽妖案这事，你这边就到此为止吧。其余的，自有殿前司的人去处置。”

“是。”顾千帆迟疑片刻，深吸了一口气道，“但是小侄还有一事不解。上回我送上雷敬的罪状，您说很快就会奏请官家处置他。可如今已经过了这么久了，小侄却依然没有听到朝中有任何的动静，甚至听您令行事的殿前司的人还和雷敬有金钱往来……”

“你在怀疑我？”齐牧面色一沉，眼神瞬间变得无比阴冷。

尽管顾千帆一直恭敬地半低着头，但他还是感受到了齐牧威压的气场，他忙道：“小侄不敢。”

齐牧有些不耐烦地说道：“老夫早就说过，成大事者不拘小节，你偏要扯着和雷敬的私下恩怨不放！好，老夫就索性跟你交个底，清流一派决定暂时不与雷敬为敌，而是与他合作，毕竟官家对他颇为信任，几次流露出要将他调作入内侍省主官之意。若山陵突崩，皇后把握宫中，我们清流必须要在里面有个内应。”

顾千帆不禁脱口而出：“可是若是这样，清流行事又和萧钦言有何区别？”

齐牧大怒，一拍车座道：“你放肆！”

顾千帆一瞬间现出极为受伤的神情。

齐牧赶紧放柔了语气道：“想要合纵连横，就得有所舍弃，你为官多年，这道理你不会不懂。你以为我想与奸宦同流？不过是为了社稷着想，不得已而为之！正如你今天不也为了保护那位宋娘子,而给萧钦言那厮献鱼脍吗？皇城司是天子耳目，你却当场讨好于他，难道不怕被视为奸臣一党？老夫知道你是好心助人，刚才可曾说过你一个字？”

顾千帆素来将齐牧看作自己的父辈，见齐牧如此，有些歉疚地解释道：“小侄刚才行事不周，那宋娘子是我未过门娘子的亲戚……”

齐牧不想听顾千帆的解释，打断他道：“好了，每个人都有自己的难处。当初我特意招揽你，就是看中了顾家三代的清明风骨。皇城司司职重要，萧钦言此人老奸巨猾，以后必然会借着今日之事和你套交情。你自己心里要有一杆秤，万不可心存侥幸，受他蛊惑，真把他当成了一个和蔼可亲的长辈。”

顾千帆立刻正色道：“是。”

齐牧想了想，又道：“不过，他若与你交接，你倒是可以去去。他回京不久，必然要在朝中罗织势力，如果你能探听到一些他们后党与皇后谋逆的秘辛，更是再好不过。”

顾千帆心情复杂地颔首：“千帆自当尽力。”

齐牧刚满意地点了点头，可他又突然想起什么，皱眉道：“你说那宋氏是你未婚妻的亲戚？官宦人家的小娘子，怎会和教坊的乐伎扯上关系？”

顾千帆一愣，齐牧显然是想当然地把他要成亲的对象当成了官宦之后，他忙解释道：“赵氏是清白良民，目前在马行街那边以经营茶肆为生。”

“什么？她是个商妇！”齐牧神色大震，似乎是听到了什么不堪入耳的事情。

顾千帆没想到齐牧的反应会如此之大，他有些错愕地说：“赵氏于下官有救命之恩，下官也从不把官民之别放在眼中。若是您为难，觉得替我向商妇提亲有损您的清名……”

齐牧有些不耐地摆了摆手：“行了，老夫不过是想考虑得周详一点，你怎么就一口一个下官了？不过千帆，你还记得你当初的愿望是什么吗？”

顾千帆不假思索地答：“小侄想升上五品为母亲请封诰命。”

齐牧别有深意地看着顾千帆道：“那之后呢？如果你很快就愿望达成，未来几十年宦海生涯，你想做什么？”

顾千帆一时间竟然被问住了。

齐牧叹息道：“连你自己都忘了吧？那会儿你跟我说过，其实你并不喜欢舞刀弄剑的生涯，到那时，你想重新转回文官，寻一清要之职，好好整理顾氏百年以来的文集。”

顾千帆点点头，恍然道：“对，那正是小侄一生所向。”

齐牧负手看着顾千帆，慢悠悠地开口道：“可你若娶赵氏为妻，此生就绝无可能做成清要文官。”

齐牧将顾千帆的表情变化尽收眼底，他摇着头解释道：“你初为文官时资历尚浅，不清楚个中的门道。朝中的确并未有律令禁止官商为婚，但是这样做的，只有世人眼中不知礼仪的武官。你若由武转文，五品已是高职，妻室若曾为当垆女，言官是绝对不会放过你的。到那时，一个婚宦失类的恶名背上，别说官职，你连你娘的诰命都保不住。千帆，你真的想好了吗？”

顾千帆的眼眸瞬间收缩。车外下起了淅淅沥沥的小雨，天色瞬间阴沉下来，顾千帆的心情也同这天气一齐黯淡了下去。

顾千帆在一条僻静无人的小路下了车。此时，一直远远驱车跟随在后的陈廉忙驾车赶来，然而顾千帆注视着齐牧马车消失的方向，久久没有动作。

陈廉小心观察着顾千帆的脸色，担心地问：“有什么不对吗？”

顾千帆没有回答，上车后若无其事地吩咐道：“晚一点，报个暴亡上去，就说帽妖案的那个嫌犯，已咬舌自尽，把人交给来要他的人。”

“是。”陈廉大松了一口气，纵身上马驱车前行，“帽妖案闹这么大，殿前司是官家亲军，这么大的烫手山芋，自然是早点丢出去的好。”半天没听到顾千帆回答，陈廉小声问：“我又多嘴了？”

“没有，我只是在想一些事情。”顾千帆闭目靠在车上，脑海中不断回响起齐牧的话，他的手紧紧地扣住了车壁，手臂青筋暴起，心中陷入了天人交战。

突然，他脑海中灵光一闪：“停车！”

“怎么了？”陈廉吓了一跳，赶紧勒马急停。

顾千帆尽力捕捉着那一点灵感，良久，他突然惨然笑道：“为什么连我都还没来得及审问那个人犯，可他却能早早查清帽妖身后的主使就是安国公？”

陈廉惊异地问：“谁？”

“刚才和我见面的人。”顾千帆脸上堆出一个苦笑。

陈廉不假思索地说：“那，他多半就是帽妖案真正的始作俑者了呗。”

天边一道闪电亮起，雨珠一下变得密集而猛烈。

第二十四章 风雨来

临近傍晚，滂沱的大雨渐渐停了下来，夹道两岸的玉柳经过甘霖浇灌，染上了更浓郁的翠色。一艘小船摇摇晃晃地靠到岸边，宋引章在沈如琢的搀扶下鬼鬼祟祟地下了船。她一边担心地四处张望，一边对沈如琢说道："别送了，这儿不远，我自己能走回去。"

沈如琢却满不在乎地拉住了她的手："引章，金屋已备，别让我等太久。"

宋引章心慌意乱地草草点了点头，目送沈如琢乘着小船离开之后，她的笑容渐渐消失，漫步回家时，沈如琢和顾千帆的形象不断交替在她面前浮现。宋引章越想越是混乱，她用力甩头："不不不，我怎么能够这么贪心呢？不可以，不可以的……"

正在这时，她的身后传来赵盼儿焦急的声音："引章？"

宋引章仓促回身，果见赵盼儿匆匆奔来。

赵盼儿的脸上写满了焦急："你是怎么回来的？萧家的下人跟我说你从侧门出去的，你上哪儿去了？"

"我……"宋引章突然想到倘若她照实说出自己方才是与沈如琢一同回来，盼儿姐、三娘姐她们肯定会拿这件事打趣她，而她暂时还没考虑清楚她与沈如琢到底是什么关系，索性改口道，"我被教坊的人接走啦！那儿好多人，我光顾着跑，上车的时候也晕头转向的，回过神来才知道上错了车。啊，车里还有别的教坊的姐妹，我做主先送她回去，所以这会儿才到。"

赵盼儿稍微放下心来，拉着宋引章左看右看："平安回来就好。刚刚那帮人简直跟疯了似的，没伤到你吧？"

宋引章任由赵盼儿上下检查着，心不在焉地摇摇头。

赵盼儿看到宋引章怀中的琵琶上柯相题的字，不由赞叹："这'风骨'两字果然是银钩铁画。”她注意到宋引章有些心不在焉，误将她的走神归因于白天献艺太过疲惫，连忙道：“咱们赶紧回去吧，三娘和招娣置办了庆功宴，你可得跟我们好好讲讲今天在相府的事……”

宋引章心中仍在天人交战，并没听清赵盼儿的话，只是晕晕乎乎地跟着赵盼儿朝桂花巷小院走去。

华灯初上，桌上的酒菜已经吃得七七八八，赵盼儿的座位空着，宋引章仍在眉飞色舞地给孙三娘和葛招娣讲着自己在萧府的见闻，丝毫没注意孙三娘和葛招娣已经有些走神了。

这时，赵盼儿端着碗走到了桌边：“来来来，尝尝我新做的红蜜沙冰！”

葛招娣欢呼一声，抢先尝了一大口：“天气热了，吃这个最好！”

宋引章被骤然打断，为了缓解尴尬，只得勉强一笑。

桌子上的盘子太多，赵盼儿将一盘已经吃得只剩骨头的蒸鱼挪开，在宋引章面前也放了一碗沙冰。看着那盘鱼骨，赵盼儿突然想起这些天葛招娣一干完活就偷偷跑去挖藕，便问向葛招娣：“今天的鱼，又是你掏藕挣外快的时候带回来的？”

“是啊。”葛招娣想到掏藕，突然嘻嘻地笑了起来。

孙三娘不禁奇道：“你笑什么？”

葛招娣憋着笑，没头没尾地说了一句：“你们知道为什么陈廉叫陈廉吗？”

赵盼儿和孙三娘都来了兴趣：“为什么？”

葛招娣越想越好笑，先自个儿笑了好一会儿才平复下来：“因为他小时候的名字其实是莲花的那个莲！他娘不是先生了几个女儿吗，轮到他，怕养不住，就故意起了个女孩儿名，还让他拜藕老大当干亲镇着。”

赵盼儿也“扑哧”一声笑了出来：“难怪他能介绍你去挖藕呢。”

一旁的葛招娣已经笑得直不起腰：“哈哈哈，陈廉竟然被当女孩儿养了好几年呢，下回遇见他，我肯定……”

孙三娘注意到宋引章的意兴阑珊，暗地里拉了一下葛招娣：“刚才引章还没讲完呢，引章，再跟我们讲讲相府的寿宴吧，你刚才说连装菜的盘子都是用的御瓷？”

宋引章这才来了精神，又滔滔不绝地讲了起来：“装普通的菜式才用御瓷，上驼峰的时候，用的是黄檀木雕大盏；顾副使的鱼脍，萧相公特地吩咐用的玉盘……”

赵盼儿和孙三娘小心地交换了一个眼神，这已经是宋引章今天第四次提到顾千帆了。葛招娣边听边吃着冰沙，听到这里突然抬头打岔道："哎呀，三娘姐，说到鱼脍，你会做吗？"

孙三娘胜负欲大涨，不以为然地说："当然会啦，不信明天我也做一回，肯定不比顾千帆的差！"

赵盼儿眼前顿时一亮："不如咱们趁着这回引章的机缘，在茶坊里加卖一道鱼脍吧？反正最近茶坊的生意因为天热也有点平淡，这鱼脍不用动烟火，又清凉……"

早就因又被岔开话题而不快的宋引章突然开口："不行！茶坊是品曲赏茗的地方，怎么能突然改卖起吃食来呢？阳春白雪和下里巴人绝对不能混为一谈！"

赵盼儿被宋引章直接驳倒，脸上有些挂不住。

孙三娘察觉屋内的气氛再度尴尬了起来，连忙打岔："大伙儿不过是说笑而已，不用那么较真啊。"

宋引章的倔劲儿突然上来了，她将被人忽略的不满借题发挥了出来："什么叫我较真？盼儿姐，半遮面讲究的就是一个'雅'字，难道你以前不是这么说的吗？当初你们还说，茶坊的经营路子，就是咱们三个里头只要有一个不同意，就绝对不行，难道现在都全忘啦？"

见赵盼儿、孙三娘和葛招娣都是欲言又止，宋引章感觉自己被排挤在外了，她扯出一个生硬的笑容："总之，我就是这么想，不早了，我先回房休息了。"说完，就走回房中，重重地关上了门，只留赵盼儿、孙三娘、葛招娣面面相觑。

孙三娘本想去劝，却被赵盼儿拦住。赵盼儿小声道："她心情不好，咱们先别烦她了。"孙三娘点了点头："你不是还要见顾副使吗？快去换衣服吧，别让顾副使等久了，剩下的我和招娣收拾就行。"

赵盼儿看了看暮色弥漫的窗外，又担心地看了看宋引章紧闭的房门，独自回自己的房间梳洗打扮起来。

赵盼儿出门后，桂花巷小院彻底安静下来。房内，只能听见孙三娘洗碗时的水声和葛招娣收拾桌子的声音。葛招娣想起刚才庆功宴上的欢声笑语，竟有了一种恍如隔世之感。她忍受不了这死一般的沉寂，率先打破了沉默："引章姐刚才是怎么回事，突然那么大的脾气？"

孙三娘方才也在想这件事情，便说出了自己的猜测："估计是咱们总说到别的话头上去，不高兴了吧？"

“可她都说了一晚上了啊，什么相府的布置有多好看，相府的客人有多富贵，相府门口挤着看她一眼的人有多少……就连琵琶上那柯相的字，我都看了三回了。”葛招娣有些委屈地嘟囔着。

孙三娘虽然也觉得宋引章今日气性有点大，但还是调和道：“她今天难得高兴嘛。名扬京城，多威风的一件事啊。”

葛招娣在水盆中洗了洗抹布，故作老成地说：“可威风也不用耍到家里来啊。你和盼儿姐也是做了一桌子酒菜，好心好意地给她庆功来着。还有啊，她干吗那么翻来覆去地当着盼儿姐的面夸顾副使，也不怕大伙儿尴尬？”

孙三娘倒是还没想到这一层，思忖片刻道：“她还不知道他俩的事吧？”

葛招娣脱口而出：“不会吧？连我和陈廉那傻小子都能看出来——”

孙三娘赶紧板起脸来：“她也是你东家，放尊重点。”

葛招娣撇撇嘴，继续擦起了桌子：“反正，我就是觉得，打她从相府回来就变得不太一样了。咱们真的不能卖鱼脍吗？果子、点心，不一样都是吃食吗？还有干吗一定要死扣着茶坊呢，我觉得你做的菜比果子可好吃多啦！”

孙三娘虽然也想过开食店，可实际操作起来哪有这么简单？十张桌子的食店，掌柜不算，光厨子、小工、跑堂的就得各两个，灶得多添几口、碗碟得重新配多少只都要重新考虑。她望向窗外的明月，心里想着也不知远在钱塘的傅子方此刻在做什么，想必也沐浴在同一片月色下吧。

雾气笼罩的水面上，传来了“哗啦啦”的摇橹声，赵盼儿和顾千帆正在小舟上相对而坐，小舟上的灯火倒映在河水中，宛若夜幕中的一颗孤星。

顾千帆看着正替自己拔掉樱桃梗的赵盼儿，齐牧的话却回响在耳边——“可你若娶赵氏为妻，此生就绝无可能做成清要文官。”“妻室若曾为当垆女，言官是绝对不会放过你的。到那时，一个婚宦失类的恶名背上，别说官职，你连你娘的诰命都保不住。千帆，你真的想好了吗？”

赵盼儿素手盈盈，将樱桃举到他面前：“沉舟？你怎么了？一直在走神。”

顾千帆吃下樱桃，断然道：“盼儿，如果我不想请齐中丞来做大媒，你还愿意嫁我吗？”

赵盼儿愣了愣，她本以为顾千帆是在皇城司遇到了什么麻烦事，没想到他竟然是为了这事一直魂不守舍。“当然愿意了，我要嫁的是你，谁做媒人不重要。”她根本不在乎是谁来做媒，她只在乎要与她厮守一生的人就是眼前之人。

顾千帆心头一暖：“谢谢你。”

赵盼儿笑道：“光嘴上谢没用，能不能帮我再做一件事？”

顾千帆想都没想就应允道：“当然。”

赵盼儿没想到顾千帆都不问自己要做什么就敢答应，赶紧补充道：“我想开间酒楼。”

顾千帆一怔。

赵盼儿早料到顾千帆的反应，柔声道：“别那么一副如临大敌的样子。来东京这么久，我也算看明白了，一则东京人没有南边人那么好茶，开酒楼肯定赚得更多；二则三娘以前开过食店，她做菜其实比做果子更拿手。如今我手上有结余，又有人愿意出不错的价钱盘下半遮面，既然如此，转行做酒楼，又有何不可呢？”

小舟正好经过一家雄伟的酒楼，酒楼门前宾客络绎，高大的牌匾上书有“樊楼”两字。

赵盼儿指着樊楼道：“我进东京的那一天，第一眼看见的就是这间樊楼，听说里头能坐五百宾客，珠帘绣额、灯烛耀日，每年光是酒曲都要用掉上万斤。我那会儿就想，要是也能开一座酒楼，哪怕只有它的十分之一大，也够威风啦。”

顾千帆倒不是不愿意赵盼儿开酒楼，只是觉得从开茶坊转成开酒楼，赵盼儿会更操劳，他忍不住劝道：“还是慎重考虑的好，毕竟来茶坊喝茶的多是文人墨客，去酒楼吃饭的三教九流都有，或许赚得是多一些，但你会更累。”

“可是，如果开酒楼，至少我可以不用天天在外头忙了啊。”赵盼儿柔声道，“我爹也做过官，我知道官场里头的规矩。我也打听过了，卖玉酒的登丰楼，就是江团练母亲的私产，朝中后妃外戚的娘家也有不少在做食店的生意。”

顾千帆没想到赵盼儿自己做了这么多功课，不禁大为感动：“你不必为我如此。”

赵盼儿的眼神突然飘忽起来：“谁说是为了你啦，我只是生意做大了，现在想躲清闲，不想直接去招呼客人而已。这样三娘也不用老兼着跑堂的活，专心管灶房就行。而且，既然是夫妻，互相体谅，本来就是正道。”最后几个字，她说得声如蚊蚋。

顾千帆握着她的手郑重地说了一声：“谢谢。”

赵盼儿想到如果要开酒楼，她们的人手必然不够，到时候又是一番兵荒马乱，不禁又叹了口气：“别谢啦，八字还没一撇呢。先不说酒楼还没影，就是引章那里，只怕也嫌酒楼不够清雅不愿意去坐镇呢。因为这回柯相的题字，她以前身上那种傲劲儿，好像又有点浮起来了。”

顾千帆半开玩笑地安慰道：“就算是亲生姐妹，也有嘴唇磕到牙齿的时候。大不了我去抓了沈如琢威逼利诱，再让他去劝劝她，多半也就成了。”

赵盼儿恭维道：“顾副使威武！”

顾千帆扬了扬眉：“过奖。”

雾气中，顾千帆和赵盼儿心有灵犀地相互凑近，近得足以数清对方的睫毛，正是情浓之时，突然岸上有人大喊：“不得了了！帽妖来啦！”顾千帆瞬间直起了身体。

顾千帆从船夫手中夺过船桨，迅速地将小舟划至岸边，只见街道上的行人四散奔逃，惊惶失措。

顾千帆跳上岸，拦住其中一人问：“帽妖在哪里？”

那人匆匆往一个方向一指：“茶汤巷那边！”

顾千帆向舟上的赵盼儿大喊：“你待在这儿别动！”话音未落，他就向那人所指的方向奔去。

顾千帆一路奔到了茶汤巷，在混乱的人群中，果然又看到了远处一顶飘浮在暮色下的帽妖正从墙头上飘落。

顾千帆弯腰检查地上的尸体，只见鲜血正从尸体脖颈处的伤口中汩汩流出。

赵盼儿从远处急急奔来：“千帆！”

顾千帆看到赵盼儿时，眼中闪过了一丝惊喜，但那份惊喜很快就被担心取代：“不是叫你别跟过来的吗？”

“以前那么多危险都一起过来了，难道还差这一回？”赵盼儿本还不以为意，看着地上的尸体，她倒吸了一口冷气，可她分明记得顾千帆上次已经抓住了帽妖，“帽妖不是已经被你……”

顾千帆看着血红的残阳，心事沉沉地摇摇头：“这一次的伤口，和上一次的不同。东京，只怕又要乱象丛生了。”

赵盼儿不寒而栗地问：“难道还有别的人想借帽妖名义作乱？”

顾千帆做了个噤声手势，谨慎地说：“今天帽妖既然出现在茶汤巷，那你们也一定要小心。茶坊今日休沐还好说，明日估计来听琵琶的人不会少……”

赵盼儿不想让顾千帆为自己分心，忙道：“我已经临时雇了几个人过来帮忙了，也会随时留意！”

浓浓夜色的笼罩下，一身便装的齐牧面色沉静，正一言不发地盯着殿前司崔指挥。偌大的齐府中，仅有最简单的几样家具以及几幅字画，宛若雪洞的布置处处彰显着清流的廉洁朴素。

在齐牧不怒自威的注视下，崔指挥已经冷汗淋漓——他最初连同柯政的其他弟子设计帽妖对付萧钦言，不过是为了替姐姐和老师报仇，事实上，他的姐姐就是钱塘案郑青田的夫人。可后来此事被齐牧知晓，齐牧便将此事嫁祸到安国公身上，以求在伤到萧钦言时洗脱清流的干系，同时让官家心生警惕，速立太子早定国本。齐牧认为，太子一旦监国，自然就没了妇人干政的余地，靠山一倒，萧钦言这样的后党自然就失势了。

然而，这看似滴水不漏的计划，却在最后一晚出了纰漏。

“此事必有蹊跷！”崔指挥竭力分辩道，“人犯明明还好端端地待在大牢中，怎会又出现在东京闹市上？而且，偏偏就在下官准备把帽妖案送到御前的前一天！”

齐牧用具有穿透力的目光审视着崔指挥：“你在怀疑什么？”

崔指挥脑中宛若糨糊，慌乱地推脱道：“是皇城司干的，是顾千帆，他没听您的，他怕我们抢功……”

齐牧对顾千帆骨子里的傲气非常了解，断然否决道：“顾千帆既然肯把人犯交给你，就不会再干这种事！”

崔指挥从纷乱的思绪中抓住了另一丝灵感：“那就是雷敬！上次我找顾千帆要人，这阉货就没怎么帮忙。今天御史台又按您的吩咐，已经弹劾安国公骄奢逾制。这家伙鼻子最灵，虽然收了我们不少贿赂，可最爱两面三刀，万一安国公又收买了他，再生造出一个帽妖来替自己脱罪呢？”

齐牧眼神一凛，觉得雷敬还真有可能反咬他们一口：“他敢？你去重新安排供词和证据，到时候告诉官家，就说最初指使人犯假扮帽妖的，就是皇城司。”

崔指挥迟疑道：“那雷敬万一把事情都推给顾千帆呢？”

齐牧的目光瞬间变得无比阴冷：“雷敬也好，顾千帆也好，不都是皇城司的人吗？敢坏了我催请官家早立太子的大计，就别怪我狠心！”

天边一道闪电闪过，将齐牧的脸照得雪白，宛如夜行的鬼魅。

同样的闪电也划过了西京的天际，裹着披风的欧阳旭和道童狼狈地从驴身上滚下，冒着倾盆的大雨连奔带跑地冲进驿馆。

欧阳旭抹着一脸的泥水，对满脸写着不耐烦的驿丞吩咐道：“快去弄些姜汤过来！”

驿丞屁股都没抬一下，打了个哈欠道：“对不住，姜刚用完。”

欧阳旭冻得牙齿打战，有些口齿不清地说："那就随便弄碗热的汤，再来一盆子肉、几个饼。"

驿丞想都没想就答："不好意思，那些也都没了。"

欧阳旭终于觉出一丝不对："你在故意消遣我？"

"下官哪敢？您不在的时候，灵州那边来朝贡的使者来了好几十个，他们要吃要喝的，一点东西都没剩下。哦，对了，他们人太多，硬生生把您的房间也给占了。"驿丞讲起话来油腔滑调，一点都不尊重人，他随手一指角落里的行李，"您的行李在那儿。要不，您今晚另找一家客栈？"

欧阳旭声音发颤："大胆！驿馆是朝廷开的，我又是来西京公干的朝廷命官，你想赶我走？"

驿丞忙摆摆手，阴阳怪气地说："下官不敢得罪您，可更不敢得罪朝贡的使者啊。您要实在不想换地方，要不就在外头将就一晚？"

欧阳旭顺着驿丞手指的方向看到了堂中的春凳，他的面目因为寒冷和极怒狰狞起来："你等着！我要写奏章参你！你等着！"

驿丞理也没理他，就堆笑着给坐在角落的客人添起热茶来，欧阳旭只能愤愤地同道童离开客栈。角落里的客人拉下斗笠，正是高家的亲随高福。

高福塞给驿丞一个沉甸甸的钱袋后便起身离开，坐上早已候在外面的马车，朝欧阳旭离开的方向追去。

欧阳旭深一脚浅一脚地走在滂沱的大雨中，手中的油伞被狂风吹得东倒西歪，几乎起不到任何挡雨的作用。道童艰难地牵着两头驮着行李的驴子跟在欧阳旭身后，每走一步都会陷入泥泞中。

不知问了多少家客栈，欧阳旭都无功而返，随着希望的一次次落空，欧阳旭的情绪彻底崩溃，最后竟直接与店家推搡起来："不可能，你们在骗我！怎么会一间房都没有了！"

道童夹在欧阳旭与店家之间，手忙脚乱地劝架，然而客栈的几个小二一拥而上，将欧阳旭和道童一并摔出门外，重重地关上了客栈的大门。

道童扶起鼻青脸肿的欧阳旭，担心地问："您没受伤吧？"

欧阳旭奋力爬起，原本英俊的五官已经气得扭曲成一团："走，我要去府衙告他们，这帮刁民……"欧阳旭话没说完，却因站立不稳，又摔了一跤。

道童忙上前搀扶："使尊你冷静一点！"

可欧阳旭仍旧狂乱地想挣开他，最终，同样又累又冷的道童实在不想再跟着欧阳旭乱折腾，终于忍不住说出了心里话：“你去了也没用！现在这样子，连我都知道你肯定是得罪人了！有人在故意折腾你，你难道还没看出来吗？”

闪电再度亮起，欧阳旭如五雷轰顶，喃喃道：“是谁？会是谁？”

“前面有一座三清观，先进去避雨再说！”道童一手拉着昏昏然的欧阳旭，一手拉着驴子，艰难地走在雨雾中。

残破的道观内，道童正凑近好不容易才生起的火堆烘烤身上的衣服。欧阳旭则缩在一边的稻草堆上，仍在神经质地嘀咕着：“难道是高家……还是赵盼儿……不可能，不对……”

道童正要给欧阳旭递碗热水，却突然被墙上的巨大阴影吓得丢掉了手中的碗，回过头，却见高福带着几名人高马大的亲随闯入道观。

道童掉头就往观外奔去。欧阳旭也惊吓地站了起来：“你们是谁？”

高福一把叉住欧阳旭的脖子，又一拳击在他的肚腹上，欧阳旭痛呼倒地，在雷声的掩盖下，他的惨叫声分外模糊。

高福冷笑一声：“继续叫，特意找这儿动手，图的就是清静。”他转头对其他手下吩咐道：“搜！”

欧阳旭见那群人正在翻看自己的行李，以为自己遇到了山匪，虚弱地哀求道：“你们别伤我性命，我、我是朝廷命官，今科进士……”

高福一脚踢在他腿间：“我知道。”

欧阳旭又是一声哀号，他又痛又怕，唯一的念头就是自己的满腔抱负尚未实现，决不能命丧此处。

“找到了！”一名手下激动地将一束用红绢包裹的书信递给高福，里面是一封封书信，上款写着“旭郎亲启”，下款写着“慧娘字”，还有一枚玉佩。

欧阳旭恍然大悟道：“你们是高家的人！”

“真聪明，不愧是探花郎。”高福把欧阳旭按在箱笼上，将纸笔塞进他手中，“写退婚书。”

“我不会写的！”欧阳旭拼命挣扎，却根本挣不脱高福的控制。

高福直接将几个耳光打了过去，威胁道：“你可以不写，明儿就会有紫极宫醮告副使欧阳旭暴病而亡的消息传出来。反正读书人身子弱，淋场雨犯了急症，也是常有的事。”

欧阳旭被打得满嘴是血、两眼发直，只能道：“我写，我写就是！”

雷电交加之下，欧阳旭颤抖着写完退婚书，拿出了自己的私印，却四处找不到印泥。

高福粗暴地抢过印章，往欧阳旭脸上还没干的血上一蘸，印在了退婚书上。高福满意地检查着写好的退婚书，这才让手下放开了欧阳旭。

欧阳旭好不容易挣得自由，恨恨地看着高家众人，咒道：“你们今日如此对我，以后一定会后悔！等慧娘知道了此事……”

高福讥讽地打断欧阳旭：“哟，敢情您还在发春秋大梦啊？以为是我家主人棒打鸳鸯？告诉你吧，这次吩咐我一定要拿回退婚书的，正是我们姑娘自个儿。”

“你、你胡说！”欧阳旭只觉脑中轰地一下炸开了。

高福欣赏着欧阳旭震惊的表情，快意地说：“我们姑娘已经和赵娘子成了好朋友，你之前干的那些见不得人的事，她全都知道了。”

欧阳旭神经质地笑了笑，摇头道：“不可能，以她心狠手辣的性子，怎么还会让赵盼儿活着！”

高福闻言勃然大怒：“居然敢侮辱我们家姑娘！”他手脚并用，对欧阳旭又是一阵殴打，欧阳旭不久便奄奄一息。

“记住了，高家与你再无瓜葛，今晚的事，要是你胆敢再向外头提到一个字——”高福冷笑起来，闪电之中，那笑容万分恐怖，“就算高家愿意放过你，皇城司也不会放过你的。”

欧阳旭听到“皇城司”三字，惊恐之下竟突然力气大涨，强行抬起半个身子问：“这件事怎么会和皇城司相关？难道官家、官家也知道我悔婚的事了？”

高福冷哼一声：“官家要是知道了，你这会儿早流配崖州了。”

欧阳旭这才松了一口气，再度软倒在地。

高福对欧阳旭的反应很是满意，他刚才故意把话只说了一半，见欧阳旭放松下来，又补充道：“不过赵娘子她，很快就要嫁给皇城司的顾使尊做夫人啦！”说完，就哈哈大笑着离去。

欧阳旭惊怒交加，在地上爬行：“等等，别走，告诉我怎么回事？赵盼儿怎么又要嫁人了？”

躲在角落中的道童跑了出来，想要扶起欧阳旭。

欧阳旭推开道童，用力在地上爬着，声音越来越小：“别走，你们别走……”然而，高家人早就消失在风雨之中。

一场大雨过后，东京的天气又比之前热了几分。一大早，茶坊院外已经挤得里三层外三层，全凭几个壮汉勉强维持着秩序。

葛招娣张开双臂，挡在院门外大喊："别挤，别挤啦！"

体胖的浊石先生已经挤得满头大汗："我也不想挤啊！可你能保证我们这些老客今天能听到宋娘子的琵琶吗？"

众文士应和道："就是，我们都排了一上午了！"

葛招娣好不容易才压过众人的声音："可茶坊就这么一点大，里头早就坐满了！"

浊石先生扇着头上的汗："难道不能像以前那样在院子里加演一场吗？"

眼看院外的客人们不肯散去，赵盼儿只能去雅室同宋引章商量能不能临时加演一场，没想到她还没开口，就被宋引章抢先拒绝了。

宋引章兴致缺缺地说："我太累了，不能再弹了。"

赵盼儿柔声劝道："我知道你累，可是外头的都是熟客……"

想到沈如琢提醒她的话，宋引章还是有些不情愿："可是我和以前已经不一样了啊，柯相亲口夸过我，若是再为了几百文的茶钱，给这些烦人的酸秀才说加演就加演，还对得起我琵琶上'风骨'这两个字吗？本来，今天我都只想弹一场的。"

赵盼儿其实早就看出来宋引章自从寿宴献艺回来，就对茶坊的事很不耐烦，她沉默良久方道："可没有这些'酸秀才'的茶钱，当初我们在东京，根本就活不下来。"

宋引章也意识到自己说错了话，讪讪地别开了目光："我不是那个意思，我只是有些累了。"

赵盼儿忍不住提醒："所谓风骨，是在于心，而不是形。"

宋引章垂下头，嘴唇微微嗫嚅了一下，看起来很是委屈："我知道了，我加演就是。"

此情此景，让赵盼儿感觉自己才是那个坏人，她无奈道："我也不是逼你，只是……"

这时葛招娣的声音从门外响起："盼儿姐，好了没有，他们又闹起来了。"

赵盼儿抬高声音对门外道："让他们再等一等，说最多半个时辰，我们摆好座椅，马上就好！"说完，她看了看仍然低头摆弄着琵琶的宋引章："今天就辛苦你了，再坚持一回，我保证，明天一定让你好好休息。"

宋引章柳眉微蹙，终是不情不愿地点了头。

茶坊的院子里坐满了人，外圈也挤得里三层外三层。琵琶声甫一响起，众人屏息静听，或点头、或暗叹，俱是享受之极。

雅室内的宋引章越弹越难过，一滴委屈的泪珠终于流了出来，她手指拨弦不停，嘴里却喃喃道："琵琶本来是件雅事，为什么我现在都名满天下了，却还得像在瓦子里的杂耍一样讨好他们，为什么？"

凄婉的乐声传到茶坊外的院子，挤在这里的百姓、文人也纷纷摇扇驻足凝听，不少人还受曲声感召，抹起了眼泪。杜长风正是其中之一，他听到动情之处，正老泪横流，手中的眼镜却被身边的另一位抹泪人碰掉在地上。

正指挥着壮汉从车上搬冰桶下来的孙三娘见杜长风狼狈地趴在地上找眼镜，一会儿被人无意踩一脚，一会儿又碰到了栅栏，先是觉得好笑，但慢慢地在曲声的影响下觉得他分外可怜。

犹豫了一下之后，孙三娘走上前捡起草丛里的眼镜，递还给杜长风："给。"

"是你！"杜长风戴上眼镜，认出了孙三娘，他有些紧张地说，"谢谢……那些果子，我都收到了，挺好吃的。"

孙三娘忍不住翻了个白眼："你一个都没吃上，全被那帮混小子抢光了，怎么知道好吃不好吃？"

杜长风一时大窘："你怎么知道？"

孙三娘心道，自然是陈廉告诉她的，可她决定逗逗杜长风，一边往车边走，一边说："我都能把你摔进河里，还能不知道你这点破事？"

杜长风眼见伊人身影渐渐远去，忙追了过去："等等！高家、高家没再找你们麻烦了吧？"

"不用你瞎操心。"孙三娘顺手从车上拿出来一小块冰扔给他，"拿好了，赶紧凉快凉快，瞧你一身臭汗，还为人师表呢。"

杜长风捧着那一块冰，又是清凉又是尴尬，琵琶声依旧凄凉悠远，杜长风的心却晕晕乎乎地飘了起来。

不远处的一家冰铺前，池衙内和一帮手下也正驻足凝听，一曲终了，吕五已经一把鼻涕一把泪："我怎么想起了以前老婆跟别人私奔的事……"

何四连忙暗示他别说了，指了指还在为张好好掉眼泪的池衙内。果然，池衙内吸了吸鼻子，便破口大骂："他奶奶的，是谁弹的这种哭丧曲子？把她给我拎出来，好好教训一顿。”

吕五附耳对池衙内说了几句，池衙内脸色一变：“什么，又是那个宋引章？张好好跟我闹成这样，也是因为她，果然只要是赵盼儿一窝的，就没一个好东西！”

池衙内作势就要往半遮面冲去，众手下忙将他拦住。

何四急急劝道：“衙内你别冲动，宋引章前几天刚在相府出了大风头，现在那边听曲的有不少当官的，咱们得罪不起啊！”

池衙内只得强压火气，朝半遮面的方向啐口水：“呸！我再呸，我再再再再呸！”

正在此时，刚给茶坊运完冰的空车在冰铺前停了下来。掌柜跳下车给池衙内请了个安：“衙内万安！您是来看账的吧，快请进快请进！实在对不住，刚才去给那个半遮面茶坊送冰去了。”

池衙内闻言一愣：“你这车冰，是卖给赵盼儿的？”

掌柜抹着汗道：“是啊，您也认识赵娘子？”

池衙内突然危险地狞笑起来：“我不但认识赵盼儿，还有仇呢。你听好了，老子现在以东京冰行行头的身份命令你，以后一块冰都不许卖给姓赵的。要不然——”

池衙内的一众手下同时抱臂向前逼进一步，掌柜吓得往后退缩了一步，忙不迭地点了头。

日暮西沉，天色渐暗。酒楼林立的街道上，突有一女子指天尖叫，众人循声望去，只见白墙上出现了飘浮的帽妖影子，众人忙大叫着四散奔逃。

人流之中，一队皇城司便衣人马突然现身，当头之人点燃了报信烟花向空中扔去，一道烟花在东京夜空中蹿起。沿着帽妖逃窜的轨迹，不断有报信的烟花蹿起，将东京的夜空映得分外好看。

萧钦言正在河岸的八角亭下负手看着这场烟花。突然，有一个人影在他身后落下。

萧钦言回头笑道：“你们皇城司放的烟花，还真不错。”

顾千帆面色如冰地走到萧钦言身边，不可置信地问：“是你干的？”

萧钦言却只是微笑着欣赏头顶绚烂的烟花：“你猜到了？我还特意选了茶汤巷，这样也能顺手给你那盼儿的对家们添点乱，我这个未来公爹想得还算周全吧？”

顾千帆一字一顿地问：“为何要如此？”

萧钦言笑了笑，回身看着顾千帆道：“有人想利用帽妖之事来对付我，这不是你警告我的吗？我自然要以其人之道还治其人之身。莫非，你还真以为背后的主使是那个什么都不懂的安国公？”

顾千帆的眸子骤然收缩，虽然他已经猜到了几分，可是他实在不愿接受这个答案：“不是他，那是谁？”

萧钦言敏锐地捕捉到了顾千帆眼神的变化，反问道：“我说了，你就信吗？”他转过头，继续看漫天的烟花：“不相信？也对，齐牧平时道貌岸然，又对你有知遇照拂之恩，你自然不会相信。”

顾千帆摇头否认：“不可能是他！清流中恨你的人那么多，他最多只是想坐收渔利来对付你而已。”

萧钦言摇了摇头，淡淡地说：“我若是因为帽妖案而被官家猜忌，得益最大的是谁？你身在局中，反而看不清了。你可别忘了，柯政走后，齐牧就是如今的清流首领。再告诉你一件事，你以为齐牧当初接近你，力劝你加入皇城司，是看在和你外祖的交情上？那他有没有提过，当初我和你娘成婚，他就是男方傧相之一？”

顾千帆脸上露出了难以置信的表情。

萧钦言笑着拍了拍顾千帆的肩：“傻孩子，你被他骗了。他早就知道你是我的亲生儿子。当初之所以诱劝你放弃大好前途，转任臭名昭著的皇城司，无非就是想挟恩让你做了他的党羽，顺便再报复我这个政敌而已！”

顾千帆骤然向后退了一步，他不愿相信萧钦言的话，一直以来，齐牧都是他追随的目标，倘若齐牧从头到尾都知道他是萧钦言的儿子，那他简直就是一个笑话。

“你是我的儿子，我没必要骗你。我也早就知道你这些年替齐牧出生入死是为了什么。”萧钦言用那双与顾千帆一般幽暗的眼眸紧紧盯着他，“你想早日升上五品，为你娘追封诰命，得朝廷香火，重立坟茔。这些，我都懂，所以我才一直尊重你的选择。可今时今日，我已正位首相，齐牧却还要自不量力地来挑拨我们的父子亲情，我就不愿意再忍了。”

顾千帆心绪起伏，但他强迫自己不在萧钦言面前表露出来，因此良久未动。

萧钦言见顾千帆久久没有说话，突然间笑了：“刚才你问我这一回的帽妖是不是我安排的？现在我可以说了，昨天是，但今天不是。”

顾千帆不禁愕然地看着萧钦言。

萧钦言的声音犹如鬼魅：“我把今晚要微服不带护卫来河中赏月的消息，透露了出去。你觉得，齐牧那些恨不得生啖我肉的手下们怎么做呢？奸臣初登相位，便死于帽妖天谴，这样的诱惑，这些清流拒绝得了吗？”

顾千帆心中大震，他是萧钦言的亲生儿子，自然分得清他是否在说谎。他锐利的目光扫过四周，随着城中烟花不断地绽放，装扮成帽妖的刺客离八角亭越来越近。

萧钦言转身向河边停泊的一艘画舫走去。月色中，他宽袍大袖的身形远远可见。远处的刺客也看见了萧钦言，立马精神一振，向码头的方向奔来。

顾千帆连忙追上前去：“你要干什么？快停下！”

萧钦言却脚步不停地上了船，站定的那一刹那，回身道：“现在你面前有两条路：要么放任刺客来杀我；要么救我，然后就能夺回被殿前司抢走的功劳，凭着救了当朝首相的大功升官。千帆，这一回爹是在用自己的性命来帮你，要怎么选，你自己看着办！”

“萧钦言你疯了！”顾千帆本能地迈出了一步，但最终没有踏上萧钦言的船。

萧钦言哈哈大笑，他在船头执壶而饮，曼声吟道：“赵客缦胡缨，吴钩霜雪明。银鞍照白马，飒沓如流星……”

不远处的刺客奔上河道上的石桥，迅速从纱帽下抽出机弩向萧钦言发射。弩箭纷纷钉入他身边的船板上，船夫中箭应声倒下，萧钦言仍然不避不闪。

船头的灯笼和萧钦言手中的酒壶被一并击落，在酒精的助燃下，船上开始起火。

顾千帆见此，心中如天人交战，他握紧了腰间的软剑剑柄，青筋骤起。

这时，萧谓突然从船舱蹿出，用剑替萧钦言打掉飞来的一箭：“爹，你小心！”

萧钦言一愣：“你怎么在这里？”

萧谓脸上全是胡茬，一边奋力格挡着到处飞蹿的箭矢，一边大喊：“儿子之前虽然犯了大错，被父亲见弃，可儿子没法眼睁睁地看着您身处险境，所以才悄悄跟来……”

萧钦言闻言，眼神陡然复杂起来。

刺客见萧钦言并未中箭，船又已驶近拱桥，便一声怪叫，飞身而下，直扑船头。

顾千帆见情况危急，终于一横心，沿着河岸向已经远去的画舫飞奔。

萧钦言刚才被萧谓拉倒避箭，此时正推开萧谓重新起身，见到顾千帆终于奔来，他的唇角露出一抹笑意。

萧谓看到了父亲的表情，又看到了正奔来的顾千帆，心中嫉痛交织。

那刺客一落在船头，立刻用流星锤向萧钦言发起攻击，好在顾千帆追上画舫后，也飞身跃落在了船头，当下护住萧钦言，与刺客激战起来。

在险象环生的打斗中，顾千帆一剑挑落了刺客的帽檐，而那帽下竟赫然露出了崔指挥的脸！

第二十五章 指尖泪

崔指挥和顾千帆的目光久久对峙着，崔指挥咬牙道:“顾千帆，这儿不关你的事!”

顾千帆目带寒光，一言不发地挥剑攻上，很快就刺伤了崔指挥的手臂。

就在此时，几声怪叫传来，接着三位帽妖打扮的人从附近的小船上跃了过来。

崔指挥精神一振，对援军快速吩咐:“他是皇城司的，别留活口，要不然死的就是我们!”

顾千帆目光紧盯着一众刺客，挡在萧钦言父子身前，命他们赶紧躲进船舱。

待萧谓拉着萧钦言避入船舱后，顾千帆立刻以一敌四，与一众帽妖战在一起。

顾千帆先是踢落一人入水，又刺中另一人，可无奈寡不敌众，在他与另一名刺客缠斗之时，崔指挥则抓住机会攻进了船舱。

萧谓武功平平，根本无法抵挡崔指挥的攻势。萧钦言眼见自己性命危急，也无法再保持宰相风度，只能狼狈地与萧谓且战且退，不时借着舱中的摆设闪避崔指挥的追杀。

船已顺流漂到两岸较为繁华的河道，萧谓趁机朝岸边大声呼救。岸上百姓看到了船上的打斗，开始惊慌地奔走相告。

一番恶斗后，顾千帆奋力解决了最后那名刺客，折身进舱，此时崔指挥正挥锤击向欲推开萧钦言的萧谓。眼见流星锤即将触及萧谓的喉头，顾千帆一剑击来，荡开了崔指挥之锤。萧谓堪堪死里逃生。

但那流星锤之力何等巨大！顾千帆手中之剑当即脱手，飞入河中。

崔指挥暗喜猛攻，不料顾千帆竟兔起鹘落般引他出了船舱，趁着他再度发起进攻之时，一脚踢歪了流星锤。连接流星锤的铁链在船柱上绕了一圈，竟然反过来正击中了崔指挥的面门!

顾千帆耸身扑上，紧紧勒住崔指挥脖上的铁链，崔指挥正挣扎不休，之前被顾千帆踢入水中的刺客却突然从河底蹿出，仗剑刺向毫无防备的萧钦言！

电光石火之间，双手正紧拉铁链的顾千帆来不及多想，便已经抢上前去，硬生生用身体替萧钦言挡了此剑。

目睹了这一切的萧谓忍不住惊呼："顾千帆！"

与此同时，赵盼儿正挽着篮子心事重重地走在道路上，浑然没有注意到众多百姓正拥挤在河岸边。突然，她听到了萧谓的那声惊呼，她愣了一瞬，随即奔向河边。

画舫之上，顾千帆一边忍痛用肌肉紧紧嵌住了刺客之剑，一边双手猛然用力，崔指挥颈骨瞬间折断，头颅以一个诡异的角度歪向一边。

余下的那名刺客见识到顾千帆的掌力，惊骇地弃剑欲跳船逃跑。顾千帆折断刺入自己肋骨间的剑刃，奋力掷出。

断剑没入刺客背心，那人踉跄几步，跌入水中。

顾千帆反手扶住船帮，眼前已经是一片光晕虚浮，他似乎看见了萧谓正瘫软在船边，大声叫着救命，似乎又看见了萧钦言焦急地扶起自己，正说着什么，随即，他便晕了过去。

萧钦言抚着顾千帆痛呼，萧谓也脱口喊出了一声"大哥"。

赵盼儿挤到河边时，听到的正是萧钦言的那声痛呼，随即在两岸房屋通明的灯火照映中，她看到了萧钦言怀中顾千帆那张苍白的脸。

赵盼儿内心震动，但根本来不及惊慌，身体便已自觉地做出了反应——她飞快地从旁边船柱上解下绳子，扔向画舫。

萧谓被绳子砸中，以为刺客又卷土重来，顿时惊慌不已。

赵盼儿厉声叫道："抓稳绳子！"

萧谓不由自主地听从了她的命令，赵盼儿奋力拉绳，画舫一点点地靠向岸边，周围百姓此时也明白过来，连忙相助。

众人齐心协力，不一会儿画舫便被拉到了码头边。

赵盼儿跳上船头，跌跌撞撞地就去查看昏迷的顾千帆。

萧钦言冷不防被她推到一边，他没想到还有人敢对自己如此无礼，心中着实吃了一惊。

赵盼儿伸手一探，发现顾千帆尚有鼻息，这才心中稍定。随即，她毫不迟疑地探向顾千帆怀中，摸出一支报信的烟花，在地上一擦，一道烟花便直冲天际。

萧钦言见她动作熟练，不禁问道：“你是皇城司的人？”

赵盼儿无暇回答，迅速查看顾千帆伤势后，摸出手绢包住断剑剑刃就要往外拔。

萧钦言和萧谓知道一旦拔出断剑，顾千帆就会失血过多而死，同时道：“不行！”

赵盼儿尽可能简短地说：“剑上有毒。”言毕，她果断地拔出顾千帆身上的断剑。

伤口处的黑血如泉水一般涌出，溅上了赵盼儿的脸庞。赵盼儿心如刀割，却咬牙用力挤压着伤口。

萧谓实在看不下去了，阻拦道：“别挤了，再挤他就要死了！”

赵盼儿一言不发，仍然用力挤压着。饶是萧钦言，看着这一地的鲜血，也禁不住颤抖起来。好在不久之后，顾千帆伤口中流出的鲜血变成了红色。

赵盼儿对萧氏父子喝道：“过来帮忙！”

萧钦言父子忙上前帮着赵盼儿压住顾千帆的伤口。赵盼儿抓起篮子中的陶罐，将一罐蜂蜜倒在顾千帆的伤口上，伤口被蜂蜜糊住，顿时不再流血。

萧钦言闻到了蜂蜜的味道，疑惑道：“蜂蜜？”

赵盼儿暗自庆幸刚才自己临时起意买了罐蜂蜜，急促地说：“对，用这个止血，比金创药好。”她麻利地撕下自己的衫裙，熟练地为顾千帆包扎。等到她包扎完毕，岸上陈廉也已执着火把赶来，见此情状，忙下令手下上船。

赵盼儿帮助他们用担架抬起顾千帆后，好不容易扶着船身站立起来，由于蹲得太久，她眼前一黑，险些跌倒。

萧钦言分明看到了她眼中的泪珠，难掩诧异地看着她下了船。

陈廉接住从船上跃下的赵盼儿，惊讶地问：“盼儿姐，你怎么会在这儿？”

萧钦言远远听到这句“盼儿姐”不由一惊，原来她就是顾千帆口中的赵盼儿，他不禁驻足多看了几眼这个未来的儿媳。

赵盼儿无暇回答陈廉的问题，镇静而虚弱地说道：“还没断气，伤在左肋，深约四寸，有毒，我已经尽量挤出来了，赶紧送去大夫那里。”

“你放心！”陈廉看了看萧钦言，犹豫道，“盼儿姐，这件事……”

赵盼儿不等陈廉说完便道：“我刚才什么都没有看到，一会儿我会自己回去。可无论他是死是活，明天你都一定要告诉我，我会在茶坊一直等着！”

陈廉郑重点头，转头奔开，一边指挥着手下运送顾千帆离开，一面让人驱赶着围观百姓。

待顾千帆被抬上马车，赵盼儿追着马车跑了好几步，这才不甘地停下脚步。她浑身的力气宛如被抽干一般，只能倚在柳树上微微喘气。突然，她感觉到了什么，便抬眼望去，眼神却正与远处刚训斥完一帮官兵的萧钦言碰在了一起。

萧钦言脸上急怒之情未去，审视地看了一眼赵盼儿后微微颔首。

赵盼儿微福了一下身子，却发现火光之中，萧钦言腰间的金鱼袋闪了一闪。赵盼儿这才意识到眼前的中年男子竟然位居三品以上，正在她惊愕之际，萧钦言已经由士兵保护着上了马车。

皇城司一个官员打扮的男子立刻招呼手下跟上萧钦言的马车："快，跟上萧相公！"另一边，陈廉也指挥着众人离开了。

一瞬间，除了远处码头边那条空荡荡的画舫，刚才热闹的岸边竟突然安静了下来，整条街道上就只剩下了赵盼儿一人。

赵盼儿伸出手抚摸着画舫上的剑痕与血迹，泪水终于控制不住地流了下来。她顺着剑痕慢慢蹲下捂脸痛哭，声音宛如受伤的小兽。良久，她才抹干自己的眼泪，用河水洗干手上的血迹，挽好散乱的头发，再拾起刚才放在画舫上的篮子，一步一步坚定地走回码头。

赵盼儿喃喃道："赵盼儿，记住，你刚才什么都没有看到。"她轻轻地推了推脸颊，一抹坚强的微笑很快又出现在了她的脸上。

赵盼儿不知道自己是怎么回的桂花巷小院，也不知道自己是如何微笑着应答完孙三娘和葛招娣问她怎么回来晚了的问题。待她终于回到自己的房间，她几乎脱力地坐了下去，用微微颤抖的手端起了铜盆，把还沾着血的手浸在了冰凉的水里。

门开了，宋引章期期艾艾地进来，说了些什么，赵盼儿还那样微笑着，不时点头应和。宋引章又说些什么，赵盼儿都点着头，宋引章似是有些不满，又说了些什么，但赵盼儿也只是机械地笑着点头。

宋引章不开心了，提高声音道："盼儿姐！"

赵盼儿终于回过神来，似乎有些惊讶宋引章还没有走："你还有什么事？"

宋引章见赵盼儿频频走神，忍不住埋怨道："我就求一件事，你为什么老是嗯呀啊地敷衍我？之前的事情，我不都已经跟你认过错了吗？"

赵盼儿一瞬间觉得无比疲累，她无力地说："到底什么事，你再说一次吧。"

宋引章有些扭捏地摆弄起了袖口的布料："那天在相府，多亏顾副使护着我，我才没得罪各位官人。所以我思来想去，还是想设宴请顾副使小酌几杯，也算是一番心意。可我不知道怎么才能找到他，你能不能帮我问问陈廉？"

赵盼儿面无表情地答道："不用问了，顾千帆最近都没空。"

宋引章以为赵盼儿在敷衍自己，神情愈发不悦："为什么？你怎么知道他没空？"

赵盼儿心情本已处在谷底，听到宋引章又一次提到顾千帆更是雪上加霜，她的语气忍不住加重了许多："我就是知道！"

宋引章被吓了一跳，这么多年以来，赵盼儿还从来没有用如此重的语气对她说过话，一瞬间，委屈涌上她的心头。宋引章捂着脸，奔了出去。赵盼儿心知不妥，但沉重的无力感牢牢地将她禁锢在了原地。

不一会儿，孙三娘踌躇地在赵盼儿半开的房门上敲了敲门，赵盼儿半天才反应过来，苦笑着说："别问了，什么事都没有，我只是有点累。"她缓缓地走到床边躺下，但床帷上鲜红的流苏突然映入她的眼帘，又让她想起了顾千帆伤口里不断涌出的鲜血。

赵盼儿猛地闭上了双眼，低声道："我要睡了，到明天，一切都会变好的。一定会。"

孙三娘沉默地走了过来，替赵盼儿吹熄了蜡烛，又取过薄被替她盖上，最后轻声离开房间并给她关上门。

赵盼儿闭上眼，可眼前又是顾千帆满身是血的身影，一行清泪顺着她的眼角流下，无声地濡湿了枕席。

皇城司南衙内，陈廉将大夫引进一间暗室，取下了盖在顾千帆身上的薄被。

大夫看着被鲜血染红了一半身体的顾千帆，不禁倒抽一口冷气："流了这么多血，只怕……"大夫重重地摇了摇头。

这时，雷敬匆匆赶到，用极其严厉的语气恐吓道："一定要救活顾副使，这是萧相公的严令，要不然你也别想活着走出皇城司！"

大夫本来就对皇城司极为惧怕，听了雷敬的话，他正在拆绷带的手剧烈地颤抖起来。

突然，一只手稳稳地扶住了他的手臂——顾千帆竟然缓缓张开了眼睛，虚弱地开口："生死自有天命，与大夫无关。"

雷敬马上应和道："也对，也对，总之，你用心治，好好治！只要能保住顾副使，非但皇城司要赏你，连萧相公、甚至官家，也有重赏！"

大夫连忙继续拆开伤口，保证道："是，是！一定尽心！"

顾千帆颤抖着示意陈廉靠近："去告诉萧相公，说我醒了，再，带一句话……"

大夫闻言一凛，忙和雷敬站远了一些。

顾千帆附耳给陈廉说了些什么，站在一旁的雷敬竖着耳朵偷听，结果什么都没听到。

听了顾千帆的吩咐，陈廉先是一愣，旋即严肃地应道："是。"

顾千帆听到了陈廉的应答，蓦然松开手，重新陷入昏迷。

大夫见状，连忙上前，用银针急救："包扎得不错，止血清毒也算及时，下官这就上最好的解毒药、金创散。只要能熬过今晚，顾使尊自然吉人天相！"

陈廉抹了一把眼角的泪，向雷敬行了一礼，匆匆走出了房间。

雷敬看着大夫给顾千帆治疗，皱起了眉，在房间里来回踱步，喃喃道："可要是熬不过今晚呢……看刚才萧钦言那副要吃人的样子……难啊，难啊……不管了，先去上劄子弹劾殿前司！"

而陈廉离开南衙后，并没有去萧府，而是换上夜行衣，朝齐牧宅邸的方向潜行而去，他的身影渐渐与夜色融为一体。

清晨，桂花巷小院的门被推开，仍然带着昨晚的微笑的赵盼儿挽着篮子走了出来。

孙三娘追上来劝阻道："盼儿！我看你根本就没睡好，要不今天就别去茶坊了吧？"

赵盼儿摇了摇头，平静地说："没事，就算天塌下来，生意还是要继续做的。"

孙三娘忧心地正想再说什么，葛招娣也追了出来，慌里慌张地说："盼儿姐，引章姐说她不舒服，今天不去茶坊弹琵琶了。"

赵盼儿心情复杂地看了一眼宋引章房间的窗户，最终只是说："随她去吧。"

骄阳如火，知了不停地鸣叫着，茶坊内依旧挤满了客人，每个人都热得汗流浃背。客人们不断询问孙三娘和赵盼儿，得知宋娘子不在，皆面现失望。

袁屯田是专门为了听曲子来的，他有些郁闷地问："宋娘子以前不是天天都来的吗？今天怎么就突然不来了？"

赵盼儿有些走神，机械地回道："她不舒服……对，不知道什么时候能来……"

浊石先生体胖，天一热比谁都难受，他在一旁飞快地扇着扇子道："这天气也太热了，我光坐这儿都喘不上气来！来碗蜜豆冰沙。"

正忙得不可开交的葛招娣赶紧应道："好嘞，马上就来！"

她匆匆跑向灶房，一会又奔了出来，小声对赵盼儿说："所有的冰都用完了。"

赵盼儿随口答道："去巷口王家再买些。"

葛招娣无奈地说："今天早上我就去问过，他们说全卖光了，不知道什么时候会补货。"

赵盼儿揉了揉太阳穴道："那我现在去王家看看。陈廉要是来了，又或者送了什么信来，你马上过来告诉我。"说完，她又对浊石先生福了一福："各位稍等，冰很快就来。"

看着赵盼儿魂不守舍的样子，葛招娣终于忍不住问孙三娘："盼儿姐这是怎么了？"

孙三娘担心地看着赵盼儿离去的背影，叹息道："她不肯说，咱们就别问了。"

已经汗透衣衫的浊石先生实在扛不住了，起身道："不行了，天这么热，宋娘子不在，冰又不知道什么时候才能来，我还是先回去吧，明日再说。"

袁屯田也点头附和，摸出铜钱放在桌上离开。一时间，不少人纷纷跟随。孙三娘和葛招娣只得一边赔不是一边相送，不一会儿，茶坊里的人竟然走了一大半。

一炷香的工夫过后，赵盼儿没精打采地回到了茶坊。她带回来的消息令孙三娘和葛招娣都大吃一惊，原来这一次在背后捣乱的又是老对头池衙内，他是东京各大冰行的行头，放话不许让任何一家冰铺将冰卖给半遮面。

孙三娘急了："那现在咱们怎么办？"

赵盼儿脸带倦色，声音有些中气不足："见招拆招吧。我们跟池衙内的梁子又不是第一天结下的。我会去问问他的手下，或者再去找找张好好，看看有没有办法转圜。"

孙三娘有些担心地问："那你现在就要去？"

赵盼儿摇了摇头："我在等一个消息，不能离开马行街。"她看了看只剩下几个茶客的茶坊，又道："天气这么热，要不你和招娣先回家吧，这儿有我盯着就行。顺便再看看引章吃过饭没有，她向来苦夏，我怕……算了，她现在未必想跟我们说话。"

孙三娘给葛招娣使了个眼色，两人都没再多言，收拾好东西就一起离开茶坊，给赵盼儿留下一个独处的空间。

路上，葛招娣担心地回望着茶坊："东京的夏天要是没有冰，生意很难做啊。盼儿姐还张罗着要开酒楼呢，可这一关要是过不了，咱们就什么都别想了。"

孙三娘虽也犯愁，但毕竟以前经历过更大的风浪，因此心态比葛招娣要更加稳得住："肯定能过得了。比这回更难的情形，以前又不是没有。酒楼在找，冰也在找，大冰行不肯卖我们冰，那咱们就试着问问小的。对了，你不是在码头那边认识挺多人的吗？能不能帮着打听一下？"

葛招娣点了点头："嗯，我这就去，听说凡山那边有几户小冰窖，你先给我点钱，那边要有冰，我顺手就买了。"

孙三娘忙摸出钱袋来给她，葛招娣拿着钱，飞也似的跑开了。

孙三娘继续往前行走，却被远处弹来的一记石子击中了额头。

孙三娘痛呼一声，放眼望去，只见前边不远的书院门口，杜长风也正一边捂着脸，一边狼狈地捡着散落一地的书本。而书院墙头上骑着几名学生，正一边用弹弓打他，一边嘻嘻哈哈地嘲笑他，为首的又是孙理和胡彦。

孙三娘捂着头怒吼一声："哪家的小兔崽子，这么胆大包天！"

墙头的少年们被吓了一跳，立刻作鸟兽散。

孙三娘冲到书院门口，一把拉起杜长风，接着飞快地捡起地上的书本塞在杜长风手中，她有些恨铁不成钢地埋怨道："你那琉璃片子呢？又摔没了？"

杜长风听出孙三娘的声音，忙从怀里摸出眼镜："没摔，我往常都是进了书院才拿出来的，没想到……"

孙三娘打断道："那你是木头做的吗？一帮臭小子拿弹弓射你，都不知道躲一下、骂一声？上回我听陈廉说起这事还没敢信，结果今天一看，你比他说的还窝囊！"

杜长风苦笑一声道："我是夫子，怎么能跟孩子们一般见识？不过就是些玩笑……"

"玩笑？玩笑能把我打成这样？"孙三娘一摸头上的伤处，发现已经流了血，一时更生气了，"这还有王法吗？不行，今天非收拾他们不可！"说完，她旋风一般冲进了书院。

杜长风半晌才回过神，忙追了过去："哎！你要干吗？"

杜长风气喘吁吁地追进书院，只见孙三娘的篮子被扔在地上，她本人则在院中绕圈追着孙理和胡彦跑。

书院山长闻声出来，吹胡瞪眼地质问道："你这妇人，意欲何为？"

杜长风忙挡在孙三娘身前："山长，你听我解释……"

孙三娘将杜长风扒拉到一边，叉着腰走到山长面前："你是山长是吧？你的弟子打伤了我，你叫他们出来，我要找他们算账！"

山长自然知道自己那帮学生是什么德行，可京华书院的学生家里可都是非富即贵，他管教不了这群学生，还不信治不了一个撒泼妇人了，便朝孙三娘呵斥道："一派胡言，书院乃教书育人的圣贤之地，怎么会有人出手伤人？此地容不得你这无知妇人撒野，速速给老夫出去！"

孙理、胡彦领头附和："没错，快滚出去！"

孙三娘顿时怒上心头："就你这么不分青红皂白地护短，还配叫圣贤？想叫我滚，呸！"

她一手拎起那叫得最欢的胡彦，一边瞄准了身边的石桌，飞起一脚便踹了过去，只听"轰"的一声，那石桌便被踢倒，砸在地上断为几截！

烟尘过后，书院鸦雀无声。孙三娘冲一旁看傻了眼的书院少年们指着自己额上的小伤口："道歉。"

之前被孙三娘拎在手里的胡彦抢先开口："我们都是无心的，一时失手，请您不要见怪！"

孙三娘指了指杜长风："打到我是一时失手，那打到他呢？也是一时失手？你们不是第一回欺侮他了吧？他是你们的夫子啊，你们都不晓得尊重，难道把书都读到狗肚子里去了吗？"

胡彦下意识辩解道："我们没欺负过他，是他自己眼神不好，看不清东西。"

孙三娘抡起巴掌就对着胡彦的屁股抽了一记："有本事再说一遍！"

胡彦被打得哇哇乱叫，气急败坏地说："你敢打我！我是忠勇伯府的世子！救命啊！快去报官！"

孙三娘看到胡彦，就想起傅子方淘气的样子，忍不住对着胡彦的屁股一阵狂抽："我管你柿子李子！去报啊！再叫，我扒了你裤子接着打！等官差看到你光着屁股被一个女人打了，我看你这辈子还怎么见人！"

胡彦顿时怕了，忙大声道："别打了，我不报官就是！"

孙三娘作势扬了扬手："你错了没有？"

胡彦也不是傻子，深谙好汉不吃眼前亏的道理，连忙求饶："我错了！杜夫子，我不该用弹弓打你，以前也不该取笑你、不尊重你，更不该抢你的果子吃，我错了！"

孙三娘这才放开胡彦，环视着诸位学生，冷冷道："很不服气是吗？觉得我就是仗着力气大来欺侮你们？那你们呢？难道不是仗着自己出身高门大户，仗着自己眼神好，就来欺侮杜夫子吗？这里可是书院啊，京城的书院。你们知道能在这儿读书，是多不容易的一件事吗？"

说到这里，孙三娘突然有些哽咽："我儿子在钱塘，当初我攒了足足半年的钱，求爷爷告奶奶，才为他请到了一位在京城待过的夫子指点学问。可你们呢？守着今科的进士给你们当夫子，竟然还一点都不知道珍惜！"

一众学生们本来怕得要死，没想到孙三娘说着说着，竟然要把自己说哭了，大家又开始面面相觑。

孙三娘三两下抹掉眼角的泪，激动地说："不是我小瞧你们，爹当官爷当官，又不是自个儿当官，凭什么就觉得高人一等！还扯什么公侯伯子男，我孙三娘祖上还是大官呢，到现在还不照样杀猪卖茶！杜夫子现在是没选到官，可那又怎么着？他是凭真才实学考上的进士，以后肯定有他高升的机会！单凭着他肯容忍你们这么久的这番气度，就是宰相肚里能撑船！"

杜长风没想到自己在孙三娘眼中竟然有这么多优点，不禁感动得热泪盈眶。

孙三娘又转身面向山长："山长，我确实只是个无知妇人，可教孩子，到底是只教学问，还是要教做人，您肯定心里有数，对不对？"

山长讪然地把目光移开，不敢与孙三娘对视。

孙三娘又看了看傻站在一边的众少年："你们啊，真和我那个孽障儿子一模一样。对你们好的，你们不知道珍惜，反而……唉，算了，你们好自为之吧。"发完了火的她仿佛泄了气一般，往书院外走去。

众少年早就被她训得齐齐低下了头，见她离开，竟无一人敢去阻拦。

良久，胡彦才嗫嚅着到杜长风面前，深深一礼："夫子，之前弟子大错特错，对不起！以后我们一定好好跟你做学问！"

杜长风欣慰地摘下叆叇，抹着眼泪道："好，好！"他刚往后退了一步，差点被地上的篮子绊倒。

众少年忙扶住他："夫子小心！"

杜长风却突然想起这是孙三娘落下的篮子，他连忙将差点害他摔倒的"罪魁祸首"抱在怀里，朝门外拔足狂奔，一边跑一边大叫："孙娘子，孙娘子！你的篮子！"

孙三娘这才察觉自己身上少了点东西，停下来接过篮子："谢了啊。"

杜长风气喘吁吁地说："哪里，是我该谢谢你。刚、刚才，多谢你仗义执言。"

不知怎的，孙三娘觉得杜长风眼下还挺可爱的，想起初次见面时，他那副"之乎者也"的讨厌模样，孙三娘忍不住调侃道："你以前来客栈替欧阳旭当说客的时候，那张嘴不是叭叭叭叭挺利索的吗？怎么对着一帮小兔崽子，就放不出屁来了？敢情你就是个欺软怕硬的怂包啊？"

杜长风尴尬地笑道："没错，就是个怂包，所以在官家面前才失了仪，结结巴巴的，一句话都讲不明白。"

孙三娘满腹挖苦之语都被他堵了回去，只得边走边道：“原来你知道自己的德行啊。”

杜长风跟紧她的脚步：“刚才真的谢谢你。自打我在御前出了丑，从来就没有人这么替我说过话。”

孙三娘翻了个白眼：“光嘴上说有个鬼用，想谢的话，拿钱出来啊。”

“啊？噢！”杜长风居然真找了半天，从身上摸了一吊钱塞给孙三娘，“一吊钱，够不够？我身上只有这么多了。”

孙三娘不由啼笑皆非：“你还真给啊？”她抬眼看到街边的肉铺，想起了什么，便问：“你是不是白天还能看见点，晚上就根本看不见？是不是以前都还能看见，最近几年才看不见？”

“你怎么知道？”杜长风诧异极了。

孙三娘走到肉铺那儿，丢下钱拎起一串猪肝扔给杜长风：“这病，我知道一个土方，拿回去吧，每天一块，连吃三十天。”

见杜长风傻愣愣地抱着那串猪肝，孙三娘又道：“放心吧，我杀了十几年的猪，吃猪肝治好的鸡视眼，没十个也有八个。”言毕，她挽着篮子留下傻站在肉铺边的杜长风径直离开。

杜长风看看手中的猪肝，又看着孙三娘渐渐远去的背影，金灿灿的阳光照在孙三娘的身上，给她的背影勾勒出了美丽的金边。

杜长风仰头望着耀眼夺目的烈日，只觉得孙三娘与初夏的阳光一样热情洋溢，暖在了他的心窝。

毒辣的阳光炙烤着东京的码头，一个农妇打扮的女子下了船。

排队上跳板时，她见到前面的人挑了一箩筐红枣，吞了吞唾沫，便悄悄摸了两把装进自己的衣兜里。

农妇一边啃着红枣，一边跟码头上的搬运工打听着葛招娣的下落，问了半天也毫无进展。正在懊恼之际，她突然一错眼看见了远处正与一名小贩说话的葛招娣。

农妇本欲大喊，想了想却选择悄悄地靠近葛招娣，趁她不备之时，将她一把抓住：“葛招娣，这回我看你往哪儿跑！”

葛招娣先是一惊，很快就用劲儿挣扎起来。

农妇却放开声音大喊：“快来看啊，不孝女打亲娘啦！”

一时间，码头上的人都看向了葛招娣母女，甚至有好事者开始对此指指点点。

“你别叫了！”葛招娣又急又羞地挣扎着。

“我要不叫，你就又该跑了！”葛母拍着腿哭了起来，“你这没良心的死丫头啊，一家人都饿死了，你居然一个人在东京快活逍遥！可怜我十月怀胎，怎么就生出你这么一个赔钱货！”

葛招娣眼看越来越多的人围了过来，连忙大喊了一声：“你再闹，我就不给你钱了！”

葛母一下子收了声。

葛招娣摸出钱袋来，一边敞开给母亲看，一边把她往路边带，“你只要不闹，我就给你钱！不过这些是掌柜的给我的，我只能先给你一半……”说着，她掏出钱来一枚枚地开始数。

葛母一只手还抓着葛招娣，另一手伸出去接钱往袖里揣。

葛招娣往回拉着自己的袖子：“你轻点拉我，袖子都快破了……哎呀！”她找准机会，佯作失手，钱袋一下子掉在地上。

葛母下意识地扑到地上去抢钱，等她把大半散落在地上的铜钱捡起来，却发现葛招娣早就不见了。

葛母懊悔地一拍大腿：“又被这死丫头骗了！”

另一边，葛招娣正慌不择路地跑着，边跑边回头看葛母是否有追上来，不料一头撞在了一队正在巡视的皇城司士兵身上。

被撞之人大怒，拎起葛招娣正要训斥。葛招娣见势不妙，大声道：“我是你们陈廉陈都头的朋友！”

那人一愣，犹豫了一下，放开葛招娣。葛招娣趁机飞也似的跑了。

被撞之人想追，却被身后的人拦住：“别追了，这会儿南衙都是陈都头在做主，你想为点小事就得罪他吗？”

躲在街角喘着粗气的葛招娣听了这话不禁一愣——南衙竟然是陈廉在做主，难道顾副使真的出事了？

与此同时，陈廉一改平日的嬉皮笑脸，正在南衙对着排列整齐的一众手下训话：“副使平常是怎么对你们的，你们自己心里头明白，汴河里头每一寸都要给我细细地搜！不管那个落水的刺客有气没气，都得给我找出来！”

“是！”众皇城司领命后迅速散开，不一会儿南衙就彻底安静下来。

陈廉见廊下又有个陌生的大夫挽着药箱匆匆走进正堂，不禁心中一紧，连忙快步赶了过去。

顾千帆仍旧昏迷不醒，昨晚的老大夫正焦急踱步，新来的陌生大夫在给顾千帆施针。

陈廉焦急地拉过老大夫问：“你不是说熬过昨晚就没事了吗？怎么还没醒？”

老大夫怕陈廉惊扰到新来的大夫施针，低声道：“这是宫里头派来的御医，萧相公亲自去请的，金针一绝。顾副使能不能活下来，就看他了。唉，我们大夫也是人，只能治病，不能救命！”

陈廉大受打击，他放开老大夫，轻步走到顾千帆旁边，此时陌生大夫已经换在了顾千帆的足部施针。

陈廉在顾千帆耳边喃喃道：“顾头儿，你可一定要醒啊。这都快一整天了，盼儿姐还在等着我的消息呢。你可别让我没法跟她交代。”

陌生大夫扎到了顾千帆的涌泉穴上，顾千帆的大脚趾微微动了一下。

大夫施完了针，一言不发地退了出去。房间中只剩下陈廉和顾千帆两人。

陈廉再也忍不住喉头的哽咽：“你还不知道吧？你这回的命又是盼儿姐救下来的，要不是她及时赶到，你早就……你可千万别辜负她啊，你一定得活下来……”

“不会的。”一个细微的声音突然响起，顾千帆微微张开了眼睛，“我，不会辜负她的。”

“头儿！”陈廉大喜过望，忙冲出屋外，对两位大夫喊道，“他醒了，他醒了，你们快来看看！”

两位大夫冲进屋内一阵忙碌，又是给顾千帆施针，又是给他灌药。

顾千帆无力地任由他们施为，半晌才呛咳着问陈廉：“我昨天，要你做的事呢？”

陈廉忙道：“我都做了！”

顾千帆虚弱地问：“他说，说什么了？”

陈廉看了看两位大夫，小声道：“齐中丞见到报信的人，第一句首先问的是：崔指挥是什么时候断气的？萧钦言呢？还活着吗？”

顾千帆微微沉默片刻，又问：“他什么时候，问起的我？”

陈廉犹豫了一下方道：“第三十六句。”

顾千帆的眼睛蓦然闭上，一滴眼泪从他的眼角流了出来，很快流入鬓间，消失不见："扶我起来。"

"头儿……"陈廉有些为难地看着顾千帆，他认为顾千帆现在最需要的是休息。

顾千帆一声暴喝："扶我起来！"他右手用力一拂，身边案上的药碗猛然坠地。

陈廉被顾千帆吓了一跳，赶紧将他扶了起来。

宋引章房间内，孙三娘将做好的清淡小菜一一摆在宋引章面前的桌子上。

"拿开，我不要喝！"宋引章一脸不高兴地坐在桌边，她把粥碗往外一推，却用大了力气，粥碗落地，应声碎裂。

孙三娘原本还正从食盘里端凉菜，一看撒了一地的粥，也不高兴了。她放下盘子道："宋引章，你别拿着三分颜色就开染坊啊！你和盼儿为什么不开心我不知道，可我孙三娘没得罪过你！"

宋引章原本还在负气，一听这话颇为羞愧，忙起身想帮忙："对不住……我不是故意的。"

孙三娘没好气地收拾着地上狼藉，将宋引章挡到一边："不用了，别割着你那金贵的手，一会儿弹不了琵琶，又该怨我们挡了你的风骨了！"

宋引章的手尴尬地僵在半空，站也不是坐也不是。

孙三娘却越说越气："有些话我也憋了好几天了，你在相府出了风头是不假，可动不动就拿回家冲我们耍威风，是什么意思？前儿甩脸色，昨儿哭着跑，今儿砸盘子。敢情就因为这琵琶上的两个字，你就拿自己当公主娘娘啦？你以前这不开心那委屈，盼儿哪回不是哄着你顾着你，可你呢？因为一两句言语不和，就连琵琶也不去茶坊弹了！这还是我们三个一起合着弄的生意吗？"

宋引章脸色惨白，小声解释："我，我真的是有一点不舒服……"

孙三娘将地上的粥拢到一起，没好气地说："不舒服还能有力气砸碗？你就别骗自个儿了。盼儿那才是真的不舒服，从昨晚上起走路就直打晃，可她还是去茶坊了，还叮嘱我说你苦夏，让我给你弄点清淡的吃食。可你呢，你是怎么对她的？你关心过她一句没有？宋引章，我是个粗人，不懂你们那些个风花雪月，我就知道一句话，你姓宋她姓赵，她天生不欠你的，她不是你娘！"骂完，孙三娘便摔门出去了。

宋引章被重重的摔门声震得浑身一抖，很快就捂着脸哭了起来。良久，她一咬牙，奔出了门，决定去茶坊找赵盼儿赔礼道歉。

而赵盼儿此时正呆坐在空无一人的茶坊中，她手里紧紧握着那支红珊瑚钗子，恍惚中，那血红色的红珊瑚慢慢幻化为昨夜她救顾千帆时双手沾染的血。可赵盼儿依旧紧紧地握着那钗子，直至掌心压出了那珊瑚的形状也不肯松手，似乎只要她不松手，就一定能从阎王爷手中拉回顾千帆。

突然，门口传来了陈廉的声音："盼儿姐！"

赵盼儿停滞了一息，这才飞也似的奔出门去，她不可置信地看到奄奄一息的顾千帆竟然在陈廉的搀扶下站在院子中间！赵盼儿狂奔而去，紧紧地和顾千帆拥抱在一起。

嗅着顾千帆身上的汤药味，赵盼儿已经泪流满面："我就知道你不会有事，你是'活阎罗'，阎王殿不会收你的！"

顾千帆拥着她，虚弱地说："当然，我要是不来找你，谁陪你吵架，谁陪你散步，谁陪你开酒楼、做生意？"他从赵盼儿手里抽出那支红珊瑚钗子，重新给她插入发间。

赵盼儿悲喜交加地拥着他，哭得更厉害了。

刚刚赶来的宋引章看着赵盼儿与顾千帆的亲密相拥，一时震惊无比。

她踉跄了几步，下意识退回到阴影中。往日的情景一幕幕地闪现在她眼前——华亭县衙门口，被救起的宋引章寻找着顾千帆，却发现赵盼儿正担心地查看他手臂上的擦伤；城门外，宋引章、孙三娘被皇城司侍卫隔开，而顾千帆和赵盼儿在另一侧交谈；小院外，宋引章发现顾千帆送赵盼儿回来……宋引章终于明白了什么，她掩住嘴，泪水顺着她秀丽的脸颊滑落下来，她立刻转身跑开了。

赵盼儿与顾千帆在院中拥抱良久才不舍地分开。

赵盼儿注意到顾千帆有些站立不稳，他毕竟重伤未愈，身体本就极为虚弱，又经过一番奔波，此时已经到了极限。她连忙把顾千帆扶进雅间，让顾千帆躺在榻上休息。

赵盼儿解开顾千帆的衣服，检查着他的伤势，一看绷带上血迹斑斑，她忍不住轻轻地倒吸了一口冷气，然后心痛地埋怨道："上回都说不许你再硬撑着跑过来了。"

顾千帆忍痛强笑："我看不见你心里也不安宁。再说，这样子你也不是头一回见。"

赵盼儿心疼地替他抹去额头的薄汗："以前是以前，如今是如今。"

顾千帆深知，若不是一定要见到赵盼儿的这个念头吊着他的命，他可能根本醒不过来，可他只是轻轻一笑："嗯，解我衣裳的速度，是比以前快多了。"

赵盼儿伸手想打顾千帆，又舍不得，最终只是轻轻地落在了他身上。

顾千帆突然想到了什么，问道："对了，你怎么还会分辨箭上有毒没毒？"

赵盼儿把头轻轻地靠在他的胸膛上，听着他有力的心跳声，轻声说："小时候跟军医学的，那会儿我爹在宁边军做都巡检史，每回带军出征回来，都是我跟我娘去帮的忙。”

顾千帆只觉自己一定靠着前世修来的福分，才能遇到赵盼儿，他动情地说：“你学得很好。大夫说，多亏有你，我才能活下来。”

赵盼儿瞥了顾千帆一眼：“我自然要尽全力了，因为我可不想当望门寡。”

赵盼儿虽是带着笑说的，但一滴眼泪还是忍不住从她的眼角滑出，慢慢地滑落到了顾千帆的胸膛上。

顾千帆伸出手指，接住了赵盼儿落下的第二滴眼泪，放到了自己干枯的唇上：“咸咸的，跟血一样，味道不好，所以以后，不要再哭了。”

“好。”赵盼儿想忍住不哭，泪水却愈发控制不住地流了下来。

顾千帆吻去赵盼儿眼角的泪，许诺道：“帽妖案已经破了，以后，我不会再让你担心。”

“好。”赵盼儿轻声道。

顾千帆继续说：“想转手的酒楼，单子已经列好了，陈廉会给你，你只管一家家去谈。”

赵盼儿的泪水不停：“好。”

顾千帆见自己无论说什么，赵盼儿都只会答“好”，便道：“管不了什么雷敬了，我一天都不愿意再等。我伤一好，咱们马上就成亲。”

然而赵盼儿丝毫没有犹豫，又说了一个“好”。

顾千帆捧起了她的脸，旋即，就将温热的唇覆在了她的唇上，并逐渐加深了这个吻。

赵盼儿反客为主，拥住了顾千帆，唇齿交融间，她的心跳和屋外的蝉鸣声一并安宁下来。一直到顾千帆因肩上的伤被压到而痛呼，她才醒过神来，忙扶着顾千帆躺下。

顾千帆含笑看着赵盼儿又是拿药又是拿布巾地忙碌着，从未有过的安全感很快包围了他，睡意汹涌袭来，他瞬间沉沉睡去。在梦里，他看到了盼儿与他的柔情相拥、交颈缠绵，也看到了一个犹如盛夏般炽热与灿烂的未来。

宋引章神志恍惚地走在码头上，赵盼儿和顾千帆紧紧相拥的画面不断在她眼前出现，她耳边嗡嗡作响，听不到任何声音。往来行人不时向她投来好奇的目光，可她根本已经顾不上所谓的形象。

这时，孙三娘气喘吁吁地跑了过来，紧张地说：“引章，可算找到你了！哎哟，吓死我了，你怎么突然就从家里跑出来了啊？对不住，我刚才说话又着急了些……”

孙三娘上气不接下气地说了半天，不小心呛到，猛烈地咳嗽了起来。

宋引章下意识地便上前为她拍背，拍了两下，却想起了什么，手中动作一滞，随即道：“我没事，我跑出来，只是因为突然想起把顾副使的曲谱忘在张好好那儿了，万一丢了可就糟糕了。”

孙三娘这才放了心，抚着胸口道：“哦，哦，那就好。”

宋引章试探地问：“要是真的丢了，我怕顾副使会生气。你觉得，我找盼儿姐说说情，合适吗？”

孙三娘被骤然一问，没太反应过来，不假思索地应道：“合适，合适，他俩都快定亲了，一张曲谱算得了什么……”话没说完，孙三娘又咳嗽了起来。

宋引章顿时如坠冰窟，好一会儿，她才勉强一笑：“是吗？太好了，那，我现在去张好好那里了。”也不待孙三娘回答，她便上了河边的一只小船。

孙三娘看着渐渐驶远的小船，隐约觉得不对，但又不知道到底哪里出了问题，只能摇摇头，自行回家。

船中，宋引章两行清泪缓缓流下，其实她自己也说不清对顾千帆的感觉，只是从顾千帆从铁链下救了她的那天起，她就把他当成了心中高不可攀的神明。而更让她难受的是，她一直以为盼儿姐是只属于她一个人的，她们明明约好了要一辈子不嫁人，一辈子姐妹情深，如今她却瞒着自己，在一个男人肩头那么放肆地哭泣！

“我就那么不值得你相信吗？盼儿姐？”宋引章心中的哭声传到了现实中，从无到细微，一点点变大。

船娘见状，有些担心地问：“小娘子，你没事吧？”

宋引章抽噎着将头埋进手臂，倔强地说：“没事，我只是现在才知道，原来我一直都被蒙在鼓里……她们全都知道，就只瞒着我一个人！”思及此处，她不禁放声痛哭了起来。

船娘虽然同情这位小娘子，可生意还是要做的，她有些为难地开口：“那现在您要去哪儿？”

宋引章一下被问住了，迷茫而无助地思索了半天，沈如琢的声音突然在她耳畔响起——“你是珍珠玉璧，不该堕于泥淖市井之中，往后让我来照顾你，呵护你，好不好？”

良久，她突然坚决地抬起头：“去长乐坊左街。”

第二十六章 金屋藏

宋引章宛如一朵疾风中的小花，楚楚可怜地站在沈府气派的大门前，上一次为了救赵盼儿夤夜临门的情景还历历在目，可这一次，她却是与赵盼儿不告而别。

好半天，沈如琢才出来，他一见宋引章那副惶然的样子，就知道事情已经成了八分了。他微微一笑，上前握住宋引章冰凉的手，柔声道："引章，你终于来了。"

宋引章用那双布满水汽的眸子定定地看着沈如琢："那天你对我说过的话，还算数吗？"

沈如琢先是一怔，随即眼中带笑，点了点头。

宋引章眼眶发红，目光却无比倔强："那你就再说一次。"

沈如琢深情地注视着宋引章，无比郑重地说："你是珍珠玉璧，不该堕于泥淖市井之中，往后让我来照顾你、呵护你，可好？"

宋引章泪盈于睫，点了点头，语声柔软："妾如丝萝，君若乔木，今愿相托，望君怜惜。"

沈如琢的脸上浮现出了志得意满的微笑，他拥住宋引章，轻声道："定不负卿卿深情。"

两人肌肤相接的瞬间，宋引章却分明感到了一种针刺般的战栗，她强压住心中的不适感，轻轻地依偎在沈如琢宽阔的胸膛中。斜阳之下，沈家亭台楼阁如画，宋引章脸上却不知不觉浮现出一抹清冷的笑容，一个声音在心底喃喃："盼儿姐要是知道我如此自暴自弃，该会有多悔不当初！"

与此同时，葛招娣心事重重地回到了桂花巷小院，正一脸愁容地在院子里走来走去的孙三娘见状忙问："你回来了啊，买到冰没有？"

"没有。"葛招娣愧疚地低下头,"还碰到了一个以前认识的人,她问我要钱……"

孙三娘马上明白了,她轻叹了口气,拍着葛招娣的肩道:"没事,下不为例就行。"

葛招娣觉得孙三娘若是能训她一顿倒还好,如今这样反而令她心里更难受了,她红了眼眶,语气坚决地说:"我屋里就有钱,现在就还你……"话音未落,她就往自己的房间跑去。

"行啦,这事以后再说。"孙三娘将葛招娣拉了回来,这点钱没了就没了,她眼下更担心的是把人弄丢了,她怀抱着一线希望问,"你刚才从巷口回来,看见引章了没有?"

葛招娣摇了摇头。

孙三娘心里一沉,又在院中焦躁地踱起步来:"坏了。我就知道要糟!我怎么就这么蠢呢?等她上了船才觉得不对……哎呀,我真是糊涂了……"

葛招娣莫名其妙地问:"出什么事了?"

这时,有一个中年女子的声音在院外响起:"请问是宋娘子家吗?"

孙三娘和葛招娣一齐看向门口,只见一个陪房模样的妇人带着两个小丫头正站在院门外。

葛招娣走过去,警觉地问:"什么事?"

那仆妇拿出一封书信,福了一福道:"奴是沈如琢沈郎君家的管事,奉宋娘子的手书,来取她的琵琶。"

孙三娘听到"宋娘子"三字,立刻大步走到门口,待她抢过信匆匆一看,脸色顿时一变,饶是她识字不多,但也认出了上面写着"孤月交来人 宋引章字"几字,落款处正是宋引章的琵琶花押。

孙三娘知道自己可能闯祸了,她拉住仆妇细细地询问了一阵,得知宋引章打定主意不再回来后,她只能勉强平复下来,派葛招娣去取琵琶。

葛招娣虽然大惑不解,但当下也不敢多言,她飞速地取了琵琶交给了那名仆妇。

葛招娣目送着那名仆妇抱着琵琶上了车,忧心忡忡地问:"引章姐这是什么意思?就为了昨晚上拌了几句嘴,以后就住在沈家不回来了?"

孙三娘脸色青白交加地捧着那封信,口中喃喃:"应该是我说漏嘴,她又觉察到什么了。"

葛招娣仍然是丈二和尚摸不着头脑,追问道:"觉察到什么?"

孙三娘缓缓看向葛招娣:"你觉不觉得,引章一直以来都对顾千帆有点不一样?"

“那肯定呀，每回一说起顾副使，她就跟茶坊里头刚听完曲子的茶客一样，叭叭叭地说个不停——”葛招娣突然意识到了什么，骤然停了口，随后才小声道，“你该不会是说，她也对顾副使……”

孙三娘点了点头：“要不然为什么昨晚好端端的，就跟盼儿突然发这么大的脾气，这会儿又突然住到沈家去了？”

葛招娣紧张地咬了咬下唇：“难道她昨晚上才知道盼儿姐和顾副使的事？”

“八成是，而且……”孙三娘附耳跟葛招娣讲了自己刚才不小心把赵盼儿马上就要与顾千帆成亲的事情告诉了宋引章。

葛招娣脸现愕然，马上道：“那你可千万不能跟盼儿姐提刚才遇到引章姐的事！盼儿姐今天很不对劲儿，满街又都是皇城司的人在巡查，我疑心是不是顾副使那儿出了什么岔子……”

“不会吧？”孙三娘又是一惊，可她想到昨天晚上赵盼儿回家后魂不守舍的样子，心里也打起了鼓。

萧府正堂内，萧钦言刚刚听完了负责盯着顾千帆伤情的暗卫汇报，想到自己那身受重伤、只剩下半口气的儿子才刚一苏醒，就不要命了似的跑去半遮面见赵盼儿，萧钦言只觉百感交集。

忠叔见萧钦言神色黯然，劝道：“顾使尊性命无碍，您应该高兴才对。”

可萧钦言自责地摇了摇头：“是我害了他。我原本只想逼一逼他，让他早些看清齐牧那老东西的真面目，却没想到……”

忠叔忙在旁开解：“大少爷是为了救相公和大公子才不顾性命，如此孝悌，说明他心中一直是挂记咱们萧家的。”

萧钦言每每想起顾千帆在自己怀里奄奄一息的样子就后怕不已，他心痛地点了点头，叹息道：“唉，跟他娘一个脾气，倔。如今我虽正位首相，但朝中真正有能力的亲信之人委实不多，如果不是他那几个弟弟没一个争气的，我何至于要把他逼到血溅七尺的地步？”

萧钦言不知道的是，萧谓不知何时已经来到了正堂之外。木立在堂外的萧谓脸上仍有伤痕，听到这句话，眼中闪过一抹难过之色。

堂内，萧钦言又感慨道：“不过这赵氏行事临危不乱、杀伐果断，是个好主妇的模样。可惜身份还是差了许多，唉。”

忠叔听萧相公竟然夸了赵盼儿，有些意外地问："您不会真愿意顾使尊娶赵氏吧？"

萧钦言心烦地皱了皱眉："现在也没有别的好法子，赵氏毕竟救过他的命，看今天他俩这样子，一时也拆不散。唉，真是一个两个都不让我省心，萧谓居然还想娶荣阳县主，也不想想，连个正经的科举出身都挣不上，再娶个闲散宗室的女儿，以后想喝西北风吗？"

萧谓再也听不下去，他紧了拳头，朝门里高声道："父亲，上次您让儿子去邓州查的东西，已经有眉目了。"

萧钦言闻言一挑眉，面上终于显出几分笑意。

瑰丽的晚霞绵延在天边，赵盼儿顺着被霞光染成绯色的河道走向桂花巷小院，虽然她很想去亲自照顾顾千帆，可陈廉告诉她由于帽妖案牵涉过多，为防意外，皇城司雷司公都不让顾千帆回私宅，而是在皇城司南衙单辟了一间净室休养。为了顾千帆的安全着想，她也只能告诉自己，一切不急于一时，顾千帆这么好，老天都不敢轻易收他，她还有一辈子的时间陪伴他。

一进院门，赵盼儿就发现院内的氛围有些奇怪，正坐在院中的石桌边等她回来的孙三娘和葛招娣有些心虚地对视了一眼。

"引章呢？"赵盼儿心中隐隐生出一丝不安。

孙三娘和葛招娣紧张地交换了个眼神，最终是孙三娘满脸愧色地说："沈家今天派人来了，说引章今后就住在沈府不回来了。引章还让人带了封信，把琵琶也取走了。"

赵盼儿闻言大吃一惊，她只当引章是为昨晚的事跟她置气，扭头就要奔去找人："引章去了沈家？这怎么行！"

葛招娣忙拦住了她："先别去！你这样子跑到人家家里，不太合适吧？再说，引章姐现在也未必想见咱们。"说这话时，葛招娣不由自主地被赵盼儿裙摆上的污迹吸引了，她的目光逐渐下移，最终发现原来那片脏污是点点鲜血。

赵盼儿这才注意到自己衣裙上的血迹，明显是刚才在顾千帆身上沾染上的。她怔了好一会儿，最终点了点头问："她的信在哪里？"

孙三娘忙把信递给了她，叹息道："就这一行字，别的什么都没有，衣裳行李也不要，沈家下人说沈如琢把引章当宝贝，所有的东西都置办全新的，光服侍的养娘就有四个。”

赵盼儿的手微抖了一下，她的胸脯剧烈地起伏着，最终却只是神色黯然地叹了口气：“好，既然连招呼都不打一个就走，那就全由她吧。昨晚上，我正为顾千帆的事担心，她却跑过来说想请千帆去赴宴还情，我一时忍不住，就对她说话的语气重了些……”

“原来如此。”孙三娘和葛招娣对视一眼，心中俱是了然。

赵盼儿的声音既难过也决然：“本以为只是拌嘴，没想到……算了，有来时终有去时，她自己选择的路，就让她自己走下去吧。”直到现在，她才突然意识到，原来引章早已不是她眼中需要照顾的小妹妹，而已经是一个可以随时抛下她，自由选择未来的成年娘子了。

“没错，反正引章如今名满京城，沈如琢也是朝廷命官，应该会好好珍惜她的。”孙三娘知道赵盼儿难受，只能极力安抚着她。

赵盼儿像是认同，也像是自我安慰地点了点头。

孙三娘犹豫片刻，小心翼翼地问：“顾千帆到底出了什么事，能跟我们讲讲吗？”

赵盼儿简单地讲了画舫上发生的事，随着她的讲述，孙三娘和葛招娣的神色变得越来越凝重。

赵盼儿略带歉意地看着两人：“他受了重伤，好在保住了性命。只是陈廉在茶坊附近多派了些皇城司侍卫，难免会吓退一些客人，所以对不住，咱们的茶坊最近估计得多休息几天了。”

孙三娘忙道：“这有什么对不住的，帽妖案这么大的事，还是小心点好！咱们能留在东京开茶坊，顾千帆没少出力，好处既然都沾过了，坏处那也得受着。依我看，也不用停业，反正买不到冰，引章这几天估计也不会再来弹琵琶了，咱们索性就只在每天早上开门，一是凉快，二也能给老客们一个交代。”

赵盼儿想了想道：“好，这样每天我也能有空去各处酒楼谈谈。另外，我还想郑重问一回大家，把茶坊转手，另做酒楼，你们真的愿意吗？”

孙三娘、葛招娣同时点头：“愿意！”

赵盼儿的眼神中终于焕发出了光彩：“好！那咱们就试试，换一片天地，重新打出个新花样来！”

有了光明的愿景，赵盼儿、孙三娘和葛招娣都重新鼓足了干劲儿，然而，接下来的几天中，她们尽管只营业半天，茶坊的经营状况仍比赵盼儿预想的还要糟糕。

虽然她早就料到，没有宋引章的琵琶，茶坊的客人肯定会流失不少，因此特地将各色果子茶饮减价酬宾，可毕竟半遮面的招牌素来是“雅”，大多数客人也不是冲着便宜来的。少了宋引章，那些奔着柯相题字来的客人只能失望而返，就连袁屯田都不再来了。好在孙三娘想出了用清晨的井水浸泡茶果的方法，在没有冰的情况下，尽量照顾到了像浊石先生那种更看重茶果口味的客人，可这毕竟也不是长久之计。

这天，眼看茶坊的客人越来越少，就在赵盼儿为此发愁之时，葛招娣却在外叫道：“盼儿姐，有冰啦！”

赵盼儿疾步赶到后院，见葛招娣和孙三娘正搬动着两大桶冰，她难掩惊喜地问：“是王家冰铺送来的？还是陈廉？”

葛招娣也有些迷惑：“都不是，那人古古怪怪的，只说是什么猪肝的谢礼，还送了一篮子蜜瓜过来，说是南边的新货，这会儿吃正好。”

赵盼儿大奇：“猪肝？”

孙三娘却干咳一声，半是尴尬半是欣慰地说：“我知道是谁送的啦，就是那个杜长风。他眼睛晚上看不清东西，我就让他吃猪肝。”

“原来如此。”赵盼儿忍住笑意，想当初孙三娘把杜长风绑在门板上丢进河里，如今两人一个送猪肝、一个送冰，倒是奇怪的一对。

孙三娘看着赵盼儿的表情，就知道她想到那儿去了，忙一挥手：“别阴阳怪气的，我向来看他就不顺眼，要不是着急用冰，我才不收呢。”

赵盼儿和葛招娣同时意味深长地“哦”了一声。

孙三娘双眼一瞪，拎着桶走进后院。一进院门，孙三娘便瞥见了石桌上的蜜瓜，她俯身闻了闻那蜜瓜沁人的香气，脸上浮现出了一抹幸福的微笑。

虽说用冰的事情暂时解决了，到了正午，赵盼儿还是关了茶坊，因为她们已经定好了下午去看一家准备出兑的酒楼，但在此之前，她要见缝插针地去船上与顾千帆见上一面。

几日不见，顾千帆虽然还包扎着绷带，但是气色看起来已经好多了。赵盼儿絮絮地给顾千帆讲着茶坊最近发生的事情，从池衙内不卖她冰，讲到引章出走，又讲到三娘和杜长风之间的趣事。

“所以天无绝人之路。原本我还心里急得跟什么似的，可就在看到三娘脸红的那一刻，突然就觉得天地都为之一宽了。”

想到在自己不在的这段日子里，赵盼儿一个人面对了这么多事，顾千帆握住她的手，心疼地说："宋引章的事，还是让你伤心了？"

赵盼儿点点头："是有一点。但比起你的伤势，我这点伤心也不算什么。再说她再管我叫姐姐，其实也不小了，我们本来也该尊重她自己的意思的。"说到这里，她放柔了声音："不过……你伤得这么重，真的不用着急来跟我见面的。"

顾千帆故意打了一下寒战："真不习惯你对我这么温柔。"

赵盼儿拿起一粒樱桃用力塞入他口中："这样就习惯了？"

顾千帆看着湖边的绿芭蕉与赵盼儿素手中的红樱桃，只觉得如在画中，他凝神看着赵盼儿，听话地含进了那颗樱桃慢慢咀嚼。

赵盼儿被他这若有若无的暧昧动作弄得面色一红。

顾千帆却格外满意地倚在赵盼儿肩上："还可以啊。"

此时荷叶满湖，两人静静相依，彼此之间都似能听到对方平静中略带雀跃的心跳。

良久，赵盼儿轻声道："到底要到什么时候你才能从皇城司搬出来？老在外头见面，你多累啊。"

"再过一两天吧。"顾千帆放下他一直无意识摩挲着赵盼儿玉手的手，解释道，"这一回的帽妖是殿前司指挥假扮，想杀的又是萧相公。一个官家的亲信，一个当朝首相，朝堂上这几天可谓是腥风血雨。咱们还是在这里见面，更安全一些。"

赵盼儿知道顾千帆视齐牧为半个父亲，不禁试探地问："那齐中丞如何了？我听茶客说帽妖也去了齐府，齐中丞也受了惊。"

顾千帆沉默了一会儿方道："他没事……如果想把自己从一件案子里摘出来，伪装成受害者，是最好的方法。"

赵盼儿陡然明白过来，只觉后脊发凉："难道帽妖背后的主使——"

顾千帆接口道："他以前是一位我非常敬重的人，可以后，不再是了。"

赵盼儿感受到顾千帆的痛苦，主动握住了他的手。

顾千帆心中百转千回，闭了闭双眼，终道："说点别的吧，用冰的事情，你早就应该跟我说，池蟠这个混账，命中缺收拾，竟然敢为难你。等我好些了，再慢慢调理他。"

赵盼儿不想让顾千帆为茶坊的事分心，便故作轻松地说："没事的，做生意嘛，哪能全是顺风顺水？再说现在我们手头也有冰了……"

顾千帆笑了："行了，就杜长风那点身家，能供得起你们多久的冰？皇城司下头现管着冰井务，是专供内廷用冰的，我就算不以权谋私，帮你买点冰来总是没问题的。”

赵盼儿第一次知道这事，心中无比惊喜，还真是船到桥头自然直。

两人正在情浓，远处陈廉叫道：“头儿，宫中传召！”

顾千帆哀叹一声，不情不愿地起身。

赵盼儿忙扶他起身：“赶紧去吧，公务而已，别弄得那么唉声叹气的，我也得去望月楼了。”

顾千帆点了点头：“这是你看的第几间酒楼啊？”

赵盼儿：“第三间。先说好，我买酒楼的事，你不许插手啊，免得人家会议论，说什么仗势成交。”

顾千帆调皮地说道：“得令。”

说完，他依依不舍地离开了。

与顾千帆分别后，赵盼儿和孙三娘一起去了望月楼。这家酒楼规模不算大，但对于赵盼儿而言，已经算是比较理想的选择了。这里西楼是雅间、东楼是大堂，有茶博士五人、酒博士六人、酿酒师傅七人、厨子四人，还有二十来个跑堂打杂的。看了一圈下来，赵盼儿和孙三娘都有了只要价格合适，一定要拿下这家酒楼的心思。

赵盼儿和望月楼掌柜相对而坐，目光交锋中，似乎在试探对方心目中的最低价位。

赵盼儿率先开口道：“这儿地段平平，都快到晚上了，客人也不算多，最多一千五百贯。”

“两千贯，真不能再少了。”掌柜语气强硬，大有低于两千贯就不卖的架势。

赵盼儿却拿准了他着急转手的心理，坚持道：“一千六百贯。”

掌柜心中已经有所松动，但依然不肯退让：“两千贯，已经是最低的价格了，要不是因为我着急回乡，也不会卖这么便宜。”

赵盼儿继续讨价还价：“最多一千七百贯。”

掌柜快被赵盼儿的执着打败了，但还是把价格往上提了一点：“一千九百贯，不能再少了。”

赵盼儿见掌柜松口，顺势道：“一千八百贯，取个好口彩，既然您是急卖，总得多饶我们一点。”

掌柜一咬牙道：“您这么讨价还价，还真跟集市上买菜似的。行吧，就这么说定了。”

赵盼儿和孙三娘对视一眼，难掩喜色地问：“那什么时候可以拟契书？”

掌柜见赵盼儿是个爽利的买家，也心生欢喜，豪爽地说道：“只要您家官人有空，我这儿什么时候都成。”

赵盼儿和孙三娘都是一怔。赵盼儿万分不解地问：“我家官人？”

掌柜打量了赵盼儿一眼，以为她还未嫁人，连忙改口：“失言失言。那换令尊或者令兄过来签契书都行。”

赵盼儿和孙三娘听了这话，表情都有些古怪。

掌柜见两人脸色有异，不禁愕然：“莫非赵娘子以后想自己来经营望月楼？”

赵盼儿和孙三娘齐齐反问：“难道不行吗？”

“当然不行！”掌柜没想到这两人连酒楼行最基本的规矩都不懂，他极为失望地叹了口气，“唉，这买卖是成不了了。怨我之前没问清楚，两位是不懂我们酒楼这一行的规矩吧？全东京城，就没有女人能当掌柜的。”

赵盼儿哪曾听说过这样的规矩，立即反驳：“啊？我们在马行街开茶坊，不一样开得好好的吗？”

孙三娘指了指远处的食店，附和道：“对啊，你不是糊弄我们吧？女人要不能当掌柜，那家胡婆羊店算怎么回事？”

掌柜一听她们竟然把望月楼和茶坊、脚店相提并论，明显有些不高兴了：“茶坊是茶坊，脚店是脚店，怎么能和我们望月楼这种正经的正店混为一谈呢？”

“正店？”孙三娘一愣，她还是第一次听闻“脚店”和“正店”的说法。

掌柜不无骄傲地说：“两位还不知吧，国朝是不许私酿酒水的，咱们这么大的东京城里，能从朝廷领到酒曲酿酒的正店统共只有七十二间，其他的只配称脚店、市店。从古至今，酿酒就得靠阳气，女子是阴人，被你们碰了酒曲，酒是会发酸的，所以行会里头早早就立下铁规，女人呢，倒不是不可以当正店东主，但是掌柜经营什么的，就只能交给男人。”

赵盼儿听到“女人碰了酒曲酒会发酸”已经皱眉，忍不住开口：“这规矩好没道理。”

掌柜摇了摇头，做了个送客的姿势：“可行会里就是这样规定的，如今的行头是欣乐楼的老板任员外，他可是在户部挂了号的。要是惹恼了他，不单没人给你供菜供肉，连厨子都不敢再来做活。唉，这单生意啊，我比您还想做，可现在不卖您，也是为您好！”

赵盼儿知道再跟掌柜多说也无益，只得和孙三娘离开望月楼。走出老远，孙三娘还不甘心地抱怨着：“茶坊、冰行、酒楼都得听行会的，他们怎么就管得这么宽？好不容易找到一家合眼的酒楼，唉！”

赵盼儿也愤愤不平地说：“不过是自己做了这一行，就立个门槛，不想让别人来分一杯羹而已。哪有什么女人不能碰酒曲的老规矩，我从前看书里说过，给周文王酿酒的女官就叫女酒。”

孙三娘冲动地挽起袖子：“那咱们找那任员外说理去！”

赵盼儿无奈地摇摇头：“算了，掌柜说得对，得罪了行会，对咱们没好处。反正我们两个也不懂酿酒，就别盯着这些自矜身份的正店了。东京酒楼这么多，咱们换一间再问就是。”她满眼不甘地看向望月楼，发誓道：“脚店也好，正店也好，总有一天，咱们把这看不起女人的破规矩改过来！”

正说着，两人又经过了一间酒楼，透过临街的竹帘，一位琵琶女正在弹奏一支欢快的曲子。

赵盼儿驻足看了好一会儿，眼神中流露出些许落寞：“希望引章在沈家弹出的曲子也能这么开心。”

欢快的琵琶声果然在沈家响起，宋引章弹得用心，而沈如琢只是叫了几次好，不像往常那样对她赞不绝口。

宋引章停了琵琶，不快地道：“以前还能寻章摘句地夸我，这会儿就只剩一个‘好’字了？”

沈如琢忙道：“大巧不工，化繁为简嘛。怎么了，一脸意兴阑珊的样子，是昨晚上睡得不舒服，还是今早上的膳食不合意？”

“都不是。”宋引章闷闷地摇着头。

沈如琢眼珠一转：“我知道你为什么不开心，也有秘方可以治，附耳过来。”

宋引章深信不疑地凑上前去，却不防正碰在沈如琢探过来的脸上，被他深深一吻。

宋引章心中羞恼，轻轻挣扎起来：“讨厌，放开我！”

沈如琢却搂紧了她，哄骗道："就不放，掌中绿珠，自然捧着抱着才能叫作珍惜。咱们以后是要长长久久在一起的，害什么羞嘛？"

他动作越亲昵，宋引章越发不适，用力推开了他："大白天的，别这样！"

沈如琢并不气馁，调笑道："那晚上就可以了？"

宋引章更加不快："不跟你说了！"

沈如琢立马做小伏低："好引章，我错了，你就饶过我一回吧。"

宋引章还是不理，这时，一串珍珠璎珞突然在她面前晃动了起来。珍珠个个有小指般大小，光彩照人，一看便不是凡品。

沈如琢一边摇晃着那串不知从何处掏出来的璎珞，一边说："看在这个的分上，还不行？这是上贡的合浦珠，千金难买。"

宋引章怔怔地接过那串珍珠璎珞，但她细细抚摸的是珠链下方的红珊瑚坠子。宋引章眼前闪过了前些日子赵盼儿和自己在小院中挽手而行的情景。那时她看到赵盼儿头上多了一支陌生的红珊瑚钗，闹着自己也要戴。但那一晚，原本一直和她共享胭脂水粉和钗环首饰的赵盼儿，却说什么也没拿下来。

宋引章一把扯下红珊瑚坠子，把珍珠扔在地上，干巴巴地说："我不喜欢珍珠，只喜欢红珊瑚。"

沈如琢先是一怔，随即笑着吩咐丫鬟："去，把府里所有的红珊瑚首饰，都给娘子找出来！"

不一会儿，那名丫鬟就端了一盘红珊瑚首饰回来。沈如琢一挥手，房间内就只剩下他和宋引章两人。

宋引章把玩着那些血红的钗环，眉眼终于舒畅。她反手把一只红珊瑚钗子塞给沈如琢："替我簪上。"

沈如琢眼现笑意，依言行之。

宋引章看着镜中的自己，如同发誓般喃喃道："凡她有的东西，我也要有。"

镜中，沈如琢拥着她："就算你要天上的月亮，我也会帮你摘下来。"

这一次，宋引章没有推开沈如琢。

宫巷中，顾千帆和陈廉随着内侍一路前行，迎面却见另一名内侍引着齐牧行来。

而顾千帆似不认识齐牧一般，侧身避到一边，面无表情地给齐牧让路。

齐牧陡见顾千帆，眼中闪过尴尬，犹豫了一下还是停下微笑道："听闻顾副使侦破帽妖案时受了重伤，如今都康复了？”

顾千帆心中微震，却面色不改地躬身道：“谢中丞关怀，已无大碍。”

齐牧满脸慈爱地说：“虽然是英雄年少，也要多注意保重啊。”

“是。”顾千帆依旧保持着躬身的姿势不再说话，现场一阵难堪的沉默。

齐牧犹豫了一下，做了个手势，旋即他与顾千帆身后的内侍和陈廉都迅速退开，给齐牧和顾千帆留下了单独说话的空间。

齐牧上前几步欲扶起顾千帆，低声道：“千帆莫非是怪我迟迟未来探望？”

顾千帆却在他的手接触到自己的那一瞬间迅速弹开：“中丞言过了，下官位卑，焉敢劳动尊驾。”

齐牧发现顾千帆语气冷漠，再无一丝从前的孺慕之情后，不禁一愣。

“听闻中丞为帽妖所惊，官家特召入宫慰问，并许中丞离朝休养。更深夜重，还望中丞今后善自珍重。”顾千帆顿了一下，似是要彻底剥离过去的情分，随后又向齐牧深深一礼，“告辞。”言毕，顾千帆撇下齐牧，大步离去。

陈廉和引路的内侍忙急急追上。

齐牧惊讶地望着顾千帆的背影，喃喃道：“难道，他都知道了？”

宫巷之中，两人一南一北，分道扬镳。

顾千帆疾步而行，随行的内侍被他甩在后面，只能小跑着跟上：“顾副使，你等等！”

顾千帆的眼前却如浮光闪烁一般，掠过旧时的画面——数年之前的齐牧拍着尚穿着青色官服的顾千帆的肩，鼓励地看着他；深夜，齐牧提着胡饼，来皇城司南衙探望顾千帆……飞快行走的顾千帆的眼角隐约有了泪光，眼前的事物也渐渐变得模糊。

就在这一片模糊中，顾千帆走进宫殿，向穿着常服的皇帝躬身觐见，殿内除了他与皇帝，就只有萧钦言和雷敬在场。

皇帝走到顾千帆身边，温言道：“萧相此番能平安归来，顾卿居功甚伟。”

低眉垂首的顾千帆只看得到皇帝的官靴，他恭敬答道：“官家谬赞，实不敢当，此乃臣之本分。”

皇帝颇为欣慰地看着顾千帆和雷敬，不吝赞赏地说：“顾千帆忠勇果毅，可特进为客省使、皇城司使。雷敬执掌皇城司素有功劳，亦进为普州刺史、入内内侍省副都知。”

顾千帆闻言一凛，不可置信地看着萧钦言，他深谙自己此番晋升，背后是萧钦言推波助澜，而这皇城司使的职位，正能实现他为母迁坟的夙愿。

见萧钦言对他缓缓点头，顾千帆只得与雷敬齐声道：“遵旨。”

在萧钦言的注视下，顾千帆机械地开口：“此番幸进，臣不胜惶恐，唯余一事，乞伏天恩。臣母早亡，幸赖姑母照拂，臣愿为姑母请封诰命。”

皇帝听了顾千帆的请求，倒是略显意外，皇城司使位居从五品，按例其母其妻的确可以获封诰命，顾千帆却要为姑母求诰命，这倒是新鲜。他来回踱了几步，终是无法决断，最终看向萧钦言：“我朝可有先例？”

萧钦言虽然早就准备好了应答的说辞，但仍佯作沉思地静默片刻，方答：“有。太宗朝时，防御使马策之嫂，因抚育之恩，册为郡君。”

皇帝点头：“养恩大于生恩，既如此便特赐顾氏以县君诰命，以全顾卿孝义。”

皇帝话音既落，所有人都等着顾千帆领旨谢恩，然而顾千帆却似走神一般，沉默地站在原处。

雷敬忙轻咳一声，提点道：“顾司使这是欢喜得傻了吧，还不谢恩？”

顾千帆这才蓦然回过神来，向皇帝深深一礼：“谢圣上隆恩！”

出宫时，雷敬知趣地寻了个借口独自离开了，只留顾千帆与萧钦言并肩行走在宫巷中。内侍们都依着萧钦言的吩咐远远跟在后面，给他们留出了私语的空间，可路途走了大半，两人皆是沉默不语。

萧钦言不想浪费这难得的能与儿子说上几句话的机会，率先打破了沉寂：“总算帮你达成心愿，我也算了却了一桩心事。”

顾千帆的回答却十分冷漠：“萧相公好手段。一招苦肉计，既赶走了齐牧，又能通过我掌握整个皇城司，不负你策无遗算之名。”

萧钦言不禁苦笑道：“我何时说过要插手皇城司的事了？千帆，都到了现在，你还觉得我是在利用你？”

顾千帆心中不住冷笑，面上却依然冷漠平静：“不必巧言令色。我了解你，正如你了解我。你想得到任何东西，都不会在明处用力，而只会在暗中推波助澜，一步步把猎物逼到绝境，让它无从选择，更无处逃避。”

萧钦言不明白顾千帆刚在自己的帮助下如愿为淑娘求得诰命，为何反倒对他产生这么大的误解。他蹙眉道：“你不是猎物，你是我的亲生儿子。打虎亲兄弟，上阵父子兵，千帆，我想坐稳这个朝堂，我需要你。”

听到那句“我需要你”，顾千帆就在心底印证了萧钦言所作所为不过是要利用他的想法。他放慢脚步，冷淡地说：“可惜我志不在此。等母亲的新墓一修好，我便会和盼儿成婚，再寻个闲职外放。至于皇城司，你想交给谁就交给谁，我不在意。”

萧钦言笑着摇摇头：“才过而立之年就想闲云野鹤？未免太早了些吧。你心里的雄心壮志，当真就按得下吗？”

说话间，两人已经走到宫门边。顾千帆在宫门外站定，用那双与萧钦言极为相似的眼睛坚定地看着萧钦言，语气坚决：“按得下，因为我不是你。”

萧钦言淡淡一笑，显然根本不相信他的话：“但愿如此，可惜就连齐牧私下里也觉得，你和我年轻时一模一样。行了，你伤还没好，我不逼你，以后咱们爷俩有的是时间慢慢合计。先好好修你娘的墓吧，迁坟的吉日，务必要告诉我一声。毕竟，我曾是她的官人。”说着，他拍了拍顾千帆的肩以示告别，随后便登上马车，徒留顾千帆站在原地。

而陈廉也牵着顾千帆的马走了过来，见顾千帆面色不佳，他小心翼翼地问：“头儿，上马吧？”

顾千帆脸上尽是阴郁，他一把抢过陈廉手中的缰绳，翻身上马狂奔，消失在夜色中。

陈廉着急地大喊：“头儿！头儿！”然而，马蹄声早已消失在浓浓的夜色中。

疾驰的马蹄扬起一路沙尘，顾千帆身上的红色官袍如蝶翻飞，他一路扬鞭疾奔，最终勒马停于母亲的坟前。在他为皇城司出生入死的数年中，他曾无数次幻想有朝一日他升上五品的场景，在那些想象画面中，他或是抱坟痛哭，或是放声狂笑，可没有一次想象能贴近他现在的心情。

从前，他曾在坟前发誓，萧钦言不能给母亲的诰命、香火，他会给。可他这次立功，本就是萧钦言刻意安排；为母亲求得诰命，也有萧钦言在旁帮忙。而他本以为自己隐清为浊，有朝一日能还朝堂一片清明，可事到如今，他与齐牧割袍断义，他经年坚守的信念已成了笑话。这一切的一切都与他最初的设想大相径庭，千头万绪之下，他早已分不清心中奔涌的情感是愤怒还是痛苦。

顾千帆向母亲深深地磕了三个头：“娘，儿子不孝，这么晚了还来打扰您。不过儿子升官了，如今孩儿已升为五品，为您请封了诰命，您就可以受朝廷香火，不会再飘零于顾氏之外了。他给不了你的，儿子来。”

尔后，他起身在墓碑前展示着那件红色官袍：“娘，小时候你就说我穿红色的衣裳最好看，现在您瞧瞧，是不是更精神了？”说到最后，他的眼中已然有泪，但最终，那滴泪水并没有流下来。

近日的东京一连几日异常闷热，显然是憋着一场大雨。即便赵盼儿在睡前开了半扇窗户透气，到了半夜，她依然被热醒了。

迷迷糊糊之中，她突然有一种被人注视的感觉，起初她以为这只是自己魇着了，可时间慢慢过去，这种感觉非但没有消失，反而愈发强烈，想到种种可怕的可能，赵盼儿顿时睡意全消。她侧过身来，突见半开的窗边有一个黑影。

赵盼儿猛然坐起，警觉地问：“谁？”

“是我。”顾千帆阴郁的脸从阴影中露了出来。

“千帆？”赵盼儿先是松了一口气，旋即又紧张起来，顾千帆三更半夜来找她，肯定出了大事。

想到这里，赵盼儿彻底清醒过来，光线太过昏暗，她起身向油灯的方向摸索。

顾千帆下意识地阻止道：“别点灯。”

“好。”赵盼儿察觉到了他语气中的压抑和痛苦，柔声问，“你怎么了？”

顾千帆的语声又变得如冰一般：“官家升了我的官，也给我娘追封了诰命。现在，我是五品了。”

赵盼儿一怔，这样的顾千帆绝不正常，她突然明白，为什么顾千帆会如此怪异地站在她窗外。他现在急需温暖与安慰，但他的骄傲不允许他轻易示弱。

想到这里，她不顾衣衫不整，轻步出了房门，拉着顾千帆坐在台阶上：“我有点冷，你坐过来点陪着我，咱们慢慢地说话，不要惊动别人，好不好？”

顾千帆任她施为，盼儿一直没有说话，只是轻轻地伏在了顾千帆身侧，握住了他的手。

顾千帆感受着掌心那柔软温暖的触感，良久方慢慢开口：“其实我早就有预感官家这次会重赏我，可没想到会这么快。”说到这里，他突然笑了起来，那笑容半是得意，半是嘲讽：“不到三十岁的五品官，盼儿，我是不是应该很得意？”

赵盼儿点点头：“是啊，多年愿望一朝得偿，你应该高兴才对。”

顾千帆的笑声中有了一丝凄凉：“可惜我做不到，刚才我去墓地看过娘了，我以为我会放声大哭，会说您老人家在天有灵，终于可以安息。可是我做不到，我说不出，也哭不出、笑不出。可我还是难过，还是愤怒。盼儿，这一切是我想要的，可又都不是我想要的，你明白吗？”

“我明白。”赵盼儿紧紧地握着顾千帆的手，试图分担他的痛苦，试图与他感同身受。

“不，你不明白，我也不明白。”黑暗中，顾千帆的笑容凄凉无比。

赵盼儿却突然用力咬了一口他的肩膀，顾千帆吃痛，不由低呼了一声。

赵盼儿的语声温柔而坚定：“清醒一点了吗？明不明白有那么重要？难道你的半条性命，值不了这五品官阶？难道就因为你想要的结果不是按你喜欢的方法得来的，你这么多年的皇城司生涯就成了白费的了？”

在赵盼儿的逼问下，顾千帆看着她的眼神渐渐变得清明。

“别去想那么多前尘往事，要往后看。我只知道，我未来的郎君升官了，我的婆母得享朝廷香火，我终于可以有一个家了。这么多的好事就在眼前，我们难道不应该开心吗？”赵盼儿坚定地道，“以前，你不许我哭，现在，我也不许你再这么难受地笑……既然我们在一起，你所有的喜怒哀乐，我都会分担一半。”

她在顾千帆耳侧，低声道：“告诉我，你要是看到我刚才像你那么难过，会心疼吗？”

顾千帆心中万千起伏，他紧紧地搂住了赵盼儿，已然带了些鼻音：“会心疼。”

赵盼儿终于放心下来，将头枕在了顾千帆肩头，两人保持着相拥的姿势，久久没有分开，似乎都在从对方身上汲取着温暖与力量。

顾千帆轻声道：“盼儿，以后你说我由武转文好，还是继续留在皇城司好？”

赵盼儿柔声道：“你喜欢哪儿，哪儿就好。就算你继续留任皇城司使，一样也可以整理顾家的文集啊。对啦，我记得你说过，顾氏文集的第一卷，其实是你曾祖姑母拟的？”

顾千帆点头：“对，她在前朝宫中做女傅，她有个儿子，便是前朝大名鼎鼎的靖安侯宁远舟。我父亲的武功，便是沿自靖安侯一脉。我娘原本也嫌我爹给我起的‘千帆’这个名字出自《望江南》，有些不吉利，但想到这位先祖，便就罢了……”

赵盼儿：“那你‘沉舟’的字，是几时起的？”

两人絮絮地聊起家常来，原本笼罩月轮的云雾，终于渐渐散去。

第二十七章 卷上名

皇城司的诸位官员排列得整整齐齐地站在如火的骄阳下，然而新官上任的顾千帆迟迟没有露面。终于，有一位年纪稍长的官员实在忍不住了，张口抱怨道："都这会儿了，不知司尊他几时能来？大伙儿都等了快一个时辰了……"

在场的皇城司官员不少都比顾千帆年长，对这个年纪轻轻却身居高位的新上司本就颇有不服，有了第一个把心中的不满公然说出的，剩下的人也就再也掩饰不住脸上的不满。

陈廉原本面带焦急，此时一板脸道："原来你也知道是我们等司尊！怎么，一点日头就能把你们晒化了？别传出去丢我们皇城司的脸！"他一甩袖子，大步走出院子。在场之人原本看陈廉年轻，都没把他放在眼里，被他这么一吼，知道他是不好惹的，便都闭了嘴，不再作声了。

然而陈廉刚出了院门，就不复刚才神气十足的神情，他焦急地在院门外徘徊，不时向路口张望，嘴里叨咕着："我的老天爷呀，都说新官上任三把火，头儿你不能第一天就把我们晾在这儿啊！"

顾千帆的声音从陈廉身后响起："在这儿干什么呢？"

陈廉回头，只见一身皇城司使官服的顾千帆精神焕发、衣冠整齐，又恢复成了他熟悉的那个面色冷峻的"活阎罗"，昨晚的彷徨与愤懑早已消失无踪。

"太好了，兄弟们都等着您这位新任皇城司使训话呢！"陈廉欣喜地迎上前去，围着顾千帆左看右看，"衣裳这么平整，熨过啦？昨晚上在盼儿姐那儿？"

顾千帆横他一眼，径自走进衙内。

陈廉忙闭嘴，做忠心护卫状跟在顾千帆身后。

顾千帆冷眼扫了一眼院中面带不服的诸皇城司官员，院中的氛围瞬间凝重起来。

众人只觉得这个年纪轻轻、外表俊美的新司尊自带一种威压的气场，令人血液倒流、寒毛直竖。

顾千帆缓缓开口，他的声调不高不低，却有无限威力：“一朝天子一朝臣，一任主官一条鞭。勿贪、勿骗、勿敷衍、勿贪生。这些是往日我在南衙的规矩，以后也是整个皇城司的规矩。都听清了吗？”

众皇城司官员齐齐应道：“谨遵司尊训诫！”

顾千帆在走进正堂前，又回身扫了在场官员一眼：“除了听清，还得记牢。各位，我不是雷司公，而是‘活阎罗’。”

顾千帆的眼神如有寒冰，饶是初夏，在场官员依旧不寒而栗。陈廉也跟着打了个寒战，赶紧快步跟着顾千帆走进正堂。

顾千帆坐在主位上，他早看出陈廉有话要对他说，但他故意没主动问起，而是等着陈廉自己开口。

果然，没过一会儿，陈廉就挠了挠头皮，期期艾艾地说：“头儿，能不能求您一件事？现在皇城司都归您说了算了，能不能把中午的膳食给改善一下啊？以前的厨子是雷司公的亲戚，做的那个菜啊，真叫难吃——”

顾千帆诧异地看着陈廉：“我还以为你是来求我升官的呢。”

陈廉立刻做出一副痛心疾首的表情：“我是那么不知轻重的人吗？就算我整天跟着您鞍前马后，但寸功未立，我哪好意思问您讨官做啊！”

顾千帆眼底隐隐有了笑意：“滚。厨子的事，你去安排就好。”

“遵令！”陈廉夸张地做了个“接旨”的姿势，倒退着向后退去，在步出屋外以前，他指了指桌上的文书，“这是吏部转过来要我们协查的文书，劳烦您抽空看一看。”

顾千帆展开文书看了看，批了几个字，又拿过另一份。初看之时，他并未留意，但后来觉得不对，又重新翻到了前一页。只见那文书上写着：景德元年宁边军将校抗命获罪者，自都巡检史赵谦者以下十余人，皆处流刑，今察旧事，其情可悯。有杜天德、许修铭两人是年六月病死于皇城司狱，望贵司核查其葬所……

宁边军，都巡检史，赵谦！顾千帆只觉得脑中“轰”的一声，他前些日子才派了人去邓州查赵盼儿的亲眷，虽然一直还未有消息，但赵盼儿提过数次岳父的姓名职位，他早就牢牢记在心中。帽妖案的繁忙间隙中，他也派人去过好几次官告院和兵部、吏部，但对方一直以事关重大为由，不让皇城司的亲察官查阅相关的案卷。

顾千帆猛然站了起来，他认真地看了几眼文书后，疾步出门：“备马，去吏部！”

顾千帆一路纵马疾驰，到了吏部。一见他脸上那如深秋般肃杀的气势，值官不敢阻拦，忙引了他直进库中，按照时间条目翻找都巡检史赵谦的卷宗。

烛泪重重，也不知过了多久，顾千帆终于找到了一篇记录，上面写着：“宁边军都巡检史赵谦，邓州人，景德元年移镇东光县，两国和议，诏令各城闭门不出，谦有违，台谏弹之。辩曰有北人劫掠县外乡民，不得忍，乃出。后杖十五，流三千里，其妻曹氏并女一人，没为官奴。”

读到最后一行字时，顾千帆的手猛烈地颤抖了起来。将校擅自发兵，不过数年劳役，赵盼儿的父亲怎么会成了杖十五、流三千里、妻女没入贱籍的重罪？而且，两国议和分明是景德元年年末之事，六月时节，赵谦等人为何就能因为抗命而入狱？这种边境将校的追捕审问，又何至劳动向来只是天子亲兵、甚少出京的皇城司？

案卷架的重重阴影，将顾千帆压得喘不过气来。他几乎是凭着直觉，急切地翻阅着其他的卷册，终于在一本卷册中，他断续看到了几个零乱的字句：“左司谏萧钦言”“以赵谦抗旨”“祸乱两国和议弹之”……顾千帆手中的卷册，砰然掉落在了地上。

西京某座豪华宅院中，一个喝得半醉、被几个浓妆艳抹的女伎簇拥着的年轻衙内狠狠地将一本书册摔落在站在阶下的欧阳旭面前。

“我要的是那种花团锦簇的文章，居然拿几句破诗就想糊弄我？你这探花郎，不会是假的吧？”那衙内的语气趾高气扬，陪在他身边的那群女伎掩口笑了起来。

欧阳旭只觉得奇耻大辱，可他想到这个不学无术之徒能帮他见到抱一仙师，他也只能暂时放下一身傲骨。欧阳旭赔着笑道：“衙内教训的是，不过在下这么做也是替您考虑。毕竟夏宴上的诗词歌赋，也需要您亲笔写出来，这诗赋越长，就越费您精神不是？”

那衙内一时被欧阳旭说服了，可就算是最短的诗，背起来也太劳神，他想了想道：“也罢，那你就再去给我拟几条对子出来，要千古绝对的那种！好好地给我捉刀，只要我这回在夏宴上能大出风头，我包你能见到我舅舅！”

欧阳旭强压下心中的鄙夷，忙不迭地应了下来，点头哈腰地退出屋外。

宅外小雨纷飞，欧阳旭脸上的阿谀笑容像是被人拿刀刻上去的，一直到他走出大宅才渐渐消失。待门房关上大门之后，欧阳旭对着大门啐了一口。

见道童抱着伞等在远处，欧阳旭将气撒在他的身上：“不是叫你在门外头等着

盼儿，
这里为什么会
有个老鼠夹子？

你们俩加起来快十岁了吧

淑娘，儿子救我了！

顾指挥，
你在看什么？

三千贯

不甘心

就不放！

吗？站那么远，想淋坏我不成？”

道童指了指身后，怯生生地禀告：“有位老官人找您。”

欧阳旭向着道童指示的方向望去，但见青衫瘦骨的柯政正一脸寒霜地持伞站在远处。

欧阳旭心中大惊，忙疾步上前：“恩师，您老人家怎么来西京了？”

然而柯政的眼神中掺杂着失望与鄙夷，他语声中难掩愤怒：“别叫老夫恩师，老夫当不起！老夫奉旨出京就任，途经此处，听说你在这儿为官，便想来探望一番，没想，这西京城里居然人尽皆知，你为了讨好妖道，竟然做了他家外甥的清客！老夫当初真是瞎了眼，才会在万千俊杰之中，点了你这个甘为商贾捉刀的探花郎！”

欧阳旭的脸色陡然变得雪白，他不顾风雨，猛然跪下：“请恩师听我一言，学生此举，完全是逼不得已！”他扯着柯政的长袍下摆，言辞凄切：“学生自幼读圣贤书，岂能苟同怪力乱神？但学生既受皇命寻封抱一道长，若不能早日回京复命，便是有负圣恩……”说到这里，欧阳旭激动地伸出手去拉柯政的衣摆。

柯政冷笑着后退一步：“这差使难道不是你自己求来的吗？”

欧阳旭抓住柯政衣摆的手略微一松，又马上不甘心地攥紧：“不是！学生是被刘后陷害的！”

柯政闻言一愣，皱了皱眉。

欧阳旭见事情尚有转机，马上编造道：“学生曾与高妃之内侄定亲，刘后素与高妃不和，便让人伪装成高妃亲信，在学生入宫觐见官家之时传信，告诉我务必要在官家面前赞扬道家，学生无知，被其蒙骗，这才误领了宫观官之职！后来高家嫌我丢脸，逼着我退婚，我不过迟疑了一会儿，便被他们屡加侮辱！西京诸官畏惧高家权势，对我不仅百般冷遇，还处处为难。以至于我穷困潦倒，一度只能在破庙栖身，最后在刀剑相加之下，忍辱悔婚！以上种种，学生绝无虚言，不信，您可以问他！”

道童见欧阳旭泪流满面地指着自己，连忙附和：“是的，是的，那天好大的雨，那些官爷，拿着剑，在庙里对我们……”想到那天危险的情景，道童也哽咽起来。

柯政听到这里，眸光微微一闪。

见柯政有所松动，欧阳旭忙道：“他们越这样害我，学生就越不想认输，所以，学生虽然明知……”

柯政浸淫官场大半辈子，或许能被萧钦言这样的对手斗倒，但绝不会被欧阳旭这种小伎俩轻易骗倒，他知道事情未必是欧阳旭凭空捏造，可欧阳旭绝不可能像他自己说的这般清白。他无意深究事情原委，直接打断道："行了。你无非就是告诉老夫你实有苦衷，不得已为之。可欧阳旭，你可曾记得鹿鸣筵上老夫曾对你叮嘱过什么？士大夫命可折，气节不可折。牢记'风骨'两字，才是做人的根本！今日你可以为了早日回京而讨好一介白丁，那明日你会不会为了升官而媚上，而成为萧钦言第二？白麻纸上一旦染了墨，便再也不是干净的了。这道理，你明不明白？"

欧阳旭被柯政的一番话说得张口结舌，只能支吾道："学生，学生……"

柯政摇摇头，苦笑一声："不必再说，老夫如今也是被贬之身，其实也没什么资格来教训你。你既然说自己手无长物，那我就把你以前送我的那些东西都还给你吧，也算了了你我之间的情分。以后，在别人面前，你不可再称我的门生。"

话音既落，柯政的马夫就从车上丢下一个早就准备好的箱子，里面装的正是德叔当初替欧阳旭送的礼品。

欧阳旭大惊，再一次拉住柯政的衣摆："恩师！"

柯政却决然甩开他，转身上了马车，只余下一只孤零零的箱子放在仍然跪倒在地的欧阳旭身旁。

雨势骤然变大，欧阳旭却如浑然未觉一般一动不动地跪在雨中，他垂下的那双手仍保持着抓住柯政衣摆的姿势。道童小心翼翼地走过来，替他打着伞。

一阵闪电亮起，欧阳旭大叫一声："苍天，你为何要如此对我！你不公平！我不服！我不服！"泪水混杂着雨水流入他的衣襟，然而回答他的却只有越来越猛烈的雷雨之声。

一连闷热了几日的东京同样迎来了一场酣畅淋漓的大雨。陈廉戴着斗笠，一路小跑着进了半遮面的院子，却与一个正在檐下收伞的男子撞在了一起。

陈廉忙道："不好意思。"

跟他相撞的男子忙着收伞，也没抬头，随口答："没事。"

陈廉发现那人竟是没戴眼镜的杜长风，一时玩兴大发。他眼珠一转，一探手便往杜长风的幞头上插了朵花，然后迅速奔到了离他数丈远的地方。

杜长风回身看着陈廉，苦笑道："陈都头，你都多大了，怎么还这么顽皮？"

"你、你看得见我？"陈廉震惊不已，试探地在杜长风面前晃了晃手。

杜长风无奈至极地说："你又不是鬼，我又不是瞎子，怎么会看不见你。"

陈廉更震惊了："可你的眼睛不是只要离开三尺远，就什么都看不清吗？"

杜长风腼腆一笑，下意识地往茶坊里面张望："最近得了一个秘方，已经好了不少了。"

陈廉并未多想，只是惊叹着秘方的神奇："嘿，哪儿的神药啊，这么灵？哎！你怎么会在这儿？茶坊现在下午都不开门的，你不知道？"

杜长风的神情局促起来："知道，我是来给孙娘子帮忙的。"

陈廉顿时一愣，他还不知道杜长风什么时候已经跟孙三娘这么熟了。

房门突然打开，孙三娘狐疑地看着正在门口叽叽咕咕的二人："说什么呢？快进来。"

陈廉和杜长风对视一眼，双双走进屋内。

孙三娘在杜长风和陈廉面前一人放了一盘果子。

陈廉头一次没有心急火燎地把果子吃完，而是托着腮，好奇地盯着坐在自己对面的杜长风。他直觉杜长风哪里不对劲儿，而且这不对劲儿不光是眼睛能看见了的问题，他想从杜长风的行为细节中找出一些蛛丝马迹。

一旁，孙三娘略带审视地看着杜长风："你会看契书？"

杜长风忙答："会会会。我在书院也教明法科，各色律法书契再熟不过，上个听朱夫子他们说你们想找个庄宅牙人帮着看买卖契约，那些人还不如我呢。"

原来，这次杜长风是主动请缨来帮孙三娘看望月楼的契书的。尽管赵盼儿、孙三娘上次去望月楼时没谈成买卖，但那个老板着急用钱，愿意将酒楼拆半卖给她们，这样他原来的西楼还是能酿酒的正店，原来只做雅间的东楼就可以辟给她们开脚店。赵盼儿觉得这样一来，她们既不用受行会规管，又不用花那么多银钱，实在是个不错的机会。但这买卖弯弯绕绕很是麻烦，赵盼儿想着请人来掌掌眼，正好杜长风会看契书，把这件事交给熟人做更放心些，她自然也就同意了。

"你真的行吗？"这毕竟牵扯到几千贯钱，孙三娘仍然不太放心。

杜长风屡遭心上人的质疑，边清嗓边挺起胸来："杜某好歹也是中过进士的。"

孙三娘看多了杜长风被小屁孩欺负的惨状，实在无法把杜长风和"可靠"二字联系起来，便又叮嘱道："你可得认真看啊，千万别出岔子。这儿这么暗，去那边亮堂点的地方！"

杜长风又是腼腆一笑："不用了，自从吃了你的猪肝，我这眼睛是一天好似一天……"

听了这话的陈廉顿时大吃一惊，他看看杜长风又看看孙三娘，隐约明白杜长风到底是哪儿不对了。

孙三娘脸色一红，嗔怪道："你骂人呢，什么叫我的猪肝？"

"一时失言，一时失言。"杜长风也有些心虚，小声问，"那蜜瓜，可还合你胃口？"

孙三娘微怔之后，故作矜持地说："还行吧。"

杜长风只觉得眼前的阳光一下子就明媚了起来，兴奋地说："真的？那是我家亲戚送来的，我想着你也是南方人，肯定喜欢吃这个……"

孙三娘见赵盼儿和陈廉都故意转开了头，一时微窘，连忙挥了挥手："现在说这个干吗！先忙正事！"

杜长风恍然，忙凑近契书一看，当即道："啊，首先这纸就不对，东京的宅地立契，得用官版的契书，不然衙门一概不认的……"

赵盼儿忙拿来纸笔："这只是份草稿，麻烦你看着有哪儿不对，就直接在这上头修改便是。"

杜长风接过，认真修改起来。孙三娘站在他身边探头看着，不时问问契书上的生词都是什么意思。刚才的那场急雨已经停了，赵盼儿见两人一问一答颇为忘我，便拉着陈廉进了后院。

自那天夜会之后，赵盼儿已经一连几日没再见到顾千帆，当时，她为了让他清醒过来，故意咬了他的肩头，虽然她下手有轻重，但还是有些担心。

赵盼儿把一只瓷瓶交给陈廉："你家头儿这两天可好？一直没他的消息。这是补血生肌饮，你帮我带给他。"

"好嘞。"陈廉小心地接过瓷瓶，忍不住替自家老大解释，"头儿这两天忙得不开可交，毕竟刚上任嘛，光雷敬留下来的狗腿子都够他费神的了，还有吏部、大理寺、开封府一堆的事也在找他。我看他这两天全在六部跑，足足两天都没回过自个儿家了。"

然而听了这些，赵盼儿不禁更加担心了。

陈廉见状忙道："不过你放心，他气色好着呢，训起人来的时候，一回比一回中气足。"

"那就好。"赵盼儿稍微放下心来，略踌躇了一会儿才开口，"我本来有句话想当面跟他说，可他要是这么忙，也不知几时才能有工夫见面……"

陈廉立马精神起来："什么话？要是一般的跑腿办事，我这皇城司使座前第一人，八成能替你办了。可要是情话嘛……人家还小，就不方便帮你带了。"

赵盼儿气得拧他耳朵："你告诉他，我要买酒楼，现在手上钱不够，让他给我挪些。"

"得令！您放心，夫人发话，顾皇城焉敢不从！"陈廉做了个领命的姿势，随后便拿着瓷瓶跑开了。

赵盼儿只能冲着陈廉消失的方向无奈地摇摇头。

回到屋内，赵盼儿只见杜长风正指着契书跟孙三娘说着什么。

孙三娘在杜长风边上摇着蒲扇，见赵盼儿进来，忙道："盼儿，他说这儿不妥当！"

赵盼儿赶紧走上前去："请杜夫子指教。"

杜长风指着契书上的一行话道："望月楼拆半，一千两百贯的确算个好价钱，可要求头金五成，其余五天内全付清，这就有风险了。这么大的买卖，要这么急，还是妥当些为妙。毕竟按行规，都是头金三成，余者一月内付清就行。"

"我也跟望月楼的老板这么说过，可他咬死了不愿再让步，所以也只能这样了。不过，他要真敢闹什么幺蛾子，我倒也不怕。"赵盼儿也知道这笔买卖风险极大，但眼下望月楼已经是她最好的选择了。

孙三娘附和道："可不是？他要敢骗我们，就算逃到天边去，皇城司也能逮回来。"

杜长风没听出孙三娘的言外之意，只是点点头："原来如此，那这份契书没什么大问题，些许欠佳的地方，我已经改过了。"

赵盼儿接过契书看了看，郑重地向杜长风道了谢。

杜长风忍了忍，最终还是开口道："不过，容我多一句嘴，这可是一千两百贯啊，你们才到东京开店几个月，就能一口气拿出来？"

孙三娘听了忍不住笑出了声："呵，你还真当我们是财神娘娘下凡啊？我们几个手里的钱，加上这间茶坊，最多也就值七百贯，剩下的得靠盼儿她未来的官人出。"

"未来官人？"杜长风身形一滞，他几乎都要忘了赵盼儿最初来东京是为了向欧阳旭讨说法，如今她又要成亲了？他意识到自己的反应有些不妥，忙拱手祝贺："恭喜赵娘子。"

孙三娘也不怕重提他们不打不相识的糗事，打趣道："恭喜什么啊，我们还得感谢您呢。要不是您那会儿硬要闯到客栈里来逼她做那个混账探花的妾，我们盼儿也成不了诰命夫人啊。"

杜长风心中暗惊："诰命夫人？赵娘子的官人，难道是——"

孙三娘得意地伸出五根手指："没错，五品官，比欧阳旭的八品高多了！羡慕吧？”

赵盼儿见杜长风面露尴尬，忙拉了拉孙三娘的袖子。

孙三娘却大大咧咧地说：“摆出那副样子干吗？我说的是欧阳旭，又不是你！欧阳旭是你朋友，盼儿一样是我朋友。盼儿要当诰命夫人，难道别人一夸她，我还得满身不自在？你呀，就是爱想这些有的没的，才会在官家面前丢了脸。还有，你现在都不是鸡视眼了，干吗还含胸驼背的？这一身衣服也又旧又皱的，真不像个当官的样子！”

杜长风看着自己皱皱巴巴的衣服，顿时如霜打的茄子般蔫了下来。

见杜长风被孙三娘驯得唯唯诺诺，赵盼儿含笑不已，缘分真是妙不可言，多亏了傅新贵的休书，孙三娘才能遇到杜长风，来东京真是她做得最正确的决定。

玩笑过后，杜长风又对赵盼儿就契书一事交代了几句，随后才告辞离开。

然而孙三娘在短暂犹豫片刻后却追着杜长风出了门，她塞给杜长风一把伞，强势地说：“拿着这个！这两天变天跟翻书似的，没雨遮阳，有雨挡雨！”说完，她不好意思地扭头就走。

杜长风既是欣喜又是感动地叫住孙三娘：“三——孙娘子！”

孙三娘察觉杜长风差点把“三娘”喊了出来，她忍着笑停下脚步问：“什么事？”

杜长风感觉自己现在的心情完全不比面圣的时候轻松，他踌躇着开口：“我今天也算替你们帮了点小忙吧？”

孙三娘倒没看出来杜长风是敢主动向她讨报酬的人，忍不住调侃：“哟嗬，盼儿给你的那两盒果子还嫌不够啊？”

杜长风脸色一红，连忙解释：“不是，我只是、只是想麻烦孙娘子你帮我个小忙。你刚才说我这衣衫又旧又皱，其实我也是没办法。我娘早走了，家里又没个能管事的妻房，所以衣服鞋子啊什么都是自个儿胡乱对付着来。孙娘子刚才那声提醒，可算是振聋发聩，我确实该好好收拾一下子。不过我这个人吧，也不懂衣料啊裁缝什么的——”

孙三娘斜眼觑着杜长风：“你不会还想我替你做衣裳吧？”

杜长风忙摇头：“哪敢这么麻烦你！我只是想请你陪我上街去成衣铺子买两件去。你知道我眼睛不行，就算拿着个水晶片子，也不方便挑衣裳啊。”

孙三娘的脸突然红了一下：“少糊弄人啊，你好歹是个进士，没娘子管家，丫鬟仆妇总有吧，还能短了你衣裳穿？”

“没有没有，我家就几个男仆，别说丫鬟仆妇了，连只母鸡都没有！反正你现在也不忙，要不就现在？”杜长风说完这话，也觉得有些不妥，尴尬地闭了嘴。

孙三娘犹豫了许久，终道：“明天吧，待会儿我还得回去盯着钱的事呢。”

杜长风本以为孙三娘要拒绝，这下当真是大喜过望：“好，明天这会儿我在这儿等你，说定了啊！”

杜长风生怕孙三娘反悔，不给她说话的机会，转头就跑，不提防绊了一跤，好在这回他总算反应及时，没有跌个狗吃屎。“不许反悔！”他摇摇晃晃地补上一句，一溜烟又跑了。

孙三娘又惊又乐地看着，不禁摇了摇头：“现在不是熊瞎子了，成了个熊呆子！”

另一边，陈廉急匆匆地赶到南衙后，将赵盼儿的话和补血饮一并带到，汇报了半天，他才发现顾千帆眼下的一片阴影。“头儿你怎么了？眼圈这么黑，昨晚上没睡好？可不能让盼儿姐看见你这样子，不然她肯定会心痛死的。”

顾千帆去拿瓷瓶的手微微一顿，尔后淡淡地道：“就放在那儿吧。她需要多少钱？”

陈廉并未发现顾千帆的异常，挠了挠头说：“嘿嘿，没说，你自己看着办，盼儿姐也不好意思直接说要多少吧？不过望月楼的一半，怎么也得一千五百贯吧。”

顾千帆听了这个数字倒也并不意外，只是点点头：“我现在手中只有两百贯现钱，你拿我的印信去后面库房提出来交给她，其余的，我自会安排。”

“好，那我去啦！”陈廉脚比脑子快，走开几步又回身道，“对了，盼儿姐虽然没好意思说，但我还是替她问一声，你什么时候才稍微空闲一点，见见她抚慰下相思情啊？总不能让人家一个小娘子，啊不，大娘子，自个儿操心成婚的事。”

顾千帆的身体几不可见地微颤了一下，最终压下了心中的暗潮汹涌，淡淡地说：“她最近只怕心思都在酒楼上，一时半会儿没空顾别的事。”

陈廉不疑有他，重重地点了点头：“有道理。盼儿姐天生就是个干事业的人，没准等你们成亲以后，她比你还忙。”

顾千帆的手又微颤了一下，幸在此时，孔午走进屋内禀告道：“使尊，宫中官家传召。”

顾千帆眸光一紧，立刻起身，当他的目光掠过那只瓷瓶时，他的脸上流露出了痛苦与眷恋，他将瓷瓶仔细地揣入怀中，随后快步出门。

形状变化莫测的烟雾从宫殿中的香炉中冉冉升起，雷敬和顾千帆双双立于殿中，一齐听着皇帝的旨意。

偌大的宫殿中，皇帝的声音都带了回响："北使来京，以中山郡王耶律宗政为正使。当今北主无子，兄弟也都早亡，宗政虽只是皇侄，却也是离帝位血缘最近之人。据说此人颇有城府，是以朕欲以雷卿暂为勾当国信所，接伴北使，顾卿辅之。此人文武双全，与顾卿应该相得。接伴之时，务必不要露了痕迹，只要不涉机密，他想去哪儿，便由他去哪儿，重要的，只是观察他的品性爱好。"

听旨时全程面色凝重的顾千帆适时躬身道："臣定不辱官家所命。"

旨意已经下达，皇帝便命雷敬同顾千帆一齐退了下去。

步出宫殿后，雷敬看出顾千帆一脸阴沉，便问："怎么了？瞧你一脸不高兴的样子。这回可不是某家推荐的你啊，是中宫圣人听说你救萧相立了大功，又记起你上回江南案里替她清查谶言的功绩，这才把这份大大的优差给了你。你可得心里有数。"

而顾千帆只是语气平淡地答："下官没有不高兴，倒是因为此事可以让下官暂离纷扰而心中甚安。"

雷敬明知顾千帆有心事，故意哪壶不开提哪壶地问："噢？小顾最近难道有什么不想见的人吗？"

顾千帆身形一顿："没有。下官还有事在身，明日再来省中会同都知公干。"说完，他逃也似的抽身离去。

看着顾千帆离去的背影，雷敬眼中精光一闪，他一招手，一旁的小内侍走上前来。

雷敬嘴角噙着一丝意味不明的微笑："上报你家主人，就说幸不辱命。"

小半个时辰之后，陈廉已经将一箱箱现钱搬进了桂花巷小院，然而这两百贯对于赵盼儿她们而言显然是远远不够的。

"头儿手上一时没这么多现钱，他说后面的自会安排。"陈廉想到了什么，转头对赵盼儿补充道，"你就别担心啦，头儿这些天得陪着北使，事关国家，行动当然不自由，等他一有空，肯定来瞧你！"

"好，谢谢你。"赵盼儿给陈廉递上一只手帕让他擦汗。她得知顾千帆出门公干，又是几天不能见面，心中未免有些失落，面上却丝毫不显。

“跟我还客气什么。”陈廉大剌剌地一挥手，眼珠一转，“招娣呢？我给她带了个磨喝乐。”

赵盼儿看出了陈廉的小心思，抿着嘴道：“她去郑家铺子打灯油了，你上那儿找她吧。”

陈廉感激地朝赵盼儿笑了笑，一溜烟跑远了。

孙三娘拍着胸口道：“刚才可真吓了我一跳，我还以为顾千帆只肯给两百贯呢。”

赵盼儿却满心满眼都写着信任：“怎么可能？他早知道我们这几个月赚来的只有三百来贯，里头还有三成是引章的呢。要不是他说要开酒楼就索性弄个大点的，钱这块不用担心，我哪敢去看望月楼啊。”

孙三娘看着赵盼儿一脸幸福的样子，忍不住打趣道：“啧啧，瞧你那样儿，差点没在脸上写上几个字‘我官人真能耐’。可他这‘后面的自会安排’到底是什么时候啊？没个准信，总让人提心吊胆的。”

赵盼儿相信顾千帆心里一定是有数的，便自信地说道：“左右就是这两天吧。反正望月楼老板也在改契书呢，肯定来得及的。”

孙三娘这才松了口气：“那就好，那就好，可别怪我总盯着钱啊，我不是不相信你家顾千帆，只是——乖乖，一千两百贯钱，我这辈子都没见过这么多啊！以前我还在那发梦呢，说子方以后出息了，要是拿五百贯来孝敬我，我也就死而无憾了，谁想到离开钱塘还没半年，咱们就要买上千贯的酒楼了呢！”

赵盼儿闻言笑道：“那要是咱们以后的酒楼值万贯，你还不得乐成仙啦？”

孙三娘一听“万贯”，差点连气都喘不匀了，要是真能赚那么多钱，那可真是不枉此生了。

刚才匆匆离开的陈廉还没跑出桂花巷小院那条巷口，就被一路打探葛招娣的消息找到这里的葛母拦了下来。

葛母见陈廉穿得像个当官的，颇为讨好地问：“小官人，这是桂花巷吗？”

陈廉当初只在码头见过她一面，此时也并没认出她就是葛招娣的母亲，只点头答了个“对”，随后就急匆匆地继续奔去找葛招娣了，然而没跑多远，他就看到了葛招娣的身影。

葛母正在一家半开大门的院子前探头张望着，忽听到有人喊了一声“招娣”，她回望去，果见葛招娣就站在不远处跟刚才的小官人说话。

陈廉把揣了一路的泥瓷娃娃塞给葛招娣：“刚才我去茶坊找你，你不在，到小院找你，你还不在。上次你说喜欢会动的磨喝乐，我就买了一个，看看，喜欢不？”

正在此时，葛母赶来，一把抓住葛招娣的手腕，一边拍打一边骂：“终于被我找着啦！贱蹄子、死丫头，叫你还敢骗我，叫你还敢到处躲！”

陈廉忙护住葛招娣：“住手！不许打人！”

“小官人，老婆子教训女儿，不关你的事啊，刚才多谢你指路。”葛母非但不停手，还雪上加霜地说，“你以为你能跑去天边啊？我随便稍微打听打听，就知道你在哪块地方浪了！”

葛招娣顿时气怒交加，边躲边对陈廉大喊：“是你跟她告的密？”

陈廉愣了愣，委屈地说：“不是我！”

葛母边打边道：“就是他告诉我的，怎么的！你今天非跟我回去不可，别想再跑了！”

葛招娣一边和葛母厮打，一边冲着陈廉喊：“你还说不是？”

“真的不是我！”陈廉用力扯开两人，好心劝道，“大娘你不许打人！行了！招娣你也别咬人，母女之间哪有隔夜仇？”

葛招娣一听这话，眼睛变得血红：“没有隔夜仇？姓陈的，我说过多少次，我一家人都死绝了，我的事不用你管！”

葛母又冲上来，对着葛招娣一通乱捶：“你竟敢咒我死！我今天非打死你不可！”

然而葛招娣敏捷地左右躲闪着，葛母根本近不了葛招娣的身。

陈廉见事态愈演愈烈，焦急地劝说着：“招娣你讲点道理，我明明是帮你的！做人不能不讲孝道啊……”

“谁跟你讲道理？谁要你管闲事？”葛招娣狠狠地把手中的磨喝乐砸在地上，“你滚！你马上给我滚！”

陈廉捡起缺了一角的瓷人，不可置信地说：“你干吗扔磨喝乐？这是我跑了三个地方才买到的！”

葛招娣的眼神中闪过一丝悔意，却依然口是心非地骂道：“你买到的东西，我就必须得喜欢？你觉得对的闲事，就可以再三插手乱管？你以为自己是谁啊？我再说一次，滚！立即！马上！”

陈廉大受打击，咬着牙道：“行，小爷我以后再跟你说一句话，就不是人！”说完，就受伤地扭头飞跑着离去。

不远处，孙三娘和赵盼儿听到动静匆匆赶来，远远地看到了葛母和招娣还在争吵。

“这事不能硬上。”赵盼儿拉回了就要冲上去靠蛮力解决的三娘，对她耳语了几句，孙三娘的眼睛顿时一亮。

当陈廉失魂落魄地回到皇城司南衙时，手中仍紧握着那个破碎的磨喝乐。

锋利的碎片割破了他的手掌，鲜血一路滴到了地上，陈廉却浑不在意地紧握着拳头。掌心传来一阵阵剧痛，此时此刻，他宁愿用身体上的疼痛逼迫自己忘却葛招娣让他滚的画面。

虽然从第一次见面起，葛招娣就跟他各种不对付，可明明他们最近见面的时候都玩得挺开心，难道这都是他的错觉吗？陈廉的泪水滴落在那只被他紧紧握住的破碎的磨喝乐上，冲淡了上面的血迹。

不知何时，神色黯然的顾千帆已经站在了他的身后，他的声音中透着一丝关心：“出什么事了？”

陈廉迅速转身，一抹眼泪：“没事。钱我已经送到了，盼儿姐那边一切都好。对了头儿，反正你这些天也要接待北使，不需要我跟着。大理寺不是有个案子，要我们帮着出京核查吗？我想去。我马上就能动身。”

顾千帆看着陈廉手中的磨喝乐碎片，心中已如明镜，可他觉得陈廉和葛招娣最多是吵架拌嘴，只要先服个软、道个歉，不是什么大事，不像他——顾千帆的心中抽痛，眸光一暗，但很快又恢复了平静：“那个案子在陈留，至少得一个月。”

陈廉眼下正需要这种能远离东京，防止他想起葛招娣的机会，他固执地说道：“我不管！只要能让我出京，怎么都行！”

看他如此决绝，顾千帆心中也掠过一丝伤痛，他拍了拍陈廉的肩，什么也没说，只是轻轻点了点头。

这厢，一脸凶神恶煞的孙三娘大步冲向巷口，朝葛招娣大吼：“死丫头！打碎了赵娘子的玉观音，还想逃？”

葛母被她吼得耳朵嗡嗡直响，转头便见到孙三娘正双手叉腰、女凶神般盯着葛招娣。葛招娣被孙三娘横眉冷目的样子吓得后退了几步，一时摸不准她这是唱的哪一出戏。

孙三娘看见葛母，咬牙切齿地问：“你是拍花子的，还是想撺掇她做逃奴的？”

葛母被吓怕了，结结巴巴地推诿道："不、不是，我是她娘——"

"跟我走！今儿个非得好好治治你们不成！"孙三娘眼露凶光，不等葛母把话说完，就一手一个，拎着葛招娣母女就往小院走去，边走还边冲招娣悄悄地使了个眼色，招娣立刻心领神会。

葛母和葛招娣被孙三娘一齐重重地扔在地上，她们抬起头，却见石桌边的赵盼儿一身红衣艳丽打扮，活脱脱像个风月场上的行首。

赵盼儿一边漫不经心地染着指甲，一边故意拖着长音说："抓回来了？拎到后院去，打二十皮鞭。"

"是！"孙三娘拎起葛引娣往后院走去，不一会儿，就传来了葛引娣装出来的惨叫声。

赵盼儿漫不经心地轻吹着涂好的指甲："你是她娘？那你替她赔钱吧，只要钱到手，我也不想伤及性命。那玉观音是顾衙内送我的，千金难买。看你这样子也是个没钱的，就赔个五十贯吧。"

葛母脱口而出："五十贯？你讹人啊！"

赵盼儿冷冷地看了她一眼，葛母不寒而栗。

这时孙三娘已然回来："赵娘子息怒，她不肯赔钱，我这就把她扔到井里泡一晚上，明儿早上再送官。"

葛母早被吓怕了，大喊："别、别别，我真没钱！"

赵盼儿嘴角微扬："好教大娘知道，我们这半遮面，可不是什么随便的地方，整个东京都是有名号的！院子里管事的是教坊的宋大娘子，相爷见了她都得敬着！"

葛母这下真怕了，扑在地上："贵人饶命，老婆子有眼无珠，得罪了！可老婆子真没那么多钱，他爹许配她给邻村于大仙，也才得了十贯的彩礼。您就算杀了我全家，也没五十贯啊！"她拍着腿呼天抢地："这死丫头怎么这么贱啊，逃婚不算，还要拖累全家人。我只想把她抓回去，可没想闯出这么大的祸来啊！"

赵盼儿皱眉："谁管你家破事，我只要钱。三娘！"

孙三娘默契地上来又要拉葛母。

葛母大惊："别！别！要不我把招娣抵给你们好吧，她长得还行，接几年客，五十贯肯定就有了！"

孙三娘再也听不下去："你真是她亲娘？"

赵盼儿忙道："算了，写奴契去。"

奴契很快就拟好了。赵盼儿道:“看好了啊，齐州长清县葛招娣，尚未许配人家，如今绝卖于我，生死再与旧家无关。”

葛母眼珠一转，改口道:“那、那我从齐州跑过来这一趟，总得有个交代吧?”

赵盼儿:“你要多少?”

葛母:“十贯。”

赵盼儿冷笑一声，“啪”地将纸拍在桌子上:“行，十贯就十贯，按手印!”

葛母自认目的已经达成，便在奴契上按了手印。后院里的葛招娣透过窗子远远地看着这一幕，不禁泪如雨下。

赵盼儿收回奴契，满意地朝孙三娘努了努嘴，孙三娘便将事先备好的五串铜钱丢给了葛母。

“不会不会，我就当这死丫头已经臭了——”葛母把钱一下子抱到手里，发现数目不对，当即翻了脸，“怎么才五贯钱!不是说好十贯的吗?”

赵盼儿冷冷一笑，轻蔑地点评:“乡下人。”

孙三娘也一脸理所当然地说:“哪个东京人家里随手就放十贯钱?等着招贼呐?”

葛母没见过什么世面，见赵盼儿和孙三娘都说得这么笃定，顿时深信不疑。

赵盼儿对着光照着自己涂得血红的指甲，慢条斯理地说:“我只管这院子里的事，能拿出来的现钱就五贯。其他的，让她送你去问我们东家池衙内那儿取。”

葛母赶紧重复着念了一遍“池衙内”，试图加深一下记忆。

赵盼儿的嘴角隐隐带了笑意，却依旧无比认真地点点头:“对，东京十二行的总行头，池衙内!”

第二十八章 前尘谜

孙三娘和葛母一齐站在池衙内那位于东京城最繁华地段的私宅外。头一回见到这么豪华的宅子，葛母眼放金光，连门口的砖都忍不住摸上一摸，倘若孙三娘告诉她，这儿就是王母娘娘的寝宫，她也会信。

孙三娘从怀中掏出赵盼儿事先准备的信封，煞有介事地说："瞧见没有，这就是我们东家的宅子了。你拿着这封信进去，他肯定立马把剩下的钱给你，没准还能多赏你几个呢。"

葛母抢过信，眼中露出了贪婪的光。

与此同时，池衙内正在府中跟吕五生着闷气，吕五明显是拿了张好好的好处，才特地过来向他汇报她的情况，至于吕五说的那些张好好生了病的话，他是一百个不信。

"生病？生病找大夫啊？找我有鬼用？"池衙内烦躁地打断吕五，自那天跟张好好不欢而散，池衙内再也没去找过她，他毕竟也是男人，张好好一而再再而三地伤害他的尊严，如果她不向他道歉服软，他再上去热脸贴冷屁股，岂不是让全东京的人看笑话！

吕五知道池衙内还在乎张好好，忍不住劝道："衙内，好好姐这就已经算是服软了，您就着台阶就下吧！"

池衙内听了气得两眼直翻，他实在想不通，这吕五明明是自己的人，怎么向着张好好说话？他咬牙道："男人的面子大过天，你懂不懂？懂不懂？她要不亲自来求我、哭着跟我认错，本衙内这辈子都不会理她！"

吕五偷偷在心里翻了个白眼，面上却只得俯首称是。

池衙内烦躁地扇着扇子："那个赵盼儿呢？这么热的天，她那破茶坊没有冰，是不是都快馊了？"

吕五知道赵盼儿已经解决了用冰问题，脸上的表情顿时变得十分古怪。

"哈哈！她想买冰，也得跪着来求我，要不然——"池衙内突然察觉吕五表情不对，不禁问道，"你那什么表情？"

吕五艰难地挤出一句话："回衙内，顾副使，他最近升官了，现在是正任的皇城司使。"

"什么？他又、又、又升官了？"池衙内的气势一下就弱了下来，仍嘴硬道，"那又怎么了？"

吕五嘴角抽了抽："皇城司手下有个司，叫冰井务。"

池衙内只觉五雷轰顶，他安静地站在原地，好半天才把手里的扇子折成两段，结果反倒因此撅疼了手。

这时，一个手下匆匆而入，向疼得龇牙咧嘴的池衙内耳语："赵盼儿派了个人过来。"

池衙内正愁抓不着赵盼儿出气，哪想到她还能自己送上门来。他立时笑逐颜开，殷切地说："让她进来！"

不一会儿，葛母被人带了进来。她原本就被屋里那富丽堂皇的布置迷花了眼，一见池衙内那帮地痞手下，更是战战兢兢。

她颤巍巍地给池衙内递了封信："衙内万安，赵娘子要我把这封信带给你……"

池衙内撕开信一看，里面却是一张白纸。他当下就火了："这是信？你消遣本衙内啊？把她给我打出去！"

葛母当即懵了，狗急跳墙地大喊："我又不识字，哪知道里面写的是什么！你得给我钱啊，五贯钱！不然我要告官，告官！"

池衙内一用劲儿，又把扇子折了一次："给我狠狠地打！让她去告官！"

不等池衙内再说第三遍，众手下立刻抄起家伙，一拥而上。

大概过了一炷香的工夫，满头是血的葛母被扔出了大门。

隐蔽在远处一棵树下的孙三娘一使眼色，一个路人便会意地走了过去扶起葛母："哎呀，你怎么得罪了池衙内啊，他可是个不讲理的霸王！赶紧出城去吧，别再回来了，不然再让他的手下见了，你的小命只怕就保不住了！"

不远处，葛招娣和赵盼儿不知何时也跟了过来。远远看着葛母满目惊慌、跌跌撞撞地跑开的样子，葛招娣捂着嘴，眼泪如断了线的珍珠般落下。

孙三娘走到葛招娣身边，心疼地看着她，同为女子，她真的很理解葛招娣现在的心情。

赵盼儿安抚地拍了拍葛招娣的手："放心，池衙内的手下都挺有分寸，不会伤到人命。这一回不好好治治她，她还会像吸血虫一样缠着我们不放。"

葛招娣像被雷击中了一般，急急否认："我不是为她难过，我只是——"葛招娣再也抑制不住压抑了多年的委屈，投到孙三娘怀中哽咽道，"为了给我那还不到八岁的弟弟攒彩礼，他们卖了我两回，第一回卖到饭馆里当养娘，我自己挣钱赎了身。第二回，他又把我卖给邻村于大仙当续弦。我好不容易逃回家，我弟弟还给那家报信……所以我才会说我全家都死绝了！她是我亲娘啊，她也是女的，怎么就这么忍心人家糟践自己的女儿！"

"都过去了。"孙三娘拍着葛招娣的背，眼眶也蓄满了泪水。

赵盼儿微红着双眼从袖中取出那张奴契，坚定地说："拿着这个，以后她不会再缠着你了。"

葛招娣看着奴契，又不可置信地看着赵盼儿："你把奴契给我？真的给我？"

赵盼儿眸光闪亮，既有涅而不淄的傲骨，也有阅尽千帆的底气："我也被卖过，我做过官奴。这贱籍的烙印，我花了整整十年才洗掉，又怎么会让我的姐妹再被烙上？"

葛招娣愣了半晌，用颤抖的手接过奴契，接着放声大哭起来。

赵盼儿走上前去，与孙三娘一起轻轻拥住葛招娣，她们彼此相扶，给予对方以温暖。葛招娣突然觉得，今后无论发生什么，她都不会害怕，因为她们永远是彼此最坚强的后盾。

如此奔波了一天，赵盼儿、孙三娘、葛招娣回到家时已经到了晚上。赵盼儿原本想像三娘和招娣那样早早回房休息，可她在床上躺了好一会儿，睡意反而越来越淡，索性便起身去灶房忙活了起来。

孙三娘被屋外的响动吵醒，想到家里放了五百贯钱，她一个鲤鱼打挺便坐了起来。她执灯出去一看，见是赵盼儿抱着一只瓷罐从灶房里出来，这才松了口气："我听到响动，还以为有贼呢！这么晚了，你怎么还不睡？"

赵盼儿晃了晃手中的瓷罐："我刚去熬了一锅酸梅浆。家里才放了五百贯而已，别那么担心。望月楼得买，茶坊明早的生意也还得继续做呢。”

“那你早点睡。”孙三娘也觉得自己有点小题大做了，正好困劲儿上来，便打了个哈欠，回了房。

赵盼儿将瓷罐放进井中镇着，又推开院门，看了看在月亮的清辉笼罩下空无一人的小巷。顾千帆曾与她约定，如果他想见她，就在藤蔓上放一朵黄色的花。相比几个月前，院墙上的蔓藤已经愈发茂盛，然而夜色下的藤蔓仍是一片碧绿。

赵盼儿心中隐约的希望又一次落空，她轻轻叹了口气，关上院门，回到房中。这些天，她一直睡不好，不得已只能又喝了一碗安眠的蝉蜕汤。不知过了多久，睡意才渐渐将她的思念压倒。迷蒙之中，她似乎感到顾千帆的气息萦绕在自己周围，她想，这一定是因为他们太久没见，以至于她出现了幻觉。她眷恋地感受着那熟悉的气息，呼吸渐渐轻浅，眼皮愈发沉重，最终进入了梦乡。

随着赵盼儿的呼吸变得缓慢而均匀，角落处的一团黑影动了动，不知何时出现的顾千帆轻轻地走到窗边，静静地注视着赵盼儿的容颜。他的心中痛如刀绞，却不敢靠近她一步。如果这是皇城司最酷烈的刑罚，他只愿能永生永世。

不知道过了多久，顾千帆方从怀中掏出大相国寺的三千贯库贴和一朵黄花一起放在桌上，并压上了一只瓷瓶。但片刻，他又将黄花取回，将库贴上写着“平安如意”的那一面翻过来，重新压好。

山雨欲来，顾千帆留恋地再看了一眼赵盼儿，替她合上了窗。

天边划过一道闪电，一阵明灭过后，窗边已不见了顾千帆的身影，疾风阵阵，卷起沙石，赵盼儿的窗子也被吹开，瓷瓶和库贴都被吹落到了地上。

第二天一早，天就放晴了，赵盼儿急急地去了半遮面看屋子有没有被风吹坏，葛招娣和孙三娘则留下来收拾颇有些杂乱的小院。

葛招娣收拾着赵盼儿屋中地上散落的纸片，一扫眼发现了库贴，葛招娣识字不多，瞟了一眼正面小篆，只觉犹如天书。还好那上面画着佛像，她便回头问孙三娘：“三娘姐，我在地上捡到张佛经，放哪儿啊？”

孙三娘随意指了指书架道：“是引章的吧，盼儿平常也不看这些，放那儿吧。哎，今年天气怎么这么怪，又热，妖风又一阵一阵的！”

葛招娣也并未多想，随手从书架拿下一本佛经，将库贴往里一夹，就又放了回去，随后便跑过去帮起孙三娘的忙来。

收拾好院子后，孙三娘按照之前的约定，跟杜长风去店里选衣服。杜长风原本长得不差，就是因为鸡视眼总是抻脖子、眯眼睛，看起来不太精神。如今他眼睛也好了，又穿上了平整的新衣服，整个人都显得焕然一新。

孙三娘固然对杜长风的新扮相很是满意，可她清楚在买衣服的时候，是绝对不能当着老板的面夸人的。她皱着眉打量试着新衣的杜长风，又上前替他整理了一下，挑剔地说了个“还行”。

孙三娘回身对老板语速极快地说：“这件，还有那两件，都要了。刚才说是一千四百钱是吧？那我再加两副巾子、两双鞋，你一起便宜些，凑个整，算个一千五百好了。”

老板听得目瞪口呆，开店这么多年，碰上这么会讲价的还是头一遭。孙三娘却默认这笔生意已经谈成，自顾自地去挑男鞋了。

杜长风将钱付给老板，偷偷满足地乐道：“不好意思，她太会持家了。”

老板只能无奈地收下钱，把柜台上的一大摞衣物全都包了起来。

买完鞋子后，孙三娘和杜长风便一起走出了成衣店。走了老远，孙三娘口中依旧念叨着：“人家铺子里有册子，以后你也不用上门去挑了，每逢时令打发人过去一趟，从头到脚自然有人给你配好了送来，省得麻烦。”

抱着一个大包裹的杜长风拼命摇头：“不麻烦，不麻烦——我的意思是，还是你帮我挑，我才放心。”

孙三娘觉得杜长风简直是个爱撒娇的小孩，无奈地扶额道：“以后酒楼开起来，我只怕忙得脚不点地，哪有那个闲工夫。”

杜长风鬼使神差地停住脚步，直愣愣地看着孙三娘说：“我等你。”

孙三娘被杜长风这句没头没脑的话说得愣住了。

杜长风又鼓起勇气说道：“只要你愿意跟我出来，我什么时候都愿意等。”

孙三娘脸上红晕顿起，转头就走：“不会说话就别学着人瞎说，省得人家听了误会！”

杜长风忙追了上去，焦急地说：“我没瞎说，我是真心这么想的！”

孙三娘越走越快，很快把杜长风甩在了后面，她的脸色越来越红，额上也见了汗水，她突然喃喃道：“嘿，他对你有意思，你跑什么跑，你又没什么好心虚的！”

孙三娘想等一等杜长风，为了不表现得太过明显，她停在卖冰雪水的小摊前要了碗凉水。

很快，杜长风便追了上来，他一边用手里的扇子给孙三娘扇着风，一边对小贩道："给我也来一碗。她要荔枝浆，我要豆儿水。"

孙三娘没想到杜长风连她爱喝什么都知道了，不由脸上一红，可她突然又想到什么，眉一皱，狐疑道："你真没娶过老婆？怎么这些路子一套一套的这么熟？"

杜长风身形一僵，眼神也有些不知道该往哪儿放。

孙三娘察觉杜长风的异样，一时气上心头："好哇，居然骗到我头上来了！"

杜长风忙压低声音道："我没骗你，我只是不知道算不算真没娶过。我三十好几了，又不是长得天残地缺，要说没人说过亲，肯定你也不信。我其实有过一门亲事，跟女方大定都过了，可惜过门之前半个月，她得急病走了。别人都说我克妻，所以我才独自一个人，蹉跎到现在……"

孙三娘先是替杜长风不忿，后来又同情地说："没事，人生谁没几个坎呢，我不也被休过吗？大哥二哥麻子哥，大家都差不多。"

杜长风眉开眼笑地说："我也觉得我俩挺——挺像的。"

孙三娘看出来杜长风原本的口型是"挺配的"，又急又羞，拿起摊主调好的荔枝浆猛喝，结果不慎呛到了。

杜长风忙在一边帮她拍背顺气。旁边有妇人看了，忙指给自己丈夫看，意思让学着点，杜长风忙拱手为礼。

"你在胡说什么啊？"孙三娘好不容易缓了过来。

杜长风决定索性趁这个机会把话说开："其实你的事，我都悄悄向招娣打听过了。咱俩都不是小郎君小娘子，我的心思，我不信你不明白。不过你也别担心，我不着急的，等你们把酒楼的事都置办好了，咱们再慢慢分说也不迟。"

孙三娘涨红了脸，啐道："你就发梦吧你，谁跟你慢慢分说。"她喝完了荔枝浆，还没来得及付钱，杜长风就抢先付了。

孙三娘气结，也扔下几枚铜钱，便快步离开。

杜长风忙把她的钱收了起来，这才往孙三娘那边追去："三娘，你等等！"

孙三娘的步伐原本迈得很大，听到杜长风的呼喊，她嘴角上扬，不留痕迹地放缓了脚步。

杜长风见孙三娘走慢了一些，心中大定，嘴角咧到了脸边，抱着一堆衣服向前奔了过去。渐渐地，两个影子重叠到了一起。

转眼到了赵盼儿与望月楼老板约定好的交易之期，然而整整三天，顾千帆不仅音讯全无，说好的钱更是未见踪影。无奈之下，赵盼儿只得硬着头皮带着孙三娘和葛招娣去了望月楼请求老板宽限她们几天。

望月楼老板看着又被改了一遭的契书，不满道："这契书改了又改，到底是什么个意思？赵娘子，你要是没钱就直说，别耽误我时间！"

赵盼儿心中底气不足，可为了做成买卖，她还是尽量沉着地说道："挑货人才是买货人，契书上精细些，对咱们都好。"

然而对方也不是好糊弄的，当即表态道："我之所以愿意把酒楼拆半了卖给你一个女的，就看中你爽快。你要做不到，这买卖咱们也就砸了。这样吧，这契书要么你现在签，要么就此作废，我另找买家去。"

赵盼儿咬牙表示："我可以签，但头期那六百贯，得明天才能给你。"

望月楼老板也不想再花太多时间找买主，再等一日他还是等得起的，索性道："行，明日辰时三刻，过时不候！"说着，他便在契书上加了几笔，随后按上了手印。

不一会儿，赵盼儿等人便拿着新改的契书走出了望月楼。

看着盖了双方指印的契书，葛招娣犹自担心："你就这样签啦？可咱们现在手里的钱，不是还差挺多吗？"

赵盼儿却是一副胸有成竹的样子："放心，我这就跑一趟皇城司，有千帆在，这点钱应该没问题的。"

孙三娘迟疑地说："可万一你见不着他……"

赵盼儿却轻笑了一下，坚定地摇头："不可能。千帆又不是欧阳旭，怎么会对我避而不见呢？"

赵盼儿让孙三娘和葛招娣先回桂花巷小院，自己去南衙找顾千帆。孙三娘和葛招娣知道盼儿去了南衙肯定要跟顾千帆说一些体己话，便依着她的意思，先行回去。

然而，待赵盼儿顶着烈日来到南衙，却在门口被人拦了下来。把门的皇城司侍卫根本不相信赵盼儿认识顾使尊，且不提顾皇城根本不在东京，就算在，堂堂使尊是说见就能见的？

正在僵持之际，幸亏顾千帆的手下孔午认出她来，替她解了围。

赵盼儿这才松了口气，虽说她已经快和顾千帆成亲了，可她真的不知道除了这里还能去哪儿找他，不说别的，到现在她都不知道顾千帆的家在哪儿，毕竟皇城司的事情太复杂，顾千帆不说，她也抹不开脸主动打听。

当赵盼儿求孔午代为通传时，孔午却告诉她，顾千帆陪着使臣出京上梁园那一带狩猎纳凉去了，这几日只怕都回不来，但他可以替她向顾千帆飞鸽传信。

赵盼儿不好把自己需要钱的事情告诉孔午，只能向孔午道了谢，便匆匆离开了。

回到桂花巷小院后，赵盼儿有些为难地将顾千帆外出公干的事情讲给孙三娘和葛招娣听。

孙三娘听完这话，不禁急得团团转："这到底怎么回事？好端端的，顾千帆在搞什么鬼啊？他该不会反悔了，这才故意不见你吧？"

赵盼儿有过被最亲近之人背叛的经历，当孔午告诉她顾千帆不在东京时，她的确有一瞬间的怀疑，可那份疑虑只存在于瞬息之间，顾千帆的为人她最清楚，她应该信任他。她坚决地说："绝对不会的！千帆他真是有公务一时回不来，我相信他！再说他一直都那么支持我开酒楼，没道理这个时候突然反悔！"

"我同意！"葛招娣也觉得顾千帆不是那种人，跟着分析道，"不然他干吗送那两百贯来？要真反悔了，就该一分不给才对。"

"没错，所以咱们就再耐心一点，再多等等，他手下也是这么说的，最多几日，千帆肯定能把咱们需要的钱送过来！"说着，赵盼儿用力地点了点头，既像是在安抚三娘，也像是在安抚自己。

然而孙三娘依旧眉头紧锁："可咱们能等，望月楼那边不能等啊！你忘啦，明天一大早咱们得凑够六百贯交过去，否则人家就不卖了！现在天都快黑了，咱们上哪儿找钱去？"

赵盼儿一咬牙，望月楼是她眼下最合适的选择，无论如何她也不能错过这个机会："我还有些字画，还有茶坊的地契，现在马上去找一家当铺当掉，应该还能凑点钱出来。"

孙三娘闻言大急："不行！那是咱们最后的老本了！万一再出岔子，咱们连一点点的退路都没有了！"

一语既出，屋内陷入了长久的沉默。

良久，赵盼儿抬起头来，反问道："可如果不去当铺，咱们守着这个没有引章和琵琶的茶坊，生意只会越来越差。三娘，上一回决定花掉钱塘所有的家当留在东京的时候，我们有想过退路吗？"

孙三娘心中一凛，她也知道，半遮面近来的生意大不如前，长此以往，她们只会越亏越多。

赵盼儿的眼神变得无比坚毅："抵押地契是很冒险，可是做生意，本来就得迎难而上。而且，我相信千帆，因为他从来都是一诺千金。上次他受伤，差点命都没了，可就算他连路都走不了，还是不顾一切地来见我，为的就是不让我担心难过。所以这一次，他肯定是遇到了天大的难事，才会这么多天不能和我见面。凭我对千帆的了解，只要他收到消息，肯定会以最快的速度联络我的。所以现在我们只要凑齐这六百贯的头金，再用他送来的钱赎当，这笔生意肯定就成得了。三娘，难道你不想尝尝做望月楼东家的滋味吗？"

孙三娘明显心动了，然而她还没来得及发话，葛招娣突然插话道："我想！不过我手里头只有三十贯，能算我一份吗？我没想着当四东家五东家，当个小东家就行！"

孙三娘一拍葛招娣的头："二东家还没发话，轮不到你！"

葛招娣夸张地揉了揉自己的脑袋，做出了个委屈的表情。

孙三娘终于下定了决心，看着赵盼儿坚定地说："我现在只有一个问题，这么晚了，还有当铺开着吗？"

赵盼儿看着两位全力支持自己、相信自己的朋友，只觉心中热腾腾的。她眼中燃起希望的火光，并在心中暗暗发誓，她一定要将这酒楼干出一番天地！

到了这个时辰，东京的各家商铺都已经陆续关门，赵盼儿三人好不容易才找到一家尚未关门的当铺。此时，赵盼儿正把半遮面的地契递给当铺掌柜，葛招娣和孙三娘则在旁边眼巴巴地瞧着。

当铺掌柜仔细看着地契，又不停地打算盘："马行街的地段倒是还不错，这处宅子——"正说着，他的一个手下走过来，轻踩了掌柜一脚。掌柜情知不对，但面上不动声色，只是继续说道："能值个不错的价钱，不过现在天色不早，能不能收这样的大货，我还得去请示一下我们东家。"言毕，他把地契还给赵盼儿："还请稍候。"

掌柜和那名手下一起走进一旁的隔间中，不知在谈些什么。

葛招娣担心地看着隔间禁闭的门，问："他们不会不肯收吧？"

赵盼儿却很是笃定地摇着头："不会，当铺开门，就是做生意的。东京这么大，我们这一处小小的宅子算什么？人家来当金银珠宝的更多呢。"

隔间中，手下和掌柜附耳说了几句，掌柜脸色顿时一变。待他再走回来，脸上虽然带着客套的笑容，周身的气场却是拒人于千里之外：“不好意思，刚才我点了点，发现账上的钱不够了，所以您这份地契，我们收不了。”

赵盼儿尚未察觉掌柜的异样，便道：“那明天呢，我们可以明天一大早过来等——”

掌柜摇着头打断赵盼儿：“明天也不行，明天正好小店盘存休店。您还是去别家吧！”

孙三娘顿时急了：“可现在这会儿别家当铺都关了啊！”

此情此景如此熟悉，赵盼儿不是傻子，能让掌柜翻脸比翻书还快的只有一种可能。她直截了当地问：“掌柜的，明人不说暗话，我只问你一句，池衙内是不是也是你们东京典当行会的行头？”

掌柜一愣，尴尬地笑道：“小娘子是个聪明人，做生意嘛，讲究的就是和气生财，小人也不知道您怎么得罪了池衙内。但是，小人肯定是不敢得罪他的。”

“那你就敢得罪我了？”赵盼儿语声不高，掌柜却是一凛。

赵盼儿淡淡道：“您可别忘了，我们要当的这处茶坊里头，还有一个刚得了柯相亲笔题字的宋娘子。您今晚上是可以不当给我们，可您就不怕哪天她跟哪位贵人相公随意提上贵店两句？”

掌柜脸色一变，果然被赵盼儿糊弄过去了，他犹豫了一下，终道：“小娘子要是实在想当，也不是不可以。但活当的话，小店只能出五十贯。”

葛招娣一听，火气一下就上来了：“才五十贯？你怎么不去抢啊！”

赵盼儿按住葛招娣，深吸了一口气道：“一百贯。活当的规矩向来都是以一个月为期的，我们只需要七天。七天之内，要是我不来赎当，这处三百贯的地契就归您。”

掌柜在三百贯地契的诱惑和池衙内的怒火中权衡了一下，终是点了头：“成交。”

赵盼儿脸上露出了如释重负的笑容。

不一会儿，葛招娣和赵盼儿便一起抬着一只钱箱走出了当铺，不远处的孙三娘正指导着小厮往车上装箱子。

赵盼儿看出葛招娣似乎欲言又止，便问：“怎么了？”

葛招娣有些沮丧地开口：“是不是……因为我娘那事才得罪了池衙内……”

若不是手中抬着箱子，赵盼儿很想摸摸葛招娣的头，这小丫头看似大大咧咧，其实心思重得很。“不关你的事。池衙内跟我梁子结得深了，我引你娘去他那儿，本来也只是想恶心他来着。既有因必有果，今天这局面，责任全在我。算了，不说这些晦气的，想想好的吧。咱们总算赶在天亮前拿到了钱。凑一凑，正好六百贯出头，够付望月楼的头金了。”

葛招娣点了点头，又疑惑地问：“可这一百贯怎么会才这么点啊？上次陈廉送来的那两百贯，我看足足装了六个箱子！”

赵盼儿耐心地解释道：“当铺给我们的祥符元宝是折十钱，一枚值十文，陈廉拿来的那些有折二钱、折五钱，只值两文和五文，所以肯定比这个多。”

葛招娣点点头：“原来如此，我之前最多也就见过一文的铜钱，引章姐那会儿给我看那个飞钱，我都不认识，这钱怎么能是纸做的呢！”

赵盼儿笑道：“钱的数量太大，不用纸做就太重了。也就是陈廉他们有一身武功，几百斤的钱箱才能随意搬上搬下，也不知道他这回临时到京外公干，能立个什么大功回来。”

葛招娣想起了什么，又低头不语。

赵盼儿察觉葛招娣情绪低落，好奇地问：“怎么不说话了，你平常和陈廉不是玩得挺好的吗？”

“人家是皇城司的大都头，我只是个茶坊里的小丫头，虽然都带个‘头’字，可这中间差得远了去了，哪敢跟他相提并论啊……”葛招娣自嘲地笑了笑，停顿了一下才道，“盼儿姐，不是每个人都像你这么命好，能遇得到顾皇城的。”

赵盼儿略感诧异地看了葛招娣一眼，想了想终道：“遇到千帆，固然是我的幸运。可咱们的幸福，不能指望别人，终究还是得靠自己。”

葛招娣若有所悟，缓缓点了点头。她抬头看着天空中的弯月，陈廉若是知道她马上就要做望月楼的东家了，一定也会为她感到自豪的吧，可惜她之前一怒之下对他说出了那样的话，他肯定不会原谅她。

次日一早，赵盼儿、孙三娘和葛招娣就带着钱来到了望月楼，头一回做这么大的生意，保险起见，杜长风也被赵盼儿请来做中人。

孙三娘看着望月楼的小厮把钱搬下马车，她突然觉得自己似乎忘了一件很重要的事情。

“坏了！”孙三娘把赵盼儿拉到一边，低声道，“我刚才想起来，今天这六百贯里，是不是还有引章的钱？咱们挪用了她的钱，这不太好吧？”

想到引章，赵盼儿眼中闪过一丝难过，她飞速掩下心中波澜："没事，我昨晚上就让招娣去沈府送信给她了，她让我们尽管用，说没关系的。"

孙三娘这才放了心，转头对杜长风道："赶紧上去啊，日头那么大，站在这儿干晒，想把自个儿晒成肉干啊？"

杜长风忙不迭地答应，跟着拾级而上。

赵盼儿见杜长风那受气的样子，有些不忍，上前招呼道："今日就有劳杜夫子了，请。"

杜长风早就摸清了孙三娘刀子嘴豆腐心的性格，笑道："没事，孙娘子也是为了我好。赵娘子请。"

赵盼儿和杜长风客气地相视一笑，一同步入望月楼。

进入望月楼后，赵盼儿和杜长风便进了内室与老板交涉，孙三娘和葛招娣则在走廊外等候。

趁着这个空当，孙三娘悄声问葛招娣："你昨晚还去沈家了？怎么没跟我说？"

葛招娣叹了口气道："盼儿姐不让。"

孙三娘心中疑惑顿生："为什么？引章跟你说些什么了？"

葛招娣压低声音道："她把盼儿姐给她的信撕了，说这么着急问她同不同意出钱，不过就是想逼她呗。好在现在反正也用不着这些臭钱，索性当作以前你们去华亭县救她的谢礼好了。哦，还有，说她身子不好得休养，就不去喝盼儿姐和顾姐夫的喜酒了。"

不出葛招娣所料，孙三娘闻言立刻火冒三丈："她怎么能这样！难道就因为她也喜欢顾——"孙三娘的话被葛招娣夸张摆手的手势打断，她意识到自己失言，看向赵盼儿的方向，确认她没听见自己刚才的话后，才放下心来。

虽说宋引章不懂事，寒了她们的心，但昔日姐妹情分毕竟还在，孙三娘犹豫了一下还是问道："那你看她在沈家怎么样，气色还好吗？"

提到这点，葛招娣也由衷地为宋引章感到高兴，一边比画一边说："挺好的，衣裳是销金的，钗子上的珍珠有这么大，一大帮婆子养娘伺候着，上上下下都叫她娘子。"

孙三娘这才欣慰地松了口气："那就好，总算她这回没遇到骗子。"

"其实我也是去了沈家才隐约发现，她这回走也未必全因为顾姐夫的事，毕竟人家眼里可从来只有盼儿姐一个。"葛招娣故意卖了个关子。

孙三娘的好奇心被勾了起来，赶紧追问："那还有什么？"

葛招娣神神秘秘地说："嫉妒呗。你想想，她当年都能为那个什么欧阳中个进士，就一门心思地要嫁周舍；如今盼儿姐都快当上诰命夫人啦，她当然也得赶紧跟上个沈如琢呀！"

孙三娘一时大为震撼："就为这？"

葛招娣却做出了一副看透一切的表情："不然还能有什么？盼儿姐没猜到头一层，但肯定猜到了这一层，要不然她干吗不让我跟你说这事？"

孙三娘方待回答，就听赵盼儿在房内招呼："三娘、招娣，该你们了。"两人忙停住话头，一起走进屋内。

此时赵盼儿和望月楼老板已经各自在契书按上手印。轮到孙三娘时，她在契书上发现了宋引章的名字，不禁一愣。赵盼儿小声解释道："茶坊是我们三个合伙，望月楼她既然出了本钱，也该有她的一份，只不过由我暂时代签。"

杜长风由衷地生出敬佩之情，朝赵盼儿一拱手："赵娘子高义。"

孙三娘按完手印，又将契书让给葛招娣。葛招娣伸出颤抖的手，也按了一个，尔后喃喃道："这不是在做梦吧，我居然也能当上酒楼东家了……"

一旁的杜长风也按下自己的手印："契书一式两份，两方各自收好。头金六百贯的收条，赵娘子拿好。七日之后，再行交割六百贯，望月楼就正式易主！"

赵盼儿、孙三娘、葛招娣既激动又喜悦地看着对方，心里悬了好几天的石头终于落了下来，她们终于能开酒楼了！

梁园，空中雁鸣，顾千帆弯弓发矢，雁如石急坠。

远处契丹打扮的异族男子耶律宗政朗声笑道："顾皇城好箭法！"

顾千帆忙拱手道："不如殿下多矣！"

正在此时，一匹骏马从远处奔来，马上的皇城司侍卫朝顾千帆禀告道："使尊万安！司中孔指挥急信。"

耶律宗政极为知趣地一扬马鞭，不知往哪里去了。

顾千帆忙拆开信匆匆浏览，看到信上说赵盼儿似乎遇到事了，不禁大急："孔午有没有说赵氏遇到了什么急事？"

那皇城司侍卫摇头道："没有，不过事情应该没那么紧急，孔指挥说他放心不下，后来就特地派察子又去跟踪了一回，赵娘子她们已和望月楼顺利过完契书了，杜长风杜官人做的见证。离开望月楼的时候，他们几个都是笑着的。”

顾千帆这才微松了一口气：“那你去备好纸笔，等我这边完事了，立刻就过来写信。”

此时，耶律宗政拿着大雁策马奔来：“顾皇城，本王替你把射中的大雁捡来了！”

那名皇城司侍卫颇有眼力见儿地替顾千帆将死雁接了过来。

“多谢殿下。”顾千帆又是拱手一礼。

耶律宗政热情地拍着顾千帆的肩膀，尽显北方男儿的豪放本色：“有什么好谢的，要谢，你就与我再好好地赛一回马，上回输你一个马头，本王可是大大地不服！”

顾千帆只得无奈道：“敢不从命？”

山林中，双马并驰，你追我赶，不分先后。耶律宗政不停挥鞭，顾千帆则只策马纵骑。

顾千帆的双眼虽然紧盯着前路，心中却一直在思索。他下意识地觉得那封信没有那么简单，盼儿一定是遇到了非常紧急的事情，才会破天荒地去皇城司找他。不是望月楼，那就是宋引章出事了，还是——还是她已经知道了？

就在此时，双骑前方突然蹿出一只野兔，两人的马被惊，都人立起来，耶律宗政的坐骑接着就是一阵狂奔。

顾千帆骤然转醒：“殿下小心！”但等他控制住自己的惊马，耶律宗政与马早就跑得不见踪影，顾千帆忙拍马追赶而去。

耶律宗政呼救声从不远处的悬崖下传来，顾千帆连忙赶去，探头一看，只见耶律宗政半悬空中，一只手紧紧扣住石崖，而崖下是马的尸首。

“殿下坚持住，一切有我！”顾千帆探身出去，一手抓住耶律宗政的腰带，“你这样是用不上劲儿的，把手给我！”

顾千帆朝耶律宗政伸出另一只手，不想那耶律宗政惊恐之极，换手时竟一下子将原本抓紧的山崖石块扒松，连带着顾千帆也往下坠落！

千钧一发之际，身在半空的顾千帆猛然发力，将耶律宗政抛了上去，自己却用耶律宗政的腰带为索，吊在了半空的一棵树上。因用力过大，空中不能自主的他不断摇摆，最终重重地撞到了一块突出的大石上。

顾千帆被撞得眼前发黑，他只觉自己的五脏六腑都错了位，忍不住闷哼一声。

好在此时，皇城司一众手下已经寻来，有人抛下绳索。顾千帆一时间有些恍惚，时光仿佛又回到了他与赵盼儿一起亡命江南之时，那时他也是这般深处险境，她却突然去而复返，伸手相救。只是现在，他早已没有握住她手的资格了。

手下见他怔忡，呼道："使尊！"

顾千帆方如梦初醒，挽住绳索，借力翻身跃上悬崖。

耶律宗政惊魂未定，感动上前："好兄弟，今日要不是你，本王这条命就没了！"

顾千帆方才的撞击伤及脏器，不住咳嗽，抬手拭去了嘴角的血，方勉力答道："殿下不必客气，发生惊马之事，本就是顾某失察。"耶律宗政忙道："不不不，这哪能怪你！那野兔明明是自己蹿出来的！你就是我的救命恩人！以后就是我的兄弟！"

顾千帆勉强一笑，还没来得及说什么，只觉一阵气血上涌，随后便被无边的黑暗压倒。

顾千帆在做梦，隔着重重迷雾，他隐约听到了赵盼儿在焦急地呼喊着他的名字。那声音由近及远，捉摸不定。

"我在这儿！你到底出什么事了？"顾千帆奋力想奔过去，"你等着，我这就回京找你！对不起，我不该离开你这么久的！"

赵盼儿语声越来越焦急："千帆，你在哪儿？千帆，千帆！"

顾千帆急切地想要奔过去，却无论如何都拨不开眼前的迷雾，焦急之下，他竟猛地睁开了双眼。

"千帆！千帆，你醒醒！"呼唤顾千帆的名字的声音由赵盼儿的温柔嗓音转变为一个他觉得熟悉又陌生的男声。长时间的昏迷，使顾千帆一时无法适应白日的光线，足足缓了一会儿，他才认出眼前的人居然是萧钦言！

顾千帆猛然坐起，由于动作幅度过大，再一次牵动了伤势，他不住地咳嗽起来："这是哪儿，你怎么会在这儿！"

萧钦言忙将他按了回去，关切地说："你醒了？咱们已经在雍丘了，北使出了这么大的事情，官家自然要派我亲来查看。你放心，一切都安排好了，耶律宗政没有大碍，也一个劲儿地向我道谢。官家派你过来本来就是考察他的心性，有了这一回的前缘，我们心中也有数了。无论以后他是否正位大统，都算欠了你一份救命之恩。千帆，你立了大功啊。"

顾千帆闻言松了口气，倘若耶律宗政真的在大宋境内出了什么事，届时的后果他就算万死也不能挽回。心中紧绷的弦一放松下来，顾千帆便注意到萧钦言眼下的乌青，看起来十分憔悴。

萧钦言又开口道："倒是你，被山石撞到了肺腑，足足睡了两天才醒。刚才大夫才给你灌了药。"

"两天了？"顾千帆完全忽略了萧钦言的重点，只知道他在赵盼儿可能遇到危险的情况下，整整两天没有与她联系。

萧钦言见顾千帆着急起身，脸色阴沉地将他按住："你想干什么？"

顾千帆神情焦急："我有急事，我要回——"

"凭你有什么急事，你都给我好好躺着休息！难道我拼着这把老骨头百里奔波而来，是过来给你收尸的吗？"萧钦言压抑着怒气，打断了顾千帆的话。

顾千帆听出了萧钦言言语中对他的关心，一时不禁愕然。

萧钦言此时早已泪光盈然："我没期望你叫我一声爹，可我也不想看到你像刚才一样，生死未卜地躺在榻上，一动不动！我是对不起你娘，可你不能什么都不听我的，难道真要让我中年丧子，你才觉得是为你娘报仇了？"

在萧钦言恳切的言辞下，顾千帆只得躺了回去。

萧钦言给他拢好被子，难掩心疼地说："真是人算不如天算，我以为走皇后的路子，给你安排一趟优差，能让你好好散散心，养养伤，谁承想竟把你害成这样。算了，就让我这么勾心斗角、如履薄冰地把奸臣当下去吧，宦海起伏，波谲云诡，谁也没法在首相的位置上做得长稳。等到数年之后我远迁崖州，孤独老死，你就可以等到命运对我的惩罚了。"

顾千帆听不下去，皱眉道："你别说了，我好好躺着就是。"

萧钦言见顾千帆的妥协，还道他心中其实有自己这个爹，心中隐隐雀跃："咱们父子俩，有多久没有这么平平静静地说话了？"

顾千帆感觉到了什么，不禁讥讽一笑："萧相公，您如此关怀，我很是感激，可若您再想用怀柔之策来拉拢于我，却实在是大可不必。那日在宫中，我就对您说过，我对于皇城司使这个位置，并没有您那么看重。"

萧钦言苦笑了一声道："我懂。你想谋求外放，和那赵盼儿双宿双飞是不是？我何时说过'反对'二字？其实，只要你愿意与我相认，我也不惧与你双双面圣，即便因为欺君而谢罪免官，也在所不辞。"

顾千帆心中微愕，可从"奸臣"萧钦言口中说出来的话，又能有几分真？

萧钦言看出顾千帆并未对他卸下心防，神情中隐约流露出了几丝痛楚："你不相信？可这真的是我的肺腑之言。你呀，实在太敏感了，刚才我不过是父子天性有感而发，又哪里有什么拉拢之意？皇城司是天子亲兵，你自然只能做官家的纯臣，我若需要有人帮着干脏活，自然会找雷敬，又怎么会去打扰你呢？”他知道顾千帆眼下听不下去这些话，便转向更能让儿子放下戒备的话题：“算了，不说这些了，说说你的婚事吧！你跟盼儿，准备何时过礼啊？”

顾千帆心中微痛，翻了个身，不愿再看萧钦言：“我现在不想说这些。”

萧钦言知道他们父子间的嫌隙不是一时半刻能弥合的，眼下让顾千帆养好身体才是最重要的事情，便退让道：“好好好，不说就不说，你先睡吧。人这一辈子，能遇上一个知心人并不容易，所以千帆，你一定要好好珍惜她。千万不要像我，因为一念之差，就被万丈红尘迷花了眼，再也找不到来时路了。唉！”

见顾千帆半天没有答话，萧钦言以为他已经睡着了，脸上淡淡浮起一个志得意满的微笑，伸手替顾千帆捏熄了蜡烛，轻轻地走出房外。

而顾千帆却睁开眼睛、竖起耳朵，听到萧钦言的脚步声慢慢走远，便立刻忍着伤口的疼痛起身更衣。待他衣着整齐地走进耶律宗政房中时，脸上已经看不出丝毫倦怠。

耶律宗政没想到顾千帆会来，先是一惊，见他看起来大致无恙，连忙惊喜地迎上前去：“顾兄弟！你怎么起来了，你的伤势如何了？”

身为一个对谁都很有距离感的人，顾千帆一时难以招架耶律宗政的热情，只能直切正题：“殿下要真拿我当兄弟，可否帮我一个忙？”

耶律宗政忙道：“你说！只要本王能做到的，无有不从！”

顾千帆见耶律宗政如此反应，暗自松了口气，他果然没有看错人：“我刚才收到急信，我心爱的女子在东京可能出了事，我放心不下，想飞马回去看一眼。这里离东京不算远，她若无事，我最迟明日午后就能回来。还望殿下帮我拖住萧相公，毕竟我擅离职守，乃是大罪。”

“连夜赶回去？你真是个重情之人！”耶律宗政没想到顾千帆竟然如此痴情，他迟疑地说，“本王这边倒是没问题，可你的身体……”

“行武之人，些许小伤算得了什么！”顾千帆此时已经感到伤处的疼痛愈发剧烈，但他强撑着不肯表露分毫。

耶律宗政不疑有他，大声赞道：“果然英雄！你只管去就是，就算一时赶不回来，本王也会说是托你悄悄去东京驿馆跟我的姬妾报平安的。”

“多谢殿下！”顾千帆欣喜地朝耶律宗政一拱手，随后便转身步入夜色之中。

与此同时，远在西京的欧阳旭正就着昏暗的灯光，在他借住的那间勉强能够遮风避雨的破宅子里借酒浇愁。辛辣的酒水入腹，呛得欧阳旭不住咳嗽，但呛咳完了，他又继续拿着酒壶猛灌。

道童忍不住劝道："您别喝了好不好？再这样下去会出事的！"

欧阳旭喝得两腮酡红，逞强道："不会出事的，我今儿都见到抱一仙师了，我多高兴啊，怎么会出事呢，哈哈哈……就算人家闲云野鹤，不肯接受官家的册封，可我在西京低声下气了好几个月，终于见到他了，难道不该好好庆祝一番吗？"

道童还想着等欧阳旭回京，他也能跟着沾点光呢，听他如此说，顿时急道："那，以后该怎么办啊？仙师不接受册封，您是不是就不能回京了？"

欧阳旭笑得愈发开心："是啊，回不了东京，我就该老死在这个破西京了，你觉得我该不该开心啊？"

道童见他一副自暴自弃的模样，心中更急了："那您得想想办法啊！光借酒浇愁也不行啊！我听人说，有个叫齐中丞的大官最近回乡养病，他家是西京望族，要不您去探个病，再走走门路？"

"齐牧？"欧阳旭想了想又狂笑起来，"他和柯政同是清流，又怎么会看得起我这个风骨全无、有辱士大夫斯文的宫观官？"

道童压下心里的不耐烦，好言劝道："不去试试怎么知道啊？您带着礼物过去，再恭敬客气点，说不定就有转机了呢？"

欧阳旭又猛灌了一口酒："礼物？我身无长物，只有两袖穷酸气，拿什么送礼？他号称回乡养病，实际不过也是被萧钦言斗败出京避祸，又能帮得上我什么忙？"

道童听不懂那些官场斗争，只知道有希望总比没希望好，他突然想起来上次柯老相公还的那箱礼品，连忙跑进敞开门的房间，扒拉出一个箱子来乱翻："您看，有砚台，有龙凤墨，还有两幅画，不是挺好吗？"他展开其中一幅画，眯着眼睛辨认上面的字："王霭，《夜宴图》？"

欧阳旭一愣，往日和赵盼儿的对话突然浮现在眼前，他突然站了起来，奔进屋内，劈手夺过那幅画细看："《夜宴图》？真的是《夜宴图》，没想到兜兜转转，这幅图又回来了！泼天大案？这幅图里到底有什么古怪，为什么赵盼儿一定要逼我还给她？为什么？"

他颠来倒去地看，一会儿拆开画轴，一会试着查看画卷有无夹层，但最终都一无所获。失望的他再度跌坐于地上，把画扔给了道童："你帮我瞧瞧。"

道童害怕极了："瞧、瞧什么啊？我又不懂画。"

欧阳旭冷冷道："叫你看你就看。"

道童只得拿起画卷凑近细看："画得挺真的，还有好多漂亮小娘子……咦，这里有个王字，还有个张字……"

欧阳旭闻言一愣，忙凑近去看："哪儿？"

道童指着画上诸歌伎的衣纹："你看，这儿，要斜着看，就跟我们道家经常画的符一样。"

欧阳旭拿起油灯贴近细看，突然发现画上诸伎的衣纹中藏有她们的名字，而其中执鼓的一位丽人的衣纹里写着"刘婉"两字。

欧阳旭努力回想，他隐约觉得这个线索一定在这个名字上，可这个线索就如黑夜中游走的鬼火，他怎么抓都抓不住。

苦思冥想中，欧阳旭突然眼前一亮，他惊喜无比地哈哈大笑起来，一拍道童："天无绝人之路！咱们能回东京了！"

油灯的火光将欧阳旭那双原本漆黑无波的瞳仁映照得闪烁出了异样的光芒，那道精光使得道童本能地打了个寒战，但那短暂的畏缩之情，很快就因能回东京的喜悦一扫而净。

第二十九章 想夫怜

顾千帆披星戴月地独驰于行道之上，马背上的他不断咳嗽，一抹嘴角，掌心已是猩红点点，但他毫不在意，只是挥鞭疾驰。

天近黎明，顾千帆终于赶到城门下，他翻身下马，牵马进城。走到河岸边时，顾千帆与一对情侣擦肩而过，那女子发间也有一支红珊瑚钗，与他送给赵盼儿的那支很是相似。那刺目的红色猛然间耀花了顾千帆的眼，他踉跄了几步，一阵气血涌上心头，他扶着墙勉强站稳。

一个令他讨厌又熟悉的声音突然响起："大哥怎么了？"

顾千帆回首，果见萧谓不知何时已立于自己身后。

顾千帆将萧谓视若无物，欲举步离开。

萧谓却大跨一步，挡在了顾千帆身前："哎，大哥别急着走啊，我好不容易有机会能跟你聊几句——"

话音未完，顾千帆已用两指用力顶住了他的脖子："别乱叫人。"

萧谓被顶得喘不过气来，赶紧举手求饶。顾千帆冷漠地放下手指，转身便走。

萧谓见顾千帆走得踉跄，误以为他是宿醉，在他身后大喊："哎，你是不是跟大嫂的婚事起波折了，所以才在那儿借酒浇愁？身为皇城司使，居然敢违例饮酒，不怕被治罪吗？"

顾千帆眼神一凛，猛地回身，一把拎起萧谓的衣襟："你怎么知道我跟盼儿出事了？"

萧谓看准顾千帆不会真的伤到自己，便不怀好意地笑道："我自然知道，因为赵盼儿的身家履历，就是我去邓州查出来的啊。哎呀，她真的好可怜啊，好好的官府千金，怎么就一朝沦落，做了官伎呢？还不是因为她爹宁边军都巡检史赵谦，十几年前擅自出兵救了百姓，后来在朝中议和时，又被言官挑起旧事弹劾，最后落了重罪，祸及妻女？可上书的那位言官是谁呢？不就是咱们的亲爹，当时的左司谏萧钦言吗？”

顾千帆拎着萧谓衣襟的手颤抖起来。萧谓却越说越是高兴：“赵谦爱民如子、文武双全，是个好官，死在流放路上实在太冤，可是这也不能怪萧相公呀，毕竟当年是赵谦违令在先，萧相公依律弹劾，也是尽忠职守。只是可惜了我的大哥啦，未来岳丈死在自己亲爹手上，隔着血海深仇，这亲事还怎么结啊？”

顾千帆眼中带了杀气，一拳打在萧谓腹上。

萧谓吃痛，出拳还击：“打我是吧？好，那我就再告诉你一点好玩的。知道那份关于赵谦的吏部公文是谁安排到你桌上的吗？不是我，是萧钦言！”

萧谓的话使顾千帆的拳头停滞在了半空。

萧谓恶毒地笑了：“顾皇城，知道你现在的样子多狼狈吗？你怎么这么傻？你以为他当真会同意你娶赵盼儿？他以前不会，以后也绝不会！在他的眼里，无论是你、是我，还是他自己的亲事，都不过是争权夺利的工具，他怎么可能允许你娶一个商妇，一个和他有血仇的前任官伎！”

“不许你这么说她！”顾千帆狠狠地扇了萧谓两耳光。

萧谓的嘴中带了血腥味，可他却满不在乎地痞笑着：“那我就继续说咱们的老爹吧！我只是把查到的事情告诉了他，如果他真心想成全你们，只会把这件事情的痕迹抹得一干二净，不让你知道，不让你为难。可是他不，他只是装着什么都没发生，不动声色地把那份公文塞到你面前。像你这种假正经的人，怎么会还有脸面对赵盼儿呢？所以你肯定会离开她，肯定会伤心。在你软弱、后悔、难过的时候，他这个慈父再不时地在你面前出现，安慰两声，你肯定就会像溺水的人抓着一根浮木一般，再也离不开他了！你会成为他最得力的儿子，不再抗拒他，帮他把当朝首相的位置坐得稳稳的！哈哈！我们的爹，就是这么心机深重，就是这么算无遗策！”

顾千帆知道萧谓说的是真的，因为萧钦言此前的确那么做了，顾千帆强咽下喉间的腥甜，语气犹如数九的寒冰：“为什么要告诉我这些？”

萧谓的眼中燃着癫狂的光亮：“因为我嫉妒你，因为我恨你！明明我才姓萧，我才是他的嫡长子！可是在他眼里，只有你才配当他的儿子！”

顾千帆心中冷笑，他不再理会萧谓，大步离开。

而萧谓仍在他身后疯狂地大叫着：“我就是要离间你们的父子情，怎么样，哈哈哈哈！你以为他有心、有感情吗？不！他什么都可以利用，什么都可以算计！哈哈哈！”

顾千帆牵着马踉跄地走着，他知道萧谓并没有跟上来。街上人流如织，萧谓的话不断回响在他的耳边。就在他离桂花巷小院门口还有一步之遥的时候，一口鲜血从他口中疾喷出来，而后身子一晃，突然倒了下去。

在场的路人惊叫起来，有人上前查看时发现了他腰间的金牌，忙道：“哎呀，这是个皇城司的人！快去报官！”

不一会儿，几名衙役闻讯赶来，把昏迷不醒的顾千帆搬上了马车，将他直接往皇城司南衙送去。

大夫隔着一层帘幕，正给宋引章换药。她的指尖有伤口，隐约渗着血珠。

宋引章任大夫给她抹着药，另一只手把玩着一串红珊瑚坠子，闲闲地说：“不过是琴弦崩了手而已，常有的事，哪需要这么大的阵仗。”

沈如琢温柔道：“以前我看不到也就罢了，可如今你既然跟了我，自然就得金尊玉贵的。”

宋引章听到“你既然跟了我”几字，顿觉刺耳，但周围侍奉的丫鬟们如若未闻。

她手指上本是无足轻重的小伤，若是大夫晚些来，兴许都要自行好了，因此没多一会儿工夫，大夫便帮她包扎好伤口，领着赏钱离开了。

沈如琢扶着宋引章进了内室，一边拉她坐在床沿，一边极其轻柔地吹着她受伤的手指：“以后可不许这么不小心了，我瞧你一整天都魂不守舍，是不是因为赵盼儿又派人来找你的缘故？”

宋引章：“她就让招娣来，我为什么要高兴？除非她亲自来，我才肯回去。”

沈如琢：“干吗还回去啊，赵盼儿就是个商妇，长袖善舞，花样太多，你既然都已经和她决裂了，以后还是远着她点好……”

宋引章敏感地打断道：“她是商妇又如何？我和她合伙开茶坊，你是不是也觉得我花样太多？”

沈如琢被拂了面子，先是一怔，尔后浑不在意地笑道：“都到这会儿了，你还护着她，当真是姐妹情深啊！”

宋引章眼神中闪过一丝不快：“我就算再生盼儿姐的气，那也只是我和她之间的事，轮不到别人说她的不是！”

“哦，我也算别人？”沈如琢的语气半是不满、半是调戏。

宋引章杏眼一横：“如果你不算别人，那你那句‘你既然跟了我’又是什么意思呢？沈郎，这些日子里你待我极好，锦衣玉食，无所不备。可我还是想问你，在你眼里，到底是把我当绿珠，还是当未来的娘子呢？”

沈如琢的眼神有一瞬间的躲闪，但很快又温言哄劝道：“自然是后者。怎么，这个问题你还需要怀疑吗？府里上上下下，不都称你为娘子吗？”

宋引章这才略缓了颜色：“那咱们什么时候成亲？”

沈如琢轻轻握着宋引章的手，半哄半骗地说：“我还正想跟你商量呢，成亲之前，总得先帮你脱了籍吧？”

宋引章瞬时警觉起来：“怎么，之前你不是说和教坊使私交从密，这件事容易极了吗？难道现在还能有什么波折不成？”

沈如琢嘴角的笑容一僵，强耐着性子继续温言道：“不是波折，但的确也不是不费吹灰之力那么简单。你先别生气，听我慢慢说，官伎要想脱籍，总得有个说得过去的理由，要么嫁人，要么年老，要么是受了朝廷恩赏。我若是想纳你为妾，不过跟教坊使打声招呼就罢了。可想要娶你做正头娘子，这么做就绝对不行，要不然，不单言官饶不了我，你这辈子也别想在各家夫人面前抬起头来。最好的法子，是让你先用其他理由脱籍，再认养到别的良家名下……你觉得，我说得有道理不？”

宋引章咬着唇，半晌才点了点头。

沈如琢满意地道：“这就对了，所以，咱们还得想想别的法子。为了咱们以后的好日子，除了我，你也得好好努努力。”

宋引章有些警觉地问：“要我做什么？”

沈如琢故作轻松地说：“不用做什么，跟着我多去交际就行了。你已经有了柯老相公的题字了，要是再能在诗会曲会上博得几位重臣的夸奖，由他们替你向教坊使讨人情，成全你的脱籍之请，岂不更加自然？”

宋引章不可置信：“你是要我去讨好那些官？”

沈如琢忙道：“怎么会呢？不过就是谈笑两句，适时再弹上两支曲子就行了，如今引章娘子名满东京，谁又敢对你不敬？我知道你品性高洁，不愿意行媚人讨好之事，所以才迟迟没有跟你提起，但为着我们两人以后的幸福，你就先委屈一下，好不好？”

犹豫半晌后，宋引章终是迟疑地点了点头。

沈如琢大喜，遂一把搂住她："真的？"

宋引章任由他拥抱，却把手中那串红珊瑚坠子抓得更紧了："自然是真的。我以后的日子，一定要过得比别人更加扬眉吐气，为了这个，我什么苦都愿意吃！"

西京，齐牧府上。婉转的丝竹声从乐人指尖流泻而出，齐牧坐在一旁，闭目养神，手指轻轻地在膝头打着节拍。一名亲随匆匆而入，向齐牧耳语了几句，齐牧眼中精光一闪，一挥手，屋内的音乐戛然而止。

等到欧阳旭被引入屋内时，房内除了齐牧已再无他人。欧阳旭忍住激动行礼，展开画卷，向齐牧展示着自己的惊人发现。

齐牧越听，眼神也越是明亮，但看起来依然不动声色。

说到最后，欧阳旭不禁面露几分得意："下官听闻宫中有位贵人的闺名正是'刘婉'二字。如果她在入宫之前，就已经是西川路转运使薛阙的爱姬，那就逃不了欺君和窃居后位之罪！"

然而齐牧依旧一言不发，似乎对这件事兴致缺缺。

见齐牧久久不语，欧阳旭有些着急："此画我把玩过许多次，必为真迹无疑。如果不是因为其中所藏阴私，皇城司又怎会多方寻觅，不惜将我一路逼到了西京？"

其实齐牧早在第一眼就看出了这幅画是真迹，他只是在犹豫，眼前这个欧阳旭还能不能留。思及此处，齐牧的脸色瞬间变得阴森可怖，他大喝道："一派胡言！构陷当朝国母，你一个微末的小官，简直胆大包天！"

欧阳旭心中一紧，但他眼下已经箭在弦上，只能铤而走险地赌上一把。

"下官已然穷途末路，又何惧大难临头？但齐公您不同，您既是清流领袖，又怎能轻易言败于萧钦言这样的后党奸臣？"欧阳旭猛然跪下，高高举起画轴，"下官愿将此图及性命一并奉于齐公，永效犬马！"

齐牧却并不接那幅画轴，从高处睥睨着欧阳旭："养狗之前，我先得想想它以后会吃什么样的肉。毕竟，这条狗之前可是得罪过高家的。"

欧阳旭身子一颤，咬牙道："正因为我得罪了高家，所以以后才会一直对您忠心。只要能让我摘掉这宫观官的恶名，重归清流、重回东京，别说肉了，您就算让我吃土，我也不会皱一下眉头。"

"哦？"齐牧起身走到花盆边，点了点盆壁，"不如现在就试试看？"

欧阳旭难以置信地看着齐牧，瞬息之间，他已经做好了决定。他像条狗一样，一步一步爬到花盆边。扑鼻的恶臭袭来，他屏住呼吸，抓了一把土往嘴里塞，冲鼻的气味熏得他边咽边呕、边呕边咽，最后一口土下肚时，他的双眼已经遍布血丝。他强压下吐意，微喘道："颇有肉味，谢齐公赏赐。"

齐牧被欧阳旭迅速的动作弄得一愣，随即哈哈大笑起来。

"来人！"齐牧随手解下自己的玉佩，扔给应声上前的亲随，"传话给那个抱一，告诉他，反正官家也没见过他长什么样子，如果明日他还要不识抬举，拒绝欧阳副使的册封，我不介意换另外一个听话的抱一。"

欧阳旭不敢相信自己反复催请都未能一见的抱一仙师竟然只凭齐牧一句话，就能任人宰割，他双腿一软，好不容易才扶住了桌子。

齐牧满意地看着欧阳旭的反应："滋味如何？只要你能助我斗倒刘后和萧钦言，以后的肉会更香。"

欧阳旭眼中露出狂喜，立刻掀袍磕头："多谢齐公！"

齐牧满意地挥了挥手，欧阳旭忙知趣地退了下去。

道童原本正焦急地等待在齐府之外，看到欧阳旭走了出来，他长松了一口气，迎上前去，走到近前，才发现欧阳旭失魂落魄，嘴角上还沾着土。

道童顿了一顿，这才小心翼翼地问道："怎么样？"

"汪！"欧阳旭冲道童露出一个惨白的微笑，随后便大步前行。

道童惶恐地跟上欧阳旭，问道："副使，您不会生病了吧？"

欧阳旭惨笑一声："我没事，只是身上的一根骨头，刚刚被抽走了，有点痛而已。"

道童被欧阳旭脸上的表情吓坏了，一时不敢说话。

知晓道童听不懂自己的话，欧阳旭又狷狂地笑着大步向前走着："可是我们能回东京了，一根骨头又算什么呢？对不对？汪汪，汪汪！汪汪，汪汪！"

惨淡的月光将欧阳旭落在地上的影子拉成长长的一条，他头也不回地迈进了暗夜的浓雾中。

这些天里，赵盼儿往皇城司跑了无数次，得到的答复始终如一——皇城司上上下下都一口咬定顾千帆还没回来。可她并不知道，顾千帆其实一直远在天边近在眼前——这些天来，顾千帆一直在南衙养伤，可由于他身上淤血未清，一直昏迷不醒。孔午受了雷敬的叮嘱，勒令皇城司众人严格守护着本该陪护北使的顾使尊私下返京，还身受重伤、命在旦夕的秘密，生怕给恶人以可乘之机。因此赵盼儿无论往南衙跑多少趟，也不可能打探到顾千帆的消息。

而孙三娘和葛招娣也是想了各种办法，由于葛招娣和陈廉闹掰了，她不好意思自己去找陈廉，最后还是孙三娘去陈廉家问了一趟，陈廉的娘和两位姐姐虽然客客气气地接待了她，可都说不知道陈廉什么时候才能回来。

明日就是赵盼儿交付六百贯尾款的最后期限，如果她们还凑不够钱，非但是望月楼，就连茶坊的地契也赎不回来了。于是，赵盼儿只好抱着最后一线希望又去了一趟皇城司，也又一次失望而归。

孙三娘和葛招娣听到了赵盼儿推门的声音，一起迎了出去，一看她惨淡的面色，她们就知道发生了什么。

赵盼儿眼神躲闪着："能去的地方，我都去过了。皇城司那边咬定他还没回来，至于什么时候回来，也不清楚。"

孙三娘和葛招娣对视了一眼，随后张了张嘴，却又不知道该说什么。

赵盼儿看出孙三娘的欲言又止，她心中无比愧疚："三娘、招娣，对不起，是我连累你们了。可是，我还是想再相信千帆一回，他不是那种人……"

孙三娘知道此时最难受的肯定是赵盼儿，忙开解道："我当然知道，他可是皇城司使，肯定是被官家派去做什么重要的事去了！而且你瞎说什么连累啊？跳河的时候，我可是一个蹦子都没有，就这么一身衣裳！什么茶坊啊钱啊，都是后来咱们一起挣的，既然是挣的，那有来有去，赔光了就从头再来呗！"

葛招娣也坚定地点头："没错，那点钱，我都不心疼，盼儿姐你心疼什么啊？"

孙三娘和葛招娣的话使赵盼儿感动得险些落泪，可她知道眼下还不是放弃的时候，她一定不能就这样被打倒。

她直起腰来，紧紧地握住孙三娘和葛招娣的手，深吸一口气道："谢谢。那，我再去跟望月楼老板商量一下，请他多宽限我几日。"

拿定主意后，赵盼儿便马不停蹄地赶往望月楼，将宽限付款日期的诉求讲给了望月楼的老板。

"宽限？"望月楼老板仿佛听到了什么天大的笑话。

赵盼儿自知理亏，只能赔笑道："是啊，您也知道我们是钱塘人，银钱运送到京里没那么方便，路上就多耽搁了几日。您看这样好不好，后头这六百贯，就劳烦您再延七天给我们。每天，我付您三分利。"

老板见她形容憔悴，眼珠一转，计上心头："赵娘子，咱们东京可不是你们钱塘，做生意就得按照契书来，白纸黑字，一个字都不能差，你明天要付不出那六百贯，对不住，那这笔生意就只能告吹了。"

无奈之下，赵盼儿只能退让："那要是按契书，我们交给你的那六百贯头金，也得退一半回来。"

赵盼儿来来回回改付钱的日子，老板早就失去了耐心，看她们几个女子在东京也没什么人给撑腰，索性耍起了无赖："那是自然，不过我手里的头钱一时不凑手，要退给你的话，只能慢慢来，这三百金，得分一年来付。"

"你欺人太甚！"赵盼儿气得腾地站了起来。

老板先是瑟缩了一下，马上又嚣张地说："怎么啦！我赖你钱了吗？契书上只约好你什么时候付我钱，可没写我什么时候退你钱！不满意的话，尽管上开封府告我好了！"

赵盼儿气得浑身发抖，可她知道，望月楼老板既然敢让她去开封府告，多半是有十足的把握。

无奈之下，赵盼儿只得拿着契书来到京华书院找杜长风。

杜长风看着契书，反复斟酌良久，最终只能惭愧不已地承认，就算去了官衙，他们的胜算也不多，因为契书上真的没有写清倘若赵盼儿一方未能按时付清尾款，那之前的定金该怎么退。

然而赵盼儿已经听不清杜长风在说什么了，她只觉手脚酸软，慢慢滑坐在了树边。

杜长风连忙蹲下身，扶住赵盼儿："赵娘子，你别着急，我既然做了中人，那这事我也有责任。我家里还有点余钱和房契，这就去取出来，该当的当，该借的借，凑够三百贯应该没问题。"

赵盼儿强撑着不让自己晕过去，心如死灰地摇了摇头："您的好心我领了，可明天我需要的是六百贯。这笔数目太大了，我现在连茶坊都保不住，要是借了您的钱，就算拼了命，也不知哪年哪月才能还清。"

杜长风心急之下，口不择言地说："可这钱必须得凑上啊，要不然望月楼没了，茶坊也没了，你来了一趟东京，岂不是镜花水月一场空吗？"

赵盼儿心中巨震，跟着喃喃道："可不是镜花水月一场空吗？"

杜长风知道自己嘴笨说错了话，一时懊悔不已。正在这时，他突然想到了什么：

“要不，能不能先跟当铺商量一下，请他们再多借你三百贯？或者允许你继续经营着茶坊慢慢还钱？”

赵盼儿原本空洞灰败的眼神中，陡然升起一抹希望——当铺老板是受了池衙内的指使才刁难她，倘若她能跟池蟠化干戈为玉帛，那此事就尚有转机。毕竟孙三娘、葛招娣甚至宋引章的钱也全都投给了望月楼，这已经不单单是她一个人的事情，她又怎能为了自己的清高，不去求池衙内呢？

想到这里，赵盼儿便匆匆拜别了杜长风，跑到路边拦住一辆马车，往池衙内府上赶去。

望着池衙内府上的牌匾，赵盼儿咬了咬牙，深吸了一口气，终是拉下脸来求何四替她向池衙内通传。出乎她意料的是，池衙内几乎立刻就接受了她的求见。

何四在引着赵盼儿走进池衙内房中的路上，还不忘提醒赵盼儿，池衙内心里对她还存着怨，待会儿肯定会想着法儿地为难她，可她只要忍一忍，顺着他来，事情就有转机。

人在屋檐下，赵盼儿哪能不懂这番道理，她这次敢来，就已经做好了池衙内会羞辱她的准备。

而池衙内听说赵盼儿要来求他，正兴奋地在屋里搓着手团团转：“总算等到这一天了，哈哈，她终于要来求我了，哈哈哈！”

听到走廊里的响动，池衙内马上坐回座位，摆出了一个自认不可一世的姿势。很快，赵盼儿便随着何四走进了屋内。

池衙内只见赵盼儿向他深深一福，随即便张开朱唇，说了些什么，至于具体的内容，他只顾着看她低眉顺眼求自己的样子，几乎没听进去。

赵盼儿被池衙内盯得颇觉不适，但情势逼人，她也只能放下身段：“以前，我对您多有得罪，但冤家宜解不宜结，烦您看在之前的交情上，再宽限我们一二。”

池衙内冷哼一声：“交情？我们之间有什么交情？是你抢了我球的交情，还是你摇骰子赢了我的交情？你缺钱，干吗不问顾千帆要呢？他不是有冰，他不是有钱吗？干吗还要求我啊？哦，我明白了，他玩了你，你被他踹了！”

赵盼儿身子一晃，咬紧了唇。

池衙内一看这情形，知道自己多半说中了，心中顿时大快：“怎么，你还不想承认是吗？心里头还在给他找各种不得已的理由？哈哈哈哈，男人嘛，都是这样的。

喜欢你也是真喜欢，可一旦厌了、烦了或者有麻烦了，就‘嗖’地一下没影了！”

赵盼儿瞳孔微缩，反驳的话冲口而出：“千帆他不是这样的人！”

池衙内享受着如剥洋葱般一层一层撕开赵盼儿内心的快感，慢悠悠地说：“你不是向来挺聪明的吗？怎么到了这会儿都还在自个儿骗自个儿？老子跟他不共戴天，他但凡心里头对你还有一点余情，会舍得让你来求我？你这样子啊，就跟那些勾栏外头不相信小姐翻脸不认人的冤大头一模一样！”

赵盼儿的脸色终于一下就白了，身体开始摇摇欲坠。

何四忙担心地扶了她一把。

“我没事。”赵盼儿感激地看了何四一眼，随后强打精神站稳脚跟，又对池衙内道，“那就请衙内看在我这么冤的分上，再多借我三百贯吧。”

池衙内连连点点：“可以啊，但你先得给我磕三个头，求我！”

何四看不下去了，刚要劝池衙内，不料赵盼儿二话不说，便磕了三个头：“求衙内帮忙！”

池衙内心下讶然，半晌才回过神来。他掩饰着自己的惊讶，故作强势地说：“太敷衍了，不够诚心！”

赵盼儿强压下想上去扇池衙内两耳光的冲动，咬牙道：“那衙内想要怎样？”

池衙内转了转眼珠，笑嘻嘻地说：“听说你之前也是做过歌伎的，那就唱曲《想夫怜》给我听吧？只要唱了，我就借给你。”

此语一出，举座皆惊。赵盼儿也站了起来，一字一顿地问：“想、夫、怜？”

池衙内被赵盼儿的眼神吓得往后缩了一下，但马上又壮起胆来：“怎么？不想唱你可以走啊！”

赵盼儿的胸膛剧烈起伏，脸色惨白，终于，她笑了一笑：“你不就是想看我怎么想男人吗？改为软舞如何？”

池衙内：“那更好！”

随即，赵盼儿当即舞了起来，她身姿柔软，舞姿中却无娇媚之意，别有一分清冷，池衙内最初还兴奋于她终于就范，却渐渐越看越是入神。

舞到酣处，赵盼儿信手抽出了一边架上的饰剑，挽出几道剑花。因是武将世家，赵盼儿虽不识武功，却也会几招剑术，剑影动处，英姿飒爽，真如前朝公孙大娘再世。池衙内目不转睛地看着赵盼儿那清丽倔强的身形，心跳越来越快。此情此景，正是满堂花醉三千客，一剑霜寒十四州。

一舞已罢，赵盼儿冷冷地看着池衙内：“现在衙内满意了吗？”

“满意——”池衙内下意识地点头。

赵盼儿不等池衙内话音落地，便道：“衙内既然满意，那就再好不过。”

池衙内这才发现自己上了当，只得悻悻道：“拿张三百贯的库贴过来！”

何四生怕池衙内再想出什么幺蛾子，忙去取了库贴过来，赵盼儿也微微松了口气。

池衙内拿起库贴正要给赵盼儿，突然眼珠一转，又把库贴收了回来：“等等，三百贯可不是个小数目，你一借就是半年，没有别的东西抵押可不行。”

赵盼儿眉心微蹙：“我家里还有两幅字画……”

“谁要那些破画啦！我就要这个！”池衙内一指赵盼儿头上的红珊瑚钗，“嘿嘿，顾千帆送你的吧？”

赵盼儿闻言一愣，下意识地摸了摸发间的钗子。

池衙内见她犹豫，愈发来了劲儿：“舍不得呀？那就别借钱了啊！”

赵盼儿深吸一口气，猛然把钗子拔了下来，但在递给池衙内时，她的手仍然颤抖着，眼角也不由自主地泛起了泪光。

池衙内最怕女人的眼泪，此时他整个人都慌了，情不自禁地抓着赵盼儿的手：“别哭啊。哎，反正顾千帆都不要你了，不如你跟着我吧，做我的相好，别说三百贯钱——”下一个击中池衙内的，是一记清脆的耳光。

赵盼儿的手扬在半空，眼冒怒火：“事不过三，池蟠，你长得挺丑，想得倒美！终有一日，我赵盼儿一定会向你讨回今日之辱！”言毕，她便拂袖而去。三百贯她不要了！

池衙内傻傻地捂着火辣辣的腮帮子，半晌才回过神来，当即就要往外冲去：“我丑？我哪丑了？把她给我逮回来！”

“衙内！”何四等一众手下拉着池衙内，都是一脸不赞同。

池衙内捂着脸上的红印，气得顿足：“我怎么她了？多少小娘子都想当我的相好啊！她不想当就不当吧，干吗还打人，还骂我丑！还有没有天理，有没有王法啊！”

何四等人俱是不敢应声，纷纷在心中默默叹气，若他们衙内一直保持如此行事，恐怕日后要孤独终老了。

另一边，一路冲出池府的赵盼儿正在街角水井边失神地清洗着红珊瑚钗和自己被池衙内碰过的手。

看着几乎要搓破皮的双手，她突然想起，与顾千帆相识不久时，她曾对为了救宋引章而向周舍献媚的自己心生厌弃，那晚她也是这样拼命地洗手，而顾千帆却适时出现在她身边。

他说，柔荑香凝、红酥青葱，在他眼里，她从来都不脏；他说，她与他倾盖如故、白首如新；他说，她是他的颠倒梦想，他要与她余生共度……

他待她真的好，以至于她全然放弃了自己的理智与不安全感，开始学着全心全意地相信一个男人、依赖一个男人。可他又突然消失了，就像他突然出现在钱塘赵氏茶铺，闯进她的生活中一般不可捉摸。那夜，她还要孙三娘提醒自己无论什么时候都要保持清醒，可她还是这样不由自主地沉溺下去了，以至于落到了比欧阳旭悔婚还要悲惨的境地……赵盼儿啊赵盼儿，你怎么能就这样忘记了女子贵自立的初心呢？

赵盼儿终于伏在水井边痛哭起来，不过几息，她便仰起头来，让泪水滑入了自己的发间。

深吸一口气后，一丝决绝的微笑出现在赵盼儿的脸上。从水中拿起那支红珊瑚钗时，她的眼中已经没有了原来的缠绵与不舍，只是郑重地如一把短剑一般将它端正地插回了自己的发间。

第三十章 俱成空

望月楼雅阁中，老板正向伙计们复述着自己今日讹了赵盼儿钱的经过，一副小人得志的嘴脸。

“有做官的当中人又怎样？女人胆子都小，那姓赵的被我一吓，眼泪都快出来了，你还真以为她敢上衙门告我？她害得我买卖成不了，不还她头金又怎么了？”

正在老板耀武扬威之时，只听门外响起了一阵脚步声，守在门外的伙计急急叫道：“东家、东家，赵娘子上来了！”

话音刚落，赵盼儿带着微笑，大步走了进来。

老板愕然，但想到她毕竟只是个势单力薄的女子，又壮着胆子讥笑道：“哟，赵娘子这是送钱来了？怎么没见着搬钱的小厮啊？我就等着您后头的六百贯，好恭喜您当上望月楼新东家呢！”

“没错，我就是送钱来了。”赵盼儿嘴角含笑，旁若无人地走了过来，从袖里摸出两张库贴，“大相国寺的长生库贴，您收不收？”

老板没想到她真的凑到了钱，在一众手下的注视下难免有些尴尬，可一看到库贴，他又立刻堆笑：“收、收，当然收。赵娘子真是有手段，这么快就找到财源了。”

赵盼儿站起身来，似要把库贴递给老板，却在老板伸手欲接的那一刹那顺势将他用力一拽。

众人还没回过神来，赵盼儿已经拔下头上的红珊瑚钗，用磨尖的钗尖对准了他的脖颈。

“不想出人命，就尽管叫！”赵盼儿的眼神利刃般扫向望月楼的伙计。

老板吓得面无人色：“你、你想干什么？”他这时才看清，那所谓的库贴分明只是两张手绘的赝品。

赵盼儿淡笑中透着决绝的狠劲儿:“买卖做不成,要么按契书还我三百贯,要么,你就去死。”

老板吓得腿抖如筛糠:“赵、赵娘子有话好好……”

不等老板把话说完,赵盼儿已经一用力,用钗尖刺破了他脖颈的皮:“以为我是女人,就不敢动真格的是吗?付给你的头金,是我们姐妹三个攒了十多年的全部身家。身家没有了,还要性命干吗?我数十声,一、二——”

鲜血顺着老板的脖子流下,老板忙大喊:“我给!我给!”

就这样,好不容易凑齐的头金兜兜转转回到了赵盼儿手中,虽然只拿回来三百贯,但也总好过血本无归。

赵盼儿带着三百贯库贴回到桂花巷小院后,孙三娘和葛招娣都觉得这钱能要回来简直是不可思议。

“他就这么容易把钱给你啦?你是怎么从望月楼脱身的?”葛招娣不可置信地问。

赵盼儿一边整理着自己多年来搜集的名家字画和辛苦攒下的压箱底的首饰,一边答:“我临走前逼他吃了颗药,说是教坊的秘药断肠散,一月之内他要是不瞎折腾,我自然会让人把解药送去。”

“你这招是跟顾——”孙三娘意识到自己差点说错了话,赶紧改口道,“故意骗他的吧!干得好,对付这种人,就得来狠的。可是你干吗不叫上我们一起去,一个人万一出了事怎么办?”

“这祸本来就是我闯出来的,自然得我自己去解决。如今虽然要回来三百贯,可茶坊的契书还押在当铺。我想把这些首饰字画都卖了,再跟杜夫子借些钱,赶在明天晚上之前把契书赎回来。”在孙三娘和葛招娣担忧的目光下,赵盼儿把自己这些年来的全部家当堆在了桌子上。尽管面上满是疲态,可她的语气依旧十分坚定:“只要手里还有茶坊,还能做生意,我们就死不了。不过,你们还愿意和我一起重新来过吗?”

孙三娘忙点头:“当然愿意!”

而葛招娣却一直盯着桌上堆着的首饰字画里一抹醒目的红色,不禁小声问:“可是,盼儿姐,你真的舍得吗?”

赵盼儿看了看那珊瑚钗,心中酸意上涌,但她倔强地把头移开:“它如今在我眼里，只是一件能换钱的首饰而已。”

“盼儿……”孙三娘有些不忍。

赵盼儿惨然一笑，内心的骄傲却使她遏制住眼眶的酸涩：“其实，我还真的有点舍不得。留着它，至少可以不断地提醒我自己有多蠢，被一个男人骗过还不长记性，居然还傻乎乎地相信第二个；甚至在你们提醒的时候，还不断地为他开脱。招娣，以后你可别学我，成天告诉你们要自立，结果到头来却还是把希望寄托在男人身上。”

葛招娣毫不犹豫地应道：“我不信别人，只信你和三娘姐。其他事我也不懂，反正，你们做什么，我就做什么。”

孙三娘也坚定地点头：“没错，茶坊生意不好，咱们就改做食店脚店，一样卖酒菜吃食。凭着你的手腕、我的手艺、招娣的手脚，咱们肯定能够东山再起！”

赵盼儿的脸上终于带上了笑意，似乎要传递给三娘、招娣以安慰和鼓励。但孙三娘发现，赵盼儿的笑容，总带着那么一丝勉强。

珠宝铺中琳琅满目、美不胜收，不少客人正在挑选着心仪的珠宝，在他们的笑脸的映衬下，孙三娘和葛招娣愈发显得满面愁容。

“真卖啊？”葛招娣拿着那支红珊瑚钗犹豫不决，“我怕盼儿姐后悔。”

“我也怕。”孙三娘叹了口气，她与盼儿相识多年，能看出盼儿这一次用情之深，远超过与欧阳旭的那三年。

葛招娣沉默片刻，沉吟着开口：“三娘姐，你真觉得，咱们把茶坊改成脚店，生意能好起来？”

经过了望月楼的几番折腾，孙三娘如今也是信心大减，她照实说道：“我其实心里也没数，可是看着盼儿那样子也只能那么说。她是个要强的人，成亲前男人不辞而别这事遇到两回，换我早跳第二回河了，可她呢，只逼着别人跳楼，连眼泪都没在咱们面前流过。所以现在这间店，就是她唯一的念想和希望，咱们必须得帮她撑住了，要不然，她就真垮了。”

葛招娣也唏嘘地点点头：“是啊，出事之后，她说话做事，看起来什么都跟以前没分别，就是眼里的光一下子就没了。”

想到赵盼儿最近的状态，孙三娘不禁担心不已，遇到这么大的事情，倘若能发泄出来还好，反倒是她眼下这种不哭不闹、暗自消化的处理方式才是最危险的。

不管有多艰难，该做的决定还是得做，葛招娣再度看向手中的钗子：“那这钗子到底卖不卖？”

“还是不卖了吧。”不知何时，杜长风已经站在了孙三娘和葛招娣身后，将两人吓了一跳。

杜长风有些多余地解释道：“这钗子统共也不值几贯钱，既然是个念想，你们就替赵娘子留着，差的钱，我来补。”

孙三娘眯着眼，打量着杜长风：“你听到我们说话了？”

杜长风忙红着脸分辩：“我不是故意的，以前眼睛不好，耳朵自然就比别人灵点。”

可孙三娘根本不信，她抱着臂，审视着杜长风：“那你怎么会也在这儿？别告诉我又是碰巧。”

杜长风眼中露出了少见的慌乱：“真是碰巧，我、我也是上这儿来卖首饰的。”他摊开手中的一块帕子，里面果然放着几件镯子、玉佩之类的东西。

孙三娘看了，不禁一怔。

杜长风又慌忙解释道：“不、不是别人的，是我祖上留下来的，反正没用，我才……”

然而孙三娘早已洞悉杜长风的意图，放低了声音道：“你是为了帮我们凑钱才上这儿来的吧？杜长风，我不要你可怜！”

杜长风在心中大声喊冤，慌张地说：“你别误会！我哪敢啊，我是中人，又没替你们审好契书，这才出了岔子……哎呀，三娘，我恨不得把心掏出来给你，这点黄白之物又算得了什么……”

葛招娣在旁边见两人郎情妾意说个不休，大有要一起站到明天的架势，便一把抢过帕子，把钗子塞给三娘：“两位在这儿慢慢掰、慢慢聊，卖首饰还是交给我吧！”说完就转身奔进店里。

一时间孙三娘和杜长风都有些尴尬。杜长风见孙三娘眼下一片青黑，心中又是自责不已：“你这几天睡得还好吗？”

孙三娘摇了摇头，别说睡了，她连醒着的时候都不能算好。

杜长风也叹了口气：“我也没睡好，唉，都怨我办砸——啊，赵娘子去找池衙内，没吃亏吧？”

“盼儿找过池衙内？”孙三娘瞬间警惕起来，并没注意到一辆马车同他们擦身而过。

车内，一身盛装的宋引章挑起车帘，正伸颈望向窗外街景，不承想看见了孙三娘。孙三娘手中的红珊瑚钗映入她眼中，那抹嫣红一时晃痛了她的眼睛，她不由得小小地“呀”了一声。

“看见什么了？”沈如琢欺身靠近，目光落在宋引章露出的那段粉颈上。

沈如琢的呼吸落在宋引章颈间，可宋引章眼下的注意力全在孙三娘身上，她忽略了颈后的痒意，心下惊疑：“三娘！她居然跟杜长风……”

沈如琢顺着宋引章的目光看了一眼，笑道：“那不挺好吗？杜长风也是官身，你的姐妹们以后都要做官人娘子啦。”

马车继续向前行驶，宋引章却只是盯着孙三娘和她手中的红珊瑚钗：“可那支钗子，为什么会在她的手上？”这时，她又看到了珠宝店的招牌，不由紧拧眉心道：“难道是盼儿姐买酒楼的事出了什么岔子？不行，我得下去问问。”

沈如琢按住宋引章道：“你担心她们，我自会派人去打听。可咱们现在可不能误了去林府赴宴的时辰。”

宋引章闻言只得重新坐好，任由沈如琢替她整理钗环。

沈如琢怕宋引章不把献艺的事当回事儿，再一次叮嘱道：“三司使掌管天下财政，有‘计相’之称，所以你务必在林三司面前好好地表现，若能也像上回在柯相面前一样，得了他的称赞，你脱籍之事就水到渠成了。”

想到脱籍，宋引章正色道：“我自会全力以赴。”

沈如琢掐了掐宋引章能滴出水的脸颊：“不用那么严肃，林三司生性爽朗，你要多笑，才更容易得他青眼。”

宋引章闻言一怔，隐约觉得沈如琢之语有些怪异。

“怎么了？”沈如琢瞧出宋引章神情有异。

宋引章压下心底的那份不安，摇了摇头：“没什么。”

沈如琢以为宋引章只是紧张了，安抚地握住了她的手，并未将此事放在心上。

不久之后，马车停于林府门外，沈如琢扶着宋引章下了车。在林府婢女的引领下，沈如琢和宋引章从侧门直接进了林府花园。

一路走来，林府的风光一点点地展现在宋引章眼前，士大夫与仕女散落其中，有的投壶为戏，有的曲水流觞。进府后，沈如琢自去与其他客人招呼，只留宋引章独自一人。宋引章抱着琵琶，有些尴尬，只能与宴中仕女点头为礼，但那些名门贵女仿佛根本没有看到她一般，绕开她闲谈。若是以前，宋引章必会自卑，但这些日子她在沈府锦衣玉食，自然养出一派气度，此时也只觉这些贵女造作幼稚，便昂起头一哂，自顾离去。

沈如琢拱手为谢后，难掩兴奋地走向宋引章：“林三司就在前面凉亭，咱们快走！”

宋引章被他略显急切的动作带得踉跄了一下，心头不快，沈如琢并没有注意到，还急急叮嘱：“叫你了，快进去吧。千万恭敬些，要尊称他为计相，说些他爱听的话。”

宋引章自来傲骨，在萧府中敢侃侃而谈，此时更不屑道：“我不会，我在真宰相面前也就只弹个琵琶，更别说假宰相了。”

沈如琢脸上的笑容有一瞬间的僵硬，可他很快又恢复了往日的温柔：“我是世间最不愿意委屈你的人，可为了咱俩的以后，你就忍一忍，就一回，好不好？”

宋引章一阵厌烦，但事已至此，只能随着沈如琢款款走进亭中。

“林计相万安。”宋引章朝林三司盈盈一拜。

在林三司的虚扶下，宋引章抬起头来。一张芙蓉面骤然映入林三司眼中，他难掩惊艳之色，不吝赞叹：“久闻宋娘子大名，今日一见，果然才貌双绝。”

宋引章闻言不禁皱眉，沈如琢忙使了一个眼色，她才勉强向林三司回以一笑，但饶是如此，她这一笑仍是让凉亭中所坐诸人满眼生辉。

“计相过奖，妾不过蒲柳之姿，如何能与满园芳菲相比？不过是凭着手中琵琶，聊遣心意而已。”宋引章冰冷的声音响起。

林三司用一声轻咳掩饰着自己炽热的目光：“这就是柯相公当日亲笔题字的琵琶？”

沈如琢忙奉上琵琶：“正是。”

林三司轻抚着琵琶，细细看着上面的“风骨”二字，不禁感慨：“果然银钩铁画。”

他将琵琶递还给宋引章，笑容暧昧：“不知老夫可也有幸，得闻宋娘子清曲？”

宋引章险些被他碰到手指，连忙不着痕迹地避过：“妾身之幸也。”

她绕开早就布置好的锦凳，退到离林三司颇远的凉亭栏杆处：“此曲名为《春莺啭》。”言毕，她便铮铮地弹了起来。

弹奏过程中，宋引章只觉众人的眼光在自己身上扫来扫去，越发心浮气躁，弹了不久便一划琴弦结束了演奏，起身一礼道：“献丑。”

林三司带头鼓掌道：“玉珠走盘，果非凡品！”

沈如琢见林三司听得满意，不禁喜上眉梢，脸上的表情极尽谄媚：“能得计相首肯，引章日后的名声，又要更上一层楼了！”

宋引章被沈如琢的阿谀语调弄得浑身不适，她一扬手中的琵琶拨子，勉强笑道：“这上面不慎沾了些尘土，不知何处可有流水，能容我清洗一下？”

林三司眼中闪过一丝不悦，但依旧和颜悦色地应允了。沈如琢面现尴尬之色，只得赔笑着拉着宋引章离开。

走到僻静处，沈如琢就忍不住道：“这拨子不是挺干净的吗？洗好了咱们就赶紧走吧，林三司还等着你开宴呢。你刚才弹得那么好，一下便入了他的耳——”

宋引章蓦然回身，满眼错愕地打断沈如琢：“你觉得我刚才弹得好？”

沈如琢眉心微蹙，敷衍地说：“自然。”

便是皇帝，只要是不通音律，宋引章素来也是瞧不上的，此时她的声音不由自主地拔高了几分：“我根本没用心，还弹错了好几个音！这林三司根本不是你说的什么雅善音律之人，就是个附庸风雅——”

沈如琢连忙掩住了宋引章的嘴。宋引章愤愤甩开他的手。

沈如琢小声安抚道：“这种话只能咱们心里讲，万一隔墙有耳就麻烦了！你以为我愿意讨好他们？还不是为了能早日替你脱籍！只要能娶了你做正头娘子，就算为五斗米折一回腰，我也认了。好娘子，你就算不顾自己，也可怜可怜我，能不能别在这会儿犯清高脾气？”

宋引章见沈如琢做小伏低，方不耐烦道：“谁犯清高脾气啦？我刚才弹得累了，总得容我先去更个衣再去赴宴吧。”言罢，她匆匆而去。

绕过屏风，宋引章一眼看到了正在妆镜前补妆的张好好，不由眼前一亮：“好好姐！”张好好从镜子中看到了宋引章的身影，不咸不淡地答：“哟，引章妹子也来啦，好久不见。”

宋引章却倍感亲切地凑上前去：“是好久不见。好好姐，你最近怎么不来教坊啦？”

“没空。”张好好的语气略带讥讽，“再说了，你现在名动东京，难道还愿意和我合乐吗？”

宋引章被张好好的突然疏远弄懵了：“不跟你合乐，那还能跟谁？难道就因为官家和宰相的几句夸奖，咱们就不用继续研习了？既然身在教坊，咱们就得在其位谋其事啊。”

张好好上下打量着宋引章，略感意外地说：“你倒真是个爱乐如命的痴人，不过，可惜我以后都没空了。有位鳏居的官人帮我脱了籍，我过两天就要离开东京，随他去青州当如夫人啦！”

“啊？你、你舍得吗？”宋引章心中大震，纵使脱籍，她也从没想过放弃琵琶。

张好好略显得意地笑了笑：“有什么不舍得的？是这身行头，还是那点子外人喝彩的风光？自打跟池蟠断了，我才算想清楚。什么行首花魁千金一笑，都没有自由自在的平凡日子好。更何况他说了不会娶正室，只让我掌家务，我手里头又有自己的大笔银钱，怕什么？就算和他长久不了，只要是自由身了，以后立个女户，想来则来，想去就去，岂不更快活？你呀，以后也灵醒着点，别被那个沈如琢给骗了。”

宋引章不由自主地替沈如琢辩护道：“他不会骗我的，只等一脱籍，我们很快就要成亲啦。”

张好好听了，眉心微微一蹙，从前池蟠不让她告诉宋引章沈如琢的事情，可现在她都要离开东京了，自然也不必顾忌了。犹豫片刻，张好好终是下定了决心：“相识一场，你叫我一声姐姐，如今我有些话要告诉你，就当是临别忠告了。”

宋引章的眼神中露出了一丝惊讶，但还是抱着琵琶坐在了张好好面前。

也不知张好好究竟对宋引章说了什么，换好衣服后，宋引章一切如常地跟着沈如琢走进了举办宴席的正堂之内。

堂内高烛明照，歌舞不断，席间觥筹交错，好不热闹。宋引章与沈如琢坐在一席，距离林三司等人的主座不远。林三司向宋引章、沈如琢两人遥遥举杯，沈如琢忙示意宋引章和他一起回敬。

与此同时，堂外的天空已然变黑，一时风声大作、雷雨交加。

宋引章被雷声吓了一跳。沈如琢忙在席下握住她的手：“别怕，有我呢。东京每隔三五年，夏天都要刮几阵飓风，你没见过这么大的风吧？”他招手让侍女送来一壶新酒：“来，喝点酒，压压惊。”

宋引章突然发现沈如琢竟然不记得她来自钱塘，但她只是若无其事地回以一笑：“我们钱塘也是如此。”

沈如琢却置若罔闻，目光死死地盯着宋引章手中的酒杯，然而宋引章刚把杯子拿近嘴边，又因看舞看入了迷，把杯子移远。如此反复几次后，沈如琢连呼吸都不敢用力。

张好好对着宋引章拼命使着眼色，宋引章却仿佛没看到一般，将杯中之酒一饮而尽，沈如琢这才放下心来：“倒忘了你们那儿离海也不远。来，尝尝这金丝鱼脯。”

宋引章依言尝了鱼脯，冲他温柔一笑，又对着远处的张好好举了举杯。沈如琢也乘机向远处的林三司点了点头。

宋引章看了一会儿歌舞，突然抚着胸道：“沈郎，我有些头晕。”

沈如琢估摸着时间也差不多了，忙道：“这酒上头，你喝多了吧，我让人送你去歇息一下。”

宋引章摇头，轻轻拉了拉沈如琢的衣摆：“我想回家。”

佳人的请求总是很难拒绝，沈如琢也有些为难：“可这宴席刚开始没多久，咱们要提早走了，林三司会不高兴的。”

宋引章满脸醉意，声音也透着一丝撒娇的意味：“那你送我去好不好？”

沈如琢看着宋引章那双泛着水光的眼睛，沉声道：“乖，这样不成体统。”

宋引章眼中一冷，红了眼圈，歪歪扭扭地起了身，从侍女手中夺过琵琶就走。沈如琢松了口气，忙示意侍女跟上前去。

宋引章刚走到回廊，就奔到栏边呕吐，她摇摇欲坠地靠在栏杆上，半边身子都被雨水浇透。

那侍女见她马上又要吐，忙拍着她的背道：“娘子稍候，奴这就去找人！”

宋引章头晕至极，顾不上关注那侍女到底去了哪儿，只能靠在栏杆上合眼休息。也不知过了多久，宋引章感觉自己被人架了起来，她睁开眼，蒙眬中只见两位侍女扶起自己，便身不由己地随她们去了。

两名侍女扶着宋引章进了一个房间，将她放在榻上，宋引章显已酒醉，任由她们施为。然而在迷迷糊糊中，她仍能听到那两名侍女的对话。

其中一人问道：“这算成了吗？”

另一人凑到宋引章跟前看了看，也小声道：“不知道，要不我守在这儿，你赶紧去通知沈郎君。”

侍女匆忙地去了，她开门的一瞬间，一道闪电划破了夜空，也照亮了榻上宋引章那张惨白的脸。

狂风骤雨中，河岸边的街道上不少草棚的屋顶已被掀翻，好多路人手中的伞也被吹走。街道上，四处积水倒灌，而何四正指挥着手下给池家的铺子外堵上沙袋。

池衙内顶着风雨奔出铺子，只见不远处的汴河河水暴涨，河中各船被狂风吹得东倒西歪，不停互相撞击，系在码头的船更是不断撞击着毛竹搭成的码头。

池衙内心中大急，眼里已是一片猩红：“别管那些了！快跟我去码头！”

与此同时，桂花巷中的各家各户也是一片狼藉，穿着蓑衣的赵盼儿和孙三娘不顾风雨，艰难前进。

“你们去哪儿？”全身湿透的葛招娣追了出来。

“去半遮面！”赵盼儿高声喊道。

孙三娘眯着眼睛，试图从滂沱大雨中看清前路，她的声音被狂风吹得有些破碎：“你看好家！千万别让水倒灌进来！”葛招娣扯着嗓子应了一声，费力地蹚着雨水回到家中。

这厢，孙三娘和赵盼儿一路跋涉，好不容易行至半遮面附近的街角，一阵狂风吹来，孙三娘一把抓住了赵盼儿，才没让她被狂风卷走。赵盼儿心有余悸地看着被风吹上半空的蓑帽，只得与孙三娘紧紧地抱住一户人家门前的柱子。

看着街道边被吹得四处横飞的事物，孙三娘早已方寸大乱：“千万别出事啊！茶坊的屋子是用毛竹搭的，没有柱子，也没台基！”

赵盼儿已经浑身湿透，头发也凌乱地贴在额角，她大声回答着：“不会的！不会那么倒霉的！”

孙三娘的双眼被狂风骤雨打得难以睁开，她大喊着：“好不易才凑齐了钱，明天就要去赎回房契了！我真怕出事！”

赵盼儿心中慌乱极了，仍然冲天高喊：“别怕！咱们吉人自有天相！”

过了一阵儿，风好不容易小了一些，赵盼儿和孙三娘立刻把握机会，冲过街角。两人好不容易接近茶坊，远远看去，茶坊虽风雨飘摇，篱笆倒了一地，但并无大碍。

赵盼儿大喜过望地抓住孙三娘的手腕：“你看，我说没事吧！”

话音刚落，又是一阵雷电闪过，那雷电瞬间击中茶坊边的一棵大树，紧接着，燃着熊熊大火的树枝便从中折断，直直砸向下方的茶坊。

“啊！”赵盼儿、孙三娘同时大叫起来。

可一阵烟尘散去之后，她们看到的，是已经被砸破屋顶，并开始燃烧的茶坊。两人愣了一下，便不顾一切地奔了上去，她们拎起树枝，拼命开始拍打明火：“着火了！快来帮忙！”

一道闪电照亮了赵盼儿和孙三娘已无血色的面庞，随后，雷声划破天际，东京城内风雨大作。

林三司府上，伴着滚滚雷声，沈如琢缓缓走进了这个被布置得极为香艳的房间，他那张往日里看起来温柔俊秀的脸，在屋内光线的照射下看起来甚至有些狰狞。

见宋引章在榻上沉沉睡着，沈如琢抚摸了一下她的脸，轻轻唤着她的名字。确定宋引章毫无反应后，沈如琢抽了抽鼻子，嗅着房内的空气，不禁蹙起了好看的眉毛："怎么没点催情香？侍女都去哪儿了？"他轻车熟路地从柜子里找到一束迷香，刚往薰笼里面一丢，颈上却结结实实挨了一记。

沈如琢猛然间歪倒在地，不可思议地看着身后举着瓷枕的宋引章："引章？"

闪电亮起，将宋引章那张雪白的脸照得犹如鬼魅。宋引章朱唇轻启，声音冰冷："我还醒着，你是不是很失望？"

原来，张好好早先便告诉她，尽管外头都夸沈如琢是个翩翩公子，可只有教坊里几个老姐妹才清楚他真正的为人。这沈如琢把小娘子拐到手之前，从来都是一片真情，但要真成了他的人，他没几天也就厌了。而沈家虽说也是名门，可传到这一辈已经败落了，他能在清闲衙门混着肥差，靠的就是巴结上峰。张好好有两个姐妹，先头都跟他千恩万爱的，转头却被他献给了林三司，用的都是下药这招。他手段高明，那两个姐妹竟然以为自己是行为不检喝醉了酒，这才失了身，心中反倒对沈如琢愧疚万分呢！

宋引章跟了沈如琢，八分是与赵盼儿赌气，两分也确有以沈如琢为知音的意思，而那一句"脱籍"，正是她毕生梦想。可冰冷的事实摆在眼前，宋引章心中寒意上泛，她解开披帛，三两下捆住沈如琢的手脚。

沈如琢欲张口求饶，可宋引章根本不想听到他的声音，便又掏出手绢塞住了他的嘴。

沈如琢含糊出声："你听我解释……"

宋引章从沈如琢那"呜呜"的调子中听出了他的意思，她居高临下地看着榻上的沈如琢，语气极近温柔："不，我不听。这么久了，你把我哄得团团转，是不是以为我就是寄生在乔木上的菟丝花，除了耍小性子和弹琵琶，其他的就任你摆布？可惜你忘了，我不是那些新入行的小丫头，我们家三代乐工，去过多少宴席，别说迷魂药了，连鸩酒也能闻得出来。而且，我弹了十几年琵琶，也最知道上好的琴弦有多坚韧。"

言罢，她从袖里摸出一根丝弦来，往沈如琢脖上一勒，语气又添了几分柔媚："你想不想知道？”

沈如琢被勒得出了血，翻着白眼唔唔求饶。

“这会儿知道怕啦？”宋引章松开琴弦，鄙夷地笑了笑，又伸手拍了拍沈如琢的脸，“沈郎，你怎么忘了，我嫁过人，前夫还在崖州流放呢，这会儿也不知道是死是活。”

沈如琢吓得浑身颤抖，含糊地说着自己错了。

宋引章闻言莞尔，她可真是找了个“知错能改”的男人：“有错就认，真是个好男人。来，切结认罪书我已经写好了，你按个手印。”

沈如琢大惊，拼力扭动挣扎，宋引章却拿起他的手指，用力一咬，鲜血顿时涌了出来。宋引章强行按着沈如琢在她写好的认罪书上盖了个手印。

宋引章满意地看着手中的切结书：“放心，瞧在咱们之前恩爱的分上，以后只要你不为难我，我也不会为难你。哎呀，林三司也快来了吧，不能再耽误了。”说完，宋引章再次挥动瓷枕，打晕了沈如琢。

宋引章麻利地扒开沈如琢的衣裳，又从幔帐后面拖出那个早已被她打晕的侍女，把两人放在了一起。看着薰笼里冒出的轻烟，她满意地欣赏着自己的杰作，声音几近痴狂：“待会儿林三司看到一定会很高兴吧？”

她紧抱着琵琶，推开房门，任凭风雨灌满她的衣袖，脸上的浓艳妆容也被雨水悉数冲掉了。宋引章飞也似的跑到府门，朝看门人大喊：“我家娘子的琵琶坏了，让我赶紧去换一把新的来，赶紧给我开门！”

看门人不疑有他，忙把宋引章放了出去。

然而宋引章刚出了大门，就听府内一声尖叫，接着喧哗声大作。

宋引章狂笑着走到了风雨中，她越走越快，脸上的笑容却一点点消失。

她走到一座庙宇前准备进门避雨，抬起头却看见庙宇的牌匾上赫然写着“月老祠”三字，想着自己一次又一次错付的爱情，宋引章再也压抑不住内心的苦涩，终于放声大哭起来。

随着清晨的第一缕阳光洒向大地，下了一夜的雨也终于停了下来。茶坊如今是一片废墟，孙三娘木然地向帮忙灭火的街坊道谢。赵盼儿则呆呆地靠着井栏，一言不发地看着破碎一地的茶具、家具。

送走了为茶坊的损失唏嘘叹息的街坊邻居，孙三娘走到赵盼儿身边坐下，两人良久无言。

“我哭不出来。”赵盼儿看着满地的碎瓷片，心中总有一种不真实感。

“我也是。”孙三娘悲到极处，脑海中也是一片空白。

赵盼儿紧握着拳头，指甲深嵌进掌心，很快见了血，她疲倦地问：“老天真的是成心要跟我们作对吗？连最后一点希望都要毁掉。”

孙三娘看着赵盼儿，揽住了她瘦弱的肩：“屋子倒了，地还在，大不了咱们从头再来。”

“来不了了，三娘，我累了。”赵盼儿素来清亮的眸子彻底灰败下来，她将头无力地靠在了孙三娘的肩上。

孙三娘沉默良久，终于狠心道：“我知道你说不出来，让我来替你说。要不，这茶坊，咱们就别赎了吧。也不用借杜长风的钱了，咱们就把你要回来的三百贯分一分，该给引章的给引章，该给招娣的给招娣，咱俩再回钱塘去，找个小生意随便做做，好歹还有间屋子能住。好不好？”

赵盼儿的嗓音有些沙哑，无力地说了句：“好。”

孙三娘抹了把脸，起身朝雅间走去：“后头雅间还有些摆设没事，我去找个篮子装上，好歹卖掉还能多换点钱。”

赵盼儿看着孙三娘的背影，发现她向来虎虎生风的步子竟然有些踉跄。

赵盼儿仰头望天，一行清泪终于从她弄脏了的脸上滑落：“老天爷，以前我总说自己从不后悔，可这一回，我……我是不是从一开始就不该来东京？”

不远处的汴河河水拍打着河岸，仿佛是给她的回答。

河水持续冲击着码头河岸，狼狈的池衙内带着何四等一众手下正垂头丧气地清理着街上的淤泥，他身后的码头已是一片破败。

马蹄声响起，开封府界提点任江带着几名随从策马而来，他们溅起的污水弄脏了不少百姓的衣裳。那任提点满身肥膘，停住马时，周身的肥肉都跟着颤了颤。只听他大喝道：“谁是这边管事的？”

池衙内平日气焰半点不剩，万分恭敬地上前施礼：“池蟠参见任提点。”

“你就是池蟠？你就是这么当的码头行头？”任提点翻身下马，颐指气使地用马鞭指着池衙内，“平日里让你们务必加固码头，可你们全当耳边风！这下好了，一点子风雨就毁成这样，叫我如何跟上头交代？”

是个人都能看出，遇上那么大的风雨，再怎样坚固的码头该毁也得毁了，可池衙内只能忍气分辩道：“提点容禀，昨晚上可不只一点子风雨，而是——”

“还敢顶嘴？”任提点扬起马鞭，劈头盖脸就往池衙内身上打去。

池衙内怒从心底起，一把抓住任提点的手。

任提点先是一愣，随即冷笑起来：“怎么，还想抗命？别忘了，老子是官，你是民！”

池衙内浑身一凛，只得放开手道：“不敢。”

“跪下！”任提点一鞭子抽向了池衙内的膝窝。手起鞭落，池衙内“扑通”一声跪在了泥水中。

不远处，赵盼儿和孙三娘正垂头丧气地挽着篮子走在路上，一路所见都是破败狼藉。回想起她们三人刚到东京时入目所及的繁华盛景，眼下的东京城看起来只剩下衰败凄凉。

这时，突有一群人向码头方向涌去，其中还有不少挑着蔬菜瓜果的小贩。

在人群的裹挟下，赵盼儿和孙三娘被迫挤入人群，正好看见任提点正颐指气使地教训着池衙内。

任提点气得五官狰狞：“你不是号称十二行总行头吗？怎么连一个码头都管不好？平日里尾巴都快翘上天去了，我看你根本连狗都不如！”

池衙内忍气跪在泥水中听着，双手紧紧地抠住了石缝。

吕五听不下去，欲上前护主。

何四却拦住吕五道：“别去，这个提点是主管河渠的正官，嫌上回孝敬的钱少了，这会儿正故意找事呢。”

赵盼儿听在耳中，心中不住冷笑，只觉得池衙内活该极了，当真是恶人自有恶人磨。

赵盼儿正欲拉着孙三娘离开，任提点嚣张的话再度响起：“士农工商，最贱的就是你们这些做生意的，满肚子男盗女娼，没一个好东西！”

赵盼儿闻言脚步登时一滞。

一旁，池衙内依旧好脾气地恳请道：“提点息怒，我这就带人马上修理码头。”

可任提点却用鞭子在他脸上“啪啪”打了两记：“你是个什么东西，敢在老子面前你啊我的？今晚之前要是修不好，明天你就提头来见！”

池衙内忍气吞声好半天，谁承想任提点却愈发蹬鼻子上脸，他一时火气上涌，怒道：“您就算杀了我，这码头也修不好！”

任提点不禁勃然大怒，抽出腰间佩刀就往池衙内脖子上一架：“那老子现在就送你上西天！”

围观众人一时大哗，何四等人扑上，磕头的磕头，求饶的求饶。

池衙内明显也怕了，忙叩首道：“提点饶命。”

任提点得意一笑，脱下自己的靴子，丢在池衙内手边：“你把它舔干净了，我就饶了你。”

官商有别，池衙内知道任提点是真的能要了自己的命，他正欲忍辱拿起靴子，赵盼儿清冷的声音却在他身后响起：“池蟠，你这个没种的东西，有本事你就伸长了脖子让他砍，我保证三个月之内，他也得下阴曹地府陪你玩！”

任提点惊愕之下回头望去，只见赵盼儿已越众而出。

眼下赵盼儿被昨晚的大火弄得极为狼狈，与往日清秀的模样截然不同，自然不会让任提点生出半分怜香惜玉之情。

任提点咬牙切齿地看着赵盼儿：“哪来的婆娘在这儿胡说八道？”

跟随他的手下立刻扑上前去，想要按住赵盼儿。不料孙三娘一手一个，将他们隔出老远。

赵盼儿抬起头，用那双黑白分明的眼睛盯着任提点：“我胡说？敢问您一个管着河务的提点，有什么权力不经审案，当街杀人？你是根本不把国朝律法放在眼里！”

围观众人闻言，纷纷点头附和。

任提点面色有些难堪，手上的刀顿时移开了些：“他耽误河务，我自然可以治他的罪！”

赵盼儿冷笑一声，一字一句地说道：“所谓码头行头，不过是民间脚行的领袖。这码头的修理、河道的清理，原本是提点您的职责，什么时候又轮到咱们百姓啦？池衙内他们愿意从旁协助，那是感念皇恩、报效朝廷。您在这儿挑三拣四、呼呼喝喝，又是什么道理？”

听了赵盼儿的话，池衙内眼中几乎要放出光来，待她话音一落，他就大力鼓掌：“说得好！”

何四等人也立刻鼓噪来：“说得好！没错！”

“大胆！”任提点恼羞成怒地朝赵盼儿逼近一步。

赵盼儿却直接迎上任提点的目光，她算是深刻地体会到，倘若一个人已经一无所有，那他就真的无所畏惧了。

“没错，我就是一向大胆，今儿反正也倒霉透了，索性就把话说个痛快。您说士农工商，最贱的就是商人，那您有本事别喝商人酿的酒，别穿商人贩的衣，别吃商人运来的粮啊！东京城里早没了农田，除了读书人，这里站的有一半都是商人！他们卖力清理淤泥的时候，你在做什么？他们拼命重建东京的时候，你又在做什么？依我看，贱的不是人，而是你们这些看不起人的心！”

围观百姓听得激愤，纷纷鼓掌，一齐起哄要求任提点放人。

任提点怒从心起，大声吩咐手下：“把这两个婆娘给我拿下！前些日子汴河上闹帽妖，走脱了两个女犯，我现在认出来了，就是你们！”

在场的贩夫走卒听了“帽妖”二字，不禁吓得纷纷后退，他们警惕地盯着赵盼儿和孙三娘，生怕她们突然变成吐着舌头的厉鬼。

“你血口喷人！她们不是帽妖！”池衙内见情况不对，忙招呼来自己的手下。

何四等人忙奔到赵盼儿、孙三娘身前，替她们隔开任提点的手下。

任提点的双眸危险地眯了起来，厉声道：“他们勾结帽妖，也是同党！都给我拿下，重重有赏！”

第三十一章 峰回转

随着任提点一声令下，官兵们一拥而上，与池衙内的手下厮打起来，码头顿时乱作一团。正在此时，一声裂帛般的琵琶声突然响起，所有人都被吓了一跳，现场顿时安静下来。

只见被雨水浇得略显狼狈的宋引章分开众人，抱着琵琶盈盈走出，昨日的浓妆已经被雨水悉数冲去，可那张出水芙蓉般的素面却写满坚毅。

赵盼儿和孙三娘没想到宋引章竟然会出现在这里，不禁失声叫道："引章？"

任提点看着宋引章的打扮，一皱眉头："你是谁？"

"我姓宋。不知道你认不认得琵琶上的这两个字。"宋引章高高举起琵琶，阳光之下，柯政所题的"风骨"两字沾着水珠，散发出熠熠的光芒。

围观的人群中，有人立刻认了出来，兴奋地指出："是宋娘子，柯相亲笔题字的宋娘子！"

此语一出，码头上的人们立刻沸腾了起来。东京城中已经许久没有宋娘子的消息，一传十、十传百，越来越多的人涌向这边，都想来看热闹。

任提点被这情形弄懵了，随从忙对他耳语了几句，听闻宋引章琵琶上"风骨"二字的来历后，任提点面色不禁一变。

宋引章款款走到赵盼儿和孙三娘中间，声音坚定如金石："我们姐妹三个，一起在马行街开着茶坊，整日里吃在一起、住在一起，如果她们真如提点所言是帽妖案的反贼，那么非但我逃不了干系，当初给我题这'风骨'二字的柯政柯老相公和萧钦言萧相公，也一样逃不了！提点既然生了一双明察秋毫的双眼，不如现在就将我们姐妹缉拿归案，我还能顺便给您指指去相府的路！"

此时的宋引章发髻凌乱，可举手投足间散发着前所未有的光彩。赵盼儿虽然不知道宋引章身上到底发生了什么事，又怎么会一大早出现在码头，而且看起来也不比她和孙三娘好上多少，但她清楚地感受到：这一次，引章真的不一样了！

任提点一看扯上了一干宰相，也是慌了："宋娘子休得胡言，帽妖案事关重大，诸任相公都是朝中高官，岂能任意攀咬！"

池衙内这下也回过神来："是不是攀咬，审一审不就知道了？管帽妖案的，好像是皇城司吧？什么时候又变成您这位开封府河务提点的事了？"

任提点气得面色铁青，一时无言以对。

池衙内又指了指赵盼儿，向任提点低语道："跟您透个信儿，她家男人就是皇城司的那位'活阎罗'！"

赵盼儿眉心一皱，心中一阵苦涩，终是没有说话。任提点打量了赵盼儿一眼，一时也拿不准了。

池衙内生怕任提点不信，又补充道："不信？那您几时见过哪个女人敢张口就骂我没种的？"话音一落，赵盼儿、孙三娘、宋引章齐齐瞪向了他，池衙内赶紧把目光移向别处，假装刚才什么事也没发生。

任提点咬紧后槽牙，上前对赵盼儿三人深深鞠躬："三位娘子，在下多喝了两碗黄汤，犯了眼病认错了人，还请你们大人不记小人过！"

赵盼儿侧身避开，不肯受礼。

任提点见状，着急地压低声音道："在下回头就送上重礼，只求娘子您高抬贵手！"

众人见任提点吃瘪，嘻嘻哈哈地指点议论起来。在一片嬉笑声中，赵盼儿却正色道："您是觉得我在故意为难吗？您向我们赔不是，到底是因为真心觉得自己有错，还是迫于高官权势，不得不为之？无中生有、因怒报复，是仗势欺人；高官题字、亲族裙带，也是仗势欺人。这两者之间并没有分别！"

此语一出，原本喧闹的码头瞬时安静，所有人都开始凝神细听，刚才他们只是觉得大快人心，听了赵盼儿之后的这番话，才对她生出了由衷的敬意。

赵盼儿深知，逞一时口舌之快不能长久，眼下最重要的是解决问题。她略放柔了语气道："其实提点您刚才着急生气，大伙儿都能理解，毕竟大伙儿都是东京人，住的是开封府，喝的是汴河水，突然间受了这么一场天灾，谁不担心，谁不难过！您心系河务，关怀百姓，教训池衙内这个行头几句也理所当然，谁叫他平常老是为非作歹、无法无天！既然顶了个横行霸道的螃蟹名，就活该被错骂成王八乌龟！"

赵盼儿市井气十足的用词惹得在场众人哄笑不已，现场的气氛一松。

任提点也算是找到了台阶，面上的表情也不再像方才那么紧绷。唯独被说成螃蟹和王八的池衙内恼羞成怒，他低声愤愤地问赵盼儿："你骂谁呢？我刚还帮你说话呢！"

赵盼儿不理池衙内，继续慷慨地说道："可就算如此，一大早主动带着大伙儿在这儿清淤修缮的，不也是他池衙内吗？没错，我们不过是些贩夫走卒、商妇市人，既比不得读书人清贵，也比不得兵爷们勇武。可是若没有我们提篮过巷、卖酒送茶，东京城不会这么繁华，大宋也不会这么国泰民安！正如东京离不开汴河水，大宋同样也离不开我们！"

听了赵盼儿的话，在场围观的众人情绪高涨，纷纷叫好。其中，孙三娘和宋引章的鼓掌声最为响亮。池衙内也听得呆住了，半晌，他抹着眼泪，跟着鼓掌，连双手都拍红了。

赵盼儿这一席话，既给了任提点足够的面子，又确实打动人心。一看周围这群情激荡的样子，任提点深知，如果自己再不就驴下坡，万一惹来言官弹劾，只怕会惹出更大的麻烦！于是，他做出满面愧色的样子，再度朝赵盼儿深深一拜："任某有错，还请赵娘子教我！"

赵盼儿见任提点醒事，忙退开一步："不敢。消除误会最好的办法，莫过于化敌为友。只要忧乐常与民同，美名定会远扬。各位乡亲父老，提点想以身作则，带着大伙儿一起修缮码头，大伙儿说好不好？"

"好！"在场众人在赵盼儿的鼓舞下，俱是热血沸腾，他们觉得这位赵娘子也堪配这"风骨"二字。

"一语惊醒梦中人！"任提点眼前一亮，深觉赵盼儿手腕高妙，硬生生就把一场争端化作了官民齐心，既然如此，他何不也还赵盼儿一个人情？他当即脱下外袍，第三次对赵盼儿深深一礼："任某欠赵娘子您一个人情！"

言罢，他竟抢过何四手中的扫帚，转身招呼着手下。百姓们也一拥而上，和任提点的手下一起劳作起来。

何四原本还担心赵盼儿将任提点得罪得太狠，可没想到她一通连消带打，倒把祸事变成了美事。他不禁冲赵盼儿一竖拇指："赵娘子您可真行！"

明媚的阳光此时笼罩着码头上干劲十足的人们，赵盼儿刚松了一口气，却突觉头晕眼花，险些站立不稳。

“盼儿姐！”宋引章一把扶住了赵盼儿。

赵盼儿与宋引章四目相对，千言万语尽在不言之中，两人的手紧紧地握在了一起，姐妹间此前的误会与争执都在这一声呼唤中烟消云散。至于宋引章当初究竟为什么出走都不重要了，只要她能回来就好。

宋引章扶着赵盼儿坐在了码头上，像对待失而复得的珍宝一般小心翼翼地给她打着扇子。孙三娘从小贩处买来了杯蜜水，给赵盼儿喝了几口。少顷，赵盼儿苍白的脸上终于有了几分血色。

赵盼儿看着宋引章满身泥污的罗裙，问道：“你怎么突然来这儿了？又这么狼狈？”

赵盼儿这么一问，正勾起了宋引章的伤心事，她突然扑在赵盼儿身上珠泪盈盈，哭得肝肠寸断。

孙三娘又是惊讶又是痛惜，急道：“你别光顾着哭啊，到底怎么了？是不是那姓沈的欺负你了？”

宋引章抽泣着：“没有，是我欺负他了……可是他骗我，想把我当个物件，转送给上司帮他升官发财！”

事情的严重程度远远超出了赵盼儿和孙三娘的想象，她们不禁齐声惊呼起来。

宋引章哭道：“还好我及时逃了出来。盼儿姐，你一定要让顾姐夫帮我出气，把他抓进皇城司大牢里剥皮！”

池衙内偷偷摸摸地挪了过来，听到这句话，不禁一个激灵躲了起来，一时不敢现身。

赵盼儿压抑住心中的苦涩，轻声说：“我和顾千帆，已经完了。”

宋引章震惊地看着赵盼儿，可赵盼儿此时已经说不出话来，她又求助地看了看孙三娘。

孙三娘叹了口气，恨恨地说道：“他和当初的欧阳旭一模一样，突然就找不着人了。酒楼的买卖没做成，茶坊也被暴风雨毁了。”

宋引章“哇”的一声又哭了起来，眼睛红肿：“我错了，盼儿姐、三娘姐我错了……”

赵盼儿抚了抚宋引章的背，略显疲惫地安慰：“不关你的事，只是流年不利而已。万幸你还没被沈如琢祸害，这事也怨我失察，想想真是后怕，只差那么一点儿，我就对不起你姐姐的嘱托了。”

宋引章一直压抑的情绪却突然爆发了：“不，自始至终的根由全都在我！如果不是因为贪慕虚荣、心存嫉妒，一心想要早日脱籍和你比肩，我就不会接连两次被周舍和沈如琢利用。如果不是我闹脾气出走，事情根本就不会变成现在这个样子。你们一直劝我，别把希望寄托在别人身上，可是我总是自恃才艺，总希望能绿珠遇石崇，被人珍重对待、好好收藏，所以才会一而再地行差踏错！好在昨天，我终于从这场梦里彻底地醒了过来，我狠狠地报复了沈如琢，把我当初被周舍虐打的每一分恨、每一分怨都填了进去，叫沈如琢自食其果、名声尽毁，叫他知道敢骗女人，就必须得付出血的代价！”

一直偷听的池衙内闻言骇然，不禁打了个冷战。

赵盼儿和孙三娘也被宋引章的话吓着了。

孙三娘紧张地看着宋引章：“你昨晚到底干了什么？没闹出人命吧？”

宋引章仿佛在一瞬间长大了，眼神比从前成熟了许多：“放心，我知道分寸，只是让他受了点罪而已。而且他还有把柄在我里，以后也翻不出什么花样。我已经醒悟了。其实‘风骨’两字，不单是他们士大夫们的追求，也应该是我们女子立身为人的根本。不管是茶坊还是酒楼，只要是凭自己本事，不偷不抢不媚不淫挣来的钱，就根本没有什么雅俗贵贱之分！店铺砸坏了又如何？码头都能重修，咱们一样也可以重新来过，钱不够的话，我的首饰能值不少，我还可以去弹琵琶，以后挣到的钱也绝不会少！”

孙三娘本就不想回钱塘，听了宋引章的话，不禁大为意动：“引章说得也有道理……”

赵盼儿心中微有动摇，但仍低声摇头道：“和钱没关系，是我的心气儿已经散了，再也做不动生意了。我想回钱塘……”

赵盼儿素来在宋引章眼中都是生气蓬勃，何曾这样颓唐过？宋引章张口欲劝，却什么也说不出。

不料孙三娘却斩钉截铁：“可当初我们三个决定留在东京，最根本的原因不是顾千帆，而是因为我们不甘心吧！你都可以当欧阳旭死了，为什么不能当顾千帆也死了？为什么要因为一个男人、一场风雨，就忘记了我们的初心？”

赵盼儿和宋引章闻言都是一震。

宋引章当即道：“没错，我们是为了自己才留在东京，不是为了别人！”

赵盼儿被孙三娘的这席话彻底浇醒，半晌，她站了起来，眼中重新闪现着光芒：“你们说得对，我还是不甘心！”

像是知道赵盼儿一定会答应留在东京重整旗鼓，孙三娘已经开始盘算起来：“那要重新开店的话，是开茶坊还是开脚店？都砸成那个样子了，只怕修起来又费时间又费钱。”

池衙内不知何时钻了出来：“没关系，有我啊！我又有酒楼，又有钱！”

三人吓了一跳，齐齐回头，看见了还是一身狼狈的池衙内。

赵盼儿警惕地打量着池衙内：“你想干什么？”

池衙内笑得跟花一样：“不干什么，只是想跟你们联个手。我池衙内行走江湖，这辈子最讲究的就是个脸面，今天你这通话可算是说到我心眼里去了，看着任提点那小样，我这辈子都没这么扬眉吐气过！以前的过节就甭提了，不打不相识嘛，咱们从此以后就是兄弟了……”

宋引章怒视着池衙内：“盼儿姐，你千万别信他！他早就知道沈如琢想害我，还硬逼着好好姐不许提醒我！”

赵盼儿和孙三娘的脸色登时一变。

池衙内心中“咯噔”一声，慌乱地拉了拉衣角：“不是这么回事，你们听我解释！”

“我没耐心听淫贼说话。”赵盼儿拉着宋引章和孙三娘扭头就走。

“等等，别走！以前都是误会——哎哟！”池衙内被孙三娘一把推开，结结实实摔了个大屁墩儿。见赵盼儿三人渐渐走远，他心急如焚地吩咐手下：“快去截住她们！”

何四一边搀扶着池衙内，一边劝阻：“衙内，赵娘子刚救了你……”

池衙内甩开何四，摇摇晃晃地站稳脚跟：“少废话！马上抄家伙给我拦住她们，要不以后你们就别跟我混了！”

何四等人赶紧闭了嘴，抄起家伙将赵盼儿三人堵住了，孙三娘立刻摆出防御的姿势。

赵盼儿没想到池衙内竟敢在光天化日之下劫人，她环顾着四周的打手，警惕地问：“你们想干什么？”

何四心中尴尬极了，苦笑道：“赵娘子，得罪了。”

“哈哈哈哈，我看你们还能逃到哪儿去！”这时，池衙内一瘸一拐地走进包围圈，喜形于色地挥手指着孙三娘，“先把她制住，别让她捣乱！”

几个手下连忙拿着棍子、渔网将孙三娘围了起来。

“池蟠，你是不是疯了？”赵盼儿怒斥。

然而，池衙内却笑得一脸讨好：“我没疯，我只想请你听我把话——”

“三娘！我来救你！”一声怒吼突然从他背后响起，只见杜长风手中挥舞着一根竹棒突入重围，冲着围住孙三娘的那几个人就一顿猛砸。

池衙内顿时傻了眼：“杜长风，你跑这儿来添什么乱？”

不料杜长风正好一棒甩来，正中池衙内脑门，池衙内额头立刻见血，他惨叫了一声，向后踉跄了几步。

“衙内！”何四等人手忙脚乱地上前搀扶。

杜长风乘机冲到孙三娘身边，将已经看傻了的赵盼儿、宋引章挤出老远：“三娘你不用怕，一切有我！”

孙三娘又惊又喜，忙问：“你、你怎么会在这里？”

“我去茶坊找你，可茶坊塌了，还一地都是血！我以为你们出事了……”杜长风眼睛一酸，动情地拉起孙三娘的手，“我差点以为和你天人永隔了！对了，你没受伤吧？”

孙三娘又气又羞地推开杜长风的手：“我没事。哪来的什么血啊？”

杜长风被推得一个趔趄，但当他听到孙三娘说自己没事，立刻咧开嘴露出一个大大的笑容。

赵盼儿想起了什么，幽幽地说：“有一罐红果饮摔碎了……”

这时，满脸是血的池衙内推开手下奔了过来：“杜长风，我跟她们三个说话，关你什么事？”

而杜长风却如老母鸡护雏儿一般张臂挡在孙三娘身前：“你欺负一个弱女子，我路见不平！”

池衙内只觉得这世间再没有公理了，从今以后，他就是指鹿为马的鹿、以白为黑的白、识龟成鳖的龟。他指着自己额角的伤，悲愤地说：“她都能把你绑门板上扔水里，还是个弱女子？我被你们砸成这样，我恁娘的才是个弱男子！”说着说着，池衙内便委屈地哭了起来，血水混着泪水在脸上横流，接着他身子一软又摔了下去。

“衙内！”在池衙内后脑勺着地前，众手下惊慌地将他扶稳。

池衙内无力地看着头顶一张张写满慌乱的脸：“你们除了叫衙内还能干点别的吗？送我去医馆啊！赵盼儿，你要是还有点良心，就别走！”

话没说完，他眼睛一翻，彻底晕了过去。

池衙内的一帮手下把医馆围了个里三层外三层，杜长风和赵盼儿三人一起站在最外层。

医馆内不时传来池衙内杀猪一般的惨叫，跟池衙内一同进去的何四也不时悲痛地高喊："衙内，你要挺住啊！"

宋引章听得忧心忡忡："他不会有事吧？"

赵盼儿鄙夷地看着紧闭的房门，断言："祸害活千年，他死不了。"

杜长风也有些担心，但仍然挺起胸膛，安抚孙三娘道："你别怕，人是我砸的，真要出了命案，我去坐牢！"

孙三娘一想到杜长风一个连书院小屁孩都打不过的文弱书生，竟然敢上去跟池衙内拼命，不禁没好气地说："谁怕了？你见过哪个死人号这么大声？谁要你多管闲事的？我还能被他给欺负了？你是个进士啊，做事前能不能长点脑子，万一真出了事，你十几年苦读就白费了！"

杜长风被训得频频点头，一边面如土色，一边难掩开心："我错了，我知道你担心我……"

孙三娘闻言不大自然地将目光移向别处："谁关心你了？少往自个儿脸上贴金！"

宋引章听到他们的对话，疑惑而震惊地看着赵盼儿。赵盼儿缓缓点了点头，证实了孙三娘与杜长风的关系。

又是一声惨叫响起，何四匆匆而出，低头就拜："赵娘子，只能求您帮忙了！"

赵盼儿觉得那一板子不至于伤及池衙内的性命，不禁蹙眉问道："池衙内怎么了？"

何四有些难以启齿："衙内怕针，说什么也不让大夫给他针灸止血。我们按都按不住，衙内说，除非你进去，他才能愿意让大夫扎……"

无奈之下，赵盼儿同意进去看一眼，可孙三娘、宋引章都怕池衙内有诈，也要一起进去，而杜长风又怕池衙内在屋内布有埋伏，再对孙三娘不利，最终这乌泱乌泱的一群人一起挤进了地方本就不大的医馆。

赵盼儿三人和杜长风无奈地看着医馆里的池衙内，只见他头扎白布，脑门上三根金针，躺在床上一边喝茶一边不停地哼哼："我要死了，我要死了……"

在何四哀求的目光下，赵盼儿没好气地走到池衙内跟前，冷声道："你只要让大夫施针，就死不了！"

池衙内虚弱地睁开眼睛，气若游丝地说：“临死之前，你就不能听我把话说完吗？”

赵盼儿拉来一个凳子，抱着双臂坐下：“说吧。”

池衙内一看赵盼儿态度松动，立刻翻身坐了起来：“我知道，我们之间有很多很多误会，但是，你刚才不是还说过，消除误会最好的办法莫过于化敌为友吗？做人要言行一致，对不对？”

宋引章翻了个白眼，正要出言嘲讽，赵盼儿却拦住了她。赵盼儿倒是真的想知道池衙内演了这么一出，后头到底憋着什么招，便好整以暇地开口：“继续。”

池衙内委屈巴巴地说：“刚才说想找你们合作，真不是开玩笑。你也知道，我是东京十二行的总行头，可我平生有一大恨，就是在酒楼行里排不上字号。我手里头也有一间酒楼，叫永安楼，除了生意不好，其他什么都好。所以不管我往行会里头砸了多少钱，那些正店的东家掌柜都不待见我，连过年祭灶神都不让我坐上桌！每回一想起这事，我那个恨啊！”

头一回见池衙内承认自己的短处，孙三娘有些憋不住笑，然而赵盼儿依旧板着脸，不为所动。

孙三娘的笑鼓舞了池衙内，他的用词愈发夸张：“原本我的眼前是一片黑暗，可自从今天遇到你们就一下子亮堂了。其实，三娘姐的手艺和引章妹子的琵琶，我以前早就服了。你的心气和能力，我今天也算是彻底地服了。你那些话，真的说到了我心坎上，做商人凭什么就不能骄傲啊！”

“谁是你三娘姐！”杜长风不乐意了，若不是顾及池衙内头上有伤，恨不能上去拎他的衣领。

宋引章也同时怒道：“不许叫我引章妹子！”

池衙内没想到自己又成了众矢之的，可怜兮兮地眨巴着眼睛：“你们有点同情心好不好？把我砸成这样，一句道歉都没有，居然还嫌弃我叫你们姐姐妹子！还有没有天理——”

“说正事，你到底想让我们干吗？”赵盼儿无情地打断了池衙内。

池衙内立刻不敢再油腔滑调：“总之，你们茶坊开得那么好，换成酒楼肯定也不差，所以我想正式邀请三位娘子来替我经营永安楼，亏了算我的，赚了对半劈。只要能全了我的毕生梦想，让我把外号改成威风凛凛的‘十三太保’，叫我干什么都行！”

孙三娘和宋引章听罢，目光交汇在一起，俱是有所意动。

然而赵盼儿干脆地拒绝道："对不起，你我之前结怨太多，我永远忘不了你逼我下跪唱曲的事，我不想和你这样的人合作。"

孙三娘吃了一惊："他逼你下跪？"

"对，我曾经说过，我若不报当日之辱，誓不为人。"赵盼儿本不想让朋友知道此事，如今当着众人的面说出来，她是用了十足的勇气。

眼看这个生意就要泡汤，池衙内心中大急，一时口不择言："你不讲道理！明明是你先打了我！你和那个顾千帆，合起伙来整我！"

赵盼儿听到顾千帆三字，脸色一变，起身就走。

池衙内见赵盼儿真生气了，轻轻扇了自己一巴掌，忙追了出去："等等！"

池衙内挡住赵盼儿的去路，当着众人面"扑通"一声跪下，"咚咚咚咚"就是四个响头："我那天逼你磕三个头，今天我还你四个头，这样总成了吧？"

赵盼儿等人被池衙内的大动作弄得呆愣当场。

池衙内见赵盼儿不松口，又急忙道："我逼你跳软舞，也是我不对。那我跟你装小狗爬，这样行不行？"说完，他一边满地乱爬，一边"汪汪汪"叫个不停。见老大如此，池衙内的手下们都恨不能找个地缝钻进去。宋引章在旁翻了个白眼。

池衙内又猛地拉扯起前襟："我那天还摸了——"

赵盼儿看不下去了，大声喊停。

池衙内苦苦哀求道："赵娘子啊！我是真心的！我都捧着钱到你的面前了，这样的诚意还不够吗？你相信我好不好？"

赵盼儿别开脸，还是不想搭理他。

见赵盼儿仍在犹豫，池衙内放了大招："只要你愿意当永安楼的掌柜，以后我保证给你请上百八十个貌赛潘安的小厮，天天跟着你倒茶捶背，包管顾千帆看了，就算死了也能给气活过来！你们好不容易来到东京，可不能就这么回钱塘啊！"

赵盼儿一听他又提顾千帆，忍不住转脸瞪视。

一旁的杜长风则闻言大惊，慌乱地拉起孙三娘的衣袖："你们要回钱塘？"

池衙内不容置疑地点头："是啊！我亲耳听见的！"

"不行，不行！这绝对不行！"杜长风急了，孙三娘要是走了，他可怎么办啊？

孙三娘最不乐意受人管控，叉腰反问："你凭什么说不行？"

"因为……"杜长风急中生智，"因为宋娘子的乐籍还在教坊，不能随意迁出京外！你们总不能把宋娘子一个人扔在东京吧？”

“说得好！就冲你这几句话，刚才我这一棒就挨得值！”池衙内听到杜长风这番话，顿觉喜从天降，忙起身拍了一下杜长风的肩膀，又对赵盼儿她们说道，“就算不看在我重伤未愈的面子上，也请看在长风他一片真情的分上留下来，好不好？”

孙三娘听闻又急又羞：“说什么浑话？谁一片真情？”

“啊？还没挑明啊？”池衙内面现惊愕，旋即醒悟过来，一把搂住杜长风，“我和杜兄一片真情，兄弟情深！长风兄，是不是？”

杜长风也忙搂住池衙内：“蟠弟说得对，我们一见如故，不打不相识！”

“都别说了！”赵盼儿被他们闹得头痛至极，索性只谈正事，“三娘，你怎么看？”

孙三娘点了点头。赵盼儿又看向宋引章，宋引章不待问就猛点头。

池衙内的这个提议可以说来得正是时候，怎么算，她们几个都不会亏。冤家宜解不宜结，池衙内人不怎么样，但不代表他不能成为一个好的生意伙伴。思及此处，赵盼儿决定答应下来：“真的像你说的亏了算你的，赚了对半劈？”

池衙内多年来一直盼着有神兵天降，能帮自己把永安楼经营好。此时见赵盼儿意动，连忙抓紧机会：“真的！对天发誓不管用，我们现在立马立契书！”

赵盼儿想了想，又补充道：“我做掌柜，三娘管大厨，引章管宴饮曲乐，还有一个招娣管前堂，工钱另计，酒楼的经营、人事、账务，你可以监督，但是你和你的人一概不许插手。”

“必须的。”担心自己表现得不够有诚意，池衙内又转头看向手下，“听见了没有？”

众手下忙齐声应道：“听见了！”

赵盼儿见池衙内答应得爽快，又补充了一处：“契书以一年为限，如果我们有任何不满，随时可以离开，不需要赔钱，你们也不得拦阻。”

池衙内点了点头，大喊：“小厮，拿纸来！快点！快点！”

医馆里的小厮在池衙内催命般的喊声下，迅速地拿了张纸出来。

池衙内接过那张白纸，伸手往自己的伤口上一蘸，按上了手印递给赵盼儿：“契书你自己写，手印我都按好了，这样你总该放心了吧？”说着还一躬身，双手把空白的契书奉了上去。

饶是赵盼儿，此刻也有些动容了，出于谨慎，她还是问道：“池衙内，你现在为什么突然这么信任我？”

池衙内收敛了平日里那副玩世不恭的模样，反问："赵盼儿，你刚才为什么会冲出来替我打抱不平？"他指着自己的鼻子，无比认真地说："我，池衙内，虽然混账，虽然跋扈，但我有脑子，也有眼睛。我一直就想找一个人，和我一起把永安楼做到名扬天下，好好治治酒楼行会那帮目中无人的老黄瓜。赵盼儿，你愿不愿意？"

赵盼儿一震，她不禁用全新的眼光打量着这个以前她眼中作恶多端、飞扬跋扈的池衙内。良久，她主动伸出手掌，池衙内大喜，和她清脆地一击掌。

池衙内兴奋地将赵盼儿、宋引章、孙三娘拉到医馆之外，对挤得密密麻麻的手下宣布："各位，这就是咱们永安楼的大掌柜、二掌柜、三掌柜，以后都给我敬着点，听见了没有！"

在场手下齐声答："听见了！"

池衙内又高喊一声："三位掌柜娘子万安！"

众手下有样学样："三位掌柜娘子万安！"

池衙内笑嘻嘻地向赵盼儿邀功："怎么样，排场够大吧？"

赵盼儿笑而不语。突然，她想起了一个重要的问题，便越过池衙内看向何四："现在我只有一个问题，永安楼，它在哪儿？"

池衙内指着汴河上一座颇为壮观的临水建筑："就在那儿。"

赵盼儿三人顺着池衙内的手势望去，只见那永安楼竟有三层楼高，且不说那飞阁廊腰、朱楼绮户有多气派，单主楼建筑就比望月楼大上至少一倍！

一行人往永安楼走去，赵盼儿越走越是疑惑，永安楼无论是地段还是装潢都很不错，但门前行人稀少，看起来极为冷清，便问池衙内："怎么这么冷清？"

池衙内不好意思地挠了挠头："因为没客人，现在空着，我养了帮闲汉在那儿，没事陪我赌钱玩。"

宋引章闻言，从上到下、仔仔细细地将池衙内扫视了一番。

池衙内耳根发红，不由自主地收腹挺腰："看什么看！"

宋引章轻蔑地撇了撇嘴："我想看看好好姐当初怎么就瞧上你了，就你这样，居然也能当上那么多行当的总行头？"

池衙内一时泄了气，他不明白这个宋引章为什么总有本事将他气出内伤："我天生有能耐不行吗？我做生意、赌钱两不误不行吗？咱们说好啊，我跟张好好的事已经翻篇了，你要再提她，我就在你面前提沈如琢。"

宋引章杏眼圆睁："你敢！"

池衙内见自己踩中了她的尾巴，不禁又嘚瑟起来："你看我敢不敢？现在敢呲哒我啦，刚上东京来那会儿，谁哭着说'衙内饶命'来着？"

宋引章笑得有几分危险："别忘了咱们刚签了契书，我这个永安楼的三掌柜，随时可以亏光你的钱。是不是啊，十二少？"

"别这么叫我！"池衙内瞬时奓毛。

赵盼儿及时打断他们孩子气的斗嘴："带我们进去看看。"

池衙内这才想起来自己是来谈生意的，忙闭上嘴，带着赵盼儿她们走进永安楼，杜长风则赶往书院上课去了。

永安楼里，只有稀稀拉拉三五个客人，就连掌柜的也在打着瞌睡。小二见池衙内来了，连忙将掌柜推醒。

掌柜睡眼惺忪，见来者是池衙内，连忙起身问候："衙内您早！"

池衙内作势朝掌柜踢了一脚，倒也没真的用力："都晌午了还你早！过来见过赵娘子、孙娘子、宋娘子，她们是你的大掌柜、二掌柜、三掌柜，以后永安楼就都听赵娘子的，听明白了就把钱、账本、钥匙都交出来，把灶房里的人也都叫来。不明白就跪到街口去想明白。现在你明白了吗？"

"明白了！"尚未睡醒的掌柜晕晕地跑了过去，不一会儿抱着一叠账本盒子过来，"账本在这儿，钥匙在这儿，钱在后头库房里头。"

赵盼儿一边翻看着账本，一边问掌柜："怎么没做四柱，只做了流水账？这里每天的客人平均有多少？水牌上有几道菜？多久翻新一次？用了多少菜金？余菜有多少？损耗又有多少？"

另一边，孙三娘也在灶房问掌勺的："有几个灶眼？几个红案？几个白案？"

掌柜的和掌勺的被她们问得满头大汗，抓耳挠腮地想着答案。

一直静悄悄地观察永安楼布局的宋引章则抓住了一个原本正想偷偷溜走的伙计："带我去东阁看一看。"

这一幕幕落在池衙内眼中，他心中顿时快活无比，开始盘算起了日后酒楼做起来，自己日进斗金的好日子。他喜滋滋地看向何四："瞧，本衙内这几个掌柜娘子没请错吧？个个有纹有路的！"

何四也满脸喜色，他早就觉得老大和赵盼儿作对捞不着好，这回他们冰释前嫌、两相联手，不愁永安楼没钱赚。他兴奋地答道："衙内高明。咱们永安楼，以后我看有戏了！”

“池衙内。”赵盼儿已经走出老远，回头却见池衙内还在后面跟何四叽叽咕咕。

“来了！”池衙内抛下何四，一路小跑着追上前去。

“我问了半天，发现他们除了买菜、卖菜、上菜，其他的一概不知，你这永安楼，一直都是这样的吗？”赵盼儿觉得永安楼的经营状况只能用“一塌糊涂”来形容。

池衙内有些不解：“不然呢？我们这是脚店，又不能卖酒，除了买菜、卖菜、上菜，还能做啥？”

赵盼儿扶额道：“难怪你下头的人不明白，原来你这个东家自己都弄不明白。”

池衙内脸上有些臊得慌，但还是死鸭子嘴硬：“我要是能自个儿搞明白，干吗还要花钱请你啊，我又不是钱多烧的。”

赵盼儿拍了拍账本：“一座永安楼，一年要亏上千贯，你还不是钱多烧的？”

“啊？是吗？早知道还不如关门输在赌场上划算。”听了赵盼儿的话，池衙内心痛不已，但他发觉赵盼儿面露不快，忙夸口道，“嘿嘿，谁叫我钱多呢。一千来贯这种小事，还真记不住。”

赵盼儿的眼神冷冷地扫向池衙内：“原来一千来贯对池衙内来说只是小事。”

池衙内不自觉地打了个寒战，求生欲极强地解释道：“我错了！我不借你那三百贯，真的不是有意要恶心你！我就想跟你开个玩笑！何四，赶紧去当铺把茶坊的地契取出来还给咱们盼儿姐！”

赵盼儿心中气闷，再一次把池衙内当作空气，目光越过他看向掌柜：“带我去那边看看。”

掌柜领着赵盼儿穿过走廊，池衙内一路追着赵盼儿，左一个姐姐右一个姐姐地叫着：“盼儿姐、盼儿姐，您老别生气好不好？望月楼的事我已经听说了，我帮你出气，揍那个混账一个花开百日红，行不行？”

赵盼儿停下脚步，眼神如刀：“你说谁老？”

池衙内马上改口：“我老，我老，盼儿姐是尊称、尊称。我那些手下好多都不认识你，可他们只要一听我叫你姐，肯定都敬着你，对不对？顾千帆比我还小一个月，你怎么可能比我老呢！”

听到“顾千帆”三个字，赵盼儿心口不受控制地抽痛一下，她语气骤然冷了下来：“以后别在我面前提他的名字。”

池衙内一边忙不迭地点头，一边将赵盼儿引向天井：“一定，一定。来，盼儿姐你小心路滑。”

天井下那片空旷的场地中只放着一张硕大的八仙桌，上面摆着各种赌具。阳光从天井中央射下来，照亮了阁里的灰尘。

“这儿原来是一处小瓦子，老板折了钱卖给我，我瞧它离永安楼近，还费劲儿把它整个挪过来，把两处打通了，原想着永安楼生意好了，也能带带这儿，结果一直就这么抛着，木头都快朽了。”池衙内摸了摸八仙桌，结果摸了一手的灰，呛得他打了个喷嚏。

赵盼儿赶紧往后一躲。

池衙内又溜溜达达地走上二楼，拍拍这儿、摸摸那儿，由于场地空旷，他说话时都带了回声：“我娘生下我就走了，还好我爹疼我，大哥也不嫌弃我这个庶出的弟弟。小时候，他们老带我上这儿来，一起看相扑，看傀儡戏。那会儿这里人真多啊，灯一亮起来，密密麻麻的全是人。我就坐在这儿，嗑瓜子、吃果子、跟顾——跟别家孩子斗磨喝乐，一玩就是一晚上，别提多开心了。别看这地方如今已经破败了，可它在我心里，就跟天宫似的，所以我才一直没拆了它盖别的，不然这地段这么好，换成珠宝铺子，肯定赚翻了。”

赵盼儿仰着头，出神地看着头顶四方形的晴空，突然想起了自己在教坊时的光阴：“我心里，其实也有这么一个地方。”

池衙内回身不见她，却发现赵盼儿不知何时已经站在楼下的天井中央。一束阳光打在她精致的面庞上，四周烟尘飞舞，映得一切如梦如幻。赵盼儿莲步轻移，轻轻转了数圈。

池衙内一时看痴了。

第三十二章 故人归

天井之下，赵盼儿显然陷入了回忆之中：“你知道，我之前做过歌伎，小时候，着实吃过不少苦。那会儿，我喜欢跳舞，可每回记起我娘的吩咐，又不敢跳得太好，所以总挨乐营管教妈妈的打。有一次，我又缩在角落里哭，有个小娘子替我抹去眼泪，跟我说你娘说得对，对于我们身在贱籍的人而言，以色事人的才艺越多，才越可悲。她说，若是我喜欢跳舞，她以后悄悄带我去瓦子里玩，我们私下里跳就好。那里的人，不会看不起我们。”

池衙内张了张口，搜肠刮肚地找着安慰赵盼儿的词，一时却什么也没想出来。

赵盼儿眼前浮现她和宋姐姐一起在瓦子里欢快地跳着胡旋舞的画面，继续说道：“她就是引章的姐姐，她带我去瓦子的时候，那儿总是笑声不断，有糖吃有歌听，又暖和又快活。也只有那儿，我才不会挨乐营的管教妈妈打，才会开开心心地看姐姐们在上头唱歌跳舞。所以，就算歌伎生涯那几年是我最不堪回首的时光，但瓦子对我而言，依然是最美好的回忆之一。”

“后来呢，后来琵琶精的姐姐怎么了？”池衙内已经听入了迷。

赵盼儿没有回答，而是低下了头。

池衙内立刻明白过来，心中唏嘘不已：“难怪你一直那么照顾宋引章。唉，她们和好好一样，都是命不好，世代乐籍，轻易赎不了身。要是我爹和我大哥还活着，还能想想法子……”

赵盼儿轻轻摇了摇头，强迫自己从回忆回到现实：“不说其他了，我只问你一句，如果你也觉得瓦子好，为什么我们不把它重新开起来呢？”

池衙内被赵盼儿跳跃的思维弄懵了：“啊？可是咱们开的不是酒楼吗？现在改开瓦子？这弯转得太急了点吧？”

“酒楼里难道就不能开瓦子吗？”赵盼儿仰头看向站在二楼围栏边的池衙内，微微一笑，像是在说什么理所当然的事情。

那如花笑靥落入池衙内眼中，池衙内只觉有一种异样的情绪正在他心中升腾而起。那感觉说不清、道不明——像是三月飞雪，千树万树、纷至沓来；像是四月春晖，千丝万缕、暖意融融。

他赶紧晃了晃脑袋，想也没想便否决道：“当然不能了，酒楼行会不会同意的。瓦子是下等人去的地方，开在酒楼里，多跌份啊。”

而楼下的赵盼儿整个人都容光焕发，她清声反问：“酒楼行会是律法吗？你愿意服他们管吗？他们又管得了你吗？谁说瓦子是下等人才去的地方，是那帮说商人低贱的人吗？”

池衙内猛然间醍醐灌顶，激动地一拍栏杆：“对啊！本衙内还是屠渔行和菜行的行头呢，只有他们求我的份，没有我求他们的份！”

赵盼儿的眼睛也亮了，她抿了下干涩的嘴唇，兴奋地说：“虽然我之前只开过茶坊，但我脱籍后，在钱塘最大的酒楼和云楼整整干了三年的活儿。我知道一个酒楼要想开好，靠的是什么。”

池衙内不是很有底气地猜测着：“是什么？菜色好？味道香？”

“那只是最基本的。佛经里说过，一个人感知世界，靠的是眼耳鼻舌身意、色声香味触法。”赵盼儿看向周遭，眼底如有日月星辰，“池衙内，我没有能耐把永安楼以后的菜肴和酒水做到东京最好，但想把其他四感做到极致。我想把永安楼变成一个有美食有美酒，有清歌有雅乐，也有俗乐也有人欲的地方——来这里的歌伎杂耍，绝不会低人一等；就算是商贾平民，也可以和达官贵人们把酒同乐。这可能会是东京酒楼从未有过的创举，你同意我做这么大的变动吗？”

池衙内沉浸在赵盼儿所描绘的图景中，待到他回过神来，正要答应时，却突然看到光柱中的赵盼儿有如几欲凌风飞去的神女一般倾国倾城。一股酥麻感冲上头顶，池衙内突然一把捂住自己的鼻子，瓮声瓮气地答：“同意！本衙内有的，不就是钱吗！”

一股鲜血从他的鼻子里涌了出来，池衙内的理智已经四散飘零。

他看着手中的鲜血，喃喃道：“完了，完了。”

“你怎么了？”赵盼儿察觉到池衙内似乎有些不对劲儿。

“没事，旧伤复发了！”池衙内慌乱地摸着脸上的血，然而根本堵不住，鲜血顺着他的手，一滴滴地掉落。

这边，陈廉一路风尘仆仆纵马疾驰。到了皇城司门口，他顾不上回应给他问好的手下，翻身下马，急急奔入衙内。前一段时间，他为了避开葛招娣跑到外地办事，孰料顾头儿竟然出了这么大的事情，因此他一接到密信就马上交接了工作，飞马赶了回来。

屋内光线昏暗，一名大夫正用金针给躺在病榻上的顾千帆放着指尖淤血。

陈廉紧张地看向站在一旁的孔午："头儿怎么样？还没醒？"

孔午摇头道："一直在用金针拔淤血，但一直也没醒过来。大夫说是旧伤叠新伤，而且病人生志已失，所以情况比预料的还差。"

陈廉心中大惊，顾头儿上次的伤势就极为凶险，这才过了多久，又险些丢了半条命。想到这里，陈廉不由得后怕起来，受了这么重的伤，顾头儿竟敢一个人骑马赶回东京，若是他倒在某个荒郊野岭，没能得到及时的救治，那后果可不堪设想。

孔午想了想，觉得应该把萧钦言来找过顾千帆的事情告诉陈廉，便道："萧使相来看过好几次，昨儿他一定要将人挪走，我实在摸不清楚中间的关窍，又记得头儿跟萧家结过怨，所以一直借口头儿醒之前有吩咐，抵死不从。你跟头儿一向最好，现在该怎么办？"

陈廉忙问："有没有通知盼儿姐？"

"谁？"孔午一时没反应过来。

陈廉心生不安："就是头儿未过门的娘子，赵盼儿！"

"司尊还会娶娘子？"孔午仿佛是听了什么天大的笑话，他很快意识到自己失言了，忙道，"啊，前些天赵娘子是来找过头儿，确实是很着急的样子，我派人告诉头儿了，后来头儿回了东京，她又来了几次。雷都知让我们对使臣受伤的这件事一直保密，所以我都让守门的拦了她。"

陈廉暗道不好，马上吩咐孔午道："让以前盯着茶坊的那队人来见我，再派个人到我家里去，问我娘最近有没有见过赵娘子。"

"是。"孔午连忙吩咐了下去，心中叫苦不迭，他已经敏感地察觉到，好像自己把事办砸了。

陈廉一转身，见大夫手中拿着银刀，不禁一愣："这又是什么？"

孔午又忙解释道："银刀。这两位大夫说是金针放血太慢，如果换用银刀，或有奇效。但司尊本来就失血颇多，下官不敢当这个干系。"

陈廉看着榻上毫无知觉的顾千帆，一咬牙："放！再昏迷下去人都没了，这个干系，我来当！”

大夫这才放下心来，上前给顾千帆放血。

顾千帆的手腕被割开，更多的血被放了出来。不多时，地上已经接了小半盆的血，而顾千帆依旧一动不动。

陈廉不禁眉心微蹙：“怎么还是没醒？”

“淤血是放出来了，可司尊昏迷太久，就如同一个溺水久了的人，就算把水都控出来了，一时半会儿也醒不了啊！”大夫叹了口气，若非顾千帆身体底子好，否则就算是大罗神仙来了，也救不回来。

陈廉一狠心，在顾千帆耳边低声道：“头儿！你赶紧醒醒！盼儿姐她出事了！盼儿姐她出事了！”

孔午在一边看得惊疑无比，没想到顾千帆的手指真的微有动弹。

陈廉一时喜出望外，盼儿姐果然是救顾头儿的良药。见大夫还愣在一边，陈廉忙催促道：“快帮他啊！”

大夫忙拿起一根银针猛刺顾千帆的合谷穴。陈廉则继续在顾千帆耳边反复说道：“盼儿姐被骗了，宋引章也出事了！头儿，盼儿姐出事了！盼儿姐出事了！”

话音未落，顾千帆猛地睁开了眼睛，扯着嘶哑的嗓子说：“你说……什么？”

陈廉等人顿时大喜，一齐围到床边。

顾千帆挣扎着动了动，似乎想要坐起来，却因为昏迷太久，又跌了回去。

陈廉怕他自己牵到伤口，忙扶着他坐了起来，给他喂了口水。

顾千帆润了润喉咙，急忙吩咐道：“备车，我要见她。”

陈廉闻言赶紧劝阻：“头儿，你的身体——”

“备车。”顾千帆固执地打断了陈廉的话。他眼下纵然虚弱，可毕竟也还是“活阎罗”，他此刻的气场已经无比骇人，除了陈廉以外的皇城司的人根本不敢再劝。

而以陈廉对顾千帆的了解，在亲自确定赵盼儿没事前，顾千帆听不进去任何人的话。无奈之下，陈廉只得吩咐手下急备马车。

斑驳的树影落在皇城司马车的车帘上，顾千帆虚弱地倚在马车上，强打精神听着陈廉给他汇报赵盼儿等人近来的情况。

“总之昨晚上林府闹得很大，沈如琢虽然丢光了脸，却也一口咬定是他酒后失德，认错了林三司的侍女……”

顾千帆心一急，又不住地咳了起来，好一阵，他才平复下来。顾千帆缓了缓，气息微喘地问：“我不关心别人，只想知道盼儿现在怎么样了？她怎么会被池蟠带走了？怎么会起了冲突还见血？”

陈廉不解地：“您既然那么担心盼儿姐，待会儿自己问她就行了啊。”

顾千帆身形一僵，半晌才答：“我……我不知道怎么问她，我也不敢见她。”

“出什么事了？”陈廉的语气难掩惊讶，心想，难道他不在的这段时间里，头儿和盼儿姐之间闹了矛盾？

顾千帆按住闷痛的心脏，苦涩地说：“我跟她，或许不会成亲了。”

陈廉心中惊诧不已，但他聪明地没有再问。

突然间，马车紧急止步，车中剧烈颠簸，顾千帆和陈廉都撞到了头。

陈廉捂着撞痛的头，怒道：“搞什么鬼？”

车外，骑马随行的孔午凑在窗边小声提醒：“头儿，那个赵娘子，好像就在前面……”

顾千帆将车帘挑开一条缝，只见赵盼儿、孙三娘、宋引章以及池衙内正站在街口，望向马车。

赵盼儿的面容映入眼帘的那一瞬间，他心中如遇雷击。

池衙内素来最是怕官，可自打知道顾千帆当了皇城司使，却是一见皇城司的纹饰就胆气横生。他高声道：“嘿，这不是皇城司的人吗？大白天这么快的马，撞着我们算谁的？”

马车那头无人回答。

顾千帆透过帘缝，贪婪地看着几日不见已经明显清瘦的赵盼儿，抓住窗帘的手不自主地颤动。他压低声音吩咐陈廉：“你出去，替我问她，为什么和池衙内在一起？是不是受了什么胁迫？”

“头儿？你真不见她？”见顾千帆这副样子，陈廉犹豫万分。

顾千帆心如刀绞，但他仍然不容置疑地说：“快去！”

陈廉不敢再多言，将半个身子探出车帘，装着才醒的样子说：“谁在那儿喧哗，哎呀，是盼儿姐啊！”

陈廉随即跳下车，热情地奔了过去：“好久不见。”他又装作突然看到池衙内的样子，一惊一乍地问：“这不是池衙内吗？你俩以前不是有过节吗？怎么这会儿走到一块来了啊？”

赵盼儿语气冰冷，直接拆穿了陈廉的谎言：“你根本就不认识池衙内。”

她径直看向马车，很快，她便在车帘下发现了顾千帆那熟悉的袍子。

陈廉心中慌乱，下意识挡住赵盼儿的视线：“全东京城谁不认识池衙内啊，哈哈哈。我刚回京城，才知道望月楼和茶坊的事，盼儿姐你还好吧？招娣呢，怎么没看见她？”

赵盼儿闻言失望得难以站稳，孙三娘和宋引章忙一人一侧扶住了她。

“这些话，你是自己想问，还是替别人问的？”赵盼儿几乎用上了全部的意志力才没让自己的声音发抖。

顾千帆从帘缝中看着赵盼儿摇摇欲坠的身影，只觉心脏钝痛。由于这份剧痛，他挑开车帘的右手也跟着颤抖起来，但由始至终，他只是用左手紧紧扣住了车中扶手，一言不发。

陈廉注意到了车帘的抖动，忙道：“当然是我自己问啊，你没事就好。啊，还有，池衙内可不是什么好人，你千万要离他远点。有什么事，赶紧叫人通知我。”

池衙内急了：“放屁！你小子算哪路神仙，本衙内怎么就不是好人了？”

而赵盼儿却似没听到池衙内的话似的，目光直直地盯着车帘，一字一句地说：“既然已经断了前尘，我和谁在一起，都不关别人的事。”

池衙内看着车帘，突然明白了眼前的这一出戏是演给谁看的，他眼珠一转，往赵盼儿身边一靠：“没错，昨夜大雨倾盆，今朝艳阳四射，我和盼儿一见如故，刚在永安楼摆酒欢饮、促膝长谈。引章、三娘，她们都是见证！”

顾千帆在车内闻言，当即心如刀割。

池衙内见车中毫无动静，当即决定再加一把火，他看向赵盼儿，故作温柔地问：“你走累了没有？旁边这间绸缎坊也是我开的，要不要进去坐坐？”

车中一声轻响传来，池衙内脸色一白，因为那声音着实有点像骨头折断的声响。

车内，顾千帆捏碎了整个扶手，他虽然喘着粗气，却仍然一言不发。

陈廉听到声音也被吓了一跳，侧眼看着身后车帘，却不知如何是好。

孙三娘此时也明白过来，顾千帆就在车中，却不愿见赵盼儿！

见赵盼儿强立在车前，浑身僵直，却背心微颤的样子，孙三娘火上心头，冲上去就要拍马车：“姓顾的，你给我出来！”

孔午等人忙着急拉开她，不料孙三娘力大，几人一番拉扯，孙三娘险些跌倒。

宋引章扶住孙三娘：“真是个没用的男人，盼儿姐、三娘姐，我们走！”

孙三娘也气坏了：“对！池衙内，麻烦你再找个火盆来，盼儿要踩一踩跨一跨，去去霉气，旧的不去，新的不来！”说着，孙三娘和宋引章强拉着木然的赵盼儿走进了旁边的绸缎坊。

池衙内冲马车那边做了个鬼脸，这才颠颠地跟了上去。

陈廉看着赵盼儿一行人走了，忙飞身回车，焦急地问顾千帆：“现在该怎么办啊？”

顾千帆终于抑制不住，撕心裂肺地咳了起来，鲜血顺着顾千帆的嘴角徐徐流下，可他却如若无感。良久，顾千帆虚弱地说：“先回去，只要确定她没事就好。”

陈廉犹豫。

顾千帆痛苦地吼了出来：“走啊！”

陈廉大急：“走，走！”

马车移动起来。

陈廉忙替顾千帆找布巾：“头儿您放心，我马上去查池衙内，一定查得清清楚楚、明明白白的！你别急啊，你才醒，身子还虚着，千万不能再有事！”

顾千帆紧抿着唇，闭上眼睛。刚才发生的一切，都有如烈火一般炙烤着他的心。就差一点，他险些就想冲下马车，一把拉走盼儿，和她一起远离这苦难实多的尘世，浪迹天涯。但他的理智又始终在他心头嘶吼：“顾千帆，你不能下去，否则你就再也没有勇气放开她了！她的父亲，本是戍边卫国的英雄，当年却因为朝中的议和纷争，被萧钦言刻意弹劾，拉出来充当了主战派的替罪羊，就此含冤死在流放的路上。身上流着奸臣血液的你，根本不配站在她的身旁！”

另一边，听到马车离开后，在孙三娘、宋引章的搀扶下进了绸缎坊的赵盼儿再也支撑不住，蓄在眼眶里的泪水也终于滑落下来。客人们看到此景，无不惊异，不知道的还以为是池衙内惹哭了这个漂亮的小娘子。

池衙内引着三人入座，忙不迭地请走所有客人，又指挥掌柜道：“愣着干什么？打热水，找胰子香脂，再泡几杯茶来啊！”

赵盼儿继续落泪，但就是呆呆坐着，不发一声。

宋引章被赵盼儿的样子吓坏了，轻轻摇晃着她的手臂：“盼儿姐，姓顾的不好，咱们不要他就是了，以后有我陪着你，不值当为他这样啊！”

赵盼儿依旧没有反应，孙三娘也毫无办法，急道：“这杀千刀的顾千帆，果然是‘活阎罗’，这是想要我们盼儿的命啊。”

“别急，看我的。”池衙内眼珠一转，走到赵盼儿面前贱兮兮地说，“盼儿啊，你知道我现在有多高兴吗？我跟顾千帆这小子作对了二十多年，还是头一回赢得这么痛快，他居然缩在车里，连个声都不敢出，像只鹌鹑一样，哈哈哈，哈哈哈！”

然而赵盼儿还是没有任何反应。

池衙内一狠心，一把抓住她的手：“为了让他继续这么糟心，要不然你就索性跟我好了算了。咱们两个天天花前月下、恩恩爱爱，气死他！”

只听“啪”的一声轻响，赵盼儿一个耳光便扇了过来。好在池衙内早有准备，早用手贴在自己脸上，端端正正地受了这一记。

他无比骄傲地向赵盼儿展示着手上的红印：“我就知道你会打我！你们瞧，她没事了吧！”

孙三娘和宋引章对视了一眼，总算松了一口气。

赵盼儿却像回了魂一般，先是无奈一笑，随后便哀声啜泣起来。今日顾千帆的避而不见，已经彻底将她的最后一丝希望打破。她暗自下定决心，从今往后，她与他就是陌路人了，而这漫漫余生，她一个人也要过得风生水起！

幽深的宫巷之中，高鹄在内侍的引导下缓缓前行，远远有一个青袍官员迎面而来，见到高鹄便侧身礼让。

高鹄本已从那个青袍官员身边走过，可冥冥之中，他感觉事有蹊跷。他急忙回身看去，只见那官员恭敬一礼，分明竟是多日未见的欧阳旭。

“你怎么会在这里？”高鹄如见了鬼。

“下官奉圣命寻访仙师已毕，昨日回京，既蒙官家召见，今日入宫，自是理所当然。”说这话时，欧阳旭面上的笑容极尽得意，随后转用亲近的语气问，“久未拜见岳父尊颜，不知您身体可还康健？”

不知为何，高鹄觉得欧阳旭脸上的笑容格外阴森，他向四周看了看，压低声音道：“少胡说，两家婚书已退，谁是你岳父？”

然而欧阳旭只是气定神闲地笑了笑：“莫非岳父是想在此处争执，最后闹到官家面前去吗？岳父还是先忙正事吧，容小婿先洗风尘，随后再来拜见。毕竟以后咱们还有几十年的相处，又何必急于一时呢？”说完，他竟在一礼后，自顾自离去。

欧阳旭的样子如此有恃无恐，足令高鹄惊疑不定，他双眉紧蹙，招手叫过内侍，向他吩咐了几句，那内侍便匆匆而去。

另一边，高慧显然也是知道了欧阳旭回京的消息，她双眼发直、精神委顿，脸色比纸还要白。

春桃在一边劝道:“娘子你千万别着急啊,一切等主人回来再做计较!”

“我怎么有脸跟爹说?与其被他威胁,不如一刀一命,图个痛快!”高慧语声颤抖,一咬牙,从墙上摘了剑就往外冲。

“娘子不可!”春桃大惊失色地追了出去,高府的其他下人也纷纷上前,合力抢下了高慧手中的剑。

正在扰攘之际,高鹄进了宅门,见状喝道:“这是在干什么?”

“爹!”高慧像是一下子找到了主心骨般抓住了高鹄的手臂,“欧阳旭他回来了,他还……”话音未完,她又羞愧满脸地哭了起来。

春桃忙替高慧擦起眼泪。

高鹄见状,挥手屏退众人,小心地问:“我知道他回来了,他来过府里?”

高慧摇头,仍然哭得上气不接下气:“没有,可是……”

春桃见高慧哭得说不出一句完整的话,只能硬着头皮道:“还是让奴婢来说吧。欧阳旭这个杀千刀的,派人送了一封信过来,里头叫娘子卿卿,还有、还有半件这个……”她看了看四周,从袖中拿出半截绣着花的肚兜。

高鹄先是震惊,随后才赶紧别开目光,他不可置信地问:“这是你送他的?”

高慧羞愧难当地捂着脸承认:“我那时鬼迷了心窍,他说他在西京想我,我就……府里的护院去拿退婚书的时候,我只让他们拿了我和欧阳旭往来的书信,却忘了这个……”说着,又悔不当初地大哭起来。

春桃深吸了一口气道:“在他手头的另外半件,有娘子亲手绣的慧字表记。”

高鹄头一晕,跌坐在石凳之上,随后就什么都听不见了。

天已经黑了,高鹄也已经苏醒过来。高慧端了一碗参汤送到屋里,难掩担心地说:“您喝些参汤,是女儿不孝,害您担心了。”

高鹄接过参汤,心不在焉地喝了几口,随后,他像是下定了什么决心一般,突然放下汤匙。

“爹已经没事了。慧儿啊,这儿只有我们父女二人,有些话,索性我也就直说了吧。刚才爹在宫中也碰到欧阳旭了,他不知道走了什么狗屎运,竟然在西京抱上了齐牧的大腿。齐牧原本是因为帽妖案被萧钦言斗败而出京养病的,没想他为了东山再起,如今竟然炮制了清流素来最鄙视的祥瑞献给官家。看来为了扳倒萧钦言,他是什么都不顾了。今后清流一派与后党，必有一场血战啊。”

高慧实在不知道父亲为什么要对她说这些：“这些政事，我都听不懂。”

高鹄低下头，眼中满是愧色：“不懂没关系，你只要知道齐牧因此重得官家欢心，已经销假复职了就行。而有了他的力荐，官家也升了欧阳旭做馆阁校勘、权监察御史里行。这是正正经经的馆职，算是把他曾任宫观官的斜路都给掰正了。如此一来，你嫁他，我们高家面子上也算过得去了。”

高慧闻言大惊，她怀疑自己听错了，要么就是高鹄疯了：“我嫁他？爹，你没说错吧！”

可高鹄的语气却是越来越坚决：“没说错。欧阳旭身后既然站着齐牧，又有备而来，这门亲事，就必须得重新拾起来了……”

高慧猛然站起，愤怒地提高了声音：“我不嫁这个骗子！”

“当初哭着嚷着非他不嫁的人是你，如今作茧自缚的，也是你。要是你当初肯听我的劝，早日清醒早谨慎，今日又何至于此？”高鹄恨女儿少不更事将把柄递给别人，也恨自己救不了女儿，可他反而将错全都怪在了女儿头上，似乎这样能让他自己好受一点。

高慧心中羞愤交加，恨不能亲自砍了欧阳旭，她咬牙切齿地说：“现在也不迟！大不了我跟他拼了，一命抵一命！”

高鹄恨铁不成钢地一拍桌子：“糊涂！他在西京的时候不过是只蚂蚁，捏死也就罢了。可如今他已经是翰林，又必定早有防备，稍有风吹草动，就会闹得朝野皆知！”

“你难道还怕他一个芝麻小官不成？”高慧满脸尽是错愕。

“我怕的不是他，而是他背后的齐牧！”高鹄强忍泪意，颤抖着握住女儿的手，“慧儿，我知道这事委屈了你，可古来女子婚事，又有几件是如意的呢？爹会给你再多加三成陪嫁。欧阳旭既然如今已经颇有城府，那他赢了这一局后，也会好好对你的。至于以前的事情……你就全忘了吧。”

高慧一语不发，只是慢慢抽出手，静坐在榻上，宛如木雕一般。

高鹄不忍再看下去，长叹一声后离去。

蜡烛渐渐燃尽，屋内陷入一片黑暗，高慧独自坐在黑暗的最深处，直到月落日升。

大清早上，永安楼中就有搬着修葺器具的工匠进进出出，不断传出叮当之声。

经过了一夜休整的赵盼儿，今日已经像没事人一般，正精神头十足地对着图纸，指点着工头："以后中间这块改叫千山阁，接待散客；最左边的一元阁是雅间；右边的瓦子呢，以后就叫万水阁，专事杂耍娱乐。"

"盼儿姐！"池衙内兴冲冲地跑进了万水阁。因为要翻新重建，阁中陈年的积灰都被扬了起来，见赵盼儿就站在灰尘中央，池衙内心中不禁感慨，这帮手下跟着他混了这么久，怎么在如何照顾小娘子这事上半点长进都没有。

"哎呀，你们眼睛都瞎了吗？这么大的灰，也不给咱们盼儿姐遮着点！"池衙内摸出一把扇子，挡在赵盼儿头顶上，"刚才我去土地庙求了个签，说咱们这儿重新开业之后，肯定客似云来！哎呀，房样都画好了，让他们干就行，这地方这么脏，你亲自盯着，多累啊！"

赵盼儿抬手挡开扇子："也不知道你这个东京营造行头是怎么当的，工地上的事情，自己不亲眼看着，能不出岔子吗？我既然当了永安楼的掌柜，就得对得起你花出去的钱。"

她顾不上搭理池衙内，又招呼起不远处的工匠："袁师傅，那块板子要再往后放一点！"

"是、是、是，盼儿姐说得都对。你估计这工程还有几天能完得了啊？"池衙内无比听话地点着头，活像拔了牙的老虎。

赵盼儿一边看着图纸一边回身道："最快也得十天。三娘那边还在和你那帮厨子打擂台呢，个个都不是省油的灯，看来有的折腾。"

池衙内顺嘴道："什么叫我那帮厨子啊？是咱们的厨子。"

赵盼儿瞪了池衙内一眼，语声冷然："池衙内，我们是生意伙伴，能不能把你那些风月场上的做派都收起来？引章还在琢磨着怎么让永安楼的雅阁更雅呢，你要是三五不时地来这么一出，只怕文人墨客们都会避之不及！"

池衙内立刻正色，朝并不存在的客人拱了拱手："我改，我改还不成吗？各位，鄙店修整后重新开业，正所谓盈门飞酒韵，旧盏会新风，还望列位贤达玉趾亲临。是这意思吧？"

赵盼儿没想到池衙内肚子里竟然有点墨水，略微诧异地点了点头。

池衙内这下得意了："论猪鼻子插葱装大象，全东京城谁比得过我啊！"

赵盼儿一哂，撇下他径直离开西阁。

池衙内赶紧一溜小跑，追上前去："盼儿姐你别走啊，我还有话跟你说！"

“我要去灶房找三娘，那儿全是油烟，你确定要跟着？”赵盼儿脚步不停，虽说她与池衙内现在是合作伙伴，可一码归一码，她顶多是跟他新账旧账一笔勾销，不代表两人就成了朋友，因此，她对池衙内的突然示好，始终存着几分戒备。

池衙内却摸出一张飞钱，邀功似的瞪大了眼睛：“我还干了件事，包你喜欢！瞧！我帮你狠揍了望月楼那孙子一顿，还把他讹你的那三百贯头金都讨回来了！”

赵盼儿看着那张飞钱，一时沉默了。

池衙内没等到赵盼儿的崇拜夸奖，以为她是太过诧异了，又解释道：“谁叫他当初为难你来着？欺侮你，那就是看不起我喽，不好好收拾一下他——”

不料赵盼儿却断然道：“这钱我不要。”

池衙内彻底懵了，事情的走向跟他想的大相径庭。

赵盼儿耐心地解释：“按契书，我们毁约，他本来就该扣掉我们这三百贯。不该我得的钱，我一文也不想要。你帮我还给他吧。”

池衙内沮丧地“噢”了一声，嘴角耷拉了下去。

赵盼儿只得道：“不过，你帮我出气揍他，我很感激。”

池衙内脸上的阴霾瞬间一扫而光：“真的？真的！那你请我喝酒，啊不，给我做个果子吃呗，你们茶坊的果子，我到现在还没尝过几个呢。”

赵盼儿没想到池衙内变脸如此之快，不禁扬了扬眉毛，继续向前走去：“果子是三娘做的，我不会。”

池衙内亦步亦趋地跟上，又顺杆爬道：“那你就帮我点个茶呗，我特想看你弄的那个茶百戏！”

赵盼儿烦了，索性道：“池衙内，能不能请你别对我这么亲近，毕竟三天之前，你还是我在东京最恨的人之一。就算是为了永安楼，我恐怕一时半会也没法当你是朋友。”

池衙内讪讪地答：“噢。我只是看你那天被顾千帆伤得那么深，才变着法儿想让你高兴一点。谁年轻的时候，没爱上过一两个混账呢？小娘子嘛，还是要多笑才美。”

赵盼儿一怔，池衙内虽然嘴上油滑，但这几日总跟他斗嘴，似乎倒真没那么多时间伤心了。想到这儿，她放柔了声音：“谢谢。等这块忙完了，我再点茶给你喝吧。”

池衙内眼前一亮：“真的？”

“一言为定。”赵盼儿脚步不停，“这几天，还要麻烦你盯着采买的事，行会那边也得要你去拜拜码头，毕竟永安楼是脚店，还需要从他们正店那里买酒。”

池衙内忙打包票：“没问题，交给我。我一定把最好的酒弄过来。”

赵盼儿忙道："不是要最好的酒，而是要最适合永安楼的酒。衙内，酒楼想要做好，并不是花钱请最好的厨子、买最贵的酒、请最灵醒的跑堂那么简单，而是要处处做到平衡。我在半遮面的经营上吸取了不少教训，所以不想在永安楼上再犯了。"

池衙内虽然看起来各种不靠谱，但能坐在东京十二家行会总行头的位置上，自然有他的能耐。他立刻正色起来："你放心，永安楼的事我全听你的，我这就去找，保证把七十二间正店的酒全都找来，然后咱们一家一家试，直到找到最合适的那款酒为止。那天你在万水阁里说的话，我也一直都没忘：我们要做一个全东京前所未有的酒楼。为了这个梦想，我一定会好好努力的！"

赵盼儿退后一步，她突然觉得自己仿佛从来没有好好地看过池衙内。

池衙内摸了摸自己脸，发现上面没粘东西，便不解地问："怎么了？"

赵盼儿倒也不掩饰，认真地答道："头一回看你这么正经，差点都快认不出来了。"

池衙内嘿嘿一乐，正想再自夸几句，赵盼儿却已经转身离开了。

走到灶房外，赵盼儿隔着窗子看见孙三娘正和几位厨子对峙，她犹豫了一下，没有上前打扰。只见孙三娘一拍桌子，中气十足地开口："行了，别跟我说什么女人不能当大厨，咱们手艺上见真章！"

说完，孙三娘抄起一块豆腐，"唰唰"数刀飞过，然后把豆腐放在清水中一漂，一朵豆腐菊花瞬时呈现。在场的厨子们皆倒吸一口冷气。

孙三娘随手将刀往案板上一插，那菜刀便深嵌进案板中："不服气的，就来跟我比一比。服气的，就站到那边去，每人煎一道鸡子给我尝尝味道，我满意了，才可以留下，否则，就另请高就吧。对了，能留下来的，工钱加两成。"

厨子们对视一眼，纷纷站到了孙三娘所指的方向。

见孙三娘已经把一众厨子收拾得服服帖帖，赵盼儿对灶房这边不再操心，转头去了如今被宋引章改成表演场地的一元阁。

一元阁已经被宋引章布置一新，比从前半遮面的雅间还要古典雅致。宋引章正领着教坊的六名学徒参观，之前去过半遮面的素娘也在其列。

宋引章给姑娘们一一介绍着："以后这边的一元阁会设二十四个雅间，分别以二十四节气为名，这一间，名为雨水。"

六名姑娘欣赏着屋内装饰纷纷颔首，身在乐籍，她们也都是见过几分世面的，这一元阁虽说谈不上奢华，但胜在一个"雅"字，不比任何大官的私邸差。

素娘难掩激动地赞叹道："真漂亮。宋姐姐，你今日请我们过来，可是要我们以后来这里表演？我们一定捧场。"

宋引章微微一笑："不止如此。我想和各位签一个契约。大家以后在这儿表演，除了按市价有酬金之外，还可以按卖酒的一成提取花红。"

"真的？"众女哗然，这样的报酬她们平时可是想都不敢想。

宋引章从身后拿出一份契书："不过，所有的表演都要听我安排，而且你们虽然也可以在别处表演，但是绝对不可以泄露或者模仿我们永安楼的节目……这是契书的样本，大家不妨看看。"

女孩们忙接过契书争相阅读，看着契书上罗列的演出内容，大家都惊叹不已："宋姐姐，这全都是你想到的主意吗？真是又新鲜、又有趣。"

宋引章看向楼梯口向她微笑的赵盼儿，也跟着温柔一笑，往日眉间的那抹忧郁之气早已散尽。她毫不居功："哪里，这是我和我的三个姐妹一起琢磨出来的。"

赵盼儿满意地从一元阁走到由葛招娣负责的千山阁，只见葛招娣正跟永安楼原来的掌柜和几个伙计交谈——那天的风雨之夜，这个小姑娘不单看了一晚上的家，还一个人把小院里的淤泥落叶清理得干干净净。赵盼儿三人第二天回来，一进门，她还端上了一顿热腾腾的饭菜！极有眼色的她，见宋引章突然回归，也什么都不问。有这一份眼色在，赵盼儿相信，葛招娣肯定能干好领班！

果然，不一时，葛招娣已经游刃有余地与掌柜的、跑堂的称兄道弟地立起了规矩："大家放心，我才这么点儿大，哪敢跟各位叔叔哥哥争领班的位置啊？老客们还离不开你们招呼呢。不过既然赵姐姐这个新官上任，咱们的规矩也总得动一动不是？这是我新拟的几条章程，刘叔您识字，待会儿跟大家交代交代。总之就是一个道理，勤快了有奖，可再像以前那样偷懒或是怠慢客人，那就得罚……"

至于葛招娣究竟准备怎么罚，赵盼儿并没有听到，因为这时疾步走来的何四匆匆对她说道："有位高小娘子过来找您，说是您朋友，我就引着她上这儿来了。现在正在外头的马车上等着呢。"

高慧会来这里找她，还真的有些出乎赵盼儿的预料，左右永安楼里一时也没什么急事，赵盼儿便整了整衣服，出了门。

从栈桥走到岸边，赵盼儿便看见了正看着在永安楼顶忙活的工匠们发呆的高慧。她笑着在高慧身边站定："高娘子近来可好？"

高慧收回视线，眼神木木地看向赵盼儿："我真羡慕你，到东京还没半年，就一会儿开茶坊，一会儿开酒楼，弄出偌大一片事业来。而我呢，只能无所事事，等着出嫁而已。”

赵盼儿先是一愣，旋即反应了过来，忙道：“高娘子新的婚事已经定了？恭喜啊！”

然而高慧只是自嘲地笑了笑：“没有什么好恭喜的，因为我要嫁的，还是欧阳旭。”

赵盼儿闻言一惊，她这才察觉高慧虽然外表依然明艳，眼角眉梢却写满了憔悴，显然是没休息好。

高慧的表情有些难看：“欧阳旭从西京回来了，他讨了齐中丞的欢心，升了官，又拿住了我的私隐当把柄，所以我爹就决定让我再嫁他。今天我来，就是想告诉你这件事。”

赵盼儿吃惊地掩住口：“啊？”

“我没有骗你，这会儿，他正在府里跟我爹谈迎亲的日子呢。他的样子没怎么变，只是眼睛里多了一道邪气，我看着就心寒。一个停妻再娶的骗子，一个用女儿家私隐威胁的小人，这就是我爹看中的东床快婿。我爹根本没想过，我和欧阳旭结了那么深的怨，成婚之后，他会如何对我！只是，和高家的前途相比，我的幸福又算得了什么呢？”高慧惨然一笑，一行清泪从她眼中流了出来，“我说羡慕你，是真心的，所以你一定要小心。欧阳旭现在就是一条冷静的毒蛇，既然报复了我，也一定会找上你。”

“谢谢。”赵盼儿替高慧抹去眼泪，心中感慨万千，她怎能想到欧阳旭竟能做出如此卑劣无耻之事，看来她看男人的眼光确实差到不行。现在想想，当初她被欧阳旭抛弃，也算是命运暗中救了她一次。

这个时候，高慧再也忍不住，伏在赵盼儿肩上痛哭起来。想起第一次见到高慧时，她那光彩夺目的样子，赵盼儿不禁为她的未来深感悲哀，亏她一度认为高鹄纵然好色，却也算是个好父亲。赵盼儿心中暗想，若是她能帮高慧就好了。

是夜，杜长风披着星光来到了桂花巷小院。原来，赵盼儿送走高慧后，就找到杜长风，让他以朋友的名义替她们打探一下欧阳旭的口风。毕竟这么长时间以来，杜长风一直帮欧阳旭打理着家宅、照顾着德叔，没有谁比杜长风更适合做这件事了。

杜长风给赵盼儿等人复述着欧阳旭让他转告给赵盼儿的话，说是欧阳旭在寻访抱一仙师时曾经跌下山崖，险些没了性命，这一趟西京之行让他看淡前事，今后他只会关心功名利禄，不会来找赵盼儿的麻烦。

孙三娘显然有些不信：“他真是这么说的？”

杜长风老实本分，总是把人往好了想，他点头道："我亲耳听见的，我觉得他是真心的。"

如今已经自认看透了男人本色的宋引章却是冷笑不已："欧阳旭的真心，能值一百钱吗？他当初还不是信誓旦旦地和盼儿姐许下三生之约……"

赵盼儿朝宋引章摇了摇头，对杜长风一礼："辛苦杜夫子替我们打听此事。欧阳旭既然这么跟您说了，不管是真心还是假意，至少也代表了他的一个态度，那就是暂时不想和我们交恶。"

孙三娘点头，她也觉得多一事不如少一事，毕竟他刚回京，也要娶高慧了，这当口再闹出什么事情来，只会自找麻烦。

杜长风猛然想起了什么，一拍脑门道："哦，对了，欧阳好像还不知道你和顾皇城的事，我也没告诉他，想着让他多个忌惮——哎哟！"杜长风被孙三娘踩了一脚，赶紧闭了嘴，但一时也不知道该如何补救。

赵盼儿的眼中掠过一丝伤痛，但转瞬间就被她掩饰过去，她若无其事地转移了话题。在场各位也都极为默契地装作"顾千帆"那三个字从来没出现在今晚的谈话中。

夜深了，孙三娘开门挑灯，将杜长风送到院中。杜长风本不想让孙三娘折腾一趟，可孙三娘执意要送。

一路上，孙三娘仍旧唠叨着："你以为吃几天猪肝，你那鸡视眼就能变成夜明砂啊？不给你照着点，万一你跌破了头，那不成心给我添乱吗？"

杜长风笑了，悄悄地摸了一下她袖子底下的手："还是三娘你考虑得周到。"

那手被孙三娘轻轻拍落："你以后少在盼儿面前提顾千帆的事。说起来这个我就生气，盼儿这么好一个小娘子，这个姻缘怎么就这么坎坷呢？欧阳旭要是伤她十分，顾千帆就伤了她十八分！反正啊，你们男人就没一个好东西。"

杜长风没想到自己也被归入其中，急得涨红了脸："我、我是好东西！不、不、不，我不是东西，不、不，我……"

孙三娘扑哧一乐，怕他的胡话被人听了去，忙推着他出了门，杜长风也不好意思地笑了。

出得门来，孙三娘放柔了声音："刚才踩痛你了没有？"

杜长风摇头："没，一点也没。哦，对了，我刚才看到，你那鞋尖上的绒花又快掉了。"他从怀里摸出那朵老早以前拾到的绒花，他那次赌气给扔了，之后却又鬼使神差地捡了回来，这回终于有机会将它还给孙三娘："你把这个缝上吧，也省得再去做一朵了。”

孙三娘接过那朵绒花，认出来是自己的绣工后不禁狐疑：“你怎么会有这个？”

杜长风不好意思地低下了头：“我第一回去茶坊的时候差点摔倒，你扶我，我就捡到了，一直带在身上，直到现在。”

孙三娘看着杜长风，只觉得他活像个情窦初开的小男孩，一时心中百感交集，她突然也很想任性一次，便大声道：“杜长风，我告诉你，我其实也看中你啦！”

杜长风被巨大的幸福击中了，他语无伦次地再度确认：“真、真、真的？”

孙三娘索性把话说开了：“我这人性子直，喜欢什么也不爱害臊的，瞧你跟着我后边磨了好几十天还不说清楚，怕你脑子糊涂，索性就直接问你了。现在我看中了你，那你想不想跟我好？”

杜长风将头点得飞快。

孙三娘见杜长风不说话，忍不住想再逗逗他，追问道：“怎么个好法啊？”

杜长风不假思索：“就是一起过日子的那种好法！”

孙三娘只觉得自己心脏狂跳，但面上依然保持着镇定：“那我告诉你，你要这样的好，就得明媒正娶我这个连孩子都十多岁的杀猪婆，不然我恕不奉陪，懂不懂？”

杜长风一怔，随即眉开眼笑：“懂！”

杜长风答应得爽快，反而令孙三娘有些不放心，又细细地罗列起他跟她好要面临的风险：“你得想清楚了，你到底是喜欢上我什么？我都三十了，还被休过，脾气也不太好！我可不想是因为你打光棍太久，才觉得我能凑合的！还有，我是个厨娘，是个商妇，你们读书人不是最讲究这个的吗？你娶我，怕不怕别人议论？”

“不怕！我又不是第一天认识你，你把我扔到河里面我都没怕，还能怕你在永安楼里干活？商妇怎么啦，我也只是个没正职的官啊，而且胆小怕事，遇事就哆嗦，还克妻。我就图你人美心善又能干外加对我好！”难得利落地一口气说了这么多话，杜长风自己也有些震惊。

孙三娘被他夸得有些飘飘然，又故意逗弄他道：“你说了自个儿一堆不是，那我嫁给你有什么好处呢？”

这些事情，杜长风早就细细盘算好了，他掰着手指，一条一条地说道：“你不用孝敬公婆，我又不存私房钱，也没胆子在外头花里胡哨，还有，你不是一直想戴凤冠穿霞帔吗？嫁给我就行了啊！八品官以上，成亲的时候新娘子是可按县君品级穿戴的！”

听到“凤冠霞帔”，孙三娘眼睛一亮：“嘿，你还想得真明白！”

杜长风知道孙三娘这就算是答应了，心中比他中了进士那天还要雀跃：“我就像茶瓶装元宵，肚子里有数，可说不出来。还是三娘你好，帮我一梳理，我这下就条理分明啦！我还在琢磨怎么才能跟你开口呢，没想到是你主动跟我说！三娘、三娘你真好！我什么时候可以去请媒人过门？”

孙三娘想了想道：“等永安楼开业了再说吧，到时候我们肯定忙得焦头烂额的，我先把你这边弄明白了，到时候就没杂事分心了。”

杜长风心急之下拉起孙三娘的手：“别呀，你不着急，我着急啊。三娘、三娘……”他突然鼓足了勇气，一口就往孙三娘唇上亲了过去。

可就在他即将吻上的那一刻，孙三娘猛然推开了他，杜长风就如同一只断线风筝一般跌了出去！

“啊！”杜长风惨叫了一声。孙三娘大急，连忙上前相扶，两人顿时滚作一团，纠缠半天才得以分开。

院门在这时打开，葛招娣循着声探出了头：“你们没事吧？”

孙三娘和杜长风连忙尴尬分开，齐声道：“没事，没事。”

杜长风揉着身上的擦伤，面红耳赤地解释：“我眼睛不好，刚跌了一跤，这就要走了。”

孙三娘则干咳了两声，拿起簸箕，声调高得不正常：“是啊是啊，我也有事。咳，招娣，你帮我送一下杜夫子，到巷口帮他找一辆马车。”

葛招娣嘻嘻一笑，蹦跳着跑过来拾起了地上的灯笼：“好啊。明天早上记得给我做豆沙炊饼当封口费就行。杜夫子，请。”

孙三娘脸色一红，葛招娣却朝她做了个鬼脸，随后就引着杜长风往院外走去。

孙三娘看着他们的背影，活动活动了身子，满意地点了点头：“做事，还是得雷厉风行！”可当她走回院中时，脸上的笑容已经渐渐消失，最终竟长叹了一声。

宋引章正在院中借着月光修剪插花用的树枝，听了这声叹息，幽幽地问：“叹什么气啊，嫁过去当官人娘子，不挺好的吗？”

孙三娘叹着气，在石桌边坐下：“有了顾千帆和你……咳，的教训在前，我哪敢啊？”

宋引章手上不停：“不用顾忌，以后沈如琢的名字，你随便提。反正他在我眼里，就和这树枝一样，没什么区别。”说着，她“咔嚓”一刀剪断了枝丫。

孙三娘心中不禁一寒，她毫不怀疑倘若沈如琢再出现在引章面前，引章会毫不客气地用剪刀……她赶紧抖了抖身子，把这个古怪的想法抛开，又问：“那件事之后，他再没找过你？”

宋引章又“咔嚓咔嚓”剪下了几断树枝：“有切结书在我手里，他敢！今天素娘她们来的时候，也说了不少新闻给我听呢。现在外头到处都在传，他跟林三司的侍女不清不楚，被我给发现了，结果我一气之下，就拿琵琶砸断了他的手指。”

“他的手指真断了？”孙三娘半是不敢相信，半是觉得恐怖。

宋引章微微一笑，在月色的映衬下，她那一笑可谓颠倒众生：“断了，不过不是我，而是被林三司砸的。码头那事，我出了好大的风头，人人都在夸我有风骨。林三司不敢对付我，就只能对付沈如琢啦。我现在算是明白了，男人啊，他就是个乐子，只能拿来陪陪笑、解解闷，别想着什么天长地久。所以三娘姐，你要是喜欢杜夫子的话，想嫁就嫁呗，大不了以后烦了，再跟他和离就是。”她摆弄着手中的花：“盼儿姐和我都被伤过，现在不也回来了吗？像现在这样，一辈子在一起插花、做生意，多好啊。”

孙三娘却只顾着否认前半段：“谁说我喜欢他了！”

宋引章面无表情地道出了真相：“那总不会是我喜欢他吧？”

孙三娘被宋引章的话噎住了，半晌方道：“引章，你出去了这么一回，怎么就变得、变得这么……”她一时想不出合适的词来。

“看破红尘、愤世嫉俗了？”宋引章替孙三娘把话说完，随手把剪好的花枝插进花瓶，“哎，谁叫我如今是个有风骨的娘子呢？没点魏晋风范还怎么叫人信服啊。”

孙三娘不是很懂宋引章口中那些文绉绉的词，只觉得经了沈如琢一事，这个引章妹子像是彻底变了个人，虽然外表还像从前那般柔柔弱弱的，可骨子里透着一股狠辣。

想着想着，孙三娘突然记起来自己还有正事没做完，忙起身道：“我得去灶房再琢磨新菜式了，那几道菜的名字，你别忘了起。”

“放心，惋金惜玉、悲风泣月，这些名字，现在你要多少有多少。”宋引章看向空中的月亮，冷冷一笑。

第三十三章 花月宴

葛招娣送杜长风上了马车后，突然用余光看到墙角似乎有个黑影。她暗自警惕，厉声道："谁？"

"是我。"陈廉从暗处走了出来。

葛招娣许久未见陈廉，只觉得他的个子似乎比之前又蹿了蹿，一贯嬉皮笑脸的神态也不见了。好半天，她才生硬地发问："你在这儿干什么？顾千帆让你来的？他没脸见盼儿姐，可又担心她，自个儿不敢来，就派你来当报耳神？"

陈廉却像听不见葛招娣的话似的，只是愣愣地问："我走了这么久，你还好吗？"

"我好不好关你什么事？"葛招娣负气道。

陈廉忙放软了语气："那天你娘的事，是我错了。我也是出了京才想明白，每个人的前尘往事都不同，我不该拿我的喜好去要求你，对不住。"说着，还朝她拱手作了个揖。

葛招娣避开一步："我不过一个丫头片子，哪当得起陈都头您如此大礼！"

陈廉急了，追上前拉住她的手："招娣！我一直都很想你，你就不能好好跟我说话吗？"

"不能，我跟着我家盼儿姐，你跟着你家顾头儿，咱们俩，水火不容。"葛招娣用力甩开他。

陈廉就怕顾头儿和盼儿姐的事情影响到他和葛招娣，急忙解释道："顾头儿其实也想盼儿姐来着，可他前些日子因为北边使臣的事受了重伤，刚醒没多久，今天还在吐血，实在是没法过来……"

陈廉说这些话的时候，葛招娣便一直冷冷地盯着他，陈廉越来越尴尬："反正，那个池衙内不是什么好人，你们一定要小心。"

葛招娣忍不住冷笑一声：“再不是好人，也比你们顾头儿好！我只知道他临阵脱逃，连句话都没有，害得盼儿姐得跪下来求人家借钱才能翻过这个坎！”

陈廉吃了一惊：“这中间肯定出了什么岔子！我前阵子帮头儿卖了两处庄子筹钱，他怎么会故意不给盼儿姐呢？他也不是故意不见盼儿姐的，事关北地使臣的国家大事，朝廷下了封口令，不许我们往外说。头儿现在病得很厉害，天天喝药……”

葛招娣毫不留情面地打断他：“喝药很稀奇吗？盼儿姐也喝，她天天得靠着蝉蜕汤才能睡觉。什么实在没法过来，他要真有心，托你跟盼儿姐带句话，说声有事不方便很难吗？反正说出大天来，顾千帆就是个不敢露脸的孬种！”言毕，她拂袖而去。

陈廉情急之下拉住葛招娣的袖子：“其实头儿他昨天晚上还来偷偷看盼儿姐来着！”

“什么？”葛招娣有些震惊，如果顾千帆是因为不想给盼儿姐出钱买酒楼才玩失踪，这种夜探香闺的行为又是何苦来？

陈廉赌咒发誓：“是真的，还有，欧阳旭的事情，你们不用担心，自打他进京，顾头儿就派人盯着他了。他要是敢为难你们，不会有好果子吃的。还有这个，是我自己亲手做的，你拿着吧。”

陈廉从怀里掏出一个小物件，匆忙塞进葛招娣手中，随后就飞快地跑远了。

葛招娣一边走，一边看着手中那个手工打磨、看起来不怎么美观的磨喝乐，突然间鼻子一酸。她用劲儿抹了抹眼泪，快步跑回小院。

赵盼儿的房间里，葛招娣正把陈廉的话一五一十地转告给她听。

“陈廉真这么说的？”听完了葛招娣的话，赵盼儿不由自主地捏紧了手中的账簿。

“我一个字都没改。”葛招娣轻声道，“盼儿姐，其实我之前也觉得这事有点古怪，陈廉不会在这种事上骗我，可能就是因为北地使臣的事，皇城司才守口如瓶，没跟你泄露他的任何消息。”

赵盼儿眉心紧锁：“可那一天，他明明就在车中，为何不肯见我？”

葛招娣被猛然问住了，这也是她一直想不明白的一点。

赵盼儿自嘲地笑了笑，淡淡地说：“谢谢。你赶紧睡吧，过几天酒楼就要重新开张了，还有得忙呢。”

葛招娣也不知道还能再说点什么，便点头去了。

赵盼儿转头看着窗外的月光，顾千帆的面容便无比清晰地浮现在她的眼前，似乎只要她伸出手，就能摸到他高挺的鼻梁和俊逸的眉眼，也不知他是不是又因为忙于公务，来不及打理自己，长出胡茬了呢？她百感交集地闭了闭眼睛，迫使那幅画面渐渐消散，而后果断起身，从灶房取了一碗细细的面粉，撒在了自己的窗外——倘若顾千帆再来看她，第二天，她一定能发现他留下的脚印。

是夜，赵盼儿睡得并不安稳，梦中，她仿佛看到了窗外有一个影子出现在她的榻边，不是顾千帆，又是谁？

她欣喜地揽枕而起，与他紧紧相拥。两人就那么甜蜜地亲吻着，似乎一切的误会和冷漠都从未存在。

可突然间，顾千帆又消失了。她追到窗边，顾千帆果然就在窗外。他面容清瘦、愁思无限，赵盼儿叫着他的名字，他只是回首片刻，却仍坚定离开。

赵盼儿正想追出去，却不小心跌倒。她猛然坐起，却发现这一切只是南柯一梦。

赵盼儿走到窗边，天色已经微明，窗外空无一人，但窗前的面粉上，确实有一枚淡淡的足迹。

两行清泪蓦然滑下，但又被赵盼儿迅速擦干。她猜得到，顾千帆一定是有了极大的苦衷，才会如此行为反复。可她也早已与顾千帆约定，两个人在一起，就要一起承担所有风险、直面所有困难。如今顾千帆既然选择对她隐瞒，便是拿她当外人，她又怎么能做到全无介怀？她只能告诉自己，三日后就是永安楼的开业大典，这是她留在东京的最后机会，一定不能有任何闪失，这期间她一定不能被不值得的人扰乱了心绪。

事实上，这件事情并没有困扰赵盼儿多久，随着永安楼的开业筹备进入最后阶段，赵盼儿每天忙得焦头烂额，脑子没一刻是能闲下来的，根本无暇考虑顾千帆的事。

尽管对永安楼开业当晚上上下下的流程早已演练过无数次，但只要没到最后一刻，赵盼儿就总也放心不下。这些天里，孙三娘也在反复检查着灶房的食材佐料有没有备好，就连素来嘻嘻哈哈没个正形的池衙内、葛招娣这几天也分外严肃。反倒是宋引章出奇的冷静——重新回到小院后，她似乎找到了最适合自己的节奏，除了不时上教坊公务之外，每日只是有条不紊地指点着众人排练，还有闲情逸致帮忙插花。

到了开业那天的傍晚，西沉的太阳坠入汴河，将河水染成了绯色，渐渐地，浓郁的夜色涌入水中，慢慢晕染开来，直到最后一缕绯色也被染上了玄色，整个东京彻底被夜色笼罩。突然间，夜空中升起一道焰火，随之，张灯结彩的永安楼成了夜幕中最亮眼的所在。

在噼里啪啦响个不停的鞭炮声和欢快的异域音乐声中，池衙内、赵盼儿、宋引章、孙三娘、葛招娣等人依次走出永安楼，喜气洋洋地迎接着纷至沓来的男宾女客。

大堂内，数个天竺打扮的女子正姿态妖娆地随乐起舞。她们的轻纱红唇、蛇腰莲手，让浊石先生看得目瞪口呆。他结结巴巴地问："这、这是什么？"

宋引章清冷的声音从浊石先生身后响起："西州天女舞。天竺传说里有乾达婆率众神以舞礼佛，天花四坠。我们这舞便是取其意境。"

话音刚落，栏杆上便有侍女撒下花瓣，让一众宾客看得如痴如醉。

在场的宾客早就听说了半遮面的高价，一看这永安楼的排场比半遮面大了不知多少倍，便小声嘀咕着："这么好看的舞，这永安楼我们还吃得起吗？"

这话正好落在了赵盼儿的耳中，她微微笑道："放心。永安楼有三阁，一元阁招待贵客，千山阁丰俭由人，若是喜欢耍乐的，还可以去那边的万水阁，那里设有瓦子，各色表演，日日不同。"

穿着粗布衣的百姓们一下子来了兴趣："瓦子？酒楼里头还能开瓦子？"

赵盼儿示意他们往右边走，袁屯田与百姓们一起随着赵盼儿向万水阁蜂拥而去。

此刻的万水阁已被改装一新，回字形的四层回廊将天井舞台围绕在中心，回廊上设着各色桌椅，中间以竹帘断隔。舞台中央，有两人杂耍，一人正表演吐火，另一人则踩着高跷顶碗。众人纷纷入座，不时鼓掌叫好。

永安楼原本的掌柜也一改从前萎靡不振的状态，麻利地给正看得入迷的袁屯田送上水牌："可要用些酒水小菜？"

袁屯田只顾目不转睛地看着表演，随口应道："捡你们拿手的，随便送两样上来。"

"好嘞！"立时有小二送上菜肴。

袁屯田的注意力全在表演上，看都没看就随意夹起一筷，结果刚入口便震惊不已："这、这是什么？"

掌柜就等着看袁屯田的这个反应，但他面上保持着镇定，似乎这些佳肴再寻常不过。他笑容可掬地给袁屯田一一介绍着："这叫玉棋子，这叫群仙羹。一个是用糯米粉裹了鲜虾肉蒸制；一个是用各色山珍吊出来的鲜汤，请慢用。"

台上的表演者又吐出一口火来，一时间，台下掌声如雷、叫好声不停。

离开万水阁，赵盼儿又行至千山阁招呼客人。阁内的十数张桌椅已经坐满，品尝菜肴的宾客们不时点头，显然对孙三娘的手艺极为满意。

一名搭着手绢的小二麻利端着几盘菜送到窗边客人的桌子上："来喽，您点的煎鹌子、炒蛤蜊、决明兜子、两熟紫苏鱼！"

浊石先生指着蛤蜊问："什么叫炒？"

赵盼儿上前介绍道："这是扬州那边时兴的新式做法，用猛火热油在铁锅上把食物弄熟，和煎菜有点相似，但比煎菜更香。"

"真的？"浊石先生明显对此存有怀疑，却被池衙内恶狠狠地剜了一眼。

"那么多废话干吗，吃！"池衙内把筷子硬塞进浊石先生手里。

见赵盼儿用比他瞪浊石先生更狠的眼神瞪着自己，池衙内顿觉压力陡增，忙放柔语气："客官你尝尝不就知道了吗？"

浊石先生将信将疑地夹起一口菜，入口那一瞬间，他猛然间如同被定住一般。

满屋的客人都紧张地问："怎么样？"

赵盼儿也握紧了手，把炒菜引进东京多少冒着些风险，好了就是一桩创举，万一不好可就砸了永安楼的招牌，因此，浊石先生的评价可是至关重要。

浊石先生似乎不知道该如何评价，又细细地咀嚼了两口："这、这真是难以——"

见浊石先生停住话头，赵盼儿的心一时提到了嗓子眼。

邻桌客人急坏了，忍不住帮他找合适的词语："难以入口，还是难以形容？"

在众人紧张的注视下，浊石先生将那口菜咽下了去，回味无穷地说道："难以相信，世间还有如此独特的味道！香、浓、软、滑……"

不待他说完，与他同桌的客人也纷纷取筷抢食。片刻之后，他们个个都是一副心醉神迷的样子。

池衙内喜笑颜开地拍了拍浊石先生的肩："刚才叫你少说话赶紧吃，没错吧？连本衙内都赞不绝口的菜，能差得了吗？"

浊石先生不停点头，连连往嘴里塞着菜，含混不清地问："如果连大堂的菜都这么好吃，那雅间的呢？"

赵盼儿在心中暗自为孙三娘叫着好，面上却波澜不惊："雅间在一元阁中，自然要更上一层楼。"

"那我们能不能——"

赵盼儿早有准备，淡淡一笑："抱歉，今晚一元阁暂时不开放。"

"为什么？"众人都十分不解。

大家的反应正中赵盼儿的下怀，她就是要吊起所有人的胃口："因为永安楼一元阁的首批客人，只准备邀请十二位东京城中最受人尊敬的文人雅士。我们会用最好的时令食材，打造一席'花月宴'。到时，宋娘子也会在宴中以清曲数支，为君佐肴。"

浊石先生小心翼翼地问："不知是哪十二位士大夫有此殊荣呢？"

池衙内神秘地一指窗外："明天自然有画舫将请帖'花月笺'送到。"

与此同时，窗外汴河上的一艘画舫突然亮了起来，那画舫船舱中雪亮，两侧舱壁各写着"永安楼"字样，在夜色中犹如一只巨大的灯笼。而舱外的一前一后两只桅杆，也是高高地悬起了两串灯笼，一串写着"借问谁为意"，一串写着"花月共永安"。船首，还站着两位乐人，一位弹琵琶、一位奏箫管，悠悠扬扬的音乐声在河面上响起。

东京城的百姓们纷纷涌上虹桥，你推我搡地看着这难得一见的盛景。虹桥正中，顾千帆也遥望远处的永安楼，他的目光死死地锁在正在千山阁遥望河景的赵盼儿身上，然而她的身边，还站着正得意忘形地说着什么的池衙内。

这个画面深深地刺痛了顾千帆，良久，他走下虹桥，夜风吹得他衣袂翻飞。此时的顾千帆浑身冰冷，一颗心却如在阿鼻焦热地狱——他原以为，自己孤独多年，没有赵盼儿的日子虽然难熬，但终会过去。可直到看见她与另外的男子并肩站在一起的情景，他方才知道，如果一个人已经尝过这世间最香醇的美酒，便再不会想回到平淡如水的现实！

可是，如今的他，还能做些什么？这样自问的顾千帆，像一个孤独的幽魂，最终消失在热闹的街巷中。

送走了最后一批宾客，喧嚣了一整晚的永安楼陷入了宁静，池衙内、宋引章、孙三娘、葛招娣围在千山阁的柜台上看赵盼儿写花月笺。

池衙内狗腿地给赵盼儿打着扇子："盼儿姐可真是厉害，咱们永安楼这回也算是一炮而红了吧？"

赵盼儿嘴角难掩笑意，却依旧淡定地道："新店开业哪有那么顺利？能不能成还得看明晚的花月宴。"

"五十贯？"孙三娘看着赵盼儿写下的定价，还以为自己眼花了，忍不住揉了揉眼睛，重新看了一次。

宋引章和葛招娣也觉得赵盼儿定价太贵了，五十贯在东京城都能租上半年的宅子了。

赵盼儿却格外坚决：“新店向来引客流难，咱们如今可不能走茶坊减价的老路。就是要足够贵，才能吊足了全城的胃口。”

孙三娘有些犯愁：“可我得做出什么样的金贵菜才能值那么多钱啊！”

赵盼儿笑着搁下笔，卖了个关子：“单是吃食，咱们谁都做不出来。可咱们这花月宴，得让他们花了钱，还得说值！”

次日正午，浊石先生与袁屯田在街上迎面相遇，寒暄了几句，袁屯田便忍不住问：“浊石先生，你收到花月笺了吗？”

浊石先生满面忧愁地摇着头：“怕是只有柳九官人那样的大才子，才有此殊荣了吧？”

正说着，一名小厮打扮的青年朝浊石先生狂奔而来：“主人！永安楼送花月笺来了！”

浊石先生大喜回头，从奔来的小厮手中接过一请帖，那请帖乃深红色、隐隐有花瓣的薛涛纸，雅致至极。展开请帖，只见笺上用金墨画着花、月、琵琶等图形，寥寥几笔，便有无比风致，上用飞白体写着数字——“钧台雅鉴，永安楼头，花月今宵，十二雅馔，酉末相候。”而这一笔飞白，没十几年功力可写不出。

袁屯田眼巴巴地看着那花月笺：“能给我看看吗？”

浊石先生正要给他，可看到笺上那“五十贯”的小注，想起这老友近来手头颇紧，便突然收手：“不给！这上头又没有姓名，万一你看了不还给我怎么办？”他倒退几步，迈着醉酒般的步子走入巷中，手中扬着花月笺：“哈哈哈！我有了！我有了！”

是夜，一元阁大门洞开，十二名拿到花月笺的宾客得意地走进来，为首的正是京中赫赫有名的大才子柳九官人和计相林三司。相比昨夜的人声鼎沸，永安楼今日静得有些诡异。

林三司疑道：“怎不见迎客之人？”

众人见屋里空空荡荡，不禁面面相觑。这时，大门突然关闭，阁内一下陷入黑暗之中。

“这是怎么回事？”

“咱们是不是来错地方了。”

“来人啊！放我们出去！”

十二位客人都挤在门边敲门呼救，然而根本无人应答。

忽然，灯光突亮，仙乐骤起。客人们惊愕回头，这才发现阁中竟有一队丽人分花拂柳而来！她们翩翩起舞，飘然若仙，客人们顿时看呆了。

三声云板响后，一张长方形的绢卷降下，绢布下几个宫装女子做唐时打扮，手执素绢，正在捣练。

柳九官人一眼认出这群女子俨然把前唐张萱大师的名作《捣练图》复现了出来。

正在众文士交口称赞之时，突然，灯光一下子全都灭了。

很快，灯光再起，绢布又换了另外一幅，而画下，又有宋引章领头所扮的数位唐装仕女，正执拂尘引狗为乐。

池衙内躲在舞台一侧，抱着一大捧刚采回来的花瓣猛摇扇车，顿时有无数花瓣飞向画中，飘然而下。

“簪、簪、簪花仕女图！周昉所画！”众人无不震惊。

浊石先生兴奋得就差手舞足蹈：“是耶？非耶？如真，似幻。”

林三司哈哈大笑：“永安楼竟能幻画为真，大善！大善！”

“今晚这五十贯花得真值啊！”浊石先生揉了揉眼睛，只恨不能再看得更清楚一点。

林三司也捋须大赞：“值！太值了！便是花上一百贯，我也要再来一回！”

这时，灯光再度暗了下来，在场宾客都屏住呼吸，生怕错过任何一个画面，场上鸦雀无声，就连一根针落下，都能听得清清楚楚。

就在这一片静谧之中，宋引章的琵琶声响起，随着乐声渐强，场上的灯光重新亮起，舞台上又有一群美人起舞翩翩，众宾客两人一案，各自就座欣赏，皆沉浸其中，如痴如醉。

不一会儿，乐声渐歇，永安楼小厮给各桌上了两壶美酒。这时，又有一名扮成杨玉环的画中美女走近，只见她轻启檀口，举杯道：“三郎上朝去了，良宵花月，愿与众君共醉。”

众文人连忙举杯一饮，浊石先生定睛一看，却发现那丰腴的美人竟然是涂了厚厚的粉、穿着袒胸襦裙的何四。浊石先生咂了口酒，笑问：“好香。敢问仙子，这是什么仙酿？”

这时，换了一身唐装打扮的赵盼儿轻移莲步，从屏后转了出来。她头上插着三对金钗，发髻正中簪着一朵牡丹，与袅袅的鸦鬓相得益彰，那一袭红裙衬得她凝脂般的肌肤几近发光，有如洛神现世。她用唱腔般的调子婉转地念道："但使主人能醉客，不知何处是他乡。此乃苏合郁金酒，雨过天青瓷。"

林三司品过了那苏合郁金酒，犹在闭着眼睛细细回味："美酒郁金香，玉碗盛来琥珀光。妙！此酒不饮一盏，枉做神仙！"

待场上宾客都品过苏合郁金酒，同样唐装打扮的葛招娣敲了三下云板，立刻有一众仙女般的侍女捧着餐盘而至，将盘中四色菜肴一一摆好。

葛招娣常做男装打扮，在半遮面的时候也向来素面朝天，头一次穿上这样一袭红裙，就连浊石先生都差点没认出来她。

赵盼儿一扬长袖，身段婉约，她优雅地向宾客报着菜名："一献，雪泡菊酒、香药脆梅、蜜煎雕花、水晶凉果。此谓宝瑟常余怨，琼枝不让春。"

众人品尝，人人如梦如痴。一时用毕，又有侍女换下餐盘，更上新菜。

赵盼儿又道："亚献，西施舌脍、江瑶清羹、四腮美鲈、莲花毕罗。此谓清娥画扇中，春树郁金红。"

浊石先生抹了抹眼角的泪："感时花溅泪……太好听，太好吃了！"

众宾客见状，纷纷笑了起来。

雅阁一侧，同样扮成唐装美人的宋引章面色沉静，铮铮地弹着琵琶，素娘等乐伎各执乐器与之配合。七位女子坐在一处，只见点绛朱唇、额间花钿、桃腮杏眼、皓齿蛾眉，倾人倾国，好一幅盛唐气象。

乐声如水，正在众人听得神驰心迷之时，只听赵盼儿再一次开口："终献，荔枝白腰、青梅汤饼、蟹酿金橙、杏仁玉羊……"

良久，林三司放下箸筷，回味无穷地长叹一声："人生极乐，不过如此！这花月宴真是值啊！"其余的宾客也纷纷附和。

"何须此叹？且观云外红尘。"赵盼儿的嗓音缥缈温柔，令在场众人恍惚中只觉身处瑶池琼林。

顺着赵盼儿的目光，只见窗外夜空之中，数道烟花划破天际，一时间，火树银花，美不胜收。参宴众人在窗边观看焰火，如在梦中。

赵盼儿走到林三司旁边，轻声道："那日太真仙子在贵府误撞上安禄山私会梅妃，略施薄惩雷霆，计相想必不会见怪吧？"

林三司一愣，随即反应过来赵盼儿是指宋引章、沈如琢一事。他大笑道："不会、不会，安禄山这杀才，本就该罚！"那日收到花月笺，他便觉赵盼儿姐妹还算懂事，知道借这全城知名的宴席向他赔罪。如今赵盼儿又用这半真半假的戏语亲来致歉，素来附庸风雅的他，只觉面上光彩之极！

他举杯看向赵盼儿和宋引章："诸位仙子，都是妙人啊。佳肴举世无，花月宴无双。如此'画中游'，真是前所未见，林某愿以这神仙酒，贺永安楼永安无央！"

在林三司的带领下，众宾客举杯齐饮，窗外的烟花变得更加绚烂。

汴河之上停着一艘精巧的画舫，舱外的烟花从汴河永安楼上拔地而起，舱内顾千帆与萧钦言两父子相对而坐。

萧钦言给顾千帆倒了杯茶："你眼光不错啊，赵氏果然长袖善舞，居然把一家酒楼的开业弄出了元宵人日的繁华。你的伤也好得差不多了吧？准备什么时候办婚事呢？"

茶香入鼻，顾千帆立刻便闻出，这是萧钦言所监造的贡茶龙凤小团。他的思绪突然飘浮到他与赵盼儿初次见面时，赵盼儿试图用龙凤茶和碧涧豆儿糕害他腹泻的情景。只是如今，茶犹在，人已非。

然而，他只是尽可能平静地说道："我和她很久没见面了。"

萧钦言微微扬眉："怎么了？难道你们——"

顾千帆双睫微颤，不发一言。

见顾千帆不答，萧钦言复又笑道："吵架啦？这有什么害臊的，少年情侣哪有不起争执的呢？但是听爹这个过来人一句劝，不管有什么误会，总归要当面说清楚的好。有的时候，等待和猜测，反而比争执来得更伤人。我和你娘，就是如此。"说到这儿，萧钦言不禁叹息一声。

顾千帆心中一动，但仍冷冷道："不必了。"

"好，我也不多问。"萧钦言做出一副很开明的样子，考虑片刻，又道，"往后还是多安排你见些淑女才媛吧。放心，我绝不干涉你的选择，只是为你多创造一些机会。"

"你当然不会干涉，只是出现在我面前的，只能是你看中的名门世家而已。"顾千帆淡淡道。

萧钦言闻言一滞。

顾千帆语声中不带一丝感情："我不敢见她的原因，你心知肚明。因为任何一个女人，都不能愿意嫁给自己杀父仇人的儿子。萧相公又何必那么情真意切地劝导我呢？你是以为这样就不会让我生疑，还是每个人在你眼中都只是棋子而已？"

萧钦言没想到顾千帆已经知道了，眼神中闪过了一丝尴尬："你别误会，我怎么可能——"

顾千帆冷漠地打断他的话头："我是管着天下侦缉访察的皇城司使，在我眼中，没有误会，只有事实。上次帽妖案，你以我为刀，狠狠捅了齐牧一记，但那已经是最后一次了。萧相公，我不会娶你安排的高门淑女，不会回归萧家认祖归宗，更不会让我自己和皇城司，成为你争权夺利的工具。"

萧钦言盯着顾千帆半晌，终于不怒反笑："为什么？难道我没有助你升官，让你实现你一直以来为你娘迁墓的愿望吗？难道你的身体里，流的不是我的血？难道你用你自己手中权柄，帮一帮自己的亲生父亲都不可以吗？"

顾千帆眼若寒潭，一字一句地说："不可以。因为皇城司是国之鹰犬、民之爪牙，它不应该，也绝不可以再成为大臣党争的私器。"

萧钦言闻言一怔，若他知道"国之鹰犬、民之爪牙"是赵盼儿对皇城司的定义，他脸上的表情只会更精彩。

"至于你的血——"顾千帆信手砸碎茶盏，往腕中一划，"我还你就是。"霎时间，汩汩鲜血不住地落入空茶盏中。

萧钦言大惊，上前欲捉顾千帆的手："你别犯傻！"

顾千帆避过："不必惊惶，我并非寻死。听说人一身的血有十盏。我在画舫替你挨了刺客一剑，失去两盏；发现你设计构陷盼儿父亲之事呕血，又失两盏。如今再还你一盏，父子情缘，就此勾销。"

"千帆！"萧钦言看着鲜血涓涓落下，又是震撼又是痛心。

"不必担心我，担心你自己吧。你今天约我到此，不就是担心齐牧此番不惜毁掉他最在意的清流气节，也要回归东京，一定是有所图吗？我可以提醒你一下，他的新亲信欧阳旭，很快就要再做高鹄的女婿了。"

说话间，一盏血滴满，脸色苍白的顾千帆飞快地点了自己的穴道，将那盏血推到萧钦言面前。

"请。"顾千帆语气平淡得仿佛那只是碗寻常的茶水，也不待萧钦言做何反应，整了整衣袖，随后便起身离去。

顾千帆上岸时，永安楼的烟火正到盛处。

一直候在码头的孔午连忙跟了上来，见顾千帆眼色微动，孔午便明白他是想知道赵盼儿那边的情况，但又开不了口。

孔午隐晦地说道：“永安楼陈廉那边一切都好。”

顾千帆点点头，突然间，他眼前一阵发黑，踉跄了几步，重重地撞在了码头的围栏上险些跌倒，幸而被孔午眼疾手快地扶住。

孔午这才发现顾千帆腕上有伤，显然是因为失血过多才行走不稳。

孔午实在看不下去：“头儿，属下也多一句嘴吧。不管怎么样，你都得去见一回赵娘子，否则，你和她都会一辈子后悔的。”

顾千帆有些恍惚，良久，他方低声道：“好。”

孔午没想到顾千帆会一口答应，反而有点懵了。

顾千帆却自顾自往前走，喃喃道：“他虽然满口谎言，但至少有一点提醒得对，误会还是得当面说清楚的好。等待和猜测，反而比争执来得更伤人。我不能重蹈他的覆辙，不能。”

船舱中，萧钦言原本无言地注视着那一盏鲜血，听到顾千帆撞上围栏的那一声巨响，以及他远去的脚步声后，他一拂案儿，茶盏摔碎，鲜血流了一地。

窗外又是一蓬烟花炸开。

夜色阑珊，桂花巷小院内依旧灯火通明，过了好一会儿，葛招娣打着哈欠离开孙三娘的房间：“三娘姐，你也别忙了吧，我也累死了，盼儿姐到家就倒在床上睡着了。”

“好。”屋内传来孙三娘疲惫的声音，“对了，昨儿让你放的东西，你放了没有？最近家里名贵香料多，可不能都给祸害了。”

葛招娣：“早放了。”

她们两人窗中的烛火很快熄灭。

不一会儿，宋引章打着哈欠执烛经过廊下，见赵盼儿的窗户没有关好，下意识地便想上前。可马上，她便看到窗外地上那一层薄薄的面粉。

宋引章一怔，马上便想起那日葛招娣所说顾千帆时常深夜前来窥探之事。她眼波一闪，转身轻轻地把某样东西踢到了窗下。

夜深了，万物俱静，一个黑影出现在赵盼儿的窗外，可就在一瞬间，突然传来一声重响，那人“啊”地痛呼了出来。

随即，葛招娣飞一样地蹿了出去，操起房门口的一桶水就往他身上泼去：“有贼！”

灯火渐次亮起，赵盼儿也推窗查看，然而窗外那一身水迹、无比狼狈之人分明是顾千帆，而他脚上夹的，竟然是一只老鼠夹！那正是宋引章刚才踢到窗下的物事。

顾千帆事先没有心理准备，吃痛后用力地掰开脚下的老鼠夹：“盼儿，这里为什么有个老鼠夹子？”

赵盼儿也是意外至极，但随即一眼便看到了匆匆赶来的孙三娘和宋引章。后者一副难掩雀跃又小小心虚的样子——打小干了坏事之后，她一直就是那个样子。

赵盼儿无奈，扫了一眼那并无什么锯齿的鼠夹后，她一时也不知道怎么回答顾千帆，只能淡淡道：“因为总有老鼠在外头乱窜。”

顾千帆尴尬至极，偏生孙三娘还叉腰质问道：“顾皇城半夜私入民宅，想干什么？”

顾千帆只得低声道：“我有话想和盼儿说。”

宋引章从孙三娘背后探出头来：“哟，想仗着脸熟，讨花月宴的帖子啊？告诉你，没戏！”

顾千帆求救地看着赵盼儿：“盼儿。”

赵盼儿没有说话。

孙三娘见此，使了个眼色，拖走了宋葛两人，但三人只是远远站在院中，并未离开。

赵盼儿：“现在就说吧。”

顾千帆看看远处的三人，又看看赵盼儿，张了几次口，半晌却也只说出一个“我”字——直到割血还父以后，他才有勇气来见赵盼儿。来的路上，他也想过很多要说的话，但直到现在，他才明白“难以启齿”这四字的含义。

赵盼儿却再也受不了他的犹豫，她闭了闭眼：“行了，够了。”

她转身拿出一个锦囊，里面正是顾千帆此前给她的房契和钥匙：“你的东西，拿走。”

“盼儿！”顾千帆这下彻底急了。盼儿还给他这件东西，无异于举慧剑斩情丝！

赵盼儿将锦囊强硬地丢给顾千帆，忍住眼泪，尽量冷冷地道：“招娣，送客。”说完，便用力关上了窗子。

“顾皇城，请。”葛招娣朝满脸震惊无奈的顾千帆做了个送客的动作。

赵盼儿将窗子推开了一条缝隙，远处顾千帆的身影越来越模糊，他身上的披风如蝶翻飞，终于他的身影没入到黑暗之中。赵盼儿突然无力地趴在窗户上，眼中终于泛起泪光。

葛招娣讪讪地陪着顾千帆走着：“不好意思，弄湿了您的衣裳。可我真以为是贼，这招还是跟陈廉学的呢，有水迹才好找贼逃到了哪里。请。”

顾千帆自从被赵盼儿下了逐客令便一直没作声，这时终于忍不住问：“她为什么又瘦了那么多？这些天为了永安楼的事，她很劳累吗？”

葛招娣诧异地道：“顾皇城，你以为你现在还有资格关心这件事吗？”

顾千帆闻言如遇雷击，静立半晌后，他跛足走向院门。

宋引章注视着他的背影，忽然唇边微微一勾——如果说很久之前，她还对顾千帆有过那么一点绮思，可现在他这副狼狈的样子，可对她再无一点吸引力了！呵，管他哪个男人，只要敢让盼儿姐这么伤心，都得付出代价！

正午的阳光炙烤着内殿前的青砖，就连花坛中的石榴花都倦怠地低着头，相比正在殿内小憩的官家，殿外当值的小宫女们就只能趁内侍不注意的时候躲在屋檐下避暑。见内侍走开，她们对视一眼，玩心大起，开始用墙上的影子打架。

实际上，正在殿内御榻上假寐的皇帝并不似那群小宫女想象中的那般享受，饱受头疼折磨的他脸现痛楚，正在他忍无可忍之时，一双女子的手开始轻轻地给他揉着额角，暂缓了那斧凿般的刺痛。那女子与《夜宴图》所绘的其中一名女伎甚是神似，正是当今皇后刘氏。

一众宫婢欲给皇后问安，皇后却瞟了眼榻上的皇帝，做了个噤声的手势。

皇帝以为给他按摩的是哪个近前服侍的宫女，便继续闭着眼睛：“还是痛，你再重点儿。”

刘皇后笑道：“再重就要破皮了。损伤龙体，乃是大罪呀。”

听出了皇后的声音，皇帝嘴角噙了笑，但他依旧没有睁眼，只是抚着她的手道：“你是皇后，与朕本是一体，谁敢治你的罪？”

皇后蝶翼般的长睫微微颤了颤：“以前的柯政，现在的齐牧，这些清流，个个总觉得我牝鸡司晨，恨不得除之而后快。”

皇帝自然知道清流们平日里都是如何非议皇后的，但他依旧耐心地开解道：“言官不总是这个样子吗？当初柯政进谏，连口水都快喷到朕脸上来了，忍忍就好。他们明白是朕头风发作，才要你代批奏章的，所以，你就当他们骂的是朕好了。”

“你是我的夫君，我可舍不得。”说这话时，皇后的脸上竟带了几分小儿女情态。

皇帝笑了，将皇后的手放在脸边。此时窗外有嬉笑声传来，皇帝支起身来，见窗外两名宫女背对着他们，正玩得开心。

皇后下意识就要上前训斥：“这帮丫头，居然在这儿肆意喧哗——”

皇帝不想让皇后离开自己，便按住她的手：“算了，她们也就比咱们的受益大上四五岁，何必拘着呢。看着她们，倒让朕想起几十年前刚遇到你的时候了。”

想到与官家年轻时的恩爱画面，刘皇后紧锁的眉头终于舒展开了，是啊，宫中难得有这般的生气，她一时也不想破坏这份美好，便与皇帝十指相扣，回忆着两人初遇时的场景，耳中不时传来殿外小宫女的议论声。

“你看那石榴花，真红。哎，对了，你知道永安楼有一道菜叫踏雪寻梅吗？石榴籽嵌在酸酪糕里，红白交加，又香又甜，别提多好吃了。”

皇帝正把案上的一朵石榴花插入皇后发间，闻之不禁一笑。

很快，小宫女们便议论得愈发入神，几乎忘了自己身处何处，音量也逐渐增高。

“你吃过吗？我只听说他们的花月宴，满城的名士都去了。”

“我没有，可尚食局的女官昨儿出宫采买时吃过，她都夸好呢。听说这几天，光在永安楼外排队的人都快有半里了，花月宴虽然每十天才开一次，可是万水阁里的瓦子也好玩啊，听说还有女相扑，等我休假出宫时，一定要去看看。”

“反正今早林三司候见的时候，不住口地跟王都知夸那儿的酒好喝，说什么不饮一盏，枉做神仙……”

远处响起了一名内侍的咳嗽声，两宫女忙肃立。一时间，空旷沉闷的大殿又变得静悄悄的，唯有香炉中升起的烟雾仍在变幻着莫测的形状。

刘皇后有些惋惜：“呀，没滑稽戏听了。这什么永安楼，真有那么好？”

“林频做官不怎么样，声色犬马倒是一流。他夸好的东西，一定不会差。待朕过一段身子好些了，就带你出宫尝尝鲜去。”话没说完，皇帝便不住地咳嗽了起来。

“那妾就先谢过官家了……怎么又咳起来了？”刘皇后难掩关心地替皇帝拍背顺气。皇帝的病总是反反复复，她真是看在眼里，急在心里。

皇帝摆了摆手：“不妨事。只是有点夏热，朕传了抱一仙师来讲经，听听就心静自然凉了。”

不一会儿，就有宫女在外通禀："启禀官家，抱一仙师在外候见。"

皇帝步入外殿时，已经换了一身衣服，他的目光扫向阶下，却发现除了抱一仙师外，欧阳旭也在旁躬身行礼。

跟从前比，欧阳旭虽然样貌没怎么变，最多因为在西京风餐露宿看起来消瘦了些，可周身的戾气使他仿佛换了个人，只不过在御前，他自是要压下那份怨毒和野心。近来那个顾千帆担心他对付他的宝贝心肝赵盼儿，派了不少察子守在他家附近监视。他自然不会坐以待毙，所谓的看淡前尘只是哄哄杜长风的鬼话罢了，他不仅要与高慧成亲、钻营仕途，还要有冤报冤、有怨报怨，赵盼儿和顾千帆，他一个都不会放过。

欧阳旭敛下眼中的怨毒，在众人惊异的目光下，突然"扑通"一声跪了下去："臣有罪，未得宣召便擅自随仙师入宫。但臣确有要事相奏，事关社稷，又颇紧急，无奈之下，只得从权，还望官家恩恕！"

皇帝不快地盯着匍匐在地的欧阳旭，前朝官员可不比小小宫婢，他心情好了或许可以容忍小宫女们疏职玩耍，可这并不代表他能允许官员无诏入宫。他缓缓坐在龙椅上，不满地问："哦？那你说说，有什么事关社稷的大事？"

"请官家屏退左右。"欧阳旭几乎把头低得要陷进地板里。

皇帝本皱眉欲斥，但见欧阳旭竟然不要命似的不住磕头，只得挥手让众人离开："起来说吧！"

"谢官家。"欧阳旭举起手中画轴，满脸正义凛然地说，"臣欲参中宫圣人欺君罔上，窃居后位！"

皇帝原本正在喝茶，一惊之下直起腰来："什么？"

第三十四章 御驾临

欧阳旭拿准了官家会遵从太祖时期就定下的“不杀士大夫”的规矩，有恃无恐地提高了声音：“臣奉召去往西京，青云观有一归尘道长羽化登仙，因其与臣交好，临行时便将平生所藏之书画尽数赠予微臣。此事，抱一仙师也是见证。其中有一幅《夜宴图》，乃本朝名家王霭所作，臣昨日赏玩，不意竟发现其中有莫大秘辛！”

他上前几步，在案上展开画卷，指着画上的一众女子：“此画画的是西川路转运使薛阙夜宴之景，这是薛阙，而这些便是薛家的女乐。官家请看，这位娘子的面容，可是似曾相识？”

皇帝凝目看去，手微微颤动起来：“不过是相像而已，这就是你的凭据？可知攻讦皇后，乃是不赦死罪？”

欧阳旭这时已经摆出了一副宁死不屈的模样：“臣既蒙官家提拔，便不畏死！官家，王霭向来爱在画中作隐语，请看这些女子身上的衣纹，皆是这些家伎的姓名！”

皇帝看着画上一名执鼓丽人身上浮现出的“刘婉”二字，眼眸中染上了一丝晦暗。

欧阳旭将皇帝的眼神变化理解为猜忌，他就是拿准了别说是九五之尊，就算是普通男人也容不得这等欺瞒的心理，一鼓作气地说：“臣前几日入宫时，无意得见圣人天颜，总有似曾相识之感，后来看到这画中衣纹上的‘刘婉’两字，心生疑窦，再经多方查证，方敢冒天下之大不韪，向官家揭发此事！官家，当年先帝册圣人为皇子侧妃时，诏书中明明写着‘良家子’三字，可她既为薛阙家女乐，便当属贱籍下流，既曾以色事人，何以谈清白？既欺君罔上，何以谈忠贞？”

皇帝暴怒，将桌上砚台摔向欧阳旭：“闭嘴！皇后清贞自守，誉重椒闱，德光兰掖，岂容你这小臣以无据风言侮之！把他给朕轰出宫去！”

“别过来！”欧阳旭大声喝住正向他走近的侍卫，今日他行此冒险之举，本来就是为了博一个死谏之臣的令声，此时便掷地有声地说："官家，臣素知圣人与您帝后相得、鹣鲽情深，然臣既蒙圣恩，先为探花，后入察院，便不得不犯颜上奏。今日臣为的是一正世间纲常，是不忍官家您一再被卑贱女子欺瞒，为祸国朝！臣在朝中，根基全无，回京履新亦不过数日，若官家觉得臣此举是故意攻讦国母，臣愿以死谢之！"言毕，他脱下官帽，一头撞向殿中之柱，随后便向后倒去。

皇帝大惊之下忙上前查看，只见鲜血从欧阳旭的头发中渗了出来。

欧阳旭奄奄一息地开口："官家，正谏如刀，痛之入骨，然古人圣君，无不虚怀以纳之。"说完，便昏了过去。

皇帝只得命人将他带去诊治。

御医的消息迟迟没有传来，皇帝不时揉着钝痛的额角，听到帘外的响动，忙问："怎么样了？"

一名心腹内侍入门回禀："御医已经诊察过了，欧阳校勘撞裂了头骨，脑中有淤血，好在性命无碍。"

皇帝长松了一口气，还好欧阳旭没事，否则，真出了死谏的臣子，言官们岂不是个个都要学柯政老儿，拐弯抹角地又要逼着他"远妖后、亲贤臣"！但无论如何，该给的体面还是得给，毕竟国朝是君王与士大夫共治天下啊。

皇帝叹了口气，支头无奈地道："也算直臣，便姑且免去殿前失仪之罪，叫御医送他回府吧，赐金一百。要他好好养病，少出门，少说话！"

"是。"那内侍恭谨应下，却见皇帝的表情越来越痛苦，忙问，"官家又犯头风了？可要服些丸药？"

然而皇帝此时突然头痛欲裂，已经听不清内侍的话，只是抱着头大喊："朕的头好痛，传御医来，快传御医来！"

内侍们忙地跑了出去。

这下，原本在殿外等着觐见的朝臣们都已经知道了皇帝头痛发作的事情，因为他们虽然候在殿外，却依然能清晰地听到皇帝在内殿的阵阵嘶吼。

见此情形，林三司一摸袖中，心中犹豫不决。他突然一咬牙，奔进内殿："官家！臣有一物，或能解官家之苦！"说着，他从袖中摸出一个小巧的葫芦。

候立在外的齐牧、萧钦言的四道目光不满地看着林三司，他们都觉得林三司此举实在不成体统。

齐牧皱眉指着那个小葫芦："这是什么？可验过毒——"

然而，未等齐牧说完，皇帝就已经抢过葫芦，仰头一饮而尽。

“酒？”萧钦言猛然闻到了一阵酒香。

林三司一边紧张地看着皇帝的反应，一边应道：“是，苏合郁金酒，苏合、郁金，都乃南洋奇香，有活血止痛、行气解郁之效。”

皇帝喝干酒后，仍喘着粗气。众内侍忙把他扶到榻上休息。

良久，皇帝渐渐平复了下来，他有些惊异地看着那小葫芦：“果然有用。”

在场内侍官员这才放下心来，林三司更是长舒了一口气——他赌对了！这苏合郁金酒，自然便是永安楼的出品。林三司掌着财权，亲族自然也多行商事，这两年没少受言官弹劾，心中一直惴惴。赵盼儿颇懂人情世故，问他妻弟所开的香药行买了不少苏合、郁金香料。今日从天而降一个大好机缘，他既能借此不露痕迹地讨好了皇帝，又能广扩财源，真是两全其美！

很快，一名御医匆匆而入，熟练地在皇帝额上扎针。

众臣见此，齐声道：“臣等告退，圣上万安。”

见他们离开，皇帝长松了一口气，总算走了！他今日的头痛，六分真、四分假，为的就是不让清流们有机会就欧阳旭一事再向他唠叨。这些大臣，明知道他一直拼命替皇后修饰家世，可为了扳倒皇后，这么多年了，竟然还一直抓着她的出身大做文章，真是让人无奈！

那心腹内侍轻声步入殿中，通报道：“圣人听闻圣躬违和，在外——”

皇帝叹了口气：“不见，就别让她烦心了。”

尽管皇帝极少将皇后拒之门外，可身在宫中，身为内侍，他早已习惯了不听不看，因此他只是原封不动地将皇帝的口信传了出去。

待那内侍返回内殿时，皇帝还在轻咳。他忙问：“官家可要用些浆水？”

皇帝回味着口中的醇香，用咳得有些沙哑的嗓音说：“不想，你让林频把刚才那酒再送些来吧。既香且醇，又可止痛，也不知是他家所藏，还是在外买来的。”

内侍见那酒对官家有用，因此已经问过了林三司，他立刻回道：“是永安楼的苏合郁金酒。”

皇帝有些意外：“哦，就是那个花月宴的永安楼？朕刚才听宫女们说什么不做神仙……”

内侍补充道：“不饮一盏，枉做神仙。”

皇帝微微闭了闭眼：“有意思，那你去宫外给朕弄些来吧。”

“这个……”内侍面现为难之色，“奴婢刚才也问过林三司了，他说这是永安楼千山阁雅间的秘酒，除了进店的客人，概不外售的。只因为他是第二回去，才送了他一小壶。听说陈太常也想买，掌柜赵娘子都说不合规矩婉谢了呢。”

皇帝来了兴致，一下坐了起来：“哦，连太常卿都敢拒绝？这间永安楼还真有几两骨头。”

见皇帝感兴趣，内侍便多说了几句：“听说永安楼还有一位东主宋娘子，是教坊的琵琶色色长，当初萧相公寿宴，柯老相公在她琵琶上亲题了‘风骨’两字呢。”

皇帝闻言挑眉：“当真？柯政这老儿惜墨如金，竟然会主动给乐工题字？”

内侍察言观色，适时地说：“等官家身子大安了，召她入宫进来献艺即可。”

皇帝兴致大盛：“不等了，朕现在就去，听听琵琶，也尝尝那个什么苏合郁金酒，是怎么个不饮一盏，枉做神仙法！”

夜色初浓，池衙内守在永安楼门边，开心地数着楼外排队的人数：“二十七、二十八……”

赵盼儿路过时听到池衙内口中不住地念叨着数字，不禁奇道：“在数什么呢？”

“数钱啊。昨晚我盘了盘账，摊下来一个人能赚这个数呢。”池衙内眉开眼笑地比了个八字。

赵盼儿一哂：“鼎鼎大名的池衙内，不至于为这点钱就这么开心吧？永安楼这两天赚的，别说连本钱的一成都不够，比起你每天花在赌坊里的，也差得远吧？”

池衙内“嘿嘿”一笑：“过赌坊的瘾，哪有过这个的瘾好玩？我要是只懂吃喝玩乐，也做不到东京十二行的总行头啊。嘿嘿，现在东京城里谁不夸咱们花月宴好、画中游棒？谁会嫌五十贯一位的价格贵？咱们的预定都排到半年后去了吧，干吗十天才开一次啊，依我看，就该每天都来！”

赵盼儿正色起来：“那可不行。物以稀为贵，花月宴要是每天都开一次，就不会让名士们趋之若鹜了。”

池衙内觉得赵盼儿说得有理，忙点着头应和：“也对，反正平日里一元阁的雅间又不是不开，咱们照样赚钱。对了，何四今儿特意去了潘楼、王楼刺探军情，说酒楼行会的人，都恨死咱们啦！哈哈哈！”

赵盼儿不禁也笑了，颇觉解气地说：“他们不恨，说明我们做得还不够好。谁叫他们立规矩，不许女人当正店掌柜来着？”

看着赵盼儿难得的笑颜，池衙内骤然失神，他轻咳了一声道："说得对！不过盼儿姐，我挺好奇一件事，之前你也没做过多大的生意，怎么开起酒楼来，就这么熟门熟路、与众不同呢？"

换作别人，这番话可能是恭维，可池衙内说得极为真诚，赵盼儿便给他细细地解释起来："也不算熟门熟路，只是因为我身在乐籍时就去过不少酒楼，看得多了，想的就会和别人不太一样而已。寻常的酒楼掌柜，每一样都想做得最好。可我是个什么都会一点，却什么都不精的人，所以只能往巧劲儿上下功夫。论吃食，潘楼的大师傅肯定比三娘做得好，可我们胜在是江南风味，比较新鲜精致，而且没有包袱，等大伙儿吃厌了，三个月后再换个西北风味就成；论酒水，我们没法自己酿，只能买李庆家的中等货，可加上名贵香料，就完全不同了；还有引章的琵琶，瓦子的玩乐，都是别人皆有但不全有之事，我只是换个模样把它们呈现出来而已。"

池衙内听了眼前一亮，拍手道："对对对！我经常跟何四他们说，蹴鞠队的教头往往不是脚法最好的那个，但他比别人心里有数，怎么布阵、怎么攻防，所以才能是整支队伍的主心骨！"

赵盼儿不禁莞尔，这个比喻也只有成天想着蹴鞠、逗鸟的池衙内想得出来。

池衙内又被她的笑容闪了一下，突然间热血上脑，他冲口而出："盼儿姐，你会做生意，我是个总行头；你蹴鞠筑球踢得好，我白打也不赖；你会玩骰子，我跟你棋逢对手。要不然咱们俩就索性一起好得了，反正你也跟顾千帆那家伙——"

见赵盼儿眼神瞬间变得危险，池衙内下意识跳开一步："你别打我，别生气啊，我是真心的，不是想轻薄你……我错了！你就当我没说过好了！"说完，他看也不敢看赵盼儿，一溜烟地跑了。

"等等。"赵盼儿叫住了池衙内。

池衙内猛地刹住脚步，险些因为惯性飞了出去，他幸福无比地回过头："你愿意跟我好啊？"

赵盼儿淡淡道："东家，你既然这么无聊，不如去一元阁门口帮着招娣干活吧。"

池衙内失望地"哦"了一声，灰溜溜地拿起笤帚往一元阁走去。

一元阁眼下没有客人，其实早被收拾得窗明几净，何四原本正悠然自得地坐在窗边欣赏河景，见池衙内垂头丧气地拎着扫把走了进来，忙自觉地抢过："让小的来！"

池衙内一言不发地交出扫把，愁容满面地坐了下来。

何四一边扫着地，一边问一旁的池衙内："衙内，有一件事，小的实在想不明白。为什么你以前那么讨厌赵娘子，这会儿又这么听她的话啊？"

池衙内不假思索道："我指着她把永安楼弄好啊。"

何四却不嫌事大地说："可那也不能指使您老干脏活累活啊。以前好好姐不时也对你发个脾气什么的，那会儿你可没现在这么好的脾气。"

池衙内耷拉着眼皮，闷闷地开口："我乐意，你管得着吗？"

何四连忙闭嘴："小的不敢。"

池衙内自己也觉得这件事挺离奇的，认真想了一会儿方道："她们完全不一样，你懂吗？张好好支使我，是拿乔作怪，老觉得只有我做小伏低，才叫宠她爱她；可赵盼儿支使我，是真为了永安楼干活——"

这时，一辆马车驶到了一元阁门外，池衙内一个蹦高应了出去："哟，客官来了！"

便服打扮的皇帝在内侍的搀扶下走下了马车。

池衙内凭借多年来当绸缎行行头练出的本事，一眼看出这位眼生的中年男子的穿着尽管低调，可实际上用料极为考究、绝非凡品。他赶紧热情地迎上去问："请问有预定吗？"

皇帝没有开口，跟在他身后的内侍压着嗓子说道："没有，不过我们有林三司的名帖，还请通融一二。"

何四不明就里，只顾着按规矩拒绝："不好意思，要是没有预定的话，敝店恕不能——"

池衙内却突然挡在了何四前面，紧张地赔笑道："敝店恕不能为您安排风景最好的东边雅间了，不过其他的雅间还有，您看——"

皇帝原本已经略显愠色，这时才微不可察地一点头。

见客人点头，池衙内忙躬身道："请。"说完，还在何四惊异的目光下，亲自引着那一主一仆进了一元阁。

到了阁口，池衙内和何四恭谨地退了下去，改由几名唐宫服饰的丫鬟继续接引。待人走远了，何四颇有些不服气地问："就凭一张名帖，您就让这小老儿进去？"

池衙内一巴掌糊向何四的帽子，低声道："闭嘴，什么小老儿，你没听刚才那跟班故意憋着嗓子在说话？东京城里谁需憋着嗓子？只有——"池衙内往自己下身做了个剪刀的手势。

何四大惊之下低叫了一声。

池衙内既羡慕又嫉妒地说：“还有他家马车那马，比我的大宛马还好……我瞧这一位，不是郡王，起码也是个驸马！”

赵盼儿得到通传，忙上前迎接皇帝主仆二人上楼：“有失远迎。”

皇帝因上楼时走得累了而微微气喘，略站了一下才随赵盼儿前行。

赵盼儿敏锐地注意到了这个细节，因廊道较窄，内侍又跟在皇帝身后，她便轻轻托了皇帝的手肘一下，轻声道：“员外小心地滑。”

皇帝一愣，内侍也是一惊，但皇帝见赵盼儿态度自然，不像是有其他的企图，便用眼神制止了正要出声呵斥的内侍。

由于两人离得太近，赵盼儿隐约闻到了那客人衣服上的熏香味，那特殊的味道使她眸光微动，但她仍然恍若无事地引着皇帝进了雅间。

皇帝入座后，赵盼儿问：“员外想用些什么？”

坐在正首的皇帝一直揉着额角不作声，他身后的内侍直接回道：“不用叫看盘，也不用水牌，拣你们花月宴上拿手的菜品，做上三四道即可，还有那苏合郁金的神仙酒，来上一壶。”

赵盼儿落落大方地笑道：“原来是行家啊，没问题。对了，员外想喝什么茶？”

一直沉默不语的皇帝终于开了口：“龙凤团茶即可。”

赵盼儿点头记下，又望向那名内侍：“内知您呢？”

“我？”内侍没想到赵盼儿会问到自己，着实吃了一惊。

赵盼儿理所当然地说：“对啊，每位客人的口味都有不同呀。”

内侍有些感动，却只摆手道：“我不用了。”

赵盼儿早料到他会这样答，善解人意地说：“这样吧，我听您嗓子有些哑了，给您上一壶甘草水润润喉，还请两位稍候。”说完，赵盼儿一福身子，便退了出去。

看着她离去的背影，那内侍眼神中颇有暖意。

皇帝仔细打量房间中圆窗借景的枯梅插花，以及墙上悬着的字画，点头道：“既有禅意，又有人情味，字画也都不俗，这永安楼果然有点意思。”

内侍迎合道：“官——”

皇帝眼见他要露馅儿，忙截断道：“关关雎鸠。”

内侍回过神来，立刻续道：“在河之洲，这画好看！”

这时，屋外传来隐约的琵琶声，皇帝渐渐闭目欣赏，微微点头，想必这奏曲之人就是得了柯政题字的宋娘子了。

不一时，赵盼儿将酒水送进雅间后又轻声步了出来。

葛招娣端着菜盘疾步走来，低声道："菜来了，按你的吩咐，是三娘姐亲手认真做的。"

见赵盼儿仔细地检视着那几道菜，葛招娣小心又好奇地问："是什么客人，需得姐姐你这么郑重？"

赵盼儿深吸了口气，压下了心中的紧张情绪，尽量平静地说："不知道，但他衣裳上熏的是龙涎香，我只在钱王太妃送给引章的香盒里闻过。"

葛招娣闻言一惊，这时，池衙内匆匆奔来，压低声音对着赵盼儿耳语了几句，随后又叮嘱："一定得招呼好啊，宗室要是也觉得永安楼好，说不定明儿官家也能来呢！"

赵盼儿道："我知道了。"

赵盼儿亲手将那几盘摆盘极为考究的菜肴一一摆上了桌。

内侍从袖中拿出银筷给皇帝夹菜，确认无毒，才给皇帝食用。

赵盼儿将这一幕看在眼里，依然恍若未见地在旁轻声介绍："这是二十四桥明月夜，用新藕肉泥蒸制；这是海客何处寻瀛洲……"

皇帝什么山珍海味没见过，并没有因为赵盼儿别致的介绍就高看一眼。他尝了一口便道："确实不错。可这不就是决明兜子吗？听说你们这儿要五十贯一位，怎么，光起了个雅致些的名字，就敢卖这么贵？"

赵盼儿恭谨地答："四诗风雅颂，所歌的无非都是相同的人间风物。然而'雅'是王畿之乐、国之正音，'风'便只能是乡人之曲了。"

皇帝闻言略显意外，抬眸认真地打量了赵盼儿一眼："你还读过《毛诗》？"

赵盼儿自然地为他斟了杯酒："略知一二。"

皇帝点了点头："有意思。可这些菜，不是花月宴里的吧？还有，为什么不让你们的宋娘子进来献曲？"

"被您看出来了。"赵盼儿落落大方地回道，"妾身看您总抚着额角，又要了苏合郁金酒，便猜想您可能身子有些不爽利。所以便擅自做主让大厨为您做了些特色的菜肴，'二十四桥明月夜'里用了荷叶薄荷，'海客何处寻瀛洲'里用了石决明，都是清火静心的佳品。配上苏合郁金酒，寒热相济，恰是正好。"

皇帝不禁一怔："你倒是细心。"

"员外不见怪就好。"赵盼儿微松了一口气，笑着解释道，"至于琵琶，也并不是宋娘子惫懒，是妾身猜您喜静，这才让她在外头弹奏，取个借景之意而已。”

“你怎么知道我喜静？”皇帝有些意外，若非他确信这掌柜娘子不知道他的身份，恐怕会以为她买通了他的内侍，打探了他的喜好。

赵盼儿促狭一笑：“因为妾身头痛的时候，就最恨宋娘子在我屋子里练习了。那时候也不管她是什么行首、色长，统统打出去了事。”

听了赵盼儿的话，饶是素来面无表情的内侍也扑哧一下乐了。

皇帝也捋须大笑：“有意思，有意思……掌柜娘子如何称呼？”

赵盼儿继续替他满上酒，自然地说：“妾身姓赵，百家姓上第一名。”

“巧了，八百年前是一家啊。”因为姓氏的缘故，皇帝看着赵盼儿的目光更加亲切了些。

赵盼儿闻言睫毛微颤，这客人姓着国姓，身份果然不同寻常。她连忙说起了吉利话：“不敢当，员外一看就是多福长寿的贵人，妾身只是民女，所以只能在这儿为您端茶倒酒啦。”

皇帝难得碰上如此灵动的小娘子，一时来了兴致，继续与她闲聊下去：“你是哪里人士？”

赵盼儿一边给皇帝斟着酒，一边答道：“妾身祖籍邓州，但自小在钱塘长大，半年之前才来东京。”

“钱塘？”皇帝突然想起了什么，随口问，“有位两浙路转运判官杨知远，也住在钱塘，你听说过没有？”

赵盼儿一惊，竟险些拿不稳手中的酒壶，这客人姓赵，喜喝龙凤团茶，用龙涎香，直呼杨运判名讳，更兼穿着不凡，身份简直呼之欲出！这个猜想令她心如擂鼓，但她迫使自己迅速平静下来，状若随意地开口：“唉，自然知道，杨运判是个好人，可惜英年不永，员外也认识他？以前我还常去他家呢。”

皇帝奇道：“你怎么会常去杨家？”

赵盼儿心念电转，按说钱塘案早已了结，无论这客人是何等身份，都不该一听到“钱塘”就想到杨运判，除非那幅消失已久的《夜宴图》又出现了，联系到欧阳旭返京后格外冷静的作风，答案在赵盼儿脑中呼之欲出。

她貌似随意地答道：“杨运判喜欢字画，妾身以前在钱塘开的赵氏茶铺也是个风雅之地，妾身有时候便做个中人，上门荐画来着。杨运判是位好主顾，当年从妾身那儿买了不少佳作，像荆浩的《雪庐图》、王霭的《夜宴图》、怀素的《会棋帖》，可惜，都毁于那场大火了……”

皇帝愕然之下停下了正在夹菜的动作：“《夜宴图》是你卖给他的？”

赵盼儿风轻云淡地答道：“是啊。原主是一位薛官人，这画是他的家传，寓居钱塘时赌输了钱，就把画押在妾身的茶铺里了。”

皇帝眼波一闪：“王霭平生画过不少《夜宴图》，我就见过好几幅，你卖的，又是哪一幅？”

赵盼儿知道对方也在试探自己，笑着反问：“您这是故意跟妾身下套吧？王霭一辈子只画过一张《夜宴图》，因为画成之后，有人说他是效仿顾闳中画的韩熙载，他一气之下，就说再不画了。”

皇帝夹菜的手明显一滞。

赵盼儿又连忙缓解了一下屋内的尴尬气氛，恍然大悟地说：“我知道了，您一定觉着我是在吹法螺来着，那我画给您看！”

说完，她径直坐在旁边的小案旁，用茶百戏的手法开始作画。

皇帝走到赵盼儿身边，惊奇道：“这就是最近京里传遍了的茶百戏？”

“是，不过妾身更爱叫它水丹青。”只见赵盼儿巧手轻移，茶面上便浮现出相应的线条，“画长五尺，主人居中，客人在两边，这里是舞乐，这里还有一轮明月。员外之前见过的，可是如此？可惜这水丹青还不够精细，画不出舞娘跳的胡旋舞来。”

皇帝看着茶面上慢慢浮现出《夜宴图》一角的轮廓，不由惊艳：“你这一手功夫，练了多久？”

“不长，也就七八年而已。”赵盼儿一边手中不停，一边又不着痕迹地把话题转回《夜宴图》上：“对了，不知员外是何时看过那幅《夜宴图》的？”

“我也记不得了。”皇帝没有说实话。

赵盼儿极为惋惜地叹了口气：“唉，那么多好画全都烧了，实在太可惜了。您别怪我心痛，当初妾身请画馆老师傅重裱的时候，可花了我不少钱，光裱绫用的绿菱湖锦和檀木红轴，就花了整整一贯呢。请。”赵盼儿把那盏绘有《夜宴图》的茶百戏奉了上去。

皇帝低头看着那茶盏中几乎与原画一模一样的水丹青，心中的疑惑一闪而过，他分明记得御案上的《夜宴图》用的是紫色锦缎装裱。他接过茶汤闻了闻，略点了点头：“不错。”

“您喜欢就好。”赵盼儿起身一福，“妾身还得招呼其他客人，员外且在这儿慢用。”

言毕，她便带着葛招娣，自自然然地退出了房门。

一出门，赵盼儿的笑容便消失殆尽，走到拐角，她才抚着急跳的心，深吸了一口气。

葛招娣也抚着胸："阿弥陀佛，到底是贵人，那位员外说话声音倒是不大，可气势……"

赵盼儿打断葛招娣，压低声音道："你现在马上出去，不管用什么方法，务必找到陈廉，问他顾千帆现在在哪儿？我有十万火急、性命交关的事，必须当面跟他说！"

葛招娣震惊地张了张嘴，她没有多问，掉头跑了出去。

与此同时，顾千帆正在宫门外检查守卫的出入登记簿。孔午发现他的脚仍然微跛，有些担心地问："您的脚没事吧？"

顾千帆苦笑着摇头："没事。"

不远处，陈廉行色匆匆地走进，压低声音道："头儿，有点不对。日落时分，有辆马车出了拱宸门。车上的陈班直拿了官家赐的腰牌，守门的弟兄按规矩不敢查验。可刚才下官在御花园听到两个小宫女说官家好像微服出宫了。"

顾千帆微微蹙起剑眉："官家寝宫福宁宫今晚传膳了没有？"

"没有。"孔午摇了摇头，神色也凝重起来。

"护卫官家虽是殿前司之职，但官家要是在宫外遇到不测，我们皇城司也脱不了干系。"顾千帆凝神片刻，便飞速地部署了起来，"分头行动，我去问殿前司的值官，你马上通知城中所有察子追查，宫中所有马匹嚼子都是用的双环，很容易分辨！"

孔午和陈廉俱点头领命，与顾千帆分头而去。

借着暮色的掩盖，顾千帆带着一众手下在东京街头巡视，他的双眼如鹰隼般扫视着路边酒楼。

不一会儿，孔午急急奔来，低声禀报："司尊！陈都头说在永安楼门口看到了那辆马车，车外头还守着殿前司好几个带御器械。"

顾千帆原本冷静的面容骤然变色，他一言不发，策马而去。孔午等人连忙跟上。

这一边，永安楼雅间内只剩下皇帝与内侍两人，宋引章优美的琵琶声依旧若有若无地演奏着。皇帝注视着茶汤上慢慢散开的白沫，击了击掌，旋即便有两名护卫应声跃入窗内。

皇帝沉声道：“传旨给雷敬，让他会同你们殿前司速去严查赵氏所言是否为真。还有，务必避开皇城司。”

待护卫们躬身而去后，屋内又只剩下皇帝主仆两人。此时的皇帝面色平静，与刚才那位和赵盼儿谈笑的和蔼中年男子判若两人。

他长叹了一声：“万事难啊，皇后的过去，朕再清楚不过，可百官一直在做文章，朕难受啊。”

内侍小心地答道：“官家宽心。不过，要赵娘子能证实画是假的，不就立下大功，让清流没话可说了吗？”

皇帝微微抬眸，似乎要把内侍看穿：“喝了她的甘草水，就为她说起好话来了？”

“奴婢不敢！”内侍将身形躬得更低，“请官家细想，欧阳旭进谏是早有准备。可您来这永安楼，却是临时起意呀。要不是您主动提及杨运判，赵娘子后头也不会说那些话吧？”

“继续说。”皇帝微微眯了眯眼睛，显然是被内侍说动了。

内侍小心斟酌着词句：“圣上虽早知有此画，但看到实物惊怒自然在所难免。可这一回齐中丞竟然主动回京敬献祥瑞，事有反常必为妖啊。而且，说句大不敬的话，圣人收养升王之事，本就是奉您的密旨。如今您御体欠安，圣人要是因为这件事倒了……幼主重臣，奴婢可不敢再想下去了。”

皇帝脸色微变，取过茶一饮而尽，起身道：“带上酒，回宫。”

见皇帝下楼，赵盼儿忙上来相迎：“员外怎么这么早就走了？可是菜色不合口味？”

皇帝略显惋惜地说：“味道甚好，只是我头又痛了。”

“小池，去打一壶苏合郁金酒来。”赵盼儿随口支使了跟在她身后的池衙内一句，又对皇帝温柔一笑，“当个添头送您，只盼您念着这酒香，以后常来。”

被骤然当成跑堂的池衙内一愣，但很快会过意来，匆忙地去了。

“本家小娘子果然会做生意。”皇帝任由赵盼儿相送。

赵盼儿微微笑道：“我爹以前累了，也常头痛来着。要不您回去试试用滚姜汤浸了绢子热敷，没准有用的。”

皇帝见赵盼儿的年纪的确可以做自己的女儿，加之她又姓赵，心中不由生出一丝慈爱之情：“好，回去就试试。你们这永安楼收拾得挺不错。能不能告诉我，你一个女人家，怎么就想起开酒楼来了呢？”

“因为妾身不服气。”赵盼儿仍在温婉地笑着，语气中却有一丝坚决，“刚才您见过的那个小丫头叫招娣，我叫盼儿，意思都是一样，爹娘希望我们是男儿，这样才能承家立业。可是我们其实不比男人差啊，为什么天生就该被看低一头？酒楼行会不许女人做正店的掌柜，我便偏要做，而且，还一定要比他们做得好。”

皇帝见赵盼儿一谈起做生意时眼中掩饰不住的神采，不禁回忆起皇后年轻时的样子。他目光望向远处，轻声说：“我以前认识一个小娘子，口气也和你差不多。”

赵盼儿眸光更亮，忙问：“是吗？那她现在做成什么事业没有？”

皇帝的眼神渐渐地柔和下来，脸上的疲态也一瞬间消失了不少：“她帮我掌管着一大家子的家业，做得很好。”

赵盼儿也笑了，状若无意地说：“原来是员外娘子啊，那您可要千万再护着她些。女人当家不易，但凡管家的，总会得罪不少人。”

这话说中了皇帝的心事，他不想正面回答，便反问：“那有人护着你吗？”

赵盼儿眼神一闪，低声道：“以前有过，现在没了。”

“那他肯定是个混账。”皇帝的语气斩钉截铁，显然站在了赵盼儿一边。

可赵盼儿却仿佛已经释然：“也许吧，不过，他之前对我好过，至少不计较我曾入贱籍，愿意娶我为正妻。所以，我总是不想恨他。”

皇帝闻言一愣：“你也是贱籍放良？”

赵盼儿敏锐地注意到皇帝用了个“也”字，微笑着点头：“是呀，看不出来吧？所以呀，我没事就求老天多保佑咱们官家康健福乐，要不是他老人家广开恩旨，我哪有机会上东京来见识这满城烟火、人间繁华啊，更别说当上这么大酒楼的掌柜啦。”

皇帝瞬间觉得心中像灌了蜜糖一般，笑道：“可不是吗？”

这时，池衙内捧着一大壶苏合郁金酒跑了过来，“本店特产，苏合郁金酒！来，您拿好。”

刚才站在一旁的内侍笑吟吟地接过酒，随着皇帝一同告辞。

赵盼儿保持着微笑，目送着皇帝上车离去，一直到马车转了弯，她才揉了揉快笑僵了的脸，转身走到楼内。

池衙内兴高采烈地跟在赵盼儿身后：“你刚才那么叫我，怪好玩的，小池。要不以后都这么叫吧？”

赵盼儿心中有事，无暇理他。刚关上大门，葛招娣就迎了上来，压低声音道："我出去没多远就遇到陈廉了，他带着皇城司的人远远盯着，说来的人，是官家。"

站在一旁的池衙内倒吸一口冷气，赵盼儿反手按住他马上就要出声的嘴，继续问："顾千帆呢，陈廉说他在哪儿了没有？"

葛招娣看了眼窗外："陈廉说官家是悄悄出宫的，顾皇城带着人在东华门那边找，这会儿应该已经接到他的报信，往这边赶了。"

赵盼儿一边急速思考，一边用极快的语速说："跟着官家来的不是皇城司，那就一定是殿前司。这附近说不定还留有他们的人，你赶紧悄悄告诉陈廉，让他带人马上撤，不能让官家知道皇城司知道他今晚来过这儿！"她转头对池衙内说道："借你马车一用，我得想法子半路去截住顾千帆！"

池衙内知道一定是发生了什么要紧的事，也难得地严肃起来，点头道："好！你告诉车夫走上土桥，从东华门过来的那条道最近，最容易堵住他。算了，我自己送你去，这样惊动的人最少。我去驾车，你去小门等我！"

见四下无人注意，赵盼儿迅速上了挂着"永安楼"灯笼的马车。

"坐稳了！"池衙内娴熟地跃上马车，扬鞭催马而去。

马车在大街上疾驰，转弯避人如鱼得水，倒像是行人和房屋一见马车就会主动跳开似的。池衙内得意无比地回头炫耀："不是我吹，全东京城驾车比得过我的，就没几个！"

赵分儿见他一手执鞭，一手还拎着个食盒，奇道："你拎个食盒干吗？"

池衙内颇为得意："我的马车太招摇了，好多人都认得。大晚上在东京城跑这么快，万一有人起疑心了怎么办？所以我灵机一动，挂个灯笼，拎个食盒，别人最多以为我是送索唤的。"

若是池衙内不提，赵盼儿几乎忘了他这辆车镶着多少名贵珠宝，她不禁佩服地说："你想得真周到。"

池衙内猛然开心了起来："是吧，赶紧夸夸我！"

赵盼儿无奈夸道："衙内您真行，不愧是十二行总行头。"

池衙内乐得找不着北，但还不忘谦虚了一把："还得你多帮忙，我才能变成'十三太保'。哎，你待会儿见了顾千帆，一定只说正事啊，千万别心软，别给他机会，不然回头又得伤一回心。"

赵盼儿并没有正面答应池衙内，而是掀起车帘的一角向外看去："他肯定骑马，我看右边，你盯着左边，千万别错过了！”

“好嘞。”池衙内虽被无情忽视，却乐观地权当赵盼儿不反对就是赞同，“反正你记着就行！驾！”

池衙内的马车在东京宽阔的大道上飞驰，街边的路人都已看呆，一个武将艳羡地看着马车疾驰而过留下的飞尘：“嚯，大宛马！”

夹道各家酒楼的宾客也纷纷探出了头，其中一家王楼上，宾客们站在窗边指点：“瞧，永安楼居然用那么好的宝马香车送索唤，真正的东京城独一份！”

王楼老板王丰闻言暗气，咬牙切齿地吩咐手下：“赶紧去置办几辆上好的马车，明儿我们也要这么送索唤！”

接近桥头时，赵盼儿扒着车帘探头提醒池衙内：“这儿人多，你慢点！”

“好！”池衙内话音未落，马车瞬间慢了下来。

人流如织的街道上，赵盼儿打量着每一个骑马之人，突然，她晃眼看到一人，想也没想就跳下车去。

“顾千帆！”赵盼儿奔向那人，但奔到一半，那人回过脸来，原来是她认错了。赵盼儿失望至极，她左右四顾，只见处处都是陌生人面，却无一人相识。

一阵突如其来的情绪袭来，赵盼儿索性长声唤道：“沉舟，顾沉舟！顾沉舟！”

突然，赵盼儿猛地一震，远处似有一个微弱的声音传来，那分明是顾千帆的声音。

“盼儿！”那个声音再一次传来，赵盼儿来不及多想，蓦然回首，便往声音的方向奔去。

赵盼儿提着裙子奔上灯火阑珊的州桥桥头，桥的另一侧，顾千帆也穿过人群奔来。最终，两人在桥中央相逢。

“盼儿！”顾千帆急切地将她拉走，“跟我来！”

桥边，池衙内刚停好车从人群里挤出来，便看到了两人在桥头携手而行的一幕。一时间，河间清波、岸边石榴、桥上锦灯，配着宛如双璧的一对男女，如诗如画。

池衙内先是看呆了，随即才一拍大腿道：“这杀千刀的小木头，拉着盼儿姐手的，明明该是我才对嘛！”

“让一让！”池衙内奋力往桥上挤，偏偏有一个担着竹竿的人挡住了他的去路，他只能跟那个货郎老鹰捉小鸡似的互相躲闪，待他再抬头望去时，赵盼儿和顾千帆已经被淹没在了人群中。

一直奔到桥下的僻静处，顾千帆才停下来："你还好吗？"

赵盼儿只觉得自己的心脏快要跳出胸腔，她强迫自己相信这单纯是因为刚才的疾奔才导致的心跳加速。她倏地抽出了手："我没事，但《夜宴图》又出现了。"

顾千帆脸色立刻一寒，时间紧迫，他只能暂时咽下他对赵盼儿的满腹思念，听她把事情从头道来。

听到一半，顾千帆便心中大急："欧阳旭那张《夜宴图》是真品？你怎么这么大胆，当面骗官家说那是假的？"

赵盼儿早料到顾千帆会是这样的反应，解释道："事出紧急，没别的法子了。我之前跟欧阳旭提过皇城司在找画，他多半也早就知道了你和我的事。万一他成心报复，硬在官家面前说你投靠后党，意图替皇后隐瞒怎么办？你说过皇城司只能是官家的纯臣，不能涉入任何党争。所以我只能从绫裱的颜色入手，让官家相信他手中的那幅画是欧阳旭伪造的！反正杨家已经烧了，死无对证；反正他也不知道我已经猜到了他是皇帝。两份相反的证据，一个出自弹劾他皇后的妃子娘家女婿，一个出自他碰巧遇见的陌生人。换了你，你会更相信谁？"

顾千帆急了："就算如此，你也太冒险了，这其中的漏洞太多……"

赵盼儿打断他："有些险值得冒。我着急见你，也是因为那些漏洞只能由你出手才补得上！以后的事情就交给你了。总之，一定别让官家发现你知道他今天微服来永安楼的事。"

顾千帆只得把话说得更明白："你已经把自己给陷进去了，你知道吗？你知道那么多事情，你就不怕官家把你灭口啊！你怎么这么傻啊！"

赵盼儿怎么会不知道事情的严重性，她一字一句地道："因为皇后一旦被定了罪，必死无疑，可我也曾在贱籍，知道什么叫身不由己。还因为我虽然恨你，却不想你出事。"

"盼儿！"那声"恨他"以及"不想他出事"使顾千帆如遇重击。他突然想起孔午曾说烈女怕缠郎，要想得到娘子的原谅，就得变着法地让她为他担心，她只要心里有他，苦肉计就百试百灵。

想到这里，顾千帆突然一个踉跄，撞在栏杆之上，发出了一声闷响。

第三十五章 三千贯

赵盼儿果然转身，难掩关心地问："你怎么了？"

顾千帆蹙着眉，闷哼一声："我的脚，前天在你那儿被夹伤了，刚才一用力就……"

不想赵盼儿却冷笑道："顾千帆，你连装病都透着假，刚才我看见你了，你奔上桥来的时候，腿脚伶俐得很！"

顾千帆顿时尴尬至极。

赵盼儿的眼神冰冷中带着几分嘲讽："我没工夫也没兴致看你演戏，只想跟你说正事。我总有个直觉，像官家这样能主动与北人休战，创下这东京太平盛世的君王，不会一味心狠手辣。夫妻多年，他不可能对皇后的底细一无所知，如果他最终选择相信我，那么很可能，他在内心深处也想继续信任自己的娘子。言尽于此，就此别过。"

见赵盼儿转身欲离，顾千帆一咬牙拉住她，终于说出了他当初无论如何也无法开口的苦衷："盼儿，请你听我解释……前阵子我的确遇到了一件对我冲击很大的事，大到让我对你难以启齿……"

"放开我。"赵盼儿试图挣开他。

顾千帆死死地拉住她不放开，继续说："后来我又因为北使受伤而身不由己，所以才不知道望月楼的事情……"

赵盼儿积压的怒气终于爆发："所以你就当了懦夫，你就逃避我！宁肯躲在车里不出来，也不肯亲口跟我说一句就此一刀两断！"

顾千帆胸口剧痛，眼中写满绝望："我从来就没想过和你分开！请你给我一次机会……"

赵盼儿不为所动，反问："那你为什么不把那件事坦坦荡荡地告诉我？你敢对天发誓，说这些日子以来，你从来都没想过悔婚吗？”

顾千帆张口结舌，难以回答，他的确退缩过，现在的他更不敢对盼儿说谎！

赵盼儿失望地甩开他，后退半步：“你不敢是吧？欧阳旭好歹还派了个下人，给了个理由呢，你连他都不如。这样的男人，我赵盼儿不稀罕！”

池衙内此时终于挤了过来，他接口道，“对，咱们不稀罕！小木头，你瓦子里的英雄戏看多了吧？以为摆出一副凄凄惨惨‘我不得已’的样子，就能打动小娘子？呸，我玩这一套的时候，你还在死读书呢！”说着，他一把拉起赵盼儿，疾步上了桥：“走，本衙内请你喝酒去！”

顾千帆大急：“盼儿！”

他疾步追上，拉着赵盼儿不肯放开。

然而赵盼儿再一次挥开了他的手，低声道：“你不去忙正事吗？对了，你若是不想在官家面前露馅儿，以后就别来永安楼和小院缠着我。”说完，她随池衙内走下了桥。

看着她的背影，顾千帆心如刀割。彼时正是州桥夜色最盛之时，人流如织、满城衣冠，顾千帆却只觉天地悠悠、孤寂之极。最终他只能一咬牙，转身离去。

而不远处的池衙内一边拉着赵盼儿下桥，一边不停念叨着：“他转身了，他上马了，你千万别回头，对，就这样，挺住了！”

一下桥，赵盼儿正要开口，池衙内却主动放开了手。

“放心，我不是占你便宜，就是想帮你气气那块死木头！喏。”池衙内递出一张手绢，“美人落泪不好看，哭红了眼，明天那姓宋的琵琶精会奇怪的。”

“我没哭。”赵盼儿不接。

“那你就拿着挡风。”池衙内固执地说。

赵盼儿顺口道：“你是不是袖子里永远塞着一张手绢，看着哪位小娘子不开心，上去就说这句话？”

池衙内挠了挠头，半真半假地说：“被你给看出来了，不过不是一张，是三张。万一哭的小娘子多呢。”

赵盼儿果然被逗笑了。

池衙内看着赵盼儿，真挚地说道：“你还是笑起来好看。”

赵盼儿自顾自地向前走去：“少贫嘴了，走吧。”

池衙内傻里傻气地问：“去哪儿？”

赵盼儿回头瞟了他一眼："你不是说要请我喝酒吗？"

"真的？"池衙内大喜过望，双手合十喃喃道，"月老爷爷，你终于显灵了，下回我再给你烧更好的香！"

他追上已经走远的赵盼儿："我带你去大相国寺的夜市吧！"

夜市人头攒动，池衙内拉着赵盼儿，一会儿在捏泥人的摊位前模仿泥人做个怪样，一会儿买来一串冰雪元子递给赵盼儿。两人又不约而同地在投壶摊位前停下了脚步，赵盼儿试着投了几次，可惜都差了一点。出乎她意料的是，池衙内潇洒的一个转身花投，两支箭竟齐入壶中，引来了围观者雷鸣般的掌声，赵盼儿也不吝赞美地给池衙内竖起了拇指。

"哈哈，没想到吧，你骰子比我强，可我投壶比你强！"在一片赞誉声中，大获全胜的池衙内嘴咧到了耳朵根，只觉得肚子也空了起来。

他和赵盼儿在一处摊位前坐下，熟练地吩咐老板："老板，水晶角儿、肺鳝鱼包子、麻饮细粉各上一份，再把我存在你这儿的酒都拿来！盼儿姐，这几日你太辛苦了，今晚好好松快松快，也尝尝咱们东京的小吃！"

赵盼儿被夜市的欢乐气息感染，明显开心了许多，笑着点头同意。

她的笑容又让池衙内心中一漾，他悄悄捂了一下胸口，殷勤地替赵盼儿倒了杯酒，神神秘秘地说："别看这地方不怎么样，打小我就常来。这是陈年的瑶泉酒，我从八大王的别庄里悄悄偷来的。"

"真的？"赵盼儿明显不信。

池衙内撩起了袍子，指着小腿："不信你瞧我腿上的伤！被王庄的狗咬的，现在还没好呢！今个儿咱们不醉无归！"

赵盼儿又"扑哧"一声笑了出来。一时间，两人举杯进食，谈天说地，好不快活。

月色下，池衙内和赵盼儿都喝得脸色绯红，后来更率性猜起了拳。两人你来我往，不分胜负，到最后，赵盼儿与池衙内各自都叫脱了力，笑倒在桌上。

"停，停！我透不过气来了。"赵盼儿感觉自己好久没这么笑过了。

池衙内见机忙坐得更近了一点，他转了个角度，让小摊用来照明的火烛正好映入他眼中，然后深情地问："盼儿，你开心吗？"

赵盼儿不假思索道："开心。"

池衙内大喜，一只手抬起，眼看就要自然地搂住赵盼儿的香肩。

然而赵盼儿却机敏地避开了："接下来，你是不是想说：那我一直陪你这样开心好不好？"

池衙内愕在当场，难道赵盼儿还会读心术吗？一道闪电从他头顶闪过，雷声渐响，夜市里的行人们开始躲避。池衙内仍然呆若木鸡。

赵盼儿掰着手指，一一罗列着："第一，要请小娘子去便宜的吃食，这样才新奇；第二，要说说自己冒险轻狂的事件，这样才有趣；对了，说要紧话的时候，还要让烛光正好映在自己眼里，这样会显得特别真……谢谢你陪我喝酒，可我自小见惯风月，这些套路听也听滥了……"

池衙内尴尬不已："早知道，我就不费这劲儿了。"

赵盼儿轻声道："可我还是要谢谢你，小池，你今天带我上这儿来，我很开心。"

池衙内立刻心花怒放："真的？"

赵盼儿真挚地说："真的。说起来，你真的是我命中的贵人，虽然我经常对你不太客气，但我心里明白，像你这样爽快、大方、又信任人的东家，打着灯笼也难找。能和你一起经营永安楼，是我的幸运。"

池衙内被夸得有些不好意思了："我也没你说得那么好啦。"他突然觉得不对，警惕道："你是不是要说'可是'了，打住，这个我有经验，先夸人后可是，惨就一个字。"

赵盼儿扬了扬眉："既然你都知道，那我也就不用说了。"

雨点啪地砸在了池衙内身上，他气愤地说："为什么？论钱，我比顾千帆多；论疼人，我比顾千帆细致；论长相，我也比他强不少；咱们还能玩到一起去，蹴鞠、赌钱、投壶，多难得啊。那块木头会什么，连钱都不给你，让女人在钱的事上为难，他还算个男人吗？你都能瞧得上他，干吗瞧不上我啊？"

赵盼儿沉默不语，能把蹴鞠、赌钱、投壶这些当作优点枚举的，也就只有池衙内了。

在赵盼儿沉默的当儿，池衙内已经把逻辑圆了回来，他又恢复了自信，恍然大悟地说："哦，我懂了，是怕我像他一样扔下你不管吗？不会的，我这个人很长情的，要不是张好好砸了我的鸟，我会跟她一直好下去的……啊呸呸呸，我不是说你是她的替代品，而是，哎呀，总之，咱们合伙做生意的，你就是我的财神娘娘，我对不起谁，也不能对不起钱啊！"

赵盼儿无奈地说："可我就是不喜欢你呀。"

池衙内悲愤道："为什么啊？"

赵盼儿坦然地说："不为什么，就像豆腐脑，你爱吃咸的，我爱吃甜的，没有谁更好，只是不是那个味道。"

池衙内腾地站了起来："你这是狡辩！顾千帆陪你吃过豆腐脑吗？"见赵盼儿说不出话来，他又激动地说："瞧瞧，被我说中了吧。你爱吃甜我爱吃咸怎么了，大不了两碗一起买，不，四碗，我还能喝一碗，砸一碗！"

赵盼儿见他着急，反而笑得更灿烂了："池衙内，你到底想清楚没有？这些天你一直缠着我，到底是因为和顾千帆较劲儿，还是因为你一直想压我一头而不得？你是真的喜欢我，还是只是想征服我？"

池衙内一时张口结舌。

赵盼儿站起身来："下雨了，咱们回马车上吧。"

反应慢半拍的池衙内终于想出来反驳的话了，忙道："你别打岔，我想清楚了，原因是什么我不管，可现在我就是喜欢你！你想吃豆腐脑的时候，会去管到底是因为想家、肚子饿，还是就是嘴馋吗？"

赵盼儿笑了笑，掏出钱放在桌上，自己转身离开了。

这是池衙内有生之年吃的第一顿由女人付钱的饭，他愣了一会儿才追上去："等等！我这人信命，要不咱们打一回赌吧，一切交给老天！我要赢了，你就跟我好；你要赢了，我就答应你三件事。谁反悔谁是王八！"

赵盼儿一挑眉："好啊，赌什么？"

池衙内故作大度地说："你来选，只要马上见分晓就行。"

赵盼儿四处张望了一圈，一指远处的桥："咱们就赌第二个在州桥上出现的人是男是女就好。"

正在此时，一个没打伞的小童拿着只竹蜻蜓，嬉笑着从桥上奔下。

池衙内故弄玄虚地掐指一算："我选男的！后头一定是跟他一起玩的小子！"

"那我就只能选女的了。"赵盼儿眼中盛满笑意。话音刚落，就有一位年轻妇人打着伞追上了小童。

池衙内瞬间苦脸，他抬头看着愁云惨淡的天空，不明白老天为什么要跟他作对。

赵盼儿轻声劝道："雨已经不小了，可那孩子的头发还是干的，多半是有娘亲给他挡雨。衙内啊，你打赌，是看心情；可我打赌，是算概率。咱们俩的性子全然不同，又何必硬拗呢。"

“行，愿赌服输。”池衙内利落的态度让赵盼儿一怔，倒是令她想起刚到东京时，池衙内与她、宋引章、孙三娘打赌输了时，也是这样头也不回地带人走开。

赵盼儿有些不习惯池衙内的突然沉默，担心地问：“你没事吧？”

池衙内心中郁结，依旧嘴硬道：“没事。赌场上输赢常有的事，这一回输了，下回再来嘛。反正日子还长着呢，我天天在你面前晃悠，没准哪天你就想换个口味了呢？”

见赵盼儿欲言，池衙内知道她大概会说他做梦，忙装出无所谓的样子：“又或者，没准哪天我也想换了呢？东京城可爱可亲的小娘子这么多，我池衙内不会在一棵树上吊死的！这是这会儿你闲着我也闲着，没事就斗个嘴调个情呗，就当是忙完了消遣消遣就行。”

赵盼儿叹了口气：“衙内啊……”

池衙内沉下脸：“差不多就得了啊！这会儿我正伤心呢，强颜欢笑已经很不容易了。永安楼来个客人你还得客客气气陪着说话呢，敷衍一下自个儿东家，有那么难吗？”

“行。”赵盼儿没再劝他，“那麻烦你直接送我回桂花巷吧。”

池衙内的脸拉得更长了。

赵盼儿见状，只得随手在街边买了个磨喝乐给他。池衙内开心至极，不一会儿，雨停了，他的心也晴了。

池衙内见好就收：“咳，君子一言，驷马难追，说吧，你要我做哪三件事？”

赵盼儿想了想道：“第一件，是回答我一个问题：你为什么总叫顾千帆小木头？你和他小时候是邻居，他家里到底发生过什么事，他爹又是谁？”

池衙内一怔，良久，他才道：“这事你可算问对人了。”

他絮絮地跟赵盼儿讲起旧事来。赵盼儿一边听，一边难掩诧异，“所以他的亲娘，其实就是抚养他长大的姑姑？”

“顾千帆的爹娘应该是在外地偷偷成的亲。他外公顾审言以前在礼部做大官，为人可古板了，我那会儿才四五岁大，扯路边小丫头的头发玩，都被他骂成是‘无德小儿’。”池衙内现在想起来，还犹自愤愤不平，“有一回，他外公发了好大的脾气，我家隔着墙都能听见。没多久，他娘大晚上就独自带着他进了京。原先我也以为他是他舅舅养在外头的儿子，可后来有一天晚上，他爹追过来，在后门那儿敲了半宿的门，顾千帆和他娘在里头哭，他外公在一边骂，要他爹滚，还说顾家百年清名，绝不会有他这种又像苍蝇又像狗的女婿。”

“蝇营狗苟，就是没骨气。”赵盼儿解释道。

池衙内恍然：“总之他舅舅出来赶人，又说‘以后千帆姓顾不姓萧’，被我听见了，后来我和他打架老输，气急了才叫他小木头。”

赵盼儿闻言一愣，顾千帆的爹竟然姓萧！

她眼前浮现出杨府那夜，杨夫人怒斥顾千帆是‘猪狗不如、甘为阉党爪牙的混账’，还说他‘果然有其父必有其子’的画面。往日那些令她不解的碎片终于拼凑在了一起：怪不得顾千帆说郑青田有他的通天道，他也有一条攀云梯；怪不得他从来不提他的爹；怪不得他说他有很多秘密，因为太复杂，暂时没法全部告诉她。而顾千帆在画舫上被帽妖袭击中剑受伤的那晚，她分明听见有人喊那个紧张地抱着顾千帆的中年男子“萧相公”。

一时间，赵盼儿仿佛被一道雷劈中了天灵盖，她蓦然掩住了口，随即紧张地问：“这件事还有谁知道？”

池衙内回想了一会儿方道：“外地的不知道，京城的话……那条街上本来就只住了三家人，除了池家和顾家，还有一家姓苏的，有个女儿嫁去了钱塘杨家……前些年，京城出过一场大时疫，好多家里人都没啦，连我爹娘也……”

赵盼儿松了口气，又紧张地叮嘱：“那你千万别到处乱说。”

池衙内自负向来嘴紧：“要不是你问，人家的私事我干吗乱说啊……反正，摊上这种家事的人，打小脾气就古怪，你跟他掰了也好，免得以后伤心。哎，瞧，陪你说了这么久，我这衣裳都淋坏了，这可是最好的孔雀罗……”

看着正拉着衣襟左看右看的池衙内，赵盼儿突然想到了一件事情：“等等，我记得你说过，你还是东京绸缎行会的行头？”

“是啊，怎么了？”池衙内不解。

赵盼儿眼前一亮：“帮我一个忙好不好，就算是我第二个愿望！”

池衙内忙支起耳朵细听，赵盼儿向池衙内说了几句，池衙内虽不解其意，但也忙不迭地应了下来。

桂花巷内道路狭窄，池衙内的马车太宽驶不进巷里，赵盼儿又坚持不让池衙内下车送她，因此，两人在巷口就道了别。

赵盼儿匆匆行到小院门口，却忽觉小院门的蔓藤上突然出现了几朵小黄花。她知道这些小花一定是顾千帆一朵一朵地插在蔓藤上的，意思是希望能约她到茶坊碰面。但赵盼儿在轻轻抚过那些小黄花后，最终还是将它们全扯下，任它们随雨水流走。

院中，一直心神不宁等赵盼儿归家的宋引章见她推门而入，忙快步迎上前去："顾千帆那边，没事吧？"

赵盼儿闻言身形一僵。

宋引章解释道："你和池衙内突然都走了，万水阁有人闹事，三娘姐在灶房走不开，招娣又做不了主，这才告诉我的。"见赵盼儿神情紧张，宋引章忙补上一句："放心，都已经处理好了。"

"还好有你。"赵盼儿松了一口气，"我那边也处理好了。"

赵盼儿和宋引章不约而同地沉默了片刻，自两人和好以来，她们便马不停蹄地忙着开业的事，其实一直没有机会独处，也都默契地没再提起宋引章离家出走前的那场争吵。

两人并排在廊下走了一会儿，宋引章主动开口道："姐姐，自打我回来，还没跟你单独说声对不起。我这是第二回犯错了，我嫉妒、我虚荣、我不听你的劝，又把希望都寄托在了男人身上……"

赵盼儿忙拉起她的手："别说了，姐姐都懂。这事也没有什么对和错，只是当时的选择而已。"赵盼儿最初生气也只是气引章往火坑里跳完还不长记性，并不是真的就不想再认这个妹妹。那段日子里，她其实一直暗中留意着沈府的消息，可惜当时沈如琢伪装得太好了，连她也被骗了过去。

宋引章眼睛一酸，依恋地伏在了赵盼儿怀中。

赵盼儿轻抚着宋引章的头发，安慰道："你只是不甘心一直身陷贱籍，所以才会冲动，才会赌，以前我总说你不懂世事人情，可我像你这么大的时候，不是也被欧阳旭的山盟海誓骗了吗？就算是到了现在，也没好到哪儿去。"

宋引章胸中一痛，她一想到自己竟然为了周舍、沈如琢这两个大骗子，伤害了全天下对自己最好的人，她就悔不当初。想到这里，宋引章哽咽着唤了一声"姐姐"。

赵盼儿的声音也有些哽咽，眼神中还带了几分骄傲："可女人就是跟梅花一样，要一次次受过风霜，才会傲立枝头，一次次开出更美的花来啊。所以我们不用后悔前尘，只看来路。瞧瞧现在的你，变得多能干了啊，既有想法，又有担当，千山阁和花月宴能做得这么好，你的功劳占了七分。"

宋引章抹了把眼泪，瞪着湿漉漉的眼睛，发誓道："我会一直这么努力。姐姐，我以后永远都——”

赵盼儿伸手按住宋引章的唇，不许她继续：“记住，永远别说永远，因为以后，只要我们愿意，就会有一千种、一万种不同的未来。”

宋引章为赵盼儿的坚定所感，郑重地点了点头，两人手拉着手走进房中，彼此相视一笑，仿佛又回到了当年相依为命的时光。

这时，宋引章察觉赵盼儿的衣服还有些发潮，忙道：“怨我不好，拉着你一直说，都忘了你衣裳都还湿着呢。你赶紧换件衣裳。”

赵盼儿不甚在意地摇了摇头，现在天热，就算淋点了雨也不至于生病。她懒懒地倚在榻上说：“都快干了，懒得换了。今晚好累，遇到和知道了太多事，我现在需要好好想一想，把这堆乱丝理清楚。”

“那我给你煮壶红糖姜水驱驱寒。”宋引章决定趁两人独处的这段光景好好地表现自己。

赵盼儿忍俊不禁：“你会煮吗？”

宋引章的脸迅速地一红：“别小看我，上回我还专门抄了个方子呢。”

赵盼儿笑着点头，别的倒没什么，只要她别把灶房给点着就成。

“到哪儿去了？”宋引章在书架上胡乱翻找着，“找到了！你等等啊。”

宋引章顾不上收拾被自己翻乱了的书架，拿着那张记了方子的素笺匆匆奔了出去，到了门口，还被自己的裙子绊了一下。片刻之后，之前几本被宋引章翻得摇摇欲坠的书，噼里啪啦地掉在了地上。

赵盼儿叹了口气，起身去捡，但她的动作在看到佛经里掉落的库贴上“三千贯”的字样后凝住了。

直到葛招娣闻声过来，赵盼儿仍保持着呆立的状态。

“盼儿姐，你没事吧？”葛招娣狐疑地看着地上散落的书籍。

赵盼儿摇摇头，无力地坐了下去：“你和陈廉一直有联系吧？能帮我找他来吗？”

葛招娣略显吃惊地张着嘴，但最终什么也没说，点了点头，飞快地跑了出去。

陈廉得知赵盼儿找他，一刻不敢耽误，立刻赶来。没过多久，他就已经坐在桂花巷小院中，开始给赵盼儿答疑解惑了。

“所以，他说的因北使受伤而身不由己，不是北使受伤，而是他自己受了伤？”听完了陈廉的讲述，赵盼儿不由震惊地睁大了双眼。

陈廉重重点头，急促地说："头儿为了救那个殿下才撞上了山石，当时就晕过去了，昏迷了两天，刚醒没多久，知道你去皇城司找他的事，急得不得了，就冒夜一个人骑马回京，后来到你家巷口才突然吐血犯的病。"

赵盼儿的脸色又是一白。

陈廉忙道："这事可不是我编的啊，那个殿下来皇城司看头儿的时候亲口跟孔午说的，他直夸头儿是个有情有义的汉子，为了心爱的女人敢抗旨私自回京！"

赵盼儿捏紧手中的库贴，颤声问："那他卖庄子替我筹钱，是什么时候的事？"

时间过得有点久了，陈廉回忆了一会儿才答："我和招娣吵架之前吧？就是他奉旨陪北使的当天。"

事情的真相已经逐渐浮出水面，赵盼儿压抑着那种快要窒息的感觉，略微平复了一会儿才继续问："那他为什么那天宁肯躲在车中都不肯见我？"

"头儿只跟我说过，他不是不想见你，只是不敢见你。"陈廉的语气无比真诚，他是真的希望盼儿姐能和顾头儿解开误会，"但是盼儿姐，杀头的事都没见头儿怕过。所以，他多半是有什么天大的事情担心你不能原谅他，所以才逃避了一回吧？毕竟，他为了见你，连抗旨的事都敢干，连命都差点不要了！"

赵盼儿的手剧烈颤抖起来，能让顾千帆如此惧怕，又如此讳莫如深的事，能是什么？她心中突然有了一个让人绝望的预感。

第二天，赵盼儿一直把自己关在永安楼的一个雅间里，不知在研究些什么，因此对雅间外发生的事一无所知。

自开业以来，永安楼的生意一日比一日火爆，孙三娘每到饭点都恨不得能生出三头六臂。譬如这日，还是因为袁屯田来了，孙三娘才破天荒地离开了灶房。袁屯田从半遮面刚营业的时候就一直支持她们的生意，但第一次花月宴的名单是赵盼儿从给永安楼打出名气的角度反复斟酌了很久才敲定的，没邀请他来，她们心里都挺过意不去。因此，得知袁屯田来了永安楼，孙三娘特意依着他的口味，给他做了一份糖醋鱼羹，亲自给端了过去。

送完了鱼羹，孙三娘扶着有些酸痛的腰正准备回灶房，不知何时进来的杜长风却伸出手给她捶起了腰，"累啦？我给你捶捶腰！"

孙三娘吓了一跳，忙给他使了个眼色："别瞎来，那么多人看着呢。不是让你在这儿跟我都注意一点吗，你干吗又来找我？"

杜长风委屈巴巴地说:“我不是找你，找你肯定上灶房啊，我是有事找赵娘子。”

“刚才她拿着几卷册子急匆匆地走了，估计是找地方看去了吧。”想到赵盼儿，孙三娘皱了皱眉，赵盼儿从今儿一大早就不太对头，估计是在为官家微服来的事烦心。

“那我告诉你，你告诉她也成。”杜长风眨巴着眼睛，颇有几分邀功的意思，“这些天我一直在文士圈里推波助澜，赵娘子想的那个文魁奖的事十之八九就快成啦！她说得对，永安楼以后要想一直保持这几天打出的名气，就得让全东京的人天天谈日日说，书生们写了诗词，歌伎们四处传唱，可不就是最好的法子吗？怎么样，我做得不错吧？”

孙三娘伸出一根手指，轻轻地将他推远:“等你真的把这事办好了再邀功不迟，再说盼儿又不是让你白干。”

杜长风笑着凑上来，将头搭在孙三娘的肩上:“没有功劳，总有苦劳吧。”

孙三娘哄小孩似的拍了拍杜长风的后脑勺:“晚点给你做醋熘肝尖。”

杜长风这才心满意足地放开了孙三娘。

这时，一个小二左右开弓，托着两个食盘上了楼，每盘上都有四五碟菜。孙三娘怕他把菜撒了，忙接过一个食盘:“我来，哪一桌的？”

还未等小二答话，楼下突然响起一声尖叫，杜长风忙探头出去，发现尖叫声是一个衣衫褴褛的脏污少年发出的。而池衙内此时正拧着他的耳朵大声斥责:“你吃了虎胆了？敢偷到本衙内酒楼里来了？”

少年抓着包子，拼命往嘴里塞，含糊不清地喊着:“我没偷！你们不要的果子，我捡一个又怎么了？”

池衙内看了眼桌上的“赃物”——一食盒精致的点心,猛地弹了他一个栗暴:“还敢犟嘴？这是不要的吗？这是马上要送出去的索唤！”

“放开我，我疼！”那少年一边灵敏地躲闪，一边瞅准机会踩了池衙内一脚。

池衙内疼得吱哇乱叫，松开抓着少年的手，抱着脚单腿跳:“哎呀！何四，快来帮忙！”

突然间，楼上响起一声不可置信的怪叫，只见孙三娘端着食盘，探出半个身子:“子方？”

傅子方扬起脸，不可思议地喊着:“娘？”

纵然傅子方眼下满脸污垢，个子也长高了，孙三娘还是一眼认出了自己的儿子。

她的手一松，食盘直接从二楼落下，一盘肉菜登时浇了也向上看的池衙内满头花。

池衙内被浇蒙了，不断有肉顺着他的脑袋往他脸上滑，他抹了把脸，正想搞清情况，孙三娘却早就跌跌撞撞地跑了下来。

孙三娘一把抱住儿子，上上下下地查看着：“子方？真的是你，你怎么上东京来了？”

傅子方也扔了点心，与孙三娘抱作一团：“娘，我好想你！”

楼下的池衙内挂着一头的菜，呆在了当场，而在楼上探着脑袋的杜长风也露出了跟池衙内如出一辙的呆傻表情。

母子俩相认后，傅子方就开始抽泣着给孙三娘讲起自己这半年来的遭遇。原来，那个继母最开始对他还不错，可很快就露出了真面目。俗话说，有了后娘就有了后爹，傅新贵慢慢也开始对他不管不问，在继母的挑唆下，把他打发到手下一家铺子里当学徒，那掌柜的便在傅子方继母的指使下对他各种折磨。

好巧不巧，当初高慧的乳娘得知欧阳旭与赵盼儿有旧情，便派了几个家丁去钱塘打探情况，这几名家丁问的人正是被折磨得离家出走的傅子方，他也正是从他们口中得知母亲不但活得好好的，还在繁华的东京安了家、开了茶坊。傅子方对那几个有勇无谋的高家家丁连蒙带骗，用一些半真半假的情报换来了盘缠，准备来东京寻母。可一路上又是被偷又是差点被拐子卖，最后他只能一路讨饭找到了永安楼。

“……就这样，我的钱被骗光了，可我实在想见你，就一路讨饭，足足走了两个月才到东京。偏偏东京又那么大，我找了好多茶坊，都说不认识你……娘，我好想你！”傅子方讲完了自己的遭遇，抽抽搭搭地伏在了孙三娘怀中。

孙三娘想到他这一路上可能会遇到的危险就后怕得不得了，她抚着他的头发安慰道：“不哭了，不哭了，以后有娘在，娘不会再让你吃苦了。”

傅子方却哭得更大声了：“娘，你以后永远别离开我，好不好？我以前错了，我以后一定听你的，好好读书，好好上进，再也不跟你对着干了！”

“好，好。”孙三娘流出了既心疼又欣慰的眼泪。

池衙内热闹看得差不多了，准备上楼去换衣服，路过杜长风，池衙内满脸同情地拍了拍对方的肩：“杜兄，以后你的日子只怕难啰，多努力啊。”

杜长风半是答话，半是自我鼓励地说：“没事，她有儿子的事，之前我就知道了。那孩子不是想上进吗？我可是书院的先生啊。一日为师，终身为父！”

池衙内愣了愣，旋即竖起了大拇指：“高，实在是高，以后还得多向你请教！”

说话间，又有几根菜叶从池衙内的脑袋上掉了下来。

皇宫内殿中香雾缭绕，四处弥漫着龙涎香的气息。皇帝倚在榻上，听雷敬汇报《夜宴图》的调查情况。

“这么快就有结果了？不是在敷衍朕吧？”皇帝双目微阖，他既希望真相能尽快水落石出，又有些害怕真相的逼近。

雷敬回道：“事涉朝廷社稷，臣哪敢不尽心？官家容禀，赴江南暗察的人虽然还没回来，但在东京做生意的钱塘人不少，臣已查问过好几个去过赵氏茶铺的人。他们都说杨运判的确常去赵娘子那儿喝茶，也问她买过几幅画。此外，在京候阙的润州知州吴铭，是杨运判的同乡，他也说在杨家见过那幅《夜宴图》。”

皇帝大喜，一下子坐起了身：“他见过？赵盼儿果然说的是真话！”

“查得好，朕要重重地赏你！”皇帝站起身来。赵盼儿没撒谎，那真《夜宴图》竟然真的早就被烧光了，太好了！他喜不自胜地走了两步，又突然暴怒，“齐牧和欧阳旭这两个混账，攻讦皇后，简直居心叵测！”

雷敬却继续道：“官家息怒。以上毕竟只是臣初步查证所得，并非最终定论。且齐中丞与欧阳校勘乃言官，风闻奏事本是职责所在。况且，就算那幅《夜宴图》是伪作，也未必便是欧阳校勘仿制，毕竟杨家原作已然毁于大火，臣以为，或许此案与已经自尽的郑青田有所关联。”

皇帝一怔，怒火渐熄，沉吟道：“郑青田当初死得的确太快了些。”

见皇帝逐渐上套，雷敬煞有介事地继续往下说：“是，临死前还特意上书请罪，如今想起来，倒似是有意为人遮掩。若是这背后之人又炮制了假画，挑起朝中争斗……官家，莫忘了上回的帽妖案，最后萧相公固然险遭毒手，齐中丞也被牵连离京养病。真凶虽已伏法，但所谓的幕后指使安国公虽已幽居，坚称自己是冤枉的。”

皇帝沉默半晌，眸色变得幽深：“你觉得这几案的幕后主使是另有其人？”

“是，且此人多半早有阴阳两手准备。”雷敬突然跪了下去，满脸沉痛地说，“恕臣大不敬，若官家以《夜宴图》为真，那么圣人与太子必废，萧相公也必受牵连，陛下便只能另择宗室为嗣；若官家以《夜宴图》为伪，齐中丞固然有罪，圣人也多半因为令名有辱而见疑于官家，到时就算升王得立太子，后党、清流俱受打击之下，您将来能选择的辅政之臣，也必然出自宗室！”

皇帝向来相信雷敬这个和自己一起长大的内侍，他不自觉地握紧了扶手，明灭的烛光映在他的脸上，映得他的脸色晦暗不明："朕的皇弟皇侄那么多，看来，朕一日不立太子，这天下就一日不得安宁。"

"官家圣明烛照。"雷敬恭敬地一拱手，继续说道，"若说齐中丞有错，也仅仅错在再三被乱党利用，此回又误信了欧阳校勘而已。可那幕后乱党虽是阴险至极，但唯独算漏了一样，那就是官家与圣人多年的伉俪情深、相互信任。"

皇帝听到最后这两句，不禁微微点头，他想了想，转头对内侍道："告诉皇后，朕今天好些了，晚上想吃她做的豆粥。"

那内侍躬身去了，没过多久，雷敬也退出了内殿，他原本写满恭敬的脸上露出了得意的笑容。他刚才的那番话，处处给自己留了余地——官家本就偏向皇后，他给出的答案永远是官家想听的答案。而后党的萧钦言自然会在这件事上记他一功，官家毕竟已经老了，圣人和他的独子升王才是国朝的将来，日后若是圣人掌权，后党的萧钦言必会辅政佐治，届时定然少不了他的好处。

可萧钦言又怎会知道，雷敬也暗中约见了齐牧，并告诉齐牧，官家是在他雷某人的劝说之下，才决议不会降罪于他。毕竟升王迟早会知道他并非皇后亲生的事实，有朝一日若皇后与后党垮台，凭着他今日的投诚，清流这边仍有他的一席之地，届时总不会少了他一个太尉之名。

码头边停着一艘小船，雷敬满面春风地坐入舱中，见顾千帆正负手在甲板的一侧看风景，他热情地伸手招呼道："沉舟！"

顾千帆转身向雷敬一拱手："都知。"

"成了！全成了！"雷敬的脸上笑出了无数褶子，"我按你的指点，分别向官家、萧相公和齐中丞交代，他们果然如你所料，都对我满意之极！"

顾千帆提醒道："不止他们，就连皇后，也会承您一份情。"

雷敬笑得愈发灿烂："不错，你出的主意，简直四角俱全！呵，这样就好了，无论以后朝中怎么风云变幻，我都能不动如山！这一回，全多亏了你啊。"

雷敬伸手去拍顾千帆的肩，顾千帆却微微避开了一步："不敢当。"

雷敬尴尬地收回手，可他眼下心情正好，哪会计较这等小事？他笑了笑："以后你掌着皇城司，是萧相公亲信；我在精耕后省，又得官家信任。咱们俩联手，大有可为啊！你放心，我安排得妥妥的，这案子绝不会让你家赵盼儿受到任何连累。呵呵，倒是看齐牧那神色，欧阳旭很快就会遭殃了吧？"

远处，小贩的叫卖声不断传来：“卖绢子呐，卖绢子呐，上好的湖丝绢子，二十文一块……”

顾千帆闻声望去，只见有不少大娘少女围在小贩周围，你争我抢地挑选着各色绢子，也不知为什么，他突然想起在华亭县时，他与赵盼儿为了躲避追捕、假扮情侣，不得不买下珊瑚钗的事情。

想到这里，顾千帆清冷的双眸突然一暗。连接好几晚，他都在小院外放了黄花，但盼儿一直未在茶坊出现。可就算她愿意见他，他又该如何向她解释两人父辈之间的党争仇怨呢？

“卖绢子呐，卖绢子呐！”同样的叫卖声也在高鹄府邸附近的街巷中响起。

心烦意乱的欧阳旭进了高家府门。

今天一早，欧阳旭便觉得眼皮乱跳、心底发慌，那幅《夜宴图》明明铁证如山，他想不通为何都过去好几天了，朝里却一直没有动静。他想安慰自己，废后兹事体大，齐中丞肯定还在和萧钦言角力，可当他前去齐牧府上拜谒，却也吃了个闭门羹。无奈之下，他只能抱着侥幸心理，转而来到高府。

走向高鹄书房时，欧阳旭不悦地察觉到，一路上高鹄的小厮都用一种带着同情的眼光看着他，他在心中默默地记下了这笔，准备日后再跟这群没眼力的下人算账。

一看到欧阳旭，高鹄就劈头盖脸地问：“我问你，那幅《夜宴图》到底是真是假？”

“自然是真的，事关重大，小婿哪敢做假？”欧阳旭吓了一跳，语气惊讶极了，显然一点也不知道今日宫中发生了什么。

高鹄忍着打人的冲动，怒喝道：“你还敢嘴硬！宫中贤妃传来消息，说皇后业已复宠！这只能说明一点，官家已经查到实据，根本不相信你那番胡说八道！”

欧阳旭冲口而出：“不可能！那幅《夜宴图》绝对是真的，否则皇城司和赵盼儿不会再三向我追讨！”

高鹄敏锐地察觉到问题所在，不禁蹙眉：“赵盼儿？这又和她有什么关系？”

见欧阳旭支支吾吾，试图遮掩，高鹄不耐烦地说：“行了，你和她之间的破事，我早就知道得一清二楚！”

欧阳旭虽然尴尬，但一想到自己还有高慧的把柄，仍是有恃无恐。

“难道那幅画的原主是她？”高鹄突然心生狐疑。

欧阳旭又是一滞。

高鹄本是随口一问，看到欧阳旭的脸上青白变幻的反应后，气得胡尖发抖："那你为什么要一再说这画是你从西京得来的？欺君是多大的罪名，你明不明白？"

欧阳旭心中一紧，但仍然狡辩道："这纯粹是小婿无心之过……"

高鹄心烦意乱地在屋中踱着步，试图从纷乱的线索中理出头绪。突然，他停住脚步，扯出来一个瘆人的笑容："呵，我想通了，顾千帆多半早就知道《夜宴图》里有古怪，所以才通过赵盼儿一直找你讨要此画。你恨赵盼儿逼你出京，发现画中秘密之后，就以此投靠视后党为死敌的齐牧，回到东京。本来铁证在手，扳倒皇后之后，你就能青云直上。可你偏偏想要报复他们，并且抹掉悔婚这道你仕途上迟早要发的暗疾，所以就自作主张编造了《夜宴图》的来历。妄想着官家会治顾千帆一个隐瞒不报的罪名！可你当真以为皇城司和后党是吃素的吗？"

欧阳旭脸色一下变得惨白："可那《夜宴图》的确是真迹，皇后也确实做过女乐呀！"

高鹄无语地盯着欧阳旭："街上有人行凶，开封府是信我的证词，还是信一个地痞无赖的证词？你可知道现在坊间都在传官家可能微服去过永安楼？万一是真的，谁知道赵盼儿向官家说过什么！"

欧阳旭终于怕了，跪下哀求："岳父救我！"

然而高鹄翻脸无情，一脚踹开欧阳旭："别再那么叫我！我真是一再误信了你！如今何止齐中丞，连我也要被你拖累！"

欧阳旭脸色一变："难道您又想第二次悔婚？"说到这最坏的可能，欧阳旭反而不怕了，他站起身来，冷冷地开口："我劝岳父您最好冷静一点，如今咱们是一条绳上的蚱蜢。你要是见死不救，小婿手中那半条令爱的肚兜，可就要拿出来见见光了。"

"欧阳旭！"高鹄恨不能立刻杀了他。

而欧阳旭只是淡淡一笑："婚姻之事，结的无非是两姓之好，我若是这回好不了，慧娘和高家也一定好不了！"说完，他连对长辈的基本礼数都不顾，便拂袖而去。

高鹄气得直发抖，一脚踢翻了书案。

见欧阳旭出了高府，道童迎上前去，满怀希望地问："高观察那边可有消息？"

欧阳旭铁色铁青："有消息，但不是好消息。总之天无绝人之路，大不了大家一块死！"

道童闻言打了个寒战，他一直忍着欧阳旭的阴晴不定，担惊受怕地跟在他身边，可都是因为当初欧阳旭说能将他带到东京过好日子啊！他怔了半晌，才追了上去，不想却与一位大娘撞在了一起。

那大娘手中的绢帕一下子飞了出去。

欧阳旭陡然见到地上的那张绢帕，心跳却漏了一拍。

欧阳旭一把抓起那绢帕，只见那约有两尺见方的绢帕上绣着花鸟图案，旁边小小地缀有一个“慧”字。他不可置信地从袖中掏出半截肚兜对比，两者果真几乎一模一样。

欧阳旭大急，拉住大娘便厉声道：“这东西哪来的？”

大娘吓坏了，往远处叫卖的小贩一指：“就那里啊，这两日东京城里到处都在卖这个，才二十文一条。”

欧阳旭抛下大娘，狂奔至那小贩处，从他的摊上抓起一把绢帕，只见那些绢帕有各种颜色，有的绣着“慧”字，有的绣着“妍”字，有的绣着“淑”字。

欧阳旭的手剧烈地颤抖起来，他突然扭转头，又向高家奔去。

不明所以的道童被欧阳旭突然抛下，愣了半晌，只得再一次跟了上去。

第三十六章 见月明

高慧原本正在房中插花，听到外面的一阵骚乱，不禁皱起了眉。

“你不能进去！”院中，春桃正奋力阻拦欧阳旭。

房门被猛地推开，高慧走到门前，冷声道：“让他进来。”

欧阳旭的目光冷冷地落在高慧明艳的脸颊上，从他身上根本寻不出一丝从前的情意。

房门一关，午后的暖阳被彻底阻隔在外，昏暗的光线下，欧阳旭的脸色看起来更加灰败了。他举着手中的绢帕，声音像是从牙缝里挤出来的：“这是你安排的？”

高慧语气平静如水，“我不明白你在说什么。”

欧阳旭情知高慧在装傻，面色一阵青白变幻，沉默片刻后，他果断朝高慧深深一礼：“高娘子，欧阳旭自知无德，不堪匹配柔荑，愿意再次解除婚约。”

高慧还是云淡风轻：“什么叫再次？我手里只有你亲笔在西京写下的一封退婚书，不记得和你定过第二次亲啊。”

欧阳旭懒得跟高慧打哑谜，直接将肚兜掏了出来，“高娘子，事已至此，明人就不要再说暗话了。只要你答应我一个条件，我可以马上把肚兜交给你。”

高慧看到肚兜，这才有点慌乱，下意识地想要夺回，却被欧阳旭灵敏地避开了。

高慧力持镇定：“你还敢跟我谈条件？难道你还以为，拿着半张市面上处处都有的绢帕所改的肚兜，就能威胁我？”

欧阳旭冷笑：“光脚的不怕穿鞋的，这一回你若是肯帮我，你我便再无瓜葛；但如果你想像你爹那样袖手旁观，我敢保证，就算你以后嫁了人，也终身不得宁日。”

高慧恨得咬牙，她要拼尽全部理智，才能忍住不对他恶语相向。

欧阳旭见高慧仍不入套，便又往火里加了把柴，低声威胁道：“官家从不杀言官，所以这一回我最多流放，死不了。要是有朝一日我把你身上的那些私隐告诉你夫君，他会如何想？”

高慧身体微微一颤：“你想要什么？”

欧阳旭不急不缓地说：“请宫中高妃助我尽快面见官家，陈情求恕。”

高慧似乎有了一丝松动，但最终还是冷静下来：“我不信你会遵守诺言。”

一味激怒高慧并不是办法，欧阳旭又适时展现出了自己的诚意：“我可以写下切结书，只要你助我见到官家，我可以保证今生今世不再为难你和高府，如违誓约，我以命相赔！”说着，他将写好的切结书和肚兜交给高慧。

高慧想尽快了结此事，粗粗看了一遍，便道：“可以，盖手印吧。”

欧阳旭却狡猾地摇头：“现在不行，只有等你助我见到官家之后，我才会用印。”

高慧心中冷笑不已：“放心。明日是鄂国长公主二十岁生辰，官家疼爱幼妹，一定会出宫微服去公主府贺寿。我和公主交好，用不着宫中姑姑出手，也能帮你要到一份请帖。”

欧阳旭盘算了一会儿，点了头：“好。那就静候佳音。”

高慧本以为欧阳旭该说的都说完了，正准备吩咐春桃送客，欧阳旭却突然朝她一拱手：“高娘子好心计，若是我没猜错，这一切都是你自己安排的，而非令尊吧？没能娶到娘子，实乃欧阳旭之幸也。”

“是吗？我也觉得。送客。”高慧眼皮都懒得抬，背过身去，不再理他。

欧阳旭对高慧轻慢的态度有些不满，但也只能跟着春桃走了出去。

送走了欧阳旭，春桃匆匆而回，却见高慧站在走廊上，她脚边的火盆中，那半条肚兜正在熊熊燃烧。

春桃试探地问：“要不要告诉主人？”

高慧嗅着空气中树木的清香，笑着摇了摇头：“不必了，他现在惶惶不可终日，估计正绞尽脑汁想着怎么不被欧阳旭连累呢，又怎么会关心我的婚事？”

春桃犹豫了片刻，终究还是禁不住好奇，“那些绢帕真是姑娘你自个儿安排的？你这几天都没出府，什么时候做下这等大事，奴婢竟然都不知道……”

“不是我，我只是很幸运，遇到一个很好的朋友而已。”说着，高慧抬起脚，从火盆上跨了过去。

与此同时，永安楼一间雅阁内，池衙内正在赵盼儿面前邀功。

“怎么样，你第二个愿望，转眼就实现了吧？三天之内，全东京城的大街小巷，到处都是。不过你干吗要做那么多的绢帕啊？”见赵盼儿不答，池衙内在她面前挥了挥手，“哎，回魂啦！”

赵盼儿正忙着看手中的一册册邸报，头也不抬：“我只是单纯想帮一个人而已，因为她也曾经主动帮过我。一共花了多少钱？我给你。”

池衙内豪情万丈：“我缺钱吗？我是行头，弄几匹一模一样的湖丝，你绣几个破字，算啥啊。”

“行，那过几天，我一定再帮你赚一大笔，就当是谢礼了。”赵盼儿随口道。

池衙内马上靠近套近乎：“我不要谢礼，只想你安慰安慰我。哎哟，你不知道，刚才我被三娘浇了那一头菜，多没面子，多狼狈，可全酒楼的人没一个人关心我，全在那儿感叹他们母子相会有多不容易。”

赵盼儿冷冷地瞟了他一眼，池衙内心知不妙，立马就来了个急刹车，拿起她面前的册子看了一眼：“邸报？你找袁屯田要的？老看这个干吗？”

赵盼儿将那册邸报抢了回来，遮掩道：“查件事，没什么。”

池衙内不开心了：“别骗我了，你今天一直把自己关在这儿，要真没什么，你至于连下楼看一眼孙三娘儿子的时间都没有吗？是不是和顾千帆有关系？”

“跟你没关系。”赵盼儿不想多谈。

池衙内不自觉地升高了语调：“我就知道要坏事！早知道那天晚上就不该让你们见面！你可千万别觉得他可怜就软了心……”

赵盼儿烦了，用力将池衙内推出门去。

池衙内极没面子，也不开心了：“开门！赵盼儿你别整天对我这么甩脸子，泥人也有三分火性，用完了人转头就不理，你简直是无情无义、始乱终弃！”

门内传来了赵盼儿的声音：“我是没空理你，你以为其他酒楼会眼睁睁地看着永安楼一鸣惊人，自己却什么事都不做？”

池衙内闻言一愣，气焰顿时低了：“哦，原来你在琢磨这个啊，嘿嘿，对不住啊，不打扰你了，你忙，千万别生气啊。”

半晌，赵盼儿也未答话，池衙内将耳朵紧贴在门上，可屋里再没了声音。池衙内自觉没趣，往楼道里走了几步，想了想却又讪讪地走了回来。

他隔着门，瓮声瓮气地问：“盼儿姐啊，能不能给我几角苏合郁金酒？现在这酒在东京可出名了，毕竟官家都喝过了嘛。好多生意场上的朋友都问我要，我毕竟是十二家行会的总行头……”

赵盼儿终于答了话：“你找招娣去领吧，她管着酒水这一块。”

听到赵盼儿的声音与平常无异，池衙内终于松了口气。

听到门外再无人声，赵盼儿总算松了口气，她揉了揉干涩的眼睛，又继续看起邸报来。她用手指着册上那密密麻麻的文字，仔细地辨认着，唯恐有所疏漏——自那晚询问过陈廉库贴之事后，她就有了一个清晰的直觉：能让顾千帆如此纠结痛苦、想见她却又百般畏惧的事情，除了他的生父萧相，就只能是和他们的婚事相关了。婚姻是结两姓之好，而她早就和顾千帆互相坦承过过去的感情，那么问题只能出在两人的家世上！

一想到当年全家凄惨的遭难，饶是赵盼儿摸清头绪，也一时不知该如何下手，倒是三娘和杜长风看出她情绪不对，婉转询问。赵盼儿想起杜家乃是京中大族，才语焉不详地请教杜长风遇到这种情况该怎么办。杜长风情知事关重大，便替她寻来详录朝中事务的邸报，盼儿便在永安楼的经营空暇，见缝插针地查阅起当年的往事来。这一查，便是数日，但赵盼儿始终没看出个究竟。

赵盼儿边看边喃喃：“阿爹抗命，明明就是景德元年的事，怎么可能没有记载呢？”

册子上的字越来越模糊，赵盼儿疲劳地闭上眼睛，往事情不自禁地掠过心头——她想起幼时父母对她的怜爱，想起父亲领军出城时的威风凛凛、获罪受杖时的血肉横飞，更想起自己开设茶铺后遍查刑律、结交官员雅士，想设法为父亲鸣冤，最终却从多番渠道证实当年之事系出党争、翻案无补的认命与沮丧，以及此后漫长岁月中的自我和解……

忽然，窗口吹来一阵疾风，将桌上的书页吹得哗哗作响，赵盼儿忙去关窗，回座后正欲把书页翻回原来的页数，却陡然发现页边的一行小字：去岁腊月二十七日，都巡检史赵谦抗旨擅启东光县城门，杀北人劫掠者。左司谏萧钦言以祸乱两国和议弹之。上谕交大理寺审理。

赵盼儿指着那行字的手指迅速地颤抖了起来。随后，她捂住了脸，泪水一滴滴地从她的指缝里掉了出来。原来如此，果然如此！她终于找到了顾千帆与她突成陌路的缘由，但这缘由重如千钧，压得她喘不过气来。

也不知过了多久，几声敲门声响起，宋引章走了进来。赵盼儿忙抹掉了眼泪。

起初，宋引章并未注意到赵盼儿抹泪的动作，急匆匆地说：“姐姐，子方来东京了，三娘很欢喜，但晚市还得招待客人，离不开，我想让招娣送子方回小院先住，你看可好？”

“好。”赵盼儿一愣之后，随口应下。

“哦，对了。”宋引章有些孩子气地撇了撇嘴，恨恨地说，“王楼和潘楼也开始卖蟹酿橙了，比咱们这儿便宜三成。听说他们还抄了苏合郁金酒的方子。”

“让他们去吧。”赵盼儿尚在情绪之中，回答得有些心不在焉。

这一回，宋引章敏感地察觉到赵盼儿的反常，便走到她面前蹲了下去，一边仰头观察着她的神情，一边小心地问：“姐姐，你是不是又遇到什么为难的事了？”

赵盼儿表情木木的，点头道：“我突然知道了一些事，心很乱，不知道以后该怎么办。”

自从永安楼开业以来，宋引章从未看过姐姐如此低落，一阵心痛闪过心头，她伸手握住赵盼儿的手，轻声道：“那就出去走走，别闷在这里一个人瞎想。我从林三司家逃出来的时候，和你现在一模一样。那会儿我也不知道该往何处安生，既不敢回来找你们，也不敢去教坊，就这样在庙里头想啊想啊，头都快想破了，却仍然没有结果。后来天亮了、雨停了，我索性就离开庙里随便乱走，可越走心境越是开朗。再后来，我就走到了码头，重新遇见了你们……”

“可你要是选了另一条路，或是没有遇到我们，怎么办呢？”赵盼儿下意识地问。

宋引章似乎已经将一切都看开了，豁达地说：“那就再想办法呗，总之天无绝人之路。换个地方，总会有不一样的风景。反正，再差也比待在原地好。再苦，能苦过我被周舍拴狗绳关柴房？”

赵盼儿眼中闪过了一抹光，她缓缓站了起来：“你说得对，我是该换个地方好好想想。可应该去哪儿呢？”

宋引章一时也回答不出，她皱着眉想了想，这才一指窗外一座高耸的佛塔：“那儿！”

仿佛回应她的话一般，“铛铛”的佛寺晚钟声响了起来——那是开宝寺灵感塔的佛钟，先帝特在此塔供奉吴越国所献的舍利，也正是这东京城中三姐妹极少能见到的钱塘风物！

钟声不断，赵盼儿快步奔走在通往城东北开宝寺的街道上，每一记钟声，都打在她的心上。奔进佛寺的大门，暮云已起，巍峨的灵感塔便在眼前。赵盼儿飞快地拾级而上，因为跑得太快，她感觉自己的肋部隐隐作痛，可她仿佛跟自己较上了劲儿，一定要赶在最后一声暮钟敲响前登上塔顶。

“铛！”最后一声暮钟响毕，赵盼儿终于喘息着登上了佛塔。

此处视角极好，往下望去，就可以俯视东京的人间烟火。此时正值傍晚，夕阳金辉如同一层金纱般，镀在了东京繁华的御道上。

塔下，僧人的诵经声幽幽传来：“有因有缘集世间，有因有缘世间集；有因有缘灭世间，有因有缘世间灭……”

渐渐地，赵盼儿的心静了下来。又不知为何，她突然间热泪盈眶。

一位慈眉善目的高僧出现在她身后，朝她一礼：“阿弥陀佛，女施主。”

赵盼儿回以一礼：“大和尚，可否请教，若有一段缘，怎么能知道它是良缘，还是孽缘？”

“无挂碍故，无有恐怖，远离颠倒梦想。所以是良是孽，在于施主你如何想，而不在于缘分本身。”高僧一指塔下的东京红尘，声如钟磬般深沉幽远，“此刻塔下世人如抬首，只会觉得我等如蝼蚁般细小；而我等俯瞰东京众生，又复如何？”

一声轻响似乎在耳边响起，赵盼儿知道，是自己胸中的那片薄冰被击碎了。刚才，她其实早已隐约理清了思绪，高僧的这一句话，更是让她彻底拨云散雾——早就清楚父亲获罪真实缘由的她，刚才尚且如此痛苦，那骤然得知两人之间竟有父怨的千帆呢？十余年来，始终挣扎于皇城司泥淖之中，却依然心向光明的他，那时该有多绝望、多恐惧？

赵盼儿再度抹去眼角的泪水，盈盈一礼：“有劳大和尚解惑。今日多有打扰，不知如何感谢才好？”

高僧报以一笑：“不难，只要下次多布施几盒素果子就行。自从半遮面歇业，老衲可是许久都没有尝到君子饼的味道了。”

赵盼儿一愣，随即也笑了：“果然是有因有缘集世间，有因有缘世间集！”

高僧也笑了。在这笑声中，赵盼儿回首再度看向塔下，街道上的行人来来往往、穿梭如织，而她头一次将人生看得这般清明。

金光褪去，夜幕初临，这正是永安楼最热闹的时段。掌柜的忙着招呼客人、跑堂的忙着传菜，四处人来人往，一派热闹景象。

赵盼儿踏入永安楼，看着这热气腾腾的生活气象，深深吸了一口气。

葛招娣首先发现了她：“赵娘子回来啦。”接着，客人们也纷纷向她打起了招呼。

赵盼儿微笑着一一回应，一会儿跟客人谈笑两句，一会儿叫住跑堂的，要他整理腰间的手巾，又恢复成了以往那个长袖善舞的掌柜娘子。

葛招娣松了一口气，招手叫过一个侍女，满脸喜色地说：“快去千山阁告诉引章姐一声，就说盼儿姐这边雨过天晴了。”

就在此时，门外传来一阵阵哀号，何四扶着鼻青脸肿的池衙内走了进来。赵盼儿吓了一跳，忙将池衙内拉进雅间，免得打扰楼里的客人。

进了雅间，池衙内疼得龇牙咧嘴，却不忘向赵盼儿邀功——原来他之前是为苏合郁金酒的事跑去找王楼的掌柜王丰打架去了！

不一会儿，葛招娣给池衙内拿了药来，宋引章乐意看池衙内吃瘪，说什么也要来看热闹，因此便形成了赵盼儿、孙三娘、宋引章、葛招娣都在一旁围观何四给池衙内上药的局面。

人一多起来，池衙内便愈发喊得夸张，不时痛呼：“轻点！”

“好端端的，你跟人家打什么架呢？”赵盼儿抱着双臂，显然觉得他纯属自找苦吃。

池衙内觉得自己的伤比刚才更疼了，龇牙咧嘴地说：“你能忍得下这口气，我可忍不了！他们抢的哪是方子啊，是钱！是活生生的钱！”

一直闷声不响地坐在旁边的宋引章一边吃着蜜煎，一边慢条斯理地问：“你平日里不是口口声声说自己不在乎钱吗？”

“说和做能是一回事吗？老子戒赌还戒了快十年了呢！”池衙内快被她们气出内伤，哀怨地扫视着众人，“你们有没有良心啊，我都这样子了，还在那儿笑话我！”

赵盼儿闻言扬眉：“何四，你来说，你家衙内受的这趟罪，活该不活该？”

“活该！”何四重重地点了点头。

“你这吃里爬外的混账！”池衙内气得一把推开何四的手，结果不小心碰到伤口，他一声哀号，又消了气焰。

何四“嘿嘿”一笑：“禀衙内，七天之前，赵娘子早让我把东京市面上的郁金和苏合香料全买下来啦！其他酒楼买得越多，咱们的香药行就越赚钱！”

“啊？”池衙内怀疑自己的耳朵被打坏了。

孙三娘见池衙内傻呆呆的，便用轻快的语气说：“还有蟹酿橙用的江南蟹，咱们也早把今年的货都买断啦。王楼那些地方不明白其中的道理,用的是普通的溪蟹,最多再过两天,溪蟹肉一老就会发苦,这菜也就毁啦。”

赵盼儿意味深长地看了池衙内一眼:“做生意要想长久,不光要靠菜色好、点子多,还得紧紧地把住货源,自从经过茶汤巷闹事和买冰的事情后,我就深深地记住了这个教训。不在这上头狠狠地赚一笔,拿什么去贴万水阁的便宜菜钱?”

池衙内听到“买冰”二字后,眼神明显飘忽了一下。

宋引章看池衙内如此反应,更加快乐了,她难掩自豪地说:“只要万水阁来的人越多,永安楼在东京的名声就会越响,连带着让千山阁也成了士大夫的必访之地。”

葛招娣也补充道:“永安楼也不会指着苏合郁金酒这一种卖,明后天就会出丁香琥珀酒啦。当初茶坊都有那么多种味道的饮子,咱们一样一样地换,别家就只能一次一次地跟!”

池衙内感觉口中发干,赶紧咽了咽唾沫:“丁香和琥珀,你不会也都买断了吧?”

赵盼儿点了点头:“谁叫你有钱,让我随意从账房里支银子呢?”

“能赚多少?”池衙内的语气有些发抖,双手也捂住了胸口。

“不多。”赵盼儿眼中盛满笑意,“在你还没当上酒楼行头之前,没准就能帮你弄个香药行的副行头当当。”

池衙内双膝一软,“扑通”一声跪下了:“盼儿啊,你就嫁给我吧!咱们两口子以后联手在东京做生意,保证大杀四方!”

众人先是一阵静默,随后,除了池衙内,所有的人都乐了。

葛招娣在旁啧啧称奇:“这是欢喜疯了。”

赵盼儿也笑着吩咐何四:“你家衙内伤了头,赶紧扶他下去歇着。”随后便拉着宋引章走了出去:“我送你回一元阁。”

走出老远,赵盼儿和宋引章还能听到池衙内大喊着“放开我,放开我!我没说胡话!我清醒得很!”的声音。

宋引章笑了好一阵,才道:“下一场花月宴,已经准备得差不多了。这次演《洛神赋》,除了素娘,还请了教坊的几位舞姬。”

“自从官家来过永安楼,她们都争着来了吧?”前几日,官家虽是微服私访而来,但这逸事早就经由林三司“不经意”地泄密,因此永安楼现在早已成了东京文人墨客们趋之若鹜的必访之地!

宋引章正色起来：“不单是为这个，以往她们这些行首按制去别的酒楼应召侍宴，虽然面子上风光，可做的仍旧是赔笑的勾当，就连休息的时候都只能挤在后面的小杂间。可咱们永安楼不但份子钱多，招待得更是细心，不少士子还为着每半个月一次的评诗来讨好她们。这些尊重虽然算不上多，但也已经让她们觉得安慰了。”

赵盼儿停下脚步，心生感慨：“这些都多亏你考虑周到。”

“因为我经历过，所以才明白她们到底想要的是什么。”在烛光的映照下，宋引章的双眼含光。

赵盼儿知她心意，握住她的手，轻声而坚定地说：“一步一步地来，总有一日，贱籍这两个字，不再会成为我们的心魔。”

宋引章也认真地点了点头，她相信那个日子一定会到来。

此时已经到了一元阁门外，进门前，宋引章有些迟疑地问：“姐姐，你……真的不考虑池衙内？他毕竟挺有钱的，还愿意为你做小伏低……”

赵盼儿摇了摇头：“我也是到了现在才明白，原来真正喜欢一个人，不会去想自己能得到什么，而只是会去想能为他再多做些什么。”

宋引章知道赵盼儿的“他”指的是谁，可那注定不是一条容易的路：“那你要为他再做些什么呢？”

赵盼儿仰起头，目光笃定地看着窗外的璀璨繁星：“逼他走出自己的世界，到我的世界来！”

月上柳梢，才是顾千帆和众手下的下衙时分。一行人走出皇城司，顾千帆还在细细吩咐：“明日官家驾幸鄂国长公主府，务必多派些人手。孔午，我让你问大理寺要的……孔午？”

孔午只顾着看皇城司外墙，有点走神，此时忙应道：“下官在！”

“你怎么了？”顾千帆狐疑地打量着孔午。

孔午指着外墙上的蔓藤，脸上写满了疑惑：“我就是瞧着这里有点古怪，这花什么时候开出来的？早上我来的时候还没有啊！”

顾千帆放眼看去，只见司外的一墙蔓藤上，竟然密密麻麻插满了黄花！他心中巨震，未及多想，身体已经率先做出了反应，他夺过手下的马匹，如离弦之箭般冲了出去。

“头儿！”孔午和陈廉惊愕地对望一眼，然而，街巷中早已不见了顾千帆的踪影。

顾千帆一路风驰电掣，只用了平日一半的时间便到了半遮面。茶坊中一灯如豆，映出一个女子的侧影，蚀骨的思念席卷而至，顾千帆想也没想，便颤抖着推门而入："盼儿！"

雅室中，赵盼儿有如玉人一般静立。

顾千帆想奔向她，最终却迟疑却步："盼儿，你想见我了？"

赵盼儿回过身来，烛火映照下的她美得几乎不似真人。

日思夜想的人就在眼前，可顾千帆却近乡情怯，不敢再近一步。两人就这样，隔着重门，相对而立。

赵盼儿轻声道，"顾千帆，上回你说要我给你一次机会，我给你。"

顾千帆身子一震："盼儿。"

她对着天地说："现在这里只有天地、你我两人，所以，我才敢放下所有的自尊和骄傲，再问你一次——你到底还愿不愿意娶我？"

顾千帆如遇雷击，不由得上前："我愿意，无论任何时候你问我，我都愿意！可是——"顾千帆迟疑了一下说："你不会原谅我的……"

赵盼儿不禁上前几步，声音中透着酸楚："为什么？啊，为什么？难道就因为你是萧钦言的儿子？因为你爹是弹劾我爹的御史？因为他是害得我父母双亡、早早沦入贱籍的元凶？"

"你全都知道了。"顾千帆的眼眸中写满了震惊，良久，他低下头，苦涩地承认，"是，正因为我们永远也迈不过这道血海深仇的深渊，我才不配和你在一起。"说完，他整个人陷入愧疚自责的情绪里，不能自拔。

"只是你迈不过而已。"赵盼儿眼睛泛红，声音却干脆果决。

顾千帆抬起头，语气中满是不可置信："盼儿？"

赵盼儿一行清泪落下："萧钦言弹劾过我爹，可就算他现在是奸臣，当初那道奏折也是他身为言官的职责所在。让我沦入贱籍的，不是官家，也不是萧钦言，而是我爹当初的选择！他明知当时开城是违旨抗命，可他还是做了，因为他不能眼睁睁地看着北人杀大宋的百姓不管！后来，副将大叔来赎我时告诉我，临终之时，我爹一直说对不住我娘和我，可是他不后悔。而我是他的女儿，顾千帆，你记得吗？我跟你说过，无论何时，我也都不会后悔！"

顾千帆听完赵盼儿的话大受震动。若换了别人，或许就会拉住她的手，就势与她和好如初。可顾千帆知道，这一切并不是盼儿一句"言官职责所在"的大度便可就此揭过的——她并不知道萧钦言为了上位而借党争谗害忠良的细节，但他早已从各种蛛丝马迹中拼凑出了当年的不堪真相，他不可以自欺欺人，更不可以再欺骗这个为了拉出溺水的他，而不惜揭开自己最痛楚的伤疤的女子。于是，他生生地停下了自己差一点就要移动的脚步：“但我始终是萧钦言的儿子。”

赵盼儿泪眼婆娑，反问顾千帆：“那又如何？你现在姓顾，不姓萧！你害过我爹吗，你见过我娘吗？二十年以前，你根本就不认识我，我们俩之间哪来什么血海深仇！”

“别说了！”顾千帆眼眶一热，但他很快便克制住了自己，沙哑着声音说，“你知道我现在有多想一把把你抱进怀里吗？可我不能！这件事太过沉重，就算你现在能放下，可往后几年、几十年呢？它始终会是一道一碰就流血的伤痕，所以我才不能因为自己的冲动和私欲，就害了你的一生！”

赵盼儿不禁苦笑：“害我的一生？你以为我是因为冲动，才跟你说这些的吗？”激动之下，赵盼儿的声音有些颤抖：“不是，我在乐营那十年，见过无数悲欢离合、人间惨剧。所以我早就明白一个道理：莫问前尘，只看来路！你已经因为这段父子孽缘蹉跎了前半生，现在还想拿自己的后半辈子献祭吗？”

赵盼儿的话使顾千帆深受震动，他张口欲言，赵盼儿却没给他说话的机会。

只听她语声凄切：“千帆，你之前对我确实很好，可当你一个人藏起来舔伤的时候，有没有想过我们之前风雨同担的誓言？有没有想过你的避而不见伤我有多重？顾千帆，现在我可以告诉你，以前就算欧阳旭那般对我，我也从没有想过死。可那一天，当风雨把这里刮得什么都不剩，而我却一直找不到你的时候，我真的想过要从汴河的桥上跳下去！”

“盼儿！”顾千帆再也不忍听下去了，倘若她真的出了什么事，他也断活不下去。但即便如此，他的腿也似有千斤，始终无法迈出一步。

赵盼儿叹了口气，主动穿越重门走到顾千帆跟前。她从袖中摸出那支红珊瑚钗，看着顾千帆，轻声道：“这是你送我的，你看好了。”

在顾千帆错愕的目光下，赵盼儿奔出门外，把珊瑚钗放在院中的石桌上，从地上捡起一块锋利的石块高高举起：“我不想再浪费时间了，我再重复一次，我放下所有的自尊和骄傲，只会给你最后一次机会，你究竟愿不愿意放下过去，重新和我在一起？我只数三声，一、二！”

赵盼儿决绝地转身，将石块砸向珊瑚钗。

顾千帆的脑子嗡嗡作响，那一瞬间，所有的理智与顾虑都离他而去。永陷阿鼻对他不算什么，大不了，一切沉沦尽毁便是了。但这一刻，他无比想捉住那曾予他畅快甘霖的垂柳杨枝！于是，在这千钧一发之际，顾千帆冲上前劈手夺过了珊瑚钗，一把拥住了她。又过了良久，他方吐出那三个字："我愿意。"

一时间，赵盼儿被顾千帆身上那无比熟悉的气息所包裹，她闭上双眼，泪水早已滚滚而下："顾千帆，你真的是个懦夫。"

顾千帆拥着赵盼儿，这一刻，他终于实实在在地感受到了她的温度与颤抖。

"你说得对，所以，我会用后半生一直爱重你、呵护你，这样才能赎清之前我所有的罪责。"顾千帆把珊瑚钗重新戴在了赵盼儿的头上，他的手有些颤抖，神情却无比地坚定。

赵盼儿伸出手，抚上了顾千帆近来瘦削了不少的脸颊："你没有罪，也没有责。我们两个，以后只需要为自己而不是别人的人生负责。"泪水流满了她的脸颊，但她知道，她的这场豪赌终于成功了！这一刻，她救的不仅是深渊中的顾千帆，也救了对他难以割舍的自己，以及他们同样被父辈牵扯撕裂的人生。

乌云离开了原本被遮蔽的圆月，月光同时映亮了他们两人的眼眸。顾千帆俯下身，与赵盼儿长久地拥吻在了一起。

躲在角落里偷看的陈廉将这一幕尽收眼底，而葛招娣也在他的身旁。两人屏声静气，看着他们冰雪尽消、春风复来，看着他们相依相携而去。月光下，他们的背影犹如一对玉人。

笑容在这对少男少女的脸上浮现，陈廉试探地轻碰葛招娣的手，葛招娣身子一颤，连忙站开，但不知为何，她笑得更开心了。

无边的黑暗如同幕布一般将东京城彻底笼罩起来，然而鄂国长公主府上依旧灯球灿烂、罗绮争驰。大厅正中燃着百炬红烛，照得府中恍如白昼，放眼望去，席间客人俱是朝中权贵。正如高慧所言，素来疼爱幼妹的皇帝果然微服赴宴。

酒过三巡，皇帝象征性地看了会儿歌舞，便在数名内侍的陪同下悄然离席，走到相对清幽些的湖边赏月。

湖面在夜风的吹拂下轻轻漾动，沿路的灯火映在水面中，使水面如银河般星汉灿烂。

皇帝在湖边一块嶙峋的怪石边坐定，他吩咐近旁的内侍："朕酒劲儿上来了，你去告诉皇妹，让他们年轻人自己高兴，不用管朕。”

正在此时，靠着高慧拿到宴会请帖的欧阳旭不知从哪个角落里钻了出来，躬身道：“罪臣欧阳旭恭请圣安。”

陪侍御前的一众内侍陡然失色，大喝：“大胆，竟敢惊扰圣驾！”

皇帝挥手让内侍稍安，看都没看欧阳旭一眼，只是轻蔑而疲惫地问：“怎么，一个胆敢攻讦皇后的无耻小人，居然还有脸来见朕？”

欧阳旭做出一副大义凛然的模样，满脸惭愧地说：“罪臣受人蒙骗，误参圣人，实有大错。但罪臣腔中，绝无无耻之心，唯有忠君热血。御医可以作证，那日殿上撞柱，臣并未留分毫余力。”

皇帝脸色稍缓，但依旧不愿看欧阳旭：“那今晚你特意寻到公主府来，是想朕饶了你吗？”

欧阳旭言辞恳切：“并非如此，臣有错，便该罚，雷霆雨露，皆是天恩。臣只想求官家切勿迁怒高观察，因为罪臣擅入宫中觐见之前，并未向他透露过一丝一毫。高观察虽好字画，但毕竟是武将出身，误判《夜宴图》为真，情有可原。”

听了欧阳旭的话，皇帝对他的印象稍有好转：“你倒孝心不错，知道为你岳家分辩。”

“罪臣与高家娘子，早在西京之时便已解除婚约。回京后臣虽去过几次高府，也仅仅是为了退还订物，并无他事。”欧阳旭适时地撇清了与高家的关系。

正如欧阳旭预料中的那般，皇帝果然追问了下去：“为何退婚？”

欧阳旭佯装沉痛地答：“那时臣是宫观官，自知仕途无望，便不想再耽误高娘子。可就算如此，这一次，臣还是连累了她。”

“你倒是个多情人。”皇帝并未怀疑欧阳旭的话，叹息道，“当时朕派你去西京，也是有些不妥，倒耽误了你的探花好出身。也罢，朕不会和高家计较此事。”

欧阳旭当即跪下，重重磕头：“官家圣明！”

皇帝生性仁厚，见欧阳旭尚未痊愈的额头又已然磕出血来，终是不忍：“平身吧。刚才你数次说自己被人蒙骗，到底是怎么回事？”

欧阳旭的神情中透着无限委屈，便是瓦子里的艺人也无法比他把“无辜”二字诠释得更加形象。只听他言辞凄切、几近涕零地说道：“臣已是入彀之人，自身尚处迷雾重重，又哪敢有所定论？但臣敢以欧阳家十世先祖发誓，臣确实是在西京拿到的那幅《夜宴图》。官家，臣只是个不入流的微末小官，在西京穷到连房宅都赁不起，只能雇个道童当下人，哪有胆子和财力去伪造名家之作？微臣至今都觉得西京的日子是一场梦，原本寻访仙师数月而无果，可突然之间却风云变幻，不但很快便见到了仙师，还得以拜见久已闻名的齐中丞，后来更是得到了归尘道长遗赠的书画，本已羞涩的宦囊一下子丰厚了许多……”

皇帝敏锐地捕捉到了欧阳旭话中暗含的信息，皱眉打断道：“等等，你在西京就见过齐牧？”

欧阳旭做出一副懵懂单纯的表情：“是啊。中丞不是奉旨返乡休养吗？他是士大夫领袖，罪臣自然要去恭敬拜见才是……”

“行了。”皇帝站起身来，不无遗憾地摇着头，“朕当初怎么就点了你这个呆书生做探花呢？”此时他已经无心赏月，也不想再与欧阳旭多费口舌，便头也不回地带着内侍离去了。

“恭、恭送官家！”欧阳旭俯伏在地，犹作迷蒙震惊状，待得皇帝走远，他才长舒了一口气，脸上的表情，既有计已得手的庆幸，也有劫后余生的后怕。

经过他这一番挑拨，皇帝定会以为他献图一事是被齐牧利用，由此一来，皇帝定会对清流一派失去信任。欧阳旭的脸上牵出一个狰狞的笑容，既然齐牧妄想弃卒保车，推他做替罪羊，那也就别怪他欧阳旭不义。

与此同时，皇后寝殿中，刘后正坐在凤座上，听内侍回报公主府发生的事情。

“做得好。不枉吾特意让公主府的女官帮他一把。”事实上，若非她暗中相助，欧阳旭就算进了公主府，也绝无可能见到官家，在今晚的这场大戏中，谁是螳螂，谁是黄雀，又岂是欧阳旭这等小卒子能料到的？她巴不得让小狗和老狗咬得再厉害些，也让官家对清流的信任再少些。

凤座上繁复的装饰在她的脸上投下了巨大的阴影，隔着层层珠帘，皇后轻启檀口：“今日辛苦你了，你的侄儿，吾会让国舅在军中好好照顾的。”

内侍向皇后深深一礼：“谢圣人。”

“你的谢，是真心还是假意？你服侍了官家多年，当真不恼吾扣住了你家侄儿当人质？”皇后的笑意未达眼底。

内侍依旧将身子躬得极低：“臣只知道，圣人手段越是高明，将来辅佐新皇临朝听政就越能一言九鼎。臣也知道，圣人始终不劝官家立太子，是担心太子监国后，就会失去批阅奏章之权。”

皇后微微敛目，从她脸上看不出任何情绪，良久，她淡淡地说："官家是位仁君，也是位好官人。可惜，他护不住吾一世，吾只能设法自保，如此而已。"

溶溶月色之下，赵盼儿和顾千帆手拉着手，走到一处大门禁闭的宅院之前。可到了门口，顾千帆却露出了犹豫之色："这虽然是我的宅子，但我一直都住在皇城司，已经好几个月没回来了，下人也只是偶尔过来收拾打扫。你真的要——"

"我要。"赵盼儿的眼神坚决而坦然，"千帆，既然你想和我重新在一起，那从现在开始，就让我真正地进入你的生活，真正地了解你、感受你。"

顾千帆一咬牙，推开了门。院子中空落落的，一处宅邸在黑暗中犹如古墓，砖缝里的杂草也长出了老高。穿过宽阔的院落，顾千帆领着赵盼儿进了自己的房间。

点燃蜡烛后，赵盼儿就着烛光环视着这间简单素净如雪洞的房屋，只见里面唯一桌一椅一榻，床榻桌椅倒还洁净，墙上的藏书满满却颇有些灰尘。赵盼儿取下一本古书翻了翻，立刻就被灰尘呛得打了个喷嚏。顾千帆在旁边尴尬至极。

赵盼儿将书放了回去："你没有别的家人了吗？"

"他们都不在了。"顾千帆有些黯然："我娘去得早，舅父和舅母后来也……"

看到赵盼儿心痛的表情，顾千帆连忙补充："但是现在有你。"

赵盼儿没有说话，只是上前牵住了他的手，一时间，顾千帆突然觉得这间宅子里曾经让他害怕的空寂全部都消失了。

看到架子上的拨浪鼓，赵盼儿微微一笑，她将其拿了下来轻轻地转动着："这是小时候你娘用来哄你的？"

回想起娘亲尚在时的日子，顾千帆的声音突然有些哽咽："嗯。"

赵盼儿装作没注意到顾千帆的哽咽，只是温柔地笑道："那咱们一定要把它擦干净了，好好地保存起来。"

"我去打水。"为了掩饰自己这一刻的脆弱，顾千帆转头去拿铜盆，好在旁边盖着盖的木桶中还有水，他便舀了一些出来。可就在他端起盛满水的铜盆的一刹那，他腕上一痛，铜盆登时坠地。

"怎么了？"赵盼儿连忙奔来，一眼看到了顾千帆正想捂住的腕上伤口。

"你在哪儿受的伤？"她拉过顾千帆的手腕仔细查看，"不，这个位置，难道是你自己？"

看着那道狰狞的伤口，顾千帆浑不在意地点了点头："我之前并不知道令尊的事，萧钦言想不动声色地拆散我们，所以刻意流露消息让我看到，我就是那个时候才不敢见你的。后来我知道了他的算计，就割血还了他，了却了父子情缘。”

他想起上次在桥头赵盼儿戳穿自己装瘸的事情，忙急切地解释道：“我不是唱苦肉计，只是刚才一下子脱力……”

赵盼儿心痛地抚摸着那刚长出一点新肉的伤口：“傻子，割得这么深，以后拿不起剑怎么办？”

顾千帆想逗笑赵盼儿，故意满不在乎地说：“拿不起剑，我就去做文官，要是连笔也拿不动了，就靠你养活呗。”

孰料赵盼儿却给当真了，含着自信地说了声：“好啊，我养你。”

顾千帆愣了半晌，最终把赵盼儿紧紧搂在怀里，他实在想不通自己此前怎么舍得对她避而不见，也想不通自己何德何能，怎么有幸能遇到这般好的女子。

月上中天，听到打更声，依偎了许久的两人这才发现已然过了午夜，如此一来，赵盼儿再回桂花巷小院就太招眼了。她素来洒脱，与顾千帆重新互明心意后，更是不再把俗礼凡规放在心上，当下便也再不提走字。顾千帆此时也放下了重逢时的忐忑，明明美人在侧心猿意马，面上却要装作完全风轻云淡的样子，眼睛更是绝不往铜壶滴漏的方向看去。

赵盼儿懒懒地指着屋中的事物规划道：“家具全要重新修理刷漆，书要找人来全部晒过。这里，我要添一张梳妆台。还有这儿，要做一排架子，放你的各种武器。”

顾千帆过惯了简单的日子，从未觉得自己的宅子有哪里不妥，听了赵盼儿的描述，想象了一下这屋子里摆一个武器架子会是什么样，一时有点不适应。

赵盼儿回过头来：“怎么了？”

顾千帆迟疑地说：“墙上钉个钉子不就能挂剑了吗？”

赵盼儿好气又好笑地反问：“每天吃米饭也饿不死人，可是为什么连皇帝也要来我的永安楼呢？”

顾千帆不由愣住了，他不得不承认，赵盼儿说得很有道理。

赵盼儿一指窗外：“你难道不想一进家门，就看见闻见很多香气扑鼻的花草？你难道不想多个柜子，里面放满了我帮你裁的合身衣衫？咱们俩晚上并肩吃饭的时候，难道不可以有一张雅致一点的桌子，用着天青如玉的瓷碗、乌木镶银的筷子？难道你不想在床边添置几个暖暖的熏笼？”

顾千帆的眼神随着赵盼儿的述说，一点点亮了起来，他起身推窗望去："嗯，其实我一直都想在外头装一架秋千，可外公一直不让，池蟠家有一架，也不让我玩！"他的语声越来越孩子气："呵，我索性弄上个十架，早上玩一架，晚上再晚一架，等我老得玩不动了，就让咱们的孩子玩！对了，除了你的梳妆台，还得有屏风，我进宫的时候看过，那种螺钿的，你一定喜欢——"他正说得兴致勃勃，蓦然回首，却见赵盼儿不知何时已伏在榻上累得睡着了。

顾千帆静静地看着赵盼儿沉静的睡颜，走到榻边也倚柱合上了眼睛。他浅浅地做了一个梦，梦中五光十色、幻彩旖旎，美好得几乎不敢让他呼吸。于是，他又突然睁开眼，当确定赵盼儿还在身边时，他不禁微微一笑，而那一笑，有如冰雪消融。

顾千帆轻轻地吻在了赵盼儿的额上。

盼儿醒来："呵，我怎么一下就睡着……"

但她的话音很快便因他的动作而支离破碎。

烛光明灭，顾千帆一些断续的语音也隐隐约约："你的琵琶好像也弹得不错，什么时候我们家也添一面……记得吗？轻拢慢捻抹复挑，初为霓裳后绿腰……"

盼儿已然面若桃花，却不愿被他占了上风，挑眉道："我自然记得，你真的要听？"

有重物似乎撞击到了木头上，顾千帆一声压抑不住的轻呼响起："啊。"

越来越粗重的呼吸声，以及布料摩擦的窸窣声，在安静的夜色中都分外地清晰。

突然，纱帐掀起，顾千帆霍地坐起，他尽力深呼吸地平复着自己："不行。我们还没成亲，我不能……"

但顾千帆回头的一刹那，看到了榻上被莹莹月光笼罩着的赵盼儿，她有如前朝志怪小说里的妖仙，就那么似笑非笑地看着他，如梦，似幻。

他马上就沉溺在了这抹笑容中。轻风拂动纱帐，而那些皇城司里折磨他的血腥梦魇，那些世仇的负罪与背德，那些曾经让他如坠深渊的纠结与苦痛，也都像一层薄雾般，被轻风吹去，再无踪影。

他禁不住握住了她伸向他的手，低声道："盼儿，你真的是我这一世的颠倒梦想，究竟涅槃。"

第三十七章 澜复起

更声已过五更，宋引章为赵盼儿留的廊灯，却依然没有等来主人。

宋引章知道她今天去了哪里，作为一个成年女子，她更清楚，为什么盼儿姐没有回来。

浓稠如墨的夜空之下，宋引章走出小院，来到了灯火阑珊的河边，静静地看着水中摇动的灯影。宋引章从袖中拿出那串红珊瑚坠子，定定地看了看，尔后果断地丢入水中，头也不回地转身离去。东京城中最骄傲的琵琶行首始终仰着头，让那串为了姐姐幸福而笑的泪水，没有落下来的机会。

水面的涟漪一圈圈散开，那抹红色渐渐地沉入水底，最终彻底消失在与夜色融为一体的河水中。

清晨，啁啾的鸟鸣声响起，永安楼的小厮帮佣们有的聚在桌边吃早餐，有的在忙着搬运蔬菜，葛招娣咬着包子打开窗户，让阳光透进永安楼大堂。

伴着骤然照亮堂内的阳光，神清气爽的赵盼儿走进永安楼，与一众手下互相问好。葛招娣敏锐地发现赵盼儿的衣衫与昨日不同，鲜亮的颜色衬得她桃腮微红，看起来气色极佳。

昨夜与旧时自己正式告别的宋引章，更是一眼看见了赵盼儿头上重新出现的珊瑚钗，她一把将赵盼儿拉了过来，低声问："老实交代，昨晚上哪儿去了？"

葛招娣也拿着包子靠近，一副探究模样。

赵盼儿伸出手，轻轻地在宋引章和葛招娣的脑门上一人敲了一下："别想那些有的没的，我只是去了一趟他家，怕时辰太晚打搅你们，这才没有回来。"

葛招娣贼贼地笑道："顾皇城终于肯带你去他家啦？连陈廉都不知道他住哪儿呢。"

宋引章却低声调笑："那你干吗要换衣裳？你们又干什么了，才会弄到时辰太晚回不来？"

赵盼儿脸上微红，却仍然一副光风霁月的样子："只是在聊些家常的事，衣服脏了，自然就去成衣铺子里买了一件。"

宋引章意味深长地"哦"了一声。这下赵盼儿只能作势要去拧宋引章的嘴："敢取笑我？不怕我扣你工钱？"

宋引章笑着左右躲闪："我的工钱是池衙内发的，又不是你。哎呀！"宋引章觉得自己踩到一个东西，回头一看，原来在她退后时，不小心踩到了池衙内的脚。

池衙内脸上的表情极为复杂，痛心疾首地问："你、你、你昨晚在顾千帆家？"

葛招娣顺势便把包子塞在了池衙内嘴里，怕他说出什么胡话。池衙内大受打击，含糊不清地说："你不能这样，不能……"

"东家早安。"赵盼儿忍着笑朝池衙内问了声好，随后又转向招娣，"三娘呢？"

一提这个，葛招娣就犯愁，她还是头一回碰到比她弟弟还娇纵的小孩，她略显不满地答："在灶房，还被傅子方磨着呢。"

"他怎么也来这儿了？"赵盼儿一皱眉，便往后院走去。

"缠着三娘姐不放呗。"葛招娣跟在赵盼儿身后汇报着，"刚带回小院的时候还好，给什么用什么，可晚上就开始嫌我拿旧衣裳给他穿了。今早上听说三娘姐要上工，说什么也不放。"

"对了，告诉你一件事。"葛招娣附耳在赵盼儿耳边说了几句。赵盼儿脸色一变，加快了去往后院的脚步。

待赵盼儿和葛招娣走得没影了，池衙内还伸着手站在原地。

一旁，宋引章歪着头看他："看着你这样子，我心情好多了呢。"

池衙内从嘴里抠出包子，形象颇为不雅，威胁起人来也没了气势："琵琶精，你欠收拾了是吧？信不信老子还能把你吓哭一回？"

宋引章满不在乎："你吓呀，我要是受了惊，你的花月宴就别想开了。"

池衙内满肚子的牢骚一时都被噎了回去。

"活该，自家那么多铺子不去，偏偏要天天来永安楼找不快活，明知道盼儿姐不可能瞧上你。"宋引章的语调像唱歌一样，听起来快活极了。

池衙内悲愤地捶着胸："凭什么？我才貌双全，既有趣还有钱，哪比顾千帆那'活阎罗'差啦？"

宋引章的声音陡然冷了几分:“你是什么人我不清楚。可我只知道一点，盼儿姐绝对不可能喜欢一个曾经逼着她下跪跳软舞的烂人。”

池衙内大受打击，愣了半晌，又委屈地开口:“可我也跪过她了，扯平了啊!大不了我也给她跳呗! 三首赔她一首，总够了吧?”

宋引章又翻了个白眼，径自离开。

“喂，你别走啊……”池衙内好不容易逮着个能说话的人，连忙追了过去。

灶房里，孙三娘忙得脚不沾地，傅子方则一直跟在她身边，好奇地打量这儿打量那儿。趁孙三娘与手下说话的空当，傅子方往一盆面粉里倒了点水。

孙三娘用余光看到了这一幕，心提到了嗓子眼:“傅子方，你干什么呢?”

傅子方根本没意识到自己闯了祸，随口答道:“我在帮你和面啊，你待会儿是要做果子吧? 我想吃椒盐味的。”

“谁让你乱动的?”孙三娘一把抢过盆子，把傅子方吓了一跳。她转手把盆子交给手下，吩咐道:“拿去扔了。”

傅子方的眼圈一下子红了，震惊不已地后退一步:“娘，你嫌我不干净?”

孙三娘叹了口气，语气软了几分:“怎么会呢? 娘心疼你还来不及，可这里的东西你不能乱动……”

“你昨天明明还说要陪着我，今天就变卦了，我好心想帮你忙，你还骂我、嫌弃我! 你和爹一样坏，呜呜，可怜我走了上千里，一路讨着饭来找你……”说着，傅子方便号啕大哭了起来。

孙三娘一边哄他，一边头痛不已，对这个儿子，她总是没办法。

突然，一条竹枝重重地敲在了灶台上，傅子方吓了一跳，顺着竹枝望去，看见了在别人眼中美丽能干，在他眼中却是凶神恶煞的赵盼儿。

赵盼儿拿着竹枝指向门外:“这不是你瞎闹的地方。出去。”

傅子方哪里肯依，求援地看向孙三娘。

赵盼儿又是重重一挥竹枝，打在了傅子方身旁的粮袋上:“给我出去!”

傅子方看了看赵盼儿，又看了看孙三娘，只能灰溜溜地走了出去。

“盼儿……”孙三娘有些心疼，毕竟傅子方近来吃了不少苦，他刚才和面也不是出于坏心。

赵盼儿却不给孙三娘溺爱孩子的机会，朗声道:“别怨我多管闲事，论公，我不能放任一个外人随意进出永安楼最重要的灶房；论私，我还记得是谁害得你跳河自尽，差点做了水鬼。虽然那时候我劝过你，说子方还小不懂事，可现在，不管他多可怜，为了他的将来，都必须有人教一教他做人的道理。”

孙三娘先是愣住了，而后抹掉了眼泪：“你说得对！你放手去做吧，之前是我慈母多败儿，以后，不能再这样了！”

得了孙三娘的首肯，赵盼儿决定借此机会好好教育教育傅子方。她找到躲在走廊偷听的傅子方，拿着竹枝，对着他的手心就是一记。

傅子方从没被人这么打过，不由恼羞成怒：“你凭什么打我？你又不是我娘！我娘的地方，我为什么不能进？”

赵盼儿严厉地说：“凭我是这永安楼的掌柜，凭三娘让我放手管你！”

又是“啪啪啪”三记打在臀上，傅子方吃痛欲跑，却被葛招娣拧着耳朵堵了回来。

“我、我错了。”傅子方见赵盼儿和葛招娣都是吃软不吃硬的，立刻服软求饶。

可赵盼儿是看着傅子方长大的，因此一眼就识破了他的小心思：“你只是顺口认错，根本不知道自己错在哪里。让我告诉你吧，你错在贪心不孝，为了一点蝇头小利就不认亲娘，硬生生逼得三娘跳了河；错在耍弄心计，明明走到东京没吃太多苦，却还要在三娘面前装可怜，好让她对你心怀愧疚，对你加倍补偿……”

傅子方听到这里可不干了，大声否认：“我没有！”

葛招娣一把将他拉过来，卷起他的袖子露出他干净的手肘：“你要是真一路讨饭过来，这儿还能这么干净？昨天帮你换衣裳的时候我就看出来了。没想到吧？我才是真正讨过饭的！”

傅子方的脸迅速涨红了，一时哑口无言。

赵盼儿拿着竹枝，最后一次发问：“说，到底怎么来的东京？”

傅子方知道自己骗不了赵盼儿，只得将实情和盘托出：“我、我的钱，确实被人骗了，也确实讨了几天饭，可后来，有个进京看亲戚的老丈知道我读过书，就让我做了他的书童……”

赵盼儿替傅子方把话说了下去：“所以你是到了京城，打听到了三娘在永安楼，这才故意扮成乞儿的样子进来的？”

“我、我怕我娘还生我的气，我怕她也像我爹一样不管我了……”傅子方羞愧交加地低下了头，“盼姨，我错了，以后我再不敢了！”

赵盼儿见傅子方的确有了改悔之意，稍微放柔声音道：“子方，其实盼姨知道，你独自上京非常不容易，就算做了人家的书童，也肯定受过不少委屈。可是，既然你已经进学了，就得明事理。在东京，你娘不仅是你娘，还是我们永安楼的大厨，所以她不可能只围着你一个人团团转，更不可能放任你把灶房当成你家随便玩。她要管很多人，要为永安楼的每一道菜负责，你帮着和面，说起来是好心，可是你的手洗过吗，你懂和面要和到几分才是最好吗？要知道，连官家都来过永安楼，万一他吃了你碰过的吃食，生病了怎么办？那可是杀头的罪名！”

傅子方不可置信地问：“连官家也来过永安楼？”

“对！以后还敢犟嘴不？”葛招娣在一旁叉着腰，看起来很有派头。

傅子方狂摇头。

赵盼儿又问：“这回能真心认错吗？”

傅子方猛点头。

赵盼儿满意地收了竹条：“那就好，今天本来该罚你十记竹鞭，余下七记就暂且记下。以后不许你再打扰你娘了。”

傅子方慌了，拉住赵盼儿的袖子哀求：“盼姨，你们别不要我。”

“谁说不要你了，你还是住在小院，晚上和休沐的时候，一样能见到你娘，只是平日得去书院读书，你娘还为你请了今科的进士做夫子。你要是不努力上进，哼，这竹鞭我就送给夫子了。”赵盼儿把明明几句话前就已经来了，但一直站在一旁没说话的杜长风拉到傅子方面前，“还不见过杜夫子？杜夫子可是今科的进士，真正的文曲星！”

“杜夫子万安！”傅子方从来不是讨夫子喜欢的好学生，见了杜长风就有些紧张。

“子方，你也万安。走，夫子带你去书院。”杜长风和蔼地拉起傅子方的手，他察觉傅子方有些害怕自己，又宽慰道，“放心，只要你认真进学，夫子会好好对你的。”

傅子方鼻子一酸，他已经许久没有得到父执辈的温暖了。于是，傅子方任由杜长风拉着他的手，将他带出了永安楼。

“夫战，勇气也。一鼓作气，再而衰，三而竭……”阵阵背书声整齐地从京华书院中传来，傅子方坐在一众少年之间，也摇头晃脑地背诵着。

孙三娘在窗外看得热泪盈眶，她捂住嘴，不让自己发出声音，走到角落抹着眼泪。杜长风将一方手帕递了过去，见孙三娘不接，索性自己替孙三娘抹起眼泪来。

“我不是个好娘亲，我没教好他，反要盼儿来替我当恶人……”孙三娘泣不成声。

杜长风见四处无人，索性鼓足勇气拥住她：“没事了，以后我会教他的，我不就是做夫子的吗？”

“可我还是难受，就算知道他一路上京没受太多罪，我也不该在母子相见的第二天，就把他扔到这儿来，自己忙着永安楼的事……”为着傅子方，孙三娘难得地露出了脆弱的一面。

杜长风故作严肃地说道：“他要是三岁奶娃娃，你自然得管他。可他现在已经快十四啦，过几年都该成丁交税了，老黏着娘，会被同窗们笑话的。而且什么叫扔到这儿来啊？我可是全东京鼎鼎大名的杜夫子，多少士大夫求着把孩子送进书院让我教，我还没答应呢。”

孙三娘头一回看到杜长风这样自夸，顿时忍俊不禁：“真不害臊。”

“三娘，你儿子就是我儿子，以后，我保证尽力教养他成材。”杜长风的神情依旧无比认真。

“说话算话？”孙三娘知道自己的儿子是个小混世魔王，她可害怕杜长风会反悔。

“要奖一个才说话算话。”杜长风把脸凑了过去。

孙三娘笑着拉过杜长风的领子，杜长风紧张地吞了口口水，弯下了身，然而还没等得到预想中的吻，孙理突然从屋后绕了出来。

孙理挤眉弄眼地说：“夫子，那我们以后是不是也能走个后门，进花月宴看看花魁姐姐们啊？”

话音未落，另外几个曾被孙三娘收拾过的少年也都从拐角处探出了头。

这边，杜长风已经涨红了脸，孙三娘却大方地说：“得叫师娘才行。”

众少年立刻捧场地叫道：“师娘好！师父好！”

孙三娘清脆地“唉”了一声。

杜长风心里美得不得了，但仍板着脸道：“赶紧回去上课，要不然我让师娘把你们也扔到河里头去！”

孙理扮了个鬼脸，拉着其他人一起跑开了。

终于，院中只剩下孙三娘和杜长风二人。孙三娘无比真挚地看着杜长风：“长风，谢谢你。我现在终于觉得，能来东京，能自己开店和能遇到你，是我活了三十多年做得最正确的三件事。”说完，孙三娘将唇印在了杜长风的唇上，两人终于唇齿相接。

书院的花窗外正是街道，赵盼儿也含笑看着这一切，她转身刚走了几步，却被从身后突然出现的顾千帆吓了一跳。

赵盼儿嗔道："怎么神出鬼没的？这会儿不在衙门，上这儿来干吗？"

顾千帆拉住赵盼儿的手，双眼灼灼地落在赵盼儿的脸上："想见你，就过来找你了。"

赵盼儿脸色微红，小声道："明明才分开两个时辰不到。"她心里暗自懊恼，呵，以前怎么没发现顾千帆竟生了一双桃花眼，日头底下，竟然有几分勾魂夺魄。

看着心上人羞涩的样子，顾千帆没来由地觉得自己白日里或许能占点上风，便握着赵盼儿的手，低声道："早上陪你买完衣衫，我觉得那边铺子里东西挺多的，想起你昨天说的话，就顺便买了一点其他的，让他们送去家里了，你晚上要不要去看看？"

赵盼儿摇摇头："今天不行，今天肯定得回小院，要不然三娘引章她们该笑话我了。"

顾千帆现在是一刻也不想与赵盼儿分开，他懊恼地抱怨着："要是我们已经成亲了，也许就不会这样了。"

赵盼儿忍不住取笑道："是谁昨晚上还在那儿口口声声说'我不能'的？"

顾千帆轻咳了一声，这下轮到他脸红了。

赵盼儿得意了："啊，有人脸红了！"

顾千帆的脸这下彻底熟透了，但他很快就镇定下来，反击了回去："是啊，因为我刚才看你教训孩子挺利索的，忍不住想远了点，所以就脸红了。"

"你！"赵盼儿一时噎住，嗔道，"呵，你就慢慢乐吧。我现在只是重新和你好而已，我可没说要嫁给你。我在永安楼忙得很也快活得很，没准哪天就对你厌了呢。"

顾千帆突然想到了什么，垂眸问："池蟠哄得你很开心吧？"

"是又如何？"赵盼儿挑眉问道。

顾千帆却若无其事地说："很好啊。我这人平日里寡淡无趣，皇城司的事务又太忙，有个人陪着你解闷，我开心还来不及。"

赵盼儿听出了他强压的醋意，眼珠一转："哦，是吗？"

她轻笑道："你就不害怕……"

顾千帆终于忍不住了，咬牙切齿道："我最讨厌这只烂桃子！我从来没把他当成过对手，就他还配跟我争！"

他见赵盼儿笑得古怪，意识到自己有些失态，马上又换柔语气："当然，我知道你也不可能瞧得上他，对不对？”

赵盼儿眉眼盈盈：“继续说啊。”

顾千帆无奈，半晌方道：“其实盼儿，不管你现在嫁我也好，以后嫁我也好，或是一辈子不嫁，我都愿意等你。因为我知道你虽然大度地放下了仇恨，可心里多少还会有阴霾。而我，会用时间帮你慢慢冲洗掉所有的痕迹。”

这些深情而真挚的话，让赵盼儿的笑容渐渐消失了，她眼睛一酸，转头轻轻地应了一声。

顾千帆紧张起来：“又哭了？”

赵盼儿借顾千帆的衣襟掩饰自己微红的眼圈：“没有，我现在很幸福，怎么会哭呢？”

顾千帆知她心情，只是默默与她相依，半晌见她情绪平稳，方低声道：“其实我来找你，还有一件事。《夜宴图》的事有结果了，官家随意找了个理由，让齐牧出知宿州了。”

“这算是外放贬官了？”赵盼儿心中一阵唏嘘，“那欧阳旭呢？”

顾千帆顿了顿才道：“改任新州通判。”

赵盼儿心下微惊：“只是平调，没有贬官？欧阳旭也算始作俑者了吧，官家怎么会这么放过他了？”

顾千帆微微眯起眸子，官家对欧阳旭的从轻处理的确令他略感意外，所幸欧阳旭此番离京就再难回来，从此也不会再与他们产生瓜葛，大抵他根本不知道赵盼儿在其中起到了什么作用。顾千帆把自己近来查到的关于欧阳旭的消息一一转告给赵盼儿，两人一边沿着河岸散步，一边絮絮地交谈了起来。

与此同时，欧阳旭正坐在自己空荡荡的房间中，眼下他的宅院几乎已经搬空了，比顾千帆雪洞一样的宅子还要空旷。

他眼神空洞地注视着手中的几张地契，最终把它们和着桌子上一堆盒子一股脑地推给道童：“都拿走吧。”

道童难掩惊讶地问：“全卖？”

然而欧阳旭脸色阴沉、不再说话，道童只得抱着东西默默退下。

突然，德叔破门而入，他抢过那些地契一瘸一拐地奔来：“主人，这不能卖！这些祖宅，是欧阳家最后的家底了啊！”

然而欧阳旭硬是夺回了地契，塞给道童："我必须卖！你知道新州是什么鬼地方吗？那是岭南，瘴湿炎热的化外之地，我好不容易才从穷乡僻壤里挣出前程来，如今又要我从馆阁清要职位转任回那里，简直就是要我去死！一定又是齐牧和顾千帆害的我，那天官家明明都没有再生我的气了……"

德叔哀恸不已地劝道："可是，就算是今科的榜眼，也都是出任一州通判之职啊！"

可欧阳旭根本听不进德叔的话，状若癫狂地说："我不管！我就是不想再外放，不想再受西京那样的罪，我只想留在这锦绣繁华的东京！所以我必须趁着出京前这最后的十几天去通门路找机会，我需要很多的钱！德叔，你别拦着我！只要能留下来，别说是祖宅了，就算是命，我也要卖！"

道童被欧阳旭两眼血红的样子吓得往后一缩，而一旁的德叔已是老泪纵横。

傍晚时分，永安楼内已经客座满堂，宋引章抱着琵琶穿过二楼走廊，突然，她看见了一楼窗边一个男子自斟自饮的背影，脸色顿时一变。

宋引章走到那人身边，男子听到足音回首，正是一身青衫的欧阳旭。

此刻的欧阳旭眼神澄澈，似乎又变回了那个在钱塘为赵盼儿所救的潦倒书生。他礼数周到地向宋引章打着招呼："引章，好久不见。"

"这里不欢迎你。"宋引章的语气冷得足以冻住七月的汴河。

欧阳旭自知不受欢迎，苦笑了一下："不用这样如临大敌，我已经被贬官了，很快就要离开东京。今晚来这儿，只是想见见盼儿，想当面对她说声对不起。"

"盼儿姐不在，她也不想见到你。"宋引章根本不为所动。

欧阳旭并未生气，只是不无遗憾地轻叹道："我猜到了，那么，请你把这封信转交给她好吗？告诉她，我违誓移情，已经受到了上天的惩罚，今后，唯有在岭南荒野，遥祝她平安喜乐，欢悦无限。"言罢，他起身深深一礼，尔后离开。

一直站在不远处的葛招娣看着欧阳旭萧瑟的背影，若有所思："原来他就是欧阳旭？坏归坏，可确实是一表人才，难怪盼儿姐以前会……"

宋引章面无表情地打断葛招娣，一指桌上的酒菜："他结账了没有？"

"结账！"葛招娣忙收回思绪，匆匆追了出去。

犹豫再三，宋引章还是回到二楼，把信交给了赵盼儿："别怪我自作主张没叫你下来，我只是直觉，你和他的瓜葛越少越好。”

“当然。”赵盼儿伸手拿信，宋引章却又突然把信抽了回去。

赵盼儿只是笑吟吟地看着宋引章，也不催促。最终，宋引章还是把信递给了赵盼儿。

赵盼儿展开信，只见信中并非书信，只是用寥寥几笔勾勒出了西湖的断桥与雷峰塔影，还有一男一女的背影，旁边题着两句诗“沧海月明珠有泪，蓝田日暖玉生烟”。

宋引章瞧见了，狠狠地啐了一口：“此情可待成追忆，只是当时已惘然？呸，他配吗？”

赵盼儿合上信纸，深吸了一口气：“他这样做，无非害怕千帆和我对他再雪上加霜，想挟旧情示弱悔过而已。”

宋引章警惕地看着赵盼儿：“你还肯相信他吗？”

赵盼儿淡淡一笑：“高慧说他已经如约给了她切结书，今天他又这副心灰意冷的样子，应该是改了吧？不过我早当他已经死了，所以无论他怎么做，心里也不会再起波澜。下午我和千帆也聊过这事，其实这一次欧阳旭回京进献《夜宴图》，只是想党附齐牧，并不是针对我们，他应该也不知道我在这件事情上到底做过什么。所以青云路断，对于他而言，已经是最好的惩罚了。”

说着，她便将图画撕碎，扬手扔到窗外。信纸的碎屑如飘雪般落下，一如赵盼儿与欧阳旭初见的那场飞雪，一阵风吹过，所有的恩怨过往都随着摇落的雪花四散消逝。

此时，欧阳旭府中正弥漫着一股肃杀之气。当欧阳旭发现道童卖了他全部家当，竟然只换了四百贯，便认定他贪了自己的钱，一改在宋引章面前装出的淡泊、悔过的模样，疯狂地打着道童耳光，而德叔也是一脸惊惧、不敢插话。

道童惊恐地闪避着：“主人饶命，我没有贪钱，我没有！”在后退的过程中，道童不小心踩到了自己的衣服，一个跟头跌坐在地，一时爬不起来。

欧阳旭重重地一脚踩上道童的脸：“还敢说没有？这么多东西，才卖了四百贯，你贪了多少？”

道童哭着指向德叔：“是德叔，他不让我卖，只许我去当，所以钱才没那么多。”

被供出来的德叔脸色一白，只能硬着头皮道：“主人，老奴是不该自作主张，可老奴都是为了您和欧阳家好，留着当票，总有机会赎回来，可是要卖了，欧阳家的祖宅就没了啊……”

“把当票给我！”欧阳旭一步一步逼近德叔，他面孔狰狞，两眼迸出火光。

德叔仗着自己在欧阳家服侍了大半辈子，梗着脖子道：“不，老奴不会交出来的！老主人要老奴看好欧阳家，老奴就算拼了这条命……”

欧阳旭见他滔滔不绝，瞬间火上心头，他疯狂地拿起凳子砸打德叔：“我让你交出来！”

德叔被欧阳旭打得趴在地上爬不起来，鲜血顺着他的嘴角流了出来。道童被这幅景象吓坏了，上前抱住欧阳旭的手臂央求：“主人！别打了！”

欧阳旭手中不停，一把甩开道童：“我忍你很久了！我都给你说了需要钱去想法子留在京城，你凭什么老是自作主张？要不是你当初没看住赵盼儿，她怎么会跑到东京来？要不是你背着我拿《夜宴图》当贺礼送人，我现在怎么会如此狼狈！现在就连我要卖房子，你也要擅自做主！欧阳家到底你是主子，还是我是？”

起初，德叔还在痛苦地喊痛求饶，渐渐地，他只能发出微弱的呜咽声，最终不再动弹。道童想逃，可他的腿早被吓软了，因此只能站在原地，哭都不敢哭出声来。而欧阳旭还在发泄式地将凳子不断砸向已经断了气的德叔。

不知过了多久，欧阳旭终于脱力一般丢下凳子，屋内顿时陷入一片死寂之中，只余烛光在夜色下无风自摇。

第二天，赵盼儿一得空就去了顾千帆家。而顾千帆一早就等在大门外，他已经等不及要让赵盼儿看到自己昨天忙碌一天的成果了。赵盼儿不禁注意到，顾千帆脸上的表情像极了傅子方等待夸奖时的样子。

院门一开，赵盼儿几乎以为自己走错了门，她目瞪口呆地看着一院堆积如山的东西：“这就是你说的，顺便，买的一点？”

妆台、屏风、书架、衣箱、秋千、花木……那些物事，几乎塞得房门也进不了。

顾千帆也有些不好意思：“我也没想到，一买开来，好像就有点收不住。你别担心收拾啊，孔午家一会儿就能派两个能干的丫头仆役来。啊，对了，你昨儿说喜欢但没买的紫灰绉纱绲边的窄袖褙子，我也买了，还有几件——”

赵盼儿看着那一箱子的衣服，头痛地打断顾千帆的话：“打住！拿来。”

“什么？”赵盼儿的话没头没尾，顾千帆一时没反应过来。

赵盼儿摊开手：“钱箱的钥匙啊。要再让你这么败家下去，非出事不可！”

这时，陈廉兴冲冲地走进院内，怀中还抱着一只毛茸茸的小奶狗。顾千帆有些尴尬地移开了目光。

“头儿，盼儿姐！”陈廉边摸着怀中小毛团边说，“这是孔午按您的吩咐，特意在他家小狗里挑的最听话、最可爱的一只。”

小狗歪着头，用那双圆溜溜、亮晶晶的大黑眼睛好奇地看着赵盼儿和顾千帆。向来眉目清冷的顾千帆一看到小狗，眼里一下子写满了柔和，显然他也觉得这只小狗可爱极了、听话极了。

正在此时，那只小狗突然挣脱了陈廉，往屋外跑去：“哎哟，别跑！”陈廉忙追了出去。

赵盼儿歪头看着顾千帆：“你还要养狗？”

顾千帆不好意思地摸摸鼻子：“怕你闷嘛。”

“有你在，我气都气死了，怎么会闷？”赵盼儿虽然嘴上说着生气，可看着顾千帆时，她嘴角分明挂着抑制不住的笑意。

顾千帆温柔地抱住赵盼儿，他头一次感觉到有一个家是多么的幸福：“盼儿，以后我们的家，什么都要有，要热热闹闹、满满当当的，好不好？”

赵盼儿心里也无比幸福，甜蜜地答：“如君所愿。”

她主动吻上了顾千帆，不远处，陈廉忙不迭地遮上了自己总是无意目睹亲热的可怜眼睛，而肉滚滚的小狗扑着院中的蝴蝶欢快地跑远。

回到永安楼，赵盼儿又是一阵忙碌。

眼见天色已晚，她好不容易得了点空，顾千帆却又打发人送了封信给她。赵盼儿拆信一看，一边情不自禁地微笑，一边又头痛不已：要是以后顾千帆都变得这么离不开她，可怎生是好？

突然，她感觉有人正在看着自己，一扭头，果然发现池衙内正窥视自己。

“你干吗？”赵盼儿忙把信藏了起来。

“我都瞧见了，还藏什么藏。”池衙内已经瞥见了信上的字，酸溜溜地问，“约你去大相国寺，想干吗？”

赵盼儿皱眉道：“这是我的私事，你管不着。”

池衙内急赤白脸地说：“这怎么能算私事呢？我请你当掌柜娘子，跟你签了一年的契，要是突然嫁人跑了，不就坑了我吗？”

赵盼儿笃定地答道："放一百个心，我不是那种为了情爱就放弃生意的女人。不帮你把永安楼做成东京一景，我绝不会中途撒手不管。"

池衙内心中重新燃起希望："你又跟小木头掰啦？"见赵盼儿举手要打他，忙跳开一步，给自己找了个台阶下："没掰也没关系。反正你只要不着急嫁他就行。对了，你明儿也没时间跟他去大相国寺了！"

说着，他从袖中掏出一张请帖："酒楼行会的人总算是醒过神了，知道现在东京的香料都是咱们家的，明儿初一，他们正好要商量明年榷酒买扑的事，他们行头——也就是潘楼的老板，下帖子请永安楼啦。"

赵盼儿有些不信："咱们是脚店，哪有资格榷酒买扑？"

池衙内却得意忘形地说："行会明摆着想招揽咱们，没准哪家就愿意把扑户资格让出来了。哈哈，想想，一年之内，永安楼就能脚店变正店，你掐一下我，简直像在做梦啊！"

赵盼儿也不客气，重重地掐了池衙内的手臂一下。

"啊！你真掐？"池衙内不可置信地看着赵盼儿的手，他敢肯定，她刚才一定一点力气也没留。

"是你让我掐的。"赵盼儿一副浑不在意的样子，"你明天自己去吧，忙完今晚的花月宴，我想好好歇歇。"说着，她就准备往屋外走。

池衙内立刻慌了，他可是好不容易找到了一个跟赵盼儿独处的机会。但他很快急中生智，又说："别啊！你想想，他们不是老说不许女人当正店掌柜的吗？你要是去了，他们可不得气死吗？"

果然，听了这话，赵盼儿终于提起了兴致，停住了脚步。池衙内见状也暗暗松了口气，他知道，明天赵盼儿准会前去。

次日一早，池衙内那辆风光张扬的马车就停在了桂花巷的巷口，不仅如此，池衙内还给他本就气派非凡的大宛马换上了新辔头，毛也给刷得锃亮，足见他对与赵盼儿这次见面的重视程度。

至于池衙内本人则穿了一身新衣，摆出了一个自认潇洒风流的姿势，倚在装饰一新的马车边，慢悠悠地挥着扇子，以便能在这次"约会"中给赵盼儿留下难以磨灭的印象。

"您至于这样吗？"看着自家衙内花枝招展的样子，被拉来驾车的何四都不知道一会儿要怎么面对赵盼儿了，万分后悔没有找个由头把这活儿推给吕五。

池衙内对着马辔头上一小块金属板的反光面理了理头发："至于，这算是我跟盼儿第二回单独出门呢，当然得好好打扮。"

有行人路过，何四忙用手挡住自己的脸："可是赵娘子不是都已跟顾皇城……"

被戳中痛处的池衙内气得跳脚："顾千帆他就不是人，他是块冰，是个阎罗爷，哪个女人能跟他长得了？这回他能哄好盼儿，下回呢？我才不信他们以后能长久！哼，只要锄头挥得勤，不怕墙角挖不倒！"

正在此时，赵盼儿和一身便装的顾千帆从小院中并肩走了出来。只见顾千帆褪去了皇城司沉闷的黑色制服，换了一身与赵盼儿的白色罗裙极为相称的浅色衣服，两人站在一起如谪仙一般，高山白雪、清夜无尘。

池衙内回头望去，正好看到赵盼儿含笑为顾千帆摘去肩上树叶的一幕，他的双眼顿时瞪得如铜铃一般，心一下子碎成了两半。

坐上马车后，赵盼儿和顾千帆坐在一侧，特意打扮了一番的池衙内独自坐在对面，反而显得与一身素雅的顾千帆、赵盼儿格格不入。池衙内瞪圆双眼紧盯着顾千帆，而顾千帆倚在车壁上，也抱臂斜瞟着他，两人正在无声中互相较着劲儿，像当年一样玩着"谁先眨眼谁就输"的幼稚游戏。

池衙内强睁着酸痛的眼睛，没好气地问："我和盼儿有正事，你掺和过来干什么？"

顾千帆也不肯松懈，瞪着眼反问："她是我未来的娘子，我休沐，顺便陪陪她，不可以吗？"

"不可以！你想陪可以坐别人的车，别坐老子的！"这话几乎是池衙内从牙缝里挤出来的。

"偏不，我就是坐了，你能拿我怎么样！"顾千帆丝毫不肯退让。

"小木头，信不信我能把你的老底全翻干净？"池衙内气坏了，但也不敢做出什么大动作，生怕一眨眼就输了。

顾千帆立刻反唇相讥："池桃子，想不想手下都知道你多大了还在穿开裆裤？"

赵盼儿原本不想搭理他们，眼看事态愈演愈烈，她实在看不下去了，打断道："行啦，你们俩加起来快十岁了吧，一个总行头、一个皇城司使，可真够成熟稳重的！"

然而池衙内和顾千帆依然互相瞪着眼，不肯就此认输。

“不许再瞪下去了！”赵盼儿伸手挡住顾千帆的眼，对池衙内道，“我要跟你商量正事。”

池衙内卸了力，揉着猩红的眼睛道：“说吧。”

赵盼儿知道池衙内肯定不愿意听到她接下来要说的话，顿了顿才说：“我昨晚想好了，不管行会那边的人愿不愿意让咱们永安楼参加明年的榷酒买扑，咱们都最好谢绝。”

“为啥！”池衙内差点蹦了起来，“能参加买扑，咱们就成了正店啦！”

赵盼儿耐心地解释：“正店只是听起来名头大，做起来未必实惠。我做永安楼才上手，太大的摊子，一时支应不开。咱们又没一个懂酿酒的，还得请师傅、酒工，一不小心就把牌子砸了。商场如战场，不能一味直突猛进，得讲究一张一弛。永安楼出了这一个月的风头，已经够惹人眼红了。”

赵盼儿的分析确实极有见地，池衙内听得心服口服，而在赵盼儿说话的过程中，顾千帆也一直不掩欣赏地看着她。

这时，马车突然开始减速，渐渐停了下来。何四的声音从外面传来：“前头桥上有车翻了，咱们过不去，得绕上土桥走。”

赵盼儿探头向外看去，只见一辆牛车横在桥中间，车上的货物、麻袋散落一地，桥下的车辆都无法通过，只有行人还能通行。车主正一边赔礼，一边指挥人奋力搬开货物，而他们的马车前面，还堵着不少欲改道绕行的马车。

赵盼儿把头缩回来，与池衙内和顾千帆商量着：“看样子马车一时半会儿动不了，就算绕上土桥也来不及。行会会馆不就在过桥小半里外吗？索性走过去得了。误了帖子上的时辰，被行会的人觉得咱们拿架子就不好了。”

池衙内有些不情愿地看了眼车外，别别扭扭地说：“可我的新靴子……”

不等池衙内说完，顾千帆已经抓紧这个甩开池衙内的机会抢先下车，将赵盼儿扶了下去。池衙内无奈，只得跟了下去。

赵盼儿一行人在一条狭窄的街道内穿行，不远处，有几个工人正在维修街旁的一处高阁，眼下他们正准备把沉重的宝顶用绳子拉上去。

赵盼儿不断说着一会儿的应对方案，然而池衙内忙着心疼自己原本雪白的鞋底，对赵盼儿的话一只耳朵进一只耳朵出，还不时地“嗯啊”地应上几声。

高阁上的一位工人看到他们三人，一咬牙，手中暗暗发力。高阁突然垮塌，上面的工人站立不稳，那数十斤沉的宝顶竟直冲着三人砸来。

“小心！”顾千帆反应最快，他一把将池衙内推开，同时将赵盼儿护在身下，自己生生地扛下了整个宝顶的冲击力。良久，烟尘散去，现出下意识抱头滚到一边的池衙内。

街道正中，赵盼儿勉强抬起头来，她被半昏迷的顾千帆紧紧抱住，仅仅腿上受了点伤，他们身侧是已经砸扁的宝顶。

池衙内想奋力爬起，但手足瘫软、动弹不得，他张大嘴，却怎么也叫不出声，只能眼睁睁地看着赵盼儿心急如焚地连声呼唤怀中的顾千帆，又拖着一瘸一拐的腿过来查看他的情况。

确认池衙内无事，赵盼儿又回到顾千帆身边，一面呼救，一面抽出顾千帆腰间的匕首，防备地警惕着周围。突然，双眼一直失神微张的顾千帆突然暴起，手中石块飞出，精准地击中一个潜行而来的刺客的太阳穴，那个刺客应声倒地。一直等到那人不再抽搐，顾千帆紧张的身体才猛然间软倒，真正昏迷过去。

“千帆！”赵盼儿朝顾千帆扑了过去，然而顾千帆早已失去了意识。

桂花巷小院里，孙三娘、傅子方、葛招娣正齐聚在宋引章的房间里，头挨着头围着一盏油灯听陈廉讲今天上午顾千帆、赵盼儿被宝顶砸伤的惊险遭遇。大家连口大气都不敢喘，生怕漏过任何一个细节。

“后来呢？顾叔叔有没有死？”傅子方屏住呼吸问道。

孙三娘照着傅子方的后脑勺轻敲了一下：“呸呸呸，什么死啊活的。他没事，你盼姨倒是伤了腿，不方便挪动，所以才留在顾家养伤。”

傅子方揉了揉脑袋，边比画边问：“可我听说那宝顶有这么大，十几丈高砸下来，人怎么可能没事啊？”

傅子方一会儿“死”，一会儿“怎么可能没事”的话，令葛招娣有些不爱听了。她也伸手敲了敲傅子方的头：“他是‘活阎罗’啊，小鬼哪敢收他啊？”

“那只是个外号，怎么能当真？”傅子方觉得跟葛招娣说不通道理，转头又去找宋引章的支持，“宋姨，你怎么看？”

宋引章若有所思地托着腮，缓缓地开口：“人生无常，变故实多，我经常叹惜自己好似身处一出戏中，而杂剧里头的正末，大多都是历遍九九八十一难也没事的。顾皇城，可能就是那个正末吧。”

葛招娣也觉得顾千帆吉人自有天相，点了点头又问陈廉：“那池衙内呢？他不是没事吗？怎么都没在永安楼见着他了呀？”

陈廉挠了挠头：“估计是因为不好意思吧！我们头儿不顾自己护着盼儿姐，他却滚到一边去了，后来开封府的人赶到的时候，他还吓得说不出话来。”

“原来是自惭形秽……”一直站在众人身后屏息细听的杜长风忍不住评论道。

傅子方原本也点着头，这时突然警醒过来，疑惑地回头：“对了，杜夫子，你刚才着急过来，是找我娘有事吗？我最近在书院没淘气啊！”

杜长风知道傅子方肯定还不知道他和孙三娘的事，嘴笨老实的他一时也编不出什么好借口，求助地看了一眼孙三娘。然而孙三娘为了不在儿子面前露馅儿，小心地避开了杜长风的目光。

陈廉最先反应了过来，眼珠子滴溜一转，煞有介事地拍了拍杜长风的肩：“是我找杜夫子有事，现在外头不太平，索性就约在这儿。”

事情就这样圆了过去，见傅子方没有起疑，杜长风和孙三娘这才微松了一口气。

葛招娣用放在身后的手悄悄掐了陈廉一记。陈廉的表情依旧严肃，眼里却不自觉地染上了笑意。房间中的每个人都心事重重，根本没人察觉这对刚刚言归于好的小情侣的小动作。

眼下毕竟不是玩闹的时候，陈廉很快又正色起来，对孙三娘和宋引章说：“盼儿姐的脚伤虽然不重，但这案子其实挺复杂的，刺客都死了，先到场的又是开封府的人，所以皇城司管不了。就因为这个，头儿才一定要把盼儿姐留在身边，以防万一。盼儿姐让我带话，说三娘姐管灶房，前头的大小事务，就只能托付给引章姐了。”

宋引章先是一愣，她没想到盼儿姐会把这么重要的事情交给自己，但她很快镇定下来，深吸了一口气道：“你让她放心。”

又是一夜华灯初上，永安楼依旧座无虚席，唯一不同的是，宋引章正站在原来赵盼儿常站的位置上招呼着客人。以前她还觉得在茶坊雅间里弹一天琵琶辛苦，现在才知道原来当掌柜更辛苦。她表面上谈笑风生、长袖善舞，将这份工作完成得出奇的完美，可只有她自己知道，她的脸早就笑得失去了知觉。

“不好了！不好了！”葛招娣上气不接下气地奔了进来，脸上写满了惊慌。

宋引章吓了一跳，忙把葛招娣拉到一边：“出什么事了？”

葛招娣缓了几口气，一手扶着桌子，一手指向门外：“刚才长乐郡主府叫了一桌席面，是何四带人送过去的。结果没多久，那边就说那道蟹酿橙是坏的，蟹肉都臭了。何四刚争辩了两句，就被人捆住绑在了郡主府后门外，硬说他不敬宗室，现在一大堆人正围着看呢！”

闻声而来的孙三娘先是一惊，但很快便冷静下来——永安楼的食材绝不可能有任何问题，赵盼儿遇险的事在酒楼行会中传得沸沸扬扬，肯定是那些眼红永安楼的人趁赵盼儿不在，伺机陷害他们。

宋引章焦虑地捏紧了手绢，心中飞快地盘算着：“会不会是二厨他们做坏了菜？”

“不可能，我们这儿就没有死蟹！”孙三娘斩钉截铁地否决了。

确定问题不会出在永安楼，葛招娣略微松了一口气：“那怎么办？要不要我去找盼儿姐帮忙？”

宋引章缓缓走到窗边，望着窗外熙来攘往的御路虹桥，又望向头顶星月交辉的夜空，突然间，她感受到一股前所未有的力量正激荡在她的胸腔之中。她原本就怀疑过赵盼儿受伤一事可能是酒楼行会的人心存嫉妒、买凶杀人，就算他们没有行凶杀人的胆子，她也敢保证，蟹肉这出一定是行会的人在捣鬼。

宋引章回眸看向众人：“找盼儿姐就是找顾千帆，要是什么事都动用到皇城司，那我这个代掌柜，岂不白做啦？”

看着宋引章那副神采奕奕的样子，孙三娘感觉自己看到了一个从未见过的宋引章。宋引章那胸有成竹的神情让孙三娘和葛招娣的心中都有了底，她们互相对视一眼，郑重地点了点头。

第三十八章 钟刑伤

半个时辰之后，宋引章、孙三娘一行人便浩浩荡荡地走到了郡主府门外，她们一眼就看到了被人绑在石狮子旁边，嘴里还被塞了块破布的何四。

此时，乔装成平民的王楼老板王丰混在围观百姓之中，义愤填膺地说："永安楼送来的菜是臭的！那以后还敢吃吗？还那么贵！"

"不会吧？我去过永安楼，那里的菜挺好的啊，也不算贵呀。"这个反驳王丰的人的语气也不是很肯定。

王丰一指郡主府朱门上巍峨的牌匾："难道堂堂宗室还会冤枉他们不成？"

这时，有人叫道："永安楼的人来啦！"

众人循声望去，只见打头的是一个芙蓉面、冰雪肌的美人，纵使没去过永安楼的人，也猜到了这就是现在代管永安楼事务的宋娘子了。

宋引章走到郡主府门口，朗声道："永安楼掌柜宋氏，请贵府管事出来一见！"

不一会儿，郡主府管事就怒气冲冲地走了出来，一见找上门来的是个弱不禁风的娇女子，压根没将宋引章放在眼里，颐指气使地质问道："你们永安楼胆大包天，竟敢送发臭的螃蟹过来！"

宋引章仔细瞧了那五短身材的管事几眼，冷静地回应道："先别着急定罪名，贵府说我们永安楼送来的菜是坏的，敢问菜在哪里？"

管家本以为永安楼是来上门赔罪、息事宁人的，没想到她还敢提出这样的要求，短暂的惊诧过后，他挥手让人端着一盘菜出来："你们自己看吧！"

宋引章揭开橙盖看了看，眼底闪过一抹不易觉察的微光："贵府确定这就是永安楼送来的菜？"

管事瞪圆双眼，尽可能理直气壮地说："那是当然，你们还敢抵赖不成？"

宋引章根本不理他，转身对一名穿了一身暮气沉沉的黑衣的男子微微点了点头：“有劳。”

在众人好奇的目光下，那名黑衣男子走上前来，从一卷工具中拿出银针，挑起橙盖取了部分蟹肉，开始查验起来。

管事皱着鼻子凑上前去，一面警觉地盯着那人的一举一动，一面质问：“他是谁？”

宋引章扬起修长的脖颈，抬高声音答：“仵作！”

“仵作？”管事觉得晦气，捂着鼻子往旁边避了一步，“好好的，找仵作来干吗？”

看到管事被她打了个措手不及的样子，宋引章突然抿着嘴冷笑了起来，随后，她用一种极为温柔的语调慢条斯理地说：“臭了的螃蟹是有毒的，既然有人胆大包天，企图诬陷永安楼向宗室下毒，我这个掌柜自然要去告官，得请仵作来查验清楚啊！”说完，宋引章又一挥手，一名手下立刻取掉了何四口中塞的布条。

被憋了半天的何四一得到开口的机会，立刻大声喊冤：“宋娘子，咱们的菜是好的，是他们串通一气，想陷害我们永安楼！”

围观百姓闻言大哗，管家的脸色也一下白了下来。

宋引章示意何四少安毋躁，她从仵作手中取过白碟，走到围观百姓面前，依次给众人展示着手中的蟹肉：“请大家看看，这菜里的蟹黄是不是橘红色的？”

毫无疑问，那蟹黄就是橘红色的，百姓们纷纷点头作证。

孙三娘神气十足地站在围观百姓的正中央，高声道：“橘红色的蟹膏只有母蟹才有，公蟹的蟹膏是明黄色的，所有在永安楼吃过这道菜的人应该都记得，这道菜根本就不是我们永安楼做的！水产行也可以作证，我们从来没有跟他们买过一只母蟹！而且为了保证这道菜的口味，全东京城只有我们永安楼一家才一直用名贵的江南蟹，别的酒楼只用寻常的溪蟹，这两种蟹，蟹肉是完全不同的，仵作一查便知！”

话说到这个份上，在场的人也都明白过来，肯定是别家酒楼想害永安楼，故意换了菜来讹人。唯独王丰没想到自己的计划百密一疏，在一旁气得跳脚。

“那不是王楼的大掌柜吗？”何四眼尖地认出了王丰，若不是他手脚还被捆着，他定要立刻冲上去跟他比划比划。

王丰等人见势不妙，连忙扯下头巾掩面溜走。这下，在场百姓都知道谁是这件事的幕后黑手了，他们虽然只是些平头百姓，可也是东京城中最嫉恶如仇的一批人，他们开始对着王丰逃跑的方向指指点点，甚至有人朝他刚才站过的地方啐了几口。

宋引章朝管事莞尔一笑，放在平时，她的笑容足以颠倒众生，可眼下，管事却感觉浑身的血液凝成了冰。

“证据有了，就请贵府准备接状子吧。难道身为宗室，便可以随意对百姓用私刑吗？回头我倒想好好请教一下来我们永安楼的御史们！”宋引章的语气中带了一丝残酷的快意，她意味深长地看了管事一眼，随后便昂首走开。

形势陡然逆转，管事急忙追了上去：“宋娘子留步，这是个误会、误会！”说着，他亲手给何四解了绑。

宋引章略一挑眉，停住了步子。管事连忙点头哈腰地向宋引章赔罪道歉，这才算是把这一篇揭了过去。

次日一早，永安楼的一众伙计像迎接打胜仗归来的功臣一般，将何四围在正中间，七嘴八舌地问他郡主府管事昨晚私下里是怎么跟他和宋引章达成和解的。

何四挺着肚子，生怕别人看不见他腰上系着一根处处是金饰的腰带：“赤金的，足足八两重，郡主府的管家亲自给系上的！”

众人纷纷向何四投去了艳羡的目光，他们也想被绑上一回，换个金腰带回来。

永安楼从前的掌柜也艳羡不已地摸着何四的腰带：“哎呀，我还担心赵娘子不在，咱们这儿没了主心骨呢，没想到宋娘子也一样厉害！”

宋引章走到后院时，正好将这一幕尽收眼底，她警示性地轻咳了几声。围在何四身边的人们立刻分散开来，各自站好。

宋引章走到众人中间，对他们被一个腰带收买的局面很不满意：“光夸我有什么用！还是咱们送索唤的时候不仔细，这才着了道。郡主府那边虽然再三道歉，却咬死了只是场误会，不承认收过王楼的钱。你们想想，那些正店既然连这么下三烂的手段都使出来了，以后还不知道有什么招数等着咱们呢。”

这时，孙三娘黑着脸出现了：“他们确实有新招了，咱们的酒剩得不多了，招娣去问李庆家买，那边说什么也不肯卖我们。说要酒可以，得拿我们全部的郁金和苏合香料换。”

何四一听就不干了，立刻就要往外冲：“这是跟我们硬杠上了啊！这帮混账！我找他们去！”

“你去也没用。”宋引章伸手拦住了何四的去路，低头沉吟片刻道，“这事得让池衙内出面。”

见何四一脸为难，宋引章微微挑眉：“怎么，他还不肯出家门啊？”

何四无地自容地别开眼睛，点了点头。

与此同时，池衙内正双眼无神地躺在榻上，显然还没从那日的惊吓中缓过神来，他这几天是脸也不洗、头也不梳，恨不得吃喝拉撒都在屋内解决。听到敲门声，池衙内忙把被子一裹，像只球一样滚到角落里：“我谁都不想见，出去！”

“吱呀”一声，门被人强行打开，池衙内忙抬手挡住刺眼的光线。

宋引章盯着在床角缩成一团的池衙内，高声道：“放蛇。”

池衙内虽然看不清那金光之下的身影是谁，但能听出那是宋引章的声音。他感觉那声音有如草蛇，很快便缠住了他，他猛地弹起身来，惊叫着一阵乱打，半晌才发现榻上空无一物，只有宋引章在一边冷冷地看着他。

池衙内好不容易才从将他缠在一起的床单被褥中挣脱出来，恼羞成怒地大叫：“琵琶精，你疯了！”

“我没疯，你倒是吓破胆了。”池衙内喊得声音越大，宋引章越不害怕，她知道，这是池衙内心虚的表现。

池衙内的脸一阵青白交加：“谁他奶奶的吓破胆了？老子——”

宋引章没好气地打断道：“除了外横内怂，你还会什么？难怪盼儿姐从来都瞧不上你。”

池衙内气得直喘粗气，不可置信地问：“连你也敢笑话我？”

宋引章冷哼了一声：“第一回见你的时候，你把我吓哭了，可刚才是我差点把你给吓哭了，我为什么不敢笑话你？”

池衙内被宋引章训得一愣一愣的，半天憋不出一个字来。

“盼儿姐的爹是武将，她打小就见过死人，顾千帆是皇城司使，天天干的就是刀头舔血的事，承认自己胆子没他们大，对你来说，真的就那么羞耻吗？你怕人笑话，可永安楼都快倒了，你还缩在龟壳里不敢出来！到时候要真关门大吉，笑话你的不只我一个，还有全东京的人！”说完，宋引章冷冰冰地将一套换洗衣服扔到池衙内的床上，扭头走出了这个乌烟瘴气的房间。

池衙内一骨碌从床上爬起来，胡乱套上衣服，匆匆趿上鞋就追了出去。他一把拉住宋引章，神色凝重地问：“你刚才说什么，永安楼出什么事了？”

宋引章早料到池衙内会吃这套激将法，但她并没有时间自满，而是立刻停下脚步，极为严肃地说：“王楼的人陷害我们不成，李庆家的就不肯再卖我们酒了，要我们拿香料去换。”

池衙内把双手的指节捏得咔吧响：“这帮杀千刀的，害了盼儿不算，还敢跟本衙内耍这招！等着瞧吧！”

“你想干什么？”宋引章突然觉得心里有些没底，池衙内可别又要去跟人家打架。

池衙内冷冷一笑：“酒楼行会最多也就能拘着东京城里所有的正店不卖酒给我们，难道还能管得着东京城外面？我这就让人到外地买酒去，本衙内一定要叫他们看看，什么叫作财大气粗！”

池衙内能当上十二行的总行头，的确不是好惹的主。不过小半天工夫，永安楼门外就被几十坛子酒堆得没了落脚的地方，每坛酒上都贴着“永安秘制”“神仙酒”字样。

何四站在台阶上向围在楼外的百姓们拱了拱手：“各位客官看好了！本店大酬宾，凡进店客人，都免费赠送神仙酒一盏！”

众百姓大喜过望，蜂拥而入。宋引章惊喜地发现，永安楼的客人比以前还多了三成。

稳定局面过后，宋引章在第一时间跑去顾千帆家给赵盼儿汇报永安楼在几天之内屡次化险为夷的经过。宋引章将跛着脚的赵盼儿扶到秋千上坐下，喜滋滋地问：“这招不错吧？”

赵盼儿听到宋引章独自解决了这么多的事，由衷地夸赞道：“何止不错，简直是神来之笔。你这个掌柜，做得可比我好多啦。”

宋引章有些不好意思了：“说是我想的主意，其实还不是仿着以前茶坊刚开业那会儿你的招数来？我呀，一时半会儿还能跟着你以前划下的道子顶住，时间一长肯定就不行了。”

赵盼儿笑着捋了捋宋引章落在耳后的头发：“反正我看着你现在神采飞扬的样子，就觉得很开心，比以前动不动就迎风落泪的样子好多啦。对了，告诉池衙内，打打擂台可以，但不宜跟酒楼行会真闹僵，只要让他们知道我们也不是好惹的，就差不多了。”

宋引章不甘心地握紧了拳：“可他们都想杀你了，咱们为什么要对他们手软？”

赵盼儿微微眯了眯眼睛，显然在思考着什么：“我总觉得不像是酒楼行会的人动的手。他们如果杀我不成，又何必再用换菜讹人的法子惹来官府注意？”

宋引章一怔，她之前倒是没想到这一层。这时，宋引章看见顾千帆疾步走进园内，看着他寒冰般的眼光，她不禁浑身一寒，不自觉地站起身来，本能地向后退了一步。

顾千帆的眼神落在赵盼儿身上时总算带了几分温柔："不是让你在房里好好养着吗？怎么又出来了？"

赵盼儿察觉顾千帆神情不对，忙问："出什么事了？"

顾千帆揉了揉前额，沉重地说："欧阳旭调任新州通判后，昨日离京赴任，所乘商船昨晚在运河上突遭盗匪，遇袭身亡。"

赵盼儿与宋引章震惊地对望了一眼，随后又看向顾千帆："谁动的手？"

顾千帆略显疲惫地说："已经在查了，但是我直觉这事不太简单，因为今日在朝会上，突然有言官弹劾我不辨士庶，与商妇为婚，是为失类，纵妻垄断香料，与民争利，是为不仁。"

话音未落，门外突然传来"轰"的一声巨响，顾千帆反射性地将赵盼儿护在身后，做出防卫的姿势。

几息之后，一队军人破门而入，领头的军官打量了顾千帆几眼："皇城司使顾千帆？在下侍卫步军司都虞候张允。"

顾千帆心中一沉，他已经猜到了此人的意图，但他还是问道："有何贵干？"

"奉旨，请顾皇城至步司狱候察！"张允尽管用了"请"字，可他的语气与神情却丝毫没有"请"的意思。

赵盼儿脸色骤变，不安地拉住顾千帆的袖角。

顾千帆轻轻按了按赵盼儿的手腕，示意她不要惊慌："少安毋躁，我去去就回。"

赵盼儿知道皇命难违，只得无奈地松了手，眼睁睁地看着顾千帆将佩剑交给来人。而顾千帆在被人带走前，还不忘朝赵盼儿使了个不要担心的眼神。

待他们的脚步声逐渐消失，赵盼儿一下子瘫软了下来。

宋引章扶住赵盼儿，颤抖着声音，不可思议地问："难道官家怀疑欧阳旭是顾姐夫杀的？不对啊，官家应该不知道你和欧阳旭定过亲的事……"

赵盼儿脑海中闪过了各种糟糕的念头，罗列了各种可能性，但她和宋引章并没有多少猜测的时间，不一会儿，陈廉就带来了一个惊人的消息——开封府从那日推下宝顶袭击她和顾千帆的凶手处找到了刻有萧相公府印记的珠宝，而袭击欧阳旭盗匪留下的尸体里，也被发现有萧家的家奴，所以萧钦言如今已经牵扯进了两桩案子，不得不主动称病回府候查。

而在萧钦言称病之后，东京城里突然又传起了一波流言，说萧钦言曾经娶过顾千帆的姑母为妻，把顾千帆当半个儿子看，所以才一路提携他。有言官跟官家进谗言，说萧相公多半是不满意顾千帆执意要娶一个商妇，所以才对她下了毒手，却不想顾千帆也在车中，这才让她侥幸逃得了性命。官家听了言官所说之后当即大怒，斥责皇后和萧相公的手伸得太长了。皇后却说她对此事全不知情，为证清白，让官家索性派步司把顾千帆带走严审。

赵盼儿脸色煞白，心念电转："我明白了，官家在怀疑千帆早已和后党串通，这才指使我在官家面前对《夜宴图》之事撒谎，替皇后脱罪。这才是千帆被捕的真正原因。毕竟皇城司管着皇城防卫，万一早就被后党掌握，对官家而言，岂不是危险至极？"

陈廉点头道："没错，我和孔大哥也这么想。我们也觉得萧相公不可能是凶手，倒像是已经出京的齐牧在嫁祸，除了他，谁还能号令那么多的言官？你看，上一次他串谋欧阳旭废后未成，被官家疏远，为了报复，就索性谋杀你和欧阳旭，再顺手栽赃萧相公。无论成与不成，都能让官家对皇后和萧相公生疑，这样他不就有了起复回京的机会了吗？"

赵盼儿觉得陈廉的分析很有道理，可这整个阴谋，他们能猜到，萧钦言一定也能，可疑点在于，萧钦言没有采取任何行动，而是任由顾千帆被人带走了。

陈廉试探地问："那我们要不要去趟萧府，向他要个主意？"

赵盼儿此刻自是痛苦万分，可她依旧极为冷静地摇摇头："暂时别，朝廷虽然暂时没动我，但多半也有人在监视。这个时候，我们最好以静制动。齐牧毕竟不在京城，萧钦言又纵横官场数十年，不会轻易认输，千帆毕竟是他的……他不会袖手旁观的。而且，之前我就防着有朝一日东窗事发，所以特意在官家面前留了个活口，隐约提过千帆不计较我的身份和我定亲的事。这个时候，只有我们表现得越平静，官家才会越相信我当时的那些话只是无意的真实之言！"

赵盼儿深吸了一口气，她和顾千帆经历了这么多波折才能走到今天，她相信老天一定不会亏待他们。越是这种时候，她越不能自乱阵脚，不仅如此，她还要去永安楼露露脸，彻底断了酒楼行会那些人乘虚作乱的心思。

永安楼内依旧是一派歌舞升平，由于酒水免费，座上出现了不少平日里舍不得来花钱的生面孔。席间，不少客人们都在议论顾千帆与赵盼儿的婚事引来萧相公不满的传闻，只有浊石先生和袁屯田还在帮着赵盼儿说话。

一个眼生的书生正在夸夸其谈：“那人可是个‘活阎罗’，赵娘子居然敢嫁他，胆子可真够大的。”

浊石先生不悦地反驳道：“言官都是风闻奏事，十之七八都未必准。没看赵娘子跟没事人一样吗？”

袁屯田点头附和：“她要是做了皇城司使夫人了，哪还会在这儿抛头露面啊。”

先头说话的人略显轻蔑地驳斥道：“未必是夫人，多半只是侧室吧？毕竟是堂堂的皇城司使，谁愿意娶个做过官伎的人当正房娘子啊？”

浊石先生听了直皱眉：“怎么不能了？人家早就脱籍了，是正正经经的良民，你要是瞧不起赵娘子，又何必上这永安楼，喝他家白送的神仙酒呢？”

“不错！”袁屯田捋须道，“轻贱与否，不在其籍，而在其志。赵娘子不媚不淫，贞慎自立，和宋娘子、孙娘子一起，靠自己一双手经营出这偌大的事业，哪点不如那些娇滴滴的名门贵女？这样的窈窕淑女，换了老夫是顾皇城，也想娶啊！”

见周围的客人都用怪异的目光看着自己，那名书生连忙摆手：“别误会，别误会，小可不是那个意思……”

“几句无心之语，不必在意。”众人回头，却见不知何时赵盼儿已经站在了永安楼门口，她脚上似乎不太方便，走路时一直由葛招娣搀扶着。

赵盼儿感激地看向浊石先生和袁屯田，在葛招娣的扶持下深深拜倒：“不过，刚才诸位先生的仗义执言，也真正说到了我心坎里。‘不媚不淫，贞慎自立’，能得如此一赞，我赵盼儿平生无悔！多谢诸位。”

浊石先生忙扶起她：“不敢当。赵娘子的品格，我们这些老客人心中都有如明镜一般，不会因为些许风言风语就有所改变。”

袁屯田哈哈一笑，举起了杯子：“这就叫拿人手短，吃人嘴软，吃了你家的菜，哪还能不向着你家说话呢？”

众人顿时哄笑起来，赵盼儿也勉强跟着笑了起来，但眼中已盈盈有了泪光。

浊石先生迟疑半天，终是耐不住好奇，小声问：“赵娘子，你真和皇城司使顾千帆？”

还不等赵盼儿回答，不知从何处冒了出来的池衙内突然大声道：“放屁！盼儿明明是我的相好，你们在那儿造哪门子谣？”

赵盼儿大吃一惊、满脸错愕，不知道池衙内在发什么疯。然而池衙内已经不由分说地将她拉上了楼上雅间。

赵盼儿还没来得及弄清刚才发生了什么，宋引章已经风风火火地冲了进来，身后还跟着试图拦住她的孙三娘、杜长风。

宋引章反手掩上门，狠狠剜了池衙内一眼："这就是你想出来的好主意？"

池衙内难掩得意地摊开手："当然啦，反正盼儿和顾千帆定亲的事没几个人知道，只要我和盼儿成亲，言官们放的那些狗屁不就全成了子虚乌有，官家不就不会再怀疑了吗？"

宋引章一拍桌子："我看你就是想趁火打劫！"她的嗓门大到使赵盼儿觉得整个房间都在摇晃。

"我是在牺牲我的色相，救大家的命！"池衙内也着急了，随后又压低了音量，"官家来的那天晚上你们到底搞了什么破事我不清楚，可我知道，欺君是要砍头的！弄不好连我也要被牵连，永安楼也得被关，这要钱又要命的事，必须得尽快解决！"

"你敢说你没有一点私心？"宋引章逼视着池衙内。

池衙内眼神飘忽了一下，随后又梗着脖子道："有又怎么啦？就算是我想打劫，那也就是因为盼儿，要换了你，想都别想！"

宋引章气得拿起一边的琵琶就想砸他，孙三娘和杜长风忙上前劝阻。

赵盼儿不得不按住大家的情绪："都别说了！小池，你能这么帮我，我很感激……"

"直接说但是吧。"池衙内泄气地垂下头。

"但是，我和千帆自钱塘到东京，一路相识相知，从华亭县令到许知州，再到皇城司的人，许多人都知道，官家若是仔细查起来，是绝对瞒不过的。"赵盼儿轻声道。

池衙内知道赵盼儿说得不错，仍不甘心地问："那咱们总不能坐在这儿等死吧？"

赵盼儿缓缓解释："不是坐以待毙，而是择机而动。现在我最担心的是千帆，他被关进步司狱已经快一天了，什么消息也没传出来，不知道他有没有受苦？小池，现在皇城司那边不敢动，我也不方便出面，你在东京人面广，能不能请你想法子去步司狱见他一面？他对情势的判断，肯定比我们准。"

池衙内思忖片刻，突然想起来有个步司狱的牢子欠了他赌债，他准备从此着手，想办法混进刑房。然而一直沉默不语的杜长风突然站了出来："不妥，你是永安楼的东家，人家未必肯担这个干系，还是让我去吧，好歹我还有个官身，万一被发现了还能有个转机。”

孙三娘感动不已，杜长风却只是安抚地拍了拍她的背：“这算什么！家里有难，做男人的，自然就该站出来。”

步司刑房的阴森程度与皇城司地牢大同小异，刑房内摆放的各色刑具与皇城司如出一辙，甚至令顾千帆觉得有一种诡异的亲切感，唯一不同的是，在这里，他成了那个被拷打逼供的对象。

将他捕来的张允阴阴地劝说着：“顾千帆，早点招了吧，毕竟这些刑罚手段你都熟得很，何苦一定要等到吃尽苦头才悔不当初呢？”

白衣染血、科头跣足的顾千帆虽然已经奄奄一息，仍讥讽一笑：“正因为我对这些刑罚都太熟了，所以我才知道，官家一定吩咐过不许严刑拷打，否则，你不会到现在都只敢对我用不留伤痕的水刑。我再说一次，我从没有见过那幅《夜宴图》，更没有指使任何人伪造它欺瞒官家。”

张允神色微变，但仍旧冷冷道：“死到临头，还敢嘴硬？”

顾千帆继续跟张允打着心理战：“你想替那个假扮帽妖的殿前司崔指挥报仇吧？景德元年，他曾做过你的副都头，一起随御驾亲征过。你以为我能查到的事，官家会查不到吗？”

张允恼羞成怒：“还不招是吧？给他上钟刑！”

话音未落，立时有两个人上前，一人按住顾千帆，一人在他耳边罩了一只金属小钟，重重敲响。一声尖锐的巨响后，顾千帆痛呼一声，一缕鲜血从他的耳中流了出来。

“招不招？”张允一挥手，底下的人暂时停了钟刑。

顾千帆忍着剧痛，勉力说道：“张允，你清醒一点，这是清流和后党的争斗，你不要因为私仇而受人指使蹚进这池浑水！若官家最后查实我无罪，你们步司难道想永世和皇城司为敌吗？”

张允眼神中闪过一丝狠厉：“继续敲！”

一声声尖利的钟声响起，顾千帆身体不断巨震，却咬住了牙一声不吭，鲜血从他口鼻耳中不断流下，但他仍然目光坚毅地盯着张允。

张允不防顾千帆竟如此能熬刑，担心再这么下去就真要弄出人命，举手道：“够了！将他押还牢中，明日再审！”他还特意嘱咐要传大夫入狱，务必得吊住顾千帆的命。

小半炷香的工夫过后，欠了池衙内赌债的牢子引着假扮成大夫的杜长风走进囚室。杜长风自小便是个读书人，何尝进过如此阴森的牢狱。他鼓起勇气战战兢兢好半天，才来到顾千帆的牢房。

见顾千帆还能坐着，他长松了一口气，隔着栏杆大声说道：“这位官人，小人奉命来替您看诊。”

然而全身血迹斑斑的顾千帆毫无动静，依旧盘腿在地上打坐。

杜长风又尝试着拍打栏杆，结果顾千帆依旧没反应，最后杜长风急了，找了块石头扔过去砸到了顾千帆，顾千帆才睁眼看到了他。

发现杜长风一身大夫打扮后，顾千帆眼光一闪，平静地站起身来：“你是上面派来的郎中？我耳朵有伤，听不见。”

杜长风闻言大惊，险些拿不稳手中的药箱。

顾千帆走到栏杆边，将手伸了出去。见杜长风仍旧呆愣在那儿，顾千帆提醒道：“诊脉吧。”

杜长风这才镇定下来，作势为顾千帆诊脉。

顾千帆看着远处监视着他们的衙役，用极低的声音说：“让大家不要妄动。官家现在只是让人审问我，而没有对永安楼和盼儿有任何动作，就说明他现在还只是在怀疑，而没有任何证据。当初是雷敬让我去找的《夜宴图》，我手中有他不少把柄，为了自保，他一定会全力帮我在官家面前分说。”

“可你的伤……”杜长风担心地看着顾千帆衣领上残留的血迹。

顾千帆尽力分辨着杜长风的口型，答道：“死不了。盼儿若问，你就告诉她我只是被软禁，别让她担心。”

这时，那个牢子担心地走了过来，用眼色催促杜长风尽快离开。

杜长风忙道：“好了，好了，我这就下去开方。”他对顾千帆做了个“保重”的口型，匆匆离开。

回到桂花巷小院，杜长风按照顾千帆的意思，谎称他只是遭到软禁，没有受什么苦楚。

孙三娘立刻信了：“我就说顾千帆肯定没事嘛！他毕竟是皇城司使嘛，就算是御林军也不敢随便得罪的。”

赵盼儿却盯着杜长风那只提着药箱、不断颤抖的手：“不对，要是千帆真的没事，你不会这么紧张！”

杜长风慌乱地用另一只手去按自己的胳膊：“我、我没紧……”

赵盼儿扑上去抓住他的手臂：“杜夫子、杜姐夫，你告诉我，千帆他到底怎么了？你说啊，你说啊！”

杜长风知道自己不说出实情，赵盼儿一定不肯罢休，无奈之下只得将狱中情况一一道来。

“听不见了？那就是聋了？”孙三娘满脸震惊，问这话时声音低得几乎听不见。

杜长风叹了口气：“不只是耳伤，我探他脉息纷乱纭杂，又有高热，可能还有其他的暗伤。唉，没想到步司也会用这么阴毒的手段。”

宋引章扶住摇摇欲坠的赵盼儿，一咬牙：“姐姐你别急，大不了我去求求林三司……”

赵盼儿摇了摇头，语气却出奇的镇静：“不必了，现在能救千帆的，只有一个人。陈廉，得麻烦你帮我引开外头监视的人。”

陈廉与赵盼儿目光相接，他立刻明白，事情已经到了必须请求萧钦言的帮助才有回旋余地的程度了。

在见到萧钦言之前，赵盼儿心中五味杂陈，毕竟在某种程度上，萧钦言和她有父仇，可当她真的来到萧府，见到萧钦言后，她脑海中除了要救顾千帆就再没有其他的念头。

最终，赵盼儿眼神中闪过一丝复杂的情绪，旋即一咬牙，向萧钦言跪了下去：“您在朝中耳目众多，一定知道千帆现在正在受着什么样的苦。萧相公，他从来就不想卷入您和清流的争斗，求您看在故人的分上……”

“你已经知道杀你之事，并非我萧家所为？”萧钦言并未想到赵盼儿敢来见他。

萧钦言坐在阴影中，赵盼儿根本看不见他的表情，也猜不透他的情绪，她只知道目前，他是唯一能救顾千帆的人。“千帆很少向我提起您，可我知道他从来都坚信，您决不会伤害他。”

赵盼儿的话似乎唤起了萧钦言的舐犊之情。他眼睛蓦地一酸，亲手扶起了赵盼儿：“快起来说话。放心吧，这件事我已经在安排了，千帆不会再受罪，最多三五天，就能平安出来。只是这期间，你最好不要待在东京。”

有了萧钦言的保证，赵盼儿心中大定，脸色渐渐放松。萧钦言对赵盼儿简单交代几句后，便亲自将她送到了侧门，还给她安排了一辆马车，要送她回去。

赵盼儿感动地朝萧钦言深深一福。

萧钦言扶起她，似乎从她身上看到了另一个人的影子：“他是好孩子，你也是。唉，是我对不起你们。”他心中似有千言万语，最后只是叹息了一声，便转头而去。

赵盼儿也心潮起伏，转身上了马车。

突然，萧谓从斜刺里东倒西歪地走了出来，醉醺醺地拦住了马车的去路：“这是我的马车，谁准你们赶出去的？”

不等车夫解释，萧谓便将他拽了下去，随后竟挥鞭催动了马车。

赵盼儿大急，探出身子试图跳车逃跑。

“不想死就别动！我在救你！”萧谓依然在策马扬鞭，这句话几乎是从他牙缝里挤出来的。

赵盼儿察觉萧谓根本没有饮酒，她不由一惊，同时，她意识到萧家的仆人正在奋力追逐着这辆车。赵盼儿情知形势不对，她没再阻止萧谓，而是捂着怦怦乱跳的心脏坐了回去。

萧谓七拐八绕地将马车驶进了一条偏僻的巷子，确认后面无人跟来，才略松了口气，将马车勒停在一棵参天大树之下：“好了，甩掉他们了。”

赵盼儿跳下车，惊疑不定地看着萧谓：“你刚才的话，是什么意思？”

萧谓迟疑地答道：“他不会救顾千帆的，你被他骗了。”

“为什么？”赵盼儿试图从萧谓的脸上找到说谎的痕迹，可在内心深处，她直觉萧谓没有骗她。

“因为《夜宴图》对于皇后而言，就是一个记载了她耻辱过去的铁证。所以她在听到顾千帆和我爹的那些身世流言之后，就开始怀疑我爹一直向她隐瞒这幅画的存在，是早有异心。而为了证明自己对皇后的忠心，我爹在今天见了刘国舅之后，已经一口咬定他和顾氏当年是因怨和离，对于他和顾千帆，除了帽妖案之外，根本就没有半点香火情分。在这样的情况之下，他怎么可能还去救顾千帆？”

萧谓的语气冷酷而生硬，赵盼儿很难辨别萧谓说“没有半点香火情分”时，他究竟是单纯指代顾千帆和萧钦言，还是在控诉自己的父子关系。赵盼儿几次欲张口，却说不出话来。

"觉得他狠心吧？可他从来就是这样的人，要不然根本爬不到如今的位置，在他心中,什么父子亲情都是狗屁,权势才是最重要的。"萧谓戏谑地瞟了赵盼儿几眼，"大嫂啊，瞧你平常也挺聪明的，怎么今天居然犯糊涂跑来求他了？你难道不知道顾千帆有多恨他吗？"

赵盼儿没有应声，眼神却一点一点地黯淡了下来。

萧谓想到了什么，脸色却渐渐变了："你早就知道？……难道，你也知道你爹是被我爹……"

赵盼儿轻声而坚定地娓娓道来："我早就猜到萧相公虽然不是那天砸伤我的幕后指使，但千帆被捕入狱之后，可能会对我起了杀心。毕竟只要把我伪装成是齐牧一派所杀，千帆和他身上的嫌疑就能很快洗清。可只要能尽快救出千帆，哪怕我再恨你爹，哪怕拼着性命不要，哪怕以后千帆会不高兴，我仍然要这么做。"

萧谓嘴巴微张，好半天都说不出一句话来，半晌才有些酸涩地说："你对顾千帆可真好。难怪他宁愿割血还亲，也要娶你。"

赵盼儿微微摇了摇头："他对我更好。只是我还是道行浅了一层，没想到萧相公竟然会一边笑着宽慰我，一边安排着怎么杀我。"说到这里，赵盼儿朝萧谓一福："多谢你。可是，你不是很恨千帆吗？为什么还要救我？"

萧谓沉默良久，这个问题的答案也困扰了他很久："因为……因为他毕竟是我大哥，因为他在帽妖案时救过我的性命啊。因为我虽然嫉妒他，却并不想他死。"

萧谓注意到赵盼儿看他的表情突然柔和了下来，他不习惯向人剖白内心，更不习惯被人拿那副神情看着。最终，他深吸一口气道："你赶紧回去吧，这些天最好只待在永安楼，别落单，人越多，我爹就越不敢动手。"

赵盼儿头一次意识到虽然萧谓与顾千帆在外形上几乎毫无相似之处，可他们都有着同样的孤独。她难掩担心地问："那你呢，你难道不怕萧相公……"

萧谓半是无奈，半是自嘲地笑笑："无非是多挨一顿打而已，早习惯了。大嫂，保重。"说完，他朝赵盼儿一拱手，转身架起马车驶入了深巷。

赵盼儿看着萧谓落寞的背影消失在夜色深处，有一瞬间，她似乎想追上去说一句谢谢，可最终她什么也没做，举步朝永安楼的方向走去。

一回到永安楼，赵盼儿立刻将在萧府发生的事情一五一十地讲给了陈廉。

陈廉震惊地打了个寒战，他怎么也想不到萧相公竟然如此冷血，倘若盼儿姐真的出了什么事，他要怎么跟顾头儿交代？他不忍看到赵盼儿绝望的样子，可他也知道顾头儿绝不会赞同这个法子，天人交战了许久，他还是说道：“还有一个法子，可能有生机。”

赵盼儿如溺水之人般死死地抓住陈廉：“你快说！”

最终，陈廉豁出去了，咬牙道：“欧阳旭没死，只是腿受了伤，被人救了起来，刚刚被大理寺的人护送回京城。”

“他没死？”赵盼儿震惊地松开了陈廉。

陈廉咬着牙点了点头：“对，他只是受了点伤，但他一老一小两个仆人，还有搭的那艘运桂花南下的商船，从掌舵的到船工，一共八口全没了，只有他够机灵，早早地跳了水，抱着一块舱板漂到了下游……盼儿姐，我知道你恨极了欧阳旭，可只要咱们能设法用重金收买他，劝他向官家改口，说杀他的人是齐牧派来的，说不定就能把水搅浑……”

赵盼儿觉得这一切的答案如同萤火虫般在自己眼前飞舞，可她又总是抓不住那抹亮光，按说齐牧早就知道萧钦言是千帆的父亲，如果他是幕后真凶，应该直接就抖出这件事来，毕竟父子勾结、官员伪造履历，比提携前妻之侄，更能置他们两人于死地，所以这次的黑手并不是齐牧，而是某个只知道萧钦言和千帆关系匪浅的人。

一幅幅想象的画面在赵盼儿面前掠过——深夜船上摆着的一盆盆桂花树、对睡梦中的德叔和道童挥刀的黑衣人、惊惶奔跑的船员，以及受伤跳水的欧阳旭……一道灵光乍现，赵盼儿突然站了起来，那群飞舞的萤火虫仿佛在一瞬间停了下来，答案其实一直摆在她的眼前。

夜深人静，东京城中各户皆已入眠，就连各家养来护院的犬都缩成一团打起了呼噜。然而欧阳旭的房中依旧点着一根蜡烛，他只敢坐在案前假寐，不敢真正入睡，因为他的梦中全是那日船上的剑影、刀光、血水、哀求、尖叫。

一阵窸窣声响起，欧阳旭警觉地睁开眼，德叔、道童已死，他家里已经没有仆人了，屋外虽有衙役把守，可他们也不可能进来。他心脏狂跳，警惕地问：“谁？”

“是我。”赵盼儿的声音有如鬼魅。

欧阳旭顾不得身上的伤口，猛然弹跳而起，朝窗外大声呼救：“来人啊！”

赵盼儿走到蜡烛前，那抹微光打在她的脸上，将她的五官照得有些变形：“不用叫了，外头的那些大理寺衙役都中了迷香。”

卧室门口，有两个衙役倒在地上，一身夜行服的陈廉躲在暗处，紧张地防卫着。院外，还有三四个衙役在巡视，随时可能冲进院中。

欧阳旭微微后退了一步：“你是来杀我的吗？”

赵盼儿敏锐地感受到了欧阳旭的瑟缩，她心中只觉一阵恶寒，强自镇定地说：“不，我只是想来证实一件事情，而现在，我已经有九成九确定了。”

欧阳旭虚张声势地怒斥道：“少在那儿故弄玄虚，你到底想说什么？”

赵盼儿轻轻地吸了吸鼻子，仔细地分辨着屋内的气味，正如她能通过龙涎香的味道猜到官家的身份，她现在也猜到了欧阳旭在为谁卖命。“你的房间里有鹅梨帐中香的香气，这种香，宫外绝少，却是后宫常用。你刚刚见过皇后的人，对不对？”

欧阳旭的眸子猛然收缩，显然被赵盼儿说中了。

赵盼儿点了点头，出于愤恨，她的语气一句比一句咄咄逼人：“你的遇袭受伤，根本就是一个骗局。始作俑者并不是齐牧，而是皇后，而你早就投靠了她，对不对？皇后因为《夜宴图》一事，恨极了齐牧，就算齐牧已经贬官出京，仍然想将他除之而后快。所以她设下了连环计，故意让人先怀疑萧钦言，然后再设法让大理寺发现证据里的破绽。因为齐牧不在京城，无法面见官家辩驳，官家之前有多怀疑后党，此后就会加倍地怀疑清流！她也可以乘机敲打拜相后气势越发嚣张的萧钦言，对不对？”

“你是怎么知道的？”欧阳旭脸上的表情已经说明了一切。

赵盼儿语声如冰，一步步逼向欧阳旭：“因为我曾经是这个世界上最了解你的人，自打三年前你在钱塘得过一次风疾之后，就再也不能闻桂花的香味，否则就会浑身红肿发痒，这样的你，又怎么可能特意搭一艘运桂花的商船出京？这说明整件事从头到尾都是别人替你安排的，而你根本连反对的想法都不敢有！”

欧阳旭情不自禁地向后倒退了几步，最终颓然道：“不，所有的一切，全都出自我的计策。是我忍辱负重，求见国舅，说我如今已经得罪狠了齐牧，所以才会对皇后永远忠心。只要我愿意豁出性命来做这个局，她就能对齐牧斩草除根。所以她才愿意信任我，愿意再给我一次机会，帮我留在东京。”

赵盼儿的胸膛剧烈地上下起伏着：“所以，你就害了整整八条人命？所以你就要杀我？欧阳旭，我自问从来没有对不起你，你为什么要对我下这样的毒手？”

欧阳旭突然以手掩面、泫然欲泣，似乎在一瞬间老了十岁：“因为我已经走投无路了……”他身子如破布般来回一晃，似要摔倒。

赵盼儿下意识地出手相扶，欧阳旭却就势把赵盼儿一摔，压倒在地上。

欧阳旭捂住她的口鼻，压低了声音：“因为我恨你！是你，是你把我害成这个样子的！”

赵盼儿奋力挣扎，欧阳旭却越发用力，疯狂地在她耳边低喃着：“赵盼儿，以前我有多爱你，你知不知道？为了救你，我不惜假扮负心郎，不惜百般讨好高慧，就是为了让你赶紧离开东京，不要被高家害死！可是你为什么不听啊？你为什么非要去找那个顾千帆，为什么非要逼我去西京当宫观官，害我生生地折断了数年寒窗好不容易才爬上来的青云路，害我被高家退婚，逼我走投无路，最后不得不去当齐牧的狗、当皇后的伥！”

赵盼儿被欧阳旭捂得几乎喘不过气来，只能呜呜地说：“没有人逼你，一切全是你自己的选择，是你被东京的繁华迷花了眼……”

欧阳旭依旧没有松手，一边加重手劲儿，一边低声咆哮：“不是我！我也想当个好人，我也想做个不奴颜媚骨的士大夫，我没错！所有的一切都是你们逼的！对，全是你们逼的！好在现在一切还来得及，只要这一次我能帮皇后扳倒齐牧，帮她杀了你和顾千帆，就再没有人知道《夜宴图》的秘密，我就能重新步步高升，就能报复高家，就能让你，让顾千帆都悔不当初！你不是说外头的侍卫都中了迷香吗，很好，上次没能杀了你，这回你终于逃不掉了……”

随着欧阳旭的表情愈发狰狞，赵盼儿的眼中开始浮出恐惧，她感到自己的视野渐渐模糊，最后只剩下斑斓的色块，她的意识也渐渐地混沌下来。她的挣扎从一开始的拼命扭动到只能小幅度地抽搐，渐渐地，她停止了挣扎，不再动弹。

欧阳旭似是不敢相信自己真的做出了这样的事，纵使这已经不是他第一次杀人，可这是他第一次看到人濒死时眼中的光渐渐熄灭的过程。

他慢慢地松了手，摸了摸赵盼儿的鼻息，又小心地唤着她的名字，然而赵盼儿只是毫无声息地躺在那里，一动不动。

“对不起，我也不想这样子的……”两行清泪无声地从欧阳旭的脸上滑落。

就在他抹泪的那一刹那，赵盼儿猛然暴起，拿出少时习舞的功夫，以腿为鞭，狠狠向他后背一击。

欧阳旭重重地挨了一记，眼前黑了好一阵才缓了过来，他跌跌撞撞地抓住正踉跄起身逃跑的赵盼儿，与之扭打起来。

陈廉听到房中发出的巨大声响，急忙奔入查看。院外未昏倒的几个衙役也随之破门而入。

陈廉一脚踢开欧阳旭，救下再次被掐住脖子的赵盼儿。屋外的脚步声越来越近，陈廉扶起赵盼儿，带着她闪身离开。待衙役们终于赶进屋内时，就仅剩下欧阳旭一人。

“欧阳通判，你怎么样？”衙役连忙将欧阳旭扶了起来。

欧阳旭脸色惨白，勉强支撑着身子：“没事。”

“你看清刺客是谁了吗？”那衙役又问。

欧阳旭担心赵盼儿手里真有他杀人的证据，不敢贸然行事，也不敢信任大理寺的人，便只是惊魂未定地摇了摇头。

待所有衙役退至屋外之后，欧阳旭捧住了头，神经质地喃喃道：“别慌，就算她什么都知道了，她也没有证据。何况现在顾千帆已经进大牢了，她一个民女，再也没有什么倚仗，只要明天我赶紧通知皇后，很快就能把她灭口，对，就是这样……”

屋内又恢复了死寂，只余下蜡烛燃烧的声音。

星夜之下，陈廉扶着赵盼儿一路狂奔，直到确定无人追踪才停下脚步：“真的是欧阳旭干的？他投靠了皇后？”

陈廉很希望能得到否定的答案，然而扶着墙不住喘气的赵盼儿轻轻地点了点头。

陈廉绝望：“完了，完了，皇后肯定不会放过我们的。”

赵盼儿却道：“未必。她虽有通天的权势，但我也知道她致命的死穴，奋力一搏，未必没有生机。”

“要怎么搏？”陈廉觉得赵盼儿是痴人说梦。他们的对手可是皇后，如果这还不算穷途末路，那就没有末路了。

赵盼儿看向远方一处巍峨的建筑，心中已然有了决断：“萧谓说得对，人越多的地方，他们就越不敢动手。”

第三十九章 登闻鼓

皇宫内殿中依旧灯火通明，同样难以入眠的还有大宋的君主。尽管他已经派雷敬多次赴钱塘查证，确定欧阳旭所说的《夜宴图》一事纯系子虚乌有，而顾千帆事前更是全不知情，不可能和赵氏串通伪造。可怀疑的种子一旦种下，就很难连根拔除，毕竟从《夜宴图》到宝顶事件，再到欧阳旭险被灭口，这一切的一切实在太巧合了。然而步司连审了顾千帆好几天，把皇城司和他家都翻遍了也什么都没查出来，从事实上看，确实没有充足的证据能证实萧钦言与顾千帆暗中勾结。

皇帝揉了揉钝痛的太阳穴，疲惫地问向一直站在一旁等待问话的雷敬："那顾千帆到底是不是萧钦言前妻之侄？"

"是，顾千帆的履历中从未隐瞒这一点。"雷敬眸光一闪，用置身事外的语气说，"但臣以为，萧相公这些年并未因为这层关系给过顾千帆什么好处，否则臣哪敢一直都派顾千帆去干最难最苦的活儿？他一个正牌子进士，要是跟了萧相公，只怕如今早做了一州之牧了，又何苦在皇城司顶着'活阎罗'的恶名声呢？"

"朕怎么记得，提拔顾千帆为皇城司使时，是萧钦言在代为说项的？"皇帝心中的疑云依旧无法消散。

雷敬用看似局外人的视角，有头有尾地给皇帝分析着："那也是因为顾千帆杀了帽妖啊。若是救命之恩不报，别人还不知道怎么议论萧相公这位首相呢！何况，当时顾千帆曾向官家请求追封其姑母顾氏，这顾氏出身清流，当初可是与萧相公结怨才和离的。他这么做，不是当着官家的面不给萧相公面子吗？而且他若是真如流言所说，因为执意要娶赵盼儿而得罪了萧相公，又怎么可能和萧相公在《夜宴图》一事上互相勾连呢？"

雷敬的分析的确很有道理，皇帝被他微微说动了。

“不单是赵盼儿被砸一案，连那欧阳旭遇袭之事也透着古怪。萧相公真要除掉哪个小官，怎么可能除不掉，还留下那么明显的痕迹？让他在任上得个小病，无声无息地没了岂不更省事？说句诛心之言，倒像是有人在故意构陷萧相公，或者……”说到这里，雷敬有意地停顿了一下。

皇帝身躯一震：“或者什么？”

“或者项庄舞剑，意在沛公。”雷敬的表情瞬间变得极为庄重，似乎发自肺腑地替皇帝忧虑，“官家，《夜宴图》之事本已平息，可又被这档子事挑了出来。眼看立太子在即，皇后的令名可是再也经不起新一轮的攻讦了。”

皇帝心头一震，陷入沉思之中。突然，殿外传来了一阵喧闹声。

“高娘子请留步！未得官家宣召，不得擅闯！”

“放开我！”高慧的声音从殿外响起。

这阵骚乱声使皇帝头痛加剧，他眉心紧皱，扬声问道：“怎么回事？”

高慧趁机挣开拦住她的宫人，冲进殿中，跑到皇帝面前猛地跪下：“臣女高慧，参见官家！”

殿外的那群宫女内监们吓得腿都软了，生怕官家治他们个失职之罪。然而，高慧时常在宫中走动，皇帝对她比旁人要宽容几分，为此，即便她做出擅闯皇宫这样大逆不道的事，皇帝也没有真的动怒，只是不满地说：“之前欧阳旭无诏擅见，如今你也照葫芦画瓢，倒真不愧曾经是一对。”

高慧虽然并不愿与欧阳旭相提并论，但无法否认的是，她确实从欧阳旭擅见一事上寻来了一点灵感。她将头伏低，高声请罪：“臣女自知有罪，请官家责罚。”

“平身吧。”皇帝暗叹了口气，“高妃向来把你当女儿看，朕要治了你的罪，只怕要被她烦死。你急着要见朕，到底为了何事？”

高慧站起身来，鼓起勇气说：“为了我的闺中好友、永安楼掌柜赵盼儿。官家，她绝对没有依仗顾皇城的权势去垄断什么香药，她是无辜的！”

再度听到赵盼儿的名字，皇帝的眼神瞬间凌厉了起来，语气冷得惊人：“你想为她求情？”

高慧执拗起来也忘了害怕，她不惜触怒官家为赵盼儿求情，是因为在她生不如死的时候，虽然她并未主动求过赵盼儿帮忙，对方却默默地出手帮了她。所以，她必须对得起这份情谊。

只听她急切地说：“不是求情，她根本就没有错。如果盼儿真像朝臣们说的那样仗着顾千帆的势力欺人，前阵子何至于流落到要当掉茶坊地契的地步？她被望月楼的东家欺侮，找池衙内下跪借钱，最后好不容易才化敌为友，一起经营永安楼。这些事官家您一查就知！而且，明明是其他酒楼不肯卖给永安楼酒在先，盼儿不卖香料给他们只不过是以其人之道还治其人之身而已。倒是有些人别有用心，硬是要把寻常不过的商事相争，安上一个以官欺民的罪名！”

“此事相关朝政，你一个小娘子不宜多言。”皇帝的语气很是冷淡，但凡有点眼力的人此时都该立刻闭口不言。

可高慧从不是个胆小怕事的人，她愤愤道：“可盼儿她也是个小娘子啊，我只是想为她分辩，说几句公道话而已！臣女敢以性命保证——”

“够了！”皇帝头痛极了，朝底下的人挥了挥手，“送高娘子出去。”

那些内侍忌惮高妃的权势，不敢真的对高慧用全力。因此，在高慧的拼力挣扎下，她竟然挣脱了束缚。

“我只说最后一句！”高慧警惕地避开了试图再次捉住她的内侍，“官家，您是看着臣女长大的，臣女虽然骄纵，可从没对您撒过谎，也从没求过您任何事！臣父也和皇城司向来不对付，您不会觉得臣女今日之举，是想为顾千帆开脱吧？盼儿她身为女子，孤身上京别无依靠，她能把酒楼开得这么好，实在不容易。臣女只是想请您明察秋毫，别让朝臣之争，毁了无辜百姓！”

说完，她就任由宫人们将自己带离了皇宫。等父亲得知她今晚的事迹，定会将她骂得狗血淋头。但她是真的把赵盼儿当作朋友，而这是她唯一能为盼儿做的事情，所以她不后悔。

皇帝无奈地摇了摇头，也不知道向来眼高于顶的高慧，怎么会和赵盼儿做了朋友。

雷敬观察着皇帝的脸色，谨慎地开口道：“臣倒以为，高娘子所说，不无道理。”

“够了！”皇帝忍无可忍地一拍桌子，“一个两个都来为顾千帆和赵氏说项，朕还没忘了，你也是顾千帆以前的上司！”

雷敬猛然跪了下去：“官家！正因为您勇于纳谏，臣和高娘子问心无愧，所以才敢犯颜直言啊！臣豁出性命，还要再多劝谏一句——升王年幼，圣人在宫中能依靠的，也仅有官家您一人。她清贞自傲，主动提出让步司严审顾千帆和让萧相公称病候查，乃是坚信官家对她的一片真情。可如果那些诬告并无真凭实据，官家还迟迟不让萧相公复朝，岂不是伤了圣人的心吗？”

想到妻子和儿子，皇帝神情微动，最终，他疲惫地坐到了那冰冷宽大的雕龙宝座之上。这一系列真真假假的争斗、陷害、凶案都令他滞闷不已，他现在就只想喝一杯神仙酒缓解这难挨的头痛，然而一想到神仙酒，就不可避免地要想到那次与赵盼儿的见面：那日在永安楼，她确实提到过一个不计较她曾入贱籍、愿意娶她为正妻的人，现在想来，那个人就是顾千帆无疑。诚然，高慧和雷敬的话都起到了一定的作用，不管出于何种考量，他也不能再让他的皇后处在眼下的局势之中了。

天色渐渐发亮，雷敬早已离开多时，殿内只剩下皇帝和内侍如石雕般一坐一立。最终，皇帝长长地叹了一口气，对身边内侍吩咐道："传旨，让萧钦言明日来上朝，再让步司放了顾千帆，一应职司，一如以前。"

牢门"吱呀"一声打开，天光骤然照进牢内，照亮了顾千帆略显倦惫的脸庞。顾千帆走出牢门时，脚步在张允身边微微一停，周身的气场威压而至，令张允身后的小卒都瑟缩了一下。

张允面色复杂，向顾千帆拱手道："顾皇城，张某前日职责在身，多有得罪……"

顾千帆虽然听不到声音，却也根据张允的嘴型猜出了他在说什么，他用公事公办的语气回道："都是为朝廷办事，顾某不会放在心上。"

张允松了一口气，送上一个锦盒："这些灵药，对耳疾颇有效验……"

顾千帆面无表情地收下，拱手回以一礼，大步走出狱门。

一得自由，顾千帆想到的第一件事就是找赵盼儿，他先去了桂花巷小院，又马不停蹄地跑去自己的私邸，可两处地方竟都不见赵盼儿的芳踪。顾千帆像是感应到了什么一般，没来由地心脏揪紧，他勉强站稳，驰马奔向永安楼——这曾是他遥望却不可得的佳人所在，也是赵盼儿许诺要为他亲演一出《霓裳羽衣曲》，为他备一出只有他们两人的花月宴的地方，是以他便一直没有踏足。但更出乎他意料的是，第一次进入永安楼，竟然没有看到忙碌的盼儿。

找寻了半晌后，顾千帆终于发现了正在招呼客人的池衙内，他一把拉住后者："盼儿呢，盼儿到哪儿去了？"

"你什么时候出来的？"池衙内先是吃了一惊，赶紧说，"盼儿她去开封府了……"

池衙内的声音隐隐约约地传来，顾千帆听不清楚，只看到池衙内嘴唇开合："你说她去哪儿了！"

池衙内朝顾千帆耳边一声大吼："她去开封府告欧阳旭悔婚了！"

顾千帆脸色顿时一变。

开封府衙门的大门之下，孙三娘、宋引章扶着赵盼儿一齐抬头仰望着这座巍峨森严的朱楼，那高大肃穆的玄色牌匾使她们心生敬畏。

赵盼儿抱歉地看着孙三娘和宋引章："对不起，我只有把事情闹大，才能让欧阳旭名誉扫地，让他背后的人不敢再对我和千帆下毒手。欧阳旭越不可信，官家对千帆的怀疑就会越少，但这样做，一定会拖累你们……"

孙三娘收回目光，果断地打断赵盼儿："要当我们是姐妹，就别说这些见外的话。"

宋引章非常赞同孙三娘的话，从离开钱塘到现在，她至少明白了一件事，那就是到了紧要关头，只有姐妹不会在身后捅刀子，她们永远都会是彼此的后盾。"反正只要知道的人越多，他们就会越忌惮，你只管打官司去。我编了支琵琶曲，包准三天之内，东京的妇孺老少，都能知道欧阳旭背信弃义的恶名！"

赵盼儿眼眶一酸，千言万语尽在不言中。她从未想到，当年自己为救父而认真研习律法的经验，今日竟用到了救夫之上，果真是有因有缘世间集，兜兜转转竟成真，她深吸了一口气，大步走进开封府衙。

"都出去，都出去，今天这案子不公审！"衙役们粗暴地赶走了争先恐后地想挤进衙内听审的百姓。上面有人事先已经向他们打过招呼，说欧阳旭现在还是大理寺重案的苦主，所以此案不可公开审理。那群等着看热闹的好事者只能失望地看着衙役们关上府门。

就在此时，一阵马蹄声响起，顾千帆终于驰马赶到，可惜，他终究是慢了一步，开封府府衙一闭，外人不得擅入，他就算再心焦，也只能在衙门外等待审判结束。

"升堂！"众衙役齐声敲响水火棍。

堂下，只有孙三娘和宋引章听审，赵盼儿拿着状纸站在公堂一侧，而另一侧的欧阳旭不仅坐着，身边还站着一个赵盼儿看着眼生的亲随。她并不知道，那亲随其实是皇后手下帮欧阳旭找来的精通户律刑名的胥吏。

开封府判官就座后，一拍惊堂木，高声问道："堂下何人，为何事鸣冤？"

赵盼儿将状纸交给衙役，条理分明地陈诉冤情："民女赵盼儿，欲告新州通判欧阳旭，负义悔婚，贬妻为妾不成，便怀恨在心，谣言中伤！今有状纸在此，证人证物若干。"

光是宋引章和孙三娘，最多能证明欧阳旭悔婚，为了找到他报复中伤的证据，赵盼儿特地请池衙内把前些天抓的企图砸死她的那些流氓又审了一回，有好几个流氓都画押承认并指认了欧阳旭，因此她有自信，在铁证如山的情形下，就算欧阳旭有靠山，也不可能把黑的说成白的。

判官看过状纸，颇有些惊讶一介商妇竟能写出条理如此清晰的状纸，又将目光转向了欧阳旭："欧阳主簿，你可有辩驳？"

令整场震惊的是，欧阳旭竟然镇定地回了声"并无"。

判官还没见过认罪认得如此爽快的人，诧异之下，他又确认了一遍欧阳旭是否承认赵氏所诉属实。

然而早已得胥吏指点的欧阳旭却只是一指赵盼儿："请府尊详查，赵氏籍属钱塘，下官也已受皇命离京赴任，官籍归于新州，是以开封府不应审理此案！"

"一派胡言！"赵盼儿愕然后明白了欧阳旭的用意，忙道，"你我如今都身处东京，自然分属开封府管辖。难道两个外乡人在东京争斗，开封府还管不了不成？"

欧阳旭甚至都不屑看向赵盼儿，便朝判官拱手："若事涉贼盗斗讼，自然归开封府所辖，但若只涉户婚，便只可由赵氏原籍钱塘县或是新州受理。府尊精熟律法，定然知道下官所言为实！"

判官和身后幕僚低声交谈了两句，确认了律法中的确有此规。他随后抬头问："赵氏，你从实言来，你是否到京还未满一年？"

赵盼儿在心中暗叫不妙，但依旧试图为自己争取："府尊容禀——"

"是，还是不是？"判官打断了赵盼儿的话。

"是，但——"赵盼儿刚说了个"但"字，就又被判官打断了。

"那你与欧阳旭的所谓定亲，也是发生在钱塘县了？"判官问道。

赵盼儿不甘地加快了语速，试图在判官打断她之前说完："是，可是他悔婚造谣之事——"

"肃静！"判官提高了音量，"赵氏，此案确不归开封府所辖，现将状纸发还，你回乡再行诉告吧。"

欧阳旭眼中闪过一抹得色，朝判官一拱手："府尊明察！"

赵盼儿大急，不甘心就这样回去，然而判官已经一拍惊堂木，宣布了退堂。

赵盼儿不甘至极，在欧阳旭离开前，拦住了他的去路："欧阳旭，你就这么胆小，连应我的诉都不敢吗？"

欧阳旭居高临下地看了赵盼儿一眼，嘲讽道："赵盼儿，你自诩熟读《刑统》，可惜却不明白，律法和实务，永远是两回事。"

说完，欧阳旭朝赵盼儿摇了摇头，便一甩袖子，扬长而去。待赵盼儿反应过来，已经不见了欧阳旭的身影。

赵盼儿不甘地看了一眼空荡荡的判官椅，沮丧地同宋引章和孙三娘走出了开封府衙。夹道百姓的议论声不时汇入她的耳中，正如告周舍那次众人非议宋引章那般，议论她的也都是些不堪入耳之语。

“欧阳探花这么快就走了，看这脸色，是这姓赵的女子输了？”

“那她就是诬告！我就说嘛，人家知书达理的探花郎，怎么会娶她这种开酒楼的女人，对了，听说她以前在钱塘，也是青楼里的粉头。”

在场的不少人都倒吸了一口冷气，他们看赵盼儿的眼光明显不同了，还有闲汉冲赵盼儿挤眉弄眼地吐着唾沫：“呸，就是个不要脸的贱籍浪货，还有脸在这儿瞎告人！”

宋引章攥紧了拳头，狠狠瞪着那些造谣的人。孙三娘怒极想动手，陈廉却比赵盼儿抢先一步阻止了孙三娘。顾千帆脸色阴沉得吓人，虽然他没听清那些人到底在说什么，可光看孙三娘、宋引章的反应，他也能猜到七八分。

“千帆！”赵盼儿惊喜地奔了过去，顾不上这里还是众目睽睽的大街上，便与顾千帆紧紧地拥抱在一起。这一抱，宛若隔着千山万水，宛若跨过隔世经年，纵有刀山火海，也不能阻止他们相拥。

这一下，看戏的百姓们更来了兴致。

“瞧，当着大伙儿的面就又搂又抱的，真是下贱！”

“那跟她一起开酒楼的那两个女的，也不是什么好东西吧？”

“没错，瞧那个姓宋的，长得跟妖精似的，就是教坊里陪人喝酒的乐伎！”

闲汉们就这样指点议论着，其中赫然便有与永安楼有过过节的王楼掌柜王丰等人。

马上，赵盼儿又从顾千帆怀中挣脱出来，不顾众人审视的目光，上上下下地将顾千帆检查了一番，想看出他到底受了哪些暗伤：“你没事了？伤哪儿了？什么时候出的狱？”

见顾千帆半天未予回应，赵盼儿意识到了什么，忙和他分开，担心地抚摸着他的耳朵：“你的耳朵，还是听不见？”

顾千帆盯着她的嘴唇，宽慰道：“能隐约听到一点，官家已经让我复职了。别担心，大夫说没有伤到耳里的珠窍，再休养一段时间，应该能恢复不少。”

赵盼儿又是心痛又是难过："这都是欧阳旭害的！"

深吸了一口气后，她坚决地说："我一定要告倒他，我必须要让他付出代价！"

在开封府碰了钉子后，孙三娘认为她们以民告官的想法根本就不现实，见赵盼儿还没放弃告欧阳旭，心急火燎地插话道："盼儿，你冷静一点，顾千帆现在已经没事了，你再告欧阳旭没有意义！"

不远处，闲汉们诋毁中伤之语仍如砒霜般灌入赵盼儿的耳中，她的脸色变得更加苍白，但目光旋即也变得更加坚定，只听她斩钉截铁地开口："不，有意义。你们听见那些人怎么说我们了吗？就因为我们是女人，是贱籍，很多人就会不分青红皂白地站在欧阳旭那边。就算我们比他们能干一百倍、善良一千倍，在他们嘴里，都成了坏透了芯的女人！如果说之前我告欧阳旭，是为了自保、救千帆；可现在，哪怕只为了洗清我们身上的污水，我都还是要继续告欧阳旭！我一定要让他受到律法的惩治，我一定要用铁一般的事实，让全东京的人知道，我们三个不是什么低贱女子，欧阳旭才是负心薄义的恶毒小人！"

赵盼儿又把目光移向顾千帆，心疼地说："而且，我也不单是为了自个儿出这口气，欧阳旭这条毒蛇现在已经找到了新的主人。如果不趁他羽翼还未丰满之前将他彻底清除，千帆，还有我们，迟早还会被他所害！刚才欧阳旭的那句话提醒了我，只要有衙门肯接我的状纸，我就一定能把他告倒！你们相信我好不好？"

孙三娘和宋引章屏息看向顾千帆，都希望他能好好劝劝赵盼儿。然而顾千帆点了点头，他用那双深若幽潭的眸子定定地看着赵盼儿，认真地说："我相信你，也支持你。"

陈廉大吃一惊，把顾千帆拉到一边，焦急地低声提醒道："欧阳旭背后之人是皇后，你这样做，岂不是跟她正面为敌吗？"为了顾千帆能听清，他一字一句，用力地做着口型说道。

顾千帆知道陈廉觉得自己失去了理智，可他此刻却感到前所未有的清醒："官家让我复职，却没有即刻召我入宫，说明他多半对我仍然存有疑心。既然如此，不如就索性陪着盼儿任性一回。她说得对，只有趁现在把欧阳旭这个始作俑者钉死在背信弃义的柱子上，才能让官家彻底放下对我们的各种怀疑，让皇后心生忌惮，从而放弃对我们的加害。"

陈廉急道："可是——"

"没有什么可是！"顾千帆的声音陡然增高了几分，但他的神情却无比坚毅，"大丈夫快意恩仇，在我心中，盼儿和她的朋友从来都是恩怨分明、光风霁月，是值得我顾千帆又敬又爱的奇女子。既然盼儿为了救我都已经上过一回开封府，我为什么不陪她再轰轰烈烈地走一遭呢？”

顾千帆目光冰冷地扫向众人，使陈廉不由自主地向后退了一步。

顾千帆站到赵盼儿身边，握住了她的手：“东京的衙门不接你的状纸没关系，大不了，我和你回钱塘告他去。”

赵盼儿心头一暖，就算全天下的人都反对，她也有顾千帆与她并肩！

就在此时，一个陌生的声音从他们的背后响起：“赵娘子，其实东京也不是没有别的地方可以接你的状子，只是，恐怕会有点难。”

众人回头，发现说话的竟是一位站在角落的黑肤少年。那少年眉心长了颗小痦子，从身量来看，他年纪不大，可那过分严肃的表情使他看起来极为老成。

少年朝顾千帆一拱手：“在下姓包，庐州人士，前日随父回京叙职，正好在永安楼品过神仙酒，当时赵娘子看我腹中饥饿，还特意多送了我一碟黄中饼呢。”

赵盼儿这下也认出了这个小官人，出于一种奇妙的直觉，她觉得眼前这个小官人便是难得的契机，于是，她朝那少年回了一礼：“我不惧难，还请包小官人教我。”

少年沉稳地说道：“在下记得景德年间，官家曾有旨意，于东京阙门外设登闻鼓院。凡官吏士民有冤情者，皆受其词，其状可上于帝王，借此以通达民情。赵娘子若是有意，不妨去鼓院试试。”

赵盼儿先是惊喜，其后便觉得奇怪，如果登闻鼓院那么容易就能上达天听，为何这么多年，她却从未听过别人提过此处呢？

正在她疑惑之时，顾千帆却如洞悉了她的想法般，说：“朝廷有敕令，登闻鼓院只接官典犯赃、袄讹劫杀这类恶罪之诉，其他案由仍然必须从县至州，一级级上告，否则便是越诉。”

少年低声道：“但如果愿意受二十杖，鼓院还是可以受状的，所以我刚才才说，有点难。”

在场的所有人都倒吸了一口冷气，二十杖，何止是有点难，分明是要半条命！然而赵盼儿和顾千帆只是对望了一眼，紧紧握住了双手。

桂花巷小院中的气氛凝重得令人喘不过气来。在一系列的分析探讨之后，池衙内干脆利落地下了结论：“那黑小子瞎出主意，一定不能听他的。”

一直默默观察着赵盼儿的宋引章突然小声问："姐姐，你不会真的想去敲登闻鼓吧？"

众人瞬间安静了下来，都紧张地看向赵盼儿。

赵盼儿沉默良久，最后慢慢点了点头。

池衙内惊讶地跳了起来："你疯了！几十板子打下来，疼都疼死了，哪还能告人？我不许你去，就算你犯傻，顾千帆也不会同意的！"

"他已经去帮我找曼陀罗了，他说狱中犯人如果事前喝下曼陀罗花熬的水，就算再重的酷刑，也熬得过。"赵盼儿说这话，是不想让宋引章他们太过担心。

池衙内瞪大双眼，第一次觉得也许自己真的不适合跟赵盼儿在一起。他连连摇头，干巴巴地说道："你疯了，他也疯了，你们两个一起都疯了！"

宋引章咬着唇思索片刻，最终却只是轻声问："姐姐，如果以后你因为那二十杖残了，或者死了，你会不会后悔？"

赵盼儿只是淡淡一笑："这么多年，你还不知道我的性子吗？只要下定了决心，我赵盼儿，从不后悔！"

孙三娘突然站了起来，在众人惊愕的目光下，她大步奔向灶房，不一会儿，房内就传来了剁骨头的声音。赵盼儿给杜长风使了个眼色，杜长风连忙追了过去。

杜长风走进灶房时，孙三娘正一边用力，一边以脸就肩，抹着眼泪。孙三娘觉得自己也不会别的，就只能多炖点牛筋和骨头，让赵盼儿受杖之前多喝点，补一补。

杜长风看得心疼，默默地上前用自己的袖口替孙三娘抹泪。

"你说盼儿她怎么就那么傻？"孙三娘哽咽得越来越厉害，最终放下菜刀，哭出了声。

杜长风抚摸着孙三娘的头发，笨拙地安慰道："那不叫傻，叫君子欲有为，可破釜沉舟。现在我们能做的，也就是尽量让赵娘子这二十杖挨得值一些。宋娘子不是已经去请托熟悉刑名的致仕官员帮着参详状纸了吗？"

孙三娘吸着鼻子点了点头："招娣也在缝垫子，陈廉说女犯向来不用去衣受刑，所以有垫子，多少能管点用。"

杜长风忍不住拥她入怀："她不会有事的，那些施刑的衙役多半都听过顾皇城的名头，只要不敢得罪他，都不会下狠手……"

话音未落，傅子方猛地推开灶房的门，震惊地问："你们在干什么？"

杜长风和孙三娘如惊弓之鸟一般跳到两边。

“子方，你听娘解释。”孙三娘急切地说。

“我不听！你们、你们骗我，你们不知羞耻！”傅子方心碎地后退了几步，转头就冲了出去。

“子方，你等等！”孙三娘和杜长风一齐追了出去。

宋引章、葛招娣听到喧闹声，也从小院中赶了出来。只见傅子方拔足狂奔，孙三娘和杜长风在后面急追。葛招娣拔腿就往相反的方向跑：“我去前面堵他！”

傅子方奔到河边，前面却被葛招娣拦住，后面又有孙三娘和杜长风追来，一时之间，竟别无去处。傅子方急了，一气之下站到河边，威胁道：“你们都别过来，要不然，我就从这里跳下去！”

“子方你别犯傻，到娘这儿来！”孙三娘吓坏了，她想立刻冲上去，可又怕傅子方真的跳下去，只能缩回了步子。

傅子方捂住了双耳：“你别跟我说话！我才不要你这种水性杨花的女人当娘！你、你居然和别的男人私通！你不要脸！”

孙三娘瞬间白了脸。傅子方也被自己吓到了，他没想到自己会说出这么恶毒的话，可他又强迫自己压下那隐约的内疚之情。

杜长风顿时怒上心头，他素来最讲三纲五常，子不孝母是大罪。于是他想也没想，便威严地训斥道：“傅子方，我不许你这样对你娘说话，快道歉认错！”

“我没错！”傅子方气鼓鼓地指着杜长风，“错的是你，不，你恶心、你卑鄙！白天当我的夫子，晚上却和我娘不清不白……”

宋引章却突然用力一推，傅子方站立不稳，跌下了河岸。

“子方！”孙三娘惊慌失措地扑到河边。

宋引章拉住孙三娘：“别怕，这儿的河浅得很，淹不死人。”

宋引章居高临下地站在河边，看着不停叫“救命”的傅子方扑腾了几下，便在不及他腰部的河里站稳了。

葛招娣也劝走了围观的人：“没什么好看的，当娘的收拾混账儿子呢。”

“我不是混账！”傅子方涨红了脸。

“你当然是。”宋引章厉声道，“以前在钱塘，三娘姐把你当心肝一样养大，可你是怎么回报她的？你同意你爹休妻，你认别的女人当娘！如今在东京，三娘姐不计前嫌，把自个儿的房间让给你，给你最好的吃穿，让你上最好的书院。她做到了母慈，可你做到子孝了吗？”

“好了，不用再说下去了！”孙三娘双眼早就哭得通红。

傅子方听得怔怔，他承认孙三娘待他确实是一等一的好，但他仍然不肯退让：“可她是我娘，她跟不三不四的男人瞎混，就是不对！”

杜长风大怒，探身一把把傅子方拎出水，指着孙三娘和自己道：“你给我听好了！我是你的夫子、今科进士、朝廷命官，不是什么不三不四的男人！你娘兰心蕙质、贤惠爽朗，是位可敬可亲之人。我和她一个君子、一个淑女，两情相悦，乃是世间最美好之事，没有什么可值得羞耻的！之前没有告诉你，不过是因为担心你年纪小，又刚到东京，一时接受不了而已……”

傅子方不管不顾：“可我就是不许！书上说了，女子要三从四德，未嫁从父，既嫁从夫，夫死从子！只要我不同意，她就不能和别的男人在一起。”

葛招娣听了这话气炸了，和宋引章拿起竹竿就想打傅子方一顿，却被孙三娘坚定地按住了。

有一瞬间，场面变得无比安静，但这只是暴风雨前的平静，一种恐怖的气息正在空气中酝酿。傅子方敏感地察觉到这点，畏惧地缩了缩脖子。

“傅子方，我根本不需要你的同意。”终于，孙三娘缓缓开了口，她的面容平静中带着心死，“我早就被你爹休了，初嫁由父母，再嫁由己身，这世间，没有任何一个人有权力管束我的婚姻，就算你是我的儿子，也不可以。”

“娘！”傅子方满脸震惊。

孙三娘红着眼眶问：“你真的把我当娘吗？还是你只需要一个只听你话、只替你操心的奶妈子？”

“我、我没有……”傅子方有些害怕了。

“以前是我太宽纵你了，才逼得盼儿和引章不得不帮我做恶人。可现在，我终于醒悟了。母虽慈，儿未必孝，傅子方，你还真是你爹的好儿子。”孙三娘停顿了片刻，转过身，左手拉着杜长风，对宋引章和葛招娣说：“我们回去吧。”

大家都没有再说话，他们搀扶着渐渐走远，只留下傅子方一个人湿淋淋地站在河岸边。

傅子方向来喜欢东京的夜晚，因为一到晚上，汴河两边就花灯璀璨、鼓乐喧天，这种热闹是逢年过节时的钱塘县都比不上的。可今天，傅子方突然觉得喧嚣的锣鼓声和鼎沸的人声刺得他耳膜发痛，他觉得无比孤独，他一点都不喜欢东京了。他就这样失魂落魄地走着，险些撞上一辆马车，幸亏被突然出现的陈廉拉到了路边。

傅子方惊魂未定地愣了片刻，突然间鼻子一酸："陈廉叔，我以为你们不管我了！"

陈廉轻轻拍了拍傅子方的后背："你娘怎么可能不管你呢，就算她再生你的气，你也是她身上掉下来的肉。这不，刚回小院，招娣就让我来找人了。"

傅子方眼下只是个被吓坏了的小孩子，他带着哭腔、磕磕绊绊地说："我本来也没想用那么难听的话骂她的，我只是……"

陈廉替傅子方把说不出口的话接了下去："你只是一时接受不了而已。除了舍不得你娘之外，你还生杜夫子的气，因为这段时间，他待你很好，不但教你读书，还经常带你出去见世面，你都快把他当爹了，可没想到，他真想当你后爹。"

傅子方被说中了心事，"哇"的一声哭了起来。

陈廉用袖角给傅子方抹着眼泪："这有什么好哭的啊。我娘也改嫁过，我和我两个姐姐，都不是同一个爹生的。我大姐的爹是在边关战死的，我二姐的爹是病死的。可那又怎么样，她们还是我的姐姐，我娘还是我娘。"

傅子方惊愕地张了张嘴，在他从前的认知里，这根本就是不可理喻的事情。纵然他爹傅新贵也停妻再娶了，可傅子方就是觉得这不一样："可你不觉得古怪吗？你娘嫁了那么多次人，别人不会看不起你吗？"

陈廉哈哈大笑起来："那是乡下土包子的想法！咱们大宋，女人也能继承家财立女户，所以在东京，再嫁这种事再平常不过了！你知道前两年，向、张两位宰相为了争娶薛将军的寡妻柴氏夫人，把官司都打到官家面前去了吗？"

傅子方仍然有些怀疑，但又怕被当成土包子，便小心地问："真的？你不会骗我吧？"

陈廉弹了傅子方脑门一记："我犯得着吗？你明儿问问那些同窗不就知道了？哎，说到这儿，我也想揍你一顿，盼儿姐眼看就要上鼓院挨板子告状了，能不能活着回来还不知道，大伙儿担心得跟什么似的。你倒好，大晚上还闹这么一出来添乱！你再不跟我回家，我也懒得管你了！"

傅子方见陈廉真的要走了，生怕再被抛下，忙追了上去，亦步亦趋地跟着陈廉回到桂花巷小院。

他们回到小院时，孙三娘的房里还亮着灯，然而傅子方突然不敢往里走了。

陈廉从后面推了傅子方一下。傅子方这才深吸一口气，敲了敲门，冲了进去。

“娘，我错了！”傅子方跪下怯怯地说道。

孙三娘见傅子方回来，也并没有特别的反应，只是抖开了一件衣裳，若无其事地说：“起来吧，赶紧把这身干衣裳换上，着了凉就不好了。”

傅子方不敢相信自己竟然幸运地逃过了一顿打骂，他试探地问：“娘，你不生我的气了？”

孙三娘放下衣服，平静地说：“母子之间哪有隔夜仇，气过了就算了。”

傅子方眼圈一红，一头扎进孙三娘怀中：“娘，我刚才真的错了，我不该那么冲动，不该口不择言……”

孙三娘抚摸着傅子方的头发，轻叹了声道：“娘也不对，早知道就不该一直瞒着你。”

“娘，我知道你喜欢杜夫子，我也喜欢他。可你能不能先别嫁他啊，我不想你离开我。”傅子方抬起雾蒙蒙的眼睛看着孙三娘，声音中也透着哀求，“再说，他是个当官的，你只是个厨娘，他会一直待你好吗？”

见孙三娘没有说话，傅子方以为她被说动了，忙道：“可我是你儿子，我会一直孝顺你的。娘，我一定好好读书、好好上进，你再多等几年好吗？我只要考中进士，当了官，马上就能给你请封诰命，你不是一直想要凤冠霞帔吗？儿子给你挣就是！答应我好不好？娘！”

孙三娘慢慢地掰开了傅子方紧紧抓着她的手，将他轻轻推开了。她用一种对大人说话的方式，认真地说：“子方，我是不会答应你的。虽然我可以不和你计较，虽然我永远都是你的娘亲，可是，在母亲的身份之外，我首先是一个人，一个可以自主的女人。”

傅子方彻底怔住了，他嘴唇微颤，是啊，他的娘亲也是一个自主的人。

孙三娘仰起头，眼中闪烁着自信的光芒：“凤冠霞帔的确是我的梦想，为了它，以前我总逼你上进，所以你才会逆反，才会轻易就被你婶娘的一点好处迷花了眼。可以后，你不需要为我的希望而活了。我想要的凤冠霞帔，我自己会挣。杜长风是我自个儿选的夫君，我不觉得我配不上他，也不担心他会对我不好。就算过些天办喜事，我也只会把头抬得高高地进门，绝对不会为那些议论低头！”

“娘……”傅子方的眼神依然有些迷惘，孙三娘的话彻底颠覆了他以往的认知，他可能还需要一定的时间去接受，可在内心深处，他已经被说服了。

孙三娘把衣服塞进傅子方怀里，将他推到了门外，坚决地说：“这些，都是娘的心里话。好了，换好衣裳，回去睡觉吧。娘还要陪着你盼姨去敲登闻鼓呢，一定要养好精神才行。”

傅子方抱着衣服，呆若木鸡地看着面前紧闭的房门，眼泪再一次止不住地流了下来。

相比在院中独自心碎的傅子方，刚刚知道这场变故的赵盼儿的房间里又是一番不同的景象——顾千帆刚才来看她了，纵使明日就是末路，他们也要抓住这一刻的相守。原本，顾千帆想要马上与赵盼儿成婚，这样盼儿即便没有立刻得到诰命，也或许可以借着官眷之名免去几记杖刑。但这几天又挑灯研读刑律的杜长风却直接劝他们放弃——赵盼儿毕竟告的是欧阳旭悔婚，若她的夫君已然官居五品，非但在主审官前没了立场，顾千帆也难逃以势压人的非议。于是，两人便索性不再想其他有的没的，而是静静享受两人的独处时光。

在温馨的烛光下，赵盼儿一边替顾千帆按摩着耳边的穴位，一边低声道：“希望这孩子能从此想通吧。这样就算我在登闻鼓院有个万一，三娘也不至于太难过。”

“别说傻话，你不会有事的。”顾千帆心中一痛，抬手掩住赵盼儿的唇。

赵盼儿惊喜地问：“你听得到了？”

“下午孔午、陈廉一直助我推血过宫，刚才你又帮我按摩了好久，现在听力已经恢复了五六成了。”顾千帆舒臂将赵盼儿整个身子揽上膝头，低声玩笑道，“放心，你的夫君以后不会变成聋子了。”

赵盼儿与他抵额相拥，放心地笑了，但她的笑容又渐渐变得苦涩，“我是不是很任性？明明一切好像都已经风平浪静了，可还是要去自讨苦吃？”

顾千帆知道她的心结，摇头道：“萧钦言也觉得我不肯认他为父，不肯跟着他享受荣华富贵，反而成天待在皇城司，过着刀口上舔血的日子傻得很。”

“所以我们两个傻子，是天生一对、地设一双？”赵盼儿如秋水般的双瞳似乎要把顾千帆吸进去。

顾千帆抬住她的下巴，深深地吻了上去，良久两人才分开：“每个人都有自己的执念，你早就放下了欧阳旭，可他还不肯放过你。那这场孽缘，就总得有个终点。”

“咦，好像有人在吃醋。”赵盼儿眼波流转。

“谁？”顾千帆转头顾盼，似乎在搜寻那个吃醋的人。

赵盼儿被顾千帆逗笑了，这个晚上有顾千帆陪她开玩笑、逗她开心，明日的酷刑似乎也不再那么恐惧了。赵盼儿伸出双手捧住顾千帆的脸，动情地说："顾千帆，我想再看你笑一回。"

顾千帆凝视赵盼儿良久，然后慢慢地、认真地牵出了一个好看的笑容，一如赵盼儿第一次见到他时那般俊美。

"其实我还是有些怕。怕笑得这么好看的郎君，以后就再也看不到了。"赵盼儿眼眶一酸，投入顾千帆的怀中。眼下的一切这么美好，她一辈子也未敢奢望过的幸福就这么触手可及，可她不得不冒着赌上这一切的风险去与欧阳旭做个了断。

顾千帆紧紧地拥住赵盼儿，轻轻地摩挲着她的手指："不用怕，我是'活阎罗'，只要我不许地府收你，只要你还有一口气在，就一定能让欧阳旭伏法，也让皇后知道，我们并非她可以随意摆弄的棋子。"

"好。那你要多帮帮我，你不是经常审犯人吗？这回就由你来充当登闻鼓院的判官，我来应对，咱们多多练几次，再不能像上回开封府一样出岔子。"赵盼儿思索着。

顾千帆略微松开手，以便看到赵盼儿的双眼，他双眸幽深，低沉着嗓音问："那如若我这个判官不分青红皂白，就判你嫁我呢？"

赵盼儿心中一跳，她缓缓道："那我心甘情愿伏法。"

无需天地红烛，无需外人见证，这一刻，他们心意相通，赤绳定系，三生互缔，结发为礼。

她早已熟悉的唇再一次以逼人的温度印了上来，烛光不知何时熄灭了，赵盼儿感受着他散乱在她肩上的发丝，于是便带着些许末日前的疯狂想着，这陌上少年，真是足风流，我已以此生许之，不能羞。

于是她像初识的那晚一般，狠狠地咬了上去，而他却更加坚定地拥紧了她，那些缠绵的意态，尽在不言中。

第二天一早，顾千帆、孙三娘、宋引章等人目送赵盼儿一步一步地走上鼓院的台阶。赵盼儿满脸肃穆地拾起鼓槌，击向经年未被人敲响的登闻鼓：一下一下，如泣如诉；一声一声，震人心魄。

"换我来！"孙三娘觉得赵盼儿敲得还不够响亮，便从赵盼儿手中接过鼓槌，奋力敲动起来。一时间，鼓声震天。

鼓声在整个东京城激荡，街上的行人纷纷驻足聆听。正在家中换药的欧阳旭听到了鼓声，不知为何，他紧紧地捂住了胸口。

皇宫内，皇帝也隐约听到了鼓声，他缓缓站起身来，轻声问身边的内侍："那是什么声音？"

那内侍向来平静无波的脸上也写上了一丝惊讶："官家，是登闻鼓，多少年都没有响过的登闻鼓！"

绵延不断的鼓声惊醒了院内打着瞌睡的衙役，短暂的惊异后，他们迅速行动起来，推开重重尘封的大门。

经年未开的鼓院终于重新开启，良久，判官就座，宋引章和孙三娘陪着赵盼儿高举状纸，大步而入。

赵盼儿将状纸躬身呈上，义正词严地说："民女赵盼儿，欲告新州通判欧阳旭，负义悔婚，贬妻为妾不成，便怀恨在心，不但污我清名，还挟机报复！因民女原籍钱塘，寓居东京未满一年，开封府不欲接状。但民女深觉有冤，闻官家有此鼓院，便亲来诉之！"

鼓院判官细细看罢状纸，严肃地告诫道："赵氏，你可知你所告之事，既非官典犯赃，也非袄讹劫杀，是为越诉。"

"妾身知道！"赵盼儿的眼神无比坚毅，"是以妾身愿依律领笞二十记，仍要告欧阳旭悔婚不娶！"

鼓院判官终是不忍："你可知按国朝律法，就算你赢了官司，本官也不会处罚男方，只是责其退还聘财而已。即便如此，你还愿意受那二十杖吗？"

"妾身仍然愿意！"赵盼儿一字一字地答。

判官不解道："为何？"

"因为黑就是黑，白就是白！"赵盼儿目光如炬、语气铿锵有力，"敢问院尊，朝中也有'八议'之法，高官贵爵，若干犯律法，自可免罪，但是否因为此人其罪可免，就能说他清白无辜？是以，哪怕我明知结果，也甘愿受笞陈状，为的就是想证明我赵盼儿不是流言中所说的轻薄低贱女子，欧阳旭才是那个德行有亏、恶毒奸猾的伪君子！"

鼓院判官被赵盼儿的决心震动了，良久方道："既如此，本官便成全你！传新州通判欧阳旭明日到堂！"说着，将令牌掷于堂下。

很快，永安楼赵娘子为了告欧阳旭，宁肯挨二十记板子也要让判官收状子的消息便以迅雷不及掩耳之势传遍了东京城，下至平民百姓、上至大宋君主都在为赵盼儿的勇气深深震撼。

“那登闻鼓是赵盼儿所击？赵盼儿还和欧阳旭定过亲？”皇帝没想到赵盼儿的身世这么复杂。

“这赵氏其心可诛！”侍立在皇帝身侧的皇后突然开口，“官家，现在大理寺已经查明，谋害欧阳旭的真凶极有可能是齐牧而非萧钦言，眼看开审在即，这赵氏却突然跳出来告欧阳旭悔婚，意欲何为？她来东京的时间也不短了吧？早不告晚不告，偏偏现在才告，分明就是想毁了欧阳旭的名声，让大理寺不再相信他指认齐牧的证言！”

皇帝惊讶地看着他心爱的妻子：“皇后……”

皇后本可以借这个机会铲除齐牧，又怎能容忍赵盼儿破坏她精心谋划的大计！

“那些清流大臣，居然还好意思怀疑萧钦言和顾千帆勾结，依我看，他们分明才是收买顾千帆之人！要不然为什么顾千帆一出狱，就要急着指使赵氏告状，连被开封府驳回来都还不死心，硬要去鼓院再告！”说到这里，皇后已经泪眼婆娑，但她依旧如泣如诉地往下说着，“官家，以前臣妾委屈，可以闷在心里不说，但这一回，臣妾真的是忍不住了！为着一幅构陷臣妾的假《夜宴图》，到底要闹出多少事故来？那些清流大臣，到底怎么样才能放过臣妾？”

见皇后语声悲切，皇帝忙柔声地哄道：“别哭了，朕不是早就说过吗，朕信你，绝不会去理会那些无稽流言！”

皇后平素里是冷静端庄的圣人，可为了达到目的，用泪水换取丈夫的怜爱又算得了什么？她一垂目，泪水便如断了线的珍珠般流了下来：“可是官家的信任就算坚如磐石，也抵不过流言非议的日日冲刷啊。官家，臣妾求您，这一次一定要让大理寺严审齐牧构陷萧钦言、谋害欧阳旭之案，彻底还臣妾一个清白！”

皇帝慌乱地替她抹着泪：“朕答应你。”

皇后稍微止住抽泣，楚楚可怜地问：“那官家能许臣妾想个法子，先让那赵氏暂时告不了欧阳旭吗？”

皇帝犹豫了一下，觉得左右出不了什么大事，便点头应允。

“多谢官家！”皇后的脸上终于重展笑容，她相信，只要这次她能帮欧阳旭逃脱赵盼儿的上诉，他日大理寺堂上，不怕他不使出浑身解数，将齐牧钉死。

第四十章 录梦华

第二天，欧阳旭带上那名赵盼儿看着眼生、实为皇后指派的胥吏的亲随一齐赶到了鼓院，有了皇后的保证，他对这场堂审是相当期待。而赵盼儿一行人却个个一脸凝重，每个人都默不作声。

“升堂！”

在水火棍的敲击声中，鼓院判官就座，他面无表情，最后一次提醒道：“赵氏，你可知为防滥诉，凡越诉之举，须受杖在先，尔后审理！”

“民女知！”赵盼儿昂头，满面决绝。

“既如此，行杖！”鼓院判官扔出了签筹。

赵盼儿深吸了一口气，伏在刑床之上，看了一眼左边的顾千帆，又看了一眼右边的孙三娘和宋引章，缓缓闭上了眼。

“一！”衙役手中的板子高高举起，而后落下。

赵盼儿咬紧牙关受杖。

“二！”

赵盼儿痛呼出声。孙三娘和宋引章闭上了眼，不敢再看。顾千帆也扭过了头，拳头紧握，骨节发白。

“三！”衙役连续挥板，可那一杖，分明是不再向着臀部，而冲着赵盼儿的脊背而去！

赵盼儿当即惨叫了一声。

孙三娘和宋引章齐声惊叫：“盼儿姐！”

顾千帆不忍扭头，看到赵盼儿脸上冷汗密布却还在强忍着，他的心犹如刀割。忽然，他眼角余光瞥到一侧的欧阳旭脸上若有若无的阴险笑容，他一眼看向鼓院判官，只见判官目光下垂，竟似对衙役之举恍然不觉，蓦然间他心头大震。

不等他想到万全的应对之策，木棍一次次落下，衙役们出手一次比一次重。

赵盼儿口中流出鲜血，几声惨叫之后，渐渐已无声息。

欧阳旭看到赵盼儿体力不支，顿时喜不自胜，此刻，他无比希望赵盼儿能就此死在刑床上。

顾千帆已然顾不得许多，他跃身而出，击开衙役之杖：“住手！”

鼓院判官怒道：“顾千帆，你身为皇城司使，难道不知扰乱公堂乃是大罪？”

顾千帆强压怒火，用尽平生最大的忍耐，一字一句道，“判官审案日久，难道不知杖罪应为臀杖，而非更重的脊杖？赵氏系苦主，本无原罪，院判却刻意施下如此重刑，难道是想把她杖杀在堂上，让她根本开不了口吗？”

顾千帆此言一出，堂下听审的孙三娘等人顿时哗然。

鼓院判官脸上挂不住了，不得不通过拍惊堂木来维持秩序：“肃静！肃静！顾千帆，公堂之上，不由你喧哗肆意，阻挠公事！将他拉开，继续行杖！”

顾千帆挡在赵盼儿身前，掷地有声：“论私，我为苦主家人，怎么能见冤不语？论公，我乃皇城司使，本就有探查鞠罪之职！你滥行重刑，颇有可疑，我现在就可将你捕去皇城司狱！”

“你大胆！”判官惊怒之下直接拍案而起。

“因院判恐涉不公，我要立刻带走赵氏！待查清此事，再受余下十二杖不迟！”顾千帆冷冷地扫视着鼓院众人，他此刻的眼神就真的如从幽冥地府中走出来的阎罗一般可怖，令人不寒而栗。不等判官反应过来，他就抱起赵盼儿大步而去。

有衙役想阻拦，早被孙三娘恶狠狠地推开。“呸！亏得上回我还以为你是个好官，原来也是个心肝都黑透了的混账！”孙三娘毫不留情地朝判官那边啐了一口。

鼓院判官心中有愧，闻言面色一白，但圣命难违，他又有什么法子呢？

鼓院之外，聚集有不少百姓，这里不同于开封府，按照规矩，外人不得进内听审。因此想在第一时间知道审讯结果的百姓，就只能守在大门之外，等待里面的人出来。见顾千帆抱出了奄奄一息的赵盼儿，他们都震惊至极。

顾千帆一步一步地走着，从赵盼儿身上浸出的重重血迹落到了地上，碧血黄沙，甚是刺目。

浊石先生不可置信地问：“这是怎么回事？”

宋引章恨声道："有小人从中作祟，狗官暗中把二十臀杖改成了脊杖！"

"什么？就算是流刑三千里的重罪，也只折二十脊杖，鼓院这是想要人命吗？不行，我要上书去！"袁屯田惊讶地捂住了嘴，又好好地看了看牌匾上的"登闻鼓院"四字，鼓院的真面目令他深深地失望了。

众百姓听了，也是群情激奋。池衙内更是带头大喊："鼓院本来就是鸣冤的地方，可院判还要故意杖杀苦主！这天下还有公平可言吗？"

众百姓也情不自禁叫道："鼓院不公！朝廷不公！"

在这震耳的呐喊声中，顾千帆抱着昏迷不醒的赵盼儿上了马车。

顾千帆径直把昏迷的赵盼儿抱到了自己家，如今，只有亲手照顾，他才能放心。

赵盼儿臀背伤重，如今只能俯伏于床。因为发着高热，她脸色通红，似梦非醒。

当日被他尖匕入肩也未曾哭过的赵盼儿，此刻却气若游丝地在他身边谵语着，眼角隐然有泪："好痛……千帆，千帆……"

顾千帆心如刀割地握住她的手："我在这里。"

孙三娘端着药跑了进来："药好了！"

顾千帆在葛招娣和宋引章的帮助下喂赵盼儿喝药，但因姿势不对，折腾了半天，药没喂进去多少，倒洒出了大半。

孙三娘担心地道："要不要请大夫进来扎针？扎了针，就能醒，盼儿刚才醒来的时候说了，无论如何也不能让她昏睡过去，她怕醒不来，就不能再上鼓院告状了……"

一语未完，她自己先哽咽了起来。

这时，顾千帆毅然决定了什么，他长身而起："你们看着办吧，照顾好盼儿，我得出去一趟。"

孙三娘愕然："你这会儿要走？你去哪儿？"

反是宋引章拉住了她："相信顾姐夫吧，为了救盼儿姐，他一定有更重要的事要做。"

宫外关于鼓院不公之事一直热议纷纷。宫内的宫墙一角，宫女们也难掩关注，三三两两地议论赵盼儿的事情。

"放肆！宫中女子，怎可妄议外事！"皇帝身边的那名心腹内侍听到，立刻将她们训斥了一顿。

众宫女躬身不敢复言。内侍再欲开口，却突然发现皇帝站在一边，忙道了声万安。

“你们在说什么，也讲给朕听听。”皇帝瞥了面色反常的内侍一眼，他倒是想知道，这群宫女究竟说了什么事，让内侍这么忌讳。

为首的宫女略犹豫了一下，但终是如实回禀道：“妾刚才听女官们在议论，说永安楼的赵娘子真有心气，就算挨板子也要告倒诬蔑自己的负心郎，不愧和她一样，也是将门之后。”

“也是将门之后？”皇帝颇感意外。

内侍对皇帝低语几句，简要地介绍了赵盼儿的身世。

皇帝听后，一阵唏嘘：“竟然是赵谦的女儿，难怪她曾没入贱籍。唉，好好一位大家闺秀，竟落到今日如此地步，都是朕当日之过啊。”

当年，皇帝为了尽快缔结和约，尽快把国朝从巨大的军费泥淖中拔出，的确不得不牺牲了几位主战派的忠臣良将，赵谦便是其中之一。他不是没有歉疚过，可是生为帝王，总有些选择不得不做，即便这些选择有时是卑劣的。

内侍见皇帝如此反应，心念一动，尽管圣人拿着他的侄儿做胁，可念着赵娘子的一饮之恩，他躬身道：“雷霆雨露，皆为天恩，以臣之所见，赵娘子对官家似乎并无怨怼之心。”

皇帝不禁又回想起之前的情形——永安楼院前，赵盼儿笑靥轻漾：“所以呀，我没事就求老天多保佑咱们官家康健福乐，要不是他老人家广开恩旨，我哪有机会上东京来见识这满城烟火、人间繁华啊，更别说当上这么大酒楼的掌柜啦。”

那么天真烂漫的小娘子，真的会与人勾结陷害欧阳旭吗？皇帝的眉心微微一动，又看向那名宫女：“你呢，你对赵盼儿又有什么看法？”

那名宫女怎想到皇帝会在意她的看法，她受宠若惊地答道：“奴婢、奴婢什么也不懂。奴婢就是羡慕赵娘子，若以后奴婢役满出宫，也能遇到顾皇城这样的好郎君，真是死了也值啦。”

皇帝又是一愣：“顾千帆那个‘活阎罗’，还是个好郎君？”

那名宫女大着胆子答道：“官家，奴婢这样的宫女，也是官奴贱籍。顾皇城不单愿意陪赵娘子告状，还肯为她不管不顾地劫法场，当然是天下一等一的好郎君！”

“劫法场？”皇帝惊愕地看了看那名宫女，又看向内侍，“你们在说些什么？”

一旁的内侍已经深深地低下了头。在皇帝的逼问下，他只得将鼓院发生的事和盘托出。

皇帝当即摆驾皇后寝宫，他鲜少有如此生气的时候，他无论如何也想不到，他的皇后会做出这样出格的事情。

“胡闹！简直胡闹！你身为皇后，怎可如此败坏法纪！”他难耐怒火，在皇后面前来回踱步。

皇后心有不甘地争辩道：“是官家当日亲口许诺臣妾——”

“朕只是同意你设法让赵盼儿暂时撤诉，不是允许你指使鼓院冤杀苦主！”皇帝猛地停下脚步，打断了皇后的话，用颤抖的手指向窗外，“听听宫外头百姓们都在传些什么！鼓院不公，朝廷不公！”

皇后沉默了片刻，突然跪了下去：“官家若觉得臣妾有错，那就请官家治臣妾的罪吧！”

“皇后！”皇帝不可置信地看着她。

皇后委屈极了，她悲痛地掩着心口说：“官家，臣妾服侍您整整三十年，自问每一刻都发自肺腑，无不精心。可自从您立了臣妾当皇后，那些清流大臣，就一刻没有停止过攻讦臣妾！什么出身微贱，什么狐媚祸主，臣妾可有一句分辩，可有一句不满？眼看着几次想置臣妾于死地的罪魁马上就要伏法，臣妾不想有别的变故来打扰，难道这也错了吗？”

“可你想消除的变故，是活生生的一条人命！”极怒之下，皇帝的胸膛正剧烈地上下涌动，“你难道真的不明白朕为什么生气吗？你没有生子，朕帮你借腹；你想要权柄，朕至今未立太子。婉婉，朕难过的是，朕拿真心待你，你却以假言哄瞒朕！朕知道你早就对朕只关押了顾千帆，而没对赵盼儿如何暗中不满，甚至还觉得朕去过永安楼，肯定是起了别的心思。可赵盼儿她姓赵，一个可以做朕女儿的本家小娘子，朕只是一见她就觉得亲近而已！”

皇后身子一晃，她想要就此收拾了赵盼儿，的确有担心那才色俱全的赵娘子迷惑了官家的缘故，可谁曾想到，她竟然错得如此离谱。

皇帝苦口婆心地说：“治国之道，有严有宽。你以为我当真那么心胸广阔，连柯政喷我一脸唾沫都甘之如饴？不是，是因为当初父皇教我，为君之道，万事不可肆情，要心存天理，事重民意！”

皇后垂下头，不知道该如何对答。

"婉婉，你说齐牧用《夜宴图》诬陷你，我信！你嫁过别人，我难受，但怕你不高兴，拼命忍！可是婉婉，你若想以曲得直，以暗为光，今日就算打死了赵盼儿，欧阳旭的名声就真能保得住吗？他日大理寺齐牧之案开审，百官就真的会相信欧阳旭所言，认定齐牧是罪有应得，而不是你肆意罗织吗？外头的百姓信吗？我言尽于此，你好自为之！"连番质问过后，皇帝难过地看了皇后一眼，随后便拂袖而去。

一时间，空荡荡的内殿就只剩下皇后一人，她突然脆弱地瘫坐在地上，刚才，她注意到皇帝后来并没有用"朕"，而是用了"我"，因此他最后的那番话并不是对皇后说的，而是对他的妻子刘婉说的。

天色暗了，烛光亮起，不知道坐了多久的皇后缓缓站起身来，孤独地走进自己的内殿，那张永远带着盛妆的脸上少见地现出了疲惫。突然，她察觉殿内的阴影处似乎露出了一个男人的衣角，她瞬间警觉起来："谁？"

顾千帆从阴影中走了出来，朝皇后恭敬一礼："臣皇城司使顾千帆，请见圣人，圣人千岁万安。"

皇后迅速地掩过了心中的惊惧，镇静地坐于凤座上，居高临下地问："顾千帆，你可知漏夜私闯吾之寝宫，乃是不赦死罪？"

怎料，顾千帆不卑不亢地答："臣早知，臣更知道，圣人昔日的确曾为节度使薛氏爱姬。"

"大胆！"皇后眼眸瞬间收缩，那精心保养的如葱尖般的指甲也深深地嵌入坐垫之中。

顾千帆反唇相讥，语若尖锥："比不得皇后身为国母，却想祸乱法纪来得更大胆！"

皇后立时勃然大怒，她从未见过如此大胆犯上之人，若非她眼下心有忌惮，顾千帆大抵已经丢了性命。

顾千帆却赶在皇后发火前，突然单膝跪了下去："臣虽姓顾，却并非萧钦言之侄，实为其子，因父母自幼仳离，抚于舅家。前御史中丞齐牧知臣之阴私，刻意诱臣由文转武，改任皇城司，以便助他收集朝中秘事，与萧钦言为敌，但臣仍心念生父，故不时助之。去岁年末，臣受命勘察狂徒攻讦圣人之案，无意自密报中得知杨家藏有《夜宴图》，便至钱塘搜捕，欲将此画毁去，不意却与此画原主赵盼儿相遇。圣人，你想保欧阳旭，无非想借他之力除去齐牧，但臣的手中，有比欧阳旭更多的百官秘辛。臣已将自己所有秘密坦白，从此把柄尽入圣人之手。圣人今后如有驱使，臣自当忠心耿耿、无有不从。唯求圣人高抬贵手，放臣妻赵盼儿一条生路！”

听了顾千帆的话，皇后从最初的愤怒到震惊再到不可置信，最后慢慢地笑了起来。

“好！”她起身徘徊了两步，心中兴奋不已，“吾喜欢你这样的爽快之人！你放心，今日你既然以吾为主，吾就绝不会再为难赵盼儿。这样好了，你明日就让赵盼儿去鼓院撤案，待大理寺审结齐牧案后，吾自会把欧阳旭交给你们，到时要杀要剐，都随你们的意。”

“不，臣和盼儿，不会撤案。”顾千帆并没像皇后预料中那般露出如释重负的表情，相反，他拒绝了皇后的要求——刚才皇后的一惧一怒一喜，已经让他这个熟知人性的皇城司使对今夜自己要做的惊天之举更加胸有成竹。于是，在皇后怀疑的目光下，顾千帆一字一句地说：“因为臣和盼儿都想要让欧阳旭伏法，都想要借这次审案，彻底洗清她身上的流言恶名。”

“不可理喻！”皇后的脸色瞬间沉了下来，她的语气带了丝冷酷，“既如此，便莫怪吾爱莫能助了。”

“好，那也莫怪臣无礼了！”顾千帆突然身形一动，转瞬便来到了皇后身侧，将匕首架到了皇后颈间。

皇后一惊后冷笑道：“这就是你说的忠心耿耿？”

“臣为救臣妻，不惜将性命卖与圣人，但这笔交易，却没有价钱可谈。圣人常读诗书，应知天子一怒虽能伏尸百万，匹夫一怒也能血溅五步的道理！”说话间，顾千帆手中使力，让匕首彻底贴上皇后之颈，“臣并非想要圣人再插手鼓院事务，只是想请您看在同为女子的分上，给赵盼儿一个公平审判的机会。之后此案无论输赢，我和她二人都绝无怨言。”

冰冷的刀尖抵在皇后的细颈之上，皇后本能地瑟缩了一下，可面上始终波澜不惊。她凝眉不语，凭她识人的能力，她知道无论是杀人还是无怨言，顾千帆都会说到做到。最终，她淡淡开口：“成交。”

顾千帆收回匕首，临走前，他突然驻足开口道：“不知道您是否知道，欧阳旭所献的《夜宴图》其实是真的，但盼儿设法让官家相信那幅画实属伪造，这才帮您逃脱了弥天大祸。”

“什么？”在外人面前，皇后一向喜怒不形于色，可这一次，她明显震惊了。

顾千帆继续说道："事后我曾问她，为何与圣人您素不相识，却要甘冒奇险相助？她这样回答臣，她说因为她也曾在贱籍，她明白身不由己的滋味，更明白这一切不是您的错。"

皇后的心情变得极为复杂，她慢慢地站了起来，似乎还在消化着这件事情。

顾千帆知道自己的话已经起到了作用，便凝视着她，用上了最后一计攻心计："您之所以想要大理寺严审齐牧，是为了要让他为之前的恶行付出代价，为了此后朝中不再敢有人轻视您、污蔑您；盼儿之所以一定要告欧阳旭，也是如此。现在，您还觉得她不可理喻吗？"

言毕，他消失在黑暗中。

一轮明月渐渐浮出黑云之外，皇后举目望去，凝视良久，直至月落日升。

顾千帆回到府中时，赵盼儿虽然在扎针后退了烧，可仍旧未曾苏醒。

宋引章在一旁垂泪道："这一次扎了针也没醒，怎么办啊？"

顾千帆握紧了赵盼儿的手，心中痛惜不已，但依然坚定地说："再等等，她一定会没事的。"

孙三娘抹了抹眼睛，不忍再看下去，欲离开房门，却见葛招娣带着高慧的春桃匆匆而来。

春桃捧着一个精致的木盒："这是太宗赐给高家先祖的疗伤灵药，逐淤通血最是有效。"

顾千帆并不相信高家，直接问道："让你送药来的，是高小娘子，还是高观察？"

春桃得了高鹄的指示——若是顾千帆问起，她就照实答："是主人。主人说，他别无他意，唯独钦佩赵娘子的勇气，当日如是，现在也如是。"

顾千帆沉默良久，接过孙三娘手中的药："替我多谢高观察。"

孙三娘朝春桃使了个眼色，春桃矮身一礼，随着葛招娣退了出去。

顾千帆捏开丸药，以唇渡药，助赵盼儿服下——若是这药是高妃别有用心送来，中有剧毒，他也可与盼儿生死与共。

用舌尖轻轻顶了药丸入喉后，他轻声说："盼儿，你一定要醒来。别辜负我，更别辜负大家。"

接着，他又以唇渡水。不料过程中，赵盼儿却突然呛咳不止，接着，她慢慢地睁开了眼睛。

宋引章和孙三娘见状，惊喜万分，顾千帆眼中虽有喜色闪过，可看着赵盼儿毫无血色的面庞，脸上再度写满心疼。

三日后。

鼓院堂外挤满了想要听审的百姓，由于上次的事闹得太大，朝廷为了公平，特意换了一位院判来审案，还特许全城百姓都可听审。堂内挤不下的百姓，摩肩接踵地一直排到了院外。

皇宫之内，皇后正若有所思地站在绮窗之前，仰头望着被宫墙截短的天际。窗外，小宫女和小内侍在外面玩蹴鞠，他们年纪幼小，颇有两小无猜之感。

皇后的耳边突然响起了皇帝和顾千帆的话语："婉婉，朕心痛的是，朕拿真心待你，你却以假言哄瞒朕！""因为她也曾在贱籍，她明白身不由己的滋味，更明白这一切不是您的错！"

她猛然站了起来："快去通传，吾要去见官家！马上！"

鼓院堂内，上次主审的判官已被受旨亲审的院判代替，他看着形容苍白、被顾千帆搀扶而来、几乎站立不稳的赵盼儿，心中暗叹不已："赵氏，你仍要告欧阳旭？"

赵盼儿向身边看去，今日宋引章不知往何处去了，陪她上堂只有孙三娘、杜长风、顾千帆与池衙内。

赵盼儿的目光又移向顾千帆，在顾千帆鼓励的目光下，她坚决回道："妾身无悔。"

负责行刑的衙役难掩对赵盼儿的尊敬，他们对视一眼后，在一众水火棍中挑了两根最短最细的，彼此都决定待会儿要尽量轻着来。赵盼儿在孙三娘的婆娑泪眼的注视中，视死如归地慢慢伏在刑床上。

"啪"的一声，签筹落地。

就在衙役即将挥板的那一瞬间，远处突然响起了内侍的声音："有旨意！官家口谕：为贺皇后千秋，自今日始，女子杖刑以下，可以钱赎。钦此！"

"官家万岁万万岁！圣人千岁千千岁！"的声音此起彼伏，孙三娘惊愕地看了看身边拜倒的人群，一时没回过神来："我没听懂，是不是盼儿不用挨板子了？"

杜长风笑着点头。

"肃静！"院判重新回座，一拍惊堂木，"赵氏，你可有钱三十贯？"

堂上众人纷纷答道："有！"

可说完，他们才想到，谁会随身带着三十贯的钱？

顾千帆来不及多想，便冲到了堂下，对着公堂之外的陈廉和葛招娣叫道："陈廉，快去找钱，三十贯！"

池衙内不甘人后："何四、吕五，快去拿钱！"

陈廉和葛招娣一听这话，赶紧翻找起来，可就算何四解下了自己的金腰带，葛招娣摸出了自己的银钗子，加一起也凑不够三十贯。陈廉急得一跺脚，准备飞跑回家取钱。

"等等！"一直在鼓院外观审的教坊的素娘追了上来，她把一贯钱和一些金饰塞进葛招娣的篮子，"这是我们几位姐妹一起凑的，可以请赵娘子用这些钱赎刑吗？我们都想像她一样，让负心人受到惩罚！"

浊石先生和袁屯田也走了过来，各自将几串钱放入篮子里，拱手道："略表心意。"

不远处的几个书生和京华书院的那帮少年互相推搡着，最后那个曾经在永安楼质疑过赵盼儿的书生将一个钱袋丢进了篮子："就当是以前赵娘子请我们喝酒的酒钱！"

孙理和胡彦推搡着补充道："还有果子钱！"

越来越多的百姓也挤过来，有的一文，有的两文，葛招娣的篮子渐渐变得沉重，最后甚至远远超过了三十贯。

"替我跟赵娘子说声对不起，我不该胡乱议论她的出身，她一点也不低贱，她是个胆色过人的女英雄！"

"对！她是个女英雄！"在场众人一一附和。

葛招娣含泪一一谢过众人。她急奔向鼓院门口的衙役："劳烦您看看，应该够了！"

钱已凑齐，院判当即宣布可以以钱赎杖。直到顾千帆扶下赵盼儿，一直处在震惊中的赵盼儿才敢相信自己的运气，她真的不用挨板子！

惊喜的赵盼儿用力地咬着自己的舌尖，她告诉自己，第一关已然闯过，下一关，一定不能泄气！

庭审重开。衙役们再度敲响了水火棍。被传唤而来的欧阳旭已经站在了堂下，他怨毒地盯着赵盼儿，低声问身边的胥吏："圣人这次一定还有别的安排，不会让赵氏得逞的，对不对？"

见那胥吏点头，欧阳旭心中大安，他看向堂上，发现院判座位后面多了一扇屏风，但他并未将此事放在心上。

院判依照流程问道：“欧阳旭，赵氏的状纸你可看过？有何辩驳？”

欧阳旭大言不惭地高声应答：“院尊明鉴，状纸所述，皆属妄言！赵氏之前曾为官伎，虽已从良，却仍与乐籍中人姐妹相称，与勾栏倡女无异。下官身为士子，不过与她偶然相识，绝不可能与之有婚姻之约！”

一时间，堂下又安静下来。

院判又问：“赵氏，你说与欧阳旭有婚姻之约，可有凭据？”

赵盼儿看向身后的孙三娘：“妾身左邻孙氏、宋氏，皆可为证。”

“孙宋两人合伙与赵氏经营酒楼，三人常有钱货往来，岂能为证？”说这话时，欧阳旭丝毫不掩饰他对商女乐户之流的鄙夷。

杜长风对欧阳旭的行为不齿极了，后悔自己曾经把他当成朋友，他上前一步：“下官今科进士杜长风，也愿为证！欧阳旭曾请托下官劝告赵氏放弃婚约，改为其妾。”

“你做了孙氏的相好，自然是向着她说话了！”欧阳旭反驳后，又在胥吏的暗示下说，“院尊，自古婚约，媒证聘财，缺一不可。赵盼儿拿不出婚书聘礼，串通几个男女，便想诬告下官，实在是恶毒之极！”

他心里暗自打定主意，赵盼儿若要以当年定情的同心佩为证，他也会出示早就事先备好的多枚同心佩，像高慧肚兜那般以其人之道还治其人之身地证实，那些同心佩不过只是市面上常见之物。

欧阳旭这话说到了点子上，院判看向赵盼儿：“赵氏，你有无聘财婚书？”

殊不知深谙欧阳旭无耻程度的赵盼儿并未拿出同心佩，反是向院判呈上一纸：“婚书已被欧阳旭所毁，但妾身尚有一物为证。这上面，写有欧阳旭的三代籍贯和生辰八字。院尊，欧阳旭若未与妾身有过婚姻之约，妾身如何能得知他的生辰八字和三代籍贯？这些秘辛，只消与官告院档籍相核，便知真假。”

欧阳旭顿时如遇雷击，纵有一张巧舌，此时也派不上用场了。

赵盼儿讽刺道：“欧阳旭，你口口声声与我并不相熟，莫非你多情如斯，就连令堂的闺名也能随意告知给陌生女子吗？”

赵盼儿的话使听审的衙役忍俊不禁，而屏风之内，便服的官家也难掩笑意，向身侧的皇后竖起了拇指。

那细碎的笑意传到顾千帆已然好了九成的耳中，他心念一动，震惊地看向屏风。

院判心中此时已经有了计较，但还是循例追问：“欧阳旭，你可还有辩词？”

欧阳旭极速思考，最终深深一礼："下官、下官或许在醉时与此女确有游戏婚姻之语，下官有错，甘愿赔礼，但依律，男家自悔者，不坐。"

在一片哗然声中，欧阳旭匆匆向赵盼儿拜了一礼："请赵娘子宽恕。"

赵盼儿轻蔑地避过欧阳旭的那一礼："这种敷衍之礼，我恕不接受！而且，麻烦欧阳通判看清状纸，我要告的不仅仅是你悔婚不娶，还有你中伤骗诈的恶行！"

孙三娘出列道："不错，妾身为贺赵氏定亲，曾送她祖传唐砚一具，砚上有'公子王孙自可留'七字，砚的后面有孙字印记。欧阳旭悔婚之后，却拿走此砚，拒不交还，我们姐妹上门讨还，他竟雇了打手想将我们赶出东京！"

何四也出列，既尴尬又自豪地说："草民就是他当日雇佣的打手。"

"他们撒谎！"欧阳旭的脸色一阵红一阵白，但仍然无力地辩驳着。

"欧阳旭离京前，曾让家仆将家财交当铺处置。此砚也在其中，还有当票为据！"池衙内将早已备好的当票和砚台交给衙役，也算是欧阳旭做尽坏事合该倒霉，德叔找的那当铺的老板正是池衙内。

院判展开当票一看，果见上面写着"今收唐砚一具，铭为'公子王孙自可留'，背'孙记'。当银六贯。出当人——欧阳旭"字样。

赵盼儿目光灼灼，朗声道："院尊，欧阳旭骗婚在先，骗财在后，妾身虽多番索要，他仍拒不归还，这分明就是欺诈！依我朝律法，欺诈等同盗窃，五贯以上便应处斩！"

欧阳旭震惊极了，他怎能想到，赵盼儿竟然照搬他的法子来对付他。而堂上众人也瞬间安静下来，接下来便爆发了一阵剧烈的欢呼声。

"肃静！"院判连拍惊堂木，堂下听审的百姓都噤了声，但屏风后的掌声仍在继续。

并肩坐于屏风后的帝后一齐看向难掩激动地鼓着掌的内侍，足过了一会儿，那内侍才反应过来，尴尬地停住掌声，向皇帝躬身请罪。

刘皇后无声地示意内侍起身，随后她轻声对皇帝说："官家，婉婉那日大错特错了。"

皇帝微微一笑，拍了拍她的手："老夫老妻，还说这个做什么。还好，一切都来得及。"

刘皇后眼神一暗："可是，我还是不想放过齐牧。"

皇帝看到皇后这副样子，突然叹了口气："婉婉，当年我喜欢上你，并且不顾群臣反对立你为后，不是因为你柔媚顺和，而是因为你有能力、有野心。”

刘皇后彻底怔住了，她不敢相信自己听到的话是真的。

皇帝却只是疼惜地笑了笑：“我并不是一个雄才大略的帝王，所以我才会喜欢你身上我不具有的那一部分特质。只要你的手段经得起天下人议论，那就只管放手去做吧。大宋，不但是我的家，也是你的家。”

皇后泪盈于睫，紧紧地反握住了皇帝的手。

屏风之外，院判和左右手下商议后方道：“骗索婚财，阻拦讨要，确与欺诈无异。欧阳旭，你有何辩驳？”

欧阳旭根本无法理解事情如今的走向，他震惊地后退几步，指着赵盼儿质问道：“我没有拒不归还，她们在撒谎，区区六贯钱的东西，我堂堂探花，怎么会贪心，我只是记不得了而已！赵氏设下重重陷阱，只是想报复我！只是想我死！你怎么能想出这么恶毒的主意？”

对于欧阳旭的指控，赵盼儿笑得自信：“这就要感谢那天你对我的嘲讽了，你说我自诩熟读《刑统》，却不明白律法和实务永远是两回事，正是这句话提醒了我，告你悔婚未必能将你绳之以法，但告你骗财，就能让你难以脱罪！”

她放低了声音：“你说得没错，我就是想你去死，就像那日在你家中，你捂住我口鼻，想置我于死地一样。”

“你胡说！我没有杀你！”欧阳旭转身想找帮他出谋划策的胥吏求救，却见身边早已空无一人，他顿时大惊失色，彻底失了方寸。堂上之人尽皆莫名，唯有顾千帆微微向屏风后一礼。

院判继续问道：“赵氏，你说欧阳旭曾意图谋死于你，你有无证据？”

赵盼儿还未回答，欧阳旭已经疯狂地嘶喊起来：“她没有！那天她跑了，什么证据都没有！”

这时，宋引章举着一本册子走进了堂内：“谁说我们没有的？”

赵盼儿和孙三娘顿时惊喜不已，这些天总不见宋引章的踪影，原来她是去找证据了！

只听宋引章掷地有声地说：“院尊，妾身听说欧阳旭的两个下仆死于盗贼之手，无人收敛，便去了义庄。而后，妾身在他的书童尸身上，找到了这本《步虚韵》！”说着，宋引章将《步虚韵》交给了衙役。

“《步虚韵》？”院判接过衙役呈上来的书册，一时不解这册子与本案有什么关联。

宋引章一谈起音乐就如鱼得水，她游刃有余地解释道：“《步虚韵》是道家仪轨时所奏之乐。而欧阳旭的书童，以前是个西京的道童。妾身供职教坊，精熟音律，翻阅时便觉不对，这些步虚词和旁边加注的工尺谱，完全对不起来！而后，妾身细细翻阅这本子中有误的曲谱，却发现它们的首字连起来竟是‘欧阳旭杀我’五字！”

此言一出，连顾千帆和赵盼儿也惊异无比。

宋引章继续侃侃而谈：“这《步虚韵》的背后写有‘紫阳观’三字，妾身又查到东京城中只有一座紫阳观，正好就在欧阳旭家附近。于是，妾身便又去了紫阳观，并在蒲团下发现了那位道童的遗书。”

欧阳旭的脸色在一瞬间灰败下来，他不可置信地踉跄了几步。

“那书童目睹了欧阳旭故杀德叔，又知欧阳旭有意以重金收买杀手报复我赵姐姐，惊惧不已，他唯恐自己有一天也被灭口，偏偏又无法逃脱，便只能在随身携带的道书中写下暗语，希望有朝一日，能被细心人发现。欧阳旭虽熟读诗书，却不识音律，所以才没有发现其中的破绽！”宋引章话音一落，在场众人皆倒吸了一口冷气，谁能想到，一个看似手无缚鸡之力的书生，身上竟然背了两条人命。

顾千帆办案经验丰富，他迅速地反应过来，拱手向判官禀道：“若宋氏所言无误，下官怀疑那道童也为欧阳旭所杀，还请院尊详查道童及欧阳旭另一下人的尸首伤痕。”

“我不是！我没有！”欧阳旭彻底慌了，他几乎不知道自己在说什么，只是反复念叨着自己没有杀人，都是别人要害他。

眼下物证在手，赵盼儿已经确定欧阳旭才是那日用宝顶害人的幕后黑手，她也恳请道：“妾身与池蟠、顾千帆三人险遭不测，欧阳旭应是元凶，尚请详查！”

宋引章见院判仍在思索，也连忙补充：“院尊可传召一位精熟道藏之人，一查便知妾身所言是真是假。”

突然间，欧阳旭状若疯虎地扑到堂上，拿起刚才池衙内呈上的砚台，转身就向赵盼儿和宋引章疯砸：“不许查！我没有杀人！”

堂上一阵大乱，顾千帆护住赵盼儿和宋引章急急后退，欧阳旭见无处下手，一急之下，转身竟将砚台掷向堂上的院判。但他准头不够，竟然一下子将屏风砸倒在地，露出了其后便装的皇帝和皇后，那砚台擦在皇帝的头上而过，多亏皇后毫不犹豫地挺身相护，才没有打中皇帝。

“护驾！”随行而来的内侍慌乱大呼。

话音未落，顾千帆已如闪电般出手，瞬间将欧阳旭制服。

欧阳旭向皇后伸手求援:“圣——”还未等他说完,顾千帆一脚踢在他的喉管上,欧阳旭当即说不出话来！另有一批衙役接手制住了欧阳旭。皇后意味深长地看着顾千帆，两人的眼神短暂相接。

众人惊魂未定，来不及细想皇帝、皇后怎会到场，连忙纷纷躬身:“官家万安！圣人万安！”

皇帝惊怒交加，扶着皇后走向被衙役死死按住的欧阳旭:“朕向来不杀士大夫，可你这等狼心狗肺之人，不配为士大夫！传旨，削去欧阳旭所有官职，发往诏狱！”看到堂下的顾千帆，突然间，皇帝又改变了主意:“不，发往皇城司。顾千帆，你给朕好好地审清此案！”

“遵旨！”顾千帆立刻领命。

仍在拼命挣扎的欧阳旭一眼瞥见了顾千帆眼中的杀意,看见顾千帆此刻的表情,他才终于明白了为何人人都惧怕“活阎罗”，与其落在顾千帆的手里，还不如让他直接去见阎罗。

欧阳旭被押出院外时，葛招娣除下鞋子扔向欧阳旭，池衙内一看有一个挽着一篮鸡蛋的老妇也在看热闹，上前商量了两句后接过鸡蛋，将它们悉数砸在了欧阳旭身上。他们的举动引来了听审百姓的一阵欢呼。

堂上诸人也在笑着，多日的阴霾，此刻尽消。赵盼儿本以为将欧阳旭捉拿归案就是今天最好的结果，孰料皇帝却突然开口:“赵氏、宋氏、孙氏，你三人今日破获命案，立下大功，朕许你们一人一个愿望，尽可说来。”

赵盼儿三人你看看我、我看看你，俱是不可置信。

见三人都愣在原地，皇帝看向年纪最长的孙三娘:“你先说。”

孙三娘紧张得几乎语无伦次，她涨红了脸，昏昏乎乎地说:“我，不，妾身……”

皇帝和皇后都忍不住微微一笑。

孙三娘稳了稳心神，又说:“妾身没有什么愿望，就想、就想官家多来永安楼尝尝妾身做的新菜。对了，若是官家愿意多赐妾身一具凤冠霞帔，让妾身风光一回，那便更好了！”

皇帝被孙三娘朴素的愿望逗笑了，他笑着道:“准。”

皇帝又把目光转向他早有耳闻的宋引章。

见惯了大场面的宋引章倒是没有紧张，她从前曾多次幻想过面圣的场景，在她的每次幻想中，都以她求请官家开恩帮她脱籍结束。可今天，当她真的站在官家面前，她已经明白，所谓良贱对她而言早已不再重要了。她只觉心中一松，朝皇帝深深一礼，随后镇静地开口道："官家，妾身愿今后登闻鼓院常开，少赐笞刑，广开门路，不要因为'越诉'二字，再让无辜百姓像赵姐姐那样必须九死一生，才能沉冤昭雪。"

宋引章说话时，赵盼儿一直看着宋引章，脸上写满了欣慰与骄傲。

"准。"皇帝难掩震惊，他深深地看了宋引章一眼，"你果然不负柯相'风骨'二字之誉。"

皇后在旁提醒道："还有咱们本家小娘子呢。"

皇帝目光看向赵盼儿，笑道："是了，本家小娘子，你呢？"

赵盼儿跪下，向皇帝深深地磕了三个头。

帝后都未料她行大礼至此，一时也郑重起来。

赵盼儿一字一句，泣血言道："妾身所求，事涉国政，还请官家恕罪。妾身曾因家父之罪遭株，没入乐籍，但家父是为救民而死；宋妹妹家中世代为乐工，从无沾染风尘，平生只是醉心乐技。妾身二人与欧阳旭相比，孰贱孰良？妾身今日之所以执意要告欧阳旭，也是想证明，贱籍之人，未必人贱！"

鼓院堂下的百姓听了，有的当即老泪纵横，跪下大声道："赵娘子说得没错！草民虽然只是个贱籍工户，但当年也曾随官家北征，还被敌人砍掉了一只胳膊！草民为大宋尽过忠，草民也觉得自己一点也不贱！"

赵盼儿眼中闪着泪光："为何世人皆云'英雄莫问出处'，但无论男女，一旦沦入贱籍，便难有出头之日，既不能婚姻自主，更处处低人一等。妾身欲请官家广开恩德，不再让乐人、匠人及官私奴婢等，世代仍为贱籍所苦！"

随皇帝而来的内侍眼中亦是充盈着泪光，跪下请求："请官家广开恩德！"

素娘等乐伎和其余百姓也齐齐跪倒："请官家广开恩德！"

皇后早已深受震动，看赵盼儿的眼神更有了不同，她一咬牙，也转身跪下："赵氏所言极是，臣妾也欲请官家广开恩德！"

皇帝先扶起皇后，又上前扶起赵盼儿："平身吧。良贱之制，始于秦汉，朕虽早有心改之，只怕也不能一蹴而就，需要数代帝王徐徐为之。不过，朕可以许大家一事，凡教坊中乐工、匠工之佼佼者，可入内侍省翰林院，授以供奉之职。既是官身，自然便不属贱籍了。而官私奴婢，若与国有功，或长年善行者，也可向有司申奏，朝廷自会酌情处置。”他停顿一下，又看向宋引章：“宋供奉，你意下如何？”

一声“宋供奉”既出，这便是钦定了宋引章的官身！

宋引章和赵盼儿喜出望外，与众人齐声叩谢：“谢主隆恩！”

顾千帆伸手扶起赵盼儿，嘴角微微有了笑容，他凝视着自己深爱的女子，眼中饱含无限深情。

皇帝也看见了这抹笑容，突然轻笑了一声：“宫女们说得没错，顾皇城虽然是个‘活阎罗’，却依然是个好郎君。”

皇后笑着牵过赵盼儿的手：“以后顾千帆要是敢欺负你，吾来帮你做主。”

“臣，不会给圣人这个机会的。”顾千帆答得斩钉截铁，笑得温柔之至。

皇帝笑了：“哈，看来是我们多管闲事了。”他拉着皇后走远。

笑声充盈着公堂，赵盼儿此时眼中，却是天地寂静，唯有顾千帆一人。这个鲜衣怒马、凌厉中原的男子，蓦然闯进了她的生活，却重塑了两人的生命。

公堂上的笑声传出很远很远，鼓院外，陈廉大笑着抱起葛招娣，幸福地转着圈。东京城中，每一个百姓的脸上都洋溢着幸福的笑容。

草长莺飞，又是一年春好处，东京已是莺歌燕舞、绿柳垂堤。

永安楼中，笙歌不绝，宋引章正在万水阁的舞台中弹着琵琶，她不再像以前那样端庄沉静，而是不时将琵琶倒过来弹奏，兴之所至，神采飞扬。

台下观众们也看得拍案叫绝。二楼的座位上，鼓掌如雷的还有高慧父女。池衙内支着下巴，看得入迷。何四和吕五对视一眼，互相挤眉弄眼。

顺着永安楼二楼的窗子向下望去，一身凤冠霞帔的孙三娘正在满脸欢笑的傅子方的引导下与一身新郎装束的杜长风并肩上了喜船。笑意盎然的他们，春风得意。书院的学生们，在岸上兴奋地追着喜船跑，一时笑声不断。

赵盼儿与顾千帆并肩站在虹桥中央，与陈廉、葛招娣一起往下为花船撒着花，嘴角隐隐有笑意。

两人共同眺望着桥下东京城的锦绣风景，尔后相视一笑，蜜意轻吻，情浓无限。

这一刻，风正清，花正好。汴河之畔，东京无限繁华，如梦似幻。

（全书完。）